陈独秀篆书对联释文
上联：行无愧作心常坦
下联：身处艰难气若虹

尘世间
从不缺少有智慧的人
但缺少有骨气的人

谨以此书献给我的故乡安庆怀宁
谨以此书献给我的父亲母亲

陈独秀篆书对联释文
上联：我书意造本无法
下联：此老胸中常有诗

陈独秀家谱　　　　　　　　陈独秀嗣父陈锡蕃　　　　　陈锡蕃印章："陈衍庶字锡蕃"

安徽安庆陈独秀故居

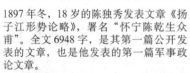

1897年冬，18岁的陈独秀发表文章《扬子江形势论略》，署名"怀宁陈乾生众甫"。全文6948字，是其第一篇公开发表的文章，也是他发表的第一篇军事政论文章。

1903年2月，陈独秀(左一)与友人周筠轩、葛温仲、赵伯先、潘璇华等在日本东京。

陈独秀（前排左起第四人，半蹲者）在留日学生中创立青年会。

1904 年的陈独秀　　　　　　　青年陈独秀

1904 年，陈独秀在安徽芜湖创办《安徽俗话报》，自励"推倒一时豪杰，扩拓万古心胸"。

陈独秀主编的《安徽俗话报》第二期

1905 年，陈独秀与柏文蔚串联革命党人，在芜湖重建反清秘密团体"岳王会"。图为岳王会在芜湖总部的旧址。

陈独秀第一位夫人高氏　　　　　伴随陈独秀后半生的夫人潘兰珍

陈独秀第二位夫人高君曼之墓

新文化运动的旗手和精神
领袖陈独秀，深怀忧患，
意气风发，斗志昂扬。

1914年7月，陈独秀在日本协
助章士钊创办《甲寅》杂志。
11月10日，第一次以独秀之
名发表《爱国心与自觉心》，招
致非议，震惊一时。

1915年9月，陈独秀在上海
创办《青年杂志》，吹响新文
化运动的号角。图为《青年
杂志》第一卷第一期封面。

1916年9月，《青年杂志》自
第二卷第一号起改名《新青年》。
此后，至第七卷第五号，每期
的封面都是此设计风格。

1917年1月27日，刚刚就任北京大学校长的蔡元培（前排中）与北大新同人合影。第二排左一为新任文科学长陈独秀。

北大校长蔡元培（前排右五）与陈独秀（前排右四）等北大同人合影。

1918年6月，蔡元培（前排右四）与陈独秀（前排右三）参加北京大学文科哲学门毕业合影。

1918年6月，蔡元培（前排中）与陈独秀（前排右二）参加北京大学文科国文门毕业合影。

北京大学文科学长陈独秀

1918 年，蔡元培与陈独秀。

1918 年，陈独秀、胡适和李大钊在北京大学创办《每周评论》。

1919 年，陈独秀在五四爱国运动中撰写的《北京市民宣言》。

1919 年 6 月 11 日，陈独秀在新世界散发《北京市民宣言》时被捕。

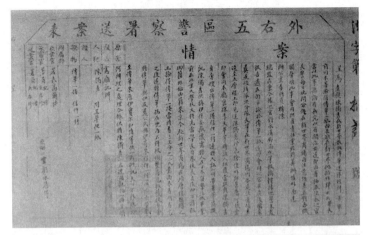

1919年，北京外右五区
警察署逮捕陈独秀后呈
报的《送案表》。

1919年，全国各地报纸刊
登的营救陈独秀的电函。

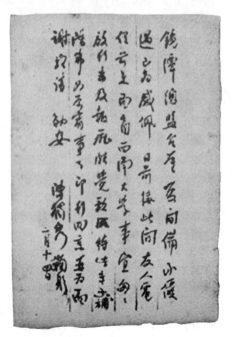

陈独秀出狱离京时，给北
京警察总监吴炳湘的信。

《新青年》第七卷第六号，陈独秀请蔡元培题词"劳工神圣"。

《新青年》第七卷第六号，陈独秀请吴稚晖题词"人日"。

1920年5月1日出版的《新青年》第七卷第六号，陈独秀将其作为"劳动节纪念号"。

1920 年 8 月，陈独秀、李汉俊、李达、陈望道等在上海最早成立了中国共产党组织。图为该组织的主要活动地点：上海法租界环龙路老渔阳里 2 号陈独秀寓所。他们以"社会主义研究社"名义翻译出版了《共产党宣言》（陈望道译，陈独秀、李达校）。

1921 年出版的《新青年》第八卷第一号封面图案与当时美国社会党党徽高度相似。

1921 年 11 月，陈独秀（T.S. Chen）以中央局书记身份签署《中国共产党中央局通告》。

1921年，陈独秀被捕时化名"王坦甫"的被捕证明。

1922年，陈独秀签署的中共中央给共产国际的第一年度工作报告。

1921年，陈独秀被捕后，上海各报的报道。

1922年，陈独秀在上海再次被捕和营救的报道。

1922年底，陈独秀（前排左一）和瞿秋白（后排右四）等参加共产国际第四次代表大会。

1922年底，陈独秀参加共产国际四大时留影。

1922年，亚东图书馆出版的《独秀文存》。

1923年1月23日，国民党筹备改组时，孙中山手书任命的有陈独秀等共产党人参加的国民党参议名单。

1925年，五卅惨案发生当晚，陈独秀主持中共中央紧急会议，决定成立行动委员会，发动"三罢"，向帝国主义抗击。图为位于宝山路宝山里2号的上海总工会旧址。

陈独秀（左）与彭述之在上海。

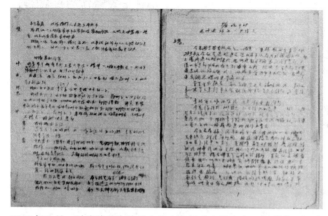

1927年3月，以陈独秀为首的中共中央组成有罗亦农、赵世炎、汪寿华、尹宽、彭述之、周恩来、萧子暲等参加的特别委员会，准备上海工人第三次武装起义。图为特委会的会议记录。

1932年，蔡元培、杨杏佛、柳亚子、林语堂、潘光旦等营救陈独秀的电文。

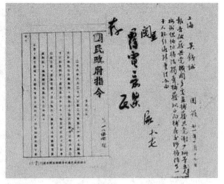

1932年，吴铁城就捕获陈独秀给国民政府的报告。

1932年，陈独秀在上海被捕和各方积极营救的新闻报道。

1932年，陈独秀被捕押往南京军政部，应何应钦请求为其挥毫题字："三军可夺帅，匹夫不可夺志也。"

1932 年 10 月，陈独秀（左）与彭述之在江宁地方法院候审室。

1937 年春，在南京老虎桥监狱的陈独秀。

1937 年 7 月，陈独秀在监狱写作《实庵自传》。

1938 年，亚东图书馆印行的《实庵自传》。

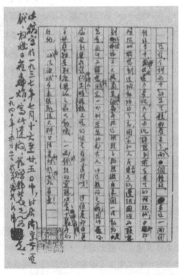

陈独秀《实庵自传》手迹。1940 年，他将此手稿赠台静农。

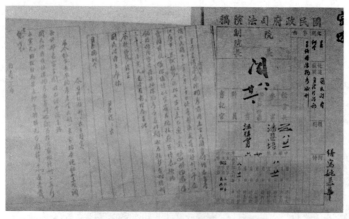

1937 年 8 月，国民政府司法院关于陈独秀减刑的训令材料。

1937 年 8 月 25 日，陈独秀致《申报》编辑部的信。

1937 年冬的陈独秀

重庆江津陈独秀旧居石墙院大门

重庆江津陈独秀旧居正门

流落江津客居石墙院的陈独秀

陈独秀在江津黑石山鹰嘴石的题字石刻："大德必寿"。

晚年陈独秀

1943年1月1日，陈独秀江津墓道落成仪式。碑文为"独秀陈先生之墓"（葛康俞手书）。陈独秀之子陈松年夫妇（左三、左四），夫人潘兰珍（墓碑左侧第四人），邓燮康（左一）和夫人（墓碑左侧第二人）及两个女儿邓敬苏、邓敬兰（墓碑左右两侧），邓蟾秋（墓碑左侧第三人）、邓仲纯（左二），北大校友会段锡朋（墓碑左侧第六人），何之瑜（右二）等亲朋好友参加了典礼。此照片由胡适保存于台湾。

江津陈独秀墓地

安庆陈独秀墓地

《政治主义谈》，陈独秀著，上海社会主义研究社印行，1920年8月版。

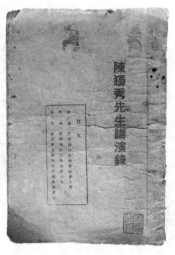

《陈独秀先生讲演录》，新青年社编辑，汉口长江书店发行，1924年4月初版，1927年2月第九版。

《我的抗战意见》，陈独秀著，华中图书公司印行，1938年版。

《陈独秀的最后见解》(论文和书信)，陈独秀遗著，胡适作序，香港自由中国社出版，1949年6月版。

丁晓平 著

硬骨頭陳獨秀

五次被捕纪事

中国青年出版社

目 录

章节标题注解：

本书各章标题均出自陈独秀的诗作或对联。

第一章标题"立身唯一剑"出自七律《题西乡南州游猎图》，原诗句为"男子立身唯一剑"；

第二章标题"寒潮撼星斗"出自七言古诗《夜雨狂歌答沈二》，原诗句为"笔底寒潮撼星斗"；

第三章标题"哲人间世出"出自诗作《告少年》；

第四章标题"好勇独撑风"出自七律《寒夜醉成》，原诗句为"孤桑好勇独撑风"；

第五章标题"兴衰过眼明"出自组诗《金粉泪》第五十六首，原诗句为"一世兴衰过眼明"；

第六章标题"艰难气若虹"出自陈独秀撰写的对联"行无愧怍心常坦，身处艰难气若虹"。

陈独秀不是传说

（前言）

　　面对陈独秀，面对这样一位哲人和诗人，面对这样一位百科全书式的人物，我们必须怀抱敬仰和敬畏，才能找到亲近历史的一种方式。

　　关于陈独秀的历史和人格以及他对于现代中国甚至对于我们内心世界所具有的意义，现在难以恰如其分地言说，要对其做出一分为二且恰如其分的文字表达，必然要具备相当的责任心。因为，其有限和无限的思想，其有限和无限的生命，以及其无双的毅力、定力、心力和独一无二的人生，需要时间用全新的尺度来衡量。作为中国近现代史上伟大的思想家、革命家、政治家、政论家、诗人、文学家、书法家、教育家、编辑出版家和语言文字学家，陈独秀不可复制，也无法复制。

　　陈独秀不是传说。

　　陈独秀是一个人。

　　瞧！陈独秀这个人，我们对他是多么熟悉又是多么陌生；而他距离我们是那么的接近又是那么的遥远，是那么的清晰又是那么的模糊。穿越时空穿越历史甚至穿越世俗的常识，还是让我们先来看看与他同世的人们是怎么评说的吧——

　　章士钊说："陈独秀者，原名乾生，一名仲，字仲甫，怀宁旧家子。早岁读书有声。言语峻厉，好为断制。性狷急不能容人，亦辄不见容于人。独秀则不羁之马，奋力驰去，回头之草弗啮，不峻之坂弗上，气尽途绝，行同凡马蹄。"[1]

吴稚晖说："见独秀两个名词，尚以为是个绝世美男子。后我在《新青年》发起时晤到，正如韩退之所状苍苍者动摇者的形貌，令我叫奇。惟时黎元洪由副总统升任大总统时代的内阁，即定于上海霞飞路章先生的宅内，陈先生就像演赤壁之战，章先生充作诸葛亮，他充作鲁肃，客到之先，客散之后，只有他徘徊屏际。何以他们今日分道扬镳到如此？……所以若就时人动于感情的批评，止以章先生为开倒车者，陈先生为共产党的急先锋。"[2]

张国焘说："陈先生曾是新文化运动的领袖，此时充当中国共产党的发起人，确实具有多方面的特长。他是中国当代的一位大思想家，好学深思，精力过人，通常每天上午和晚间是他阅读和写作的时候，下午则常与朋友们畅谈高论。他非常健谈，我住在他家里的这一段时间内，每当午饭后，如果没有别的客人打扰，他的话匣子便向我打开，往往要谈好几个钟头。他的谈吐不是学院式的，十分的引人入胜。他往往先提出一个假定，然后层出不穷地发问，不厌其烦地去求得他认为最恰当的答案。谈得起劲的时候，双目炯炯发光，放声大笑。他坚持自己的主张，不肯轻易让步，既不大显著的差异也不愿稍涉含混，必须说得清清楚楚才肯罢休。但遇到他没有考虑周到的地方，经人指出，他会立即坦率认错。他词锋犀利，态度严峻，像一股烈火似的，这和李大钊先生温和的性格比较起来，是一个极强烈的对照。"[3]

包惠僧说："我是读书人，他好比书箱子，在学问上我受他不少影响，他俨然是我的老师，每次谈话都如同他给我上课，我总是很认真地思考他的话。陈独秀不讲假话，为人正直，喜怒形于色，爱说笑话，很诙谐，可是发起脾气来也不得了。他认为可以信任的人什么都好办，如果不信任就不理你，不怕得罪人，办事不迁就。"[4]

---

[1] 章士钊：《吴敬恒—梁启超—陈独秀》，原载 1926 年 1 月 30 日《甲寅》周刊第 1 卷第 30 号。
[2] 吴稚晖：《章士钊—陈独秀—梁启超》，原载郑振铎编《中国新文学大系·文学论争集》，上海良友图书公司 1935 年 10 月版第 234 页。
[3] 张国焘：《我的回忆》，东方出版社 2004 年 9 月版第 89 页。
[4] 包惠僧：《我所知道的陈独秀》，原载《党史研究资料》1979 年。

陈钟凡说："综观先生一生，早年从事革命，中年提倡新文化，及主持党务，晚年入狱乃以整理国故自遣。其思想方面，确然能站在时代的前面，领导着青年们向前迈进；所以他的一言一动，青年皆蒙其极大的影响，在近代文化史上，不能不算是开山人物。虽生平意气正盛，坚执己见，不容他人有商讨的余地；然而他的主张皆确有见地，不同浮光掠影者流，不随人脚跟转移。晚年理想太高，一时无法实现，这也有他思想的背景。……他的思想，现在虽随着时代成为陈迹，而这种磊落光明、弘毅峭直的人格，虽千百年后也足为青年取法。这就是先生的不朽所在。"[1]

王森然说："先生乃革命队中最明耀之火焰，并且为中国革命中不灭之炬火"，"呜呼！策天下之乱者，靡不曰：愿得不世出之人才。陈仲甫氏以不世出之才，乃蒙天下诟。曰乱臣，曰贼子，曰奸险，曰凶残，曰共匪，曰狂徒，万喙同声牢不可破者，在其被捕后各省市之通电中可见矣"，"顾政见自政见，而人格自人格也。独奈何以政见之不合，党同伐异，莫之能胜，乃密报私隐，以陷害之？此村妪相谇之穷技，而不意其出于革命阶级也"。陈独秀"诚为一代之骄子，当世之怪杰也，惜仍以指挥行动之时多，精心研究学术之时少，虽有专一、有恒、自信之美德，致不能完成其哲学理论之中心，使先生终为政治家不能成为革命理论家，可胜惜哉"。[2]

抗战时期，流落江津，沧桑暮年，回首往事，陈独秀跟他自少年时代就结识的好朋友邓仲纯开玩笑说："冯玉祥倒过袁世凯，倒过吴佩孚，拘囚过曹锟，驱逐过溥仪，反对过蒋介石，人称'倒戈将军'。我和这位将军有点类似，因为他一生就誓作反对派，从反清一直反到蒋介石……"陈独秀在自传中说："我的一生差不多是消耗在政治生涯中，至于我大部分生涯之失败，也并不足为虚荣的对象"，"我奔走社会运动，奔走革命运动，三十余年，竟未能给贪官污吏的政治以致命的打击，说起来实在惭愧而又忿怒。"他还曾经这样说过自己："顽固不是我的性格，我认为对的，我是要

---

[1] 陈钟凡：《陈独秀先生印象记》，原载 1942 年 9 月《大学月刊》第 9 期。原件手稿藏中央档案馆。
[2] 王森然：《近代二十家评传》，书目文献出版社 1987 年 1 月版第 232 页。

坚持的，执拗的性质，我是有的，小时候，母亲骂我是个'小犟牛'，但是我知道错了，我并不顽固。把不合理的罪名加在我的身上，纵要我人头落地，我也不会承认。"他甚至说："我半生所做的事业，似乎大半失败了。然而我并不承认失败，只有自己承认失败而屈服，这才是真正的最后的失败。"永不言败，永不屈服，永不低头，永不投降，这的确是典型的陈独秀精神。1937年获释出狱后，他与胡适、傅斯年等人纵论世界大势时，依然充满理想主义地说："即使全世界都陷入了黑暗，只要我们几个人不向黑暗附和、屈服、投降，便能够自信有拨云雾而见青天的力量。"

——这就是一个硬汉的性格，这就是一个硬骨头的宿命！

这就是一个硬汉的历史，也是一个硬骨头的悲剧！

真正的尊严不是来自多数人的意志，也不是来自统治者的威权，而是来自既没有功利又没有偏见的理性。当"终身的反对派"这顶不是荣誉的桂冠戴在陈独秀头上的时候，我们丝毫不怀疑在所谓的威权和常识的反对面前坚持己见并不是出于狂妄，而是一种理性的自信和独立思考的自由，是一种永远的坚持和不投降。为了克服心灵与世不合的怯懦而不趋炎附势，为了保留内心与众不同的怀疑而不随波逐流，为了捍卫灵魂与俗不媚的干净而不同流合污，我们更有必要阅读陈独秀。在黑暗的龌龊的阴谋的卑鄙的政治面前，陈独秀人生五次被捕入狱之生与死的经历犹如苏格拉底之死，穿越千年时光在人间的精神时空得到了遥远的回响。

当70岁的苏格拉底被三名雅典人——诗人米利图斯、政治家阿尼图斯和演说家莱昂诬蔑为一个怪诞的恶人，应该让他沉默或者处死的时候，他没有选择沉默，而是不放弃自己的哲学毅然决然地选择赴死。坐在赫里阿斯特法庭的被告席上，当500名由老人和伤兵组成的常常打瞌睡的陪审团中有360人投票赞成把哲学家处死时，哲学家最终的演讲曲终奏雅，激情满怀。他说：

我设法劝你们每一个人少想一些实际利益，而多想一些精神和道德的福祉。

我继续像平时一样说："我的好朋友，你们是雅典人，属于因智慧和力量而著称于世的最伟大的城邦。可是你们汲汲于争名逐利，而不思考如何理解真理，如何改善自己的灵魂，不觉得惭愧吗？"

如果你们处死我，你们将很难再找到我这样的人。事实上，打个玩笑的比方，我是受神灵委派附在这个城邦身上的，这座城就像是一匹良种马，由于身躯太大，容易懒散，需要牛虻蛰一蛰……如果你们听从我的意见，就会让我活下去。但是，我猜想，不久你们就会从瞌睡中醒来，听从阿尼图斯的话，一巴掌把我打死，然后再接着睡。[1]

当死亡来临，即使那个见惯了无数人死亡的狱卒也为哲学家慷慨赴死而动容，尴尬地向苏格拉底告别："你住在这里的期间，使我认识了你，在所有到这种地方来的人里面，你是最慷慨、最仁慈、最好的人……你知道我是来传什么信的：那么，别了！要来的事不可避免，就请好自为之吧。"说完，含泪掉头而去。然后，行刑者来了，手里端着那杯毒药。苏格拉底在认真咨询了服毒的方法后，平静地接过杯子，手不发抖，面不改色，把杯子放到唇边一饮而尽，神色怡然。守在周围的朋友们都控制不住自己，流下悲伤的泪水痛哭失声。哲学家请求伙伴们将他哭得呼天抢地的妻子桑迪帕带走，让大家平静下来，并逗他们说："这像什么样子，我的怪朋友！"然后，他按照行刑者教导的方法平静地躺在床上，安静地死去。这就是哲学家的结局。但后世都知道，他是同时代人中最勇敢、最智慧、最正直的人。而指控处死苏格拉底的三个雅典人最终都得到了死神的耻辱的报应。

希腊和中国都是世界文明的发源地。苏格拉底之死给了人类什么样的启示？而陈独秀的悲剧命运又给了我们怎样的思考？一个智慧的民族一个健全的国家一个健康的人民，都必须要有勇气面对历史，直面过去，无论成功与失败，无论经验和教训，我们无需用所谓解构或所谓重构这些新鲜词语来解释历史来忽悠民众，那都只不过是新瓶装旧酒般哗众取宠的把戏而已。我们知道，遮蔽的时代已经过去，不争论的时代也已经过去，直面

---

[1] [英]阿兰·德波顿：《哲学的慰藉》(资中筠译)，译文出版社2012年3月第1版第31、41页。

历史，我们既不需要妄自尊大，也不需要妄自菲薄，用责任，用良知，用科学，用秩序，尊重历史的规律而不是潜规则。当然，说真话、说老实话很重要，但比说真话、说老实话更重要的是听真话、听老实话。因为如果没有听真话、听老实话的，说真话、说老实话又有什么意义呢？独秀先生就是一个说老实话、说真话的人，他曾在写给朋友的信中说："我不懂得什么理论，我决计不顾忌偏左偏右，绝对力求偏颇，绝对厌弃中庸之道，绝对不说人云亦云豆腐白菜不痛不痒的话，我愿意说极真确的话，也愿意说极错误的话，绝不愿说不错又不对的话。"

当然，说真话、说老实话可以不分对与错，但听真话、听老实话需要爱听、会听、兼听、正确地听，然后用正确的方法去做正确的事情。1938年7月27日，陈独秀曾在《青年向导》撰文《说老实话》，自剖说——

我不敢自吹我是敢于说老实话，我只自誓：宁可让人们此时不相信我的说话，而不愿利用社会的弱点和迎合青年的心理，使他们到了醒觉之时，怨我说谎话欺骗了他们！说老实话的人一天多似一天，说老实话的风气一天盛似一天，科学才会发达，政治才好清明，社会才有生气，如此国家，自然不会灭亡，即一时因战败而亡，其复兴也可坐而待；否则只会有相反的结果！

"风雨如晦，鸡鸣不已。"[1] 在那个内忧外患、风雨飘摇、战乱频仍、生灵涂炭的年代，陈独秀把个人的功名利禄悲欢离合都放在一边，用生命的炬火去烛照一代知识分子的良心与前程，用自己的人格精神担当了思考民族出路、引领时代步伐、重塑人生信仰的历史使命，至死也不改其独立书斋啸晚风的豪迈与狂狷。作为中国现代文化的开拓者和思想启蒙者以及一个政党的创始人，无论在性格、气质、作为上，陈独秀都不可避免的有局限可圈有错误可点有瑕疵待估，但在人格精神上却是高山仰止，立地擎天，

---

[1] 《诗经·郑风·风雨》。

可谓是中国现代史上的大英雄。陈独秀是一个内心光明的人，是一个灵魂干净的人。鲁迅说："假如将韬略比作一间仓库罢，独秀先生的是外面竖一面大旗，大书道：'内皆武器，来者小心！'但那门却开着的，里面有几支枪，几把刀，一目了然，用不着提防。"[1]

是的，陈独秀就是这样的一扇门，并为我们打开了另一扇门。

歌德说："你不能停步，这才令你伟大。"是的，陈独秀一生没有停步。没有停步，是因为信仰的痛苦；因为痛苦，才知道热爱生活；因为热爱，所以承受苦难。陈独秀好比古希腊神话中被缚的"盗火者"普罗米修斯，用民主和科学点燃中国革命的"天火"，一生都在困境、险境、绝境中挣扎和抗争，以至两个儿子惨遭屠杀、身处家破人亡的惨境也永不回头，最终成为"人类哲学日历上最高尚的圣者兼殉道者"（马克思语）。陈独秀说："世界文明发源地有二：一是科学研究室，一是监狱。我们青年要立志出了研究室就入监狱，出了监狱就入研究室，这才是人生最高尚优美的生活。"他是这么说的，也真正地这么做了。言行一致，表里如一，他用苦难的一生践行了自己创造的照耀"五四"一代人的哲言。正因此，苦难，才是历史送给我们最好的礼物。仰望他那一片深沉寥廓的星空，一如仰望自己故乡的天空。他人格的魅力，宛如那蔚蓝色天空的黄金。

"推倒一时豪杰，扩拓万古心胸。"陈独秀为中国和中国人突破了近代到现代的第一道界限。他为五四时代打开的第一片开阔地，是民主和科学。他为世界发现了新的中国，拓展了世界的东方意识。最重要的是，他使我们认识到，中国人或者中华民族的文明是世界文明中最广阔最深邃最宽容最宝贵的一块。而他个人的世界时刻都立足于生死的临界之间，存在于梦想与悲剧般的现实之间。没有道路可通往他的尽头，没有鲜花开遍走向他的道路，没有怀疑能够抵达他内心的底层。在中国现代思想的伟大革命中，没有人比这位永不甘心的狂飙者发现更多的思想新大陆，没有人比这位洪水猛兽的狂狷之人跨越并超越传统的历史的界限引领人们进入未来。假如没有陈独秀，没有这位突破一切标准的伟大的超越者和"盗火者"，近代中

---

[1] 鲁迅：《且介亭杂文·忆刘半农君》。

国对自己的秘密或许了解得更少，凭借他思想和精神的高度，现代中国能比往日眺望到更加遥远的未来。

历史是公平和正义。没有公平和失去正义的历史不是人类史，也不可能成为人类史。1945 年 4 月，毛泽东在中共"七大"预备会上说，陈独秀"是五四运动时期的总司令，整个运动实际上是他领导的。他与周围的一群人，如李大钊同志等，是起了大作用的。……我们是那一代人的学生，五四运动，替中国共产党准备了干部。那个时候的《新青年》杂志，是陈独秀主编的。被这个杂志和五四运动警醒起来的人，后头有一部分进了共产党。这些人受陈独秀和他周围的人影响很大，可以说是由他集合起来，这才成立了党"。1942 年 5 月陈独秀逝世前，毛泽东还曾说过："现在还不是我们宣传陈独秀历史的时候，将来我们修中国历史，要讲一讲他的功劳。"

美恶不随天地老，磊磊落落向曙星。与陈独秀有过接触的人，大都不甚承认他事功方面的作为，却推崇他在思想方面的贡献。最典型的是他昔日政敌吴稚晖在挽联中说他"思想极高明"而"政治大失败"。傅斯年认为他是"中国革命史上光焰万丈的大彗星"，"只注重我自己独立的思想"。就连陈独秀自己也默认胡适送给他的"终身的反对派"这个称号。但陈独秀既勇于承认错误，也敢于担当责任，他的一生就是在不断地否定自己中坚持"走自己的路，让别人说去吧"，实实在在是一个"终身的坚持派"，因为"他永远是他自己"！

文官不爱财，武官不惜死，则无往而不胜。

独秀陈先生，一个堂堂正正大写的中国人！

陈独秀同志，一个永不投降的中国共产党人！

陈独秀不是传说。要讲一讲他的功劳，现在，的确是时候了……

立身唯一剑

要枪决，就快点罢！

——陈独秀（1913 年）

第一章

立身唯一剑

第一次被捕

位于长江中下游素有鱼米之乡的安庆，自古就是兵家必争之地，作为安徽省省会、安庆府府治和怀宁县县治所在地，在 1760 年至 1937 年间乃至 1949 年新中国成立前，一直是安徽的政治、经济和文化中心。

1903 年 5 月 17 日，一场百年不遇的滂沱大雨突然来袭，长江水位暴涨，造成怀宁、桐城等县内河泛滥。这天下午两点时分，一场爱国集会演说在这座历史名城姚家口（北门大拐角头，今孝肃路拐角头）敬敷书院藏书楼举行，四方听众，冒雨前往，趋之若鹜。藏书楼里三层外三层都挤满了人，群情激愤，蔚为壮观。然而，爱国演说的组织者和主持者绝对不会想到，这次演说就像突降的暴风骤雨一样震惊了安庆震惊了安徽，令两江总督端方都为之赫然，成为安徽有史以来的第一次大规模群众集会，可谓是安徽革命运动的滥觞，乃革命之发端。

其肇始者，就是中国政治和文化史上大名鼎鼎的陈独秀。

1903 年，是陈独秀的本命年。生于斯长于斯的陈独秀，谱名庆同，官名乾生，字仲甫，24 岁的他对民族、国家的现实和历史已经有了比较清晰和完整的认知，学会了独立开放地思考民族、国家的未来，并开始进行最早的直接的革命行动。这次爱国演说就是他在故乡安庆的第一个革命的直接行动。随后，他的名字马上登录政府当局的黑名单，遭到安徽巡抚聂缉规、安徽统领韩大武和安庆知府桂英等亲自饬令缉拿。

其实，这已不是陈独秀第一次遭遇通缉的险境了。

当然，也不可能是最后一次。

六年前，1897 年 9 月，江南乡试中名落孙山的陈独秀，自觉地完成了人生历程的第一次政治思想的大转变——由"选学妖孽转变为康梁派"，成为一个资产阶级改良主义者。那个时候，他通过阅读《时务报》，康有为和梁启超成了他心中的明星，"前读康先生及其梁任公之文章，始恍然于域外之政教学术，粲然可观，茅塞顿开，觉昨非而今是"。[1] 第一次走出家乡安庆怀宁，在南京乡试中没有像慈母期望的那样获得功名的陈独秀不仅不沮丧，反而获得了一种思想的大解放。在他看来，科举落榜的结果对于他却"意外有益"——南京夫子庙考场考生的诸多怪状令他"联想到这班动物得了志，国家和人民要如何遭殃；因此又联想到所谓抡才大典，简直是隔几年把这班猴子、狗熊搬出来开一次动物展览会；因此又联想到国家一切制度，恐怕都有如此这般的毛病；因此最后感觉到梁启超那班人们在《时务报》上说的话是有些道理啊！"

去到考场放个屁，也替祖宗争口气。陈独秀坐在一进去就"三魂吓掉了两魂半"的考棚里，经历了九天三场大考，吃的是或半生不熟或烂熟焦煳的挂面，心情糟透了。尤其是"考头场时，看见一位徐州的大胖子。一条大辫子盘在头顶上，全身一丝不挂，脚踏一双破鞋，手里握着试卷，在如火的长巷中走来走去，走着走着，上下大小脑袋左右摇晃着，拖着怪声念他那得意的文章，念到得意处，用力把大腿一拍，跷起大拇指叫道：'好！今科必中！'"陈独秀对这位"今科必中"先生如此荒唐的"行为艺术"，竟然"看呆了一两个钟头"，思想完全开了小差，用他自己的话说，"这便是我由选学妖孽转变到康梁派之最大动机。一两个钟头的冥想，决定了我这个人往后十几年的行动"。[2]

从"选学妖孽"转变为"康梁派"，陈独秀完成了思想上的第一次革命。从南京回到安庆，18 岁的陈独秀彻底与科举决裂。"甲午之役，兵破国削，朝野唯外国之坚甲利兵是羡，独康门诸贤，洞察积弱之原，为贵古贱今之政制学风所致，以时务知新主义号召国中。尊古守旧者，觉不与其旧式思

---

[1] 陈独秀：《驳康有为致总统总理书》，原载《新青年》1916 年 10 月 1 日第二卷第二号。
[2] 陈独秀：《实庵自传》，原载《宇宙风》1937 年第 53 期。

想、旧式生活状态相容，遂群起哗然而非之，詈为离经叛道，名教罪人。湖南叶德辉所著《翼教丛篇》，当时反康派言论之代表也。吾辈后生小子，愤不能平，恒于广座为康先生辩护，乡里瞽儒，以此指吾辈为康党，为孔教罪人，侧目而远之。"[1] 拒绝八股，抛弃旧学，此时此刻的陈独秀真正开始独立自主地思考国家与个人的前途和命运是什么样的关系。

1897 年岁末，陈独秀发表了他的第一篇雄文《扬子江形势论略》。显然，长江中下游唯一的北岸港口城市——安庆的战略地位和曾经的战争史给了他许多启示，比如曾国藩与洪秀全的太平军之间具有转折意义的安庆保卫战就是在这里惨烈上演的，两年前的 1895 年甲午海战的败绩更是深深刺激了他年轻的心。而一个月前的 11 月 14 日，德国在沙皇俄国的怂恿之下占领了山东的胶州湾，紧接着俄国、美国、法国、日本等列强在中国掀起了划分势力范围的恶潮，开始瓜分中国。面对中华民族生死存亡之危机，陈独秀痛感"时势日非，不堪设想"。他在这篇《扬子江形势论略》中激扬文字，指点江山。他说："近时敌酣卧榻，谋堕神州，俄经满蒙，法伺黔贵，德人染指青齐，日本觊觎闽越，英据香澳，且急急欲垄断长江，以通川藏印度之道路，管辖东南七省之权力，万一不测，则工商裹足，漕运税饷在在艰难，上而天府之运输，下而小民之生计，何以措之。时势日非，不堪设想。"《扬子江形势论略》全文七千言，广征博引，纵论长江上自荆襄下至吴淞的军事战略与防务，"总论全江大局，若防内乱必据上游，若遇外侮必备下游，必长江之备已周，再有海军为辅，则欧西之铁甲虽强，亦不容其越雷池一步矣"。他少年意气，挥斥方遒，自称"举办诸端，是引领于我国政府也"。一个 18 岁的年轻人，对长江防务纵横捭阖，视野之开阔，思维之敏锐，爱国之热忱，跃然纸上，令人感佩。

1898 年，陈独秀充满忧患意识的预言变成了残酷耻辱的现实。这年春天，英、德、俄、法、日等帝国主义国家相继向清政府提出在中国长江以及山东、东北、两广乃至福建、云南等地划分势力范围的无理要求，开始

---

[1] 陈独秀：《孔子之道与现代生活》，原载《新青年》1916 年 12 月 1 日第二卷第四号。

了第二次瓜分中国的狂潮。也就是在这一年，陈独秀所崇拜的康梁戊戌变法失败。这给了他更大的精神刺激，或者说思想打击。于是，他毅然抛妻舍子，与兄长陈庆元（孟吉）跟随嗣父陈昔凡（衍庶）奔赴东北沈阳，干点文书事宜。1899 年，母亲查氏病逝，陈独秀和哥哥一起回家奔丧。料理完母亲后事，兄弟俩再次北上沈阳。

1900 年春，八国联军入侵中国北京，东北被俄国侵占。陈独秀目睹了俄国侵略者的暴行："俄兵奸淫妇女而且杀之，地方老绅率村民二百人向俄官理论，非徒置之不理，且用兵二百人全行击毙。俄官设验疫所于牛庄，纳多金者则免，否则虽无病者亦置黑狱中，非纳贿不效。其无钱而囚死狱中者，时有所闻。""中国人坐火车，虽已买票，常于黑夜风雨中无故被俄兵乘醉逐下，或打死于车中，华官不敢过问。沿铁道居民时被淫虐者，更言不胜言。"[1] 国破山河在。后来，他回忆自己少年"在家里读书的时候，天天只知道吃饭睡觉，就是奋发有为，也不过是念念文章，想骗几层功名，光耀门楣罢了。到了甲午战争，才听见人说有什么日本国，把我们中国打败了，到了庚子年，又有什么英国、俄国、法国、德国、意国、美国、奥国、日本八国的联军，把中国打败了。此时我才晓得，世界的人，原来是分做一国一国的，此疆彼界，各不相下"。他说："我生长二十多岁，才知道有个国家，才知道国家乃是全国人的大家，才知道人人有应当尽力于这大家的大义。我从前只知道，一身快乐，一家荣耀，国家大事与我无干。哪晓得全树将枯，岂可一枝独活；全巢将覆，焉能一卵独完。自古道国亡家破，四字相连。若是大家坏了，我一身也就不快乐了，一家也就不能荣耀了。我越思越想，悲从中来。我们何以不如外国，要被外国欺负，此中必有缘故。"[2]

内忧外患，国将不国，热血青年陈独秀终于义无反顾地踏上了不同于旧知识分子的新道路，并逐渐与新知识分子们一道奠定了以爱国主义为共同基础的秘密团体。无论是在沈阳，还是在安庆，离经叛道的陈独

---

[1] 陈独秀：《安徽爱国演说》，原载《苏报》1903 年 5 月 26 日。
[2] 陈独秀：《说国家》，原载《安徽俗话报》1904 年 6 月 14 日第五期，作者署名"三爱"。

秀开始积极接触和学习西学，与维新派青年汪希颜、汪孟邹、李光炯、何春台等密切交往，如饥似渴地在各种新书报刊中汲取新知识新思想。值得一提的是，陈独秀生父陈衍中，生前曾在桐城（今属安庆）、苏州等地执教，"皖中知名士，半出其门"，1881年因染瘟疫病逝于苏州怀宁会馆。或许因了父辈的人脉和声望，陈独秀与苏州依然保持着联络。1901年4月3日，中国20世纪最早的启蒙杂志之一的《励学译编》月刊在苏州创刊。在该刊第一期刊登的"助资诸君姓氏"的名单上，我们可以看到"陈仲甫先生捐银三元"。为了帮助搞好发行工作，陈独秀还负责该刊在安徽的代售处。

从接触康梁的维新思想，到渐渐接触西学，陈独秀的思想又产生了新的飞跃，开始把眼光投向海外。中国为什么落后挨打？为什么被人欺负？他百思不得其解，遂决定"去到各国，查看一番"，以求救亡图存之路。

1901年10月，陈独秀第一次走出国门，东渡日本，自费进东京学校学习。他随即将《励学译编》在安徽的代售发行工作转交给好友何春台。在日本，陈独秀通过留学生自办的《译书汇编》和《国民报》等，接触到了西方资产阶级反封建专制的一整套天赋人权、自由平等的新学说，阅读了卢梭的《民约论》、孟德斯鸠的《万法精理》、穆勒的《自由原理》、斯宾塞的《代议政体》等著作，思想为之一振，眼睛亮了。同时，他还加入了中国留学生组织的"励志会"（一叫"励志社"）。但人各有志，随着国内政局的发展变化，留学生的政治思想开始分野，并逐渐形成了两派：一派主和平，以要求清政府立宪为目的，后遂演成为立宪党；一派主激烈，以推倒清政府、建立共和民国为目的，后遂演成为排满党，又曰革命党。后者鄙视前者为官场走狗，"励志会"成员渐次分化变质。陈独秀"原想参加励志会，多交朋友，多学习新思想，没想到这班乌合之众，只知道逢迎拍马，有什么交头？"遂与张继"后参加"却"先脱会"了。年底，陈独秀决定回国。

1902年3月，陈独秀与潘赞化回到上海，经南京回到安庆。在南京，陈独秀拜访了汪希颜，并结识了章士钊、赵声等人。大半年的日本求学经历，漂洋过海，喝了"洋墨水"的陈独秀对中国的政治和社会开始有了新的思考，爱国救国的热血在他的心中如泉喷涌，救亡图存的地火在他的心中熊熊燃烧。一回到安庆，他和潘赞化一起，开始与赞同和主张维新的安徽大学堂、安徽武备学堂的同龄人何春台、葛温仲、张伯寅、柏文蔚，以及郑赞丞、房轶五等，高谈阔论，对国家和人生畅所欲言。陈独秀讲述了自己在日本参加和退出"励志会"的故事，还将从日本带回来的《教育世界》《国民报》等新书报送给大家阅读，并提议可以仿效"励志会"成立一个自己的组织"青年励志社"，宗旨为"联络感人，策励志节"，"传播新知，牖启民智"。大家一听，积极响应，青年励志社于是在张伯寅家的一次聚会时正式宣布成立。社员每周聚会一次，展示自己的读书笔记，交流自己的读书心得，发表自己对时局的看法。同时，他们每周还进行一次军体训练，由张伯寅的弟弟张仲寅用英语呼喊体操口令。经潘赞化提议，青年励志社的社址设在他的堂兄潘晋华及其继母戴少英捐资兴建的敬敷书院藏书楼。藏书楼乃读书学习之地，既可以将各种新潮进步书刊存放于此供大家阅读，还可以名正言顺地得到某种安全的保障，大家一致赞同，遂开辟阅览室，通过集资从上海、南京等地购置了一批进步图书、报刊，开始传播新思想。群策群力，青年励志社办得风生水起，名闻安庆。为了扩大青年励志社的影响，陈独秀同时酝酿创办《爱国新报》，"其宗旨在探讨本国致弱之源，及对外国争强之道，依时立论，务求唤起同胞爱国之精神。"4月19日的《大公报》还专门以《纪爱国新报》为题作了报道。这也是目前发现的最早关于陈独秀进行爱国和启蒙活动的报道。

还没等《爱国新报》创办，陈独秀的愿望就化成了泡影。他在藏书楼组织的种种读书、演讲活动，没有逃过大清官方的眼睛，为当局忌恨不容，遭到通缉。这年9月，陈独秀与潘赞化同行，再次前往日本东京。这次，陈独秀以陈乾生的本名进入成城学校学习陆军军事。在这里，他结识了一大批激进的爱国青年和革命志士，如章太炎、邹容、蒋百里、苏曼殊、刘季平（刘三）、汤尔和等人。年底，陈独秀与秦毓鎏、张继等26人发起建立了日本留学生中最早的革命团体"青年会"，公开揭示"以民族主义为宗旨，以破坏主义为目的"。这标志着陈独秀他自己所说的人生的第二次重大转折——由"康党"转化为"乱党"（即革命党——激进的资产阶级民主主义者）。这个时候，陈独秀给自己取了一个名字叫"陈由己"——"由己，由己，由一己所欲"。[1] 可见陈独秀要求革命的叛逆精神和追求民主自由的决心。当然，"由己"也并非全是"由一己所欲"之意，应理解为陈独秀与旧势力决绝的意志和从此革命不回头的毅力。

走向革命的陈由己，义无反顾地投身到反帝反封建的斗争行动中。当时，清政府对留日学生的管理十分严格，专门派出学监进行监督钳制，而且阻挠学生学习军事，其中以湖北留日学监姚煜（文甫）最为典型。1903年3月31日，陈独秀约同张继、邹容、翁浩、王孝慎等好友，以姚某生活腐化堕落，强占老师之妾，败坏了中国人的声誉，有损国格人格为由，闯入姚宅，声言要割掉他的脑袋。姚瘫倒在地，面如土色，哀求宽恕。邹容说："纵饶汝头，不饶汝发。"于是，在日本东京上演了中国留学生历史上最为滑稽又最为经典的一幕——"由张继抱腰，邹容捧头，陈独秀挥剪"，发抒割发代首之恨，并训曰："你赶快回国别留在这里给留学生丢人，你要不走，我们总会要你的命。"随后，他们将姚的发辫悬挂在骏河台留学生会馆的门梁上，上书"禽兽姚文甫之辫"，[2] 令其斯文扫地，丢尽了颜面，可谓奇耻大辱。但胳膊拧不过大腿。陈独秀他们不会想到，最后"赶快回国"的不是姓姚的学监，而是他们自己。受到侮辱的姚煜立即向中国驻日本公使蔡钧控告，蔡马上照会日本外交部。于是，陈独秀、张继和邹容被日本警方查办，将三人驱逐出境。

1903年4月，陈独秀一行三人回到上海。此时，上海士商汪康年会同蔡元培、吴敬恒（吴稚晖）主持的中国教育会、爱国社等组织，正在上海组织拒俄运动。原来，义和团被镇压以后，1902年清政府与俄国签订了《东三省交收条约》，俄国应于1903年4月撤军。可是俄国不但不遵守条约到时即撤军的规定，反而向清政府提出"东三省置于俄国监督之下，不许他

---

[1] 陈由己是陈独秀在日本参加青年会首次使用的名字，回国后他在协助章士钊编辑《国民日日报》时所发表的诗作均署名由己。他将署名由己的七律《题西乡南洲游猎图》手书赠刘师培时，刘曾在诗下题"由己，由己，由一己所欲"。
[2] 章士钊：《疏〈黄帝魂〉》，原载《辛亥革命回忆录》第一辑，全国政协文史委员会编，中华书局1962年版第229-230页。

国干预"等七项新要求,妄图永远霸占中国东北。消息传出,一片哗然。陈独秀立即在上海加入拒俄运动。4月27日,上海十八省民众代表千余人再次在张园集会抗议,同时致电清政府外务部和各国外交部,表示"我全国国民万不承认"俄国的一切无理要求。抗议集会在"蔡元培、吴敬恒、章炳麟、邹容、陈独秀主持"下,"南京陆师学堂退学生章士钊、陶严兄弟、秦力山等十余人也来加入军事,声势浩大"。

上海的抗议集会活动没有结束,陈独秀于4月底回到故乡安庆,发动响应上海的拒俄运动。一回安庆,他就马上联络葛温仲、张伯寅、潘晋华、王国桢、葛光延等人发起了安徽的拒俄运动。他们以"皖城爱国会同人"的名义,在安庆的安徽大学堂、安徽武备学堂、怀宁学堂、桐城学堂门前散发张贴由陈独秀起草的《知启》,曰:

> 我神州血性男子须知:国与人民,利害相共,食毛践土,具有天良,时至今日,若仍袖手旁观,听天待毙,则性命身家,演己身目前之惨,奴隶牛马,贻子孙万代之羞。神州大陆,忍令坐沉,家国兴亡,在此一举。[1]

1903年5月17日,时值梅雨季节的安庆,午后突然乌云滚滚,电闪雷鸣,大雨倾盆。恶劣的天气抵挡不住热血青年的爱国热情和前进的脚步。安徽大学堂、安徽武备学堂、桐怀公学等学校师生和社会群众三百余人,冒雨来到姚家口的藏书楼,参加陈独秀等组织的拒俄运动集会。大会由陈独秀主持,并由他首先发表爱国演说,发出了"安徽革命的第一声"。大会盛况空前,楼内容纳不下听众,许多人只好"立门外而听,众情踊跃,气象万千"。上海的《苏报》对这次运动自5月25日开始,连续一个多星期进行了全程跟踪报道。

演讲中,陈独秀逐条驳斥揭露了俄国提出的七项无理要求,说:"举凡政权、商权、矿路权、兵权、税权,均归俄人之手,则东三省已非我有。""我政府若允此约,各国必执利益均沾之说瓜分我中国;若不许,则

---

[1] 1903年5月25日上海的《苏报》全文发表了陈独秀起草的这篇《安徽爱国会知启》。

必与俄战。我国与俄战之仇固结不解，我国之人有一人不与俄死战皆非丈夫！"可是"我中国人如在梦中，尚不知有灭国为奴之惨，即知解而亦淡然视之，不思起而救之"。陈独秀号召人们要广泛地传播中国将被瓜分的消息，要对人民进行广泛的爱国主义教育，要教育国民锻炼强壮的体魄以为国而战。接着，陈独秀在演说中，批评了四种人。第一种是顽固派、投降派的官吏，他们"平日口谈忠孝，斥人为叛逆，一遇困难，则置之不问，绝不肯兴办公益之事，惟思积款于外国银行，心中怀有执顺民旗降敌一大保身妙策，是为国贼，是为逆党。是等国贼逆党不杀尽，国终必亡"。第二种人是"无深谋远虑之绅商"，他们"只保身家，不问国家，以国家之兴衰治乱，皆政府之责，人民何必干预。不知国事不支，岂政府独受其累！各人身家又焉能保？全国中无深谋远虑之绅商皆此类也"。第三种人"为似开通而不开通之士流，以空言无益，贵行实事。此论极是，但其并不能实行，较之空言尚可发人思想，犹居其下流也"。第四种人是"草野愚民，不知俄约之迫，并不知瓜分之说，其爱国思想何由发达？全国中乡鄙农民皆是也"。最后，陈独秀说："凡我中国人，十有八九不出此四种，国安得不亡！种安得不灭！全国人既如是沉梦不醒，我等既稍育一知半解，再委弃不顾，则神州四百兆人岂非无一人耶！故我等在全国中虽居少数之少数，亦必尽力将国事担任起来。"[1]

陈独秀的激昂演说，词情慷慨，话语殷切，引得满座唏嘘，掌声雷动。演说完毕，陈独秀又宣读了湖北学生转寄来的北京师范和仕学馆学生与各省学堂公函，言之沉痛，群情激愤。接着"各学堂魁杰"王国桢、潘赞化、潘璇华、葛光庭等 20 余人相继发表演说，积极响应陈独秀的呐喊。演说完毕，陈独秀立即倡议成立安徽爱国会，并拟就《安徽爱国学会拟程》，宣称安徽爱国会"凡出版书报，惟期激发志气，输灌学理，不得讪谤诋毁"，社员"当视全体为一体，视全国为一家"；同时宣布"本社因外患日亟，结合士群为一团体，发爱国之思想，振尚武之精神，使人人能执干戈卫社稷，

---

[1] 原文见 1903 年 5 月 25 日、26 日《苏报》，引自《陈独秀著作选编》第一卷，上海人民出版社 2010 年 9 月版第 12 页。

以为恢复国权基础";"如办有基础,拟与上海爱国学社通成一气,并联结东南各省志士,创一国民同盟会,庶南方可望独立,不受异族欺凌"。章程公布后,立即得到与会人员全体赞成,当场在"爱国会会员签名簿"上签名者达126人,并公推陈独秀等七人组成干事会,分理会计、书记、体操、报务等事宜。

值得注意的是,陈独秀在安庆提出创建国民同盟会的主张,乃中国第一人也。上海的《苏报》在5月25日以《安徽爱国会之成就》为题,发表评论说:与会人员"旨趣皆相同,而规则整严,精神团结,此吾皖第一次大会,而居然有如许气象,诚为难得"。[1]

以拒俄运动为发端的安徽爱国会在陈独秀的领导下,既像5月17日的滂沱大雨引起的洪水一样席卷江淮大地,又如一声春雷惊醒了皖城热血青年。学生的爱国热情陡然高涨,陈独秀的爱国言论让"各学生印入脑筋,勃发忠义,走相告语,或拟请抚皖电奏,或拟公电上达政府。数日之内,纷纷告假,多有不上课者"。[2]

陈独秀在安庆组织的拒俄运动,深入人心,与东京、上海、江苏、浙江、湖北、湖南、直隶、广东和福建等省大城市的拒俄运动遥相呼应,并成燎原之势,立即引起清政府的高度关注,惊恐惶惶。清朝驻日本公使蔡钧致电两江总督端方:"东京留学生结义勇队,计有二百余人,名为拒俄,实为革命。现已奔赴内地,务饬各州县严密查拿。"清政府密谕"地方督抚于各学生回国者,遇有行踪诡秘,访闻有革命本心者,即可随时获到,就地正法"。显然,安庆的陈独秀及其主持的安徽爱国会所在地藏书楼自然成为安徽当局的眼中钉。安徽巡抚聂缉规亲自下令宣布学生不准"妄动",否则立即"开除",并饬令通缉陈独秀。两江总督端方接阅呈报后,立即电饬安徽统领韩大武:"皖省之'励志学社'与东京拒俄义勇队互通声息,名为抗俄,实为排满,且密布党羽,希图大举,务将何春台、陈仲甫一体缉获。"6月7日的《中外日报》对此作了报道:

[1] 原载《苏报》1903年5月25日。
[2] 原载《苏报》1903年5月30日。

闻来往是处（即藏书楼）之人，均系极有热心主持维新之士。其中数名，乃近由日本留学而归者，彼等常在是处，谈论维新之法，并在是处代售在日本所刊之某华报。其报乃为华官所深不喜而欲封禁之者，但屡行封禁，均无成效。安庆府知府桂某闻藏书楼代售是报，则大为愤怒，故当此藏书楼开会议时，该府亦往而旁听。彼闻会议之人论及东三省之事，心甚不悦。一回署后，即签差往拘学生。

安庆知府桂英接到命令后，立即亲赴藏书楼，实施封闭查禁，不许学生"干预国事，蛊惑人心"，并饬令各学堂开除了柏文蔚、郑赞丞等十余名学生。但幸运的是，韩大武的文案吴汝澄是陈独秀的密友，他在接到端方的密令后，连夜将电令内容通报给陈独秀及爱国会有关人员，陈独秀等星夜兼程，逃亡上海。在那个封建专制的年代，改名陈由己的陈独秀面对通缉的危险确实"身不由己"呀！

清朝政府和地方当局的倒行逆施，无疑更激起爱国青年的爱国心。诚如陈独秀在藏书楼爱国演说中所言："那种平日口谈忠孝，斥人为叛逆，一遇国难，则置之不问……心中怀有执顺民旗降敌一大保身妙策，是为国贼，是为逆党。是等国贼逆党不杀尽，国终必亡。"作为安徽拒俄运动的领袖，陈独秀在藏书楼发动的安徽爱国会种种行动和宣言，"于国家前途大有影响，事虽不成，其拟章实为安徽志士之一纪念"，[1] 从此，革命的种子在江淮大地生根、发芽，苗壮成长，而"革命情绪更一发而不可遏"。[2]

在安庆组织拒俄运动，让陈独秀第一次感受到革命的力量和行动的信心。尽管遭到通缉，但他的意气更加风发，斗志更加昂扬，爱国的热血更加沸腾。三个月后的 8 月 17 日，他以"由己"笔名发表在上海《国民日日报》上的七律《题西乡南州游猎图》，[3] 正是那时的他之真实写照：

---

[1] 原载《苏报》1903 年 6 月 7 日。
[2] 原文见中国社会科学院近代史研究所编《近代史料》1979 年第三期，引自唐宝林著《陈独秀全传》，香港中文大学出版社 2011 年版。
[3] 西乡南州，即西乡盛隆（1829-1977），日本明治维新时期的重臣。

勤王革命皆形迹，有逆吾心罔不鸣。

直尺不遗身后恨，枉寻徒屈自由身。

驰驱甘入棘荆地，顾盼莫非羊豕群。

男子立身唯一剑，不知事败与功成。

　　好一个"男子立身唯一剑，不知事败与功成"。这是一个大丈夫大男人大英雄的精神气概！是一个"硬骨头"的风情风骨风范！

　　来到上海，轰动一时的"《苏报》案"给了陈独秀巨大的精神打击，当他得知好友邹容因为发表《革命军》身陷狱中、《苏报》被关闭查封，十分苦痛，不禁感叹："英雄第一伤心事，不赴沙场为国亡"。[1] 显然，革命运动暂时进入了低潮。为了继续革命，1903 年 8 月 7 日，陈独秀和张继协助章士钊在上海创办了《国民日日报》，风行一时，时称"《苏报》第二"。在这里，陈独秀又结识了苏曼殊、何梅士、陈去病、林獬、刘师培（刘光汉）等一大批革命志士。对陈独秀的帮助，章士钊心怀感激，1941 年还专门作诗怀念这段时光："我与陈仲子，日期大义倡；《国民》既风偃，字字挟严霜。格式多创作，不愧新闻纲；当年文字友，光气莽陆梁。"

　　1903 年 12 月 1 日，《国民日日报》因故停刊。随后，陈独秀回到安庆，感觉家乡的风气较沿江各省来说依然闭塞，要想反帝爱国，就必须首先启发民智。而要达到这个目的，最好最直接的办法就是办报纸，鼓吹新思想。有了协助章士钊办《国民日日报》的经验，陈独秀自然不能忘记自己当初想创办《爱国新报》的打算。于是，他几乎天天到桐城学堂，找该校学长房轶五、吴汝澄"纵谈时事，极嬉笑怒骂之雄，意气甚豪"，并提出想约请他们两人一起共办《安徽俗话报》，以"运广长舌，将众人脑筋中爱国机关拨动"，奋起反抗帝国主义。

　　1904 年 3 月，剪掉辫子披着长发的陈独秀，背着一个包袱，打着一把雨伞，来到芜湖长街徽州码头的科学图书社，开始了一天吃两顿稀粥的办报生活。在科学图书社（后改名亚东图书馆）经理汪孟邹的支持下，25 岁

---

[1] 此诗句引自陈独秀 1903 年 8 月 9 日在上海闻好友汪希颜病逝后所作的《哭汪希颜》一诗。

的陈独秀在图书社的二楼上独自一人办起了《安徽俗话报》，且集撰稿、编辑、排版、校对、发行于一身，成为安徽最早的打上革命烙印的白话文刊物。表面普及常识，暗地鼓吹革命，最开风气，不到半年即在安庆、上海、南京、武汉、长沙、南昌、镇江、扬州等大中城市设立代派处58家，发行达3000多份，名列全国白话报刊之首。尤其是像吴樾、朱蕴山等著名革命者都是从陈独秀和他主持的《安徽俗话报》中接触新学和资产阶级民主主义思想，从而走上革命道路的。后来，陈独秀回忆说："我那时也是二十几岁的少年，为革新感情所趋使，寄居在科学图书社楼上，做《安徽俗话报》，日夜梦想革新大业，何物臭虫，虽布满吾衣被，亦不自觉。"[1]

在科学图书社的一楼客厅里，挂着陈独秀应汪孟邹之约撰写的一副对联：

推倒一时豪杰　扩拓万古心胸

多么大的口气！何等的潇洒，何等的狂傲！

瞧！一个真正的新青年，正从历史的深处向我们走来。

从1904年3月31日创刊，至1905年9月自动停刊，《安徽俗话报》共出版了23期。作为主编，该报每期重要文章都由陈独秀亲自撰写，共约50余篇，署笔名"三爱"发表。"三爱"其意，不言自明，即：爱国家、爱科学、爱民主自由。

救亡图存，振兴中华。陈独秀并不仅仅满足于做救亡的鼓吹，更多的则是关注如何图存，找到中国衰亡落后的根本原因。他说："不是皇帝不好，也不是做官的不好，也不是兵不强，也不是财力不足，也不是外国欺负中国，也不是土匪作乱，依我看起来，凡是一国的兴亡，都是随着国民性质好歹转移。我们中国人，天生的有几种不好的性质，便是亡国的原因了。"他在这篇《亡国的原因》中，提出了两种不好的国民性质并进行了批判，其一为"只知道有家，不知道有国"，其二是"只知道听天命，不知道尽人

---

[1] 汪原放：《亚东图书馆与陈独秀》，学林出版社2006年2月版第208页。

力"。显然，他对国民性质优劣的批判，已经开始上升到民主与科学的层面进行分析。而对"亡国"一词，他做出了如下高贵且富有远见的解释：

这国原来是一国人公有的国，并不是皇帝一人私有的国，皇帝也是这国里一个人。这国里无论是哪个做皇帝，只要是本国的人，于国并无损坏。我们中国人，不懂得国家与朝廷的分别，历代换了一姓做皇帝，就称作亡国，殊不知一国里，换一姓做皇帝，这国还是国，并未亡了，这只可称作"换朝"，不可称作"亡国"。必定这国让外国人做了皇帝，或土地主权被外国占去，这才算是"亡国"。[1]

稍稍熟悉中国历史的人们都知道，在20世纪初，中国具有革命色彩的先进人物，他们的思想历程都经历了这样的一个阶段，即："欲思排外，不得不先排满；欲先排满，则不得不出以革命。"[2] 以这样的文化思维和革命逻辑，即使是一年后的1905年8月全国性的革命大团体——中国同盟会成立的时候，孙中山当时高举的也是"革命排满"的大旗，在其手书的同盟会誓词"驱除鞑虏，恢复中华，创立民国，平均地权"中，依然坚持的还是这样守旧的狭隘逻辑。由此可见，在"革命排满"论高扬的时候，陈独秀以这种巨大的理论勇气（何等的巨大啊！），直截了当地指出"满清皇帝也是中国人，满清灭明不是亡国，只是换朝"。他清晰明白地告诉中国人："不但亡国与换朝不同，而且亡国还不必换朝。只要这国的土地、权利、主权，被外国占夺去了，也不必要外国人来做皇帝，并且朝廷官吏，依然不换，而国却真是亡了。"

——这是中华民族上下五千年以来从未发出的声音！而这样深刻且富有远见的认知竟然出自一个年仅25岁的青年之口，这是多么的难能可贵！在中国传统的汉民族的士大夫文化中，这简直是冒天下之大不韪。自秦统

[1] 陈独秀：《亡国篇》，原载《安徽俗话报》1904年7月27日第8期，作者署名"三爱"。
[2] 吴樾遗书，见邹鲁著《中国国民党史稿》第五册第1255页，引自任建树著《陈独秀大传》，上海人民出版社1999年5月版第66页。

一中国以来，有多少传统的知识分子们一代一代地在改朝换代中体会了那种狭隘的"亡国灭种"之悲痛，说白了他们所爱的国家是"皇帝的国家"。陈独秀把亡国的主要原因归结于国民性问题，可谓是开天辟地地革了中国人封建皇权思想的命。只是在历史的境遇中，陈独秀的这种理论依然是曲高和寡，无法为世俗所理解。更何况，在中国历史的这个时期，革命的风潮到来时，"排满革命"的口号，的确不仅比保皇派的"君主立宪"、而且比"国民启蒙"更能吸引民众。

或许，正是因为陈独秀的这种思想上的先知先觉，使得他这个早期的革命者在后来的革命道路上，始终坚持走自己的道路而不受别人的左右，以至他在辛亥革命中少有作为，甚至坚决拒绝加入同盟会。赤光在《陈独秀底生平及其政治主张》一文中指出："其时中山正组织同盟会，主张狭隘的民族主义，以'兴汉灭清'为口号，他当即表示反对，他不赞成这种'民族残杀政策'。"濮清泉 [1] 在《我所知道的陈独秀》一文中也回忆说："陈独秀对于当时同盟会人士，除孙中山、廖仲恺、朱执信（他很佩服他们）外，他认为都是平庸之才，不足与谋，也不足与言。"1924 年 10 月 8 日，陈独秀在第一次国共合作之初就于《向导》周报上撰文《辛亥革命与国民党》，专门论述辛亥革命失败的原因，指出："第一是误用了不能贯彻革命的口号，当时革命之唯一口号是'排满'"；"当时的党人，信仰三民主义而加入同盟会的几等于零，囿于满清虐政之直觉，以为清倒则万事自好而加入革命的党人居最大多数……"同年 12 月 20 日，陈独秀还在《新青年》杂志上撰文《二十七年以来国民运动中所得教训》中指出，辛亥革命的失败与罪恶的原因正是"单纯排满的种族革命而不反帝，单纯的军事行动而不发动民众"。

志同道不合。也正是从这个意义上说，陈独秀主编的《安徽俗话报》紧紧把握了时代的脉搏，始终围绕"在政治上反帝爱国救亡，在文化上宣

---

[1] 濮清泉，安徽怀宁人，又名濮一凡、濮德治，笔名西流，是陈独秀的表弟。陈独秀第五次被捕在南京"老虎桥监狱"服刑期间两人在一起。作为中国"托派"重要成员，他与陈晚年交往密切。

传民主、科学"这两个中国近代乃至现代史上最核心的主题，向一切迷信、愚昧、落后和恶化的国民性的思想、观念、制度、习俗开火，进行了一场新文化运动的预演。[1] 可见，陈独秀的思想早已走在了时代的最前列。

在主编《安徽俗话报》期间，陈独秀参加了东京留日学生军国民教育会秘密成立的暗杀团。先后与杨笃生、何海樵、章士钊、蔡元培、钟宪鬯、张继、陶成章、刘师培、柏文蔚、李光炯、郑赞丞、倪映典、宋玉琳、赵声、吴樾等人在上海、芜湖等地有非常密切的交往。1905 年 9 月 24 日，敲起"现代革命史上第一响"的吴樾在北京"谋炸五大臣"事件，就是陈独秀亲自参与策划的。对此，陈独秀在 18 年后有了深刻的反思，认为暗杀"只看见个人，不看见社会与阶级；暗杀所得之结果，不但不能建设社会的善阶级的善，去掉社会的恶阶级的恶，而且引导群众心理，以为个人的力量可以造成社会的阶级的善，可以去掉社会的恶阶级的恶，此种个人的倾向，足以使群众之社会观念、阶级觉悟日就湮灭"。因此，"我敢说暗杀只是一种个人浪漫的奇迹，不是科学的革命运动。科学的革命运动，必须是民众的阶级的社会的"。[2] 历史的进步总是要付出血的代价。陈独秀在 20 世纪初年的历史现场，他同样有着那个时代历史人物的"一种个人浪漫"。这就是历史的真实。

"谋炸五大臣"事件失败，宣告吴樾所说的"暗杀时代"之终结。此前的 8 月，由兴中会、华兴会、光复会、军国民教育会等 14 个省的 100 多名革命党人在东京召开了中国同盟会成立大会。几乎也就在这个时候，陈独秀联合皖人柏文蔚、常恒芳等建立新的岳王会，总部联络点设在芜湖，陈担任会长。尽管后来岳王会在安庆、南京等地还设立了分部，但到了 1906 年夏天，因为没有严密的组织关系，各分部成员大都参加了同盟会，导致岳王会名存实亡。

此时，陈独秀更多的是把主要精力全部投入在办学上。从 1905 年 9 月停办《安徽俗话报》之后，他在芜湖先后参与创办了安徽公学、安徽初级

---

[1] 唐宝林：《陈独秀全传》，香港中文大学出版社 2011 年版第 33 页。
[2] 陈独秀：《论暗杀暴动及不合作》，原载《向导》周报 1923 年 1 月 31 日第 18 期。

师范学校，并在皖江中学任教，用两年的时间为革命培养人才。安徽公学是陈独秀联合李光炯、卢仲农等人，将原在长沙的安徽旅湘公学迁回芜湖的。安徽公学聘请前驻英国钦使李经迈（李鸿章之子）和淮扬道蒯光典为名誉总理，著名书法家邓石如后人邓艺荪为副总理，学校教员除陈独秀之外，还有柏文蔚、陶成章、刘师培、张伯纯、苏曼殊、谢无量、周震麟、江彤侯、潘赞化、潘睿华等，其中多为当时的革命党人。在陈独秀主持下，安徽公学成为"清末民初安徽中等学校之最著者"，它"以培养革命干部，散布革命种子为教育宗旨"，"一时各地方的革命领袖人物荟萃于芜湖，吸引着不少青年，轰动了芜湖社会"，成了当时长江中游革命运动的中心和文化运动的总汇，可谓"革命之策源地"，大江南北志士无不与芜湖息息相通。安徽省各地学堂均以安徽公学为马首是瞻，革命形势日益蓬勃。

到了1906年下半年，清朝政府和安徽当局开始加强对安徽公学的管制，尤其对陈独秀等革命党人联络机关科学图书社更是严密监视。安徽巡抚恩铭对革命党人的文化活动和革命行动更是恨之入骨，欲穷治之，羽书连下，在芜湖密布侦探。两江总督端方甚至详细列出了通缉逮捕的名单，陈独秀赫然在册。山雨欲来风满楼。面对官府的打压，革命党人纷纷离开芜湖，陈独秀不得不再度赴日避难。

1907年春，陈独秀入东京正则英语学校专攻英语，同时还兼修法文。在日本留学期间，陈独秀和苏曼殊同居一室，把主要精力放在研究中国汉学和西方新学上，开始了对西方民主主义和社会主义思想、东西方文明的比较以及对中国儒释道文化的研究。傅斯年回忆说："清末陈氏在日本时，加入革命团体，而与当时长江革命人士一派较亲密，与粤浙各部分较疏，又以他在学问上及著文的兴趣，与《国粹学报》《民报》诸人同声之来往最多，然而因为他在思想上是胆子最大、分解力最透彻的人，他永远是他自己。"[1] 傅斯年对当年陈独秀的这个评价非常真实且中肯。

"他永远是他自己"——这就是清高亮节的陈独秀，既不随俗媚俗，曲高和寡却不免陷入孤立的陈独秀。想当年，他众人皆醉我独醒般地瞧不上

---

[1] 傅斯年：《陈独秀案》，原载《独立评论》1932年10月30日第24号。

同盟会的一些人，最终不幸被他言中——同盟会内部发生分裂，有的甚至变节，以致分道扬镳。这正是他当初不愿意加入同盟会的主要原因。这个时候的陈独秀，天马行空，独来独往，也不免有些寂寞和彷徨——但这是一个思想家的孤独，是一个革命家的孤独。而在家乡安庆，因为1907年徐锡麟刺杀恩铭和1908年熊成基起义均告失败，政府当局大肆搜捕革命志士，安徽的革命运动再次陷入低谷。

1909年九十月间，陈独秀从日本回国，因形势严峻不再在安徽从事政治和革命活动，而是应邀到杭州陆军小学任教，教授地理、历史。其间，他结识了刘三（刘季平）、沈二（沈尹默）、马一浮，交往甚密。其间，他还在老家安庆结识了终身好友程演生。陈独秀在杭州的生活，马一浮的回忆基本可以概括："那时仲甫先生在杭州陆军小学教史地，差不多每天都和沈尹默、刘三几个人到他那里去谈天。他们在一起，时常作诗，互相观摩，约莫有一二年。不过仲甫先生不论作诗吟月也好，酒醉饭饱也好，有事无事，仲甫先生他一个人，总要每天写几张《说文》上的篆字，始终如一，比我们哪一个人都有恒心些。"[1]

1911年10月10日，辛亥革命打响了推翻封建君主专制的第一枪。陈独秀难得安逸的教书育人、作诗习书的生活从此再次急转。为了响应武昌起义，杭州的革命党人立即积极行动起来。而陈独秀所在的陆军小学就是革命党人的一个联络机关。闻到辛亥革命的一声炮响，他立即起草了一篇檄文，由该校排长商文蔚和队长周亚卫一起连夜贴在鼓楼的大门旁，令"省垣官吏闻之悚然"。11月4日，新军起义，第二天浙江军政府成立。

一个月后，陈独秀接到了安徽军政府都督孙毓筠（孙少侯）的急电，邀请他回安庆担任都督府顾问。陈独秀当即辞去教职回到故乡。其实，孙与陈之间交情不算太深，只是当初新建岳王会的时候，孙曾经在幕后给予大力经济赞助，而孙特别仰慕陈的才智。一回安庆，陈独秀即想大刀阔斧地推行行政改革，这哪里能让旧官僚们所接受。都督府科长张啸岑回忆说："陈想在行政上做一番改革，唯性情过于急躁，想一下子把政治改好，常常

---

[1] 见1947年11月5日何之瑜致胡适信。

为了改革而与人发生口角。每逢开会，会场上只听他一人发言，还总是坚持己见，孙少侯也无可奈何，还不得不从。孙少侯认为，所谓革命，就是把满清推翻，现在满清政府推翻了，就万事大吉。在都督府任用人的问题上，孙少侯重用的是旧日的官僚人员，对那些留学生反不甚信用。陈仲甫的看法则不同，他的目光看得远些，认为把满清政府推翻，事属破坏，今后需要建设的事则更多，且更为重要。"[1]

　　陈独秀一厢情愿的改革受到了极大的阻碍，他不得不辞去顾问一职。显然，辛亥革命的不彻底性再次暴露出来。但他并不甘心自己的失败，就秘密前往浦口找到好友柏文蔚。柏文蔚回忆说："是时，陈独秀亦由安庆来浦口密商，因袁世凯用威迫利诱的手段，革命党内部已经分化。南方留守府既取消，各军涣散，军事重心，已经不在南京，浦口无久居必要。且少侯在安徽处境确甚困难，要我即回安徽，还可以保存一部分力量。于是返皖计划乃定。"[2] 后来，孙少侯还是投靠了袁世凯。柏文蔚就任安徽都督兼民政长职，遂任命陈独秀为都督府秘书长（亦称作总务处秘书），徐子俊为参谋长，王曙笙为机要秘书，徐惟一为高级参谋，"一切施政方针均由这四人代为规划，将行政机构更加充实、整顿，尽量安插革命同志，以保存行政之纯洁"。[3] 上任后，陈独秀终于一吐心中的块垒，踌躇满志，真心想在安徽大干一番，无论是军事、政治、经济、民生，工作起来尽管日理万机，但他都如鱼得水，收放自如。因为陈独秀"学识优长，宗旨纯一"，德才兼备，深得柏文蔚信任。为澄清吏治，缩减编制，陈独秀对都督府行政公署进行改组，自 1913 年 4 月 1 日起实行军民分治。

　　但好景不长。1913 年 4 月，袁世凯派人暗杀了宋教仁。政治和军事的手段都需要经济的支持。袁世凯为了使自己有足够的资本收拢亲信和镇压革命党，4 月 26 日迅速与英国汇丰银行、德国德华银行、法国东方汇理银行、俄国道胜银行、日本横滨正金银行等五国银行团签订了《中国政府善

[1] 张啸岑：《张啸岑回忆》，未刊稿，藏安徽省博物馆，引自唐宝林著《陈独秀全传》，香港中文大学出版社 2011 年版第 59 页。
[2] 柏文蔚：《从辛亥革命到护国讨袁》，原载《江苏文史资料选辑》第 6 辑第 22 页。
[3] 柏文蔚：《五十年经历》，原载《近代史资料》1979 年第 3 期。

后借款合同》，借款总金额为 2500 万英镑。于是，孙中山在南京秘密召开军事会议，决定举行"二次革命"，酝酿反袁，但仅仅只是得到了皖、赣、粤、湘、闽五省的回应。柏文蔚和陈独秀作为革命党的坚定支持者，始终站在反袁的第一线。在柏赴（南）京开会期间，陈代任安徽民政长，还以柏的名义公开发表了一篇措辞极为强硬的讨袁檄文。

4 月 30 日，袁世凯下令免除柏文蔚安徽省都督，派其亲信孙多森任安徽省民政长兼安徽都督。陈独秀立即"呈请辞职，未待批准，留书迳去。书中有旧病复发，迫不及待等语。盖指旧官僚政治复活，不可一日与居之义"。[1] 随即不久，柏文蔚和陈独秀两人偕家眷寓居南京，两家同院而居，闭门谢客，表面不问政事，内里密谋后路。

7 月 12 日，李烈钧在江西湖口打响了反袁的第一枪，"二次革命"爆发。随后，黄兴在南京担任江苏讨袁总司令。介于江西与江苏之间的安徽，其政治和军事的地理意义显而易见。随后，柏文蔚和陈独秀在黄兴等革命党人的坚请之下，返回安徽，宣布安徽独立，举起讨袁大旗。27 日，柏文蔚再次出任安徽都督，陈独秀出任秘书长。此时，安徽各地驻军将领如龚振鹏、张汇滔、范鸿仙等纷纷响应讨袁。但安徽的军事形势并没有预想的那么顺利，反而越来越糟。淮上的讨袁军队在袁世凯所派的倪嗣冲部及豫军的联合进攻下，节节败退，而受柏文蔚派往西南太湖方向作战的胡万泰部突然变节杀了一个回马枪，与其他倒戈的将领一起围攻都督府。柏文蔚和陈独秀在接到黄兴要求撤退的密电后，迅速撤离安庆，向芜湖方向突围。"二次革命"在安徽宣告失败。

谁知，陈独秀一到芜湖就遭遇了意想不到的生死考验——多次遭受通缉都幸免于难的他，这一次没有逃脱，遭逮捕并被布告枪决。而且更令其不解的是，逮捕他的人竟然还是同一条战线的革命党人芜湖驻军首领龚振鹏。

对于第一次被捕，陈独秀一生都没有回忆，此后也没有跟别人说起过。这到底是怎么一回事呢？让我们一起听一听当事人和见证者们的记忆，看一看他们是怎么说的。

---

[1] 原载《民立报》1913 年 7 月 8 日。

曾与陈独秀同在安徽都督府担任顾问并成为终身好友的高语罕，1942年在参加陈独秀葬仪后在《大公报》撰写文章回忆说："曾记得，二次革命失败，先生从安庆逃到芜湖，被芜湖驻防军人逮捕。这位军人本是和柏公（即柏文蔚）同立在反袁旗帜之下的，不知因何事与柏不谐，而迁怒于先生，已经出了布告，要枪决先生，先生很从容地催促道：'要枪决，就快点罢！'旋经刘叔雅（即刘文典）、范鸿偃、张子刚三先生极力营救得免。"[1]

　　对此，柏文蔚回忆说："余由陆军调龚来皖充当旅长，迨至芜湖赴任时，余将讨袁计划全盘告之。龚与段芝泉（即段祺瑞，时任袁世凯的陆军总长）以乡谊故，竟尔告密。""龚振鹏由正阳关回到芜湖，态度大变，残杀无度，每日枪决民众，不可胜数，都督府秘书长陈仲甫，因其残暴，痛斥其非，师长袁家声亦以良心不许，委婉讽劝，均被绳绑。"后来张永正旅长迫以兵力，稍敛淫威，未下毒手。[2]但柏文蔚在这里说龚振鹏"告密"之事，似乎不太可信。因为"二次革命"失败后，同为革命党人的龚作为"蓄志谋反"的死党，同样也受到通缉。有学者认为，龚与柏的不谐，是因为责怪国民党决定讨袁事太晚，贻误了时机。开始讨袁时，柏在南京消极。待其入皖行动时，龚已经在省内发动战事。[3]

　　常恒芳回忆说，陈独秀这次遭到龚振鹏的绳绑甚至要枪毙，是因为龚振鹏等人始终反对柏文蔚。后来因为"芜湖有张永正一旅军队驻在那里，反对龚振鹏等杀陈独秀，说是要杀了陈独秀，他就要率兵拼命，故陈独秀后来被释放了"。[4]因为陈独秀是颇有影响的社会名流，龚振鹏没有杀他。但更重要的是，为了营救陈独秀，柏文蔚8月13日亲自赶到芜湖，并致信龚振鹏，化解两人之间的矛盾。龚随即借坡下驴，亲自到江边拜见，并接柏到司令部作客，相谈甚欢，面对失败之局，共商善后大计。

　　由此可见，陈独秀遭龚振鹏五花大绑甚至恐吓要枪毙，现在看来是一

[1] 原载重庆《大公报》1942年6月4日第3版。
[2] 柏文蔚：《柏烈武五十年大事记》，原载《安徽文史资料》总第3辑。
[3] 唐宝林：《陈独秀全传》，香港中文大学出版社2011年版第64页。
[4] 常恒芳：《安徽革命始末》，稿本，藏安徽省博物馆，引自唐宝林著《陈独秀全传》，香港中文大学出版社2011年版第64页。

场误会，主要原因还是因为柏和龚之间有些嫌隙不和，发生内讧，龚一时意气用事，便迁怒于和柏关系密切的陈独秀，以解心中的怨气。

"要枪决，就快点罢！"革命不怕死，怕死不革命。在生死考验面前，陈独秀尽管饱受惊吓，但大义凛然、视死如归、毫不屈服，一个革命家坚定的操守和崇高的品德，得到了淋漓尽致的表达，酣畅痛快。

"二次革命"失败后，安徽乃至全国的革命形势急转直下。陈独秀在芜湖逃过生死一劫，但仍然没有逃脱被袁世凯通缉的魔爪，他在安庆的老家和亲人都遭了殃。袁世凯在安徽的干将倪嗣冲占领安庆后，立即宣布就任安徽都督兼民政长。10 月 21 日，倪发布通告，缉拿革命党人。在第一批二十人的名单中，陈独秀被列为第一要犯，遭到通缉，罪名是"陈逆仲甫"乃"柏逆文蔚、龚逆振鹏死党，蓄志谋反之犯"。因陈独秀此时已经从芜湖潜入上海，倪嗣冲抓不到他，就派人抄了陈独秀安庆的老家。幸运的是，陈的两个儿子陈延年、陈乔年及时得到消息，逃到乡下躲避。据陈独秀家族晚辈陈遐文回忆：

> 民国二年，袁世凯当大总统，倪嗣冲在安徽做督军，马联甲那时当统领，说陈独秀私造枪炮子弹，带人把家查封了，他家被一抄干净，把昔凡公（即陈衍庶，陈独秀的嗣父）私藏的字画一抢而空。统领手下的人，还到处捉拿陈独秀的两个儿子，要除根。陈独秀的两个儿子，一个叫小四子（延年），长长瓜子脸，一个叫小五子（乔年），圆脸儿，小六子（松年）年纪还小。当时，小四子、小五子就从屋上跳下来，连夜跑到乡下，找到我家。我把妈妈的床拉开，在床里边搭铺，把蚊帐撑着，让他们在里边睡了三夜，后来家里来人才找到他们。据说当时没有逮到延年、乔年，却把陈独秀的侄子永年逮去了。[1]

福无双至，祸不单行。这年 5 月，陈独秀的嗣父陈衍庶因不识洋文，受人愚弄，在与洋商做东北大豆生意时被骗，导致商业破产而一病不起，

---

[1] 陈遐文：《陈遐文谈陈独秀》，原载《安徽革命史研究资料》1980 年 10 月第 4 辑。

遂即去世。陈松年回忆说："倪嗣冲派兵来我家抓人，昔凡公的灵柩还停在家里。"陈独秀的嗣母经受不了如此打击，大病一场。逃亡上海的陈独秀后来得知家中遭难，深感因自己革命"罪孽"而连累家人感到愧疚。家仇国恨更加彻底地坚定了他革命的信仰和理想。他愤恨地对他的终身好友、上海亚东图书馆经理汪孟邹说"恨不得食肉其人"，"过几年再看吧"。

面对辛亥革命和"二次革命"的失败，革命者有的悲观失望，甚至自杀；有的消极退缩，从此远离政治。陈独秀没有退缩，机智狂飙的他开始了更加深沉的思考。不久，他逃亡日本，应好友章士钊之约编辑《甲寅》杂志，"度他那穷得只有一件汗衫，其中有无数虱子的生活"，对国家和革命有了新的觉悟。

1914 年 11 月 10 日，陈独秀在《甲寅》杂志第一卷第四号上，发表了惊世骇俗的政论文《爱国心与自觉心》，危言耸听般地向沉睡的中国发出了嘶哑的呐喊。兹摘引部分精彩的段落如下：

1. 范围天下人心者，情与智二者而已……情之用百事之贞，而其蔽也愚；智之用万物之理，而其蔽也靡。古之人情之盛者，莫如屈平，愤世忧国，至于自沉；智之盛者，莫如老聃，了达世谛，骑牛而逝。斯于二者各用其极矣。

2. 今之中国，人心散乱，感情智识，两无可言。惟其无情，故视公共之安危，不关己身之喜戚，是谓之无爱国心。惟其无智，既不知彼，复不知此，是谓之无自觉心。国人无爱国心者，其国恒亡；国人无自觉心者，其国亦殆。二者具无，国必不国。

3. 爱国心，情之属也；自觉心，智之属也。爱国者何？爱其为保障吾人权利谋益吾人幸福之团体也。自觉者何？觉其国家之目的与情势也。是故不知国家之目的而爱之则罔，不知国家之情势而爱之则殆。罔与殆其蔽一也。

4. 吾国闭关日久，人民又不预政事，内外情势，遂非所知。虽一世名流，每持谬说。若夫怀抱乐观之见，轻论当世之事，以为泱泱大国，物富民稠。人谋不乖，外患立止，是何所见之疏也。中国而欲为独立国家，税则法权，必不可因仍今日之制。然斯事匪细，非战备毕修，曷其有济。欲修战备，理财尚焉。论时局而计及财政，诚中国存亡之第一关头也。

5．今吾国之患，非独在政府，国民之智力，由面面观之。

6．国家者，保障人民之权利，谋益人民之幸福者也。不此之务，其国也存之无所荣，亡之无所惜。[1]

陈独秀在《爱国心与自觉心》一文中，再申中国"瓜分之局"已不可逃，更提出"残民之祸，恶国家甚于无国家"、"国不足爱，国亡不足惧"的痛言，引起大哗。即使今日读来，依然振聋发聩，义愤填膺，完全可以想象100年前它在《甲寅》发表时所引起的石破天惊般的震动和争论，也自然会招来众多的口诛笔伐。章士钊说："读者大病，愚获诘问叱责之书，累十余通，以为不知爱国，宁复为人，何物狂徒，敢为是论。"但约半年后，当初不得不因陈文而"逊谢"读者的章士钊却说，"爱国心之为物，不幸卒如独秀君所言，渐次为自觉心所排而去"。甚至当世梁启超也发出了"惊人之鸣，竟至与举世怪骂之独秀君合辙，而详尽又乃过之"。故陈独秀的《爱国心与自觉心》"写尽今日社会状态"，不啻"汝南晨鸡，先登坛唤耳"。

而更令读者们没有想到的是，该文作者竟然更加狂妄地署名为"独秀"——雄霸天下，唯我独秀！"何物狂徒"，真的非他莫属了！

从此，陈独秀——这个影响中国的名字响亮地载入了历史。而他的是非成败，也像他的名字一样，前无古人，后无来者。

---

[1] 在笔者收藏的《陈独秀问题批判资料》一书中，此文名为《自觉心与爱国心》，中国人民大学中国革命史教研室编，1958年8月第1版。

寒潮撼星斗

我脑筋惨痛已极，亟盼政府
早日捉我下监处死，不欲生
存于此恶浊之社会也。
——陈独秀（1919 年）

第二章

寒潮撼星斗

第二次被捕

1915 年 6 月 20 日，陈独秀从日本回国，抵达上海。

这次回国，陈独秀开始了自己的文化救国之路，解放中国人的思想。在日本，因为写作《爱国心与自觉心》受到众多诘难后，陈独秀不仅拒不接受，而且还说："让我办十年杂志，全国思想全部改观。"

引领五四时代的"新青年"领袖和先锋，大多和陈独秀一样有着在海外留学的经历，属于"海归"。毫无疑问，这种共同的海外留学经验成为他们"家事国事天下事事事关心"的优势和历史背景。但我们也不要忘了，彼时彼刻的世界处于战争状态，彼时彼刻的中国处于战争状态，而且是外战和内战彼此交错，几乎没有喘息的机会。这就是我们观察五四运动的时候一个最不可忽略的大背景。因此在这样的历史背景下，才有了后来 1919 年的两个"和会"，一个是中国国内南北政府之间吵闹不休的上海和会，一个是英国、意大利、法国和美国包括日本等强国博弈的巴黎和会。

辛亥革命没有成功，中华民国成了一块打着"共和"的招牌。一位清朝的遗老为此还编撰了一副藏头联，对"民国"和"总统"进行了嘲讽。

民犹是也，国犹是也，何分南北？

总而言之，统而言之，不是东西。

"民国何分南北？总统不是东西。"——如此的质疑和咒骂，即使是今天读来也觉得真是妙不可言。而在当时，或许也不尽然是个别的情绪宣泄，而该是一种社会势力和阶级斗争的真切反映。

不断复辟的政治闹剧，皇权主义的军阀们继续他们的封建专制主义统治，想当"皇帝"，但现实的中华民国却像鲁迅先生《忽然想到》的那样："我希望有人好好地做一部民国的建国史给少年看，因为我觉得民国的来源，实在已经失传，虽然还只有十四年！"（1925年2月12日）"民国"为什么"失传"了呢？根本原因是中国的封建专制主义者和帝国主义者在经济、军事上相互勾结，以达到各自的政治目的。诚如毛泽东在《新民主主义论》中所言，此时"因为中国资产阶级的无力和世界已经进到帝国主义时代，这种资产阶级思想只能上阵打几个回合，就被外国帝国主义的奴化思想和中国封建主义的复古思想的反动同盟打退了，被这个思想上的反动同盟军稍稍一反攻，所谓新学，就偃旗息鼓，宣告退却，失了灵魂，而只剩下躯壳了。旧的资产阶级民主主义文化，在帝国主义时代，已经腐化，已经无力了，它的失败是必然的"。帝国主义的经济侵略、封建军阀的经济掠夺和中国民族资产阶级进一步发展，使得有良知的中国人尤其是知识分子开始觉悟民族危机，清楚必须实行民族自救，挽救中国——中国的出路到底在哪里？"从1840年鸦片战争失败那时起，先进的中国人，经过千辛万苦，向西方国家寻找真理。洪秀全、康有为、严复和孙中山，代表了在中国共产党出世以前向西方寻找真理的一派人物。"[1]国耻民辱，工人、农民、学生、民族工商业者、华侨和所有的爱国人士，都在期盼着一次新的洗礼。

从历史科学体系的角度来考察，"经济是历史的骨骼，政治是历史的血肉，文化是历史的灵魂"。而从社会学角度来考察，经济使一个民族壮大，军事使一个民族强大，而文化使一个民族伟大。20世纪初，处于半封建半殖民地的混乱割据且毫无独立自主的政治、经济和军事背景下的中国，一场思想和文化的启蒙运动——新文化运动就像冬日的梅花，不知不觉中迎着封建主义的寒风和帝国主义的霜冻自然绽放。

——1915年9月15日，陈独秀创办的《青年杂志》（后改名《新青年》）在上海诞生。

---

[1] 毛泽东：《论人民民主专政》，《毛泽东选集》第四卷，人民出版社1966年7月版第1406页。

这是一个历史性的标志，影响中国历史的新文化运动从此开始。

1915 年是中国农历的乙卯年，也就是兔年。这是陈独秀的本命年，这一年他 36 岁。就像 12 年前的 1903 年那个本命年他在安庆藏书楼的演说发出了"安徽革命的第一声"一样，陈独秀开始领导全中国的新文化运动，成为近代中国的启蒙思想家和五四运动的总司令。

五四新文化运动可以说是从文学革命开始的。文学革命又是从白话文发端的。1915 年 12 月底，陈独秀在答复《新青年》读者有关中国文学的意见和是否将在中国提倡自然主义的问题时，明确指出："吾国文艺犹在古典主义理想主义时代，今后当趋向写实主义。文章以纪事为主，绘画以写生为重。庶足挽今日浮华颓败之风。"陈独秀对西方现代文艺简单而且带有一些个人曲解的观点，却是中国新知识分子企图依照西方理论改革中国文学的先声。

陈独秀的一家之言在国内并没有得到多少响应，倒是在太平洋西岸有了共鸣。正在美国哥伦比亚大学研究院跟杜威学习哲学的胡适，成了陈独秀新文化运动的黄金搭档。对文学改革，陈独秀开弓没有回头箭，胡适也是意气风发走在大路上，认为："今日之文言乃是一种半死的文字"，"白话文是一种活的语言"，"文学在今日不当为少数文人之私产，而当以能普及大多数之国人为一大能事"。于是，两个性格迥异的安徽人，远隔重洋，在东西两个半球，为五千年的中国文学竖起了现代革命的大旗。陈独秀亲自披挂上阵，激进狂飙，向旧文学开火。在紧接着 1917 年 2 月 1 日出版的《新青年》以"头条"位置发表了自己撰写的《文学革命论》，以比胡适更坚决更彻底更鲜明的革命态度，发出了向封建文学总攻的号令，提出了"三大主义"："文学革命之气运，酝酿已非一日，其首举义旗之急先锋则为吾友胡适。余甘冒全国学究之敌，高张'文学革命军'大旗，以为吾友之声援。旗上大书特书吾革命军三大主义：曰，推倒雕琢的阿谀的贵族文学，建设平易的抒情的国民文学；曰，推倒陈腐的铺张的古典文学，建设新鲜的立诚的写实文学；曰，推倒迂腐的艰涩的山林文学，建设明暸的通俗的社会文学。"

陈独秀牢牢把握了文学革命的领导权，毫不含糊，不留余地，剥夺了那些反对白话文的遗老遗少们参与讨论的资格，大有雄霸天下之势。对于陈独秀的这种革命姿态，胡适在五年后中肯地回忆说，由于自己的"历史癖太深，故不配做革命的事业。文学革命的进行，最重要的急先锋"是陈独秀，而自己的"态度太和平了，若照着他的这个态度做去，文学革命至少还须经过十年的讨论与尝试"，"当日若没有陈独秀'必不容反对者有讨论之余地'的精神，文学革命的运动，决不能引起那样大的注意"。

1917 年 9 月 10 日，还没有拿到博士学位的胡适在陈独秀举荐下，就任北大文科教授，讲授欧洲文学、英文诗歌和中国古代哲学。胡适月薪高达 280 银元，是仅次于学长陈独秀 300 银元的教授最高月薪。随后，《新青年》重要撰稿人和英文编辑刘文典（原名文聪，字叔雅，和陈是同乡，也是安徽怀宁人，有"狂人"之称），经陈独秀举荐到北大文科任教；李大钊经章士钊举荐，陈独秀提携其就任北大图书馆馆长。与此同时，经周树人（即鲁迅，时任教育部科长）推荐，蔡元培提携其弟周作人任北大文科教授；而在钱玄同和刘半农的"怂恿"下，鲁迅很快加入了《新青年》。文学革命阵营以《新青年》为阵地，紧密团结在陈独秀的周围，开始了冲锋陷阵的文学革命和热火朝天的新文学建设事业。

1918 年 1 月，由陈独秀独自主编的《新青年》改为同人刊物，并成立了编委会。沈尹默在《我和北大》一文中回忆说："编委七人：陈独秀、周树人、周作人、钱玄同、胡适、刘半农、沈尹默。并规定由七人编委轮流编辑，每期一人，周而复始。"而周作人在《知堂回忆录》中说，《新青年》的编辑为陈独秀、胡适、李大钊、刘半农、钱玄同和陶孟和，他本人"一直没有参加过"编辑会，只是个"客员"。1919 年 1 月出版的《新青年》第六卷第一号在卷首公布了"本杂志第六卷分期编辑表"，分别是：第一期，陈独秀；第二期，钱玄同；第三期，高一涵；第四期，胡适；第五期，李大钊；第六期，沈尹默。鲁迅也回忆说："《新青年》每出一期，就开一次编辑会，商定下一期的稿件。"因为编辑部就设在陈独秀箭杆胡同 9 号（今 20 号）的家中，所以，这里也当然地成了新文化运动的大本营和指挥部。

文学革命的战斗打响以后，随着陈独秀出掌北大文科而移师北京的《新青年》更是畅销全国，发行量在短短两年里由 1000 多册上升到 16000 册。

时为北大文科学生的张国焘回忆说，他的同学原来知道这个刊物的人"非常少"，到随着新文化运动的日渐扩大，尽管"无条件赞成新思潮、彻底拥护白话文者虽占少数，但他们具有蓬蓬勃勃的热烈精神"，《新青年》"每期出版后，在北大即销售一空"。

新文学"建设"从哪几个方面着手呢？在不断探索和斗争实践中，陈独秀领导《新青年》阵营，从白话诗创作开始，以翻译外国文学、开辟散文专栏"随感录"和改革中国传统戏剧的新戏剧运动等形式，进行实践和试验。但真正在文学创作上具有划时代意义的，还是鲁迅在 1918 年开始创作的白话文小说。

1918 年 5 月 15 日，《新青年》第四卷第五号发表了鲁迅的短篇小说《狂人日记》，成为新文学为五四新文化运动讨伐封建礼教的第一篇战斗檄文。鲁迅借狂人之口，愤怒控诉绵延数千年的旧礼教是"吃人的礼教"——"我翻阅历史一查，这历史没有年代，歪歪斜斜的每页上都写着'仁义道德'几个字，我横竖睡不着，仔细看了半夜，才从牙缝里看出字来，满本都写着两个字'吃人'！""我是吃人的人的兄弟！我自己也被人吃了，可仍然是吃人的人的兄弟！""他们会吃我，也会吃你，一伙里面，也会自己吃。""四千年来时时吃人的地方，今天才明白，我也在其中混了多年。"鲁迅警告那些封建礼教的卫道士，"你们立刻改了，从真心改起，你们要晓得将来是容不得吃人的人"的。

在《新青年》的鼓舞和启示之下，鲁迅发出了新时代的"呐喊"。从 1918 年 7 月到 1920 年 4 月，鲁迅在《新青年》上发表了 50 多篇作品，其中小说 5 篇：《狂人日记》、《孔乙己》、《药》、《风波》和《故乡》，政论 2 篇：《我之节烈观》和《我们怎样做父亲》，随感录 26 篇，新诗 6 首，译文 3 篇，以及通信 1 篇。经《新青年》推出，鲁迅成为新文化运动的"战将"。1933 年，鲁迅在《我怎么做起小说来》一文中念念不忘《新青年》的编辑"一回一回地来催，催几回，我就做一篇，这里我必得纪念陈独秀先生，他是催我做小说最着力的一个"。他说他那时做的小说是"遵命文学"，"不过我所尊奉的，是那时革命的前驱者的命令，也是我自己愿意尊奉的命令，决不是皇上的圣旨，也不是金元和真的指挥刀"。

"革中国人思想的命"——毫无疑问这是五四新文化运动对五千年封建中国的一次历史挑战，更是一次前所未有的创造和贡献。因为他们要创造的就是要在文化上在思想上建立一个新中国，即打破传统，以新思想代替旧思想、新文化代替旧文化。这种思想，从《新青年》创办之日起，就已经成为这个历史性运动的主导思想。而1919年5月4日之后从北京到上海乃至全国发生的学生运动和罢工事件，只是整个五四运动的"开花"和"结果"。

在21世纪的今天，我们回望人类的历史，可以毫不犹豫地发现一个最深刻又最浅显的真理——文化的力量（流行说法叫软实力）比政治、经济和战争的力量更持久和强大。从五四运动还在萌芽状态的时候，以陈独秀为代表的中国新知识分子们的领导者对文化和思想的革命，就表现了正面强攻、毫不妥协的姿态。

辛亥革命的不彻底，给新生的中华民国带来的是一场灾难。民国初年，尊孔复古的反动思潮汹涌而至，封建主义的思想堡垒依然坚固，资产阶级革命派和新知识分子们提倡的新思想新文化被打得落花流水。尊孔复古的思潮为袁世凯的复辟帝制鸣锣开道。袁世凯以大总统的名义发布尊孔祭孔令，曰："孔子之道，如日月经天，江河行地，树万世之师表，亘百代而常新。"他还在1916年元旦称帝的第一天，就下令封孔子的后裔孔令仪为"衍圣公"，并加"郡王"衔。

袁世凯的复辟短命崩溃，但扎根很深的封建余毒有蔓延的趋势，辛亥革命的成果几乎完全被吞噬。从政治界到文化界，再到思想界，革命的气息在挣扎中奄奄一息。正如毛泽东在《新民主主义论》中所总结的那样："因为中国资产阶级的无力和世界已经进到帝国主义时代，这种资产阶级思想只能上阵打上几个回合，就被外国帝国主义的奴化思想和中国封建主义的复古思想的反动同盟所打退了，被这个思想上的反动同盟军稍稍一反攻，所谓新学，就偃旗息鼓，宣告退却，失了灵魂，而只剩下它的躯壳了。旧的资产阶级民主主义文化，在帝国主义时代，已经腐化，已经无力了，它的失败是必然的。"

"前驱者"陈独秀以《新青年》为阵地，以科学和民主为武器，"利刃断铁，快刀理麻"，猛击纲常名教，从思想和文化这个"软实力"上为中国人"补课"

启蒙，表现了一种前所未有的彻底的坚决的斗争精神，超越了前人和同辈，从而成为新文化运动的领军人物。

《青年杂志》第一卷第一号《敬告青年》一文，可谓陈独秀发动新文化运动的宣言。他"涕泣陈辞"，寄希望于青年，不仅用进化论的观点号召国人起来"自强"，还大力强调科学与民主是检验一切政治、法律、伦理、学术以及社会风俗、人们日常生活一言一行的唯一准绳，凡违反科学和民主的，哪怕是"祖宗之所遗留，圣贤之所垂教，政府之所提倡，社会之所崇尚，皆一文不值也"。在同期《青年杂志》，陈独秀还发表了《法兰西人与近代文明》，指出近代有三大文明："一曰人权说，一曰生物进化论，一曰社会主义。"他说"这三大文明，皆法兰西人之赐。世界而无法兰西，今日之黑暗不识仍居何等"。应该说，陈独秀的科学民主思想当然地是辛亥革命时期中国先进人物向西方文明学习的继续，也是中国资产阶级民主革命未竟事业的继续，并且把向西方先进（即人类先进文明成果）学习和反对封建主义的斗争推向了一个新的阶段。

针对"孔家店"统治着的半封建半殖民地的国家现实，《新青年》提出了两大影响中国历史进程的口号——民主和科学，即"德先生"（Democracy）和"赛先生"（Science）。陈独秀斩钉截铁地说："要拥护那德先生，便不得不反对孔教、礼法、贞节、旧伦理、旧政治；要拥护那赛先生，便不得不反对旧艺术、旧宗教；要拥护德先生又要拥护赛先生，便不得不反对国粹和旧文学。"他通过《本志罪恶之答辩书》宣告："我们现在认定只有这两位先生，可以救治中国政治上、道德上、学术上、思想上一切黑暗。"（《新青年》第六卷第一号）

在老一辈和保守分子依然坚守传统思想和伦理的时候，新知识分子和精英人物在这个时刻开始团结起来，拥护"德先生"和"赛先生"，开始向西方寻找真理。而这个寻找的过程，是一个发展的过程，也是一个与时俱进的过程，曾经历了长期的斗争，有成功也有失败。在这个时期直至《新青年》时代，各种新思想登陆中国，鱼龙混杂，尤其是从法国和美国"进口"的诸如现实主义、功利主义、自由主义、个人主义、社会主义和无政府主义以及达尔文主义等，一股脑地涌入国破山河在的中国——如同混乱不堪的自由市场一样，越来越强烈地吸引着中国的新青年们。与此同时，各种新的哲学和方法论也随之涌现，诸如实用论、怀疑论和未知论以及后来的马克思主义，开始逐渐地影响中国和中国人。

需要我们注意的是，陈独秀批判"孔教"，但并不是批判孔子本人，他强调必须把原始的孔子学说与被统治者利用的所谓孔教相区分，要"使国人知独夫民贼利用孔子，实大悼孔子精神。孔子宏愿，诚欲统一学术，统一政治，不料独夫民贼作百世之傀儡，惜哉！"《新青年》作者易白沙响亮地提出"真理以辩论而明，学术由竞争而进"的口号，得到了陈独秀的大力捧场。而易白沙的这种主流观点也正是陈独秀《新青年》一以贯之的反对"孔教"，直至后来提出"打倒孔家店"的基本路线。因此，近百年来，我们对五四运动的这个口号，实在多有误读。也就是说，包括陈独秀在内的五四新文化运动的领袖们，他们对中国的传统思想并非采取的是全盘否定的态度，而是带着朴素的客观和辩证的观点，他们要打倒的并非是孔子这个人和孔子的思想，而是"孔教"——即被封建皇权和独裁者们利用来愚昧人民的"孔家店"。我们必须清楚，五四时代的大师们就已经告诉我们：打倒孔家店，不是打倒孔子。孔子是一个人，而不是神。

国家将亡，必兴妖孽。和"打倒孔家店"一样，陈独秀毫不留情地和《新青年》同人一道开展了一场和有鬼论者进行的斗争。从 1918 年 5 月 15 日《新青年》第四卷第五号开始，陈独秀专门开辟专栏与"灵学"针锋相对。发表了北大心理学教授陈大齐的《辟灵学》，以心理学、生物学证明"扶乩者所得之文，确实扶乩者所作"。他们"喜为古人的奴隶，以做奴隶为荣，而以脱离古人绊羁"，而假借鬼神的招牌"以自欺欺人"，这是奴隶的劣根性。陈独秀、钱玄同、刘半农也分别撰文《有鬼论质疑》等，向鬼神论者发问，大骂灵学是"妖孽"。接着，易白沙在第五卷第一号上发表《诸子无鬼论》，指出："吾国鬼神，盛于帝王。""鬼神之势大张，国家之运告终。证以历史，自三代以至清季，一部二十五史，莫不如是。盖大可惧之事也。"

随后，一个自称"平日主有鬼论甚力"的名叫易乙玄的人，写了篇《答陈独秀先生〈有鬼质疑论〉》，大发鬼论。刘叔雅和鲁迅及时给予了回击。鲁迅在《随感录》中说："现在有一班好讲鬼话的人，最恨科学，因为科学能教道理明白，能教人思路清楚，不许鬼混，所以自然而然地成了讲鬼话的人的对头。于是讲鬼话的人，便想出一个方法排除他。其中最巧妙的是捣乱，先把科学东拉西扯，羼进鬼话，弄得是非不明，连科学也带了妖气。"鲁迅接着指出："据我看来，要救活'几至国亡种灭'的中国，那种'孔圣人张天师传言由山东来'的方法，是不全对症的；却只有这鬼话的对头的科学——不是皮毛的真正科学。"

不破不立。陈独秀胆敢独创，大胆地反对宗教迷信，世上"凡是无用而受人尊重的，都是废物，都算是偶像"。他在《偶像破坏论》中惟妙惟肖地描绘了偶像的丑态："一声不做，二目无光，三餐不吃，四肢无力，五官不全，六亲不靠，七窍不通，八面威风，九（久）坐不动，十（实）是无用。"陈独秀主张"以科学代宗教"，破除迷信，推倒一切偶像，"开拓吾人真实之信仰"。更重要的是，陈独秀把破除鬼神论，从天上回到了人间，指出"君主也是一种偶像"。人们迷信他是"天的儿子，是神的替身，尊重他，崇拜他，以为他的本领与众不同"，其实"他本身并没有什么神圣出奇的作用，全靠众人迷信他，尊崇他，才能够号令全国"，一旦亡了国，像清朝的皇帝溥仪、俄罗斯的皇帝尼古拉二世，现在"好像一座泥塑木雕的偶像抛在了粪缸里"。写到此处，陈独秀还不痛快，他又把中国"男子所受的一切勋位荣典"和"女子的贞节牌坊"等也统统树立为需要推倒破坏的偶像。他把破除迷信、推倒偶像和"打倒孔家店"有机地结合起来，大声疾呼"破坏！破坏偶像！破坏虚伪的偶像！吾人信仰，当以真实的合理的为标准；宗教上、政治上、道德上自古相传的虚荣，欺人不合理的信仰，都算是偶像，都应该破坏！"陈独秀简直就像决斗场上的勇士，高举民主和科学的长枪短炮，先发制人，向敌人或对手采取正面强攻，毫不妥协地成为一个坚强的民主主义斗士。

《新青年》的影响力实在太大了。身兼北大文科学长和《新青年》主编的陈独秀，"站在时代的前面，领导着青年们向前迈进；所以他的一言一动，青年皆蒙其极大的影响，在近代文化史上，不能不算是开山人物"。[1] 他高

---

[1] 陈钟凡：《陈独秀先生印象记》，原载《大学月刊》1942 年 9 月第 1 卷第 9 期。

举"科学"和"民主"的大旗，让一校一刊实现了最佳的历史组合，使北京大学找到了关注现实并对社会直接发言的最佳平台和视角，打造出现代中国的精神高地，为国家播下了读书、爱国和革命的种子。《新青年》的人文勇气不仅得到了学问家的性情与学识的滋养，也得到了全国青年的拥护和传颂，"像春雷初动一般"，"惊醒了整个时代的青年。他们首先发现自己是青年，又粗略地认识了自己的时代，再来看旧道德，旧文学，心中就生出了叛逆的种子。一些青年逐渐地以至于突然地打碎了身上的枷锁，歌唱着冲出了封建的堡垒"。[1]时为武昌中华大学中学部"新声社"社员的恽代英致信《新青年》说："我们素来的生活，是在混沌里面，自从看了《新青年》渐渐地醒悟过来，真是像在黑暗的地方见了曙光一样。"[2]在湖北陆军第二预备学校学习的叶挺致信陈独秀说："空谷足音，遥聆若渴。明灯黑室，觉岸延丰。足下创行《青年》杂志，首以提倡道德为旨。欲障此狂波，拯斯溺世，感甚感甚。"又说："吾辈青年，坐沉沉黑狱中，一纸天良，不绝如缕，亟待足下明灯指迷者，当大有人在也。仆家计不堪，复哀国难，几不自支，然已稍能觉悟，廓而化之曰：向圣贤路上鞭策。悠悠前路，不知能免陨越否耶？亦唯良心是赖而已，积怀满腔，无暇尽白，足下不弃，忍而训之，甚盼甚盼。"[3]

重在输入学理，围绕文学革命开展思想革命，宣扬修身治国之道，不在批评政治，这是《新青年》创刊之初的宗旨。用胡适的话说，就是"打定二十年不谈政治的决心，要想在思想文艺上替中国政治建设筑一个革新的基础"。但随着国内和国际形势的变化——袁世凯洪宪帝制的覆灭、皖系军阀的上台、张勋复辟的失败、广东护法军政府的建立和 1917 年 11 月 7 日俄国十月革命的胜利、中日共同"防敌"军事协定的订立以及第一次世界大战的结束等重大事件的影响，忧国忧民的新知识分子们无不从正面或反面开始更急切和焦灼地关注着国家和民族的前途命运。

新文化运动影响力越来越深，影响面也越来越宽，但是直到 1918 年 5

---

[1] 杨振声：《回忆五四》，原载《人民文学》1954 年 5 月号。
[2] 原载《新青年》1919 年 3 月 15 日第六卷第三号。
[3] 原载《新青年》1917 年 2 月 1 日第二卷第六号。

月之前，它仍然只是新旧知识分子笔墨间的"战争"和大学这个"象牙塔"里的事情。我想，即使把这个以科学和民主为主导的新文学、新思想的新文化运动比作一场"头脑风暴"的话，那么也只是一场"茶壶里的风暴"，与群众的政治斗争还依然没有结合起来。但到了1918年的春天，情况发生了变化。

1918年5月18日，中英文对照报纸《京报》（The Peking Gazette）发表了一篇《出卖中国》（Selling Out China）的新闻，揭露了北京政府与日本秘密签订的"中日共同防敌军事协定"，公开谴责段祺瑞政府为卖国政府。随后，《京报》被立即查封，主编陈友仁也被囚禁。而此前在日本和法国的中国留学生们还举行了示威游行，抗议秘密外交。中国留日学生的游行受日本警察多次干涉，于5月5日的集会中决定，3000多留日学生从12日开始陆续全部回国。

国内民众反对秘密外交的情绪也空前高涨。5月19日，北京高等工业专门学校学生张传琦义愤填膺，断指血书："亡国条件不取消不达目的，勿限于五分钟之热血。"此举激发了青年学子们的爱国热情。5月21日，北京大学、北京高等师范学校、北京法政学校和北京工业专门学校等2000多名学生破天荒地组织了游行请愿，到冯国璋的总统府要求废除这个协定。高等工业专门学校学生夏秀峰在同学们整队集合出发前，跳上讲台发表讲话后，从衣袋中抽出小刀割破手指，血书："此条约取消之日，为我辈生还之时。"参加这次请愿活动的"学生们上午9点便聚集在新华门总统府的会客室前，要求会见总统。冯国璋派北京市长王志襄、步兵统领李阶平、警察局长吴镜潭和宪兵司令马觐门等接见学生，劝说他们返回学校，但没有奏效。最后总统接见了13位学生代表，包括北大的学生段锡朋、雷国能、许德珩、王政、易克嶷、方豪，师范学校的熊梦飞，工业学校的鲁士毅、邓翔海、夏秀峰，是由步兵统领李阶平在居仁堂引见总统的。这些学生中很多人后来成为五四事件的领导者及中国政界、教育界的名人"。[1]

随后，天津、上海等城市的学生也举行了游行示威。尽管这次学生运

---

[1] 见《时事纪要》，原载《教育杂志》1918年6月20日第十卷第六号第44-45页。

动很快就被平息下去，但在中国商界却产生了影响，商人们也曾集会并致电政府停止与南方的内战。而北京和上海的学生们由此团结起来，成立了"学生爱国会"（后改名为"学生救国会"）。1918 年 5 月的大学生抗日请愿活动，虽然没有对政府和政治造成什么直接的影响，但其活动的价值和意义却非同寻常，可以说这是中国新知识分子和商界等其他社会力量第一次成规模有组织地合作的标志，真可谓是一年后在天安门广场爆发的五四运动的一次预演。

在这次反对帝国主义的示威请愿斗争中，北大校长蔡元培在学生出发时曾劝阻，但阻挠没有成功，为此主动提出"引咎辞职"；文科学长陈独秀和其他各科学长一样，也表示和蔡共进退，提出"引咎辞职"，后"经慰留而罢"。而关于这次反帝斗争，"不谈政治"的《新青年》也没有做出反应。显然，1918 年 5 月的请愿活动，让新青年们在运动中自己组织起来了，中国社会力量阵线注入了新的血液，并开始了新的组合。

作为一个参加过辛亥革命的老革命党人，有着激烈舆论渴求和成熟办报经验的陈独秀，现在无论如何也按捺不住自己对政治的热情了。1918 年 7 月 15 日，陈独秀在《新青年》第五卷第一号上发表《今日中国之政治问题》，公开表明了自己与《新青年》同人截然不同的意见，说："本志同人及读者，往往不以我谈政治为然。有人说：我辈青年重在修养学识，从根本上改造社会，何必谈什么政治呢？……何必谈什么政治惹出事来呢？"其实"这些话都说错了"，作为一个国家的人民对政治"怎么该装聋作哑"？国民应该"速醒"，对"关系国家民族根本存亡的政治根本问题"，要有"彻底的觉悟，急谋改革"，否则"必至永远纷扰，国亡种灭而后已"！从此陈独秀开始了辛亥革命后的政治运动生涯。

1918 年 11 月 11 日，第一次世界大战终于以德国战败投降告终，中国的政治气氛高涨。作为协约国成员之一的中国也终于以胜利者的姿态推倒了"克林德碑"，轰轰烈烈热热闹闹地把这座"石头牌坊"迁移到中央公园，改名"公理战胜"。11 月 15 日、16 日和 28 日至 30 日，北京大学分别在天安门和中央公园举行讲演大会。讲演者不仅有教职员，而且有学生。以北大为中心的新知识分子们更是出尽了风头，蔡元培、胡适、李大钊、陶履恭等都登台发表了演说。

李大钊的《庶民的胜利》和蔡元培的《劳工神圣》，以及陶履恭的《欧战以后的政治》演说，被陈独秀冠以《关于欧战的演说三篇》为题，以头条位置发表于1918年11月15日出版的《新青年》上。同期还发表了李大钊的《Bolshevism的胜利》和陈独秀的《克林德碑》。全国各大报纸杂志纷纷著文庆祝，上海《民国日报》在1919年1月5日公开评论说，欧战的胜利是"协约国及美国之大战成功"，巴黎和会召开，中国可以"挽百十年国际上之失败"，使中国能够"与英法美并驾齐驱"。

在支持学生社团和学生刊物的同时，天生就具有叛逆精神的陈独秀深感作为月刊的《新青年》，因为"不谈政治"很难对现实的政治斗争发挥作用，必须创办一份"更迅速、刊期短、与现实更直接"的刊物。11月27日，他召集李大钊等志同道合者在自己的办公室里开始讨论创办《每周评论》，参加会议的还有张申府、高一涵、高承元等，会上"公推陈独秀负书记及编辑之责，余人俱任撰述"。

1918年12月22日《每周评论》的创刊，标志着新文化运动把文化斗争和政治斗争相结合。从此这个名叫"独秀"的人又以"只眼"为笔名，不断对重大政治问题发表评论。就像把《新青年》的编辑部设在箭杆胡同自己的家中一样，陈独秀把《每周评论》的编辑部就设在沙滩新落成的北大红楼文科学长的办公室里，发行所设在北京骡马大街米市胡同79号。和《新青年》重在文化塑造和思想启蒙不一样，《每周评论》则重在针砭时弊、批评时政，完全是一个锋芒毕露的战斗性刊物。《每周评论》和《新青年》两者相互配合、相互补充，可谓协同作战，相得益彰。

在《每周评论》创刊号上，陈独秀以《两团政治》为题，公开揭露了军阀政治与帝国主义的勾结。陈独秀说："中国人上自大总统，下至挑粪桶，没有人不怕督军团，这是人人都知道的了。但是外交团比督军团还要厉害，列位看前几天督军团在北京何等威风，只因为外交团小小的一个劝告，都吓得各鸟兽散。什么国会的弹劾，什么总统的命令，有这样厉害吗？这就叫作'中国之两团政治'。"因为段祺瑞在日本帝国主义的支持下，为保存自己的军阀武装实力，把打着参加第一次世界大战的幌子训练的所谓"参战军"改为"国防军"。为此，陈独秀在2月23日的社论《我的国内和平意见》中，紧紧联系《中日共同防敌协定》发表意见，甚至号召"国民起来根本解决"。他说："在外交上说起来，原来这国防军，就是参战军的改名。参战军想受日本兵器兵费的接济，便不得不受中日两国军阀野心的结托，假参战为名，一方是打算握大陆的兵权，一方是打算做国中的霸主。一个愿打，一个愿挨，所苦的就是我们四万万被卖的人民。幸而欧战停止，参战军未能扩充，两国的军阀，还没有十分如愿。然而这国防军仍然是军事协定的余毒……""这国防军因为用了中日军事协约的参战借款和兵器，所以用人行政都不大自由。所以国防督办处和经理局教练处，都不得不用许多日本人执那重要的职务。""这国防军倘不取消，在内政上在外交上都是破坏和平的危险物。和平会议的南北代表诸君，如果真想为国民谋和平幸福，就应该竭力打消这破坏和平的危险物。我也知道这件事是两国军阀的结托，力量不小。不但代表诸君不敢得罪他们，就是两国政府的当局，也都无可奈何。如此我们只有奉劝两国的军阀，看看世界大势，不要太高兴。若是两国的国民起来根本解决，闹得俄德两国的现状，没有你们什么好处。"

紧接着，陈独秀在1919年1月19日的《每周评论》上发表了《除三害》，勇敢地向军阀、官僚、政客开战，他说："中国若不除去这三害"，政治永无清宁之日，"若想除这三害，第一，一般国民要有参与政治的觉悟，对于这三害，要有相当的示威运动。第二，社会中坚分子，应该挺身出头，组织有政见的有良心的依赖国民为后援的政党，来扫荡无政见的无良心的依赖特殊势力为后援的狗党"。陈独秀把斗争的矛头直指封建军阀，大胆指出解决中国国内和平的根本途径，依靠人民的力量，就是"铲除南北军阀"，"非多数国民出来，用那最不和平的手段，将那顾全饭碗、阻碍和平的武人、议员、政客扫荡一空不可"。

因为世界大战结束，作为协约国成员的中国，举国欢腾，陈独秀也不例外。他相信这次大战是"公理战胜强权"。在他看来，"凡合乎平等自由的就是公理；倚仗自家强力，侵害他人平等自由的，就是强权。"[1] 因此，

---

[1] 原载《每周评论》1918年12月22日《发刊词》。

他主张"我们东洋各国列席（巴黎和会）的委员，应该联合一气，首先提出'人类平等一概不得歧视'的意见，当作东洋各国第一重大的要求。此案倘能通过，他种欧美各国对亚洲人不平等的待遇，和各种不平等的条约，便自然从根消灭了"。[1]

"战局告终，和会开幕，强权失败，公理昌明。正我国人仰首伸眉，理直气壮，求公判于世界各国之会。"[2] 对于巴黎和会，除了社会名流和知识分子对国家的前途充满期待和信心之外，社会群众团体开始联合起来，向巴黎和会表达中国人民的愿景，试图给和会以影响，以期实现国家和民族独立平等的要求。像留日学生救国团曾提议组织赴欧公诉团；国民对日外交后援会决议派代表赴欧；上海工商界的许多团体曾组织中华工商保守国际和平研究会，并联合全国商会联合会及各省商会，共同向巴黎和会提出要求。

但，人为刀俎，我为鱼肉。中国在这次长达180天的改变世界的国际和平会议上不仅毫无收获，而且带着屈辱彻底地以失败告终。消息传来，如同噩耗。中国人民愤怒了——无奈、悲观和不安笼罩在陈独秀这样的知识分子和像北京大学这些年轻大学生们的心头。

而就在巴黎和会开幕一个月后的2月20日，中国的南北和会也在上海登场，南北的军阀、政客们为了争权夺利吵得不可开交。南北和谈看似是中国国内的政党、政权之争，其实也是巴黎和会美日两国博弈的缩影。第一次世界大战结束，中国成为美日争夺的焦点。美国处心积虑地排除日本在中国的势力，它就利用中国人"停止内战、实现和平"的反战情绪，来打击日本人。新旧思潮激战的时刻，陈独秀在民族危亡、国家危机面前大义凛然，尖锐地揭露所谓解决中国政治问题的"南北分立"之说就是"分裂"、"割据"。他大胆地在《每周评论》上质问"为什么要南北分立"？号召民众，解决问题的根本途径就是"铲除南北军阀"，而中国要真正得到和

---

[1] 陈独秀：《战后东洋民族之觉悟及要求》，原载《每周评论》1918年12月29日。
[2] 见上海《民国日报》1919年2月4日发表的留日学生救国团提议组织国民赴欧公诉团的意见书。

平，"非大多数国民出来，用那最不和平的手段，将那顾全饭碗、阻碍和平的武人、议员、政客扫荡一空不可"。

1919年5月4日，也就是五四运动爆发的第一天，陈独秀就在《每周评论》第20号上发表了《两个和会都无用》，一针见血地揭开了上海和会和巴黎和会的虚伪面纱，公开指出这是"两个分赃会议"——

上海的和会，两方都重在党派的权利，什么裁兵废督，不过说说好听，做做面子，实际上他们哪里办得了。巴黎的和会，各国都重在本国的权利，什么公理，什么永久和平，什么威尔逊总统十四条宣言，都成了一文不值的空话。那法、意、日本三个军国主义的国家，因为不称他们侵略土地的野心，动辄还要大发脾气，退出和会。我看这两个分赃会议与世界永久和平、人类真正幸福，隔得不止十万八千里，非全世界的人民都站起来直接解决不可。若是靠着分赃会议里那几个政治家、外交家在那里关门弄鬼，定然没有好结果。

从称赞美国总统威尔逊是"世界上第一大好人"到讥讽他是"威大炮"，再到"成了一文不值的空话"，陈独秀对帝国主义者认知的心路历程，典型地反映了中国新知识分子对西方帝国主义者天真的幻想，从希望到失望以至破灭的过程。正如巴黎和会的美国法律专家大卫·亨特米勒所说："许多为'受辱的山东'而落的眼泪都是共和党鳄鱼流的，他们其实一点都不关心中国。"而一向认为美国应该避免在中国问题上和他国对抗的美国国务卿兰辛说得更真实："为中国的领土完整而使美国陷入国际关系困境是非常不切实际的。"

从来就没有什么神仙和皇帝，拯救我们靠自己。中国人开始觉醒。

1919年5月4日，五四爱国运动爆发了，中国青年走上街头，为国家的独立、自由、民主而战。（有关五四运动的详细经过，可参阅本人著作《五四运动画传：历史的现场和真相》，中国青年出版社2009年5月版。本书不再赘述。）

五四爱国运动是中国旧民主主义革命的结束和新民主主义革命的开端，中国革命从此进入新的历史时期，但它也是五四新文化运动的继续和发展。而作为新文化运动兴起之标志的《新青年》，在中国近代史上起到了重要的思想和文化启蒙作用，不仅为五四爱国运动做了思想准备，使社会主义思潮逐渐代替资产阶级思潮而成为运动的主流，并在思想上和干部准备上为中国共产党的建立作了准备。毛泽东在延安时期就在不同场合多次强调说："陈独秀是五四运动的总司令"。

　　五四新文化运动"解放了一代知识青年的思想，使他们冲出了封建主义的牢笼，获得了独立的人格。只有这样的新青年才能勇敢地走向街头、广场，举行游行示威，火烧卖国贼的住宅赵家楼，点燃起五四运动的革命烈火，如果没有新文化运动，那些满脑子三纲五常、三从四德的男女知识青年，不过是摇头晃脑地哼哼几句古文，写些佶屈聱牙的之乎者也罢了。新文化运动直接为五四运动奠定了思想基础，准备了一批反帝爱国运动的中坚分子，伦理的觉悟转化为进行政治斗争的动力，白话文成为爱国运动广泛开展的宣传工具"。[1] 从文化运动到政治运动，老革命党人陈独秀比较有经验地吸收了孙中山辛亥革命失败的教训，从文化这个软实力着手，娴熟地运用自己经营报纸杂志发挥舆论监督的作用，引导群众开始对政府进行政治诉求。因为《新青年》办刊方针的限制，加上同人志同道不合的制约，陈独秀携手李大钊运用《每周评论》作为阵地，大谈政治，激浊扬清。

　　在新旧思潮激战的时刻，陈独秀毫无顾忌公开发表自己的政治主张，把民主与科学的思想通过《每周评论》与现实的政治斗争结合起来，从而赢得了更多新青年的信仰和爱戴。时为北大预科学生的罗章龙回忆说，陈独秀"一再强调，要采取'直接行动'对中国进行'根本改造'。他的这些言论非常符合当时激进青年的心意。青年们对他十分敬佩，亦步亦趋团结在他的周围。正是在他这些号召的鼓动下，易克嶷、匡互生、吴坚民、宋天放、李梅羹、王复生、刘克俊、夏秀峰、张树荣、吴慎恭、吴学裴、

_____

[1] 任建树：《陈独秀传》，上海人民出版社 1989 年 9 月第 1 版第 142 页。

王有德和我等各院校的青年学生，在'五四'前夕，秘密组织了一个行动小组"。

五四爱国运动爆发后，陈独秀经常亲自到事件发生的现场，看望被捕学生，掌握第一手材料，天天都在忙碌着采访、写作，一个月内在《每周评论》共发表7篇文章和33篇《随感录》。从5月4日至6月8日，《每周评论》用全部版面报道运动发展的情况，并连续出版了第二十一号（5月11日）、二十二号（18日）、二十三号（26日）三期"山东问题"特号，详细报道5月4日学生游行时悲愤激昂的情况，全文刊登《北京学界全体宣言》，揭露帝国主义对中国的侵略和北洋政府的卖国罪行，将青岛问题的来龙去脉、巴黎和会中国外交失败经过、日本代表在巴黎和会飞扬跋扈的嚣张气焰、北京学生被捕情况和各界对学生的支援，在第一时间向全国人民报道了事件的真相，从而掀起拒签和约的斗争。在《每周评论》第二十二号还增刊四版，刊出《特别附录——对于北京学生运动的舆论》，指出公众的示威运动是国民"应有的权利"，"是合乎正义的"，不受"反乎人道正义"的法律制裁。难道"只许州官放火，不准百姓点灯。彼卖国之贼、残民之官及奸淫焚掠暴戾恣睢之武人，皆享有自由违法之权"，为何独对学生"执法如山"？！

煽革命之风，点革命之火。《每周评论》成为新青年们"欢喜无量"的"明灯"，仅在北京一地就发行五万多份，其"议论之精辟，叙事之简洁为全国新闻之冠"。[1]因此，北洋政府对它恨之入骨。1919年8月30日，《每周评论》出版第三十七号时，被北京政府当局查封。

当学生被捕、蔡元培被迫辞职秘密离京之后，上海的好友觉得陈独秀处境危险，就函电促其南下。

陈独秀气愤地回答说："我脑筋惨痛已极，亟盼政府早日捉我下监处死，不欲生存于此恶浊之社会也。"

6月3日，当北京政府出动军警对学生实行大逮捕之后，陈独秀更是义愤填膺。6月8日，他在《每周评论》第二十五号发表了著名的《研究

---

[1] 吴虞：《吴虞日记》，1919年7月11日。

室与监狱》——

世界文明发源地有二：一是科学研究室，一是监狱。我们青年要立志出了研究室就入监狱，出了监狱就入研究室，这才是人生最高尚优美的生活。从这两处发生的文明，才是真文明，才是有生命有价值的文明。

陈独秀高昂的战斗激情和乐观主义精神，感染了五四时代的青年。"研究室和监狱"一时间成为新青年们的爱国诺言和报国实践。有人说陈独秀是终身的反对派，他自己也乐意接受，其实，在我看来，这位诗人性格的革命者，应该是一个终身的坚持派。他始终坚持自己的，不做别人。就像他的名字一样——独秀，要做就做自己，因为世界上没有一个人像自己，因为世界上只有一个自己。这个安徽好汉，乃真心英雄。但丁说：走自己的路，让别人去说吧！陈独秀就是一个走自己的路的人，而且永不回头。这样的硬汉，吾辈只能心向往之。陈独秀为人处世，光明磊落，从不搞阴谋诡计。鲁迅说："假如将韬略比做一间仓库罢，独秀先生的是外面竖一面大旗，大书道：'内皆武器，来者小心！'但那门却开着的，里面有几枝枪，几把刀，一目了然，用不着提防。"

"庆父不死，鲁难未已。"在卖国贼曹汝霖、章宗祥、陆宗舆罢免后，耀武扬威的皖系军阀仍然掌握着中央政权，五四爱国运动的根本要求依然没有解决。敢说敢做的陈独秀再也坐不住了，作为新青年的导师、中国思想界的先驱和"五四运动的总司令"，他把握了历史又推动了历史、他改变了历史又被历史改变。在这关键时刻，他以其特有的无畏和牺牲精神，开始自己的直接行动——"直接行动就是人民对于社会国家的黑暗，由人民直接行动，加以制裁，不诉诸法律，不利用特殊势力，不依赖代表。因为法律是强权的护符，特殊势力是民权的仇敌，代议员是欺骗者，决不能代表公众的意见。"[1] 于是，这位"五四运动的总司令"进一步对北京政府予以"根本之改造"，起草了《北京市民宣言》，全文如下——

---

[1] 陈独秀：《五四运动的精神是什么？》，原载《时报》1920 年 4 月 22 日。

中华民族乃酷爱和平之民族。今虽备受内外不可忍受之压迫，仍本斯旨，对于政府提出最后最低之要求，如下：

（1）对日外交，不抛弃山东省经济上之权利，并取消民国四年七年两次密约。

（2）免徐树铮、曹汝霖、陆宗舆、章宗祥、段芝贵、王怀庆六人官职，并驱逐出京。[1]

（3）取消步军统领及警备司令两机关。

（4）北京保安队改由市民组织。

（5）市民须有绝对集会言论自由权。

我市民仍希望和平方法达此目的。倘政府不顾和平，不完全听从市民之希望，我等学生、商人、劳工、军人等，惟有直接行动，以图根本之改造。特此宣告，敬求内外士女谅解斯旨。

（各处接到此宣言，希即复印传布）

《北京市民宣言》上半部为汉文，下半部为英文，是陈独秀1919年6月9日起草的，英文是陈请胡适翻译的。当天夜里，陈独秀和高一涵一起到嵩祝寺旁边一个为北大印讲义的小印刷所去印刷，印刷费由陈独秀个人掏腰包解决。印完时，已深夜一点多钟。两位印刷工人警惕性很高，印好后把底稿和废纸一概烧得干干净净。[2]

这个宣言指明了五四爱国运动的方向，"希望和平方法达此目的"，但是，如果政府"不顾和平，不完全听从市民之希望"，就"惟有直接行动，

---

[1] 徐树铮，1916年任北京政府秘书长，1918年任陆军次长，1919年在五四运动中主张镇压学生和在巴黎和会上签字，这年6月被任命为西北筹边使兼西北边防军总司令，7月被免职。曹汝霖，1913年任北洋政府外交次长，1915年和陆征祥一起受命与日本签订"二十一条"，1919年初任交通总长。陆宗舆，时任北京政府外交总长，出任巴黎和会中国首席代表。章宗祥，1916年任北京政府驻日公使，与交通总长曹汝霖、前驻日公使陆宗舆勾结，向日借款，出卖国家，激起全国人民愤怒。五四爱国运动爆发后，在全国人民强烈抗议下，北京政府于6月10日免除曹汝霖、陆宗舆、章宗祥的职务。段芝贵时任北京警备司令。王怀庆时任北京政府步兵统领。

[2] 高一涵：《李大钊同志护送陈独秀脱险》，引自《五四运动回忆录》（续），中国社会科学出版社1979年11月版。

以图根本之改造"，可谓是陈独秀"平民征服政府"的纲领。

"宣言"印好之后，陈独秀就和他的战友们一起散发。据高一涵回忆：他和陈独秀先是一起到中央公园（今中山公园）散发，大多是乘吃茶的人离开茶座时，把《宣言》"放在没有人的桌子上，用茶杯压好，等到吃茶的人回到原桌子来，看到传单，读后大声叫好，拍手欢呼"。这次散发，已经引起北京当局注意并要求警方派出暗探进行侦查，发现"陈独秀素以印刷品传播过激主义煽惑工人等情形，并在大头沟十八号设立印刷机关实属妨害治安"，这对当局来说无疑如是"炸弹"。于是，陈独秀的行动开始受到警方秘密跟踪和调查。

6月11日这天下午，蒙在鼓里的陈独秀又约同乡高一涵、王星拱（北大理科教员）、程演生（北大预科教授）、邓初（内务部佥事）四人，一起到香厂附近一个四川菜馆子浣花春去吃晚饭。餐后，陈独秀、邓初和高一涵三人前往新世界游艺园去散发传单，王星拱和程演生到城南游艺园去散发传单。高一涵回忆说："我同陈独秀、邓初三人到新世界，见戏场、书场、台球场内，皆有电灯照耀，如同白日，不好散发传单。陈独秀同我两人只得上新世界的屋顶花园，那里没有游人，也无电灯。这时刚看到下一层露台上正放映露天电影，我们就趁此机会，把传单从上面撒下去。哪知道，我们正在向下撒传单时，屋顶花园的阴暗角落里走出一个人来，向陈独秀要传单看。陈独秀实在天真、幼稚，就从衣袋里摸出一张传单给那个人。那个人一看，马上就说'就是这个'。即刻叫埋伏在屋顶花园暗地里的一伙暗探，把陈独秀抓住。我乘着这个机会，疾走到屋顶花园的天桥上，探子大叫：'那里还有一个！'我就在此一刹那间，把手中拿的传单抛了，赶快走下去，杂在戏园的观众中，并脱去长衫，丢掉草帽，躲藏起来。转眼看到邓初一人，还在对过台球场内，把传单一张一张地放在茶桌上。我小声告诉他，说：'独秀已被捕。'他还说：'不要开玩笑罢！'正说间，遥见陈独秀已被探子们捉下楼来。陈独秀怕我们不知道他被捕，故意大呼大跳起来，说：'暗无天日，竟敢无故捕人！'为此，《新青年》编辑部（即陈独秀住宅）当晚也遭到了搜查。陈独秀被捕监禁了近三个月，李大钊也因此出京到昌黎五峰山躲避了一个时期。陈被释放时，李也已回到北京。"[1]

其实，身着白帽西服的陈独秀，一来到新世界，因"上下楼甚频，且其衣服兜中膨满"，就引起了暗探的注意和跟踪。当晚10时，当陈独秀散发传单时，立即被拘捕。夜12时，军警百余人荷枪实弹包围陈的住宅，破门而入，陈的眷属从梦中惊起，当即被搜检拿去信札多件。

6月12日，京师警察厅外右五区警察署提讯陈独秀。他这时才编造了一段供词，说：当蔡校长在校时，我请假回安庆，于前几日来京，"路过上海时，经上海学生联合会友人徐姓交给我这传单一千四五百张，叫我到北京散布。本月十一日上午十正点钟，我将这传单送到北京学生联合会四五百张，交给不知姓名高等师范学生收讫"。晚九、十点钟，"我到新世界散布传单，已散去数十张……"陈独秀承认散发《宣言》，但请假回安庆、上海徐姓友人和不知姓名的高师学生等却是信口欺骗警察的无厘头。

6月12日至13日间，京师警察厅外右五区警察署专门呈送了"陈独秀被捕送案表"，比较详细地记录了陈独秀在新世界被捕的经过：

前因本署捡得传单一纸，内云欲在新世界抛扔炸弹云云。署长当以此事无论有无，究以有关治安，遂即由署抽派便衣巡官长警每日晚间分布在新世界商场内注意侦查。并对各机关声明此事，会同担负责任。业经将筹办情形面达：

办公室李科员转陈

总监在案。今据巡官刘永清、邓海熙等报称：转据巡警朱霞报告，适在街市捡拾传单一纸，遂即会同巡官吴广凌、关宗彝并侦缉队洪分队长等，在新世界商场内各处注意侦查。迫至五层楼上，即见这陈独秀神色仓惶，形迹甚属可疑。当即会同本厅密探李文华等将该人扭获，当从该陈独秀身

---

[1] 高一涵：《李大钊同志护送陈独秀脱险》，原载《文史资料选辑》第61辑。对散发传单事，胡适的回忆与高一涵有所不同，他说当时在场的是陈独秀、高一涵和胡适三位安徽同乡在新世界吃茶聊天，"陈氏从他的衣袋中取出一些传单来向其他桌子上散发。……我们原在一起吃茶，未几一涵和我便先回来了（那时高君和我住在一起）。独秀一人留下，他仍在继续散发他的传单。不久警察便来了，把独秀拘捕起来送入警察总署的监牢。"

旁搜出传单一卷、信件一封，遂将人证一并带署等情提讯。陈独秀供称，伊系安徽怀宁县人，在日本留学，法政毕业前在北京大学校文科充当学长。自蔡校长去后，伊亦请假回籍，昨始由籍来京。今赴新世界商场，在头层楼矮墙之上捡得传单一卷，当时看了三分之二，大意尚未看明。看完之后，遂将传单揣在兜内，不料被侦警看见扭获，从身旁将传单与伊友兰公武与伊寄来信件一封，一并捡出带案。至传单来历，伊实不知情等供，一再研讯，矢口不移。应如何办理之处理合录供，将陈独秀一名连同记物一并呈解宪厅讯办。

外右五区警察署的这份报告，其中"见这陈独秀神色仓惶，形迹甚属可疑。当即会同本厅密探李文华等将该人扭获"之句，显然有炫耀邀功请赏之嫌，实际上他们是看见陈独秀在撒传单时才将其抓获的。

陈独秀被捕后，同行的安徽同乡胡适、高一涵、王星拱、程演生、邓初等非常着急，但他们因参与行动无法出面，于是就和李大钊等人商量，最后决定首先通过媒体，将陈独秀被捕的消息告诉全国人民，造成强大的社会舆论，使北洋政府有所顾忌，不敢胡作非为。

6月13日，《北京日报》和《晨报》首先披露了陈独秀被捕消息。《晨报》在第三版发布消息《陈独秀被捕》说：

前北京大学文科学长陈独秀氏忽于前日（十一日）下午二□时在新世界被便衣巡警捕去。当时知者甚少，至晚间十二时，有军警百余人荷枪实弹，兜围北池子箭竿胡同陈氏住宅，破门而入。陈氏眷属均从梦中警起，当被搜检，持去信札多件。惟被捕原因，尚不得知。据外间传说，一谓近日外间发布北京市民宣言传单，与陈氏不无关系云。

《北京日报》在第二版发表消息《北京大学教授陈氏被捕》，说：

北京大学教授陈独秀君，前夜在新世界携有市民通告数张，当被警吏拘去，因之该校学生昨日又有讨论。闻政府以此项印刷品，查系外人方面发出者，与学生毫无关系，并证明陈独秀虽系手持此传单，尚非陈氏自行制造者，故允许即为发落云。

随后这个消息成为全国各大报纸的热点新闻，纷纷转载报道。

6月14日，《民国日报》发表了陈独秀起草并散发的《北京市民宣言》的主要内容。同日，《晨报》在第二版发表新闻《被捕后之陈独秀》，说：

前北京大学文科学长陈独秀君被捕情形，已志昨报，闻陈君现尚被拘在警厅。前日有北京导报记者、中美通信社记者、路透社通信员，及北大教员等赴警厅视陈，不获许可，其他友人往视者，亦悉被拒绝。又闻，北京中等以上学校教职员联合会，已决定呈请保释陈君，保状本日即可递入当局，果知尊重士流，顺从社会之公意，当能即予照准也。

同日，《北京日报》在第二版发表署名"明"的短讯《陈独秀案再志》，称：

陈独秀被逮。时步军统领衙门官兵与警察官厅，为职权问题，小有争执，结果解至警厅。至在陈家抄出之书籍，有西洋学说多种之册籍，皆为大学教授之参考书，尚不能构成刑律某项之所为，故警厅于今日将陈氏移送高等检察厅，请为检举云云。

这篇新闻中所说"小有争执"的事情是这样的：在拘捕陈独秀的过程中，北京军方与警方都想缉拿管制陈独秀，互相争执，因当时警方人数较多，遂将陈独秀押送到警厅。对此，北京政府步兵统领王怀庆与京师警察厅总监吴炳湘再次发生争执，王欲以治安妨害绳以军法，吴则以违警律处置。他们互不相让，就诉之于"大总统"徐世昌，结果由徐确定交法庭审判处理。

陈独秀被捕的消息在第一时间就经北京和上海的报刊宣传出去，给北京当局形成了一定的舆论压力，尤其对警察厅总监吴炳湘来说，压力更大。作为安徽同乡，吴炳湘对陈独秀也是十分敬重的。而步兵统领王怀庆是陈独秀起草散发的《北京市民宣言》中要求开除官职的六人之一，自然对陈独秀是恨之入骨。但面对各种舆论，吴炳湘对如何处置陈独秀也十分为难。6月14日，他对媒体专门布告，批评报道有误，对陈独秀被捕的经过事实给予澄清。吴炳湘说：

为布告事，照得国家多事之秋，舆论最关紧要。值此时机，内忧外患，纷至沓来，人心动摇，已达极点。若无正当舆论维持其间，则略加蛊惑之词，前途即不堪设想。本厅负维持地方之责，治安二字，刻不能忘，是以迭次布告各报馆，对于一切言论，均宜以正当确实为主。乃阅本月十三号该报新闻栏内，登载陈独秀被捕一段，事实既多不符，言语又近鼓吹，殊属令人不解。查十一日晚有人在新世界散布市民宣言传单，系被侦缉队便衣侦探及步军统领衙门密探当场拿获，交由区警带厅。彼时在场各界人士，共见共闻，并不知其如何为人，亦不知其系何名姓。迨再三诘问，始说出姓陈，在北河沿箭厂〔竿〕胡同居住。当即遴派厅员带同巡官长警数名，前往该宅，会同步军统领衙门官员，慎重检察，对于陈之眷属仆役人等，极其文明和平。陈之妻业经具结，并未受何等警扰，此当日实在经过情形，该报馆谅早闻知。乃是日所载，一则曰，近日外间发布之市民宣言传单，政府疑为陈氏所发；再则曰，政府认此次学生风潮发难于北京大学，皆陈君鼓吹新思想所致，故有拘捕之举。既云外间传说未敢悬断，而又以陈君为新思想界负有盛名之人，因遭忌而遭辱。故作此依稀徜恍之语，炫惑众听，殊属非是。查市民宣言传单，已为学生界所否认。并据总商会及教育会请求查禁各在案，本厅派人访查缉获，乃出于维持市面之一种正当手续，且所派赴陈宅检察人数，不过八九人，提署人员，仅十余人。而该报竟捏登军警百余人，并加荷枪包围等字样，似此鼓动人心，殊于治安有碍。除布告各报馆外，合行布告。该报馆嗣后对于此等案件，勿得妄加臆语，惑人听闻，此布。

中华民国八年六月十四　总监吴炳湘

可见，作为一方官员，吴炳湘面对突发事件的危机处理意识还是十分积极的。应该说，他的这个专门对媒体的布告所述事实基本上也是准确的，但舆论界和知识界并不买账。三天后的 6 月 17 日，《民国日报》全文发表了他的这个布告，但却以《吴炳湘文过饰非，陈案之自相矛盾》为题，予以否认和驳斥。

6 月 15 日，上海《民国日报》以《北京军警逮捕陈独秀，黑暗势力之猖獗》为题，发表了中美通信社有关陈独秀被捕的消息称："据外间传说，一谓日外间发布之北京市民宣言传单（已载报要闻），与陈氏不无关系。此项传单，政府疑为陈氏所发，故即拘捕云。又有谓政府因此学生风潮，实发难于北京大学。而北京大学从前于外交内政，几乎毫不过问，如五月七日之二十一条，当时北京大学亦绝无表示。现在忽有此项极坚烈之行动，实系蔡孑民、陈独秀鼓吹新思想之所致。蔡既远行，无法对付，而陈尚留滞都门，政府恨极，故有此举。二说未知确否。"最后，该报指出："当此风潮初定，人心浮动之时，政府苟有悔祸之诚心，不应对国内最负盛名之新派学者，加以摧残，而惹起不幸之纠葛也"。

同时，《时报》在第二张第四版，发表署名"迦"的时评，说：

> 陈独秀，一文学新思想之人也。学术上之争端，自古有之，汉宋水火，可为明证。而泰西之研求学业也，翻驳曲辩，尤为常事。是陈氏之主张，固无与于政府事也。而今乃以被捕闻，或曰是与学生举动有关，不知学生既无罪，陈又何罪？且不捕于风潮初起之时，而捕于风潮渐定之际，岂政府藉是以为泄愤地耶？鸣呼，是亦不可以已夫。

《民国日报》和《时报》最早发出了声援陈独秀的声音。

6 月 16 日，上海的旅沪皖人组织安徽协会向北京安徽会馆会长并同乡发来电报，称："陈独秀君被捕，旅沪同乡，群情惶骇，望速起营救。"由此，营救陈独秀的工作全面、公开地进行。

6 月 17 日，《民国日报》在第一张第三版发表吴炳湘的上述布告之外，在第二张第六版又以《陈独秀被捕之真因》为题，深入报道了北京当局逮捕陈独秀的真正原因。报道说：

联合通信社接北京通信云，北京自接上海陡于本月五日商界全体罢市之信，当晚老段[1]即授命小徐[2]邀集段系及安福要人，在小徐住宅开紧急会议，倡言此次上海罢市，纯是一班学生激动，而学生风潮，实为北京大学二三教职员所鼓吹。蔡元培、陈独秀均新思潮首领，实为此次怂恿学生爱国的罪魁。对于此次风潮，非取极端压迫手段不可。当时提出三条件：第一，维持曹（汝霖）、陆（宗舆）、章（宗祥）三人地位；第二，根本改造北京大学；第三，派交涉能员赴沪要求租界当局解散学生运动，并携巨款贿买沪商会领袖。此时一致议决，即由小徐次日谒见东海，[3]要求坚持第一条件。不意数日间各处罢市之声，如响斯应，北京商界亦有继起之势。东海不得已乃一面派人向段及小徐疏通，一面照允曹、陆、章去职。小徐见第一条失败，勃然大怒，痛骂东海既卖友求安，合肥[4]即可取而自代。乃联合安福派对于东海为种种威吓运动，以遂其推翻政局垄断国家大权之私计，一方面又实行第二条件。因痛恨蔡子民、陈独秀二人入骨，奈蔡早已出京，恐陈再去，急授意王怀庆及吴炳湘，实行逮捕，现已于十一日将陈捕去。闻陈君被捕后，备受虐待，禁绝一切探问。王怀庆吴炳湘残酷无人道，前次拘捕学生，已淋漓尽致。陈君本教育界巨子，平日提倡新思潮，久为党派深忌，欲得而甘心，今既陷入彼党之手，其危险惨辱，不难推知。中国进化一线新机，恐亦因此摧残殆尽，国家前途，更不堪设想。今吾人最后之希望，仍看全国学界究竟自决力与奋斗何如。若听段氏登台与天下为敌，势必引狼入室，高丽覆辙即在目前，彼时再谋救国，恐已无国可救。此间正筹援救陈君方法，沪上学界闻此消息，当亦愤慨也。

6月17日，《申报》以《北京之文字狱》为题发表署名"庸"的评论，认为：

---

[1] 老段，即段祺瑞。皖系军阀首领，历任北洋政府陆军总长、参谋总长、国务院总理等职。袁世凯死后，在日本帝国主义支持下，以国务总理把持北洋军阀政府。1920年被直系军阀曹锟、吴佩孚打败下台。
[2] 小徐，即徐树铮。
[3] 东海，即徐世昌，时任北洋政府大总统。
[4] 合肥，即段祺瑞，因段是安徽合肥人，故称"段合肥"、"合肥"。

陈独秀之被捕，益世报之封禁，皆北京最近之文字狱也。陈为提倡新思潮之首领，旧派衔之已久，今兹被捕，尤可注意，毋怪社会惶然，疑陈案之内幕，尚别有作用也。

此次学潮之澎涌，震动全国，虽其主因，在外交之失败，而利用黑暗势力，以摧毁学术思想之自由，亦其一端。今学潮方渐归平静之望，而北京当局乃又扬煽其波，激之使动，树欲静而风又来，是诚何心耶。

北洋政府逮捕陈独秀，再一次在中国文化界、教育界和政界以及青年学生中引起轩然大波，舆论一片震惊，各省各界函电交驰，纷纷为陈辩白鸣不平，吁请政府当局立予开释。

6月17日，全国校友联合会致电总统徐世昌："陈独秀被捕，士林惊骇。持论是否偏激，国人自有公评。不则横加摧残，防民之口，其可得乎？请饬所司立予开释，万勿杜撰法律，将约法言论自由一条，巧为诠注，使文字之狱再见于今。现在大波未平，有触复发，幸审慎之。"

国民大会上海干事部致电北京及全国各省各团体和报馆，称："前大学学长陈独秀君，学望优崇，国人共仰，久为北廷侧目。今延军警违法逮捕，当民气方昌之际，则巧事敷衍，风潮稍定，又复挟私罗织，似此处心积虑，摧残学界，凡爱国热心之士，孰不人人自危。此间各界群情愤激，请就近一致力争，以作士气。"

江苏省教育会致电"北京大总统国务院教育部"："报载前大学文科学长陈独秀被捕，众情疑骇，谓将兴文字之狱。查言论自由，载任约法。学潮甫息，似不宜再激波澜。请从速省释，以免各方误会。"

北京中等以上学校学生联合会（即北京学联）致函警察总监吴炳湘，措辞激烈，以鼓动性的口气对当局施压说："近闻军警逮捕北京大学前文科学长陈独秀，拟加重究，学生等期期以为不可，特举出二要点如下：一，陈先生夙负学界众望，其言论思想皆见称于国内外，倘此次以嫌疑遽加之罪，恐激动全国学界再起波澜。当此学潮紧急之时，殊非息事宁人之计。二，陈先生向以提倡新文学现代思潮见忌于一般守旧学者，此次忽被逮捕，诚恐国内外人士疑军警当局有意罗织，以为摧残近代思潮之地步。现今各种问题已极复杂，岂可再生枝节，以滋纠纷。基此两种理由，学生等特请贵厅将陈独秀早予保释，实为德便。"同时，北京学联通电上海各报各学校各界："陈独秀氏为提倡近代思潮最力之人，实学界重镇。忽于真日被逮，住宅亦被抄查，群情无任惶骇，除设法援救外，并希国人注意。"

中华工业协会、江苏省教育会和安徽省各界以及上海工业协会通电说："大乱之机，将从此始。"

社会各界名流如孙中山、章士钊、余裴山、严范孙，甚至包括对五四运动持反对态度的田桐、广东军政府主席总裁岑西林以及北京大学的旧派代表人物刘师培、桐城派古文家马通伯、姚永概等也都致电政府当局，要求释放陈独秀。余裴山致信张东荪说："我和陈君并靡有一面之交，但不过我觉得他这样的爽直敢言，是很令人可敬的。现在真正爱国的呆子（因为社会上那种滑头派的人叫他们做呆子，所以我用这两字），实实在在还有几个呢！真叫我欲哭无泪的了。"严范孙还派儿子严智怡带着自己的手书去拜谒总统徐世昌和司法总长朱深。安徽省省长吕调元还致电吴炳湘："怀宁陈独秀好发狂言，书生结习。然其人好学深思，绝于过激派无涉，……务乞俯念乡里后进，保全省释。"

田桐在亲笔写给徐世昌的长信中，以警告和讥讽的语气说："中国历史可为羞耻之事，莫如儿皇帝之称。然儿皇帝未发生之先，非有预为准备甘做儿皇帝之心也。阁下未为总统，先有豫为儿总统之决心，较之儿皇帝更下一等矣！人以此点判断阁下，曰性嗜虚荣，框怯无耻！虽然，爱国之心怯而求荣之心勇，图治之心怯而媚外之心勇，求材之心怯而杀士之心勇，既不惧亡国大夫之消，又敢蒙辱士之名。阁下之勇亦未可厚非矣。桐谨劝阁下能将陈独秀刑之菜市，人当服阁下之勇，不然即日释之，还人自由，人亦感阁下之仁。如不杀复不释，日令司锦衣者鞠拷再三，以缩短其生命，或再稍延时日画鸩以饮之，此乃小人之智，士君子之所不为，天下后世所为僇笑者。"田桐乃民国元老级人物，如此激烈近乎檄文的言辞，秉笔直言高调声援营救陈独秀，在当时的影响是非同一般的。

孙中山在上海对徐世昌、段祺瑞的代表许世英义正词严地说：你们逮捕了陈独秀，"做了好事，很足以使国人相信，我反对你们是不错的。你们也不敢把他杀死，死了一个，就会增加五十、一百个，你们尽管做吧"！许世英连忙说"不该，不该，我就打电报回去"。

北京当局之所以逮捕陈独秀，最重要的原因就是因为陈独秀是新文化运动的领袖人物，他所倡导的新文化和鼓吹的新思想一直令北京政府和军阀官僚们深恶痛绝。但令北京政府当局没有想到的是，逮捕陈独秀却是搬石头砸了自己的脚，不但不能阻止新文化运动的扩展，反而使新文化阵营通过营救活动扩大了陈独秀的影响，进而使得新文化运动更加深入人心。

6月18日，《时事新报》在第一版发表署名"明己"的时评，针对陈独秀被捕事件公开说："陈先生只因言词直爽，触怒权奸，竟得了这个结果，恐怕他不得生还了。但是，陈先生是个先觉，我们脑中所以爱慕民本主义，他必然有许多力量，难道现在便听他死么？"文章最后指出"罪恶的渊薮——当局"。

6月22日，章士钊（章行严）致信北京政府代总理龚心湛，要求释放陈独秀。他在信中言辞激切地说：

仙舟先生执事，久违榘教，结念为劳。兹有恳者，前北京大学文科学长陈君独秀，闻因牵涉传单之嫌，致被逮捕，迄今未释，事实如何，远道未能详悉。惟念陈君平日，专以讲学为务。虽其提倡新思想，著书立论，或不无过甚之词。然范围实仅及于文字方面，决不含有政治臭味，则因皎然可征。方今国家多事，且值学潮甫息之后，讵可蹈腹诽之诛，师监谤之策，而愈激动人之心理耶。窃为诸公所不取也。故就历史论，执政因文字小故而专与文人为难，致兴文字之狱，幸而胜之，是为不武；不幸之胜，人心瓦解，政纽摧崩，虽有善者，莫之能挽。试观古今中外，每当文网最甚之秋，正其国运衰歇之候。以明末为殷鉴，可为寒心。今日谣诼繁兴，清流危惧，乃迭有此罪及文人之举，是真国家不祥之象，天下大乱之基也。杜渐防微，用敢望诸当事。且陈君英姿挺秀，学贯中西。皖省地绾南北，每产材武之士，如斯学者，诚叹难能。执事平视同乡诸贤，谅有同感。远而一国，近而一省，育一人才，至为不易。又焉忍遽而残之？特专函奉达，请即饬警厅速将陈君释放。钊与陈君总角归交，同出大学。于其人品行谊，知之甚深。敢保无他，愿为左证。

6月24日，李达在《民国日报》副刊《觉悟》上以笔名"鹤"发表《陈独秀与新思想》，对陈独秀的被捕评论说："陈独秀先生是什么人？大家都晓得是一个'鼓吹新思想'的书生。北京政府逮捕他时怎么缘故？因为他是'鼓吹新思想'的缘故。'鼓吹新思想'的书生，北京政府何以要逮捕他呢？因为现在的北京政府，是顽固守旧的政府、卖国政府。陈先生是一个极端反对顽固守旧思想的急先锋，并且还用文字反对政府卖国的行为。他的文字，很有价值，很能够把一般青年由朦胧里提醒觉悟起来。北京政府为了这样，卖国的举动不大方便。所以，忌到这位'鼓吹新思想'的陈先生，想把'莫须有'的事随便戴在陈先生的头上，说是在他家里发见过激派的书籍印刷物。这事并不是真的。要把陈先生做个标本，来恐吓许多鼓吹新思想的一般人。"所以，"我们对他应该要表两种敬意。一敬他是一个拼命'鼓吹新思想'的人。二敬他是一个很'为了主义吃苦'的人。"陈独秀的精神和地位，像明星般光彩耀人。

陈独秀被捕以后，不论是新朋还是旧友，不论是新思潮的战友还是保守派的对手，无论是认识他的还是不认识他的，许许多多的人们纷纷在报刊发表声明或亲自致电致信给北京当局执政者，要求释放陈独秀，演绎了一场中国现代史上各界和政客一起营救一位名宿的奇迹，成为历史佳话。

7月11日，是陈独秀被捕入狱一个月的日子。《时事新报》发表了署名"罕如"的文章《怎样恢复陈独秀的自由生活？》，表达了众多关心和支持陈独秀的人们的心声：

诸君诸君：

还记得那陈独秀先生，第一天被捕的日子吗？他住在那黑暗的监狱里边有了几天咧？监狱里边的生活是怎样呀？做的是什么事情呀？

唉！陈先生被捕的第一天，不是六月十一日吗？他住在那监狱里边，不是已经一个月了吗？而且他不是很受一般魔鬼的磨折，他的生活不是很苦了吗？然而吾们知道，陈先生是一个极有能耐的人，他的肉体生活，虽者是艰苦，他的精神生活，一定仍旧是很舒服的。他仍旧在那里，一心一意，打算做他的文化运动呢。

大家请想一想看，那陈先生为什么要给那一般魔鬼，去仇视去冤苦呢？那终应当是知道的。因为他是一个极大的学者，他抱定了要求解放和改造的主张，他要贯彻他的主张，为一个国家和一个国家的国民求幸福。他想到"莠苗不去嘉禾不生"的，所以，他竭力要铲除那种不适应人生，不适应世界新潮的顽旧思想和那靠傍强权武力、只知道自私自利的独断主义；他更想到那造成这种坏思想和劣根性的原质，是什么？——就是几千年遗传下来的一种空泛无益的学识，"阶级的""利欲的"不良教育。所以他就认定了目的，做那文化运动，要谋一切的革新。因此那一般"古董派""掉文派"的旧学者，和那惟利是图，有己没人的"官僚派军阀派"，为了自己的"地盘""势利"起见，就不顾什么公道正义了，就把他恼了，所以有这"拘捕""监禁""虐待"的事情发生了。

唉！"道高一尺，魔高一丈。"这话真是不错的么？吾们可知道，一向来所受的教育和所得的学识，满含着专制武断的臭味，一意限制个人能力的发展。费了好多的精力，不过把志气消磨完了。到了莫奈何的时候，只好"帖耳俯首""入他壳中"，对着古时间著书的人，奉行惟谨，做个厮役罢了。对于自己的人生观，却并没有什么确定的趋向。对于人，对于世界，那更说不出有什么贡献的了。然而我这说话，还不过只就那般居心无他的人说，至于少数桀黠的人呢！就更加坏了。他们知道一般的人，都拿着古人的说话，当"天经地义"当"信条"的。意志薄弱，毫不会觉悟的，所以他就利用这种机会，使用那束缚和压迫的专制手段，来欺凌人。表面上戴了一具民立国的假面，实际里那专制却比了皇帝国还要利害呢！一般的人，苦痛也受得够了。所以有人说："共和共和，还不如有皇帝的好，省得你争我夺，闹得人家不安。"这虽然是过分的说话，不过也是有感触而发出来的。咳！平民主义。唉！平民主义的教育。唉！平民主义的政治。

然而我却信得过，这并不是平民主义的罪，这是伪的平民主义的罪。那真的平民主义，现在还没有实现。如果实现了之后，一定有很大的幸福供给吾们的。所以吾们是真心要求幸福的，一定要使真的平民主义实现。

要使真的平民主义实现，必须要求解放和改造。要求解放与改造，先要改善教育，革新思想，去着手做文化运动。

近来已经有好多的学者，知道文化运动的必要，很愿意担负进行的责任，来唤起一般人的觉悟。那陈先生呢？就是更加有极大的热心毅力，敢作敢为的一个人。所以他的进行，更加迅速，更加引起一般人对于旧思想的疑惑。明白旧思想上一切不合的地方，减杀以前无谓的信心，增加了许多自决的心思。如此说来，陈先生不是真个大有造于吾们么？吾们不是在陈先生那里受到一件很贵重的实物了吗？那吾们还应当不应当，把陈先生重重的感激一番么？自从陈先生被捕的消息传来之后，吾们不是也很有过一番营救的手续么？然而那少数的魔鬼，任你口诛笔伐的怎样利害，他终是置之不理，睬也不来睬你，毫不曾有悔过的表示。咳！那就可以想见，"说空话""打通电"的功效，和那般魔鬼的心术了。现在既经知道，以前的方法，是没有用的，那就再不要白白的枉费唇舌，枉费金钱了。应当改用一种有实力的方法，去计算根本的解决。

有实力的方法是什么？根本的解决是怎样？——那是要吾们人人下个大大的决心，肯拿陈先生的志愿，做自己的志愿，担负重大的责任，尽力宣导，着手去做那解放和改造的事业。因为吾们受陈先生的嘉惠，已是很多了；所得到的觉悟，真也不少了。现在陈先生有了不自由的境遇，不能发挥的时候，吾们就应当发展自己的能力，继续着陈先生去做。一方革新国民全体的思想，一方和那魔鬼去奋斗。用着全副的精神，坚持到底，永久不渝。就是所说的，"死生以之，义不返顾"，一步紧一步地抵抗着。那么：一个陈先生，虽给一般魔鬼冤苦了，使他的身体不自由，不能进行，等到大家都起来之后，不是就好如添了无数的陈先生么？照吾们个人的能力，虽然比不上陈先生，如果聚了许多的人，那力量不是也就大了么？力量既然大了，那般魔鬼还能够奈何吾们么？那是非但不能奈何吾们，并且一定要给吾们铲除了。那魔鬼铲除的时候，不又是一件公理胜利的证据吗？不就是吾们所做的"解放和改造"事业的结果吗？不就是吾们所希望的真正的平民主义实现的时候吗？不就是陈先生离了黑暗的监狱，再来和一般亲爱国民相见的时候吗？

我想到那时候呢！陈先生一定更有好多重大的利益，来嘉惠给大家。能够使大家的思想，愈加明晰；能力，愈加强富。一洗萎靡不振的暮气和专制束缚的劣性，发展各个人的个性和本能，拥护着公理正义，安安稳稳，一直向着光明的大道上走去，把真的平民主义，一日一日的发展。要知道那是一件什么素质呢？——就是他现在在那黑暗的监狱里，一丝不懈，所打算"好的文化"运动。

呀！诸君诸君，赶快的着手进行呀？努力努力，莫要把陈先生辜负了呀？

时任北大庶务主任的李辛白在 1919 年 7 月 13 日《每周评论》上发表诗歌《怀陈独秀》：

依他的主张，我们小百姓痛苦。
依你的主张，他们痛苦。
他们不愿意痛苦，所以你痛苦。
你痛苦，是替我们痛苦。

对于陈独秀的被捕，身在长沙的毛泽东于 7 月 14 日《湘江评论》创刊号上，以《陈独秀之被捕及营救》为题立即作了深入报道和评论。在这篇文章中，毛泽东不仅简要叙说了陈独秀的被捕经过，还全文抄录了中美通讯社发布的《北京市民宣言》、北京学联呈送京师警察厅的公函、章士钊致南北和会北方代表王克敏的信函，还对陈独秀的被捕给予了高度关注，极度崇拜并称赞陈是"思想界的明星"，高呼"陈独秀万岁"。他说：

我们对于陈君，认他为思想界的明星。陈君所说的话，头脑稍微清楚的听得，莫不人人各如其意中所欲出。现在的中国，可谓危险极了。不是兵力不强财用不足的危险，也不是内乱相寻四分五裂的危险。危险在全国人民思想界空虚腐败到十二分。中国的四万万人，差不多有三万九千万是迷信家。迷信神鬼，迷信物象，迷信运命，迷信强权。全然不认有个人，不认有自己，不认有真理。这是科学思想不发达的结果。中国名为共和，实则专制，愈弄愈糟，甲仆乙代，这是群众心里没有民主的影子，不晓得民主究竟是什么的结果。陈君平日所标揭的，就是这两样。他曾说，我们所以得罪于社会，无非是为着"赛因斯"（科学）和"德莫克拉西"（民主）。陈君为这两件东西得罪了社会，社会居然就把逮捕和禁锢报给他。也可算是罪罚相敌了！凡思想是没有畛域的……陈君之逮捕，绝不能损及陈君的毫末，并且留着大大的一个纪念于新思潮，使他越发光辉远大。政府决没有胆子将陈君处死。就是死了，也不能损及陈君至坚至高精神的毫末。陈君原自说过：出试验室，即入监狱。出监狱，即入试验室。又说，死是不怕的。陈君可以实验其言了。我祝陈君万岁！我祝陈君至坚至高的精神万岁！[1]

从现有史料来看，毛泽东是高呼陈独秀"万岁"第一人。可见，对于毛泽东来说，陈独秀不仅是他的革命引路人，还是其精神导师。所以毛泽东在延安就曾多次说五四时期的陈独秀"对我的影响也许超过其他任何人"，并把"五四运动的总司令"这个伟大的称呼送给了陈独秀，而不是其他人。

7月30日，李大钊在《每周评论》第30号发表《是谁夺走了我们的光明》，引用一位读者来信说："我们对于世界的新生活，都是瞎子。亏了贵报的'只眼'，常常给我们点光明。我们实在感谢。现在好久不见'只眼'了，是谁夺走了我们的光明。"同期还发表了署名"赤"的随感录《入狱——革新》，称"陈独秀在中国现在的革新事业里，要算是一个最干净的健将。他也被囚了，不知今后中国的革新事业更当如何？"

全中国各界各业各派人士齐声营救陈独秀，以"笔杆子"对"枪杆子"，不可谓不创下了中国历史上的一道奇观。

9月16日，京师警察厅司法处再次提讯陈独秀。经过短暂的讯问之后，陈具结："前因为人散发传单，破坏社会道德，实属不知检束。自被查拘，颇为觉悟，以后安心问学，并在北京就正当职业，以谋生计，不再作越出

---

[1] 毛泽东：《陈独秀之被捕及营救》，原载《湘江评论》1919年7月14日创刊号，引自《毛泽东早期文稿》，湖南出版社1990年7月第1版第305-306页。

法律范围举动。"再次玩了一把文字游戏。

在强大的社会舆论压力之下，北京政府当局不得不做出妥协，"照豫戒法办理"，于 9 月 16 日下午 4 时被迫准予以安徽同乡保释的名义释放了陈独秀。这天晚上，陈独秀的好友们，"在他被捕那日吃的馆子名叫'浣花春'里，预备了两席酒，请他们夫妇两个一块儿去，开了一个大宴会"。[1]

在狱中，陈独秀确实受了一些罪，吃了一些苦头，因伙食太粗糙，肠胃发生了炎症。因为是保释，陈独秀并没有获得完全的自由，北京当局对这位过激分子显然不是十分放心，在他家附近设立岗哨，进行监视，每月还派警官来调防，并填写"受豫戒令者月记表"。一开始陈独秀"行为安详，闭户读书"，"拜客数次，行动尚知检束"。但时间一长，桀骜不驯的他哪能受得了如此拘束和压抑。

为迎接陈独秀出狱，北大学生还专门为他召开了慰问和欢迎大会，他本人也对北大师生表达了谢意。10 月 12 日，陈独秀还参加了《国民》杂志社周年纪念会，并发表演说，称赞该社同学为五四运动"出力独多"，指出"此番运动，实为国民运动之嚆矢，匪可为与党派同日而语"。

在关押了 96 天之后，陈独秀出狱，这是新文化阵营的又一次重大胜利，也是五四爱国运动在实现罢免卖国贼、拒签和约之后的重大战果。1919 年 11 月 1 日出版的《新青年》第六卷第六号热情洋溢地发表了刘半农、胡适、李大钊和沈尹默写的白话诗，欢迎陈独秀出狱。

胡适的白话诗《威权》是这么写的——

威权坐在山顶上，／指挥一班铁索锁着的奴隶替他开矿。／他说："你们谁敢不尽力做工？／我要把你们怎么样就怎么样！"／奴隶们做了一万年的苦工，／头颈上的铁索渐渐地磨断了。／他们说："等到铁索断时，我们要造反了！"

奴隶们同心合力，／一锄一锄的掘到山脚底。／山脚底挖空了，／威

---

[1] 任建树：《陈独秀传》，上海人民出版社 1989 年 9 月第 1 版第 182 页，原载《胡适研究丛录》第 242 页。

权倒撞下来，活活的跌死！

李大钊的白话诗《欢迎陈独秀出狱》是这么写的——

（一）

你今出狱了，／我们很欢喜！／他们的强权和威力，／终究战不胜真理。／什么监狱什么死，／都不能屈服了你，／因为你拥护真理，／所以真理拥护你。

（二）

你今出狱了，／我们很欢喜！／相别才有几十日，这里有了许多更易：／从前我们的"只眼"忽然丧失，／我们的报便缺了光明，减了价值；／如今"只眼"的光明复启，／却不见了你和我们手创的报纸！／可是你不必感慨，不必叹息，／我们现在有了很多的化身，同时奋起：／好像花草的种子，／被风吹散在遍地。

（三）

你今出狱了，／我们很欢喜！／有许多的好青年，／已经实行了你那句言语：／"出了研究室便入监狱，／出了监狱便入研究室。"／他们都入了监狱，／监狱便成了研究室，／你便久住在监狱里，／也不须愁着孤寂没有伴侣。

陈独秀的被捕从某种意义上说，更加增强了新知识分子和青年学生间的团结。五四运动的精神"好像花草的种子，被风吹散在遍地"。而以陈独秀为首的《新青年》编辑部同人因为忙于参加五四运动，使得《新青年》的编辑工作被迫中断。本来应该在1919年4月15日出版的《新青年》第六卷第四号，实际出版发行时间却延迟到了7月；5月出版的第六卷第五号则延迟到了9月，而第六卷第六号，则延迟到了11月1日才出版。由此可见，陈独秀的新文化阵营是多么深入地卷进了这场爱国运动。

到了1919年底，获得保释的陈独秀重新独自担当《新青年》的编辑工作。从1915年9月15日创刊，《新青年》的编辑人员经历了多次变动。从第一卷第一号至第三卷第六号，由陈独秀一人担任主撰和编辑；陈独秀1917年任北大文科学长、《新青年》移师北京之后，因为胡适、钱玄同、刘半农等人加入组成"文学革命"的"四大台柱"，1917年10月陈独秀开始考虑把《新青年》变成同人刊物，并从1918年1月出版的第四卷第一号正式转变为由6人轮流编辑的同人刊物，且"投稿章程业已取消，所有撰译均由编辑部同人共同担任，不另购稿"。《新青年》第四卷第一至六号的编辑人员轮流为：陈独秀、钱玄同、刘半农、陶孟和、沈尹默、胡适。《新青年》第五卷第一至六号的编辑人员轮流为：陈独秀、钱玄同、刘半农、胡适、沈尹默、陶孟和。到了1919年1月15日出版第六卷第一号，《新青年》在扉页公开了"本杂志第六卷分期编辑表"，第一期至第六期分别为陈独秀、钱玄同、高一涵、胡适、李大钊、沈尹默。由新文化运动的干将高一涵和李大钊顶替预备出国留学的陶孟和与刘半农。鲁迅回忆说："《新青年》每出一期，就开一次编辑会，商定下一期的稿件。"这是《新青年》编辑工作的例会。鲁迅和周作人兄弟作为《新青年》的骨干，尽管没有直接作为责任编辑参加编辑工作，但"遇着兴废的重要关头"，也被邀请列席会议。

但到了1919年12月，《新青年》的编辑工作又有了重大变化。经历了牢狱之苦的陈独秀决定，从第七卷开始《新青年》重新由自己独自担任主编。这一方面因为五四民主爱国运动已经达到了高潮，新文化运动已经取得了阶段性的重大胜利；另一方面编辑部同人也不是铁板一块，因为各人持论不同，已经引起社会上的怀疑和误会。尤其突出表现在政治观点和立场上，比如胡适和李大钊在《每周评论》上先后发表《多研究些问题，少谈些"主义"》和《再论问题和主义》，开展了"问题"和"主义"之争。再加上保守派攻击陈独秀的谣言四起，一是谣传陈独秀、胡适已经被北大开除，二是谣传陈独秀在八大胡同嫖妓，与诸生争风吃醋挖伤某妓下体泄愤等等，于是有"某籍某系"之称的浙江籍教育界人士蔡元培、汤尔和、马叙伦、沈尹默等人，3月26日晚上在汤尔和家中议决罢免陈独秀文科学长之职，给《新青年》同人阵营分裂埋下了伏笔。但在陈独秀重新独自主编之后的第七卷第一号上，开门见山地发表了《本志宣言》，这是《新青年》创刊五年来，第一次完整发表自己的主张。这份由陈独秀撰写、表达所谓"全体社员的共同意见"的宣言，实际上成为鼓舞一代新青年行动的纲领——

本志具体的主张，从来未曾完全发表。社员各人持论，也往往不能尽同。读者诸君或不免怀疑，社会上颇因此发生误会。现当第七卷开始，敢将全体社员的共同意见，明白宣布。就是后来加入的社员，也共同担负此次宣言的责任。但《读者言论》一栏，乃为容纳社外异议而设，不在此例。

我们相信世界上的军国主义和金力主义，已经造了无穷罪恶，现在是应该抛弃的了。

我们相信世界各国政治上、道德上、经济上因袭的旧观念中，有许多阻碍进化而且不合情理的部分。我们想求社会进化，不得不打破"天经地义"、"自古如斯"的成见；决计一面抛弃此等旧观念，一面综合前代贤哲当代贤哲和我们自己所想的，创造政治上、道德上、经济上的新观念，树立新时代的精神，适应新社会的环境。

我们理想的新时代新社会，是诚实的，进步的，积极的，自由的，平等的，创造的，美的，善的，和平的，相爱互助的，劳动而愉快的，全社会幸福的。希望那虚伪的，保守的，消极的，束缚的，阶级的，因袭的，丑的，恶的，战争的，轧轹不安的，懒惰而烦闷的，少数幸福的现象，渐渐减少，至于消灭。

我们新社会的新青年，当然尊重劳动，但应该随个人的才能兴趣，把劳动放在自由愉快艺术美化的地位，不应该把一件神圣的东西当作维持衣食的条件。

我们相信人类道德的进步，应该扩张到本能（即侵略性及占有心）以上的生活；所以对于世界上各种民族，都应该表示友爱互助的情谊。但是对于侵略主义占有主义的军阀、财阀，不得不以敌意相待。

我们主张的是民众运动社会改造，和过去及现在各派政党，绝对断绝关系。

我们虽不迷信政治万能，但承认政治是一种重要的公共生活；而且相信真的民主政治，必会把政权分配到人民全体。就是有限制，也是拿有无职业做标准，不拿有无财产做标准；这种政治，确是造成新时代一种必经的过程，发展新社会一种有用的工具。至于政党，我们也承认他是运用政治应有的方法；但对于一切拥护少数人私利或一阶级利益，眼中没有全社会幸福的政党，永远不忍加入。

我们相信政治、道德、科学、艺术、宗教、教育，都应该以现在及将来社会生活进步的实际需要为中心。

我们因为要创造新时代新社会生活进步所需要的文学、道德，便不得不抛弃因袭的文学道德中不适用的部分。

我们相信尊重自然科学、实验哲学，破除迷信妄想，是我们现在社会进化的必要条件。

我们相信尊重女子的人格和权利，已经是现在社会生活进步的实际需要；并且希望他们个人自己对于社会责任有彻底的觉悟。

我们因为要实验我们的主张，森严我们的壁垒，宁欢迎有意识有信仰的反对，不欢迎无意识无信仰的随声附和。但反对的方面没有充分理由说服我们以前，我们理当大胆宣传我们的主张，出于决断的态度；不取乡愿的、紊乱是非的、助长惰性的、阻碍进化的、没有自己立脚地的调和论调；不取虚无的、不着边际的、没有信仰的、没有主张的、超实际的、无结果的绝对怀疑主义。[1]

实际上，这份宣言可以看作是新文化阵营知识分子们的一份"精神独立宣言"。但在《新青年》同人面临分裂之前，这个宣言也是"总司令"陈独秀希望同人应该加强团结、达成共识、巩固阵地、继续奋勇前进的条约，或许其中有妥协和调和的底色，甚至有些一厢情愿，但却向世界宣告新文化运动已经如不可抵挡的"洪水"，在古老的中国大地上汹涌澎湃……

1919年的这一次被捕入狱，是陈独秀生平第一次坐牢，当然也不是最后一次。

---

[1] 陈独秀：《本志宣言》，《陈独秀著作选编》第二卷，上海人民出版社2010年9月第1版第130—131页。

96 天的牢狱生活是陈独秀人生的又一个重大分水岭，陈独秀的理想、信仰和随后的人生道路再次发生革命性的改变。这位中国现代史上的思想启蒙大师，真正开始从启蒙转向救亡——因为，国家如果不独立富强，就根本谈不上民主与自由。

胡适认为陈独秀的这次思想转变，是在狱中悟出来的。他说："独秀在拘禁期中，没有书报可读，只有一本基督教的《旧约》《新约》……他本是一位很富于感情的人，这回读了基督教的《圣经》，很受感动"，"大概独秀在那八十多天的拘禁期中，曾经过一度精神上的转变。他独自想一些问题，使他想到他向来不曾想过的一条道路上去，使他感到一种宗教的需要。他出狱之后，就宣传这个新得来的见解，主张有一个新宗教……抱着这种新宗教热忱的独秀，后来逐渐的走进那二十世纪的共产主义新宗教。"[1] 但在胡适看来，真正改变陈独秀思想的原因并不是这次牢狱之灾，而是 1919 年 3 月 26 日夜，蔡元培在沈尹默、汤尔和、马叙伦等人的压力之下，在汤家的聚会议决之事。当夜，沈、汤两位当年力荐陈独秀出任北大文科学长的幕后谋士，这次却听信了坊间的谣言，相信陈独秀不仅嫖妓而且挖伤某妓的下体的谣言，"力言其私德太坏"，"如何可作师表"。

可见谣言并非止于智者。是夜，蔡元培不得不同意沈尹默和汤尔和的提议，决定在 4 月 8 日召开北大文理两科各教授会主任会议，议决提前实施《文理科教务处组织法》，选马寅初为教务长，文科学长陈独秀和理科学长夏浮筠改聘为教授。蔡元培以体制改革的名义，较为体面地结束了陈独秀文科学长的职务。此后，夏出国游学，一走了之；陈因撒传单被捕，出狱后自动脱离北大。北大的新思潮，因为陈独秀的离去而逐渐减弱。16 年后，胡适在借阅汤尔和的日记、了解到事实真相之后致信汤尔和，批评他当时听信谣言挤对陈独秀的行为，是"为理学书所误，自以为是"。他在信中直言："三月二十六夜之会上，蔡先生颇不愿于那时去独秀，先生力言其私德太坏，彼时蔡先生还是进德会的提倡者，故颇为尊议所动。我当时多

[1] 原载《胡适手稿》第九卷（下），台北胡适纪念馆，引自唐宝林著《陈独秀全传》，香港中文大学出版社 2011 年版第 133 页。

诧怪者，当时小报所记，道路所传，都是无稽之谈，而学界领袖乃视为事实，视为铁证，岂不可怪？嫖妓是独秀和浮筠都干的事。而'挖伤某妓之下体'是谁见来？及今思之，岂值一噱？当时外人借私行为攻击独秀，明明是攻击北大的新思潮的几个领袖的一种手段，而先生们亦不能把私行为与公行为分开，适坠奸人术中了。"胡适一针见血地谴责汤尔和，进一步认为，若没有 3 月 26 日夜浙江籍的几位教授先生的聚会，即使陈独秀后来被捕，"至少蔡、汤两公不会使我感觉他们因'头巾见解'和'小报流言'而放逐一个有主张的'不羁之才'了"，"独秀因此离开北大，以后中国共产党之创立及后来中国思想的左倾，《新青年》的分化，北大自由主义之变弱，皆起于此夜之会"；"此夜之会，虽有尹默、夷初在后面捣鬼，子民先生最敬重先生，是夜先生之议论风生，不但决定北大的命运，实开后来十余年的政治与思想的分野。"[1]

历史难道真的这么滑稽和偶然吗？胡适作为亲历者甚至当事人，他的这个观点确实精彩，理应尊重并值得后来者仔细琢磨，慢慢体会其历史的深刻。但无论陈独秀保释出狱后离开北大到底是什么原因，以及他离开北大以后给中国的政治与思想到底带来怎样大的影响，我们都应该相信这个血性刚烈的安徽人所亲历的牢狱生活正好应验了他在五四运动中的那句名言：

世界文明发源地有二：一是科学研究室，一是监狱。我们青年要立志出了研究室就入监狱，出了监狱就入研究室，这才是人生最高尚优美的生活。从这两处发生的文明，才是真文明，才是有生命有价值的文明。

——不！格言不仅仅是格言。对于陈独秀来说，这是一个革命家的革命哲学。

——这是炼狱，亦是天堂。

作为五四运动的精神领袖，陈独秀把中国近代思想启蒙运动发挥到了

---

[1] 胡适：《胡适往来书信选》（中），中华书局 1979 年版第 281-294 页。

极致。而"在近代中国的思想历程中，五四新文化运动无疑是一次最为壮丽的精神日出。以前的一切，似乎都汇集于此，彼此激荡奔腾；以后的一切，似乎都由此生发，造成了种种历史的巨变"。[1] 出狱后的陈独秀，一方面继续主编他的《新青年》，坚守思想启蒙与革命的阵地；一方面继续拿起笔向旧思想旧文化进行战斗。其间，他还与蔡元培、李大钊等参加了工读互助团的活动。这个时候，陈独秀的革命思想正处于一个过渡阶段——从资产阶级民主观转向无产阶级民主观，从无政府空想社会主义转向列宁的马克思主义。这在他 1919 年 11 月 12 日发表的《实行民治的基础》和 12 月 1 日发表的《告北京劳动界》两篇文章中可以找到佐证。在《实行民治的基础》一文中，陈独秀专门讨论了民治（即民主）问题，强调指出民治不只是政治方面的，应包含"政治和社会经济两方面"，"而且社会经济的问题不解决，政治上的大问题没有一件能解决，社会经济简直是政治的基础"。陈独秀的这个认识应该比较清楚地说明了经济基础与上层建筑的关系。而在《告北京劳动界》一文中，陈独秀清楚地把"劳动界"界定为"绝对没有财产全靠劳力吃饭的人"，他们"合成一个无产的劳动阶级"。他呼吁：

> 劳动界诸君呀！十八世纪以来的"德莫克拉西"是那被征服的新兴财产工商阶级，因为自身的共同利害，对于征服阶级的帝王贵族要求权利的旗帜。现在宪法都有了，共和政体也渐渐普遍了，帝王贵族也都逃跑或是大大的让步了，财产工商阶级要求的权利得到了手了，目的达到了，他们也居了帝王贵族的特权地位了。如今二十世纪的"德莫克拉西"，乃是被征服的新兴无产劳动阶级，因为自身的共同利害，对于征服阶级的财产工商界要求权利的旗帜。

历史的车轮总是循环向前。陈独秀的这个"民主是在不断变化"的理论，一眼看穿了资本主义民主的本质，表明他已经接受马克思主义思想并开始向更高阶段的思想迈进，其中饱含历史唯物主义和辩证法思想。毫无

---

[1] 周策纵：《五四运动：现代中国的思想革命》（周子平等译），江苏人民出版社 1996 年 12 月版。

疑问，对于民主问题，在当时的中国还没有人像他这样抓住了人类民主进程的根本规律，思想得这么彻底和深刻。当然，这个时候的陈独秀似乎还有一丝天真和幻想，他接着说："我想一班失势的帝王贵族，何妨把横竖不能够阔吃阔用的财产送给劳动界的同人，自己也归到无产劳动阶级之旗帜底下，来和那班新帝王贵族一决雌雄。像这种'以其人之道还治其人之身'的办法，虽然有点滑稽，我想那班帝王贵族——财产工商阶级——断乎不便说：'只许官家点火，不许百姓点灯。'"

1920 年 1 月 2 日，陈独秀在接受日本大阪《大正日日新闻》记者采访时，就中国政治的见解回答道："取消帝制，改建共和。"3 日，他在《星期评论》上发表署名文章《中国革命党应该补习的功课》，直截了当地指出：

我们的中国革命党，去做了帝国官吏的，现在不用理他；还有一班未做官的老同志，自孙中山先生起，赶快回复到辛亥革命以前的生活。一面宣传民治主义普及人民，一面设法取消帝政。一切设想、运动，都要当作未曾宣布共和以前一样。

同盟会的三民主义，后来变成了一民主义，好像三脚儿去了两只脚，焉有不倒的道理？从前宣传民治主义的功夫简直没有做，取消帝政的力量也没尽得足，匆匆忙忙挂上了共和的招牌，十分冒昧可笑。譬如一个素不用功侥幸及第的学生，倘不赶紧补习功课，哪里会有毕业的希望？

我们的中国革命党诸君呵！我们的事业，我们的责任，不但辛亥年未曾完结，现在还未曾起首呵！我们不可以革命成功的伟人自命，我们应该以侥幸及第的学生自命。我们应该补习的功课有三门：

（一）多数人民应该懂得民主政治究竟是什么；

（二）怎样完全取消帝政；

（三）怎么建设民主政治；

什么召集国会，什么制定宪治，什么发展实业，都要建筑在这三门功课上面，基础才算巩固。现在大家迷信的国会和宪法，都是帝制时代的产物，他们骨髓里充满了帝制的腐败臭味，我们实在不满意，实在没有恢复的价值。

我们希望赶紧补习三门功课，补习好了，我们希望从新创造纯粹民治的国会、宪法。

就在这个时候，广东军政府拟从广东关税中拨出100万元，筹办西南大学。筹办负责人汪精卫、章士钊力邀陈独秀加盟。1月19日，处于保释监视居住的陈独秀微服离京，赶到上海共商筹办西南大学事宜。

2月2日，陈独秀又因胡适推荐并代胡由上海前往武汉，参加武昌文华大学的毕业典礼。随后，他应各界之邀，在武汉三镇天天发表演讲，既讲教育问题，也讲政治思想；既讲文字改革，也大谈改造社会。其中以《社会改造的方法与信仰》演说最为轰动。陈独秀认为，改造社会的方法，一是打破阶级的制度，实行平民主义；二是打破继承的制度，实行共同劳动；三是打破遗产的制度，不使田地归私人传留享有，应归为社会的共产，不种田地的人，不应该享有田地的权利。

陈独秀在武汉的讲演活动，深受青年学生们欢迎，被美誉为"卓识说论"。[1] 但"湖北官吏对于陈氏之主张之主义，大为惊骇，令其休止演讲，速去武汉"。他"愤恨湖北当局压迫言论之自由"，[2] 遂于7日乘车北上，9日晨（亦说是10日）抵京。

谁知，陈独秀刚刚回到箭杆胡同的家，京师警察厅的巡警王维藩等四人就找上门来。胡适回忆说：

独秀返京之后，正预备写几封请柬，约我和其他几位朋友晤面一叙。谁知，正当他写请帖的时候，忽然外面有人敲门，原来是位警察。

"陈独秀先生在家吗？"警察问他。

"在家，在家，我就是陈独秀。"

独秀的回答倒使那位警察大吃一惊。他说现在一些反动的报纸曾报道陈独秀昨天还在武汉宣传"无政府主义"，所以警察局派他来看看陈独秀先生是否在家中。

独秀说："我是在家呀！"

那位警察说："陈先生，你是刚被保释出狱的。根据法律规定，你如离开北京，至少要向警察关照一声才是！"

---

[1] 见《国民新报》1920年2月9日。
[2] 见《汉口新闻》1920年2月9日。

"我知道！我知道！"独秀说。

"你能不能给我一张名片呢？"

独秀当然惟命是从。那位警察拿着名片走了。独秀知道大事不好。……便偷偷地跑到我的家里来。警察局当然知道陈君和我的关系，所以他在我的家里是躲不住的。因而他又跑到李大钊家里去。

警察不知他逃往何处，只好一连两三天在他门口巡逻，等他回来。[1]

警察当然不知道，陈独秀不可能再回来了。对于这次躲避北京警方蹲坑式的监视甚至可能发生的抓捕，在具体的细节上不同当事人有不同的版本记忆。因为陈独秀在武汉的系列演讲活动经报纸报道后，很快引起北京警方的注意，加紧对其进行侦查。为了避免陈独秀"二进宫"，安徽同乡王星拱、高一涵、程演生、刘叔雅、胡适及友人李大钊、马叙伦、沈士远等均参与了这次秘密的保护行动。所以，等陈独秀从武汉抵达北京火车站后，即被朋友们接到王星拱家暂避，随后又转移到刘叔雅家暂住。

2月14日，北京下起了大雪。在躲了几天之后，陈独秀化装成病人（亦说是商人），乘坐由熟悉北方生活的李大钊驾着的一辆破旧骡车走小路秘密赶往天津。无论是按照法律规定，还是尽乡党之谊，陈独秀临行前还是非常礼貌地亲笔致信京师警察厅厅长吴炳湘，半是揶揄半是客气地说："镜潭总监台鉴：夏间备承优遇，至为感佩，日前接此间有人电促前来面商西南大学事宜，匆匆启行，未及报厅，颇觉歉疚，特此专函补陈，弗为原宥，事了即行回京，当为面谢。"于情于理于法，陈独秀想得还是比较周全，这符合他的为人和性格，也给了吴炳湘一个台阶或者说对北京当局有了一个交代。到达天津后，李大钊亲自把陈独秀送上了南下的火车。

2月19日，陈独秀抵达上海。从此，陈独秀和他的同志以及学生们一道，在古老的中华大地上开始了开天辟地的雄伟大业——创建中国共产党。

---

[1] 唐德刚译注：《胡适口述自传》，华东师范大学出版社1992年版第185-186页。

哲人间世出

我们要保留独立自主的权力，
要有独立自主的做法，我们有
多大的能力干多大的事，决不
能让任何人牵着鼻子走！

——陈独秀（1921 年）

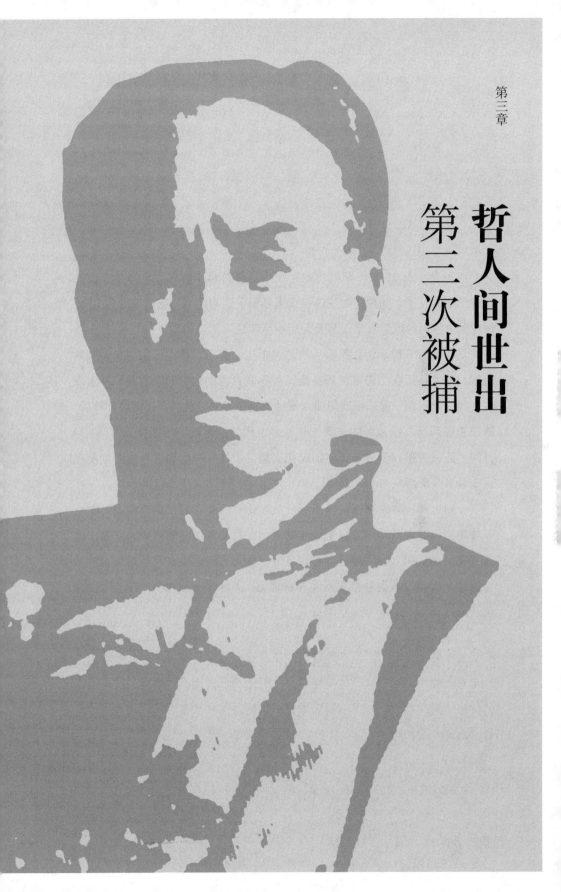

第三章

哲人间世出

第三次被捕

1920 年 2 月 19 日，是农历大年三十。爆竹声中辞旧岁，本是家家户户过新年的日子，陈独秀却在这一天抛妻别子逃避追捕秘密离京抵达上海。可一到上海，他就生病了，四五天起不了床。

正在上海等待赴法勤工俭学的北大学生许德珩，事先已接到李大钊的电报，他就和正在上海参加筹备全国各界联合会的北大同学、北京学生联合会代表张国焘一起，帮助陈独秀安排下榻在惠中旅社。身体稍微好转后，陈独秀得到老友汪孟邹的关照，接他到自己的亚东图书馆居住。大约在 4 月间，陈独秀搬迁到另一位老朋友柏文蔚的旧宅——法租界环龙路老渔阳里 2 号（今南昌路 100 弄 2 号）。

一到上海，陈独秀就忙得不可开交，受邀四处发表谈话或演说，参与各种集会和纪念活动，并接受媒体的采访。就五四运动的规模和效果，陈独秀在对北京和上海两地进行对比之后，认为五四运动在北京始终未能从学生这个群体发展到社会民众，非常遗憾。2 月 23 日，他对《民国日报》记者说：

北方文化运动，以学界为前驱，普通社会似有足为后盾者，然不能令人满意之处，实至不鲜。其最可痛心，为北京市民之不能觉醒。以二十世纪政治眼光观之，北京市不能谓为有一市民。仅有学界运动，其力实嫌薄弱。此足太息者也。[1]

---

[1]《陈独秀君过沪之讲话》，原载《民国日报》1920 年 2 月 23 日。

陈独秀这段谈话，可谓是他对五四运动的一个反思。

2月27日，陈独秀出席上海工读互助团筹备会，到会的有北京工读互助团发起人王光祈（少年中国学会发起人）、亚东图书馆老板汪孟邹等20多人。3月20日，陈独秀在青年会发表题为《新文化运动是什么？》的演说，29日应江苏教育会邀请发表了有关教育问题的演说，批评教育上的主观主义和形式主义。3月31日，孙中山宴请陈独秀，由胡汉民、廖仲恺、戴传贤作陪。这是陈、孙之间的第一次见面。4月21日，陈独秀在中国公学发表演讲，题目是《五四运动的精神是什么？》，这位"总司令"总结成两点：一是人民直接行动，二是牺牲的精神。

5月1日，在陈独秀的指导下，上海工人在西门体育场举行了历史上第一次大规模集会，纪念劳动节，参加者有5000多人。后来，由于参加者越来越多，集会受到军警的阻挠，不得不四次转移地点，最后在靶子场举行。与此同时，广州、北京等地工人也都破天荒地举行了五一劳动节纪念或庆祝活动，使中国在"黑暗里突然的透出一线儿红"，这是"北极下来的新潮，从近东卷到远东。那潮头上拥著无数的锤儿锄儿，直要锤匀了锄光了世间的不平不公"！[1]

也就是在这个五一节，陈独秀主编的《新青年》第七卷第六号高调推出了《劳动节纪念号》。这成为陈独秀为创办工人刊物，向基层工人宣传马克思主义的肇始。创办《劳动节纪念号》并非是陈独秀一时心血来潮，而是有组织有目标的一个大策划。从北京来到上海后，先是因为筹办西南大学的校址是在广州还是上海发生争执，后又因为陈炯明答应拨付的资金未到位等原因，陈独秀就决定安家上海，并将妻儿也接到上海定居。因五四爱国运动后期得到了上海工人群众的大力配合和支持，工学商大联合，实现了"三罢"——罢工、罢课、罢市，从而使五四运动取得最后胜利。显然，作为"五四运动的总司令"，陈独秀看到了上海工人阶级的力量，为北京市民的"不觉醒"而叹息。因此，他一到上海，就开始对中华工业协会、

---

[1]《红色的新年》，原载《星期评论新年号》第31号，引自任建树著《陈独秀传》，上海人民出版社1989年9月第1版第211页。

中华总工会等社会或民间的工人阶级团体、组织进行调研，深入普通的工人群众中进行调查。早在这年1月，陈独秀就主张创办工人刊物，发表《告新文化运动诸同志》，告诫说："上海的朋友要办报，不必办和人雷同的报，上海工商业都很发达，像'店员周刊'、'劳动周刊'，倒有办的必要。但至今无人肯办。难道不高兴张嘴和店员劳动家说话吗？难道因为这种报纸不时髦，不能挂'新思潮'、'新文化运动'的招牌吗？"[1] 于是，到上海后，陈独秀就亲自动手办了起来。3月，他就"决计"在五一劳动节推出《劳动节纪念号》，并在《新青年》第七卷第五号提前做出"特别预告"，同时向他远在北大的朋友们约稿。他在这一期的《新青年》上发表《新文化运动是什么》，指出：新文化运动将影响各个方面，"影响到产业上，应该令劳动者觉悟到他们自己的地位，令资本家把劳动者当作同类的'人'看待，不要当作机器、牛、马、奴隶看待。新文化运动影响到政治上，是要创造新的政治理想"。

　　《劳动节纪念号》篇幅比正常出刊的《新青年》页码超出了两倍多，达400页。《新青年》的发行商群益书社未征得陈独秀的同意售价不得不从原刊售价二角提高到五角。为此，陈独秀非常生气，拍桌大骂。亚东图书馆老板汪孟邹调解无效，因此从第八卷第一号起，《新青年》由自己成立的新青年社独立发行。陈独秀发的书生脾气与商人的利益冲突都是无可厚非的，群益书社当然没有义务为陈独秀这种透支的做法买单。当然，这一期《劳动节纪念号》确实有纪念意义。这一期不仅发表了孙中山亲笔题写的"天下为公"四个大字，还发表了蔡元培的题词"劳工神圣"、吴稚晖的题词"人日"，以及纱厂、卖菜、植树等共计16名来自各行业知名人士和普通工人的题词，及33幅上海、宁波等地印刷、玻璃制作、环卫等行业工人的劳动照片。这一期刊发的文章既有历史纪实，如：李大钊的《"五一"运动史》、T.C.I.的《一九一九巴黎"五一"运动》，又有思想评论，如：俄国S.A.P.生译的《职工同盟论》、刘秉麟的《劳动问题是什么》、陈独秀的《劳动者的觉悟》；既有说明介绍，如：张慰慈的《美国劳动运动及组织》、

---

[1] 陈独秀：《告新文化运动诸同志》，原载长沙《大公报》1920年1月11-12日。

高一涵的《日本近代劳动组织及运动》、程振基的《英国劳动组合及其最近的趋势》及转载《北京晨报》的《英国劳动党的新劳力》、李泽彰的《俄国苏维埃联邦共和国劳动法典》，又有调查报告，如：陈独秀亲自调查撰写的《上海厚生纱厂湖南女工问题》、记者采写的《香港罢工纪略》《巴黎华工会》，以及莫如的《南京劳动状况》、无我的《唐山劳动状况（一）》、许元启的《唐山劳动状况（二）》、高君宇的《山西劳动状况》、铁民的《江苏江都劳动调查表》、野的《长沙劳动状况》、高语罕的《芜湖劳动状况》、李崑的《无锡各工厂劳动调查表》、李幽影的《北京劳动状况》、李次山的《上海劳动状况》、李少穆的《皖豫鄂浙冶铁工人状况》和杨赓陶的《天津造币总厂工人状况》等等，可谓是有理有据，是对中国工人阶级现状的大调查和总分析。正如蔡和森所言，《新青年》以前"是美国思想宣传机关，但是到了仲甫同志倾向社会主义以后，就由美国思想变为俄国思想了，宣传社会主义了。不过在过渡期间的文章，社会革命的思想是有了，杜威派的实验主义也是有的。一直到1921年（应为1920年。引者注）'五一'劳动节特刊问题，才完全把美国思想赶跑了"。[1]

毫无疑问，《新青年》1920年5月1日《劳动节纪念号》的编辑出版，既标志着陈独秀开始把"德莫克拉西"（民主）作为新兴劳工阶级的旗帜，是他五四运动以来的一个重大思想转折，也标志着中国现代知识分子开始与工人阶级相结合，他们开始重视工人、宣传工人、教育工人、团结工人。这一切，也标志着五四时代的结束，另一个新时代的开始。在中国，这将是一个什么样的新时代呢？工人阶级是否从此登上中国的政治舞台？民主共和或者政党政治真的进入中国社会？而以陈独秀为代表的知识分子们在政治道路或政治理想上的新探索会给古老的中国带来什么样的巨变？这是令人期待的未来。

我们知道，自19世纪以来，上海始终是中国的经济命脉。20世纪20年代的上海，是中国近现代工商业最发达、工人阶级人数最多最集中的城

---

[1] 蔡和森：《蔡和森的十二篇文章》，引自任建树著《陈独秀传》，上海人民出版社1989年9月第1版第210页。

市，也是最早对陈独秀高举新文化运动"民主"和"科学"大旗最先"觉醒"和热烈响应的城市。如今，陈独秀带着他的《新青年》又回到了《新青年》的诞生地，开始了新一轮的思想革命。显然，对于陈独秀来说，经过五四运动的洗礼，这一次的思想革命是文化革命与政治理想发生碰撞之后的一次更大的中国创造——创建中国共产党。

上海，对于陈独秀来说是一块福地。这里，不仅是他躲过数次通缉的避难地，又是他四次东渡日本求学或流亡的出发地，还是他发动新文化运动的起源地。现在，这里，将成为他筹建中国共产党的基地，他将带领新一代知识分子中的先进者在这里与产业工人相结合，以俄国为榜样，开始探索走一条中国的社会主义道路，这将是一条漫长、曲折又艰难的道路。

就是在这个时候，1920 年 5 月，俄共中央新成立的远东局海参崴分局东方民族处中国科的维经斯基带着两名助手（季托夫和谢列布里亚科夫），经李大钊介绍从北京到上海，找到陈独秀。随同来访的还有维经斯基的夫人库兹涅佐娃和翻译杨明斋。这个时候，维经斯基的身份是俄共中央代表兼共产国际代表。来到上海，维经斯基的目的非常明确，就是为了维护苏联的国家利益，希望在中国找到共产国际的同盟者，期待中国发生有利于俄国的革命，出现一个"兄弟党"或"兄弟国家"。其实，苏俄自 1919 年 3 月成立共产国际开始，就一直在中国寻找他的代理人，此前他们对刘韶周（旅俄华侨）、吴佩孚、孙中山、陈炯明、唐继尧等人曾做过秘密考察或者接触，但都一无所获。

抵达上海后，维经斯基首先与陈独秀进行了接触。不久，即在上海建立了共产国际东亚书记处，由维经斯基任临时执行局书记，下设中国科、朝鲜科和日本科。中国科第一项任务就是"通过学生组织中以及在中国沿海工业地区的工人组织中成立共产主义基层组织，在中国进行党的建设工作"。随后，又经陈独秀介绍，他们一起会见了当时宣传社会主义的《星期评论》编辑戴季陶、李汉俊、沈玄庐，研究系报纸《时事新报》负责人张东荪，以及李达、陈望道、俞秀松等。经过座谈，5 月份，他们就在上海成立了马克思主义研究会，负责人是陈独秀，会员有沈雁冰、李达、李汉俊、陈望道、邵力子等。

从 5 月到 6 月，陈独秀多次组织大家座谈，筹备建立中国共产党。其间，参加座谈会的除了上述人物之外，还有施存统、刘大白、陈公培、沈仲九、崇侠（这是最早参加筹备建党的女性，后来因为情感原因削发为尼）等人。在座谈会上，维经斯基说："中国现在关于新思想的潮流，虽然澎湃，但是，第一，太复杂，有无政府主义，有工团主义，有社会主义，有基尔特社会主义，五花八门，没有一个主流，使思想成为混乱局势；第二，没有组织，做文章、说空话的人多，实际行动一点都没有。这样决不能推动中国革命。"[1]6 月中旬，在上海渔阳里 2 号陈独秀的家中，陈独秀、俞秀松、李汉俊、施存统、陈公培五人再次开会，讨论建党事宜，并决定起草党纲。笔者认为，他们起草的这个党纲应该只是一个草案或者征求意见稿。听说要酝酿建立共产党，戴季陶和张东荪在参加几次活动之后主动退出。

　　7 月 4 日，共产国际东亚书记处临时执行局书记维经斯基抵达北京，并于 5 至 7 日召开在中国工作的俄国共产党员第一次代表会议。在这次会议上，俄国人就即将举行的中国共产主义组织代表大会和中国共产党的成立、新闻出版工作等交换了意见，提出尽快促成建立中国共产党的目标。为了加快在东亚建立共产党的进程，东亚书记处紧接着又在上海召开了"远东社会主义者会议"，强调在中国、日本和朝鲜扩大共产主义宣传，迅速建党。陈独秀代表中国出席。[2]

　　7 月 19 日，在维经斯基的强力推动下，陈独秀主持召开了"最积极的中国同志"会议。这次会议为未来中国共产党奠定了基础，会上陈独秀、李汉俊、沈玄庐坚决赞成建立中国共产党。

　　到了 8 月上中旬，关于建立共产党的事情已经完全提上了陈独秀的议事日程。上海党的筹备组（国内外学者大都使用中共上海发起组这个概念，笔者认为叫筹备组更合适些）在这个时候完成了组建工作，陈独秀当然地被大家选举为书记，成员主要有：李汉俊、沈玄庐、陈望道、俞秀松、施存统、杨明斋和李达。

---

[1] 周佛海：《扶桑荭影溯当年》，原载《古今》半月刊 1943 年 3 月第 19 期。
[2] 唐宝林：《陈独秀全传》，香港中文大学出版社 2011 年版第 153 页。

8月17日，维经斯基致信俄共（布）中央西北利亚局东方民族处，声称："我在这里逗留期间的工作成果是：在上海成立了革命局，由五人组成（四名中国革命者和我），下设三个部，即出版部、宣传部和组织部。"这次会议"首次决议推陈独秀担任书记，函约各地社会主义分子组织支部"。[1]

万事开头难。陈独秀一边忙着筹备建党，一边没有忘记做好宣传出版工作。在5月1日编辑出版《新青年》的《劳动节纪念号》整整4个月后，9月1日，《新青年》在停刊5个月后出版了第八卷第一号，头条文章就是陈独秀撰写的《谈政治》。在文章中，陈独秀进一步具体阐述了自己对当下中国政治的见解，表示拥护马克思列宁主义。同时，该期还新开设了"俄罗斯研究"专栏，主要刊登当时各国报刊上有关俄国革命的理论和介绍苏维埃制度、经济政策等方面的情况。此后《新青年》开始逐渐增加刊登有关介绍俄罗斯和马克思主义的篇幅。这种栏目和内容的变化，自然引起《新青年》同人的不满。胡适抱怨《新青年》"差不多成了 Soviet Russia 的汉译本"。Soviet Russia 中文译为"苏维埃俄罗斯"，这是一份周刊，系苏俄政府驻美国纽约办事处的机关刊物。值得研究的是，这一期的《新青年》封面图案，竟然也与美国社会党的党徽高度相似。可见，当时陈独秀和他的战友们所接触的苏联十月革命的历史和马克思列宁主义理论，以及当时的政治、经济、社会方面的情况，大都是来自美国和日本。如李大钊就深受日本河上肇的《马克思的社会主义理论体系》和福田德三的《续经济学研究》等影响；再如，《新青年》杂志在1921年5月1日出版的第九卷第一号的头条位置上，发表了日本山川均撰写的《从科学的社会主义到行动的社会主义》等。

在1920年9月1日复刊的这一期《新青年》上，陈独秀还发表了一篇政论文章《对于时局的我见》，指出："国家、权力、法律，这三样本是异名同实……法律是强权的化身，若是没有强权，空言护法毁法，都是不懂法律历史的见解。吾党对于法律的态度，既不像法律家那样迷信他，也不

---

[1] 《共产国际、联共（布）与中国革命档案资料丛书》第一卷，北京图书馆出版社1998年版第31页。

像无政府党根本排斥他；我们希望法律随着阶级党派的新陈代谢，渐次进步，终久有社会党的立法，劳动者的国家出现的一日。"在上述这段文字中，有两个词语值得我们关注：一是"吾党"，另一个是"社会党"。让我们回到1920年9月1日那个历史的时空和现场，就可以看到一个基本的事实，那就是陈独秀正在筹备建立的"党"——当时的名称为"社会党"。而从当事人的角度来说，另一位亲历者俞秀松在1920年7月10日的日记中这么写道："经过前回我们所组织的社会共产党以后，对于安那其主义（即无政府主义。引者注）和波尔雪维克主义（即布尔什维克主义。引者注），都觉得茫无头绪，从前信安那其主义，的确是盲从的。"[1]

综上所述，在1920年5月至9月间，陈独秀在维经斯基的支持和推动下，中国共产党的筹备和组建工作可谓紧锣密鼓，但到9月初，对于党的名称问题还是没有最后确定下来——是叫社会党，还是叫共产党，抑或叫社会共产党？对此，陈独秀也举棋不定。其间，他曾致信远在北京的张申府，征求对党的名称的意见，并嘱咐："这件事情在北大只有你和守常可以谈。"随后，李大钊复信陈独秀，认为共产国际的意见是"就叫共产党"。

8月底，暂住陈独秀家的北京学联代表张国焘将回北京，陈委托他将筹备建党的意见和初拟的党纲草案等转告李大钊，希望李在北方从速发动，先在北京建立组织，再向山东、山西、河南等省和天津、唐山等城市发展。与此同时，陈独秀还紧张地"函约各地社会主义分子组织支部"，比如：王乐平在济南（王是五四运动时期济南的名士，他本人没有参加，但向陈推荐了王尽美和邓恩铭）、陈公博在广州、毛泽东在长沙、沈玄庐在杭州、刘伯垂在武汉、张申府在法国巴黎、施存统在日本东京。就这样，陈独秀以上海为中心，开始指导建党大业，为中国革命事业奠基。

政党的建立是一个系统工程。为了稳步推进建党的筹备工作，陈独秀还得在舆论、组织和干部上做好各种配套工作。主要在四个方面做了扎实有效的工作：

---

[1] 上海革命历史博物馆编：《俞秀松烈士日记》，原载《上海革命史资料与研究》第一辑，开明出版社1992年版第297页。

一是建立健全组织，培养干部。8月22日，在陈独秀家渔阳里2号成立了中国社会主义青年团（简称S.Y.）；9月，在渔阳里6号开办了中共历史上的第一所学校——外国语学社，培养和锻炼了大批干部队伍。

二是加强理论学习，翻译经典。陈独秀先后指导和要求他的同人和追随者翻译出版了一批马克思主义经典著作，主要有：恽代英翻译的考茨基的《阶级斗争》，陈望道翻译、陈独秀和李汉俊校对的《共产党宣言》，李汉俊翻译的《马克思资本论入门》、李季翻译的柯普卡的《社会主义史》等。

三是开创舆论阵地，扩大宣传。8月15日，创办了中国工人运动刊物《劳动界》；9月1日，在《新青年》开设"俄罗斯研究"专栏；10月10日，创刊工人刊物《伙友》；11月7日，创办党内机关刊物《共产党》月刊。

值得一提的是，《新青年》第八卷第一号（1920年9月1日）增设了"俄罗斯研究"这样"色彩过于鲜明"的栏目，大谈政治，使得编辑部同人之间发生了意见和分歧。胡适甚至生气地提出要么重起炉灶，要么暂时停办。为此，远在北京的同人李大钊、胡适、王星拱、钱玄同、高一涵、鲁迅、周作人、陶孟和、张慰慈等专门进行了讨论，陈独秀也通过信函多次与北京同人进行商量。既注重民主又注重同人情感的陈独秀，为了保持同人之间的团结，其实并没有将《新青年》变成所谓完全政治色彩的刊物，还曾致信胡适说明将"仍以趋重哲学文学为是"。尽管有关政治色彩的内容和篇幅有所增加，胡适提出的"不谈政治"的意见无法让陈独秀接受，而实际上陈独秀和北京同人之间还是相互有所妥协，《新青年》直到其停刊（包括陈望道编辑的各期），每期上都坚持以一定的篇幅发表有上述同人的大量文艺作品和学术文章。国内外有众多学者提出，《新青年》自第八卷第一号开始成为中共上海筹备组的机关刊物。笔者认为，这种观点是不准确的。显然，既不能因为《新青年》杂志在内容上增加了所谓的政治色彩，也不能因为《新青年》杂志同人间有分歧和意见，甚至他们个人在思想或者说理想上出现了"分裂"或者"分化"，来说明《新青年》就此成为中共上海筹备组的机关刊物。此时，中共党的机关刊物应该是《共产党》月刊，而不是《新青年》。实际上，《新青年》自始至终仍然较好地保持了其文艺和社科类综合期刊的角色。这正是五四时代以陈独秀、胡适为代表的那一代大知识分子们最为可贵和可爱的地方——志不同也好，道不合也罢，学术归学术，友谊归友谊，他们从不因为信仰的不同而排斥和打击异己——这正是大师的品格和操守所在！

四是开展工人运动，建立工会。自 1920 年 2 月底到上海后，陈独秀就一直深入工人中间，与现有的各种工会组织或团体进行亲密接触，但他很快就发现这些工会都是由资本家的代理人、政客、工头、帮会们发起或者控制的，"穿长衣的先生们多，穿短衣的工人很少很少"。对于那些假大空的工会组织，陈独秀认为："像上海的工人团体就再结一万个也都是不行的。新的工会一大半是下流的政客在那里出风头，旧的公会公所一大半是店东工头在那里包办。"怎么办？陈独秀的答案——就是办报，向工人宣传马克思主义，再组织真正的工会。于是，在他的带领下，积极利用《劳动界》和《伙友》杂志，宣传工人的地位、价值和历史使命，揭露资本家剥削工人的秘密，号召组织自己的工会等等，使工人阶级逐渐觉悟起来。11 月 21 日，上海机器工会正式成立、陈独秀担任募经处主任，这是中共领导下的第一个工会组织。随后，上海印刷工会和上海第一补习学校相继成立。当上海工人运动方兴未艾的时候，北京、武汉、长沙、广州等地也开始兴起，李大钊和邓中夏在北京创办了《劳动音》和长辛店工人补习学校，与上海遥相呼应。从此，中国工人由自在阶级向自为阶级转变，从而迎来 1922 年中国工人运动的第一次高潮。陈独秀功不可没。

以 11 月 7 日《共产党》月刊（COMMUNIST）创刊为标志，陈独秀吹响了建立中国共产党的"集结号"，开天辟地，在古老的中国大地上举起了共产党的大旗，可谓旗帜鲜明。随后，陈独秀主持起草了《中国共产党宣言》，规定了共产主义者的理想是废除生产资料私有制，消灭阶级。为了实现这一伟大目标，工农必须夺取政权，建立无产阶级专政，镇压资产阶级，建设共产主义，并"以此为收纳党员之标准"。[1]

---

[1] 中央档案馆编：《中国共产党第一次代表大会档案资料》（增订本）第 1 页，引自任建树著《陈独秀传》，上海人民出版社 1989 年 9 月第 1 版第 220 页。

在《共产党》月刊创刊词的《短言》中，陈独秀大声疾呼：

要想把我们的同胞从奴隶境遇中完全救出，非由生产劳动者全体结合起来，用革命的手段打倒本国外国一切资本阶级，跟着俄国的共产党一同试验新的生产方法不可。什么民主政治，什么代议政治，都是些资本家为自己阶级设立的，与劳动阶级无关。什么劳动者选议员到国会里去提出保护劳动的法案，这种话本是为资本家当走狗的议会派替资本家做说客来欺骗劳动者的。[1]

中国共产党的建立，一方面是受俄共中央操纵的共产国际在世界上的影响，一方面是中国社会发展的必然要求。因为 1920 年这一年，不仅仅是中国有了共产党，亚洲的印度尼西亚、伊朗、土耳其和印度，美洲的美国，非洲的埃及，欧洲的法国、英国、德国（德国共产党和社会民主党左翼统一成立德国共产党），以及澳大利亚，都建立了共产党（美国当时叫社会党）。就连中国共产党在上海发行的党内机关刊物《共产党(COMMUNIST)》与英国共产党在伦敦发行的党刊 COMMUNIST，不仅在形式上完全一样，而且内容上也几乎成了它的中译本。而自 1920 年 9 月 1 日以后出版的《新青年》直至其终刊，除第八卷第二号封面刊登的是英国唯心主义哲学家罗素的照片之外，其余 11 期的封面图案都使用的是相同的一幅"跨越东西半球的握手"。而这幅图案的设计，竟然与美国社会党的党徽几乎一模一样。（见本书插页）

理论是行动的先导。中共在建党初期，包括陈独秀在内，是没有清晰的属于自己的建党思想的，更没有建立起属于自己的系统的理论体系，其理论框架基本上是生搬硬套俄国模式，在经济和人事上受共产国际的制约，这为后来陈独秀的政治理想和革命实践带来了不少麻烦，也为他后来政治人生的悲剧埋下了伏笔。

---

[1] 陈独秀：《〈共产党〉月刊短言》，原载《共产党》月刊 1920 年 11 月 7 日创刊号，引自《陈独秀著作选编》第二卷，上海人民出版社 2010 年 9 月版第 298 页。

——那是一个黑暗的时代，那是一个混乱的时代，那也是一个伟大的时代！一代有坚定信仰的社会中坚成为中华民族的脊梁，也成就了他们开天辟地的伟大事业。

本来应邀到广州筹办西南大学只在上海短暂停留的陈独秀，现在终于重新踏上了前往广州的行程。从1920年2月19日由北京抵达上海，到12月17日从上海起程前往广州，在这整整十个月的时间里，陈独秀的思想发生了重大转折，不仅推动和改变了未来中国的历史，而历史也改变了陈独秀。

军阀陈炯明是10月29日攻克广州的。11月，孙中山任命陈炯明担任广东省长兼粤军司令。这位标榜自己为"社会主义者"的粤军司令一上任，就马上致电聘请陈独秀为广东省教育委员会委员长兼大学预科校长，提倡新思想，发展新文化。接到聘请，陈独秀没有立即答应，提出了三个条件：一是教育独立，不受行政干涉；二是以广东全省收入十分之一拨充教育经费；三是行政措施，与教育所提倡之学说作同一趋势。陈炯明表示同意。随后，陈独秀又征求党内各地方负责人的意见。李大钊等人回复同意后，陈独秀乘船经香港于12月29日抵达广州。

在广州，陈独秀定居于回龙里九曲巷11号的二层，并给自己的居室美其名曰"看云楼"。一时间，粤各界名人多访于此，"看云楼"群英聚会，高朋满座。各种讲演邀请络绎不绝，陈独秀也是来者不拒。在广州期间，陈独秀主要做了两件事：一是推行教育改革，提出了《广东全省教育委员会组织法》，创办宣讲员养成所，开办工人夜校，首创中学男女同校等等；二是加强广东共产党的建设，在指导谭平山、陈公博、谭植棠等成立社会主义青年团的基础上，大力支持宣传新文化新思想的报纸《广东群报》的编辑出版工作，创刊《劳动与妇女》，以推行教育改革为依托，把推广新文化和宣传社会主义与党的工作结合起来。

开弓没有回头箭。陈独秀的性格就是大刀阔斧，雷厉风行。陈独秀是一个理想主义者，但历史往往总是让理想的头颅在现实的壁垒上碰得头破血流。显然，陈独秀的教育改革很快就触礁搁浅——陈炯明承诺保障的权力和经费无法得到真正的落实，诸事搁置。而且有封建顽固派不断攻击陈独秀，诬蔑他主张"讨父"、"仇孝"、"公妻"、"妇女国有"，甚至捏造他演说提倡"百善淫为首"、"万恶孝为先"，说他参加了"讨父团"等等，要求陈炯明驱逐陈独秀出广东。在这种情况下，陈独秀一面对此予以强烈驳斥。一面深感改革无法实行，"若留恋不去，拥此虚名，不独无以对粤人，且无以对自己，顾顿萌退志"。而早在1921年5月，暂时主持上海党的工作的李汉俊就派包惠僧来广州，请陈独秀赶快回上海主持党的工作。到了7月，中国共产党第一次代表大会在上海召开，陈独秀在缺席的情况下被推举为中央书记。1921年9月11日，在坚辞不准的情况下，陈独秀不待陈炯明批准，就借称胃病复发，请假离粤。

在广州又是生活了整整十个月，陈独秀不得不回到上海。他在广州的这段教育改革和政治生活，可以在1921年1月他为朱执信去世撰写的挽联中找到注脚：

失一执信，得一广东，得不偿失
生为人敬，死为人思，死犹如生

广东之行的"得不偿失"，没有挫败陈独秀的革命斗志。

当然，回到上海，对于陈独秀来说也是被逼无奈。但对于另一个人来说，陈独秀尽快回到上海负起中共中央书记的责任，主持中央工作，却是迫不及待的大事情。这个人就是马林。

马林（Maring，1883-1942），本名斯内夫利特，荷兰人，中文名为孙铎、倪恭卿。作为共产国际的代表来到上海，像其他共产国际人员一样，他们的屁股是坐在莫斯科的椅子上指挥中国。回顾这段历史，无论是马林，还是维经斯基，或者罗易、鲍罗廷等等，他们在当时的历史境遇中各自都在拼命地为苏俄的利益和自身的政治前途而挣扎，因此在工作中都不可避免地有各自的算计甚至私心杂念。这些角色在中国革命历史舞台上跑龙套般的表演，其结果大都成为莫斯科和斯大林在中国革命政策上的牺牲品。

1921年6月3日，马林登陆上海，开始对中共中央指手画脚。几乎是前后脚，另一位名叫尼科尔斯基的俄国人受共产国际远东局的派遣来到上海，接替维经斯基在中国的工作。一到上海，马林就酝酿召开中国共产党第一次代表大会，并催促上海党组织临时负责人李汉俊和李达，向各地党组织发出通知，派两名代表到上海来参加会议。当然，最重要的是，一定要把陈独秀从广州请回来主持会议。为此，还专门给陈独秀寄去了200元路费。但陈独秀没有答应，原因是他在广州兼任大学预科校长，正在争取一笔款项修建校舍。如果在这个时候离开，这笔钱就泡汤了。于是，他只好指派陈公博和包惠僧出席会议。而且，为了指导党的组织和政策建设，陈独秀专门提出了四项建议，请两位带到会上。

一、慎重发展党员，严格履行入党手续，加强党员教育，以保证党的先进性和战斗力；

二、实行民主集中制，既要讲民主，又要集中；

三、加强党的组织纪律；

四、目前主要工作是争取群众，为将来夺取政权作准备。[1]

陈独秀的四点建议，具有纲领性的价值和意义。陈独秀的意见显然得到了与会大部分代表的赞成。在1921年7月23日至8月2日[2]召开的中国共产党第一次代表大会上，历史上著名的"南陈北李"都没有参加。李大钊因为6月3日在北京参加以北大为首的八所大学联合组织的"索薪斗争"，被北京当局的军警打伤而无法出席。在"一大"上，13位代表推举陈独秀担任书记，李达任宣传主任，张国焘任组织主任，三人组成中央局。这13名代表名单如下：

---

[1] 张国焘：《我的回忆》第一册，东方出版社1991年版第136页；包惠僧：《包惠僧回忆录》，人民出版社1983年版第368页，引自唐宝林著《陈独秀全传》，香港中文大学出版社2011年版第199页。

[2] 目前史学界对中共"一大"闭幕日期有7月30日、7月31日、8月1日、8月2日、8月5日等几种不同说法。

上海代表：李汉俊　李　达

北京代表：张国焘　刘仁静

济南代表：王尽美　邓恩铭

武汉代表：陈潭秋　董必武

湖南代表：毛泽东　何叔衡

广东代表：包惠僧　陈公博

东京代表：周佛海

陈独秀之所以有如此崇高的地位，毛泽东1936年10月在延安接受著名美国记者埃德加·斯诺采访时，曾多次讲到。第一次讲陈独秀是在他回忆自己创立新民学会的时候，他说："在中国其他部分，像这类的激进团体都由那时在中国政治上占有势力的战斗青年纷纷组织起来。这许多团体大半都是在陈独秀编辑的著名新文化运动杂志——《新青年》影响下组织起来的。我在师范学校读书时，就开始阅读这本杂志了。并且十分崇拜陈独秀和胡适所作的文章。他们成了我的模范，代替了我已经厌弃的康有为和梁启超。"还"有很长一段时间，每天除上课、阅报以外，看书，看《新青年》；谈话，谈《新青年》；思考，也思考《新青年》上所提出的问题"。1920年5月，在上海，毛泽东"又一度碰到陈独秀。我和他第一次相见是在北京，当我在北大的时候，他给我的影响也许比那里任何人所给我的都大"。毛泽东说，"在中国共产党的组织中，陈独秀和李大钊占着领导的地位，无疑地，他们都是中国知识界中最灿烂的领袖。我在李大钊手下做图书馆佐理员时，已经很快地倾向马克思主义了，而陈独秀对于引导我的兴趣到这方面来，也大有帮助。我第二次赴沪时，我曾和陈独秀讨论我所读过的马克思主义书籍，陈本人信仰的坚定不移，在这也许是我一生极重要的时期，给我以深刻的印象。"毛泽东曾在《新青年》第三卷第二期（1917年4月1日出版）上发表了《体育之研究》，长达7000余字，署名"二十八画生"。因毛泽东名字的繁体字笔画共二十八画。这篇文章是通过毛泽东的恩师北大文科伦理学教授、杨开慧的父亲杨昌济转给陈独秀发表的。可见，五四运动对毛泽东的影响是空前的，陈独秀对毛泽东的影响也是当时任何人无与伦比的。在陈独秀1942年5月凄然绝世后的第三年，毛泽东在中共党史上有着重要意义的第七次代表大会的预备会议上，再次郑重地提到了他，说陈独秀"是五四运动时期的总司令，整个运动实际上是他领导的。他与周围的一群人，如李大钊同志等，是起了大作用的。……我们是那一代人的学生，五四运动，替中国共产党准备了干部。那个时候的《新青年》杂志，是陈独秀主编的。被这个杂志和五四运动警醒起来的人，后头有一部分进了共产党。这些人受陈独秀和他周围的人影响很大，可以说是由他集合起来，这才成立了党"。毛泽东的话，实事求是，意味深长。

中共"一大"闭幕后，13名代表中除了上海代表和张国焘、包惠僧、周佛海之外，其他代表均在会议结束后迅速离开了上海。新当选的中央书记不在位，群龙无首，中央自然无法开展正常工作，决策性的文件和会议也无法进行。怎么办？比大家更着急的是马林，他无法理解陈独秀拒不回沪就任的做法。于是，他派包惠僧再去广州，催请陈独秀回来主持中央工作。这次，不是因为陈炯明在行政和经济上无法兑现承诺，陈独秀可能依然不会答应回上海。因为当时无政府主义思想占有相当大的优势，陈独秀仍不太急于成立全国性的统一组织，更不急于发动什么革命运动。他把主要精力依然放在教育和文化工作上，通过宣传和教育发挥新思想新文化的引导作用，慢慢地改变人们的思想。因此他对马林一再催促他参加"一大"，又催促他回上海主持中央工作，很不满意。

在从广州回上海的路上，当包惠僧问陈独秀"中国革命怎么革法"时，陈独秀回答说，共产主义在中国怎么进行还需要摸索，"由于各个国家情况不同，马克思主义的发展形态也各异，在中国是什么样子还要看发展"。他还有些抱怨地说："国际代表（指维经斯基。引者注）走了，上海难道就没有事情做了？李汉俊急什么，中国的无产阶级革命还早得很，可能要一百年上下，中国实现共产主义遥远得很……我们现在组织了党，不要急，我们要学习，要进步，不能一步登天，要尊重客观事实。"包惠僧回忆说："关于党怎么搞法，他主张我们应该一面工作，一面搞革命，我们党现在还没有什么工作，要钱也没用，革命要靠自己的力量尽力而为，我们不能要第三国际的钱。"陈独秀强调："拿人家的钱就要跟人家走，我们一定要独立自主地干，不能受制于人。"他还告诉包惠僧："作为共产党员首先要信仰马克思主义，其次是发动工人，组织工人，武装工人，推翻资产阶级政权，消灭剥削制度，建立无产阶级专政。"[1]

9月11日，陈独秀就是带着这个指导思想回到了上海，住在自己渔阳里2号的家中。他的归来，令上海党组织成员李达、张国焘非常兴奋。但很快情况就发生了变化，在第二天与马林接触谈了两次之后，陈独秀的态度突然变得冷淡了，不愿立即召开中央会议，也不愿意再与马林见面。这令张国焘十分不解，也令马林感到非常奇怪。陈独秀说变就变，确实令大家摸不着头脑。到底是谁惹他生气了？包惠僧回忆说：

（与马林）接连谈了两次，对于中共与第三国际的关系问题还有分歧。马林按照第三国际当时的体制，认为第三国际是全世界共产主义运动的总部，各国共产党都是第三国际的支部，中共的工作方针、计划应在第三国际的统一领导之下进行。陈独秀认为中国共产党尚在幼年时期，一切工作尚未展开，似无必要戴上共产国际的帽子，中国的革命有中国的国情，特别提出中共目前不必要第三国际的经济支援，暂时保持中苏两党的兄弟关系，俟我们的工作发展起来后，必要时再请第三国际帮助，也免得引起中国的无政府党及其他方面的流言蜚语，对我们无事生非的攻击。此时，张太雷已到上海，他奔走于马林与陈独秀之间，有一天我去陈独秀处，张太雷正在以马林的口气对陈独秀说："全世界的共产主义运动，都是在第三国际领导之下……中国也不能例外。"陈独秀把桌子一拍说："各国革命有各国国情，我们中国是个生产事业落后的国家，我们要保留独立自主的权力，要有独立自主的做法，我们有多大的能力干多大的事，决不能让任何人牵着鼻子走，我可以不干，决不能戴第三国际这顶大帽子。"说完了拿起皮包出门要走，张太雷仍然笑嘻嘻地请他坐下来谈，陈独秀不理，很气愤地走了。[2]

---

[1] 包惠僧：《包惠僧回忆录》，人民出版社1983年版第367页。
[2] 包惠僧：《回忆马林》，原载《马林在中国的有关资料》，引自任建树著《陈独秀传》，上海人民出版社1989年9月第1版第265页。

尽管与马林之间爆发如此的冲突，不是因为他们私人之间的矛盾或争权夺利所引起，但天马行空的陈独秀这种行为和思想，使得中共与共产国际之间顿时陷入了僵局。但是，作为中国人，没有任何私心杂念的陈独秀如此拍案不能不令人敬重，这需要多么大的勇气和骨气。让我们重温陈独秀的这句话——"我们要保留独立自主的权力，要有独立自主的做法，我们有多大的能力干多大的事，决不能让任何人牵着鼻子走！"中国革命正是因此走了很多弯路，经历了许多挫折，也正是因为陈独秀的后来者——以毛泽东为代表的一代人汲取历史的经验和教训，发扬独立自主的精神品格和中国作风、中国气派，把马克思列宁主义与中国革命的实际相结合，走中国特色的理论联系实际的道路，才得以取得最后的胜利，在苦难中创造了辉煌。

　　陈独秀和马林到底在哪里出现了矛盾和分歧呢？具体表现在三个方面：一是共产国际远东局派来的代表尼科尔斯基根据指示，提出"党的领导机关会议必须有他参加"，马林向共产国际报告说，"中国同志不同意这样做，他们不愿意有这种监护关系"；二是马林不征求中共中央的意见，擅自密派张太雷赴日本联络社会主义者参加即将在俄国召开的"远东各国共产党及民族革命团体第一次代表大会（又称：远东劳苦人民代表大会）"；三是张国焘与马林商定，中共"一大"成立后的专门指导全国工人运动的机构"劳动组合书记部"的计划和预算，决定接受共产国际的津贴，给工作人员发薪金。马林认为，"中国共产党从成立起就编入了第三国际，是国际的一个支部"，要受国际的领导和经济援助，这是无产阶级国际主义和世界革命的需要，"你们承认与否没用"。李汉俊、李达等对马林的傲慢态度十分不满。

　　陈、马之间格格不入的分歧严重阻碍了中共党组织的建设和发展，一个立足于中国革命的利益，一个强调苏俄共产国际的利益；一个要根据中国的国情靠中国人自己来做，中国革命是一个持久的长期的过程，一个要用金钱利益交换共产国际的大帽子，越俎代庖，大干快上，恨不得中共马上成为苏俄在中国的一只拳头。"无法无天"的陈独秀拒绝会晤马林，并建议共产国际撤换马林。张国焘甚至认为陈独秀"在那里筹谋撇开马林，独立进行工作的计划"。独断专行的马林对陈独秀感到失望，甚至私下里挑动张国焘来领导共产党，他说："陈独秀同志回来两个多星期，拒绝和我会面，他的言论又简直不像一个共产主义者，这样如何可以负起书记的责任。你为何不丢开他，自己领导起来。"他甚至鼓励张国焘要像列宁当年反对普列汉诺夫一样，"反对他的老师"。[1]

如此这般，陈、马之间的分歧几乎已经达到不可调和的地步。尴尬的僵局怎样才能打破呢？马林没有办法。但两人之间的问题解决不了，马林在中国的日子也不好过，如果在中国毫无作为，他将无法面对共产国际的追查。

1921年10月4日，历史选择这一天为马林带来了好机会。

同样，历史也选择这一天，给陈独秀政治地图的路线再次拨转了方向。

"被捕"——本书中这个最为关键的主题词第三次进入了我们的视线。

10月4日，是一个非常平常的日子。上海的大街上，除了"秋老虎"给人们带来一丝炎热之外，与往常没有什么区别。

这天下午，渔阳里2号陈独秀家里也十分热闹，大家正围坐楼下客厅的八仙桌旁陪陈独秀的夫人高君曼打麻将。傍晚，张国焘吃过晚饭，穿着一身短衫裤，活像个小店员般悠闲地踱到渔阳里2号。按照以往的惯例，张国焘每到陈家都从后门出入，不须经过什么通报，就直接走进去。可是今天晚上情况却有点奇怪。当他敲开后门，发现开门的是一个陌生的大汉，张口就十分警惕地问他："你找谁？"

张国焘立即感到有些异样，就站在门外说："找陈太太。"

那大汉问道："你找她有什么事？"

张国焘说："我来收裁缝工钱。"

大汉仔细打量了张国焘一番之后，继续问道："你为什么不会说上海话？"

张国焘还算机灵，知道大事不好，赶紧借用了一个湖南老乡的裁缝铺，

---

[1] 张国焘：《我的回忆》，东方出版社1991年版第159页。

将那铺子开在什么地方、老板的姓名和招牌名称，一一告诉了大汉，然后说："我是湖南人，还未学好上海话。"这胡诌八扯的一套还真让那大汉信以为真了。这粗心的家伙对张国焘狠狠地甩了一句"陈太太不在家"，就把门关上了。

张国焘完全判断出陈独秀家里一定出了事。他赶紧加快步伐走出弄堂，生怕身后有暗探的跟踪。随后经过一番探听，张国焘才知道陈独秀和他的夫人高君曼以及到他家里的几个客人，都在当天下午六点钟的时候被法国巡捕房抓走了。

陈独秀第三次遭到逮捕。这一次跟以往不同，逮捕他的不是中国军警，也不是政府当局的命令，而是上海租界的法国巡捕。他们为什么要逮捕陈独秀呢？

说起来，陈独秀被捕还与共产国际的马林有着密不可分的关系。

马林的祖国荷兰阿姆斯特丹国际社会历史研究所至今仍完整系统地保存着有关马林的档案。这些档案材料充分表明：至少从1920年12月开始，荷兰政府就知道这位名叫斯内夫利特的人，改名马林后"特受莫斯科第三国际派遣去东方完成宣传使命"，"进行革命煽动"，并通知马林护照上允许经过的各国政府设法"阻止他得到签证"。尤其当荷兰政府得知马林将来华的消息后，更提请中国政府注意，"务必不使之入境"。尽管在奥地利遭到驱逐，且一路行程都在各国警方和荷兰、英国驻华公使及荷兰驻上海总领事的监视之中，马林还是经过意大利、新加坡来到了中国上海。因此，在法国租界贝勒路树德里3号（现为兴业路76号）召开的中共"一大"虽然采取了严格的保密措施，但中途还是因为马林的原因被法租界的侦探发现，不得不迅速转移到浙江嘉兴南湖的游船上举行。这次陈独秀从广州回到上海，尽管和马林只有简短的两次会晤，但依然迅速被租界巡捕房的密探们发现，并开始秘密跟踪。显然，这依然与马林有关。

南京第二档案馆保存有一份情报档案，可以为陈独秀被捕与马林有关找到可靠的证据。这份题为《步军统领衙门探员刘汉超等关于苏联共产党人在北京、沪、鄂活动情报》的秘密档案，虽然站在当局的立场上不免有捕风捉影的文字痕迹，但在记载陈独秀与马林之间关系的基本事实上是较为清楚的：

> 广州见陈独秀主张万恶孝为首、百善淫为先等词句，故极端反对。全省人民请求陈炯明省长将其驱逐出境。陈不得已避居琼岛。彼处人民亦不容留。万分无法，遂即潜行来沪与在申一般无聊政客既第一第二两届议员相周旋。恰有俄之过激党徒古立脱甫（**即马林。引者注**）来至上海，正拟传播该项主义无人与其接洽之际，陈独秀遂往见焉，自称为中国过激党首领。古立脱甫欢迎之极，接洽妥协立拨巨款交陈，请其酌派相当之人分赴各省积极煽惑一般劳动界为入手，然后渐及军人，以蒙俄攻至张家口，北京必致动摇，届时彼辈为全体一致起事之期。[1]

因为密探跟踪监视马林，导致陈独秀被捕。对于这一点，陈独秀或许一辈子都蒙在鼓中，难以知道。

这天下午和陈独秀一起被捕的除了其夫人高君曼之外，还有包惠僧、杨明斋、柯庆施，当时他们三个人正和高君曼一起打麻将。而逮捕他们的是法租界巡捕房探目黄金荣和包探程子卿。现在，还是让当事人包惠僧来说说当时的情况：

> 回到上海后，有一天我和周佛海、杨明斋到陈独秀家里，柯庆施（团员）也去了。陈独秀正在楼上睡午觉。高君曼让我们陪她打牌。我们刚打了两圈，可能是下午两三点的样子，有人拍前门。当时上海一般习惯是出入后门。我去开门，进来两三个"白相人"，说要见陈独秀（因报纸上刊登过陈回到上海的消息）。我说他不在家，高君曼也说陈先生不在家。那几个人又说要买《新青年》，我说这里不卖，大自鸣钟下有卖的。这时，周佛海就走了。那几个人边说着话边跨进门里来，指着堆在地上的《新青年》说，这儿不是有吗？（《新青年》在上海印，印量很大，陈独秀家里四处都堆放满了）这时陈独秀穿着拖鞋下楼来了，见这情形想从后门出

---

[1] 唐宝林：《陈独秀全传》，香港中文大学出版社 2011 年版第 209 页。

去，到门口一看有人把守，就又回到前庭。我们和那几个人谈话中显得有点紧张，但谁都没有说出陈独秀来。不一会儿来了两部汽车，我们五个人（我、杨明斋、柯庆施、高君曼和陈独秀）被捕了。到巡捕房已经四点多钟了。巡捕房问了我们的姓名，职业、与陈独秀的关系等，陈独秀报名王坦甫，我报名杨一如，其他人也报了假名字，接着打了指纹，这时已经五点多钟了。[1]

相比来说，周佛海真是幸运，但他为什么能够及时地走了呢？包惠僧没有交代。这是怎么回事呢？我们再来听一听周佛海在 20 世纪 40 年代的回忆：

仲甫是一条硬汉，一定要马令（即马林。引者注）认错，才肯见面。而马令却不肯认错。正在这样相持的时候，有天我在仲甫家商量妥协方法，却被仲甫夫人拉着打牌。滑稽极了，仲甫夫人、杨明斋（俄国回来的山东人）和我三个人，打起麻将来了。仲甫和力子在楼上谈话。忽然包惠僧跑来说："我刚从辅德里来，路上遇见密斯杨到你那里去了。"原来我的秘密住处，在南成都路辅德里，我那时正和淑慧恋爱着，是鹤鸣夫人介绍的。听了惠僧的话，我就把牌让给他打，回到辅德里，淑慧正在等着，我便约她到法国公园去散步，经过渔阳里，她要去看仲甫夫人，被我阻止了。公园散步之后，我送她回家，顺道去看马令，他托我带一封信给仲甫，竟把第三国际代表头衔拿出来，信中对仲甫说："如果你是真正的共产党员，一定要听第三国际的命令。"我带着这封信再到渔阳里，已是黄昏时候了。敲开了后门，忽然一个山东大汉问道："你找谁？"我说："找陈先生。"他说："不在家。"我立即觉得奇怪，马上退出。我想仲甫家里没有这样的人，何以这样凶？回到辅德里不久，陈望道神色仓皇地走来说："仲甫、力子、惠僧、明斋和仲甫夫人，都被捉到巡捕房去了。你这里一定很危险，赶快把重要文件烧掉，去躲避一下。"我闻讯之后，非常惊异。后来听见大家说起，才知

---

[1] 包惠僧：《我所知道的陈独秀》，原载《党史研究资料》1979 年 6 月 20 日第 5 期。

道原委。原来我走后半点钟，巡捕来包围，把一切人都捉去。惠僧做了我的替身，他不来报告密斯杨的事，当然被捉的是我，决不是他。经过渔阳里时，如果听淑慧的话，去看仲甫夫人，我和淑慧，也都要被捉。这两关，我都逃过了。巧不巧呢？

这还不算危险，还有危险的事。原来仲甫到了巡捕房，不承认他自己是陈独秀。巡捕以为没有捉到陈独秀，所以命令把守他的房子的包打听，不论是谁，凡到陈宅去的，都要捉去。凑巧褚辅成去访仲甫，包打听不问青红皂白，把褚也捉了去。褚到了巡捕房，上级人员是认得他的，问他何事到陈宅去。他当然说是访陈，又问他是否认得陈独秀。他说不认得怎么去看他。捕房人员说带他去看。于是带他到拘留的地方。仲甫看见褚，正要打手势叫他不要指出，而褚却先大声喊道："仲甫，这是怎样一回事！"于是事情弄穿了。捕房遂通知把守陈宅的包打探说，陈独秀已经捉到，以后来的人不要再捉了。我正是包打探接得通知之后，才去送信的，否则，一定也要被捉去。身上搜出第三国际代表的公文，真赃实犯，还有不判几年徒刑的吗？这些话，也都是以后大家出来，对我说的。我逃脱这第三关，真是大家之福。不然，一干人都要监禁几年。力子和仲甫夫人，当晚就保释了。但是营救仲甫却很费事。……[1]

像张国焘一样，周佛海逃过了生命的一劫，但褚辅成和邵力子的到访，显然让事情陷入更加糟糕的境地。褚辅成（时任北京众议院副议长，上海法学院院长）和邵力子（时任《民国日报》副刊《觉悟》主编，兼任上海河南路商界联合会会长）在政府当局或教育部门有公职，查清身份后即被释放。而化名王坦甫（王旦甫）的陈独秀真实身份暴露之后，他的夫人高君曼（化名林氏）、杨明斋（化名牟有德）、包惠僧（化名杨一如）、柯庆施（化名胡树人）等五人依然关押在监。陈独秀身着囚衣的号码为9323号，身份一栏填写的是商务印书馆编辑。

包惠僧回忆说："我们被送进牢房，包打听指着我们对看监的人说，他

---

[1] 周佛海：《往矣集》，见《扶桑籍影溯当年》，1944年增订第8版。

们都是教育界的名人，对待他们要好一点。晚上监里给我们送来两床被，我们垫一条，盖一条。牢房里放着一缸冷水，一个马桶。高君曼关在隔壁，彼此可以听见说话声，见不到面。"

男儿大事一肩挑。被捕的这一天晚上，大家一宿未眠，商定如何应付警探的讯问。事后，包惠僧告诉张国焘，"在监房里，他们很关心还会有什么同志继续被捕，尤其是陈先生更为关切。每逢有犯人送到这排监房的时候，陈先生必起立张望一番，看看是否同志。他知道我那晚要到他家里去的，所以尤为记挂，他不止一次地说：'国焘身上总带着一些文件，他又热情气盛，易于和警探吵闹，如果他也被捕，那情形就更糟了。'这样念念不忘的直到深夜，后来看见没有另外的同志被捕，他才似乎稍微放心点。"[1]

包惠僧说："第二天，在会审公堂审问时，法庭上认为我们是陈独秀的党徒，陈独秀说，他们是我的客人，高是家庭妇女。客人陪我太太打牌，有事我负责，和客人无关。后来就将高君曼释放了，其他人仍回监。在牢中陈独秀对我说，他家里有马林给他的信，如果被搜出来可能要判七八年刑。他打算坐牢，让我们出去后继续干，不愿干也不勉强，叫我还是回武汉去工作。"

陈独秀敢于担承责任、勇于牺牲的高贵品格再次得到证明和检验。

陈独秀被捕的消息立即在上海闹得满城风雨，营救行动立即展开。北京、天津等地也给予高度关注。

对于营救陈独秀的情况，包惠僧回忆说："第三天褚辅成和张继等就将他保释出去了。马林为营救我们做了不少工作，花了许多钱请律师（律师名巴和，是法国人或英国人）买铺保。陈独秀只关了两天。我们关了五天后也被保释出来，人放出来，但要随传随到。二十多天以后又会审，说陈独秀宣传赤化，最后定案是《新青年》有过激言论。经过马林的种种活动，结果罚款五千元（此处包惠僧回忆有误，应为五百元。引者注）了事。"巴和律师是当时在上海开户营业的一位著名法国律师。

---

[1] 张国焘：《我的回忆》第一册，东方出版社1991年12月版第164页。

10月6，《时报》发表联合通信社的报道说："《新青年》杂志主撰，前任北京大学文科学长之陈独秀君，昨年以来，任广东省教育行政委员长，迄因身患胃病，请假来沪就医。星期二（四日）午后二时许，法捕房特派巡捕多人，赴环龙路渔阳里二号陈君住宅搜检，将积存之《新青年》杂志，并印刷品多种，一并携去。同时将陈君及其夫人，及拜访陈君之友人（内有褚、邵两君，皆国内知名之士）五人，一并带入捕房，研询一过，除陈君夫妇外，外来之褚、邵诸人，当即交保出外候讯。昨晨九时，捕房将陈君夫妇，并传齐案内诸人，解赴公堂请究。被告陈君，延请巴和律师到堂辩护，奉判陈独秀准交五百两，人洋铺保，候展期两礼拜再讯，其余诸人，均交原保云。又函住居法新租界，平日以提倡新文化为职志之陈某，迄因编辑共产、社会主义、工党主义、劳动主义、新青年等书籍，有过激行为，被探目等于前日至该处，抄出是项书籍甚伙。当将陈及妻林氏，并牵涉褚、牟、杨、胡等四人，一并带入捕房。陈夫妇管押，余均交保出外。昨日传至公堂，被告陈独秀，延巴和律师代辩称，此项书籍，是否有过激性质，敝律师尚未详细查察，求请展期讯核。官判陈交五百两，人银并保，陈林氏开释，余均交寻常保出外，听候展期讯夺。"

同日，《申报》以《陈独秀被捕为编辑〈新青年〉等书籍故》为题也作了报道，说："住居法新租界地方之陈独秀，迄因编辑共产主义、社会主义、工党主义、劳动主义、新青年等书籍，被特别机关探目黄金荣、包探程子卿侦悉，以其有过激性质，于前日偕同西探至该处，抄出是项书籍甚伙，当将陈及其妻林氏并牵涉人褚树成、牟有德、杨一生、胡树人等，一并带入捕房。除陈夫妇外，均交保出外。昨日传至法公堂请究，先由西探上堂禀明前情，并将书籍呈鉴。被告陈独秀延巴和律师代辩称此项书籍，是否有过激性质，敝律师尚未详细查察，请求展期讯核。中西谳员判陈交五百两，人银并保，陈林氏开释，余均交寻常保出外，听候展期讯夺。"

从上海《时报》《申报》和北京《益世报》、天津《大公报》的报道来看，陈独秀这次被捕的主要原因是"编辑《新青年》有过激言论及行为"。但事实上并没有这么简单，其背后深层次的原因还是因为陈独秀与有共产国际背景的马林有关，只因当时巡捕没有找到陈与共产国际有关系的过硬证据，所以只好以"编辑《新青年》宣传过激主义"为借口而已。正如张国焘所说："幸好这次法捕房还算是马虎，而章程名单之类的东西又没有搜着，所搜去的信件等并不足以构成罪证，而且又都是与法租界无关的，所以捕房认为证据不足，不加深究，经一度讯问后，就把他们开释了。"

从 10 月 4 日被捕，5 日第一次庭审，6 日经褚辅成和张继交押金五百两获保释候审，19 日再次开庭审理，除陈独秀外均获释放，26 日法庭结案：查《新青年》已被封闭禁止出售，被告明知故犯，罚洋 1000 元，销毁查抄书籍，释放陈独秀。这次被捕前前后后总共 22 天，陈独秀在狱中实际上只关押了两天时间。

对于营救陈独秀，周佛海认为"却很费事"，其他亲历者的说法也各不相同。到底如何费事的呢？包惠僧认为马林"花了很多钱，费了很多力，打通了会审公堂的各个关节"，才顺利结案。李达回忆说："为了设法营救，我曾通报各地的组织派人到上海来，我记得张太雷同志，为此事专从北京赶来上海，我们曾电请广州的孙中山设法营救，后来孙中山打了电报给上海法租界的领事，将陈独秀释放了。"胡适在 10 月 6 日的日记中也记载了自己出面营救陈独秀的事情。当他得知陈独秀被捕后，立即与蔡元培研究营救办法，认为法国驻上海领事"此人比较开通"，决定通电呼吁释放陈独秀。1983 年 11 月 15 日，著名画家刘海粟接受《团结报》记者采访，谈陈独秀时也提及自己参与营救陈独秀的行动。当时，他在上海找到著名侠士、国民党左派人物李征五，求其出面找到法国巡捕房，保释了陈独秀。而当时在上海中华银行工作的谢菊 1985 年回忆说："记得 1921 年 10 月初，陈独秀被上海法租界警务处当局捕去，须以现银五百两保释，其时汪精卫在沪，代为电粤设法，结果 10 日由广东省银行电嘱中华代汪精卫银元一千元，以供此用途。"上海中华银行系孙中山任总董事长的广东银行在上海的代理行。[1]

到底是谁营救了陈独秀？这个问题从上述当事人中的回忆中或许难以

---

[1] 黄嘉树：《陈独秀第三次被捕是谁营救的？》，原载《党史研究》1985 年第 2 期。

找到一个准确的答案。但有一点是有目共睹的，那就是像第二次在北京被捕一样，陈独秀的第三次被捕再次震惊了中国政界和文化界，又掀起了一场营救风波。只是因为法租界警方在上述众多社会关系协调和名人说情之下，网开一面，两天内就保释了陈独秀，使得这场风波很快就得以平息。而陈独秀第三次被捕也因此有惊无险。

李达在 1954 年回忆说："陈独秀出狱的那一天，我们曾雇了汽车到法国会审公廨去迎接。我记得前一年秋天派往莫斯科的青年团员中有两三人这时到了上海，在欢迎陈独秀出来的时候，还曾用俄语唱了国际歌。"

对于这次陈独秀狱中一夜的生活，张国焘在回忆录中还有这么一段非常值得琢磨的记述："陈先生还像念遗嘱似的指出：'看来，国焘等似乎未被捕。他虽有些地方顾虑不周，但他是忠心耿耿、正直无私的。他有主张有办法，说得到做得到，这是很难得的。这次他的主张大致都是对的；他与我之间毫无芥蒂，只因相处甚密，说话不拘形迹，现在统治者们既这样无情的压迫我们，我们只有和共产国际建立更密切的关系，不必再有疑虑。'并要求他们出去之后，应和我和谐地分工合作，共策进行。如果大家都赞成的话，可以由我代理书记的职务，那末，他纵然在监狱里住上几年，也就安心了。当时他们听了陈先生这段话，极为感动，纷纷表示他们一向很敬爱我，愿意推我领头，要陈先生放心，并表示将比以前干得还要起劲。"[1] 因为张国焘幸运地躲过了被捕，他对陈独秀被捕入狱的具体情况一无所知，这些细节都是他在看望刚刚释放的陈独秀后在回家的路上由包惠僧告诉他的。

对张国焘的这段自说自话，我们可以在包惠僧的回忆中找到另一种注解："陈独秀被捕后张国焘做了一件坏事。张国焘散发传单，题目是《伟大的陈独秀》或《陈独秀的生平》，说陈独秀出了研究室就进牢房，出了牢房又坐研究室……这传单如果被拿到法庭就是陈独秀的罪证。张国焘已散发了一些，我们看到传单后很生气，不让他再散发了。张国焘的用意是想包

---

[1] 张国焘：《我的回忆》第一册，东方出版社 1991 年 12 月版第 164 页。

揽党的事情，让陈独秀在牢中当书记。"[1] 将张国焘的回忆与包惠僧的回忆联系到一起，再联系到此前马林曾经鼓动张站出来反对陈独秀的言辞，张国焘内心的小九九就如同司马昭之心了。这是题外话。

陈独秀获释后，李达、包惠僧、张太雷、张国焘、周佛海等都来看望、祝贺。席间，张太雷转达了马林恳切慰问的意思，并说："如果不是不方便，马林是要亲自来慰问的。"马林到底是什么"不方便"的原因不能亲自慰问陈独秀，亲历者们都没有提及。显然，作为共产国际代表的马林，他的特殊身份及受到租界各国警方的监视才是最大的原因。这也是陈独秀被捕与马林有关的一个佐证。马林没有来，陈独秀却很和气地告诉张太雷："我一两天再约他会谈。"

在这天的聚会上，陈独秀斩钉截铁地说："幸好此次没有搜出什么重要文件，否则乱子可就闯得不小。我们决不可因此气馁，更要勇往直前地干！不过更加要注意保密的工作。我们已被逼上梁山，只有一不做二不休了。"

陈独秀是一个讲感情讲义气的人，天生诗人气质，血气方刚，古道热肠，性格中不免有意气用事的缺陷。世事就是如此，做人的优点往往就成了做事的致命弱点。陈独秀获释后，一改过去拒绝会见马林的做法，同意与马林进行合作。包惠僧说："陈独秀打完官司后作为合法公民，负起党的总书记责任。马林为营救陈独秀等人出了不少力，为此两人的关系逐渐好了。"[2] 张国焘说："会后不两天，陈独秀先生与马林作首次会晤。他们两人似都饱受折磨，也各自增加了对事势的了解，好像梁山泊上的好汉'不打不成相识'，他们交换意见，气氛显得十分和谐。马林表示一切工作完全由中央负责领导，作为共产国际代表的他只与中共最高负责人保持经常接触，商谈一般政策而已。陈先生表示中共拥护共产国际，对其代表在政策上的建议自应尊重。他们这种相互谅解弥补了过去争执的痕迹，使在座的我为之额手称庆。他们从此经常见面，毫无隔阂地商讨各项问题。中共中央计

---

[1] 包惠僧：《我所知道的陈独秀》，原载《党史研究资料》1979 年 6 月 20 日第 5 期。
[2] 同上。

划也按时送交马林一份，马林似从未提出过异议。关于政策方面，陈独秀先生也经常将马林的意见向中央会议报告。他们并且具体规定了接受共产国际补助经费的办法，此后中共接受共产国际的经济支持便成了经常性质了（在此之前，也许有过接济，如办外国语学校，大概威金斯基[1]曾捐助过一部分，但不是经常性质的）。"[2]

因为陈马双方的相互妥协，两人的关系逐渐好转，这是不争的事实。但这一切是否就说明陈独秀之所以与马林和解，主要原因就是感恩于马林在营救他时既出了钱又出了力呢？这是值得研究和商榷的。笔者认为，事实上，陈独秀和马林之间是有条件的妥协的，那条件就是中国的事情必须由中国人负责。是否营救陈独秀，对马林来说可谓义不容辞。为什么这么说呢？我们可以从公私两个方面来说明：第一，于公，作为共产国际的代表，马林营救中共领导人陈独秀是应尽的义务和责任；第二，于私，就陈独秀当时的声望和受到莫斯科俄共中央及共产国际的重视程度来说，如果营救不利，对马林自己也不一定有什么好处，说不一定莫斯科还要追究他的责任。从陈独秀在狱中的表现来说，他已经置生死于度外，准备把牢底坐穿，而包括褚辅成、张继、胡适，甚至孙中山、汪精卫等社会名流参与的营救行动，马林不可能不清楚。也就是说，陈独秀是不可能因为所谓马林"花了很多钱，费了很多力，打通了会审公堂的各个关节"来营救他个人的生命，而拿中国革命的整体利益来做什么情感的交易。这也不符合陈独秀的性格。

那么陈独秀为什么在出狱之后，马上愿意与马林和解呢？笔者认为，最最重要的原因就是，第三次被捕入狱使陈独秀明白了一个非常现实而又深刻的道理，那就是革命的成功还必须借力行船，靠自己一个人单干、蛮干是不行的。形势比人强。诚如陈独秀自己所言："我们决不可因此气馁，更要勇往直前地干！不过更加要注意保密的工作。我们已被逼上梁山，只

---

[1] 即维经斯基。

[2] 张国焘：《我的回忆》第一册，东方出版社 1991 年 12 月版第 167 页。

有一不做二不休了。"作为一个职业革命家,他在"逼上梁山"中懂得了在坚持和妥协之间需要平衡。事实上,此后陈马之间的合作并非都十分愉快,尤其是在1922年2月和1923年8月的西湖会议上,马林先是以个人建议、后又以共产国际指示的名义,要求中共党员加入国民党,均遭到了坚持独立自主的陈独秀的坚决反对。

当然,作为中共中央局书记或者说最高领导人,此时此刻的陈独秀最为尴尬的还是一个字——"穷"。一个没有经济力量支撑的政党谈何建设?谈何发展?第三次被捕让陈独秀重新审视了自己的处境,开始重视经济基础的作用。作为职业革命家,他现在终于认识到"金钱不是万能的,但没有金钱是万万不能的"这个简单却又世俗的道理。因为如果没有钱保释的话,说不定他现在仍在法国租界的监狱里呢!或许正是从策略上的考虑,一直反对从共产国际拿津贴并主张一边干工作一边干革命的陈独秀,开始改变自己的一些错误观念,开始愿意接受共产国际的经济援助。这或许正是他与马林和解的主要原因。事实上,在1922年6月30日,陈独秀写给共产国际的报告中,就公开承认中共的活动经费绝大部分正是来自共产国际的拨款。该报告称:一年来共花费17655元,其中只有1000元是中共"自行募捐"的,余皆在马林"国际协款"中实报实销。[1]

对于共产国际的经济援助,陈独秀都把钱用在了"刀刃"上——主要用于工人运动和印刷宣传上,他自己从未花过一分,真正做到了清正廉洁。从辞去广东教育委员会委员长的职务之后,陈独秀就成了一个彻底的职业革命家。人们不禁要问,陈独秀靠什么来养家糊口?他的生活费用是从哪里来的?我们知道,在北大担任文科学长的时候,陈独秀的月薪达300块大洋,比在图书馆当佐理员月薪仅8块的毛泽东不知要多多少倍。如今,没有了工作的陈独秀,靠什么干革命?革命也要衣食住行呀!这真是一个容易被人忽略但却极不应该忽略的问题。

---

[1]《陈独秀给共产国际的报告》,原载《"二大"和"三大"》,中国社会科学出版社1985年8月第1版。

在陈独秀第三次被捕的狱证上，我们可以看到陈独秀的身份是"商务印书馆编辑"。这个身份是否像他化名王坦甫一样，也是假的呢？事实上，陈独秀这么填写是完全真实的，而他的经济来源可以从这里找到答案。在中共建党初期，完全脱离生产的职业共产党员，组织上每月只给30至40元的生活费，这自然无法满足陈独秀一家的开销。而他的经济来源主要靠两个方面，其中一个就是由在商务印书馆工作的沈雁冰（茅盾）和商务印书馆老板王云五商量，请陈独秀担任了商务印书馆的名誉编辑。陈独秀说"工作可以少做点，钱也少拿点，能过生活就行"，最后商定为月薪300元。应该说这是一笔不菲的收入。实际上，因为陈独秀一直忙于革命工作，给商务印书馆做名誉编辑的时间应该不会太长时间。也就是说，陈独秀最主要的经济来源还是稿酬。除了经常在全国各大报刊上发表文章、受邀演讲之外，他编纂的《汉译英文选》由群益书社出版，《模范英文教科书》两册和《独秀文存》（四卷）由亚东图书馆出版，尤其是《独秀文存》的稿酬是相当高的，足够他们一家人多年的日常开支。

陈独秀第三次被捕，改变了陈独秀的某种革命的理想主义色彩，开始真正地回到现实中来。从此，他全心全意地担负起中国共产党的领导和建设工作。

1921年11月，陈独秀亲自用毛笔手书签发了中共中央历史上的第一个《中央通告》。全文如下：

同人公鉴：

中央局议决通告各区之事如左：

（一）依团体经济状况，议定最低限度必须办到下列四事。

（A）上海、北京、广州、武汉、长沙五区早在本年内至迟亦须在明年七月开大会前，都能得同志三十人成立区执行委员会，以便开大会时能够依党纲成立正式中央执行委员会。

（B）全国社会主义青年团必须在明年七月以前超过二千团员。

（C）各区必须有直接管理的工会一个以上，其余的工会也须有切实的联络；在明年大会上，各区代表关于该区劳动状况，必须有统计报告。

（D）中央局宣传部在明年七月以前，必须出书（关于纯粹的共产主义者）二十种以上。

（二）关于劳动运动，决议全力组织全国铁道工会，上海、北京、武汉、长沙、广州、济南、唐山、南京、天津、郑州、杭州、长辛店诸同志，都要尽力于此计划。

（三）关于青年及妇女运动，请各区切实注意，"青年团"及"女界联合会"改造宣言及章程日内即寄上，望依新章从速进行。

一九二一年十一月中央局书记 T.S.Chen

从陈独秀发出的这个决议通告中，可以看到陈独秀正指导全党有组织、有计划、有步骤地从五个方面做好下一步的工作：一是积极筹备于 1922 年 7 月召开中共"二大"；二是要求各区积极发展党员和团员，扩大干部队伍；三是号召各区积极发动和领导工人运动；四是利用一切机会扩大政治宣传；五是积极拓展青年运动和妇女运动。而为了组织和开展工人运动，陈独秀身体力行，从 1921 年 11 月到 1922 年 5 月，在《先驱》《民国日报》等报刊发表数十篇具有战斗性的文章，为工人运动鼓与呼，推波助澜。与此同时，中央局还成立了人民出版社，当年就出版了 15 种共产主义读物；中央设立的"中国劳动组合书记部"创办了《劳动周刊》，积极做好对工人的宣传教育，提高工人的思想觉悟。

1922 年 5 月 1 日至 5 日，陈独秀奔赴广州亲自主持召开了全国劳动大会。在 5 月 1 日各地代表与广州工人举行的五一节庆祝大会上，陈独秀发表即席演说《劳动节的由来和意义》，会后举行了 10 万人的大规模示威游行。这次全国劳动大会通过了中国劳动组合书记部为全国通讯机关，也就是说在中华全国总工会成立之前，中共领导的中国劳动组合书记部成为全国工人运动的唯一领导机关。

5 日，陈独秀又参加了中国社会主义青年团在广州召开的第一次全国代表大会，陈独秀发表了题为《马克思主义的两大精神》的演说。他号召全国青年，第一要有"实际研究的精神"，要研究"现社会的政治及经济状况，不要单单研究马克思的学理"；第二要有"马克思实际活动的精神"，研究马克思学说，"还须将其学说实际去活动，干社会的革命"。

在陈独秀带领的中国共产党的领导下，中国历史上出现了前所未有的第一个工人运动高潮。这一年，上海成立了烟草、机器、印刷、纺织、邮务五大工会，北京成立了京汉铁路及京绥铁路工会，武汉成立了京汉铁路工人俱乐部、人力车夫、扬子江铁厂和烟草工人三个工会，长沙成立了粤汉铁路工人和萍乡路矿工人俱乐部。据不完全统计，1922年全国罢工达100次，罢工人数达21万。各地工人运动切实贯彻陈独秀提出的"谨慎发动、争取胜利"的原则，使得资本家惊慌失措，大多数罢工取得了胜利。显然，受到这个好成绩的鼓舞，陈独秀信心更足，他在6月份给共产国际的报告中提出今后工作的"五四三"打算，即：集中力量组织全国五个大的产业组合——全国铁路工会、全国海员工会、全国电气工人总工会、全国机器工人总工会、全国纺织工人总工会；设立四个工会职员讲习所——北京、上海、汉口和广州；组织三个地方总工会——上海、广东和武汉。因此，1922年又被称作"中华劳动运动纪元年"。

值得一提的是，因为马林已经承诺不再干涉中共党内的具体事务，他遂于1921年12月10日在张太雷的陪同下由上海前往湖南、广西和广东考察国民党地区的政治经济情况，并拜会了孙中山，直至1922年3月回到上海，即因他要求中共党员、团员均参加国民党而遭陈独秀严词拒绝，于4月离开中国。其间，中共的领导工作均由陈独秀全盘负责，可谓得心应手。陈独秀主持中央局工作第一年就取得了非常值得骄傲的成绩，不仅得到了党内同志的高度认可，也同样得到了共产国际的高度肯定。也就是说，陈独秀作为中共的最高领导人是合格的，也是成熟、称职的。

正是因为陈独秀的正确领导，中共各地组织和干部队伍不断壮大。1922年7月16日至23日，中国共产党第二次全国代表大会按计划如期在上海召开，会址设在李达的住处南成都路辅德里 625 号（今成都北路 7 弄辅德里 30 号），代表共 12 人，分别是：陈独秀、张国焘、李达、项英、蔡和森、邓中夏、高君宇、施存统、李震瀛、杨明斋、王尽美、陈望道；列席代表有邓培、向警予、张太雷、邓恩铭、林育南。与"一大"召开时全国只有 50 多名党员相比，这次全国党员人数已经达到了 195 人（境外党员 23 名），超过了 150 人的预期目标。在中共"二大"上，陈独秀主持起草了《中国共产党第二次全国代表大会宣言》，提出了最高纲领和最低纲领，通过了民主联合战线等决议案，成立了五大区委。在"二大"上，中国共产党正式成立了中央委员会，陈独秀当选中共中央委员会委员长。

好勇独撑风

解决现在中国政治问题，只有集合全国民主主义分子组织强大的政党，对内倾覆封建军阀，建设民主政治的全国统一政府，对外反抗国际帝国主义，使中国成为真正的独立国家。这才是目前扶危定乱的唯一方法。

——陈独秀（1922 年）

第四章

好勇独撑风

第四次被捕

20 世纪 20 年代的上海，可谓是中国脸上的一块政治溃疡。租界、治外法权，工部局（租界政府）、巡捕房（警察局）、义勇队、派遣军、"华人与狗不准入内"——这"国中之国"所特有的新名词在上海滩落地生根后正疯狂生长。租界，成为帝国主义侵略中国的桥头堡。继英国和美国在上海强行设立租界之后，法国也在上海设立租界。1914 年，袁世凯为了镇压革命党人，引渡逃进法租界的政治犯，不惜牺牲国家主权和利益，在这年 4 月 8 日与法国驻沪总领事签订《上海法租界推广条款》，将上海法租界从 1849 年 4 月确立的"南至城河，北至洋泾浜，西至关帝庙、褚家桥，东至潮州会馆，沿河至洋泾浜东角"占地达 986 亩的区域，一下子扩充"以西之地址，北自长滨路，西自英之徐家汇路，南自斜桥徐家汇路，沿河至徐家汇桥为止"的总面积达 15000 余亩的土地，成为最大的租界。[1] 卖国者与帝国主义的勾结无法阻挡革命者的脚步，租界在那个特殊年代成为革命党人可以特殊利用的特殊的"避难所"。陈独秀之所以选择租界居住，也正是这个道理。

　　1922 年 8 月 9 日上午 11 时，中共"二大"闭幕才 17 天，陈独秀突然在寓居法租界环龙路铭德里二号的家中再次遭到法租界巡捕房的逮捕。

　　这是陈独秀第四次遭受逮捕的厄运。

　　距离第三次逮捕也不过才 10 个月。

---

[1]　袁继成：《近代中国租界史稿》，中国财政经济出版社 1998 年 3 月第 1 版第 19、57 页。

为什么在短短 303 天之内，陈独秀第二次遭到法租界警察的逮捕呢?

先让我们来看看当时媒体对陈独秀被捕事件的跟踪报道。

8 月 10 日，《时事新报》在第一时间对陈独秀被捕事件作了报道，说:

陈独秀氏寓居法租界环龙路铭德里二号，昨（九日）被法总巡捕房特别机关西探目长西戴纳，会同督察员黄金荣，华探目程子卿、李友生，包探曹义卿等捕获，带入芦家湾总巡捕房，候请公堂讯核。

在这则新闻中，我们可以看到两个非常熟悉的名字，一个是黄金荣，一个是程子卿。与陈独秀第三次被捕时不同的是，这两个人的职务都发生了变化——黄金荣由法租界巡捕房的探目升至督察员，程子卿由包探升至探目。他们是否因为去年抓捕陈独秀有功，现在都升官发财了呢?

8 月 11 日，上海《时报》在第 3 张第 6 版以《陈独秀被拘留时所闻》为题，报道说:

陈独秀被拘情形，已见昨报。兹悉陈在前日上午十一时被拘，经捕房抄得陈炯明月前汇给其四万元之证据一纸外，又有各种鼓吹主义之书籍纸版多种。据粤中来沪之某君云，陈炯明于月前确有四万元汇沪，请陈独秀对某氏驻沪团体，施行某项计划所用云。

这则报道，透露了一个非常重要而且值得研究的信息，那就是陈炯明汇给陈独秀四万元钱。这个消息是否属实呢?我们知道，陈独秀之所以于 1920 年 2 月 19 日从北京来到上海，随后又从上海辗转广州，其最初的目的就是应陈炯明之邀筹办西南大学。其间，最主要的原因就是经费不能到位，使得他不得不放弃在广州继续担任广东军政府教育委员会委员长一职，回到上海真正当起了职业革命家，全身心地投入领导中国共产党的建设和发展。

这次，在陈独秀家中搜查出他还没来得及寄给陈炯明的汇款收条，竟然也成为他的"罪证"之一。要知道，四万元可是一笔不小的数目，对当时一个普通的市民来说简直是天文数字。这则新闻中说："据粤中来沪之某君云，陈炯明于月前确有四万元汇沪，请陈独秀对某氏驻沪团体，施行某项计划所用云。"但这个"粤中来沪之某君"是谁呢？"陈独秀对某氏驻沪团体"又是哪一家团体呢？还有"施行某项计划"到底又是什么计划呢？这一连串的问号，确实令人匪夷所思，也不禁令人怀疑这四万元是否是真的呢？

对上述这些问题，至今还没有足够的证据来说明陈独秀被捕的真正原因，从而给予一个明确的答案。现在仅有的一项说明来自 1925 年 1 月 7 日的《向导》周报第 98 期。该报发表了陈独秀一篇题为《我们对于造谣中伤者之答辩》，据陈独秀说，这次被捕的直接原因是"旅沪湖南劳工会分子王光辉、谌小岑辈和几个所谓无政府派"的造谣中伤，"说我们得了俄罗斯的巨款"。于是听信谣言的"华探杨某曾于年前向我的朋友董、白二君示意要敲竹杠，就是因为听了他们的谣言，穷人无钱被敲，我当时只得挺身就捕"。[1]

1922 年 5 月，陈炯明拒绝北伐并炮轰孙中山的总统府，北伐失败已成定局。而陈独秀为了调和孙中山和陈炯明之间的矛盾，在 5 月上旬还曾亲自和苏俄政府代表达林一起应陈炯明之邀到惠州会谈，力劝陈、孙修好，联手北伐，避免火并，但未见效果。随后陈独秀迅速赶回上海，在共产国际的压力之下做出让步，于 6 月 15 日发表了《中国共产党对于时局的主张》，提出了联合国民党等党派开联席会议共商革命大事。而在 6 月 14 日，陈炯明施诡计扣押了廖仲恺，16 日集结兵力包围攻打孙中山的总统府，孙中山逃离广州乘坐永丰舰在白鹅潭水域游弋坚持反击陈炯明达 50 多天。精神和肉体受到巨大打击的孙中山不禁感叹说："文率同志为民国奋斗垂三十年，中间出死入生，失败之数不可屡指，顾失败之惨酷，未有甚于此役者。"在看透国民党内的分裂形势后，6 月 30 日，陈独秀以个人名义致信维经斯基（代名吴廷康），做出了"孙恐不能制陈"的结论。经达林的多番说服，陈

---

[1] 陈独秀：《我们对于造谣中伤者之答辩》，《陈独秀著作选编》第三卷，上海人民出版社 2010 年 9 月第 1 版第 413 页。

独秀依然不同意国共党内合作，只是表示："我们很希望孙文派之国民党能觉悟改造，能和我们携手，但希望也很少。"8 月 14 日，困境中的孙中山到了上海，而陈独秀却正被关押在芦家湾法租界总巡捕房。这个时候的孙中山自然想到的是必须要走联俄联共的道路了。因为西方帝国主义者对苏俄革命的成功始终高度警惕，深怀敌意，自然在华的帝国主义殖民者对宣传共产主义、大搞工人运动的陈独秀也是深恶痛绝。

关于"说我们得了俄罗斯的巨款"的问题，显然是造谣之说。但从搜捕中的证据来看，陈炯明是否真的给陈独秀汇款四万元呢？因此，5 月上旬，陈独秀和达林在惠州与陈炯明的会晤，是一个不可忽略的历史细节。二陈是老朋友，陈炯明长陈独秀一岁，对陈独秀倡导的新文化运动表示钦慕，且二人的政治生涯均起于反清斗争，可谓"同志"。主政广东前后，陈炯明就不断力邀陈独秀加盟主持教育改革，两人是有共同语言的。其实，这次捕房在陈独秀家中抄出广东政府陈炯明给的四万元收款凭据，均系陈独秀此前在广州办理学校事宜的拨款，并不是回到上海后的新汇款。

陈独秀第二次被法租界巡捕房被捕，自然成为各大报纸的抢手新闻，纷纷作了连续报道。让我们接着看看陈独秀被捕后第三天的新闻。

8 月 12 日，《时报》以《陈独秀展期再讯》为题报道了法租界开庭审理陈独秀的消息，说：

> 法捕房西探长栽萨克君（即西戴纳。引者注），侦得法新租界陈独秀家藏有违禁书籍，故于前日带同探目等，前往陈家，抄出各种鼓吹书籍甚伙，带入捕房。昨解法公堂请究，先由西探上堂，禀明前情，并将书籍呈鉴。被告由巴和帮办、博勒律师代辩，称此案捕房所控各节，敝律师尚未研究，求请准予展期讯核。中西官判陈还押，准予展期七天再核。

从这则消息可以看到，陈独秀 8 月 9 日被捕后，法租界即于 8 月 11 日开庭审理此案。这次陈独秀依然聘请了上次聘请的辩护律师法国人巴和，只不过巴和现在的身份已经不仅仅是一名律师了，而且带有公职身份——帮办。因此，在法庭上，大律师巴和帮办带来了他的助手博勒律师。经过简单地公堂对质和辩论,法庭同意律师"展期讯核"的请求,决定于 18 日再次开庭审理。

由此从官方角度来说,陈独秀这次被捕的原因和第三次被捕的原因几乎是相同的,就是藏有违禁书籍,宣传过激主义,即鼓吹共产主义。这与陈独秀所言"敲竹杠"是大不相同。但是,租界巡捕房"敲竹杠"的事情显然是不能放到桌面上来说的,这就是"潜规则"。我们可以想见,十个月前陈独秀被这帮家伙逮捕后,要求重金保释,并处罚金 1000 元,两三天之内陈独秀就悉数上缴获释。对于巡捕房的密探们来说,这钱来得真是太容易了。他们不仅因此发了财,而且升了官。如今,听说陈独秀"得了俄罗斯的巨款",这当然又是一次升官发财的好机会。陈独秀对黄金荣、程子卿这些法租界的"狗腿子"来说,简直就是一棵"摇钱树"。所以,陈独秀说"敲竹杠"完全是可能的,而所谓的宣传过激主义使华法反动当局日益感到威胁只是一种借口而已。更何况"敲竹杠"这种事情,在那个年代十里洋场的上海滩,其实也不算什么新鲜事儿。只不过,让这帮巡捕房的探目长、督察员、探目、包探们没有想到的是,"敲竹杠"敲到陈独秀的头上,他们或许还是找错了主,这一次他们的如意算盘打起来就没有上一次那么响了。

陈独秀被捕后,中共中央立即组织营救,除了聘请律师之外,立即发动群众,利用媒体舆论,开展了大规模的营救活动。从被捕的第二天起,上海、北京等各大城市的报刊就连续发表消息和通电,谴责华法反动当局,呼吁立即释放陈独秀。

8 月 14 日,《晨报》在第二版对陈独秀被捕给予高度关注,报道说:

陈独秀在上海法界本宅被捕,已志本报。顷接上海快信,陈独秀仍拘于捕房之中,十一日已预审一次,预料十八日(本星期五)当可判决,法捕房对于此事极为注意。又上海电讯,某国大法律家云,陈氏著作中对于共产主义,虽曾极力发表其意见,然彼谓观察中国目下情形,尚未到实行共产时期,实与鼓吹共产者不同。况陈氏前曾被拘一次,因罪证不充,旋即释放,此次被捕,如法庭根据其著作审判,则不能成立罪名云。

这则新闻报告了两个信息:一是陈独秀案将于 8 月 18 日判决,二是巴和律师认为陈独秀与上次被捕一样无罪。但上次被捕时，法租界总巡捕房关押陈独秀仅仅两天时间，风波即很快平息，没有造成什么舆论影响，但这次不同，陈独秀被关押在芦家湾总巡捕房已经整整五天了，而且还要继续关押到18号进行审判。尽管大律师认为陈独秀无罪，但法租界当局的行为无法令中国人接受。所以，当法租界警方和法庭定于8月18日宣判的消息后，更加激起群众的义愤。长辛店铁路工会等发出紧急通电，蔡元培、李石曾等社会名流联名致电上海法领事，并面质法国公使，要求释放陈独秀。

8月14日，自治同志会、新中国会、共存社、改造同盟、马克斯（思）主义研究会、少年中国学会、非宗教大同盟、非基督教学生同盟、中国社会主义青年团、马克斯学说研究会等十个革新团体，联名发出《为陈独秀被捕事敬告国人》宣言，反对法国人之横暴，要求速行释放陈独秀，为自由而战。"宣言"全文如下：

全国工人们，农人们，兵士们，弟兄姊妹们！

中国早已变成外国的半殖民地了！中国人民早已被外国资本家踏在脚跟底下！在中国自己领土之内，他们是驻扎了许多军队和警察，可以随便杀害中国人，拘捕中国人。工人们是被他们拿鞭子赶着去作工，和奴隶牛马一样，农人们是被洋货的侵入和他们的诡谋造成的内乱，弄得流离死亡，兵士们得不到军饷，固然是军阀刻扣军饷，也是因为外国资本家年年要抢掉几万万的现洋去，学生们和青年们的爱国运动，被他们打得七零八乱。这样，中国人不是变成了被压迫的奴隶么！

法国要算是世界上一个最顽固的国家，他在欧洲榨取德国人民的血汗，和压迫劳农的俄罗斯，真是横暴无比。他在中国也久已暴露他的强盗行为，在上海干涉各界联合会、学生联合会、《救国日报》等爱国运动，封闭我们的好友《新青年》，禁止自由集会，屡次搜查租界的住户，任意踩躏中国人和高丽人的居位自由，诸如此类的强暴行为，不胜其数。

最近又发生一件极可注意的事实，就是陈独秀被捕。陈独秀是一个改造中国的先驱，一个为解放中国劳苦群众奋斗的革命家，但是他最近在上海并没有激烈的行动，居然被法国侵略者拘去了。那些法国强盗们把为中国被压迫人民而反抗他们的人捕去，是很自然的事情，但是被压迫的中国人民就不能坐视。因为要改造中国，要解放我们自己，就不得不让各种革新运动能够自由发展。现在自由发展的机会受了危害了，我们一定要起来救护呀！这不仅是救护陈独秀个人，这是救护垂危的改造运动，这是解放我们自己必要的奋斗！

陈独秀的为人怎样，他的主张怎样，他的事业怎样，想必我们个个都知道的。他努力为文学革命奋斗多少年，造成中国现今澎澎湃湃的革新运动。他为了北京市民的利益，丧失自己的自由。他因为是个自由思想家，去年被法国帝国主义者危害了他一次。他所创办的《新青年》，是我们一刻不能离的好朋友。就是他以热烈的心血，经过多少困难，维护我们的好朋友。现在他又为了解放劳苦群众的革命运动，又替我们受极端压迫痛苦。我们能够一再容忍而不起来充分表现我们的同情么？我们要牺牲一切来救护他呀，救护解放运动的明星呀！

还有一层，救护他的运动，是任何人都是要注意，对于任何人都是重要的。因为他所代表的打倒军阀，消灭外国帝国主义加给中国的压迫的革命运动，是我们最须要的。工人们须要这种运动的发展和成功，才能自己脱离牛马的地位；农人们须要这种运动的发展和成功，才能免去流离死亡，进于安居乐业的地位；兵士们须要这种运动的发展和成功，才能不至替军阀争地盘来当炮子；学生们须要这种运动的发展和成功，才能安心得到真正知识。甚至小商人、厂主、下级官吏，教职员等人，都须要这种运动的发展和成功，才能免除军阀和外力极大压迫的痛苦。倘若我们永远站在一边，让我们的敌人进攻，让解放我们的运动受危害，我们是永远得不到自由的呀！中国是会永远变成殖民地呀！另一方面，因为我们救护我们自己，来救护新兴的陈独秀所代表的运动，是我们必要的工作呀！

我们再不能忍受了，我们再不能抑制我们的同情心了，我们一定要起来死力奋斗呀！因为这件事实是与个个人都重要的，我们个个人都要起来奋斗呀！所以我们请全国的工人们、农人们、兵士们、学生们、弟兄姊妹们，来和我们并肩前进，我们要在各城市号召大的示威运动，为的要：(1)

各种运动的自由发展，(2)取消在中国内的外国领事裁判权，及一切特权，脱离法国的帝国主义的压迫，(3)抵制法国的横暴和他的商品，(4)释放劳苦群众的领袖陈独秀。

现在判决我们亲爱的陈独秀的日子是本月十八日（星期五），我们要即刻前进，在我们示威的那一天，我们要高声喊叫：打倒法国帝国主义！为自由而战！劳苦群众的联合万岁！

8月15日，《晨报》在第三版以《革命团体营救陈独秀》为题全文抄录发表了这份激情洋溢的"宣言"。"宣言"文字犀利，深刻揭露了帝国主义和封建军阀统治、蹂躏中国的罪行，热烈地赞颂了陈独秀所代表的革命运动是劳苦大众求解放的正确道路，明确指出只有打倒帝国主义和封建军阀，中国才有光明的前途，可谓是一封反对帝国主义、打倒封建势力的檄文。更值得研究和关注的是，在这份"宣言"联名发起的十个革新团体中，既有上海的，也有北京的，其中马克斯（思）主义研究会、中国社会主义青年团、马克斯（思）学说研究会的公开参与，足够说明马克思主义的"西潮"已经被中国社会普遍接受。

8月16日，胡适致信北京政府外交总长顾维钧，请其出面营救陈独秀。胡在当天的日记中这么写道："写一长信给顾少川……说法国人近年做的事，实在大伤中国青年的感情（指十个革新团体联名发表的宣言），请他以此意劝告法公使，请他们不要如此倒行逆施，惹出思想界'排法'的感情。末说，我并不为独秀一个人的事乞援。他曾三次入狱，不是怕坐监牢的人；不过一来为言论自由计，二来为中法两国国民间的感情计，不得不请他出点力。"[1]

在强大的政治和舆论压力下，法领事当局在8月18日对陈独秀案进行了审理判决——"罚洋四百元释放"。《时事新报》在第二天给予了详细报道：

---

[1] 胡适：《胡适日记》（下），中华书局1985年版第429-430页。

法捕房前在陈独秀家搜出违禁书籍及底稿等物,拘解法公堂奉讯判候再核在案。昨又提讯,先由西探长上堂禀明前情,并将各种书籍呈鉴,被告由巴和帮办、博勒律师代辩称,此案捕房探陈系共产党之人等语,然被告不过说说而已,并无共产党之实,捕房又在被告家中抄出广东政府收款据,而此种收据并不犯法,系被告在粤省办理学校事宜,故由该政府给由被告洋四万元,转拨各学校,作为经费所用。被告在广东创办新青年会,乃系粤政府所允许,被告既为该会主任,故作此种新青年书籍。查公堂不过禁止过激之事,现今被告并无机器及印刷品物,不过收藏新青年社书籍底稿而已,并无违法章程。尚有各种往来信札,并无鼓吹工党之行为,请察。聂谳员商之法副领事葛君,判陈独秀罚洋四百元充公外,再交寻常保出,抄案书籍底稿一并销毁。

罚洋四百,交保释放,这样的处罚,相对于第三次被捕罚金 1000 元来说,不算过分。判决是由中法双方会审判官于 18 日下午做出的,罪名定为"宣传布尔什维克主义","违犯 1919 年 6 月 20 日领事法规第五条"。当然,这则新闻中提及辩护律师说"此案捕房探陈系共产党之人等语,然被告不过说说而已,并无共产党之实",这其实也不过是法庭上的辩护词而已,实际上陈独秀这个时候不仅是共产党员,而且是中国共产党中央委员会的委员长(总书记)。至于"罪名"定为"宣传布尔什维克主义",对陈独秀来说可谓名副其实。

我们知道,第三次被捕出狱后,陈独秀不仅加快了中共建党步伐,而且在组织、宣传、干部队伍建设,尤其在工人运动上,都取得了显著成就。在中共"二大"上,陈独秀主持起草的《中国共产党第二次全国代表大会宣言》,追述了国际帝国主义对中国的宰割史,分析了中国社会的经济、政治现状;指明中国社会的半封建半殖民地性质;揭露军阀是帝国主义侵略和压迫中国的工具;阐明了中国革命的性质、任务和动力;制定了党的最高纲领和最低纲领。最低纲领是民主革命阶段的纲领,是消除内乱,打倒军阀,建设国内和平;推翻帝国主义的压迫,达到中华民族完全独立;统一中国为真正的民主共和国。最高纲领是"组织无产阶级,用阶级的手段,建立劳农专政的政治，铲除私有财产制度，渐次达到一个共产主义社会"。[1]

随后，陈独秀罕见地将《对于现在中国政治问题的我见》一文，一稿两投，先后发表在 8 月 10 日的《东方杂志》和 9 月 3 日胡适主编的《努力周报》上。陈独秀重申了中共对于时局的主张，大力批判"联省自治"，主张"解决现在中国政治问题，只有集合全国民主主义分子组织强大的政党，对内倾覆封建军阀，建设民主政治的全国统一政府，对外反抗国际帝国主义，使中国成为真正的独立国家。这才是目前扶危定乱的唯一方法"。其实，陈独秀的这些反帝反封建的言论都是公开发表的，这自然引起上海法租界的帝国主义者们的高度紧张，甚至感到了一种"威胁"。因此，所谓陈独秀"宣传布尔什维克主义"的"罪名"是成立的。而且这次被捕，有两点值得庆幸：一是在陈独秀家抄出的四万元汇款收条，没有给他带来引渡受审的麻烦，因为上海属于北京政府当局管辖，而陈独秀竟然与南方政府保持密切关系，这绝对是犯了大忌的；另一点是陈独秀没有因为两次被巡捕房被捕而遭法租界当局的驱逐，在某种程度上为他以后的藏身找到了某种庇护。

8 月 18 日下午 5 时许，陈独秀出狱，在法租界芦家湾总巡捕房坐牢 9 天。

在中共中央，大家平时都亲切地称呼陈独秀为"老头子"。"老头子"系陈独秀老家安徽怀宁的方言，一般是对父亲的尊称。陈独秀出狱之后，中共中央对这位"老头子"的安全更加重视起来，他的家庭住址从此变成了一个秘密，不久中央给他专门配了秘书，设立了单线联络的地下交通。就这样，"老头子"在上海法租界总算安全无恙地工作、生活了整整十年，直到 1932 年 10 月 15 日第五次被捕。

---

[1] 原文见《中共中央文件集》（1）第 77-78 页，引自任建树著《陈独秀传》，上海人民出版社 1989 年 9 月第 1 版第 285 页。

中国的革命应该由中国人
自己来领导。

——陈独秀（1927 年）

第五章

兴衰过眼明
蹉跎十年苦

从第四次被捕于 1922 年 8 月 18 日释放，到 1932 年 10 月 15 日第五次
被捕，陈独秀比较安全地度过了整整十年，但他的日子过得并不安稳。在
这 3657 天里，他经受了个人、家庭乃至政治上的种种打击，可谓是他人生
最为艰难、苦痛、辛酸、窝囊又幻惑的十年。这种酸、痛和苦，或许比监
狱中的苦痛还有过之而无不及。这十年的生活其实也是他人生的炼狱，诚
如他后来在南京老虎桥监狱中创作的组诗《金粉泪》之五十六的写照：

> 自来亡国多妖孽，一世兴衰过眼明。
> 幸有艰难能炼骨，依然白发老书生。

如果时光能够倒流，似水年华就不用追忆。现在，我们不妨还是以断
章的形式笔记历史，简洁地回溯一下陈独秀这十年的人生，看一看他在波
诡云谲的历史风云中是如何走过来的。

壬戌笔记　1922 年

【1】

1922 年 8 月 29 日至 30 日，第四次被捕刚刚释放才十天，陈独秀就从
上海秘密来到浙江杭州，召开了中共党史上一个不太起眼却对今后的历史走
向具有决定意义的会议——西湖会议。共产国际代表马林为贯彻国际的指

示，要求中共中央专门召开会议，讨论国共两党合作的问题。出席西湖会议的除了陈独秀和马林之外，还有李大钊、蔡和森、张国焘、高君宇、张太雷等。在这次会议上，陈独秀、李大钊、张国焘、蔡和森一致反对加入国民党，其理由是："党内联合混合了阶级组织和牵制了我们的独立政治。"会上，陈独秀发言最多，他强调国民党主要是一个资产阶级的政党，不能因为国民党内包容了一些非资产阶级分子，便否认它的资产阶级的基本性质。但他也声言，如果这是共产国际的决定，我们应当服从，至多只能申述我们不赞成的意见。马林回答说："这是共产国际已经决定的政策。"从此，陈独秀和他领导的中国共产党失去了独立自主的权利。这为陈独秀的悲剧人生埋下了伏笔。

需要强调的是，其实在中共"二大"上就通过了《中国共产党加入第三国际决议案》，中共"完全承认第三国际所决议的加入条件二十一条，中国共产党为国际共产党之中国支部"。也就是说，从"二大"开始，共产国际与中国共产党就是上下级的关系，就是领导与被领导的关系。而就马林要求共产党加入国民党问题，陈独秀早在4月6日曾专门致信维经斯基（化名吴廷康），提出了六条非常具体的反对意见和理由：（一）共产党与国民党革命之宗旨及所据之基础不同。（二）国民党联美国，联张作霖、段祺瑞等政策和共产主义太不相容。（三）国民党未曾发表党纲，在广东以外之各省人民视之，仍是一争权夺利之政党，共产党倘加入该党，则在社会上信仰全失（尤其是青年社会），永无发展之机会。（四）广东实力派陈炯明，名为国民党，实则反对孙逸仙派甚烈，我们倘加入国民党，立即受陈派之敌视，即在广东亦不能活动。（五）国民党孙逸仙派向来对于新加入之分子，绝对不能容纳其意见及假以权柄。（六）广东、北京、上海、长沙、武昌各区同志对于加入国民党一事，均以开会议决绝对不赞成，在事实上亦无加入之可能。第三国际倘议及此事，请先生代陈上列六条意见为荷。

为此，马林在4月24日离沪返莫斯科，并于7月11日向共产国际提交了一份书面报告，将自己在汉口、长沙、广州、桂林等地考察的情况以及与孙中山的三次会见，主观甚至错误地认为国民党是由知识分子、侨民、士兵和工人四类成员组成的，是个多阶级联盟的政党，却忽视了国民党主要的领导层是军阀和官僚。他在过高夸大国民党作用的同时，却贬低甚至斥责共产党人"不和罢工工人联系","对中国政治生活来说没有价值"。由此，他提出中国革命的战略即中共党员"到国民党中去进行政治活动……党则不需要放弃独立"。

事实上，陈独秀写给维经斯基的反对马林提出加入国民党的信，一点也没有起到作用。尽管在中共"二大"还通过了《关于"民主的联合战线"的议决案》，明确提出中国无产阶级在"内外两层压迫之下……必须暂时联合民主派才能够打倒共同的敌人"，但这时的联合——陈独秀所主张的是国共两党平起平坐的外部联合，坚决反对的依然是共产党加入国民党的党内联合形式——这是"投降附属与合并"。陈独秀说："当时中共中央五个委员：李守常、张特立、蔡和森、高君宇和我，都一致反对此项提议，其主要的理由是：党内联合乃混合了阶级组织和牵制了我们的独立政策。最后，国际代表提出中国党是否服从国际决议为言，于是中共中央为尊重国际遂不得不接受国际提议，承认加入国民党。"[1] 但孙中山对马林说，"中共如加入国民党，就应该不能有共产党存在"。[2] 这是一个问题。按照孙中山的意见，这哪里是国共合作呢？分明是国民党要吃掉共产党。对此，陈独秀认为："国际代表及中共代表进行国民党改组运动差不多有一年，国民党始终怠工或拒绝。孙中山屡次向国际代表说'共产党既加入国民党便应该服从党纪，不应该公开的批评国民党，共产党若不服从国民党，我便要开除他们；苏俄袒护中国共产党，我便要反对苏俄。'国际代表马林因此垂头丧气而回莫斯科。"[3]

从积极的历史意义上来说，以陈独秀为代表的中国共产党人用宽阔的胸怀和中华民族的大局大义为担当，西湖会议奠定了国共第一次合作的基石，拉开了第一次国内革命战争的序幕，开创了真正的中华民国的新时代。但从消极意义上来说，以西湖会议为标志，年幼的中国共产党的妥协退让，从此逐渐失去了独立自主。这一切又仅仅是一个"穷"字了得。

---

[1] 陈独秀：《告全党同志书》，《陈独秀著作选》第三卷，上海人民出版社 1993 年 4 月版第 85-103 页。
[2] 蔡和森：《在党的第六次代表大会上讨论政治问题时的发言》，《蔡和森的十二篇文章》，人民出版社 1980 年 3 月版。
[3] 陈独秀：《告全党同志书》，《陈独秀著作选》第三卷，上海人民出版社 1993 年 4 月版第 85-103 页。

【2】

1922年9月4日，因陈炯明发动政变，被迫来到上海的孙中山召集在沪国民党中央和各省党部负责人张继等53人，召开改进党务座谈会。陈独秀和马林应邀参加。6日，孙中山指定包括陈独秀在内的9人组成起草委员会，负责起草国民党党纲和总章草案。陈独秀在改组会上提交了一份新纲领和组织机构的草案，并呈孙中山，但没有被会议通过。

【3】

1922年9月中下旬，陈独秀从上海到北京，前往莫斯科参加共产国际第四次代表大会（11月5日至12月5日）。中共中央机关也随之迁往北京，暂由组织部长张国焘代理书记职务。同行的有参加少共国际"三大"的中国社会主义青年团代表刘仁静和参加赤色职工国际二大的中国工会代表王俊。他们化装成商人，经沈阳转哈尔滨到满洲里再到赤塔，辗转一个多月才到达莫斯科。此时，11月5日在彼得堡开幕的共产国际"四大"前四天的会议已经结束。十月革命的庆典，陈独秀也没有赶上。他们一行和担任翻译工作的瞿秋白一起住在"国际大家庭"琉克司旅馆。时在莫斯科中山大学学习的彭述之第一次见到陈独秀，他回忆说：陈独秀抵达莫斯科时，已是"不惑"之年：四十岁出头了。他中等身材，前额宽广，留有小胡子，牙齿整齐洁净，体态文雅，待人随和，但警惕性极高：眼神炯炯，闪耀着智慧之光，这就是他的充沛生命力。他的仪表确实与众不同，显然是一位大知识分子型。有时，他那悠然自得的眼神几近乎风流倜傥。他是一位杰出的健谈者，在不拘形式的谈话中，顷刻间就能把对方征服。[1]

参加这次会议的共有58个国家66个组织[2]的代表408人，其中343人享有表决权，65人享有发言权，共开了32次全体会议。参加会议的还

---

[1] 骆星幸：《彭述之回忆录：陈独秀在莫斯科》，原载《陈独秀研究动态》（1-22合订本）第271页。
[2] 这两个数字见贝拉库恩编《共产国际文件汇编》第一册第408页，三联书店1965年6月第1版；但在中国人民大学出版社1990年出版的《共产国际第四次代表大会文件》第二卷第752页，记载为"有65个代表团，代表62个国家"。

有意大利社会党、冰岛工人党和蒙古民族革命党三个非隶属共产国际的"其他政党"和美国黑人组织。大会的中心人物是列宁。应各国代表的强烈要求，列宁在大会期间深入一些小组，和许多代表广泛接触。但遗憾的是，列宁的广泛接触中，没有中国代表团。我们知道，此前列宁曾经接见过参加共产国际"一大""二大"的刘泽荣（即刘韶周，与中共其实无关），国际"三大"时也曾在会场与以记者身份参加的瞿秋白短暂交谈，此外列宁还曾接见过参加远东劳动大会的张国焘、张秋白、邓培和列席"三大"的社会党代表江亢虎。这次，作为中共的创始人和最高领导人亲自率团参加，列宁竟然对最高规格也是第一次真正参加共产国际大会的中国代表团视而不见，甚至连共产国际执委会主席团的任何成员也都没有会见，这是令陈独秀十分意外又尴尬的事情。但使陈独秀感到更加难堪的是，大会执委会竟然没有安排中国代表发言。直到第 19 次会议开始殖民地革命包括东方革命的专门会议上，才临时提议下次大会安排中国代表发言。而在 11 月 23 日呼吁国际重视中国革命的抗议书由 14 个国家代表团签字时，竟然没有中国。在第 20 次会议上，因为英语口语表达问题，刘仁静代表陈独秀在规定时间内阐述了中国革命和中共政策的简单概况，这份题为《关于中国形势的报告》仅仅 2000 多字。[1]

显然，由于反对马林要求共产党加入国民党，陈独秀的反对声让共产国际的领导听起来就有些刺耳。对此，共产国际执委会书记拉狄克在国际"四大"的报告中讲到中国共产党的政策和策略时，出言不逊，指责中共"不要把事情看得太美好，不要过高估计你们的力量"，"在广州和上海工作的同志很不懂得同工人群众相结合"，"那里我们有许多同志把自己关在书斋里，研究马克思和列宁，就像他们从前去研究孔夫子一样"，"我们对你们讲的第一句话是：走出孔夫子式的共产主义者书斋，到群众中去！"拉狄

---

[1] 据李颖所著《陈独秀与共产国际》记载，她在俄罗斯原共产国际档案馆查阅档案时，意外发现了陈独秀在此会议上所作的两篇报告，其中一篇是《中国的政治形势——中国代表陈独秀同志在第四次代表大会上的报告》，翻译中文 8000 余字；另一篇是《中国的政治派别和反帝统一战线的口号——陈独秀同志在共产国际四大上的报告》，译成中文有 4000 余字。李颖认为这两篇报告可能是陈独秀在小组讨论会上所作。

克的挖苦讽刺中明显残留着马林 7 月 11 日写给共产国际报告中对陈独秀的不满情绪。难以想象，坐在台下的陈独秀心中该是何种滋味。

12 月 21 日，陈独秀离开莫斯科起程回国，于次年 1 月 10 日抵达北京，20 日回到上海。乘兴而去，败兴而归。参加国际"四大"更增强了陈独秀"中国的革命还是靠中国人自己干"的决心。这次莫斯科之行，陈独秀最大或许也是唯一的收获就是，开始物色和培养一大批党的干部，充实中共中央的干部队伍。他要求赵世炎、王若飞、郑超麟、陈延年、陈乔年等迅速从巴黎转到莫斯科学习，然后回国工作。而瞿秋白也就是在此时接受陈独秀的建议，与他一起回国的。

癸亥笔记　1923 年

【4】

1923 年 2 月 7 日，北洋军阀吴佩孚在京汉铁路枢纽郑州大开杀戒，制造了震撼中外的"二七"惨案，共产党员施洋、林祥谦等被杀害，陈独秀、马林等遭受通缉。这是中国共产党成立后遭遇第一次大流血大牺牲。"二七"惨案给共产国际敲了警钟。要知道，两个月前在共产国际"四大"上，那位讽刺陈独秀"像在书斋中研究孔夫子一样研究马列主义"的共产国际执委会书记拉狄克，还在关于中国问题的报告中夸夸其谈地说：

同志们，请你们想一想事件的过程吧！当吴佩孚军阀同张作霖打仗时，他有长江一线和那里的兵工厂作后盾，但他没有掌握北方的铁路，控制铁路的人被日本人收买了。他是怎么办的呢？他向年轻的中国共产党寻求支援，共产党派了一些党代表给他，在战争中间，党代表牢牢地掌握了铁路，供在那儿进行革命斗争的吴佩孚部队使用……后来，工人向吴佩孚提出了自己的要求，也使这些要求部分地得到实现。由于这样的支持，由于革命的资产阶级力量实现了自己的历史使命，我们的同志就能够在华北的工人群众中站住脚。

纸上谈兵的拉狄克甚至还以此得意扬扬地批评第二国际，嘲笑曾经指出"吴佩孚一定会出卖共产国际"的人是"傻瓜"。如今，吴佩孚这位被苏俄认为是"最好的军阀"和"革命的资产阶级"彻底反水了，这或许是拉狄克先生没有想到的吧？遭遇吴佩孚的"出卖"，完全是苏俄自己搬石头砸了自己的脚。为什么这么说呢？我们还是回头看看一个月前在莫斯科和中国都发生了什么吧——

1923 年 1 月 1 日，因为共产党的加盟，被陈炯明逼进死胡同的孙中山终于把一盘死棋下活了，他核准发表了《中国国民党宣言》，接着又公布了《中国国民党党纲》和《中国国民党党章》，国民党士气大振。4 日，俄共（布）中央政治局采纳其派驻中国全权大使越飞关于对华政策的建议，"全力支持国民党"，并要外交人民委员会和共产国际"加强这方面的工作"。[1] 12 日，共产国际执委会作出了《关于中国共产党与国民党的关系问题的决议》，指出："中国唯一重大的民族革命团体是国民党，它既依靠自有资产阶级和小资产阶级，又依靠知识分子和工人"，而中国工人阶级却"尚未完全成为独立的社会力量"，中共党员加入国民党"是适宜的"。这个由马林参与起草的决议，依然只字不提中共对统一战线的领导权问题，过分地抬高国民党、贬低共产党。16 日，陈炯明被滇桂联军赶出广州。17 日，越飞抵达上海，第二天就与孙中山谈判签订了《孙文越飞联合宣言》，国民党终于完成了联俄联共大业。1 月 26 日，吴佩孚在报纸上看到《孙文越飞联合宣言》，这位口是心非左（联俄）右（联英）逢源的军阀，立即部署镇压一直是他心患的李大钊、罗章龙、邓中夏辛苦培植起来的京汉铁路工人运动，并开始研究在广州再图与北京政府决一雌雄的孙中山的行动。2 月 7 日，吴佩孚的子弹穿越中国工人的胸膛终于击碎了苏俄"联吴反奉"建立"孙吴联盟"实现南北统一的美梦。作为中共北方党直接参与联吴的负责人，正在武汉向大学生们作文明讲演的李大钊惊魂未定地逃到上海躲避。他这个时候终于清醒地认识到，他按照共产国际指示，通过自己的同学、吴佩孚的顾问白坚武的引荐，千里走单骑赶赴洛阳与吴会面，并顺利痛快地得到的"保

---

[1]《共产国际与中国革命资料选辑》（1919-1924），人民出版社 1985 年版第 174 页。

护劳工"的承诺，只不过是一个大谎言，自己却上了一个抱憾终身的大当！更有甚者，此前为了圆越飞"孙吴联合"的美梦，李大钊在西湖会议结束后陪同张继携孙中山手书再赴洛阳与吴佩孚会晤。1922 年 10 月 9 日，"张与吴将军晤谈甚欢洽"。但令李大钊至死也不会想到的是，两天后张继携吴佩孚回复孙中山的手书告别洛阳时，这封信函的内容却是"以共同忠于民国相勉，勿与卖国党、匪党邻近"。[1] 光明磊落的李大钊，还有坦坦荡荡的陈独秀，一心一意献身民国献身革命的他们，哪里知道这背后的阴险、毒辣和欺骗啊！一切都蒙在了鼓中。细细想来，与狡猾的军阀打交道，欺骗上当如自作自受。不可思议，不寒而栗啊！

"二七"惨案发生在共产国际一再敦促陈独秀加快国共合作步伐的关键时刻，给中国共产党上了一堂生动的教育课。愤怒的中共中央总书记陈独秀斩钉截铁地指出，中国工人不但是国民运动中最重要部分，而且"已经是最勇敢的急先锋了"，中国工人的血肉"不只是为工人的自由与人格而战，乃是向军阀们黑暗势力，为全国人民之人格与自由而战"。这真是一场血的教训。问题到底出在哪？责任到底由谁负？无论是写作历史，还是阅读历史，我们现在的目的当然不是追究责任，重要的是还原真相，让历史告诉未来。"二七"惨案，让中共和工人流血流泪，而没有任何损失的国民党不仅作壁上观，而且还借机除掉了一个与之争抢苏俄军援的大军阀，岂不是一举两得？这年 3 月，苏联政府决定向孙中山提供 200 万墨西哥元的财政援助，并答应派遣顾问到中国。

【5】

1923 年 6 月 12 日至 20 日，中国共产党第三次全国代表大会在广州召开。会址设在东山区恤孤院后街（今恤孤院路 3 号）。参加"三大"的代表约为 40 人，代表全国党员 432 人(含境外)。与会者中出现了一些新的代表，如：何孟雄、王荷波、谭平山、阮啸仙、恽代英、于树德、邓培以及瞿秋白，李大钊也是第一次参加党的全国代表大会。"三大"的中心议题就是讨

---

[1] 白坚武:《白坚武日记》,江苏古籍出版社 1992 年第 1 版。

论中共全体党员加入国民党，即贯彻西湖会议的精神。马林其实依然是会议的主角，他带着共产国际执委会 1 月 12 日作出的《关于中国共产党与国民党的关系问题的决议》从莫斯科回到中国，于 4 月下旬抵达广州，筹备"三大"贯彻该决议。"马林的意见，只要孙中山能够接受反帝国主义的口号，什么东西都可以归国民党，因此有一切归国民党的口号"。陈独秀对马林的意见没有反对，但在主持的《关于国民运动及国民党问题的议决案》中也明确指出："我们加入国民党，但仍旧保持我们的组织，努力从各工人团体中，从国民党左派中，吸收真正有阶级觉悟的革命分子，渐渐扩大我们的组织，谨严我们的纪律，以立强大的群众共产党之基础。"但当大会讨论时，还是爆发了强烈的争论，张国焘和蔡和森坚决反对加入国民党。这引起每会必到的马林的强烈不满和批评，认为"必须使陈的提纲获多数票"，因为"提纲的特点与共产国际执委会的提纲是绝对一致"。[1] 显然，因为马林的干预，在表决陈独秀起草的这个决议案时，最终还是以 21 票赞成、16 票反对的 5 票微弱优势获得通过。于树德回忆说："在我的印象里，'三大'开得很急促，因为马上就要同国民党进行合作。会议的内容就是决定加入国民党的问题，最后决定不是以全党的名义加入国民党，而是以党员个人身份加入。所以后来大部分人参加，少数人不参加，如陈独秀和彭述之就没有参加国民党，以表示共产党是独立的组织。"[2] 值得一提的是，"三大"还通过了一份《农民问题决议案》，把"引导工人农民参加国民革命"作为中共中央的"中心工作"，写入了《中国共产党第三次全国代表大会宣言》。《宣言》还指出："中国国民党应该是国民革命之中心势力，更应该立在国民革命之领袖地位。"

中共"三大"以民主投票的方式对共产党党员是否加入国民党问题进行公开表决，支持与反对十分鲜明。正如俄国人斯列帕克在北京向维经斯基汇报时所言，中共"三大"使"同志们的思想发生了很大的混乱"，"我

---

[1]《共产国际、联共（布）与中国革命档案资料丛书》第二卷，北京图书馆出版社 1998 年版第 462、467 页。
[2]《"二大"和"三大"》，中国社会科学院出版社 1985 年 8 月第 1 版。

只想说，在工人运动有可能兴起或已经风行起来的地方，没有必要无缘无故地披上国民党的外衣并充当国民党的预言家"。[1] 后来鲍罗廷也承认："共产党人没有坚持要求加入国民党，是共产国际说服中国共产党加入国民党的。共产党人根本不想投奔国民党"，"是共产国际逼迫中国共产党人加入国民党"。[2] 好一个"逼迫"啊！但这也只是事后诸葛亮了。中共"三大"选举 9 名正式中央委员、5 名候补委员组成新的中央执行委员会。中央执行委员会选举陈独秀担任中共中央委员会委员长。就是在这次大会上，毛泽东得到陈独秀的提携，成为中执委的秘书，负责中央的日常工作。

【6】

1923 年 10 月 6 日，苏俄政府和共产国际代表鲍罗廷抵达广州。孙中山聘任其担任"国民党组织教练员"，住在大东路 31 号的"鲍公馆"。因鲍掌握苏俄援助军火物资的分配，权势炙手可热，超过了任何一位驻华的国际代表。因为坚持中东路权益应当归属中国、不应该中俄共管而被莫斯科撤职的马林，在斯大林 1923 年 1 月就无情地断绝其一切经费（包括生活费）的情况下，不得不被迫于 1923 年 10 月离开中国并于 1924 年 3 月 27 日落寞地回到故乡荷兰定居。

【7】

1923 年 11 月 24 日至 25 日，陈独秀在上海主持召开中共第三届第一次中央执行委员会会议。会议作出了《国民运动进行计划决议案》，指出"以扩大国民党之组织及矫正其政治观念为首要工作"，并就与国民党的关系问题强调："我们的同志在国民党中为一秘密组织，一切政治的言论行动，须受本党之指挥。"大会为以李大钊为首的中共参与国民党一大工作的干部决策提供了依据。此间，陈独秀忙得焦头烂额，患慢性肠炎，多日卧床不起。

---

[1] 《共产国际、联共（布）与中国革命档案资料丛书》第二卷，北京图书馆出版社 1998 年版第 318 页。
[2] 同上，第 114、138 页。

他抽的是低劣的雪茄，偶尔在好友汪孟邹家吃上一碗煮面条或鸡蛋炒饭就是他最好的食物了。他一再抱怨中央执委人员太少且分散各地，他这个委员长在上海唱的是"空城计"，大大小小各种文件的起草都得他自己亲力亲为，自己还要应付学界上的诸如"科学与人生观"的论争，因此这位"老头子"常发脾气，但仍以"烦钝不理"四字克服。有学者计算，自 1923 年 6 月至 1924 年 2 月，陈独秀共发表各类文章达 77 篇之多，如《国民党与共产主义者》《国民党之模范与改造》《中国国民革命与社会各阶级》等等。[1]

甲子笔记　1924 年

【8】

1924 年 1 月 1 日，陈独秀主持召开中国共产党和青年团联席会议。鲍罗廷出席了会议。会议的主要目的是为即将召开的国民党"一大"作政治、组织和思想上的动员。就是在这次会议上，鲍罗廷建议陈独秀不担任国民党中央候选人，陈表示同意。1 月 6 日，陈独秀由孙中山指派担任了安徽省代表。1 月 20 日至 30 日，国民党第一次全国代表大会在广州国立高等师范学校举行。代表总额约为 196 人，实际到会 165 人，中共代表 23 人。值得注意的是，陈独秀没有出席这次大会。这次大会改组国民党，重新解释三民主义，提出了联俄、联共、扶助农工的三大政策（孙中山的本意是"容共"）。1 月 28 日，国民党代表方瑞麟在大会上提出国民党党章应增加"本党党员不得加入他党"一条。李大钊代表中共党员立即上台发表声明："本人原为第三国际共产党员，此次偕同志加入本党，是为服从本党主义，遵守本党党章，参加国民革命事业，绝对不是想把国民党化为共产党，乃是以个人的第三国际共产党员资格加入国民革命事业。"同时他在讲话结束后立即向大会提交了意见书，再次强调中共党员是为"贡献于国民革命"而加入国民党的，方式就是"一个一个的加入的，不是把一个团体加入的，

---

[1] 王观泉：《陈独秀传》，内部刊印本第 188 页。

可以说我们是跨党，不能说是党内有党"。其实，国民党"一大"上更大的冲突是在大会宣言草案中有"大土地占有者"的土地收归国有，这一点使国民党的实权派闻风丧胆。因此，在国民党右派的强烈压力和恐吓之下，孙中山不得不收回草案。

【9】

1924 年 7 月 3 日，国民党中央执行委员会举行第四十次会议，审议所谓《弹劾共产党案》。陈独秀毫不妥协，在 7 月 21 日以委员长名义与秘书毛泽东共同签署《中央通告第十五号——对国民党右派的斗争》，指出："我们为图革命的势力联合计，决不愿分离的言论与事实出于我方，须尽我们的力量忍耐与之合作。然为国民党革命的使命计，对于非革命的右倾政策，都不可隐忍不加以纠正。""今后凡非表示左倾的分子，我们不应介绍他入国民党"，"须努力获得或维持'指挥工人农民学生市民各团体的实权'在我们手里"，以及组织"国民对外协会"。[1] 就在这个时候，广州发生了商团武装叛乱事件。8 月 20 日，陈独秀发表《反革命的广东商团军》，力主坚决解散商团，以消除广州革命政府的"心腹之患"。孙中山采取妥协的办法息事宁人，结果反动势力气焰更加嚣张。最终在鲍罗廷的支持下，孙中山还是使用武力解决了问题。1925 年 5 月，共产国际执委会东方部在给执委会主席团报告中指出："现在可以毫不夸张地说，主要是由于国民党内共产党员根据通过的决议所做的工作（即使国民党接近工人群众，接近同土地所有者、官吏、某些军阀匪帮做斗争的贫苦农民），反革命才没有得逞，而中国民族解放运动的基地广东省仍然掌握在孙逸仙手中。此外，只是由于在中国南方劳动群众的支持下镇压了商团的叛乱，中国的解放运动才能在这一年冬天取得巨大的规模。"[2]

---

[1]《中共中央文件集》第一册，中共中央党校出版社 1989 年版第 282-283 页。
[2]《共产国际、联共（布）与中国革命档案资料丛书》第一卷，北京图书馆出版社 1998 年版第 114、619-620 页。

【10】

1924 年 8 月 20 日，国民党中央政治局委员会举行第六次会议，讨论"国民党内之共产派问题"，并提出在政治委员会内设立国际联络委员会，"协商中国共产党之活动与中国国民党有关系者之联络办法"。这个议案在会上以九票全票通过。出席会议的鲍罗廷和瞿秋白都投了赞成票。对国民党提出如此防范、限制和干涉共产党的议案，陈独秀非常不满，奋起反击，坚决维护共产党的独立性。9 月 7 日，他致信维经斯基，认为这"对我们是一个很大的打击"，并指出中国共产党执行委员会绝对不同意这个建议，鲍罗廷上了孙中山等人的圈套，"建议共产国际提醒鲍罗廷同志与孙中山打交道时必须十分谨慎"，"提醒他始终要同我们党进行协商"。10 月 8 日，中共中央执委会全体会议专门作出决议，批评瞿秋白在这个问题上所犯的错误。10 月 10日，陈独秀又致信共产国际远东部，严正指出"鲍罗廷同志从不同我们协商，好像中国不存在共产党"，"我们希望共产国际给他提出警告"。由于陈独秀的坚决抵制，致使国民党成立的所谓国际联络委员会并没有产生什么作为。但可见鲍罗廷的独断专行和陈独秀的矛盾也越来越深了。

【11】

1924 年 10 月 23 日，冯玉祥在北京发动政变；25 日，将末代皇帝赶出紫禁城，并电邀孙中山北上。11 月 10 日，孙中山复电同意北上。12 月底，孙中山抵达北京。

乙丑笔记 1925 年

【12】

1925 年 1 月 11 日至 22 日，中国共产党在上海举行第四次全国代表大会。出席会议代表 20 人，代表全国党员 994 人。维经斯基作为国际代表出席会议并讲话。陈独秀代表第三届中央执行委员会作了工作报告。"四大"的主要贡献是第一次明确提出了无产阶级在革命中的领导权和工农联盟的重要性。陈独秀再次当选中共中央执行委员会总书记，并兼任中央组织部主任，由陈独秀、彭述之、张国焘、蔡和森、瞿秋白组成中央局。此时，陈独秀的工作可谓得心应手。

【13】

1925 年 3 月 12 日，孙中山在北京不幸病逝。这对未来的国共合作也是一种不幸。

【14】

1925 年 5 月，以陈独秀为首的中国共产党在上海成功领导了五卅运动，并将其发展成为空前规模的全国性反帝爱国运动。其间，陈独秀先后以中共中央总书记的名义发布通告，多次召开紧急会议，组织成立上海总工会，建立反帝联合战线组织，还深入工人群众中间调研，并撰写了《上海大屠杀与中国民族自由运动》《此次争斗的性质和我们应采取的方法》《为反抗帝国主义野蛮残暴的大屠杀告全国民众书》《我们如何应付此次运动的新局面》等 10 多篇文章，指导五卅运动的开展。这是中国共产党独立自主领导的一次成功的工人运动，令苏俄、共产国际和斯大林都感到大吃一惊。后来，莫斯科也组织了 50 万人的示威游行活动，声援五卅运动。陈独秀是五卅运动中共中央政策的制定者和推行者。经过五卅运动，共产党的队伍壮大了，威望提高了，成为真正的工人群众的政党，把 20 世纪 20 年代的武装斗争引向了高潮。

【15】

1925 年 8 月 20 日，协助孙中山制定国共合作的廖仲恺在广州国民党中央党部门前被暗杀。这位被认为"中山先生死后，中国国民党中真能继续中山先生遗志，实际上领导革命群众实行革命的首领"的意外死亡，与其说这是国民党右派打击左派的阴谋，不与说这是国民党分裂的标志，国民党的势力和政策由此向右急转直下。要知道此前的 7 月，戴季陶出版了他的《国民革命与中国国民党》，从思想上反对马克思主义，排斥共产党。

同样在这一天，发生了一件更加重要却又往往被历史研究者忽略的事件——8月20日夜，惊闻廖仲恺遇刺身亡的噩耗后，鲍罗廷独自决策匆匆忙忙又有些天真地请来汪精卫、蒋介石、许崇智组成"廖案处理特别委员会"。作为广东政府的顾问，对于这样重大的人事和政治决策，真是爱你没商量，事先既没有跟中国共产党商量，也没有告知莫斯科——这不能不说是一个严重的错误。为什么这么说呢？因为这个决策，不仅打乱了中共中央、陈独秀对时局的决策，而且让早就踌躇满志的蒋介石从此登上了中国的政治舞台。四天后的8月24日，黄埔军校校长蒋介石被任命为广州卫戍司令；过了两天，粤军改名国民革命军，蒋介石兼任第一军军长。此时，蒋介石牢牢掌握了军队和警察的指挥大权，并很快将许崇智踢出特别委员会，只剩下一个苍白无力的汪精卫掌握着苍白无力的政治权。汪哪里是蒋的对手呢？而作为军事顾问的加仑将军在大权独揽的蒋介石面前，显然也成了"聋子的耳朵"。蒋介石得来的这一切真是太容易了，完全是共产国际和斯大林苏俄政府委派的代表双手送上的大礼——是的，就是鲍罗廷"把蒋介石推上了这个最高、最有力的领导地位，对共产国际及其在中国的统一战线政策来说，这是历史的错误"。[1]

【16】

1925年10月，中共中央在北京东交民巷苏联大使馆召开中共中央扩大执行委员会会议，又称中央执委第二次扩大会议。维经斯基出席了会议，陈独秀作中央局报告。这次会议名为扩大会，但到底有多少人参加，目前没有人知道。从现有资料考证，现任中央委员中的张国焘、蔡和森、谭平山、张太雷，甚至李大钊都没有与会。这次会议是在五卅运动胜利并给中国革命带来新气象和国共合作面临破裂危险之际召开的，非同寻常又有些神神秘秘。会议作出的各种决策竟然达13项之多，其中有5项为全党性质的决议案，包括《中国现时的政局与共产党的职任议决案》《中国共产

---

[1] ［德］郭恒钰：《共产国际与中国革命》，三联书店1985年6月第1版第141页；引自王观泉著《陈独秀传》第200页。

党与中国国民党关系议决案》，以及中共第一次发布的《告农民书》。在这次会议上，争论最大的还是陈独秀提出的共产党员"应该及时准备退出国民党而独立，始能保持自己的政治面目，领导群众而不为国民党政策所牵制"。[1] 对于陈独秀的建议，本来与陈独秀持相同观点设想改变国共合作方式"从联盟转向联合"的维经斯基，因受共产国际的指示和强烈反对不得不改变主意，和中共中央其他负责同志"一致严厉的反对"。会议最后决定，现在党对国民党的政策是："反对右派而与左派结合密切的联盟，竭力赞助左派和右派斗争"，"到处扩大巩固我们的党，尤其在国民党势力所在地"。对此，陈独秀回忆说：

在此时期前后，中共所染机会主义还不很深，所以还能够领导"二七"铁路大罢工（一九二三年）和"五卅运动"（一九二五年），都未受国民党政策的牵制，并且有时还严厉的批评国民党的妥协政策。"五卅"运动中，无产阶级一抬头，便惊醒了资产阶级，戴季陶的反共小册子即应运而出了。是年十月，在北京召集的中共中央扩大会议，我在政治决议委员会提议：戴季陶的小册子不是他个人的偶然的事，乃是资产阶级希图巩固自己阶级的努力，以控制无产阶级而走向反动的表现，我们应该及时退出国民党而独立，始能保持自己的政治面目，领导群众，而不为国民党政策所牵制。当时的国际代表和中央负责同志们一致严厉的反对我的意见，说这是暗示中共党员群众走向反对国民党的道路。[2]

陈独秀在这个时间节点，再次提出退出国民党的建议，到底是受了"五卅运动"之后武装斗争新高潮的鼓舞，还是始终打心眼里就拒绝和厌恶国民党，我们不得而知。但有一点是可以肯定的，那就是陈独秀的这个提议绝对不是偶然的心血来潮。多少年后，已经被中共中央开除党籍的他曾十

---

[1] 陈独秀：《告全党同志书》，《陈独秀著作选》第三卷，上海人民出版社 1993 年 4 月版第 85-103 页。
[2] 同上。

分懊悔地说："主张不坚决的我，遂以国际纪律和中央多数意见，而未能坚持我的提议。"对此，曾经一再反对国共合作的张国焘后来曾揶揄陈独秀在国共合作上"一直以客卿自居"，指出陈错就错在一不想合作，二合作后放弃领导权。

根据共产国际的指示精神，这次扩大会议最后通过了陈独秀起草的《中国共产党与国民党关系决议案》，指出："非必要时，我们的新同志不再加入国民党，不担任国民党的工作，尤其是高级党部（完全在我们势力支配之下的党部不在此限）。"这个规定显然不利于共产党与国民党争夺领导权。一年后的 1927 年 1 月 19 日，共产国际执委会在《关于中国共产党的组织任务》的决议中，却对这个决议案也进行了批评："应该谴责中共中央 1925 年 10 月全会的决议，因为这次全会主张放弃在整个国民党组织内与国民党合作的策略，转而采取与国民党结盟的策略。显然，这种观点只不过是退出国民党的建议的另一种形式，是建议坚持退出方针。中国共产党仍要留在国民党内，应采取这样的方针：通过自己在国民党内的工作来保证加入国民党的各社会阶级和集团的联盟和行动的统一。"[1] 在这里，共产国际真是站着说话不腰疼，而一贯服从纪律的陈独秀又莫名其妙地遭到批评指责，左也不是，右也不是，一个典型的"替罪羊"角色在历史的岩缝中奔突、跃进。

【17】

1925 年 11 月 23 日，当东交民巷的中共中央扩大会议刚刚结束，北京西山也开始热闹起来。国民党的一批老右派林森、居正、邹鲁、谢持、张继、石瑛、邵元冲、叶楚伧及沈玄庐等 15 名元老级人物，聚会西山碧云寺孙中山灵堂前非法召开了国民党一届四中全会，即著名的"西山会议"。他们公然通电广州国民党中央执行委员会即日停止职权，开除共产党员加入国民党的党员党籍，开除任国民党中央委员的共产党员的党籍，解除鲍罗

---

[1] 《共产国际、联共（布）与中国革命档案资料丛书》第四卷，北京图书馆出版社 1998 年版第 84 页。

廷的顾问职务，开除汪精卫党籍六个月，国民党中央党部迁至上海办公。这次会议共开了43天，直至1926年1月4日才结束，可谓是一次国民党右派发起的与共产党决裂的总动员。如此过头的西山会议，在当时以一场闹剧收场，但从历史长远来看，无论是"西山会议派"还是戴季陶，国民党反共却是根深蒂固的一个死结。只可惜，左右中共决策的共产国际代表鲍罗廷根本没有把这些反共的家伙放在眼里，甚至当陈延年将戴季陶的反共著作请人翻译成英文交给他阅读时，他竟然轻描淡写地认为："戴季陶站在国民党立场说话，未可厚非。"在共产国际"垂帘听政"的境遇下，作为中共中央总书记的陈独秀面对国民党的挑衅，立即作出积极应对，并在报纸上发表《什么是国民党左、右派》《国民党新右派之反动倾向》等文章，指导斗争。

国共合作面临危机，陈独秀和中共中央看到国民党左、右派之间的分裂浮出水面后，曾唯心地寄希望于从他们之间的裂缝中找到一条合作的道路。但陈独秀哪里知道，其实他们之间的分裂也只是表面上的利益上的斗争罢了，骨子里还是一丘之貉。当时，中共中央"根据所知道的情况，认为西山会议派的活动，将造成国民党的全面分裂；广州现在的局面可能因此而垮台。西山会议派中也有一些中派人物，他们不愿广州革命局面的摧毁。因而我们决定采取具体步骤，争取他们，来分化西山会议派"。[1]于是，在维经斯基的支持和协助下，陈独秀和张国焘等代表中共中央约定孙科、叶楚伧、邵元冲在上海白渡桥苏俄领事馆内"商定国共关系问题"。上海谈判是在共产国际代表维经斯基"赞成联络中派，分化右派"的措施指导下进行的，达到了预想的效果，取得了共识，大家要求团结一致，双方各自做出让步，共同维护广州的革命局面。可谈判还没有完全结束，陈独秀就在月底生病了，并且与中央失去联系近两个月。陈独秀因患伤寒突然"失踪"，确实令中共中央吓了一跳。

但谁也没有想到的是，上海谈判却遭到了另一位国际代表的严厉斥责。12月下旬，鲍罗廷召集到达广州的张国焘与广东区委负责人陈延年等人开

[1] 张国焘：《我的回忆》第二册，东方出版社1991年版第66-68页。

会，批评陈独秀为首的中央"团结左派，联络中派，打击右派"的政策是"死板的公式"。鲍罗廷、陈延年、周恩来都反对以向右派让步的方式去"联络中派"，讥讽上海谈判是要不得的安抚政策。鲍罗廷号召广东区委反抗中央的决定，但遭到张国焘的拒绝，会议不欢而散。实事求是地说，由维经斯基倡导、陈独秀召集的上海谈判，因为没有彻底看清孙科等右派的本来面目，试图以某种妥协让步来保持国共合作的形式和策略，初衷是好的，在当时的历史境遇下有利于国共合作的形势，有积极的一面。

丙寅笔记　1926 年

【18】

1926 年 1 月 1 日至 19 日，国民党第二次全国代表大会在广州召开。大会的决议案和宣言全部都是由共产国际制定后向国民党中央执行委员会提出的。与会代表共 256 人，中共代表约占 1/3 强。在 13 日下午举行的会议中，211 人参加了弹劾西山会议派大会，决定对谢持、邹鲁永远开除党籍，对居正、石青阳、沈定一等 7 人暂时开除党籍一年处分，对张继、林森等人处以书面警告，对于"戴季陶拟由大会训令促其猛醒不可再误"，处罚分明，皆大欢喜。大会通过了向苏俄政府和人民致敬电，高呼"中俄大联合万岁"，并向鲍罗廷致敬"共同奋斗"银鼎一座，以表彰他"能尽政治委员高等顾问之职"。在这次大会上，还有一个人比鲍罗廷更加风光，在第一天群众大会的主席台上他身批将军斗篷英姿飒爽，让汪精卫也为之失色——这个人就是蒋介石。他是第一次以国民党中央干部的身份亮相，并成为当时国民党中央唯一的军队统领——或许国民党左派（其中包括众多共产党员）永远也不会相信正是这位令人迷惑的左派军事领袖，将成为破坏国共合作的祸水和祸首。周恩来后来回忆说："我们本来确定的政策是打击右派，孤立中派，扩大左派。我们计划在大会上公开开除戴季陶、孙科等人的党籍，在中央执委中我们党员占三分之一，少选中派，多选左派，使左派占绝对的优势。"因为在军队方面，除第一军以外都不是蒋介石的，"因此计划给蒋介石以回击，把我们的党员完全从蒋介石部下撤出，另外与汪精卫成立国共两党合作的军队"。可是"中央来电不同意"。所以国民党"二大"召开"结果成了右派势力大，中派壮胆，左派孤立的形势"。这就是史称的陈独秀右倾机会主义对国民党右派的三次大让步中的第一次大让步。[1]

陈独秀为什么要让步呢？周恩来所言真的能变成现实吗？其实，为迎接国民党"二大"，在1925年上半年，陈独秀一直主张对国民党右派进行坚决的斗争，他还在写给共产国际的报告中强调要"使右派在会上没有影响"，为此还与鲍罗廷爆发了激烈的争吵。这年5月份，为确定共产党员在国民党中央委员会中的名额问题，他又一度与鲍罗廷发生争执——陈提出7人，鲍反对并主张不超过国民党"一大"时的3人，理由是"不吓跑中派和不无谓地刺激右派"；最后两人一致同意最低限额为4人，其余的根据大会期间中国整个局势而定。可见，不同意在国民党中央增加共产党员人数的是鲍罗廷，而不是陈独秀。[2] 更值得注意的是，就在国民党"二大"开幕的第一天，远在莫斯科的苏共外交人民委员契切林致信驻中国大使加拉罕，对"中国共产党有步骤地取代国民党，通过莫斯科的指示发布一些口号，让共产党人补上国民党领导职位的空缺，甚至解除像胡汉民这样的左翼国民党人的职务"的现象非常担忧，对"二大"下达"紧急指示"，说："如果国民党发生分裂，这会对民族解放运动的进一步发展产生很大影响，右翼国民党会成为所有温和分子的中心和帝国主义代理人的掩饰。无论如何要防止国民党分裂。代表大会应在党的团结的口号下进行，谁反对团结，谁就是中国人民的敌人和叛徒，谁就是孙逸仙学说的叛徒。"契切林最后指出："团结的纲领应当是：把中国所有民主力量，即工人、农民、知识分子、手工业者、中小民族资产阶级，可能的话也包括大民族资产阶级，联合在同张作霖进行斗争的任务周围，争取召开国民会议，依靠包括直隶人在内的解放运动中的所有有生力量，建立临时政府。如果无法防止分裂，那么

---

[1] 李颖：《陈独秀与共产国际》，湖南人民出版社2005年10月版第140页。
[2] 同上，第141页。

至少应使它与国民党完全断绝关系，应形成这样的局面，即在中国只能有一个国民党。"[1]

由此，陈独秀再次遭到了共产国际给他带来的厄运，也为自己后来戴上"右倾机会主义"的帽子种下了祸根。像没有参加国民党"一大"一样，陈独秀依然坚持不参加国民党"二大"，不在国民党中央担任任何职务。

【19】

1926年3月20日，蒋介石制造的"中山舰事件"（亦称"三二〇事件"）爆发，成为国共合作走向破裂的预演。面对这一突发事件，以布勃诺夫为团长的联共（布）政治局使团第一时间就在广州与蒋介石达成妥协，作出了退让的方针。3月27日，布勃诺夫归国途中经过上海，在与陈独秀会面时强调："蒋介石表示他此举只是防止有叛乱事件发生，他本人并不反俄反共。"面对这不得不接受的既成事实，陈独秀只能执行共产国际的退让政策。在"中山舰事件"发生后，陈独秀在给共产国际的报告中，"主张由党内合作改为党外联盟，否则其势必不能执行自己的独立政策，获得民众的信任"。与此同时，拉狄克、维经斯基与陈独秀一样，也在不同场合提出要改变国共合作的方式，共产党人适时退出国民党。但他们的报告或建议立即遭到俄共中央和共产国际的强烈反对。陈独秀回忆说：

国际见了我的报告，一面在《真理报》上发表布哈林的论文，严厉批评中共有退出国民党的意见，说："主张退出黄色工会与退出英俄职工委员会，已经是两个错误，现在又发生第三个错误——中共主张退出国民党。"一面派远东部长吴廷康到中国来，矫正中共退出国民党之倾向。那时，我又以尊重国际纪律和中央多数意见，而未能坚持我的提议。[2]

---

[1] 原信藏俄罗斯联邦外交政策档案馆，引自李颖著《陈独秀与共产国际》，湖南人民出版社2005年10月版第141-142页。
[2] 陈独秀：《告全党同志书》，《陈独秀著作选》第三卷，上海人民出版社1993年4月版第89页。

陈独秀这位脾气暴躁甚至被党内同人斥为"家长作风"的"老头子"，在共产国际面前已经不止一次地重蹈"尊重国际纪律和中央多数意见，而未能坚持我的提议"的覆辙了。这是以陈独秀为首的中共中央再一次对蒋介石的大让步。蒋介石通过"中山舰事件"，不仅打击了共产国际驻华代表，而且打击了汪精卫和国民党左派，大大加强了他在政治上、军事上的地位，打开了他篡党夺权的大门，成功打响了反共的第一炮。这一事件成为国共关系发展的一个转折点，也成为苏联对华总策略发生改变的一个起因。

【20】

成功策划"中山舰事件"后，蒋介石继续在国民党领导机构中排挤共产党人，以全面控制党权。1926 年 5 月 15 日，国民党二届二中全会在广州召开，通过了蒋介石提出的把"联共"改为"限共"并为"逐共"奠定政治基础的《整理党务案》（亦称"五一五事件"）。这也正是蒋介石与鲍罗廷之间"屡次会商"的结果。对《整理党务案》的内幕情况，远在上海的陈独秀一无所知。周恩来后来分析说："在这种情况下，只要我们有正确的政策，蒋介石这个进攻仍然是不难打垮的。当时他的兵力仍占少数，所有民众运动完全在我们和国民党左派的领导下，他在这个时候是不敢决然分裂的。但党中央仍采取机会主义的政策，并且派了彭述之、张国焘来指导二中全会的中共党团。在党团会上，讨论了接不接受《整理党务案》。彭述之引经据典地证明不能接受。问他不接受又怎么办？他一点办法也没有，只说大家讨论好了。但当有人提出意见时，他又引经据典地说这个不行，那个错误。如此讨论了七天，毫无结果。后来张国焘用了不正派的办法要大家签字接受。"[1] 于是，在国民党中央担任部长或代理部长的谭平山、林祖涵和毛泽东等不得不辞职。从此，蒋介石从法理上控制了国民党、国民政府和国民革命的军政大权。而会后，共产国际把这一切的既成事实全部强加给中共中央，把责任全部强加给陈独秀。而实际上陈独秀自始至终都

---

[1] 周恩来：《关于一九二四年至二六年党对国民党的关系》，《周恩来选集》上卷第 122-123 页。

没有直接参与，更不是最终的决策者。

谈起"中山舰事件"和《整理党务案》，陈独秀说："蒋介石的三月二十日政变，正是执行了戴季陶的主张，在大捕共产党，围剿省港罢工委员会、苏俄视察团（内多联共中央委员）及苏俄顾问的卫队枪械后，国民党议决共产党分子退出国民党最高党部，禁止共产党分子批评孙中山的三民主义，共产党及青年团须将加入国民党的党员、团员名册缴存国民党，我们都一一接受了。"但陈独秀并非一味地退让，还是针锋相对地提出了自己的主张。他说：

> 同时我们主张准备独立的军事势力和蒋介石对抗，特派彭述之同志代表中央到广州和国际代表面商计划。国际代表不赞成，并且还继续极力武装蒋介石，极力的主张我们应将所有的力量拥护蒋介石的军事独裁来巩固广东国民政府和进行北伐。我们要求把供给蒋介石、李济深的枪械匀出五千支武装广东农民。[1]

陈独秀向国际代表鲍罗廷提出要 5000 支枪的要求，得到的是什么答复呢？

——不给！一支枪也不给！

枪械不仅不给，还竟然说："武装农民不能去打陈炯明和北伐，而且惹起国民党的疑忌及农民反抗国民党。"好一个"疑忌"与"反抗"！这确实令陈独秀十分茫然。但这还不是最悲哀的，不给武器倒也罢了，最让陈独秀无语的是，鲍罗廷公然说："现在是共产党应为国民党当苦力的时代。"机会主义至如此地步，右倾至如此地步——真可谓"投降"了吧？而这一切，是陈独秀连想都不会想的。"共产党给国民党当苦力！"实在不敢相信，这种语言不是出自蒋介石之口，竟然出自共产国际代表之口。陈独秀好像是哑巴吃黄连——有苦说不出。后来，他总结说："这一时期是最严重的时

---

[1] 陈独秀：《告全党同志书》，《陈独秀著作选》第三卷，上海人民出版社 1993 年 4 月版第 85-103 页。

期，具体地说是资产阶级的国民党公开地强迫无产阶级服从它的领导与指挥的时期，是无产阶级自己正式宣告投降资产阶级，甘心作它的附属品之时期。"而幕后的操纵者，正是共产国际。陈独秀坦然承认："我们在5月15日作了更大的让步。"这就是后来深受指责的"第三次大让步，这是党务上的大让步"。陈独秀再次成为历史责任的"替罪羊"。

即使如此，陈独秀依然没有放弃斗争，这位知识的巨擘依然以笔为枪与蒋介石进行斗争。6月4日，当他看到一册《校长宴会全体党代表训话对中山舰案有关系的经过之事实》的蒋介石讲话后，以个人名义撰写了《给蒋介石的一封信》，并以"独秀"之名发表在9日出版的《向导》周报第157期上。细细琢磨陈独秀致蒋介石的这封公开信，就可看到，他绵里藏针的文字背后是辛辣反讽之语气，含蓄地批驳蒋介石"贼喊捉贼"制造"中山舰事件"是一场阴谋，理直气壮有礼有节地以"在广东的共产分子，大半是拿共产主义招牌，做了些三民主义的工作"，来说明中国共产党正在努力完成本党的最低纲领——资产阶级民权革命的成功，对蒋污蔑中国共产党的言词给予了强烈反击。6月28日，被陈独秀击中其软肋的蒋介石不得不在黄埔军校发表讲话，对陈独秀的批驳只能做出"简括"的回应，说"不要噜噜苏苏，长篇大论的打起笔墨官司来"，"对于事实没有详明，我实在不必多事答复。"两相比较，"全系权谋，不问道义"的蒋介石在事实面前只能装作哑口无言。

【21】

1926年7月12日至18日，中共召开第三次扩大执行委员会会议。这次会议是在"中山舰事件"和《整理党务案》事件发生后召开的。在会上，陈独秀和彭述之联合提案：中共党员退出国民党，改为党外合作，"只有摆脱国民党对中国共产党的控制，我们才能执行一项真正的独立领导工农的政策"。这个提案将加入国民党与党的独立性联系在一起，确实有对立的情绪。与会的维经斯基和其他多数中央委员否决了这个提案。大会决议：一不能退出，二不能包办，三要联合左派赞助中派，四要维护工农利益。陈独秀受到大会批评，但尊重多数人的意见。会议决议认为：本党是无产阶级革命党，随时都须准备武装暴动的党，在民族革命的进程中，应该参加武装斗争的工作，助长进步的军事势力，摧毁反动的军阀势力，并渐次发展工农群众的武装势力。值得注意的是，这次会议竟然根本不提北伐的事情，也没有制定相关对策，完全是准备另一套共产党武装暴动的方案，把北伐战争让给国民党去进行。陈独秀对北伐从现在开始变得消极了，却积极地推行自己的"国民革命"，俗称"大革命"，主张国民议会是解决中国政治问题的道路。这次会议还专门讨论了上海工作，通过了《上海工作计划决议案》，指出："上海是帝国主义者侵略中国的经济大本营，同时又是中国的第一个大产业区。上海这个地方，站在民族解放运动的观点上立论，是全国反帝国主义运动的中心；站在本党的观点上立论，又可以创造一真正的共产党。""上海现在已经是到了阶级分化的显明时期。"决议号召上海区委引导工人群众起来斗争。

【22】

1926 年 7 月 9 日，国民革命军举行北伐誓师典礼，蒋介石就任国民革命军总司令。此前的 7 月 7 日，陈独秀在《向导》周报第 161 期发表《论国民政府之北伐》，指出此时北伐不合时宜，掀起了一场"反对北伐"的风波。其实，对于北伐，陈独秀一开始并不反对，对如何北伐怎么北伐，他的思想也是一波三折——赞成——反对——赞成。赞成自不必说，这是孙中山的遗志和未完成的革命大业，早在这年 2 月陈独秀在上海与俄共高级代表团团长布勃诺夫会面时，就"非常热心地谈到国民革命军必须立即出师北伐"，首先攻打吴佩孚。现在陈独秀为什么又反对了呢？主要原因还是维经斯基为代表的国际远东局说服的结果。从 2 月份以来的四个月时间里，中国的政治形势尤其是国共合作的格局被打破，"中山舰事件"和"整理党务案"，也令陈独秀敏锐地觉察到蒋介石急于北伐的用心，蒋已经违背孙中山的北伐政治主张，开始谋划反共的新途径。其间，陈独秀曾两次提出退出国民党，尽管遭到否决和批评，但国共合作的裂变已是大势所趋。他说：北伐应当是革命的北伐，而不是为蒋介石谋取个人的权位，"中国民族革命之全部意义，是各阶级革命的民众起来推翻帝国主义与军阀以自求解放"，

"必须真是革命势力向外发展，然后才算是革命的军事行动，若其中夹杂有军事投机的军人政客个人权位欲的活动，即使相当的成功，也只是军事投机之胜利，而不是革命的胜利"。陈独秀认为，现在的北伐只是"讨伐北洋军阀的一种军事行动，而不能代表中国民族革命之全部意义"。直到8月9日，即使蒋介石领导的北伐已经开始，共产国际远东局在广州召开的会议上，对陈独秀的这个意见也持积极推崇的态度。

但是，形势比人强，北伐军一路势如破竹。面对新形势，中共中央和共产国际远东局在9月17日举行联席会议，陈独秀在会上提醒中央对蒋介石"应当小心谨慎"。同时，他转而服从共产国际的决策，支持北伐。尤其是当李大钊邀请于右任奔赴莫斯科完成了动员冯玉祥回国配合北伐的军事策反工作后，他立即发表了《对于国民军再起的希望》，详细分析了冯玉祥参加北伐对中国局势具有军事和政治上的转机意义。随后，他从9月至12月的三个月时间里先后撰写了《我们现在为什么而争斗？》《孙传芳败后之东南》等政论、杂文多达50余篇，为北伐鼓与呼。尽管陈独秀因为对蒋介石北伐的真实意图表示担忧，当初反对北伐的意见也具有一定的政治头脑，但他态度上的反复，且始终没有坦率地作出自我批评，在中共中央干部中"对陈独秀的领袖地位是很大打击"。张国焘和瞿秋白都认为不是自己错了，而是陈独秀错了。

关于中共中央和陈独秀对北伐的态度问题，共产国际代表罗易有过比较深刻的反思，值得一读：

北伐的根本目的是什么？是为了开展革命运动。本质的问题是要取得一块革命的基地。每件事情都应根据这个观点来考虑。如果北伐促使革命巩固，我们就进行北伐；如果它的目的是要把革命基地转移到蒙古某地，那么，我们反对这样的北伐。

第一次北伐开始前，我们党曾进行过一场大辩论。事实已经证明反对北伐的同志是错误的。但事实也证明了，共产党没有能利用北伐创造的有利形势去发展革命。正如我早些时候所指出的，北伐的主观动力是资产阶级想要增强其自身的力量；但在客观上，北伐提供了发展革命力量的可能性。正是由于这种可能性，共产党带领无产阶级支持北伐。党支持了北伐，但它的行动是否符合客观需要呢？没有。共产党虽然支持了北伐，但它对工人阶级的利益没有给予足够的注意。共产党人为北伐的发展冲昏了头脑，忽视了对北伐唤起的革命社会力量的组织、团结和巩固的工作。正是这种对于北伐的毫无保留的支持，在很大程度上使蒋介石能够得逞，从国民阵线中拉走了相当一大批军事和社会力量。

如果共产党在支持北伐的同时，能清醒地看到资产阶级力量的结合及其根本目的，如果党在同时也促进革命力量的结合，那么蒋介石搞分裂时就会发现他自己是孤立的。还有一个问题要指出，而且是一个非常重要的问题：无保留地支持北伐的后果之一是失去了广东。也就是说，广东之失，在于我们支持北伐时毫无计算。为了保持同资产阶级的统一战线，为了支持左翼军人的联合，共产党没有加强阶级斗争，没有摧毁反动派的统治基础。革命军离开后，革命的传统基地广东就暴露在反动势力的面前。[1]

由此可见，陈独秀对北伐前景和蒋介石未来地位的"担忧"是有一定的道理的。但遗憾的是共产国际和中共中央均没有及时从这种"担忧"中得到警示，更没有采取任何措施，大革命的失败自然也就不可避免了。

【23】

1926年9月上旬至10月下旬，中央执委会和驻上海的共产国际执委会远东局以及中共上海区委召开一系列会议，讨论革命形势和武装起义的方针、策略，明确提出要在上海发动一次民众武装暴动，夺取上海的市政府。此举也是对北伐的一种策应。10月15日至18日，在上海召开的国际执委会远东局俄国代表团会议上决定，在组织上海工人武装起义时，"必须组织无产阶级的独立的行动"。[2]

---

[1] [美]罗伯特·诺思、津尼亚·尤丁编著：《罗易赴华使命：1927年的国共分裂》，中国人民大学出版社1981年4月第1版第200页。
[2] 《共产国际、联共（布）与中国革命档案资料丛书》第三卷，北京图书馆出版社1998年版第580-581页。

【24】

1926 年 11 月中旬，中共中央在陈独秀的领导下成立了"中共中央农民运动委员会"（简称"中央农委"），任命毛泽东为书记，成员有彭湃、阮啸仙、陆沉等 7 人。中央农委在汉口设立办事处，指导湘鄂赣豫川等省农民运动，并开办武昌"农民运动讲习所"，培训农运干部。

丁卯笔记　1927 年

【25】

1926 年 10 月至 1927 年 3 月，为响应北伐军攻打上海，推翻北洋军阀的统治，陈独秀坐镇上海，领导指挥上海工人举行了三次武装起义。但由于准备不充分、错误的估计和组织指挥的失误，第一次和第二次武装起义都以失败告终。1927 年 2 月 24 日，陈独秀主持特委会总结两次武装起义失败的教训，并决定 3 月 21 日举行第三次武装起义。3 月 12 日，中共上海区委秘书处通讯指出："我们处在这个右倾局面之下，必须拿出向右进攻的决心，无论任何方面都不能让步，因为让步就是断送革命。"[1] 21 日起义当天，陈独秀在中共中央宣传部北四川路横浜桥督战，通过交通员郑超麟和夏之栩与设在施高塔路四达里（今山阴路 65 弄，原中共党校）罗亦农、赵世炎、周恩来坐镇的起义指挥部紧密联系，掌握情况，参与指挥。22 日凌晨 3 时，陈独秀亲自来到指挥部，担任总指挥，起义取得了胜利。这是中共军事上第一次巷战的胜利。当天，上海工商学各界举行市民代表会议，选举产生了上海市政府委员 19 人，组成上海特别市临时市政府。因为对蒋介石北伐的真实意图的担心，陈独秀还是做了两手准备。在 3 月 18 日起义前的最后一次会议上（为准备第三次武装起义，在前后一个月零四天中陈独秀共主持开了 29 次特委会），陈独秀指出："因为将来的纠纷问题，为纠察队的武装解除问题，如果我们不马上动作，将来就将转变为国共争

---

[1]《上海工人三次武装起义》，上海人民出版社 1983 年版第 314 页。

斗，完全失掉联合战线。所以我意我们要准备一个抵抗。如果右派军队来缴械，我们就与之决斗，此决斗或许胜利，即失败则蒋介石的政治生命完全断绝，因此决斗，实比对直鲁军斗争还有更重要的意义。"陈独秀的担心和作出的准备是完全正确的。在 3 月 25 日中共上海区委召开扩大活动分子会议上，与会代表认为："陈同志是我们中国革命领袖，我们应一致表示拥护陈同志的报告（一致拍掌）""我提议大家坚决表示拥护陈同志（一致拍掌）"。[1]

第二天，蒋介石来到了上海。中共特委立即作出了"蒋来别有用心"的决断，坚持维持工人纠察武装，并做好了再次巷战的准备，并致电武汉政府要求撤走替换薛岳的坚决拥护蒋介石的刘峙的部队。3 月 28 日，陈独秀拒绝接见蒋介石，并在特委会上提出"坚决反蒋，别无出路"的主张，得到了罗亦农、彭述之、周恩来和赵世炎的一致赞同。但周恩来提醒说："我们举行军事行动反对蒋介石，恰好是违反国际政策。"因此，会议决定一方面向莫斯科请示，一方面派彭述之去武汉，商议这个路线的重大决定。当天，联共（布）中央政治局决定："请你们务必严格遵循我们关于不准在现在举行要求归还租界的总罢工或起义的指示，请你们务必千方百计避免与上海国民军及其长官发生冲突。"这还不行，31 日，当联共（布）中央政治局得到中共中央报告蒋介石已经在上海发动政变的情况下，又作出决定：一面要求鲍罗廷"对蒋介石作出某些让步以保持统一和不让他完全倒向帝国主义一边"，一面向中共中央作出指示："（一）在群众中开展反对政变的运动；（二）暂不进行公开的作战；（三）不要交出武器，万不得已将武器藏起来；（四）揭露右派的政策，团结群众；（五）在军队中进行拥护国民政府和上海政府、反对个人独裁和与帝国主义者结盟的宣传……"[2]

罗亦农看了这个电报后，愤怒地把它摔在地上。显然，联共（布）中

---

[1] 《上海工人三次武装起义》，上海人民出版社 1983 年版第 403 页。
[2] 《共产国际、联共（布）与中国革命档案资料丛书》第四卷，北京图书馆出版社 1998 年版第 167-169 页。

央和共产国际完全从苏俄的利益出发，担心蒋介石滑向英、美等帝国主义国家，作出了这样一个对已经开始发动反共政变的蒋介石示弱和挨宰的政策。同时，我们应该看到，联共（布）中央政治局之所以作出这个决定，"一是他们最清楚这几年来给蒋介石的援助之巨与给中共的援助之少（不给一枪一弹），军事实力相差悬殊，陈独秀根本不是蒋介石的对手；二是他们对蒋介石抱有幻想，这只'柠檬'的汁还没有榨干净，尚有利用价值；三是不相信陈独秀揭露的蒋介石从南昌开始就与敌人勾结的阴谋。"这是莫斯科遥控中国革命、不了解中国实情的死穴。[1] 联共（布）和共产国际决策的一系列退让政策，以陈独秀为首的中共中央不得不无奈地去执行，步步退却，直至 4 月 12 日蒋介石反动"四一二"反革命政变。

上海工人三次武装起义是中国大革命史上最为光辉的篇章，也是中国工人运动历史上最值得书写的一页。尤其是在第三次起义胜利后成立了上海临时政府，尽管只存在了 24 天，但它却是第一次由中国共产党独立领导民众在大城市建立起来的革命政权。对陈独秀个人来说，是他第一次成功实现了自己领导的革命（虽然仅局限于上海地区），也是他最后一次成功领导的革命活动，而且是在对抗共产国际意志的情况下取得成功的。对于这一段历史，陈独秀在《告全党同志书》中作了如下总结：

一九二七年北伐军占领上海前后，秋白所重视的是上海市政府选举及联合小资产阶级（中小商人）反对大资产阶级；彭述之、罗亦农和我的意见以为：当时市政府选举及就职，并不是中心问题，中心问题乃是无产阶级的力量若不能战胜蒋介石的军事势力，小资产阶级不会倾向我们，蒋介石必然在帝国主义指挥下屠杀群众，那时不但市政府是一句空话，势必引起我们在全国范围内的失败。因为蒋介石如果公开背叛革命，决不是简单的他个人行动，乃是全中国资产阶级走到反动营垒的信号。当时由述之到汉口向国际代表及中共中央多数负责同志陈述意见和决定进攻蒋军的计划。那时他们对上海事变都不甚措意，连电催我到武汉。他们以为国民政府在

[1] 唐宝林：《陈独秀全传》，香港中文大学出版社 2011 年版第 149 页。

武汉，一切国家大事都应该集中力量在武汉谋解决。同时，国际又电令我们将工人的枪械藏起来，避免和蒋介石军队冲突，勿以武装力量扰乱租界等，亦农看了这个电报，很愤怒地把它摔在地上。那时，我又以服从国际命令，未能坚持我的意见。[1]

　　写到这里，有一个问题必须引起我们深深的思考，那就是陈独秀为什么一而再、再而三地"服从国际命令，未能坚持我的意见"，从而把自己演绎成了"替罪羊"这样一个十分尴尬的角色呢？服从！服从！这哪里是什么"右倾机会主义"，简直就是"服从主义"。诗人性格和书生意气的陈独秀，不是一个成熟的政治家，更不可能是一个成功的政治家。天生叛逆孤傲的他为什么服从国际命令，不坚持自己的意见呢？从 1915 年开始，应该说陈独秀以其在五四新文化运动和爱国运动中展露的明星般的光芒和魅力，赢得了全中国一大批知识分子和青年学生的爱戴，新青年新文化的知识阶层团结在他的周围，并拥他为领袖。在建立和发展中国共产党的这些年来，他曾经提出过许多正确的主张，也得到了中央干部的认可，但当他的正确主张被共产国际否决的时候，他一方面缺乏通过灵活的领导艺术，在意见不统一时仅靠个人权威而不是靠思想说服、协商与党内同志达成共识，再与国际代表进行争论和斗争；另一方面由于缺乏革命的经验和理论的支撑，加上受制于苏俄在组织纪律上的控制和物质经济上的援助，使得陈独秀不得不在主动作为和抗争无果的情况下遵守党的纪律（在组织内他也只是一名普通党员），既迁就党内同志又屈从国际代表，因而在政策上就显得忽左忽右——左到三番五次地要求退出国民党，右到"退而不出，包而不办"，使得自己始终处在左和右的夹缝之中，无所适从，腹背受敌，每当出现问题时就不可避免地承担责任，遭受里外攻击和诋毁。

　　但这一切并没有动摇陈独秀此时此刻在中共的领袖地位。1927 年 2 月，瞿秋白从上海前往武汉前，为自己即将出版的文集写了一篇自序，其中这

---

[1] 陈独秀：《告全党同志书》，《陈独秀著作选》第三卷，上海人民出版社 1993 年 4 月版第 85-103 页。

么写道："中国有马克思主义理论自然已经很久，五四运动之际，《新青年》及《星期评论》等杂志，风起云涌地介绍马克思的理论。我们的前辈：陈独秀同志、甚至于李汉俊先生、戴季陶先生、胡汉民先生及朱执信先生，都是中国第一批马克思主义者。但是，只有陈独秀同志在革命实践方面，密切地与群众社会运动相连结。秋白等追随其后，得在日常斗争中间，力求应用马克思主义于中国的所谓国情。……秋白是马克思主义的小学生，从 1923 年回国之后到 1926 年 10 月间病倒为止，一直在陈独秀同志指导之下，努力做这种'狗耕田'的工作，自己知道是很不胜任的，然而应用马克思主义于中国国情的工作，不可一日或废。"[1]

【26】

1927 年 4 月 1 日，汪精卫回国，抵达上海。周恩来到船上迎接，并主张直接送其到武汉，不让他与蒋介石见面。陈独秀同意。但汪精卫还是在第二天和第三天接连与蒋介石进行了秘密会晤，双方达成和平分共的协议。3 日，陈独秀和周恩来一起会见汪精卫。汪精卫以激将法质问陈独秀说："共产党已提出打倒国民党、打倒三民主义，并要主使工人冲入租界，引起冲突，使民国革命在外交上成一个不可解的纠纷，以造成大恐怖的局面？"陈独秀回答"决无此事"，并愿亲笔作书面联合宣言。当晚，陈独秀挑灯夜战，起草了《汪陈宣言》。次日由周恩来送交汪精卫签字。此时的陈独秀凭感觉认为：汪精卫和蒋介石势不两立，中共可以利用他们之间的矛盾推动革命形势的发展，而只有汪是"中共可靠的朋友和合作者"。5 日，《民国日报》《时事新报》等发表了《汪陈宣言》，陈独秀还天真地跟郑超麟说："大报上好久没有登载我的名字了。"他自以为是地认为《汪陈宣言》发表以后，国共关系从此可以好转，随即和汪精卫一起从上海来到武汉。谁知，这次陈独秀又看错了人。他哪里知道汪精卫也是在利用中共和蒋介石的矛盾，来一个"鹬蚌相争，渔人得利"。大革命失败后，陈独秀承认："根据国际对国民党及帝国主义的政策，和汪精卫联名

---

[1] 瞿秋白：《瞿秋白论文集》，重庆出版社 1995 年版。

发表那可耻的宣言。"

【27】

1927 年 4 月 6 日，奉系军阀张作霖组织军警、便衣队 300 余人突袭东交民巷苏联大使馆，高调逮捕李大钊等 35 人。28 日，张作霖秘密审判李大钊并于当日下午执行绞刑。李大钊英勇就义，陈独秀十分痛心，从此"南陈北李"天各一方。后来，陈独秀在狱中与他人谈起《新青年》旧友时，对李大钊依然深表"非常钦佩，十分敬仰"之情。他说："守常是一位坚贞卓绝的社会主义战士。从外表上看，他是一位好好先生，像个教私塾的人，从实质上看，他平生的言行，诚如日月之经天，江河之行地，光明磊落，肝胆照人。段祺瑞制造'三一八'惨案，他曾亲临前线；张作霖要逮捕他，事先他也有所闻，组织上曾劝他离开，但他坚持岗位，不忍撇下工作。最后视死如归，为党捐躯，慷慨就义，面不改色，世人称他为马克思主义先驱、革命家的楷模，是一点也不过誉的。他对马克思主义的研究，比当时的人深刻得多。他对同志的真诚，也非一般人可比。寒冬腊月，将自己新制棉袄送给同志；青年同志到他家去，没有饿着肚子走出来的。英风伟烈应与天地长存。"当有人问他："人们说'南陈北李'，你比他如何？"他说："差之远矣，'南陈'徒有虚名，'北李'确如北斗。"问者曰："自谦乎？"他说："真言实语，毫无虚饰。"[1]

【28】

1927 年 4 月 12 日，蒋介石在上海撕毁与汪精卫达成的协议和《汪陈宣言》，发动反共政变，史称"四一二"反革命政变。这令中共中央、共产国际和武汉国民政府全都傻了眼。因为陈独秀此前就已经做好了对付蒋介石倒戈反共的准备，面对蒋介石制造的白色恐怖，上海工人在罗亦农、周恩来、赵世炎的领导下发动了 6 万工人罢工示威，并作出了党转入地下活动、实行再次武装暴动和红色恐怖等决议。

---

[1] 濮清泉：《我所知道的陈独秀》，原载《文史资料选辑》第 71 期。

【29】

1927 年 4 月 17 日，武汉国民政府作出免除蒋介石本兼各职并开除党籍的命令："蒋中正屠杀民众，摧残党部，甘心反动，罪恶昭彰……"可就在同一天，蒋介石在南京召开了国民党中央政治会议，组成九人政治会议委员会，任命胡汉民为政治会议主席，吴稚晖为政治部主任，并宣布 18 日正式成立南京国民政府。蒋介石在南京与武汉国民政府唱起了对台戏。

【30】

1927 年 4 月 18 日，武汉国民党党部宣布蒋介石"十二大罪状"。而蒋介石主持的南京国民政府则发出通缉令，鲍罗廷、陈独秀、邓演达等 196 人登上了"黑名单"。至此，在中国出现了一个罕见的政治格局——一个共产党、两个国民党（武汉、南京）和三个政府（北京、武汉、南京）。

【31】

1927 年 4 月 27 日至 5 月 9 日，中共"五大"在武汉黄陂会馆开幕。这是第一次国内革命战争时期的最后一次全国代表大会，也是在国民党统治区召开的最后一次全国代表大会，到会代表 83 人，国际代表除了鲍罗廷、罗易和维经斯基之外，还增加了后来把中共推向极左路线的米夫和赤色职工国际总书记罗卓夫斯基。陈独秀作了他连任五届共七年总书记以来的最后一个代表全党的《中央政治和组织的报告》。在这个报告中，陈独秀坦诚地总结了第一次国内革命战争中自己和整个党在理论与实践上的失误、成功和教训，同时也委婉地批评了共产国际越俎代庖在指导上的失策和错误，既没有贪功诿过，也没有文过饰非。这个带有检讨性的报告，其实是由罗易规定的提纲，是"共产国际执行委员会代表团与中共中央联席会议经过长时间的反复磋商决定的"。也就是说，中共"五大"实际上是由国际代表罗易操纵的。"五大"上最引人注目的报告是瞿秋白作的《中国革命之争论问题》，全面批判了党在理论指导和政策上的右倾机会主义。但遗憾的是，瞿秋白的报告"形左实右"，仍然没有摆脱共产国际的国民党情结，依然要求"共产党员绝对应当加入国民党，努力发展国民党，使成为中国平民的真正代表民族的党"。因此，"五大"的中共中央依然扮演着共产国际"传声筒"和"收发室"的角色，严格死守的是共产国际的死命令：无论是改造国民党、深入工农群众，还是争夺革命领导权，都必须通过国民党和国民政府去执行。在"五大"上，受到批评的陈独秀依然当选中共中央总书记，这是令共产国际没有想到的事情。可见，陈独秀的威望之高，此时亦无人能比。

【32】

1927 年 5 月 30 日，联共（布）中央政治局根据斯大林在共产国际第八次全会上有关中国问题的指示和决议，向国际代表罗易、鲍罗廷、柳克斯等发出"五月紧急指示"，主要内容为五点：一是不进行土地革命就不可能取得胜利；二是对手工业者、商人和小地主作出让步是必要的，用这些阶层联合是必要的；三是国民党中央的一些老领导人害怕发生事件，他们会动摇和妥协，应从下面吸收一些新的工农领导人加入国民党中央；四是应当消除不可靠将领的依赖性，要组建自己可靠的军队；五是要成立以著名国民党人士和非共产党人为首的革命军事法庭，惩办和蒋介石保持联系或唆使士兵迫害人民、迫害工农的军官。实事求是地说，共产国际的这个"五月紧急指示"从理论上来说是完全正确的，但它来得太晚了，如今在实践上已经无法执行。莫斯科此前一直迷信蒋介石，幻想蒋回心转意，真的是天真到家了！继蒋介石叛变之后，现在唐生智部下夏斗寅叛变了、许克祥发动"马日事变"也叛变了，早已经丧失了建立军队的大好时机，真是"已到了火烧眉毛的时候，来不及了"。[1] 而且既要求中共坚持与武汉国民党合作，又要改造中央领导机关，惩办叛变军官，这根本行是不通的。6 月 7 日，陈独秀在中共中央政治局会议上讨论刚刚收到的"五月紧急指示"时说："莫斯科不了解中国的实际情况"，"我们衷心赞同指示，但问题是我们党未必能够贯彻执行"。对国际的紧急指示，鲍罗廷和柳克斯也都持陈独秀相同的意见，认为"不能执行"。其实，不是"不能执行"，而是执行不了。

---

[1] 李维汉：《回忆与研究》，中共党史资料出版社 1986 年 4 月版第 135 页。

6月15日，或许是为了照顾莫斯科的面子，或许是因为鲍罗廷更懂得对莫斯科说"不"将会遭到怎样的命运，让书生气十足的陈独秀以个人的名义而不是以中共中央的名义致电共产国际，苦口婆心地劝说共产国际放弃错误的指示。陈在信中说："你们的指示是正确而重要的，我们完全表示同意；中国共产党设法要建立民主专政，但在短时间内不可能实现。用改组的办法驱逐汪精卫尤其困难。当我们还不能实现这些任务的时候，必须与国民党和国民革命军将领保持良好关系。我们必须吸收住他们的左翼领导人，并达成一个共同的政纲。如果我们同他们分裂，要建立我们自己的军事力量将是很困难，甚至不可能的。没收大地主和反革命分子土地的政策没有废止，也没有禁止农民自己起来没收土地。'我们的迫切任务是要纠正"过火"行为，然后没收土地。并揭露言过其实的宣传，以中止军官和国民党左派间引起的恐慌，从而克服农民运动道路上的障碍。失业、无地的农民是湖南农民运动中的动力。他们不仅要求平分土地，而且要求分配一切财产，这就不可避免地引起租地者和自耕农之间的冲突。这一点必须改变，贫农必须成为运动的中心。'"[1]

对于陈独秀拒绝执行共产国际"五月紧急指示"的态度，国际首席代表罗易表示了极大的愤怒，第二天就向联共（布）中央政治局告发陈独秀，说陈独秀"只是表面上接受"指示，"共产党答复中的一些说法是不对的"，"昨天，在共产党政治局会议上，鲍（罗廷）和另一些人不同意没收大地主（土地）的要求。"甚至要求联共（布）中央"采取果断措施"，"实行坚强领导"，"应当把陈独秀清除出共产党领导机构"。在电报中，罗易在批评谭平山遵照鲍罗廷的主张和鲍一起率团去长沙解决"马日事变"时强调："陈（独秀）比谭更坏。他的领导无疑有害于党。"他诬陷陈"是国民党在共产党内的代理人"，"完全支持国民党镇压湖南'过火行动'的政策，这实际上是向农民进攻。"为此，他不仅主张撤换陈独秀，还第一个提出："陈应立即召到莫斯科去。"他进一步说，"中国共产党现阶段的领导很软弱，共产国际实行

---

[1] [美]罗伯特·诺思、津尼亚·尤丁编著：《罗易赴华使命：1927年的国共分裂》，中国人民大学出版社1981年4月第1版第325页。

直接领导是完全必要的"，建议"在国民党内设共产国际的代表机构"，由鲍罗廷、加仑和他自己组成"三驾马车"应对整个工作。[1]

可让中共中央、陈独秀和鲍罗廷都没有想到的是，就在6月1日刚刚收到"五月紧急指示"还没有开会研究之前，罗易自己也竟然干了一件令他懊悔一生的蠢事——6月5日，他私自将这份最新最高指示秘密地送给了汪精卫阅看，幻想依靠汪精卫来挽救局势，并且说："你如接受电报的要旨并给予执行的便利，共产国际将继续与你合作，否则就将同国民党一刀两断。"汪精卫看后"非常吃惊"，"觉得严重时期已到了"，指责说："你们破坏了协议。"周恩来从国民党内部得到罗易擅自泄露国际指示的情报后，立即报告了中共中央，大家都怔住了。鲍罗廷认为，汪精卫是看了罗易给他的国际指示后叛变的，立即向莫斯科报告了这一严重事件，以报复这位多次向联共（布）中央告发他的印度人。罗易为此多次向斯大林和联共（布）中央进行解释，说多数国民党人在汪精卫看到指示以前早就采取反革命行动了，他指责鲍罗廷从此事中"捞取了巨大的政治资本，以便在共产党面前败坏我的名誉"。他在6月5日和17日给斯大林和布哈林的电报中控诉，由于鲍罗廷的原因，他目前在中国"什么也不能做"，而"现在的危机是鲍罗廷过去实行的政策造成的"。他甚至说："共产党领导的令人可悲的状况是近四年来实行错误政策的结果"。[2]

此时此刻，斯大林因在国内正遭受托洛茨基反对派的猛烈攻击开始变得歇斯底里，而在中国发生的"四一二"反革命政变让他在蒋介石面前碰壁，令其大为光火，哪里听得进陈独秀的苦口婆心；当然，斯大林也无法听得进罗易对鲍罗廷的批评，因为否定鲍罗廷四年来在中国的工作就等于否定了他对中国革命长期以来的政策。6月22日，共产国际不得不作出决定，"召回"国际代表罗易，理由是"他给国民党中央的一些委员看了只发给包、罗、柳三同志而无论如何不能给其他人看的电报"，并任命

---

[1]《共产国际、联共（布）与中国革命档案资料丛书》第四卷，北京图书馆出版社1998年版第303、311、322页。
[2] 同上，第321-323页。

罗米纳兹来武汉接替他的工作。[1]而这一切也给了斯大林一个借口——把拒绝执行"五月紧急指示"、拒绝挽救大革命失败的责任，推到了陈独秀身上，扣上了一顶永不翻身的"陈独秀右倾机会主义"的帽子。本来应该由三个外国人向莫斯科承担的责任，现在陈独秀又委屈地扮演了"替罪羊"。从某种角度来说，陈独秀也成了共产国际代表鲍罗廷和罗易两人之间互相推诿的牺牲品。

后来，对于这一段历史，陈独秀自己作出了如此评价：

企图在国民党内执行这些政策，仍然是幻想的口头上左倾的机会主义，根本政策一点也没有改变，等于想在粪缸中洗澡。当时要执行左倾的革命政策，根本政策必须转变，即是共产党退出国民党，真正独立起来，尽可能的武装工农，建立工农兵苏维埃，推倒国民党的领导。否则任何较左的政策，都是没有办法的办法。当时中央政治局回答国际的电报接受国际的训令，并且依照方针进行，唯声明不能即时都能实现；因为中央全体同志都认为国际这些训令都是一时没有办法的办法，就是列席中央会议的樊克（听说是斯大林的特别使者），也认为没有即时执行的可能，他同意中央致国际的电报，说："只好这样回答。""八七会议"后，中央极力宣传，说中国革命失败的原因，是机会主义者不接受国际训令（当然即指上述这些训令，此外别无什么训令）即时转变，不知他们以为在国民党圈内能够如何转变，所谓机会主义者是指谁？[2]

【33】

1927年6月17日，曾经特别信任孙中山并给予国民党无私援助的鲍

---

[1] 1927年8月19日，共产国际执委会政治书记处会议决定成立了"罗易事件调查委员会"。8月30日，该委员会重申：罗易将共产国际紧急指示告诉汪精卫，是"犯了错误，因此政治局书记处决定把罗易同志召回是正确的"。同时，提出向中共中央通报以下内容："罗易同志被召回不是因为他犯有什么政治错误，相反，在关于土地革命和镇压湖南反革命分子的基本问题上，罗易同志的方针是完全正确的。罗易同志被召回只是因为他犯了一个组织性错误"。
[2] 陈独秀：《告全党同志书》，《陈独秀著作选》第三卷，上海人民出版社1993年4月版第85-103页。

罗廷终于在他一手操控的国共合作中被国民党抛弃，武汉国民党中央解除了他的顾问职务。

【34】

1927 年 6 月 20 日，中共中央政治局会议，讨论中共退出国民政府而不退出国民党的莫斯科指示。陈独秀说："不仅要退出国民政府，而且要退出国民党"，"武汉国民党已经跟着蒋介石走，我们若不改变政策，也同样是走上蒋介石的道路了。"任弼时说："是的啊！"鲍罗廷说："你这个意见我很赞成，但是，我知道莫斯科必不允许。"周恩来说："退出国民党后工农运动是方便得多，可是军事运动大受损失了。"瞿秋白说："与其自动退出，不如让国民党开除我们。"瞿秋白紧跟莫斯科，白天他按照国际代表的意见批判陈独秀，晚上却很虚心地与陈独秀讨论领导革命的战略与策略。[1] 从瞿秋白左右为难的言行矛盾中可见，当时中共中央其他领导同志对陈独秀的态度也处在模棱两可的权宜变化中。陈独秀回忆说："那时，我又以尊重国际纪律和中央多数意见，而未能坚持下去。我自始至终都未能积极的坚持我的建议，一直到此时实在隐忍不下去了，才消极的向中央提出辞职书，其主要理由是说：'国际一面要我们执行自己的政策，一面又不许我们退出国民党，实在没有出路，我实在不能继续工作'。"

【35】

1927 年 6 月 26 日，中共中央政治局与共产国际执委会代表联席会议专门讨论了"政治形势"和"我们的任务"两个问题。会议一开始，陈独秀就开门见山地说："我们面前有两条道路：右的道路与左的道路。右的道路意味着放弃一切，左的道路意味着采取激进行动。在这两条道路上等待我们的都是灭亡。此外还有一条中间道路，即继续目前的局面，这也是不

---

[1] 2004 年 6 月 25 日，俄罗斯著名的研究共产国际和中苏关系的专家潘多夫（A.Pantsov）在中国社会科学院的学术演讲。引自唐宝林著《陈独秀全传》，香港中文大学出版社 2011 年版第 428 页。

可能的。怎么办？也许应该寻找第四条道路？在我们这次会议上需要讨论这个问题。"鲍罗廷说，他不同意莫斯科最近六周内给他发来的电报的方针，因此给莫斯科回了电报，但莫斯科非常明确地下达了四项任务：一是进行土地革命，二是使国民党民主化（无产阶级化，吸收农民参加），三是建立革命军，四是不退出政府和国民党（这被看作是冒险）。对莫斯科的新指示，陈独秀说："莫斯科的指示我弄不明白，我不能同意。"但在听了鲍罗廷、谭平山、张国焘、周恩来等人发言之后，陈独秀最后同意了鲍罗廷关于土地问题的意见。[1]

就在同一天，陈独秀的长子陈延年调上海重组因遭"四一二"政变破坏的中共党组织，成立以其为书记的中共江苏省委。6月28日，陈延年与组织部长郭伯和、宣传部长韩步先一起被捕。由于韩的叛变，陈、郭身份暴露。陈延年在狱中给汪孟邹写了一封信。汪随即奔赴南京请胡适设法营救。胡满口答应，并将信交给了吴稚晖。吴接信后，立即报告蒋介石，并说陈延年比其父亲陈独秀更加可恶，催促迅速处决。7月4日，陈延年被杀害，年仅29岁！"硬骨头"陈独秀闻讯后，没有因为儿子牺牲流下一滴眼泪，把痛苦深深地埋藏在心里。而在7月2日，接任陈延年职务的赵世炎也不幸被捕，19日被杀害。

关于陈延年，当年国民党中央组织部调查科编辑出版的书刊曾这样写道："知道独秀的人，都知道他有两个了不起的儿子：陈延年与陈乔年。延年与乔年早年都是无政府主义者，后来到俄国去了一趟回来，就成了出色布尔什维克了。陈延年回国后任共产党广东区委书记，总理两广党务，有'两广王'之称，与罗亦农的'江浙王'遥遥相应，同为共产党内'最有政治天才与组织能力'的两大领袖。一九二七年春，调任江浙区委书记、指挥三次暴动，那时他已经由'两广王'改为'江浙王'了。是年夏，在上海被杀。他的尊容真是丑得可以！面孔又大又阔，皮肤又粗又黑，穿着工人的服装，一天到晚总是含着纸烟，手指被纸烟熏得像黑炭。因为生得丑，所以不容易找到女人，他就这样过了一世独生的生活。不过他在广东的时

---

[1] 李颖：《陈独秀与共产国际》，湖南人民出版社2005年10月版第269页。

候，也曾过一个短期的恋爱生活，那时恋爱的对象是谭平山的妹妹'谭麻子'。这位谭小姐也真是丑得可以，面孔又黑又麻，与延年真是一对天生成的'佳偶'。况且一个是陈独秀的儿子，一个是谭平山的妹妹，真可谓门当户对，但是可惜'好事到头终成空'。"[1]

【36】

1927 年 7 月 8 日，联共（布）中央政治局紧急会议通知中共中央，改变以前要求共产党人一定要留在国民政府的命令，提出：共产党必须示威性地退出国民政府，并要求发表声明，说明国民政府对待土地革命和工人运动的反革命态度是采取这一步骤的原因。在已经看到武汉政府一系列"反革命的公开表演"的情况下，指示仍旧强调："退出国民政府并不意味着退出国民党。共产党人必须留在国民党内。"在同日斯大林给莫洛托夫的信中还说："暂时不把退出国民政府（现在这样做是必要的）与退出国民党（最近的将来这样做可能是必要的）联系起来。"[2]

【37】

1927 年 7 月 9 日或 10 日晚间，知悉汪精卫将开始反共并屠杀共产党员的消息后，陈独秀带着秘书黄玠然（黄文容）躲进一家餐馆的阁楼上，第二天转移至中共中央出版局局长汪原放在前花楼所开的亚东书局的宏源纸庄躲避，后来又秘密转移到贫困的工人区居住，陷入大革命失败后的苦闷之中。

也就是在 7 月 9 日这一天，远在莫斯科的斯大林面对中国革命无可挽回的局面，特别是反对派托洛茨基的猛烈抨击，开始拿罗易多次攻击陈独秀的电报作为盾牌，嫁罪陈独秀。他在给莫洛托夫和布哈林的信中竟然为

---

[1] 王唯廉：《关于陈独秀》，原载《现代史料》（第一集），上海海天出版社 1934 年再版第 130-132 页。

[2]《共产国际、联共（布）与中国革命档案资料丛书》第四卷，北京图书馆出版社 1998 年版第 398、400 页。

鲍罗廷辩护说:"中共中央是否执行了这些指示呢? 没有……罗易为此怪罪鲍罗廷,这是愚蠢的。鲍罗廷不可能在中共那里或者在中共中央那里享有比共产国际更高的威望。"显然,陈独秀就是唯一的"替罪羊"。在信中,他继而以罕见的言词严厉批评了中国共产党:

我们在中国没有真正的共产党……中共中央能提供什么呢? 除了"一整套"从各处收集来的、与任何路线和任何指导思想毫无联系的一般词句外,不能提供任何东西。

中共中央不理解新革命阶段的涵义。中央没有一个能理解所发生事件的内情(社会内情)的马克思主义头脑。中共中央不善于利用这个与国民党合作的宝贵时期,去大力开展工作……整整一年,中共中央靠国民党养活,享受着工作的自由和组织的自由,但它没有做任何工作,以便促使被错误地称之为政党各种人物的大杂烩变成一个真正的政党。

中共中央喜欢在与国民党领导人和将领的幕后交谈中消磨时光。中共中央有时也奢谈无产阶级领导权问题,但是,在这种奢谈中最令人不能容忍的是这样一种情况,即它对领导权**一窍不通**。[1]

这哪里是对中国共产党的批评,简直是攻击和污蔑! 事实上,中共中央和陈独秀在联共和共产国际的统制和纪律约束下,在国民党的挤压和欺骗下(中国资产阶级的两面性),在国际代表们的"垂帘听政"和经济手段的胁迫下,根本毫无自由。据现在已经解密的史料表明,1923 年至 1927 年,指导中国革命的最高决策机关正是斯大林为首的联共中央政治局。据不完全统计,其间联共中央政治局在中国问题上共召开会议 122 次,作出决定 738 个,对中国革命完全彻底地包办、代办,从头到脚事无巨细。斯大林的这封文过饰非的信,无法粉饰历史对他作出的结论。

---

[1] 黑体字部分为原文所标。《共产国际、联共(布)与中国革命档案资料丛书》第四卷,北京图书馆出版社 1998 年版第 405-409 页。

【38】

1927 年 7 月 12 日，根据共产国际决定，由鲍罗廷主持召开临时政治局会议，对中共中央进行改组，由张国焘（负责）、张太雷、李维汉、李立三、周恩来组成临时中央政治局兼常委。从此，陈独秀就这样不明不白地"靠边站"了，离开了中共中央最高领导岗位，"不再视事"。

【39】

1927 年 7 月 15 日，汪精卫在召开的国民党中央第二十次扩大会上说，共产国际的"五月紧急指示"中有五层意思，"都是有利害的"，"随便实行哪一条，国民党就完了"。随即，汪精卫以共产国际"五月紧急指示"根本危害国民党的生命为借口，煽动"分共""自救"。因此，鲍罗廷认为"汪精卫是看了罗易给他的国际指示后叛变的"，是有道理的。陈友仁在得知这个"五月紧急指示"后，面如土色，说："这意味着国民党同共产党之间的战争。"就是在这一天，苏俄曾经给予大量经费援助的汪精卫宣布倒戈反共，投诚南京政府，史称"宁汉合流"。以此为标志，中国大革命宣告失败。武汉也成为继上海、广州、长沙之后，第四个遭到血洗的城市，100 多名革命志士惨遭杀害，白色恐怖笼罩了半个中国。陈独秀遭到通缉。

【40】

1927 年 7 月 27 日，自 1923 年抵达广州在中国工作了 1371 天的鲍罗廷，在经历了国共从合作到分裂的风风雨雨之后，无奈地带着他庞大的顾问团队撤离武汉，历尽千辛万苦灰溜溜地回到了莫斯科，从此结束了他与中国革命的关系。

【41】

1927 年 8 月 1 日，中国共产党在南昌发动起义，打响了武装反对国民党反动派的第一枪。

【42】

1927 年 8 月 7 日，中共中央在共产国际新派来的代表罗米纳兹的主持下，在汉口召开了秘密会议，即"八七会议"。陈独秀没有接到会议的通知和邀请。会议主要内容有两项：一是批判中共中央的"右倾机会主义路线"，成立了瞿秋白、李维汉等七人临时中央政治局；二是确定了武装反抗国民党的方针。大会通过了决议案《告全党同志书》，无论从政治上、组织上，还是文字上，都没有点名批评陈独秀个人。但这份文件第一次在党的会议文件中正式提出了"机会主义的错误"这个概念，具体是这样表述的："共产国际执行委员会的最近决议，指出我们党的指导做了极大的机会主义的错误……这些错误并不是指各个的偶然的错误而说的，而是说党的指导执行了很深的机会主义的错误方针。"显然，这份决议案根本没有提起陈独秀的姓名，而且也未撤销其中共中央总书记的职务。对于这样的决议，用郑超麟的话说："下层同志也许莫名其妙，但与中央工作接近的人都明白：武汉失败责任不能归独秀一人担负的，独秀退出领导机关，完全出于国际命令。秋白到了上海后，自己也是这般相信，至少表面装作这般相信。他一到上海，二三日内，即去访问独秀，态度又是很恭敬的。"[1]一年后中共"六大"的《政治决议案》明确指出："革命失败的主要原因，就是当时无产阶级的先锋——共产党指导机关的机会主义政策。"当然，这些政策其实都是莫斯科的斯大林和共产国际遥控指挥并决策的，而共产党的指导机关只不过是一个忠实的执行者罢了。

"八七会议"并没有出现任何点名批判陈独秀个人的言论，但与会者心中都知道批评"我们党的指导"、"共产党指导机关"其实都是把矛头指向陈独秀，只是因为陈的威望太高，与会的人都是他的晚辈或碍于情面等原因而没有或不敢直接点名。要知道，共产国际在 7 月份就作出了关于中国革命当前形势的决议，第一次以正式文件的形式把中共领导人在大革命时期所犯错误界定为"机会主义"。决议指出："最近时期，中国共产党的现领导犯

---

[1] 郑超麟：《郑超麟回忆录》，1945 年手稿。

了一系列重大的政治性错误。""党的个别领导人还提出了明显的机会主义口号。""共产国际执委会认为，公开号召中国共产党党员同中央委员会的机会主义作斗争是自己的革命职责。"共产国际还提出了"党的领导的机会主义倾向"这个概念。[1] 在共产国际如此的高压下，很难想象中共中央与会的同志不作出批评陈独秀的表态。后来，主持"八七会议"的李维汉说："应该要他参加会议，允许他进行申辩或保留意见。"周恩来说："'八七会议'的主要缺点是：一、'八七会议'把机会主义骂得痛快淋漓，指出了要以起义来反对国民党的白色恐怖，但到底怎样具体办，没有明确地指出，以作为全党的方向；二、'八七会议'在党内斗争上造成了不良倾向，没有陈独秀参加会议，而把反对机会主义看成是对机会主义错误的负责者的人身攻击。所以发展到后来，各地反对机会主义都找一两个负责者当作机会主义，斗争一番，工作撤换一下，就认为机会主义没有了，万事大吉了，犯了惩办主义的错误。"毛泽东说："斗争方法有缺点：一方面，没有使干部在思想上彻底了解当时错误的原因、环境和改正此种错误的详细办法，以致后来又可能重犯同类性质的错误；另一方面，太着重了个人的责任，不能团结更多的人共同工作。这两个缺点，我们应引以为鉴。"从李维汉、周恩来和毛泽东三个人的回忆来看，尽管"八七会议"在政治上、组织上和会议文件、决议的文字记录上没有看到任何批评陈独秀个人的地方，但在会议发言的过程中对陈独秀的批判还是十分激烈的。这到底是什么原因呢？或许只有一个答案，那就是当时的会议记录专门作出了规定，对涉及批判陈独秀个人的发言不记录在案。

应该说，"八七会议"的决议对陈独秀的评价是客观的，也就是说，大革命失败的主要原因是中共中央忠实地执行（甚至无原则的服从）了共产国际制定的机会主义的错误方针，陈独秀应该承担其领导责任。而共产国际、斯大林只顾苏俄的利益，不顾中共利益，不懂得中国国情现实，遥控中共中央，再加上共产国际驻中国问题的组织和负责人鲍罗廷、罗易等在目标和行动上长期存在分歧，对中共和中共领导人缺乏尊重，在具体工作

[1] 李颖：《陈独秀与共产国际》，湖南人民出版社 2005 年 10 月版第 275 页。

上瞎指挥，导致中国大革命最后以失败告终。而斯大林把革命失败的责任全部推给陈独秀，把陈独秀作为他在中国革命上错误决策的"替罪羊"，显然是违背马克思主义的不负责任的态度和卑劣行径。1930年2月17日，陈独秀在回复共产国际的信中，再次回顾了大革命失败后的心路历程，坦承自己应当担负领导责任，但他坚决不同意共产国际把失败的责任全部推到他一个人身上。他说：

> 自一九二七年中国革命遭受了悲惨的可耻的失败后，我固亲身负过重要责任，一时实感觉无以自处，故经过一年之久，我差不多完全在个人的反省期间。我虽未能及时彻底认清这个失败的教训再找出新的出路，但我本着我亲历的经验，深深知道这种失败是过去整个政治路线之必然应有的结果。然而国际的领导机关却轻轻地把这个失败几乎简单地归过我个人。如果这样便解决了问题，关于我个人当然用不着说什么；但若以个人的责任问题掩盖了全部政治问题，掩盖了失败之真实教训，因而断送革命之前途，其罪实不可恕！
>
> ……
>
> 我的问题不是简单的个人问题，而是关于整个的政治问题，我从中国革命失败的教训中已完全证实五、六年来国际的领导是站在官僚机会主义的路线上，尤其重要的就是你们滥用国际的威信及凭藉官僚机关的权力，继续维持这种路线，不惜破坏一切布尔什维克党组织的原则，不惜恶劣地修改马克思主义的基石、十月革命的根本方法、列宁主义的战术主要教训。[1]

耿介狂狷的陈独秀就是这样的一个内心光明的人，为人处世从不藏着掖着，坦坦荡荡干干净净。大革命失败后，他诚恳地认为"亲身负过重要责任"，而且本着"宁肯旁人骂我们是暴徒是流氓，却不愿意装出那绅士的

---

[1] 陈独秀：《答国际的信》，《陈独秀著作选》第三卷，上海人民出版社1993年4月版第159-160、162页。

强调，出言吞吐，致使是非不明于天下"，所以才直抒胸臆，把真实的情况向大家做一个说明和解释。同时，他拒绝莫斯科将失败的责任推到他一个人身上，也坚决拒绝共产国际提调他到莫斯科去的要求。显然，这样的拒绝是明智的选择。看看斯大林对反对派的残酷肃反和清洗，就完全可以想象得到陈独秀去了莫斯科的命运。

【43】

1927 年 9 月 10 日，这一天是中秋节。陈独秀化装成病号，由汪原放、黄文容、陈啸青等陪同，秘密从武汉登上"公和"号英国轮船前往上海。船上贴着英文布告，大意为：国民政府如果要捕人，本船概不负责。对于离开中共中央总书记岗位后，陈独秀避居武汉贫民窟工棚区内的这段生活和秘密离开武汉在轮船上的状况，汪原放有着非常清楚的记忆。他说："他正赤了膊，披了一大块白布做的汗巾，像一个拉大车的苦力，躺在竹榻上……我和文容等三人伴送陈独秀回上海。陈独秀戴了风帽，装扮成一个病人，躺在上铺，吃饭也在舱内。船到九江，正值中秋，半夜以后，甲板上人少了，陈独秀出来凭栏赏了一会江月。一路上，陈独秀在床上很少开口，他经常喃喃自语的只有一句话：'中国的革命应该由中国人自己来领导'。……他那铁板的脸，紧闭的嘴角，显出倔强顽固的神态。"[1]

【44】

1927 年 10 月上旬，中共中央从武汉迁往上海。在上海，中共中央负责人瞿秋白多次会面陈独秀，敦促陈赴莫斯科，遭到拒绝。或许出于尊重，瞿秋白就邀请陈独秀为新创刊的中共中央机关刊物《布尔塞维克》写稿。陈独秀答应了，随后他再次以笔为枪，在《布尔塞维克》上开设了"寸铁"专栏，长则三五百字，短则百字，针砭时弊，抨击国民党。据不完全统计，自该刊 10 月 24 日创刊号至 1928 年 2 月 27 日，陈独秀在"寸铁"发表文

---

[1] 汪原放：《陈独秀与上海亚东图书馆》，原载上海《社会科学》杂志 1980 年第 5 期。

章约 150 篇。或许因为"靠边站"了，共产国际的"紧箍咒"从此解除，陈独秀成了一个党务和政治的旁观者，因此他给自己取了一个笔名——"撒翁"——撒手不管事的老翁。

【45】

1927 年 12 月 11 日，广州起义爆发。因众寡悬殊，遭到严重损失，起义主要领导人张太雷于 12 日牺牲，起义失败。国民党军重占广州后，进行血腥镇压，5000 余人惨遭杀害。

【46】

1927 年 12 月 17 日，已经脱党的李汉俊和詹大悲同时被武汉卫戍司令胡宗铎下令逮捕，当夜被处决。陈独秀闻讯后，悲痛不已。李汉俊曾以李漱石的笔名翻译了马克思的《经济学批判》、恩格斯的《德国的革命与反革命》等马克思主义理论著作。以知识分子自由主义和无政府主义为理想的他，在脱党后过着学者的生活，北伐期间曾担任湖北省教育系统的高官。遭国民党反动派逮捕后，不待家属营救即被当夜处决，成为第一位倒在敌人枪口下的中共"一大"代表。对此，陈独秀十分惋惜，说："蒋介石连这个合法的人，也不允许他存在，必杀之而后快。"

【47】

1927 年 12 月 26 日，陈独秀在《上海工人》第 43 期未署名发表了一首顺口溜式的新诗《国民党四字经》："党外无党，帝王思想；党内无派，千奇百怪。以党治国，放屁胡说；党化教育，专制余毒。三民主义，胡说道地；五权宪法，夹七夹八。建国大纲，官样文章；清党反共，革命送终。军政时期，军阀得意；训政时期，官僚运气；宪政时期，遥遥无期。忠实党员，只要洋钱；恭读遗嘱，阿弥陀佛。"1928 年 4 月，这首辛辣讽刺的民歌曾在井冈山就被朱毛红军作为抨击国民党反动派的檄文，写在墙报上，流传很广。但当时江西的工农红军并不知道它的作者竟是陈独秀。

【48】

1928 年 2 月 6 日，陈独秀次子陈乔年在上海英租界北成都路刺绣女校秘密主持召开中共江苏省委各区委组织部长会议，因叛徒唐瑞林告密被捕，关押在龙华监狱。"独秀次子乔年，虽不如延年之名震遐迩，但也不失是一个人才。一九二八年春，他在上海与上海总工会委员长郑复他、总工会秘书长许白昊同时被捕。他被捕后，胡适之寄了一封信给蔡元培，大意是说：'独秀是我们的老朋友，虽然这几年来因立场不同，久不问闻，但我们的朋友感情，应还存在。他现在已是望六之人，大儿子已死，仅剩次子，又不幸被捕；在他们自身，或者以为是为主义牺牲，不以为悲，但此子如亡，独秀绝后矣。为主义而酿此悲剧，我辈老朋友岂无同情，故务请老兄极力保救，留其一命。'蔡元培接信后，立刻寄一封保信给当时的警备司令钱大钧；但是不行，乔年终在被捕后一星期后被杀了。"[1] 6 月 6 日，陈乔年与郑复他、许白昊被国民党反动派枪杀，壮烈牺牲，年仅 26 岁，留下有孕在身的妻子史静仪（亦称史精益）和儿子"红五"。他的姐姐玉莹闻讯后从安庆赶往上海，料理弟弟后事，因伤心劳累，几个月后不幸在上海病逝，年仅 28 岁。

继延年被国民党蒋介石杀害之后、乔年又惨遭杀害，陈独秀痛苦至极，几天没有吃饭。如今，对剩下的两个小儿子——17 岁的陈松年和 15 岁的陈鹤年，他再也没有勇气鼓励他们参加革命了。11 月，乔年之子"红五"夭折，短暂的天伦之乐就这样擦肩而过，更令陈独秀酸楚。乔年牺牲后，曾任中共北方区委妇女书记的妻子史静仪经组织安排再赴莫斯科学习，遗腹女陈鸿（小名红星）由党组织托人代为抚养。陈鸿后来改名苗玉，在安徽芜湖农村长大，参加了新四军，1994 年终于在福州找到，也是给英烈的

---

[1] 王唯廉：《关于陈独秀》，原载《现代史料》（第一集），上海海天出版社 1934 年版第 130-132 页。

在天之灵奉上了一点安慰。

【49】

1928 年 6 月 18 日至 7 月 11 日，中共"六大"在莫斯科郊区兹维尼罗镇一座乡村别墅召开。参加会议的有瞿秋白、周恩来、蔡和森、李立三、王若飞、项英、关向应、向忠发、邓中夏、苏兆征、张国焘等。大会检讨了大革命时期和瞿秋白时期的"左"右倾机会主义错误，不仅批评了陈独秀，也批评了共产国际代表鲍罗廷、罗易等。这次大会是由共产国际在 3 月份就决定在莫斯科召开的，本来想在 4 月份召开，但由于当时的白色恐怖，无法在一个月内召集所有代表，就推迟到 6 月举行。同时，共产国际还决定，陈独秀、彭述之等人必须参加"六大"，莫斯科甚至还作出任命陈独秀担任共产国际东方部部长的职位，均遭到陈独秀的严词拒绝。为此，中共中央作了陈独秀很多思想工作，瞿秋白、张国焘、郑超麟、黄文容等也都与他面谈协商，陈坚决不从。他强调指出，大革命一系列暴动的失败主要是莫斯科瞎指挥的结果，"中国人的问题是中国人了解，还是外国人了解？我是中国人，我要研究中国问题，为什么不能在中国研究而要到莫斯科去研究？"[1] 他对张国焘说："八七会议对我的批评如此严厉，足以证明共产国际早有牺牲我的决心，即使出席也势难挽回。"

此时的陈独秀在上海过着隐居的地下生活，闭门深居，想潜心研究他喜爱的文字学，不再参与政治。对于莫斯科和斯大林要他承认和改正所谓的错误，他毅然决然地反对。他说："他们要我写悔过书，过从何来，如何悔之，我不明白，他们为什么不要斯大林悔过呢？我是执行他的训令的，他悔过我就悔过，要我做替罪羊，于情于理都说不通。""你们骂我是右倾机会主义，还有人骂我是叛卖革命，在这种情况下，要我到莫斯科去当什

---

[1] 黄文容:《党的六大前后若干历史情况》，手稿，引自唐宝林著《陈独秀全传》，香港中文大学出版社 2011 年版第 455 页。

么东方部长，岂非揶揄。我不愿当官，更不能当一个被人牵着鼻子走的牛，对你们的好意，敬谢不敏。"对陈独秀如此态度，有人就劝他说："老先生在这点上，你未免过于顽固了。"他回答说："顽固不是我的性格，我认为对的，我是要坚持的，执拗的性质，我是有的，小时候，母亲骂我是个'小犟牛'，但是我知道错了，我并不顽固。把不合理的罪名加在我的身上，纵要我人头落地，我也不会承认。"[1]

斯大林竟然三番五次地邀请已"靠边站"的陈独秀去莫斯科，其用心何在？实在令人难以揣摩。对此，王若飞、彭述之等都同情陈独秀的处境，同意他不去莫斯科。陈独秀拒绝去莫斯科参加"六大"，但他同时表示，不再参加中共领导工作，也不为自己辩护，更不出面批评别人，愿意更多地为中央刊物多写短文章。如果"六大"成绩不错，对共产国际和中共中央将不持反对态度。他预料"六大"能够"改正瞿秋白这种明显的盲动错误"。[2]

在"六大"上，就大革命失败和右倾错误的责任问题，爆发了激烈的争论。王若飞不同意有些人搞文过饰非，把错误推到陈独秀一个人身上的做法，认为应该党中央集体负责。在大会发言时，他批评了陈独秀和瞿秋白的错误，同时对自己在担任中央秘书长期间的工作也作了自我批评。他认为，八七会议、十一月扩大会议批判陈独秀的错误时，不允许陈参加会议是不对的。因此，陈拒绝参加"六大"是情有可原。因此王若飞提议选陈独秀为中央委员。对王若飞的提议，当时有人讥笑他袒护陈独秀，是陈的"尾巴"。王若飞据理力争，非常气愤地说："革命失败了，陈独秀要负主要责任，但我也不是没有责任，我不能像那些事后诸葛亮一样，把责任推给别人，好像自己一贯正确，以布尔塞维克自居，请问你们在紧要关头提出过什么建议！不过也是跟着走罢了。"[3]王若飞因为说了真话，在1929年联共中央开展的清党运动中，以参加了所谓陈独秀的派别活动的原因，

---

[1] 濮清泉：《我所知道的陈独秀》，原载《文史资料选辑》第71辑，中华书局1980年10月版。
[2] 张国焘：《我的回忆》第二册，东方出版社1991年版第366-368页。
[3] 李培之：《飞度关山的人》，原载《人民日报》1982年4月8日。作者系王若飞夫人。

几乎遭到开除党籍的处分（后受严重警告处分）。但王若飞凛然正气的发言还是在"六大"上引起强烈震撼，感动了大家。瞿秋白在"六大"《政治报告讨论之结论》中说：

> 讲到机会主义的责任问题——陈独秀的问题。大家提及了这个问题，使我不得不来说一说。是否由他一个人负呢？大家说不应该，又说他应负一点。这是法律观点。他的思想是有系统的，常有脱离马克思列宁主义的观点。在政治意义上说，是他要负责的。但他的作用在中国革命中始终是伟大的。在武汉他有机会主义的政策，妨害了甚至出卖了工人阶级，这是不错；但当时的中央政治局，是和他共同负责的。至于过去，则"五四"运动的《新青年》杂志以来，他对中国革命有很大的功绩。现在，只说他个人做了错误，在政治上，机会主义应由政治局负责。[1]

"六大"选举成立了新的由 23 名委员、13 名候补委员组成的中央委员会。这个时期，中共党员已经突破十万，可见大革命的失败只是政治的一个层面，革命队伍的发展壮大又是一个层面，陈独秀的功劳不可忽略。"六大"中央委员会选举向忠发、周恩来、苏兆征、项英、蔡和森、瞿秋白和张国焘组成中央政治局。在共产国际的强行要求和限制下，工人出身的向忠发担任中共中央总书记，开创了"唯成分论"的不良风气。年底，蔡和森被撤调往莫斯科，李立三补入常委；次年苏兆征病逝，此后实际控制中央的是向忠发、周恩来、李立三和项英四人，李立三掌握决策权。随后，逐渐形成了"左"倾冒险的"立三路线"。

【50】

1928 年 7 月 15 日至 9 月 1 日，共产国际第六次代表大会在莫斯科召开。在这次大会上，被斯大林流放到阿拉木图的托洛茨基向联共中央和共产国

---

[1] 瞿秋白：《政治报告讨论之结论》，《瞿秋白文集》（5），人民出版社 1995 年版第 610 页。

际递交了一份题为《共产国际纲领——对根本原则的批判》的文件，要求
在大会上散发并恢复其党籍。这份文件旨在批判斯大林和布哈林搞的新《共
产国际纲领》，该文件主要论述了三个部分：一是"世界革命的纲领，还是
一国革命的纲领"，以托洛茨基提出的《不断革命论》批判斯大林的"民
族改良主义"的"一国社会主义"的纲领；二是"帝国主义时期的战略和
策略"，详细列举并论述共产国际成立以来的历次错误及在这个策略指导
下各国革命失败的教训；三是"中国革命的总结与前瞻"，全面总结了共产
国际指导中国革命的路线错误。斯大林同意将在大会上印发这份文件的第
一和第三部分，但严格纪律规定"阅后收回，不准带回国"。历史真的给
斯大林开了一个玩笑，正是他的这个小小举动，竟然再次改变了国际共产
主义运动的历史，成为国际共运公开分裂的滥觞。托洛茨基的这份《共产
国际纲领——对根本原则的批判》，尤其是第三部分"中国革命的总结与
前瞻"，把中国大革命及其后一系列武装暴动的失败归结为共产国际和斯
大林指导和决策的结果，显然这是批判斯大林的一枚重磅炸弹。历史的偶
然就像是一枚跑靶的子弹，轻易就击中了历史的必然。在这个时间节点上，
斯大林确实帮了自己的倒忙。参加大会的中国代表和中国留学生工作人员
（如王文元［即王凡西］）中倾向托洛茨基的人，看了这份文件后备受鼓舞，
设法将第三部分"中国革命的总结与前瞻"复制下来。其他国家的代表也
同样不顾纪律将此文件私自带回国内。此后，许多国家的共产党开始分裂
成为两派——拥护共产国际的共产党和拥护托洛茨基的反对派。在中国，
也不例外。

【51】

1928 年 12 月，遭受斯大林驱逐回国的中国留学生中的托洛茨基派分
子，在上海陆一渊的家中，成立了中国第一个"托派"小组织——"中国
布尔什维克列宁主义反对派"，出版油印刊物《我们的话》（刊名取自托洛
茨基在十月革命前主办的地下革命刊物），连篇累牍地翻译托洛茨基在中国
革命问题上历次批评斯大林和共产国际的文章和文件，把托洛茨基主义介

绍到中国，为中共党的分裂埋下了伏笔。

己巳笔记　1929 年

【52】

1929 年 4、5 月间，彭述之、尹宽、郑超麟等人在"六大"后因支持陈独秀被搁置起来，不再担任领导职务，他们先后集中到上海。当他们在中共中央直属支部工作的归国留学生王平一处看到留学生带回来的"托派"文件，更激起了不满情绪，开始自动地组织并行动起来，接受了"托派"主张。其实，当"八七会议"陈独秀被撤职并冠以"右倾机会主义"的帽子之后，在中共党内中上层干部中就出现了一大批拥护陈独秀的干部，如：彭述之、陈碧兰、尹宽、汪泽楷、刘伯庄、何资深、陆沉、郑超麟、蔡振德、马玉夫、任旭（任曙）等。[1] 他们起初对中央如此批判和处理陈独秀表示不满，企图恢复陈独秀在党内的领导地位，反对瞿秋白为首的新中央，并自称"陈独秀派"。"六大"以前，他们分散各地，没有形成统一的组织，行动上也比较缓和隐蔽。更重要的是，陈独秀不仅根本不支持他们，而且反对他们。陈独秀告诉他们要像他一样，有意见就光明磊落地直接向中央写信或诉说，不要在背后搞小动作；"他是希望秋白、亦农等人，同他一般客观、坦白，大公无私，可以渐渐接受他的意见，而恢复过去的工作精神"；他"相信莫斯科是真诚革命的，虽然对于中国问题认识错误，将来在事实证明之下，仍能觉

---

[1] 彭述之曾担任中宣部部长、顺直省委书记何北方区委副书记，陈碧兰即彭述之的妻子、中央妇女部干部兼任上海区委妇女部书记，尹宽曾任山东省委书记、中央局秘书、江浙区委书记兼宣传部长、安徽省委书记，汪泽楷曾任任江西省委书记、湖北省委组织部长，刘伯庄曾任北京地委书记、北方局委员、湖北省委书记、顺直省委"前委"书记，何资深曾任湖南省委书记，陆沉曾任安源地委书记、中央农运委员、湖北区委农民部长、省农协委员长、江西省委书记，郑超麟长期担任中宣部秘书、《向导》《布尔塞维克》编辑、曾任中央出版部部长，蔡振德曾任湖北省委委员、江苏省委委员，马玉夫曾任上海区委委员兼码头工委书记、江苏省委委员，任旭曾任中央长江局委员、湖北省委代书记。

悟接受他的主张"。[1]

应该说，在受到共产国际不公正批判和中央有关领导人指责的时候，陈独秀是郁闷的，一直处于反思和自省的状态之中。郑超麟清楚地记得，当他第一次看到"托派"文件后，"仿佛有什么电光闪过我的头脑"。陈独秀不是圣人，他也是一个凡人。我们完全可以想象，当他看到托洛茨基的文章的时候，是否也有这种"触电"的感觉呢？一个在遥远的阿拉木图遭斯大林流放，一个被"靠边站"不准参加中央"八七会议"；一个是公开的反对派，一个自称为"撒翁"。此时此际，托洛茨基和陈独秀，真可谓同是天涯沦落人。显然，当陈独秀阅读到托洛茨基批判斯大林推卸承担中国大革命失败责任的文件后，他一年多来反省的问题终于找到了答案，找到了知音。更确切地说，他终于为自己找到了坚决反对共产国际、斯大林把大革命失败的责任全部推到他身上的理由和根据，也找到了大革命失败的根源——党内合作的国共合作路线。他完全赞成托洛茨基对中国革命问题的论述：

过去五年中，没有一个共产党，受共产国际机会主义领导之害有如中国共产党那样酷烈的；

苏联布尔什维克党和共产国际的权威，始而完全帮助蒋介石，反对中国共产党之独立政策，继而又去援助汪精卫为土地革命的领袖；

当反对派宣布中国共产党的中央（陈独秀）在共产国际错误指导下进行一种机会主义的政策时，就说我们是［诬蔑］中国共产党的领导，他们当时认为中国共产党领导是无疵的。[2]

是一拍即合？还是不谋而合？现在，托洛茨基写的"中国革命的总结与前瞻"，无异于帮助陈独秀回击了共产国际和斯大林，他感觉在国际上，终于有人撑腰同情他了，有人给他作出了公正的辩驳，他当然感到

[1] 郑超麟：《郑超麟回忆录》，1945 年手稿，引自唐宝林著《陈独秀全传》，香港中文大学出版社 2011 年版第 462 页。
[2] 唐宝林：《陈独秀全传》，香港中文大学出版社 2011 年版第 463 页。

欣慰。但与其他反对派不同的是，陈独秀也只是接受托洛茨基在大革命失败根源上的主张，对于其他主张，他接受得很慢，尤其在革命性质问题上，他始终持保留态度。也就是说，陈独秀并没有一下子全面倒向托洛茨基主义。但随着国际和国内、党内和党外形势的发展变化，尤其是"八七会议"后党内在共产国际的统制下推行错误路线，党内民主日渐被"斯大林化"完全抹杀后，促使陈独秀逐渐有保留地接受了托洛茨基的路线，转变为托洛茨基主义者，并很快被拥戴为中共党内反对派——"托派"的领袖。

陈独秀是一个思想家，但他不是理论家，他是一个不成功或者不成熟的政治家。他深深地知道"中国的革命要由中国人自己干"的道理，但能开放、敏感地接受外来思想的他却不能创造出把马克思列宁主义的基本原理与中国国情相结合的理论，这是一个致命的弱点，也是他此时盲从地误入了把"无产阶级专政"与"党内民主"相结合的托洛茨基主义，终于酿成了他人生的政治的大悲剧。他的后来者毛泽东，正是站在历史的肩膀上，找到了一条马克思主义中国化的中国道路，走出了一条中国特色的革命成功之路。

【53】

1929 年 7 月 10 日，蒋介石指使张学良派军警包围了苏联驻哈尔滨领事馆，逮捕了苏方人员，以武力收回中东铁路局管理权，致使苏联政府于 7 月 17 日宣布对国民党政府绝交，中苏冲突不断升级直至发生武装冲突，史称"中东路事件"。事件发生后，苏联认为这是美、英、法和其他帝国主义国家利用中国军阀进行的反苏行动。共产国际立即电令中共中央"加紧中小城市工作特别是哈尔滨工作及拥护苏联的宣传"。李立三主持的中共中央立即服从国际指示，提出了"拥护社会主义苏联"、"反对帝国主义向苏联进攻"、"武装保卫苏联"等一系列不顾及中国民族利益的口号。对此，在大革命失败后长期沉默的陈独秀改变了"不为自己辩护，不再反对中央"的承诺，在 7 月 28 日、8 月 5 日和 11 日接连给中央写了三封信，就"中东路事件"的性质和宣传口号提出了不同看法。在陈独秀看来,"中东路事件"不是简单的中俄两国间的纠纷,而是国际纠纷的导火索。无论是苏联和其他帝国主义采取进攻或退让的政策,中国都必然成为他们争夺中东路的战场,战争中直接受蹂躏的自然是中国人民。他严厉批评并坚决反对中央把"武装保卫苏联"的口号当作共产国际的头等任务,认为这不符合当时中国共产党的民族利益,应该向普通民众解释清楚,在当前国际形势下,蛮横地收回中东路,看似维护民族利益的爱国之举,实则是国民党"戴着拥护民族利益的假面具来欺骗民众",导致中国东北为世界战场,对中国百姓有百害而无一利。应该向群众宣传国民党政府对于中东路的误国政策,向群众宣传苏俄与帝国主义不同,苏俄是反帝大本营,是压迫民族联合战线的领导者;如果口号离开这一导向,其结果"反而使群众误会我们只是卢布作用"。应该说,陈独秀的这种宣传策略是正确的。但陈独秀反对"武装保卫苏联"的口号,立即遭到共产国际的指责,骂陈独秀是个"十分明显的机会主义者","现在正在成为聚集党内所有对立的机会主义分子的中心"。[1]

实际上,苏联以共产国际名义命令中共中央开展"保卫苏联"运动,正好落入了蒋介石"一石三鸟"的圈套——一方面向英美帝国主义国家讨好以得到援助,一方面假借维护国家权益作出佯攻苏联的姿态使中国共产党在国家主权大义上无法面对人民群众,还有更为重要的一点就是蒋介石"借刀杀人"以战争削弱东北张学良的军事实力。"中东路事件"在折腾了一个月后,以苏联诉诸武力、张学良"揭白旗投降"告终。其间,德国全程参与了中俄之间的调停。时任驻德公使事后愤怒地说:"东三省各负责者真可杀矣!无故挑衅,又无故投降,辱国丧权,莫此为甚!"由此可见,陈独秀当时反对"武装保卫苏联"的口号,是符合客观实际的,是符合民族和国家利益的,也是符合中国共产党的利益的。但就这样本来是一个具体的关于宣传方法和策略上的不同意见,却被共产国际上升为政治路线和原则上的分歧,并加速了共

---

[1]《共产国际、联共(布)与中国革命档案资料丛书》第八卷,北京图书馆出版社 1998 年版第 228-230 页。

产国际要求中共中央进一步处理陈独秀的决心。

【54】

1929 年 8 月 24 日，彭湃、杨殷、颜昌颐、邢士贞在上海租界被捕，六天后被秘密枪决。闻讯后，陈独秀心情十分悲痛，和他曾经一道战斗的战友，像他的两个儿子一样，为革命英勇献身。

【55】

1929 年 8 月 28 日，共产国际代表找陈独秀谈话。会谈不欢而散，最后国际代表"拿开除党籍的话"威吓陈独秀，阻止他"发表意见"。

【56】

1929 年 10 月 5 日，中共中央政治局召开会议，通过了《关于反对党内机会主义与托洛茨基主义反对派的决议》，决议指出陈独秀 8 月 5 日的信，"完全推翻共产国际指导中国革命的一贯的列宁主义路线；完全推翻六次大会与中央对于目前的根本策略而走到了可耻的取消主义！"决议第一次提出了"托陈取消派"这个称呼，逐条批驳了"托陈派"的"取消主义"观点，宣布他们的罪名是："公开的反共产国际、反六次大会、反中央、反党的路线。"在组织上，决议还批评"独秀同志也在未经中央决定以前，把他写给中央的信，自由在同志中间宣传，这是列宁党所不能宽恕的破坏党的行为"。中央在组织上作出决定，"独秀同志必须立即服从中央的决议，接受中央的警告，在党的路线下工作，停止一切反党的宣传与活动。"10 月 6日，中央再次向陈独秀发出书面警告，"必须站在党的利益上立即停止这种活动"，"在党的政治路线之下，在中央担任编辑工作"，还要求他写一篇反对反对派的文章。

10 月 10 日，陈独秀拍案而起，以写信的方式，向中共中央常委会表达自己的意见。他严厉地说："我现在正式告诉你们：在你们，绝对没有理由可以开除发表政治意见的任何同志；在我，只知道马克思列宁主义的真理，为全世界无产阶级革命利益，结合下层的革命群众和机会主义上层领导机关奋斗，而不计其他！我还要告诉你们：党内的重大政治问题即领导机关政治路线根本错误的问题，决不应该用组织纪律（列宁曾说，无产阶级革命政党的纪律，是要有正确的政治领导为先决条件方会实现，否则一定会变成废话；你们忘记了没有？）来掩护所能解决的；若用这样的方法无理由地开除同志，如果由此造成党的分裂，是应该由你们负责的！"

【57】

1929年10月25日，中共江苏省委与上海各区党团书记召开联席会议，通过了《开除彭述之、汪泽楷、马玉夫、蔡振德及反对党内机会主义与托洛茨基反对派的决议》，并请求中央开除陈独秀。26日，陈独秀和彭述之二人联名致信中共中央政治局，对中央路线和策略再次进行了猛烈攻击。同时，他们公开打出了反对派的旗帜，向中共中央发难：

你们说我们是反对派，不错，我们就是反对派！我们的党此时正需要反对派，而且正需要勇敢的对革命对党负责的反对派，坚决的不和机会主义冒险主义威吓手段欺骗手段腐败官僚的领导机关同流合污，为了革命的利益，为了阶级的利益，为了党的利益，而绝不计及自己个人的利益，尽量的发表正言谠论，使马克思列宁主义布尔什维克在中国有一线之延，使全党党员及全无产阶级的群众不至对党完全失望！

【58】

1929年11月15日，中共中央政治局会议通过了《关于开除陈独秀党籍并批准江苏省委开除彭述之、汪泽楷、马玉夫、蔡振德四人决议案》。因为陈独秀还是共产国际"四大"选出的执行委员会委员，因此开除陈独秀的党籍还必须得到共产国际的批准。因为共产国际远东局在开除陈独秀的问题上依然"抱有幻想"，与中共中央之间发生分歧。12月24日，中共中央政治局召开特别会议，指责"远东局从根本上忽略了中央旨在反对右的倾向的基本路线和工作，远东局在陈独秀问题上犹豫不决，摇摆不定"，会议决定"把这个问题提交共产国际解决"，甚至说"至于如何发展中国革命，这个问题我们也需要在莫斯科解决"。可见，李立三主持的中共中央还是多么的幼稚和教条，依然没有认清"中国革命要中国人自己来干"的现实。

【59】

1929 年 12 月 10 日，陈独秀散发油印的《告全党同志书》，对中央开除他党籍的理由进行了批驳。开头就说："我自从一九二〇年（民国九年）随诸同志之后创立本党以来，忠实的执行了国际领导者斯大林、季诺维也夫、布哈林等机会主义的政策，使中国革命遭到了可耻的悲惨失败，虽夙夜勤劳而功不抵过；我固然不应该效'万方有罪在予一人'可笑的自夸口吻，把过去失败的错误而将自己除外。任何人任何同志指摘我过去机会主义的错误，我都诚恳地接受。'我绝对不愿为要拥护我个人的错误（自从"八七会议"到现在，我不但对于政治的批评不加掩护，即对于一切超过事实的指摘，也以为是个人的细故，默不答辩），而使过去无产阶级付了重价的苦经验埋没下去，得不到一点教训'。……长期追随列宁学习的如斯大林与布哈林，现在也犯了可耻的机会主义；像我这样浅薄的马克思主义者，更何可自满，一旦自满，便是自己阻住自己的进步。"他认为自己"不自觉的做了斯大林小组织的工具，未能自拔，未能救党，未能救革命。这是我及我们都应该负责任的"。他指出"立三路线"是"甘心做斯大林的留声机器"。最后，陈独秀沉痛地表示："我宁愿今天被李立三等少数人开除我的党籍，而不愿眼见党的危机而不力图拯救，将来要受党员群众的责备。我宁愿心安理得的为无产阶级的利益而受恶势力几重压迫，不愿和一切腐化而又横暴的官僚分子同流合污。"[1]

---

[1] 陈独秀：《告全党同志书》，《陈独秀著作选》第三卷，上海人民出版社 1993 年 4 月版第 85-103 页。

1929 年 12 月 15 日，陈独秀发表由他修改定稿的《我们的政治意见书》，号称有 81 人签名，实际上真名实姓的不过三分之二。这是陈独秀领导的中国"托派"第一次集体亮相，直接抨击共产国际和斯大林，并要求共产国际召回托洛茨基等反对派，恢复他们的党籍和工作，同时要求"恢复中国党因反对机会主义路线而被开除的同志之党籍"。对此，中共中央随后在《红旗》杂志连续发表文章，对《我们的政治意见书》进行了猛烈批判。

【61】

1929 年 12 月 30 日，共产国际执委会在莫斯科召开政治书记处会议，"主席团认为中共中央关于开除陈独秀的决定是正确的。把这个决定通知中共中央，并给陈独秀在两个月期限内向国际监委提出申诉的权利，让他自己来说清楚问题。"

庚午笔记　1930 年

【62】

1930 年 1 月 18 日，共产国际根据斯大林、莫洛托夫等 16 位主席团委员"飞行表决结果"作出《中共中央转陈独秀》的电报，全文如下：

共产国际执行委员会政治书记部，决定予你机会来参加本政治书记部审察中国共产党中央开除你的党籍的决定的会议。共产国际政治书记部讨论这一问题的会议，将于两月之内举行。共产国际政治书记部将这一决定转告你，请你尽可能的快点经过中共中央转告此间你是否愿意前来参加。如果你对此提议置之不理，不来参加这一会议，或得不到你的答复，这一问题将提到共产国际主席团的会议日程中去讨论。

由此可见，莫斯科在处置陈独秀的问题上确实存在不可预知或者无可告人的秘密。陈独秀故意拖延了十天，在 2 月 17 日才写了一封回信，对莫斯科的做法表示了极大的不理解和愤怒，严词拒绝。陈独秀知道，作为"替罪羊"，不听招呼的他如果去了莫斯科，等待他的不会有什么好果子吃。陈独秀说："我坚决不去！中国的问题，中国同志最了解，不能跑到外国去同外国人研究中国问题。研究中国，材料都在中国，让我到外国去，材料都没有，我怎么去研究呢？"他还说："他们要我去苏联，并非真的让我去研究讨论问题，而是排挤我！"

【63】

1930 年 3 月 1 日，"中国共产党左派反对派"机关刊物《无产者》创刊。他们被称作"无产者社"。随后，刘仁静、王文元创办《十月》，被称作"十月社"。他们与此前成立的"我们的话派"和 12 月份成立的"战斗社"一起，形成了中国"托派"小团体。但自从"托派"组织在中国出现的那一刻起，内部就开始了五花八门、乌烟瘴气的斗争。因为各自加入动机的不纯，有的"为了党内不易得志，企图到新方面去找出路，有的在白色恐怖的猖狂中害怕了革命，把反对派看作了退却的一块垫脚石；又有些人，只想利用反对派的更左的名义，藉以掩饰自己的消极，使自己的脱党心安理得"。对此，陈独秀是毫无思想准备的。被中共中央开除的他是在备受批判和指责、冷落和嘲讽、孤独和狂傲、自尊和自哀的大郁闷、大苦闷、大愤懑中，无奈地与中国"托派"小组织走到了一起，试图寻找到一条自己的道路来实践和实现自己的革命理想，而"身在此山中"的他哪里知道，这只是一个幻想或者空想罢了——"托派"不可能成为他、更不可能成为中国革命的救命稻草。

【64】

1930 年 7 月 17 日，陈独秀的第一任妻子高大众在安庆老家病故，年仅 54 岁。这是一位英雄的母亲，至死她都不知道两个担任中共省委书记的儿子已经壮烈牺牲。

辛未笔记 1931 年

【65】

1931 年 5 月 1 日至 3 日，在陈独秀的协调下，中国共产党左派反对派的四个小组织在上海举行统一大会，出席代表 17 人，列席代表 4 人，代表当时中共反对派 483 名成员。5 月 5 日，"中国共产党左派反对派"（简称"托派"）中央委员会第一次会议选举产生了全国执行委员会 13 名（其中 9 人为正式委员，4 人为候补委员）。陈独秀当选书记处书记、陈亦谋担任组织部长、郑超麟担任宣传部主任、王文元担任党报主编、宋逢春担任秘书，上述 5 人组成常委，罗汉、张九、彭述之、濮德治（又名濮一凡、濮清泉）为执委。当时，"托派"分子共有 483 人。但"托派"自成立的那一天起就从来没有真正的在政治上、思想上和行动上取得统一。"无产者社"、"十月社"、"我们的话派"和"战斗社"四个小组织的大多数成员系在大革命高潮中入党的年轻党员和莫斯科归来的留学生，鱼龙混杂，自我标榜是"托派"正宗，互不妥协，追名逐利，自以为是地窝里斗，且未经生死考验，令陈独秀焦头烂额。

【66】

1931 年 5 月 21 日夜，因为马玉夫叛变向国民党警探机关告密，13 名"托派"成员被逮捕。它的中央书记处除陈独秀之外，其他四人均被捕。同年 7 月，陈独秀吸收尹宽、蔡振东等组成新中央，不料到了 8 月，尹、蔡二人也被捕了。"托派"接连遭受重大打击，只剩下陈独秀和彭述之二人硬撑着，苟延残喘。

【67】

1931 年 9 月 5 日，陈独秀创办"托派"中央机关刊物《火花》，油印。

【68】

1931 年 12 月 5 日，陈独秀创办《热潮》周刊，铅印。这是陈独秀办的最后一份刊物，截至 1932 年 1 月 23 日，共出版了 7 期。陈独秀以"顽石"、"三户"笔名，发表旨在推动抗日民主救国、声讨和谴责日本侵华罪行、主张对日宣战、抨击国民党政府不抵抗政策和出卖民族利益的文章 12 篇、时事短评 102 篇。他说："我们相信，民众的热潮具有大炮飞机以上的力量；被压迫民族能够而且只有拿这一力量来湮灭帝国主义的凶焰，湮灭它一切敌人！"

【69】

1931 年底，陈独秀的第二任妻子高君曼因患子宫癌在饥寒交迫中凄然病故，年仅 43 岁，葬于南京清凉山下。高君曼和陈独秀生有一子一女，子名陈鹤年（陈哲民），小名黑子；女名陈子美，小名喜子。自 1924 年国共合作实现后，主持中共中央工作的陈独秀党内党外的工作更加繁忙，一方面他要处理协调好国民党和共产国际的关系，一方面还要领导革命运动，焦头烂额之中他只能领取组织上供给的三四十元津贴，根本无法维持一家四口的生活开销，主要靠在亚东图书馆 1922 年出版的《独秀文存》的稿费度日。1924 年底，为了节省开支，高君曼带着两个孩子来到南京，借居娘家在东厂街（今秀山公园旁）的两间破草屋居住，每月靠陈独秀寄去 50 元作为生活费，贫病交加，苦不堪言。陈独秀对高氏姐妹都没有尽到做丈夫的责任，两个妻子生病临终时他都身处"地下"，没有看到最后一眼。1993 年冬，经多方努力，高君曼的墓冢终于找到，迁往南京黄金山公墓安葬，并树碑纪念。

壬申笔记 1932 年

【70】

1932 年 1 月初，陈独秀以中国"托派"的名义发表《告全党同志书》，呼吁一切共产主义者在所有工运、学运、反日运动、国民会议斗争、反国民党斗争以及苏维埃运动中"联合行动，不加任何形式的阻止与破坏，以便统一我们的力量向阶级敌人进攻。我们（左派反对派）在一切行动中准备和全体同志携手前进"。随后，陈独秀又致信中共中央，说："任何同志，谁还固执教派精神，拒绝合作，他将会在革命之前铸成莫大的罪恶。因此，我们向党提议，马上召开一个联席会议，以决定在群众行动中一致步骤问题，希望你们不要使革命的群众失望。"被中共中央开除党籍的陈独秀在国难当头的艰难时刻，主动倡议与中共中央联合行动进行反蒋抗日斗争，表现了一个政治家的风范。但陈独秀的倡议没有得到以王明为首的中共中央的认可，反而说他是"反革命派"。而从另一个角度来考察，陈独秀尽管被李立三中央开除党籍，但他始终把自己当作一名共产党党员，只不过是一名党内的"反对派"而已。而共产国际关于是否开除陈独秀执行委员会委员资格和是否同意中共中央开除其党籍的问题，斯大林因为国内政治斗争越演越烈，自始至终没有形成一个法律性的文件和决议，也就不了了之了。

【71】

1932年1月28日，蒋介石复出。同日，日军在上海发动进攻，蒋光鼐、蔡廷锴指挥的第十九路军英勇抗敌，"一·二八"上海抗战爆发。30日，蒋介石迁都洛阳。

【72】

1932年10月15日，"托派"新的中央"常委"四位委员彭述之、罗世藩、濮德治、宋逢春在位于上海虹口东有横路春阳里201号（今东长治路211弄）秘书谢少珊的家中开会，被国民党中统机关侦讯后，与法租界巡捕一起联合行动，将他们全部逮捕。这是中国"托派"组建以来，第三次遭破获并逮捕。在白色恐怖下，他们的厄运自然与他们死守城市的教条原则密切相关，而内部人员的不团结、贪生怕死，以致变节当叛徒出卖同志，最终导致"托派"名存实亡。

面对这样一个涣散且毫无战斗力的组织，陈独秀这样元老级的人物，最终也没有逃脱被叛徒出卖的厄运，遭遇了人生第五次逮捕，并于1935年

1月在狱中又遭遇了中国"托派"开除党籍的威胁和警告。

结语

这就是 1922 年至 1932 年的陈独秀，这就是中国共产党正处于成长期的陈独秀。挫折，失败，经验，教训，以致流血牺牲，都是历史的苦难赋予那一代人必须付出的责任和代价。回望他们，不！仰望先人，我们内心宽容而充满敬畏。

风风雨雨，是是非非，这十年，陈独秀一路走来，真的太不容易。拍案惊奇也罢，扼腕叹息也罢；爱也罢，恨也罢，这就是陈独秀的历史，这就是历史的陈独秀。

这十年，从政治角度讲，陈独秀一而再再而三地"服从"共产国际，却没有找到一条符合中国国情的革命道路，没有形成中国革命自身的革命理论。大革命失败，他坦承执行错误的右倾机会主义路线并负有主要领导责任，郁闷反省思过。但他的革命信仰依然坚定如一，忠诚不变。

这十年，从家庭角度讲，陈独秀两个儿子、两任妻子、一个女儿和一个孙子，六位亲人接二连三地或壮烈牺牲或凄然病故。但他没有因此改变最初的信仰，没有停止革命的步伐，他踏着儿子和战友用鲜血染红的道路继续斗争，历尽苦难痴心不改，像一头倔强的老黄牛，倔脾气也一丝不改。

十年的坎坎坷坷，十年的大苦大悲，十年的阴晴圆缺，十年的悲欢离合，如今，陈独秀又走进了监狱，走进了他的研究室——"出了研究室就入监狱，出了监狱就入研究室。这才是人生最高尚最优美的生活。从这两处发生的文明，才是真文明，才是有生命有价值的文明。"这是一句哲言？还是一句谶语？

1932 年 10 月，在过了十年隐姓埋名相对比较安全却一天也没有安稳的日子之后，陈独秀又开始了他"人生最高尚最优美的生活"了，而这十年的风风雨雨是是非非，或许只能化作惊天地泣鬼神的一声叹息了。

天才贡献于社会者甚大，而社会
每每迫害天才。成功愈缓愈少者，
天才愈大；此人类进步所以为蚁
行而非龙飞。

——陈独秀（1933 年）

第六章

艰难气若虹

第五次被捕

被捕 @ 叛徒出卖亦宽容　［关键词：坦然］

笔记 A　出卖与逮捕

在人类词典里，没有什么词比"叛徒"更可耻、更令人愤恨的了。

陈独秀的第五次被捕就是被叛徒出卖的。这也是他最后一次被捕入狱。

遭国民党悬赏通缉已经五年之久的陈独秀，以单线交通的方式藏于"地下"，涉险逃过了一次又一次的搜捕，此时他的赏金已经高达三万大洋。

1932 年 10 月 15 日，陈独秀正在岳州路永兴里 11 号楼上简陋的家中执笔写作《谁能救中国？怎样救中国？》，比他小 29 岁的妻子潘兰珍因为跟他吵嘴，赌气回到浦东的娘家去了。在他的眼里，年轻漂亮的妻子其实还像是一个淳朴的孩子，时不时跟他闹点小别扭，他其实也没往心里去。他知道，过不了几天，她还会高高兴兴地回来，说不定还带来一些新鲜的水果和蔬菜给他尝尝鲜。这些年，政治上的失意和失败，已经令他十分郁闷，幸亏还有这老夫少妻的生活给他平添些许激情和浪漫。

陈独秀和潘兰珍是 1930 年下半年相识的。当时，因躲避通缉，陈独秀搬迁到熙华德路（今长治东路）一座石库门房子的前楼居住，化名李先生，来自南京。与他一墙之隔比邻而居的就是潘兰珍。潘是江苏南通人，1908 年生于一个贫苦的农民家庭。4 岁随父母逃荒来到上海，13 岁即在纺织厂当童工。长大后，她的爱情被人欺骗并遭抛弃，而生下的小孩不久就夭折了。如今，一个是东方巨擘式的大师，一个是大字不识的少妇；一个是政治上的失落者，一个是情感的沦落人，两人奇妙地相聚在这里，天长日久，你帮我洗衣浆衫，我教你读书识字，他们生活上相互关心，情感上惺惺相惜，内心的距离逐渐超越年龄的障碍，走到了一起。但陈独秀从来没告诉潘兰珍自己的真实身份，而潘兰珍对这位"李老头"也从来没有怀疑过。1931年的一天，潘告诉陈，听楼下的邻居说楼上住着一位"老西"（C.P. 即共产党）。说者无心，听者有意。陈独秀赶紧叫郑超麟帮他找了一个新住处，搬到周家嘴一个弄堂顶头裁缝铺的前楼。因为安全的考虑，不久陈独秀又带着潘兰珍搬家到现在永兴里11号的二楼上。

这些日子，陈独秀肝火旺盛，脾气又大，跟潘兰珍说话就不知轻重，因为一点小事两人就争执起来，气得她回了娘家，气得自己的老毛病胃溃疡又犯了。本来10月15日要到虹口区东有横路春阳里201号谢少珊的家中参加"托派"中央委员会会议的，因为生病，他也就请假不去了。但也就在这一天，国民党中统特务侦讯发现了"托派"的行动，立即与法租界巡捕联合行动，将与会的"托派"中央常委彭述之(化名张次南)、罗世藩(化名王兆群)、濮一凡（亦名濮德治、濮清泉）、宋逢春（化名王武）、谢少珊（亦名谢德磐）五人全部逮捕，"抄获文件三箱一网篮"——书籍580本、"托派"文件22份。令国民党中统特务机关负责人徐恩曾没有想到的是，他们这次带有一定偶然性的联合行动，竟意外地成为一次收网行动，一次性逮捕"托派"分子11人，不仅对"托派"造成了致命性一击，而且制造了一个爆炸性的大新闻——逮捕了悬赏已久的陈独秀。

国民党中统特务机关是如何获得这样的情报的呢？其实说起来还有一些偶然和意外。作为"托派"常委之一的濮一凡，此前被捕保外就医后，仍然被特务秘密跟踪。有一天他的妻子张颖新在路上碰到了过去在莫斯科留学的同学费克勤。久别不见，十分愉快，张就很客气地约费到家中来玩。可那天正好陈独秀借濮一凡家约见友人，让费撞见了。当时大家也没当回事，可事情就坏在这里。他们哪里知道费克勤从莫斯科回国后即遭逮捕，经不起酷刑折磨后向国民党中统特务徐恩曾写了"效忠保证书"。因为她并不知道中共和"托派"党内秘密，就与已经叛变的原"托派"小组织"战斗社"的骨干分子徐乃达、盖叔达等人加入中统。就这样，费克勤将陈独秀和濮一凡的活动情况立即报告了徐恩曾，经过秘密跟踪后，遂在10月15日突然袭击抄了"托派"的老底。[1]

自陈独秀担任"托派"领导以来，"托派"中央已经先后两次遭到破获，他都得以幸免。但这次却没有那么幸运了。由于唯一知道陈独秀住址的"托派"中央常委秘书谢少珊的叛变，不仅当即供出了其他四人的真实姓名和政治身份，而且表示"甘愿自首，并可将共产党首领陈独秀拘捕到案"。随后，这天傍晚7点钟，中统特务和租界巡捕警员拿着谢少珊提供的地址来到岳州路永兴里11号的二楼，将卧床休息养病的陈独秀捕获，并"查获中、日、俄三国文字之共党文件甚夥，连陈一并带入捕房"。面对巡捕房警员的突然袭击，行无愧怍的陈独秀已经习以为常，从容淡定，没有做任何反抗，只是强调身体有病，恐难以服刑。

暮霭四合，天阴沉沉。已经54岁的陈独秀，迩以多病，貌甚清癯，唇蓄微髭，发已斑白，穿着淡蓝色哔叽长衫，戴着淡黄色呢帽，跟随警探来到嘉兴路的租界捕房。一进门，他就发现彭述之、罗世藩、濮一凡和宋逢春已经关押在这里，这才知道大事不好，自己领导的"托派"中央遭受了灭顶之灾，几乎被一网打尽。但见了大家，他依然十分坦然乐观地开玩笑说："嗨！原以为就我一个人被捕，没想到你们都来了。这下我可有伴了，可以松快松快了。"当大家谈及谢少珊的叛变时，他竟然没有丝毫愤怒和怨恨，甚至连责怪都没有，表现出与众不同的宽容和革命家的淡然，说："这孩子胆小，上一回逮捕，他就表现出来很慌张，很不成熟。"[2]

因为谢少珊的叛变，"托派"中央另外几处机关、外地组织联络站和机关刊物《火花》的印刷所，也都被一一查获。至16日夜12时，警探又捕获了"托派"骨干成员梁有光、王子平、何阿芳、王鉴堂、郭景豪（彭道之，彭述之弟弟，年仅21岁）五人。谢少珊因叛卖有功，领取了丰厚的赏金，免予关押起诉，还感恩戴德地改名"谢力功"，加入"中统"（后转入

---

[1] 濮清泉：《我所知道的陈独秀》，原载《文史资料选辑》第71辑，中华书局1980年10月版。
[2] 唐宝林：《陈独秀全传》，香港中文大学出版社2011年版第600页。

"军统")。濮一凡回忆说:"此事轰动一时,人们称为'陈彭案'。根据后来推断,此案是由国民党特务黄麻子,纠合几个由莫斯科中山大学回国的盖叔达、费克勤和由东方大学回国的徐乃达等尾随濮德治,侦知常委会地址,于是来个紧急逮捕。这些不齿于人类的东西,目的是要抓到陈独秀,才能得到国民党三万元的赏金,于是威胁利诱,征服了软骨小犬谢德磐。后来听说这些走狗,为分得奖金打得头破血流,而黄麻子在上海过了几个月的糜烂生活,就被中共红色恐怖队送上了西天。"[1]

10月17日,除叛徒谢少珊外,陈独秀、彭述之等十人均被送往江苏省高等法院在上海的第二分院预审。

10月18日,上海《申报》对陈独秀等的被捕情况在第一时间作了详细报道,兹全文照录:

共产党内有所谓托辣司基派者,[2]在沪组织青年团委员会,[3]举有委员五人,处理党务。陈独秀实为此派领袖,废纵指使,该党党员咸惟马首是瞻,其委员会规定每星期开常委会一次。迩来陈以体弱多病,每值会议及指导工作,则由谢少珊代理。当局以该党专事宣传赤化,且陈独秀早经政府通缉有案,爰严令警务人员密查拿办,以遏乱萌。最近始由市公安局侦悉陈及该党重要分子匿居公共租界与法租界各处,经公安局长文鸿恩咨由第一特区地方法院掣发搜查票、拘票,派总巡捕房政治部探员会同嘉兴路捕房中西探员,于十五日(上星期六)午后二时半,开始活动,费两昼夜之时间,至十六日午夜止,凡该党著名人物,大都截获,搜出之宣传共产文件书籍,尤为汗牛充栋,诚可谓自清共以来第一起巨案也。兹述破获各处机关及审讯情形如次:

春阳里获五人 上星期六午后二时半,中西探员奉法院搜查票及拘票,先往东有恒路春阳里二百十号屋内拘获粤人谢少珊(二十一岁)、皖人王兆群(二十七岁)、湘人张次南(三十四岁)、皖人濮一凡(二十八岁),及河

---

[1] 濮清泉:《我所知道的陈独秀》,原载《文史资料选辑》第71辑,中华书局1980年10月版。
[2] 即托洛茨基,以其为领袖的派别简称"托派"。
[3] 指陈独秀等组织的"中国共产党左派反对派",即中国"托派"。

北人王武（三十五岁）等五名，抄出各项文件一百零六件，俄文共产书籍三十四种，带回嘉兴路捕房羁押。而此五人中，张次南其原名实为彭述之，并闻谢少册又名谢德培。

陈独秀之形状 春阳里搜查后，即赴岳州路永吉里十一号搜查时，陈独秀正在室内，该探等立予逮捕，并在其室内抄出中、日、俄三国文字之共产文件甚伙，连陈一并带入捕房。陈为皖人，现年五十四岁，迄以多病，貌甚清癯，唇蓄微髭，发已微斑，衣淡蓝色哔叽长衫，戴淡黄色呢帽。被拘入捕房后，捕头诘悉其有病，当派探送往工部局医院，旋经医生诊察得厥疾并不甚剧，认为尚可受鞠。

搜查濮之寓所 招商局秘书长编译员濮一凡，在春阳里被捕获，经捕房查悉其寓于法租界圣母院路商福里二百二十二号，遂由承办探员驰往法捕房，警请协助。旋与法探捕同赴濮家搜查之下，发现共党文件三十余种，即被带回捕房。

西捕跳窗追逐 十五夜十一时，中西探捕密往新闸大通路斯文里一千零四十四号掩捕余党，当获广西人梁有光一名，尚有两人则从其室内窗口跳跃而逃，比经某号西捕亦即越窗追逐，卒被迫获皖人王晓春[1]一名（三十岁），其余一人终被免脱无踪，旋将室内搜查，共抄出文件二十八种，连同梁、王一并带回捕房，严予羁押。

翌日续行搜捕 捕房探员于次日自晨至暮，继续工作，先往唐山路业广里三百三十五号拘获温州人王子平、何阿芳两名，抄出俄文各件七十八种；继赴法租界福履理路建业里二十二号，拘获鲁人王鉴堂一名，抄出文件书籍十种及复写纸一张，是纸仅用过一次，其字迹犹可辨认，全为宣传共产之文字；嗣赴白克路修德里五百三十二号搜查，则住于屋内者已闻风逃逸，留有字条一纸在室，所书字句，致系通知同党，某地机关已破，着勿再往云云。此外并抄获文件八种，尚有霞飞路二百八十四号、东嘉兴路善吉里三号，及白克路三百九十四号弄某号门牌等三处均系若辈匿迹所在，迫往搜查，皆已预先逃避，且复不留一物，故此三处，一无所得。

---

[1] 王晓春系化名，即彭道之。

起诉被告案情　昨晨，捕房将陆续所获陈独秀等十一名，押解江苏高等法院第二分院，至各种文件书籍，亦以汽车运送法院，旋由赵钲镗推事升座第一法庭，将各犯提案。捕房为使庭上易于明了起见，于各被告前胸缀一数字号码，如陈独秀被捕时为第六，遂作为第六被告而缀以六字号码。因陈犯病，特准其就坐。当由捕房律师厉志山陈述破案经过，末乃谓现依据危害民国紧急治罪法第二条第二款及同法第六条起诉，查被告陈独秀于民国十一年及十二年[1]曾两次在法租界因宣传布尔希维克主义[2]被前法公廨处罚，初次罚金一百元，二次罚款四百元；王兆群于十八年因案曾被惩办；王武前亦因共产案捕解警备司令部讯办，兹则尚须调查，请求改期云云。

　　不能不佩服《申报》的记者，如此深入详细的报道，在传媒发达的21世纪的今天也足够抢眼球的了。尽管陈独秀等11人的被捕经过不算太曲折离奇，但从中可见"地下"生活的艰难险阻，没有一点牺牲精神的人是不能干革命的。

　　陈独秀第五次被捕，揭开了20世纪中国现代史上第一大党案的序幕。

笔记 B　罪与罚

　　这是陈独秀在上海法租界第三次遭到逮捕，他还能不能像前两次一样上交一定的罚金之后交保获释呢？而他遭逮捕的原因到底是因为"罪"还是因为"罚"呢？

　　现在的问题是法律的管辖权问题，陈独秀无法像第三次被捕和第四次被捕找到像巴和那样的法国大律师来为他辩护了，而更为重要的是这次法院判决的不是陈独秀具体犯了什么罪的问题，而是"引渡"的问题。也就是说，陈独秀在租界被外国当局逮捕、判刑入狱了，那倒不用怎么害怕，说不定像

----

[1] 这里说的"民国十一年及十二年"有误，指陈独秀1921年和1922年两次在上海被捕。
[2] 即布尔什维克主义。

从前一样,通过舆论和政治的压力将事件上升为中国与外国之间的民族、外交冲突以及争人权和民主自由的矛盾,再加上一点罚金就有可能保释出狱;但是,如果把陈独秀引渡到国民党政府当局来审判,那陈独秀的性命就危险了。因为,自1927年国民党"清共"以来,凡捕获到著名共产党员,无不军法处置,格杀勿论。陈独秀的两个儿子延年、乔年就是惨死在蒋介石的枪口之下。这也正是陈独秀等人全体在法庭上坚决抗议和抵制引渡的原因。但陈独秀等的抗议无法抵挡参加会审的上海市公安局代表们坚决要求引渡的意见,理由是"系政府通缉在案之要犯",而且查明亦有"前科",有的则所犯案已越出租界管理的范围,适用于"危害民国紧急治罪法第二条第二款及同法第六条"。于是,法院当即裁决陈独秀等"移提"即引渡给上海市公安局。租界这个"保护伞"对陈独秀等人来说,现在已经完全失去。

10月18日下午2时,陈独秀等人被引渡到上海市公安局,关押在侦缉队。这个侦缉队和龙华警备司令部一样是全国闻名的"鬼门关"。侦缉队队长慕陈独秀的大名,请他写几个字留念,陈执笔一挥,写了"还我河山"和"先天下忧"两个横幅。那个队长估计,陈独秀的生命不会长久了,将来这几个字,会很有价值的。[1] 当日,上海市公安局局长吴铁城将引渡陈独秀、彭述之的情况向南京行政院以加急电报进行了报告。

陈独秀被捕本来是十年前的新闻了,但他每一次被捕都是爆炸性的大新闻。这次也不例外。为什么呢?在那个年代,陈独秀几乎是一个具有神话式的人物,"提起了陈独秀,真是没有人不知道的。的确,他是一个现时代的重要人物,无论在政治上文化上,都有他的地位。关于他——陈独秀,外面有了很多神话式的传说,有的说他的一嘴牙齿都脱落了,头发全都白了,年纪有六七十岁了;有的说他有三十三个夫人,而且有一个夫人曾被他在醉后杀死了;有的说他每天非喝三斤绍兴黄酒不能过瘾;甚至有的说他鸦片烟瘾很大。关于这一切,都是不可靠的谣传。""只要一提到陈独秀,就会使人联想到共产党;谈到共产党,也会联想到陈独秀。在那时,陈独秀与共产党,正和列宁之与'布尔塞维克'一样,是一个不可分离的名词。

---

[1] 濮清泉:《我所知道的陈独秀》,原载《文史资料选辑》第71辑,中华书局1980年10月版。

但是现在呢？现在是完全不同了！在从前，陈独秀是共产党的旗帜，而现在呢？陈独秀成了共产党的标的了。这种突异的转变，当然是世人应想知道其中真相的。"[1] 这是当时国民党人的记录。

对于陈独秀第五次被捕，我们还是回到历史的现场，听一听那个时代的声音："陈独秀的被捕，这乃是目前中国政治上一件非常重大的事件。我们只要看在陈独秀初被捕以至移交法院的那几天，全国各地报纸无一不以陈独秀的标题而作社论，甚至一次再次，表示全国舆论对于'陈彭案'的重视。尤其在全国青年界以至党中人，无论其最近的思想变化如何，他们在过去的时候大半都受过陈独秀的影响，因此，对于今日的'陈彭案'也就特别的注意。"这段文字出自 1933 年陈东晓编辑、东亚书局出版的《陈独秀评论》一书的序言，应该为信笔之言。而在 10 年前的 1924 年北京大学 25 周年纪念日举行的一项"你心目中的大人物"民意调查中，陈独秀的排名仅次于孙中山，位列第二，随后才是蔡元培、胡适、梁启超。

1932 年 10 月 19 日，北京《晨报》对陈独秀被捕一事发表了社论。社论标题即《陈独秀被捕》，内容如下：

当年"拖四十二生的大炮"，为文学革命先锋之陈独秀，孰知于十年之后，为共产党中央派所驱逐，而列于取消派之林，虽曰世变之迁流，可以知时代之混乱为何如矣。

国人闻陈独秀之名，每以独秀尚为共产党首领者，乃不识共产党内情之言也。共产党之秘书长，第一届为独秀，近年以来，为瞿秋白，为李立三，为某某，已易姓四五次矣。其领袖所以再三更迭之故，曰由党内关于革命策略之不一致，一方曰中央派或曰干部派，断定中国社会尚在封建时代，故其策略为农民暴动，赣皖鄂之红军，此派所主持者也。其与之反对者，曰托洛茨基派，断定中国社会已入于资本社会，彼等不反对农民武装，然以为同时应注重工人罢工，及世界革命之手段。盖俄国内共产党之两派，

[1] 王唯廉：《关于陈独秀》，原载《现代史料》（第一集），上海海天出版社 1934 年再版第 130-132 页。

史丹林[1]派近年绝不提世界革命，独注重俄内部之建设，发展集合农场。而托洛茨基派不忘情于世界革命，且以史氏之忽视工人为非计。此两派之分裂，自有其俄国内情为背景，不知吾国之共产党何以必沿用之，而造成同样之分野。无以名之，名之曰盲从而已。

或曰独秀虽已非共产党首领，然近年共产党之杀人放火，独秀乃始作俑者，故不可不明正典刑。窃以为主持共产党学说，组织共产党与夫实行危害国家，此系三事，不可混而为一。共产学说以反抗现社会为目的，然其所以发生，由于人心之不平。人心之不平，必其国家本身上早有病根。故负其责者，不独在主持异端之人，而政府与有罪焉。英政治学者赖司基[2]氏不云乎：

依往事观之，政府兴文字之狱，而能阻遏人民之指摘者，盖无几焉。其准人民之自由言论也，弊政既除，自少可以攻击之机会，反是而加以禁阻也，愈令人民迫而为秘密行动。

可知政治革命或社会革命说之由来，其责任在政府，而不在倡异说之个人。赖氏又曰：

以云列宁，亦复如是，使彼长居俄国，为国会议员，何能为革命领袖，乃既被逐而居瑞士，而谋复俄皇疏导之心，乃刻不去怀矣。

盖政治上诚有疏导之法，何至以好生恶死之人类，迫而出于秘密革命之一途乎？故赖氏之结论曰：

政府为周谘博访计，得力于反对者之批评，必较赞助者颂扬为多。阻塞人民之批评，即自种灭亡之根而已。

至于共产党之结社，视共产学说之传播更重要矣。然所应研究者，则政团之被禁止者，实际上是否绝迹？赖氏亦有言曰：

若按国家法律，告共产党曰："汝等不得为共产党之结社。"则此类结社，其绝迹矣乎？殆不然矣。表面上或不见共产党团之成立，而秘密中彼等活动之难防自若焉。

故秘密结社之防止，乃不可能之举也。即令独秀尚有所谓托洛茨基学

---

[1] **即斯大林**，下同。
[2] **即拉斯基**，下同。

会之组织，不能以此定独秀之罪名，当问此托氏学会在实际上有无危害国家之行为。盖政府根据一切法令，有维持其自身生存之权利。若由人民可以自由推翻，则政府且不能一日安居，安有执行政务之可言乎？故禁止实行危害国家之结社，乃事之当然者也。然此有无危害国家之行为之问题，应由谁决定？曰此非政府自身之事，而应由法庭判决。政府应将关于独秀现时扰乱国家之行为，提出证据，由法庭在严格之司法保障之下，加以审查，果有真凭实据，则国家自有常刑。若徒以昔曾为共产党领袖，或今日尚立于“托派”旗帜之下，乃亦与江西杀人放火之共产党同类而并观，此大不可也。政府之所以待其人民，当以理性为标准。因独秀昔日之同志方以武力为争夺政权，乃迁怒于独秀之身，则人权一无保障，所以支配中国者，独有力而已，而吾国家非陷入于大混沌之状态不止矣。

《晨报》的这篇社论不偏不倚地为陈独秀辩护，强调"主持共产党学说，组织共产党与夫实行危害国家，此系三事，不可混而为一"，不能以陈独秀组织中国"托派"而定罪，而其"有无危害国家之行为之问题"也"应由法庭判决"；而"因独秀昔日之同志方以武力为争夺政权，乃迁怒于独秀之身，则人权一无保障"，"国家非陷入于大混沌之状态"。《晨报》社论着重对现在的陈独秀与中国共产党的关系进行了分割，告诫国民政府当局"若徒以昔曾为共产党领袖，或今日尚立于'托派'旗帜之下，乃亦与江西杀人放火之共产党同类而并观，此大不可也"。

但，一切都在改变。变，是世界上永恒不变的事情。

被拘 @ "他永远是他自己" ［关键词：浩然］

笔记 C 引渡

是的，一切都变了。时代不同了，现在的陈独秀也不同于以往的陈独秀了。"五四运动总司令"的光环令人们和媒体都十分怀念和敬仰这位新文化运动的英雄，但时过境迁，作为中国共产党的创始人和五届中央总书记，如今已经被开除党籍，成为中共的反对派，但国民党蒋介石却从来没有改变他的中国共产党人身份，并坚决将其引渡拘押；更何况，现在国共两军正在江西热火朝天地进行第四次"围剿"和反"围剿"的殊死战斗，蒋介石亲自赶到武汉督战。枪林弹雨，炮火连天，陈独秀则处在国内战争的夹缝之中——他既反对国民党蒋介石的一党独裁统治，又反对中共中央所执行的"左"倾路线，也就是说，国民党不容他，共产党也不容他；反过来，他不容于国民党，也不容于共产党。毫无疑问，这是一个特别尴尬的政治位置和角色。一句话，没有人喜欢。

"民犹是也，国犹是也。"从某种角度来说，当时的人们对军阀割据分崩离析的国家已经厌恶，对你方唱罢我登场的政治游戏已经厌倦，对民国终于有了某种程度的认同。因此，尽管这次陈独秀被捕依然像1919年、1921年和1922年前三次被捕一样，不失为一个爆炸性的新闻，引起了社会舆论的巨大震动，但关于陈独秀被捕和援救的声音还是发生了本质上的变化：第一，过去只有一种声音，各党各派各界各团体各个人一致营救陈独秀，没有反对的；现在出现了多种声音，除了营救之外，既出现了主张对陈独秀明正刑典、格杀勿论的，还出现了嘲弄和搬弄是非的声音，挖苦讥讽臆测陈独秀说不定因此将会做上国民党大官而飞黄腾达。第二，过去的营救是一致抗议有关当局（北京政府和法租界）的政治迫害，要民主要自由，无罪释放陈独秀；现在的营救却是乞求国民政府当局对陈独秀从宽处理，刀下留人。时代变了，立场也就变了。对于陈独秀的过往，有的人认为他是有功，有的人认为他是有罪。当然，这也是一件极其正常的事情。但不可否认的是，营救陈独秀的声音依然是主题主线，是主流本质。

1932年10月19日晚间11时左右，上海火车站北站突然戒严。闸北五区警署临时特派保安大队一个排的兵力，来此执行一项特别的戒备任务，以防不测。随后，上海市公安局大批警探押登汽车，径驰北站。陈独秀、彭述之等10人依次走下汽车，在警探们的押解下，乘上开往南京的火车，"解交首都卫戍司令部讯办"。这对陈独秀来说，不是一个好消息。上海市公安局局长吴铁城已经接到国民政府行政院的密令，要求将陈独秀押送南京，交给军方的特别法庭审理，将依据所谓的"危害民国紧急治罪法"起诉，军法处置。何谓特别法庭？一是不公开审判，禁止旁听；二是可不公开罪状，稍一经过司法证明，遂可定谳。这不禁令人联想起李大钊被军阀张作霖秘密审判后处以绞刑的惨剧，"南陈北李"是否遭遇同样的厄运？已经四次逃过牢狱和死亡的陈独秀，这次身家性命能不能保全？他将得到怎样的审判？会坐多少年的牢房？人们不得而知。

又是生死存亡的时刻，又是一场劫难。大难当头，当他的亲朋好友为他牵肠挂肚的时候，陈独秀却安然若素，竟然在开往南京的列车上"鼾睡达旦，若平居之无事者然"，等待火车到了南京下关，才被押解的警员叫醒。如此对待生死的人生态度和精神境界，经媒体的宣传使得陈独秀被捕事件披上了一层英雄主义的光辉，也成为风流人物流芳百世的历史佳话，给那个时代留下了永不磨灭的印象。45年后的1977年，中国共产党的叛徒、国民党"理论家"叶青（又名任卓宣）的妻子尉素秋在台湾专门撰文回忆这段往事，读来令人感佩不已：

记得民国二十二年春天[1]，陈独秀被捕受审的时候，轰动了全国的舆论。他在思想文化界人的心目中，投下的影子太深刻了。大家所谈的种种，有一件事特别耐人寻思。就是他被捕从上海押解来京时，在京沪车上酣睡一大觉，车到下关才把他叫醒。本来坐火车打瞌睡的事太寻常了，不值得一提，但是他这段旅程却不寻常，等于押赴刑场呀！滔天大祸，生死关头逼在眼前，能安心熟睡吗？这使我联想到宋朝的苏轼。苏轼被他的敌党以作诗诽谤皇帝之罪名下狱治罪，临不测之祸的前夜，他在监房中呼呼大睡，这不和陈独秀京沪车上的酣睡有些相似吗？

常人在利害交战于胸中时，已辗转不能入睡。至于生死大关来临，总会恐惧，仓皇失措。能从容不迫，以至于恬然入睡，假若没有养其浩然之气的功夫，以及"仰不愧于天，俯不怍于人"的至高境界，绝对做不到。就凭这

――――――――――

[1] **此处有误，应为民国二十一年，即 1932 年 10 月。**

一点，陈独秀在我的想象中，已勾画出一副东方哲人的简单轮廓了。[1]

仰不愧于天，俯不怍于人。陈独秀视死如归的浩然之气，功夫了得。诚如他的朋友高语罕所言："其艰难之从容不迫，而怡然处之，往往如此。必须认识独秀先生这种为人的精神，才可能了解他的整个的人格和他在中国文化史上所留给我们的遗产怎样一种价值。"[2]

陈独秀是10月20日早晨8点左右到达南京的，由国民党中央党部羁押在位于十凛巷的军政部军法司监狱。这个时候，蒋介石正在武汉，因此坊间就有将陈独秀押往武汉的传言，甚至出现了陈独秀"乞见"蒋介石的恶意造谣中伤。对此，军法司监狱科科长21日下午6时在接受天津《大公报》记者采访时说："陈独秀、彭述之二犯系由中央党部交押于本监狱中，系寄押性质，军法司亦未开庭审讯，是否解汉，尚无消息。自二犯来狱后，中央即送交百元，备资需用。陈独秀之病，据伊自称系染盲肠炎，但审其病势，并不十分剧重，或系慢性病。昨彼已向中央党部声请派医诊治。"

笔记D　两种声音：司法审判PK军法处置

陈独秀被捕并被引渡归案，真的如同"冷灰里爆出了一颗热栗子"。大大小小报刊无不将陈独秀作为热点和焦点新闻，连续报道。当时就有人这样形容陈独秀被捕"正和当年列宁在克姆达特工厂被社会革命党行刺受伤的消息一样，震动全世界，尤其是震动每一个中国青年的脑海"。[3] 还有这样的记载："路透社的记者，把陈独秀被捕的消息，用无线电从上海传播到各处以外，全世界的各大都会，尤其像莫斯科、列宁格勒、柏林、汉堡、不律塞鲁（布鲁塞尔）、莱布锡（莱比锡）、伦敦、巴黎、纽约、东京这些

---

[1] 尉素秋：《我对于陈独秀先生的印象》，原载《传记文学》，台北传记文学出版社1977年5月第30卷5期。
[2] 高语罕：《参与陈独秀先生葬仪感言》，原载重庆《大公报》1942年6月4日。
[3] 老慈：《论陈独秀》，引自陈东晓编《陈独秀评论》，东亚书局1933年版第162页。

地方的报纸，都热烈地载着这从东方传来的消息，比起汪精卫出洋这一消息来，真是前者好比霹雳，后者好比蚊鸣了。"[1]

10月22日，翁文灏（著名地质学家、国家地质学会副会长，其时蒋介石正欲聘请他出任筹备设立的国防设计委员会秘书长）、胡适、罗文干（时任外交部部长兼行政司法部长）致电蒋介石："请将陈独秀案付司法审判"，而不由军法从事。同日，国民党中央党部派组织委员会干事黄凯，携"陈独秀案"重要文件多种，赶赴武汉，向蒋介石报告情况。对于如何审理陈案，显然须等待蒋考虑后，才能做出决定。

10月23日，上海《申报》从南京发出专电，说："羁押军法司之陈独秀、彭述之表示，拟请见顾孟余、陈公博，有所陈述。惟能否得其允许，俟顾、陈回京后可定。陈彭等要求读报通信，已被拒绝，又请读书，已准其阅读《三民主义》或其他总理遗教。至外来访客，及新闻记者，一概不准接见。"同日，蔡元培、杨杏佛、柳亚子、林语堂、潘光旦、董任坚、全增嘏、朱少屏八位文化教育界知名人士联名合署"快邮代电"致国民党中央党部和国民政府，积极营救陈独秀。此八人中，蔡元培和柳亚子二人时任国民党中央监察委员会委员，其余六人与陈独秀的交往不深，有的甚至素不相识，但他们对陈独秀都深怀敬意和同情。电报说：

南京中央党部、国民政府钧鉴：

闻陈独秀，于卧病中被捕解京，甚为系念。此君早岁提倡革命，曾与张溥泉（即张继）、章行严（即章士钊），办《国民日日报》于上海，光复后，复佐柏烈武治皖有功，而五四运动时期，鼓吹新文化，对于国民革命，尤有间接之助，此非个人恩怨之私所可抹杀者也。不幸以政治主张之差异，遂致背道而驰，顾其反对暴动政策，斥红军为土匪，遂遭共党除名，实与欧美各立宪国议会中之共产党议员无异，伏望矜怜耆旧，爱惜人才，特宽两观之诛，开其自新之路，学术幸甚，文化幸甚，临电不胜惶恐待命之至。

---

[1] 仿鲁：《清算陈独秀》，引自陈东晓编《陈独秀评论》，东亚书局1933年版第65页。

10月24日,《申报》全文发表了这封营救陈独秀的"快邮代电",在社会反响强烈。这封营救电报,最为核心的内容是想说明现在的陈独秀与中国共产党不是同道者,强调陈独秀"实与欧美各立宪国议会中之共产党议员无异",并片面地利用陈独秀曾经发表的《关于所谓"红军"问题》的文章——"斥红军为土匪",进一步划清陈独秀与中共的界线,以达到宽赦处理陈独秀的目的。不可否认,蔡元培等的营救电报,确实是真心真意地关心陈独秀,希望对陈独秀的审判要公平、公正、公开。与此同时,柏文蔚、蒋梦麟、刘复、周作人、陶履恭、钱玄同、沈兼士等,或联名致电国民党中央张静江和陈果夫等为陈独秀开释说情,或为陈独秀私下奔走,求得从宽处理。对于营救陈独秀的情况,《晨报》在当时作了一个综述性的报道,说:"关于救陈运动,全国各方均极热烈,沪方柳亚子奔走尤力,胡适之亦有电致蔡元培营救。北大燕大师生亦纷起设法,律师界章士钊、张耀曾、董康、郑毓秀均愿任陈辩护。盖陈思想虽不容于社会,惟其能牺牲一己,而推行其本人认为拯救民众之主义,即其人格弥可钦佩。且陈更因反对共党杀人放火,而为共党除名,更可概见陈人格之一斑。况陈过去之历史,与党国极有关系,故中央当局亦当回溯其已往功绩,以情理言,陈似不应处死。现陈案已决移司法机关审讯,则陈生命当可保全。蔡元培尚无赴京准备,惟陈病剧或将聘医往诊。"显然,几乎所有援救陈独秀的人都用"陈更因反对共党杀人放火,而为共党除名"的言辞,来赢得蒋介石的同情。而为援救陈独秀,有消息称,当时被全国人民敬为"国母"的宋庆龄也专门从上海奔赴南京,又旋飞武汉,拜访蒋介石夫妇。[1]

当然,积极要求援救陈独秀的除了知识分子和曾经与陈独秀有过交往的国民党高层官员之外,陈独秀的被捕也引起了世界的关注,国际知名学者如杜威、罗素、爱因斯坦等人也致电蒋介石,为陈独秀说情。中共中央也发表了一个"反对国民党白色恐怖"的宣言。同时,拥护陈独秀的"托派"分子,尤其是未被破坏的"托派"北方区委在其机关报《先锋》上发表《致中共河北省委一封公开信》,声称:"审察其过去对陈独秀同志所加一切非议

---

[1] 见《晨报》1932年10月26日、《申报》10月25日。

诬蔑之错误，接受反对派的政治路线，并为援救陈独秀同志而斗争。"他们号召社会各界掀起一个"援陈运动"，口号是"起来！起来！援救中国革命领袖陈独秀！""中国的革命群众和一切左翼的社团，一切革命分子都应立即起来，游行、示威、通电、开大会，坚决不拔的为援救陈独秀而斗争"。[1]

在一些人为援救陈独秀积极奔走呼号的时候，另一些人不仅极力要求严惩陈独秀，而且荒唐地要求惩办声援营救陈独秀的人士。比如，国民党南京党部就书面警告蔡元培、杨杏佛等，谓其"请款释陈独秀"之电报，"徇于私情，曲加庇护，为反动张目，特予警告！"国民党广东省党部也电请中央"严办陈独秀，并请惩办出名保释之人"。湖南省清乡司令何健接连致电国民政府主席林森和军事委员会委员长蒋介石，称："共党首领提倡赤化，麻醉青年……连日报纸所载，竟有不顾大义者曲为庇护"，仰肯"当机立断，迅予处决"。湖南省、市、县及军队的党部，还纷纷函电国民党中央党部，要求对陈独秀"立处极刑"，"以快人心"。国民党中统局主办的《社会新闻》发表署名文章《清算陈独秀》，称：陈独秀是"近代政治怪杰"，但"陈虽是共党取消派，然而他是赤匪的创造者、首作俑者……照现行法规，似应正法，而无活命之可能。反转来说，陈虽是共党，却是反对共党现行暴动政策者，而且还是一个学者，只要他继续反共，似可不至于死"。这些来自国民党阵营"立处极刑"的声音，听起来真是毛骨悚然。唯独中统方面在力举清算陈独秀的同时，还提出了利用陈独秀来"反共"的主张，实际上也只不过是他们的妄想而已。说白了，他们都没有读懂陈独秀。

有人高呼"营救"，有人厉声"严惩"，还有人在一旁挖苦讽刺、幸灾乐祸。远在江西瑞金就有人在报上连续发表文章，攻击陈独秀。在10月23日出版的《红色中华》第37期上，以《取消派领袖跑不了，陈独秀在上海被捕》为题并加按语称："蒋介石不一定念其反共有力网开一面许以不死"，"或者还会因祸得福做几天蒋家官僚呢！"在第38期上，又有人捕风捉影谣传陈独秀要敬谒蒋介石，以《不幸而言中，陈独秀要当蒋介石的反

---

[1]　原载《先锋》1932年10月22日第4期。

共参谋了》为题，诬蔑陈独秀。该报还就蔡元培、蒋梦麟等人援救陈独秀发表评论说："陈独秀叛党以后，投降到资产阶级去作走狗，充当'反共'先锋，这个我们没有诬蔑他，他的老同事蔡元培、蒋梦麟都替他老实不客气的说出来了，这就叫取消派。"甚至认为陈独秀被捕是"某党和取消派更亲密的携手的关系——统治阶级以拘捕陈独秀的手段，与陈等共同协商进攻中国革命，取消派趁陈独秀被捕的时机大大的活动起来了"；"统治阶级企图以逮捕证明陈独秀取消派'还有革命性'，以加强取消派欺骗麻醉的反革命作用"。在一篇《托陈取消派向国民党法庭讨饶》的文章中说，"托陈取消派跪在国民党法庭面前如此讨饶，所以保住了性命，而且很快便可在国民党的'皇恩浩荡'下得到大赦，以至起用，大做其官咧！"[1]当然，这些声音都是一些风凉话，听起来确实有些刺耳，但在当时主流舆论上根本没有起到什么作用，只是一种内部的政治宣传而已。

在"营救"与"严惩"之间，除了党派之间的政治斗争之外，当然还有一些独立的思想者。其中陈独秀任北大文科学长时的学生傅斯年就是一个代表。当年这位北大学生领袖，就是在陈独秀的支持下，和同学罗家伦创办了新锐刊物《新潮》，配合《新青年》，鼓吹新文化。如今，傅斯年作为中央研究院历史语言研究所所长兼任北大教授，既没有参加共产党，也没有参加国民党，虽然是无党派人士，但却是"拥蒋反共"的坚定分子。10月30日，他在《独立评论》上公开发表署名文章《陈独秀案》，坚定地提出援救陈独秀的主张。在文章中，他追述了陈独秀参加革命的过程，认为"他在思想上是胆子最大、分解力最透辟的人，他永远是他自己"。在五四新文化运动中，陈独秀主办《新青年》提倡文学革命、伦理改造和社会主义，"是民国五年至十一、二年中最大的动荡力，没有这个动荡力，青年的趋向是不会改变的。青年的趋向不改变，则国民党之改组与国民革命军运动之成事皆不得其前提。这个历史的事实，不能因为陈独秀现在缧绁之中而抹杀之！"他客观理性地提出"希望政府处置此事，能够（一）最

---

[1] 见《红色中华》报 1932 年 10 月出版的第 37 期、第 38 期、第 40 期和第 41 期，该报系中华苏维埃共和国临时中央政府机关报。

合法，（二）最近情，（三）看得到中国二十年来革命历史的意义，（四）及国民党自身的革命立场。我希望政府将此事交付法院，公开审判……在法庭中判决有罪时，不妨依据法律进行特赦运动。"最后，他强调政府决无在今日"杀这个中国革命史上光焰万丈的大彗星之理！"[1]

"他永远是他自己"——傅斯年是最懂陈独秀的人。或许正是这位"中国革命史上光焰万丈的大彗星"的明星效应无法阻挡，援救陈独秀的声音终究还是高于严惩陈独秀的声音和其他杂音。但这一切援救的声音似乎还没有动摇蒋介石要军法处置陈独秀的决心。在何应钦提讯无果和强大的舆论压力下，蒋介石不得不电令将叛徒谢少珊送到武汉行营亲自审讯，查明陈独秀与红军到底有无关系。在谢少珊如实报告陈确实与江西的红军没有任何关系之后，蒋终于作出了最后的决定。

10 月 24 日，蒋介石在武汉致电南京国民党中央总部，声明指出"陈独秀等系危害民国罪，应交法院审判以重司法尊严"。接到蒋介石的电报后，国民党中央立即召开谈话会，"将蒋电提出报告，决交法院审判"。[2] 也就是说，陈独秀将按照国民党政府 1931 年 2 月公布执行的《危害民国紧急治罪法》，将受到法律的制裁。而这个法律是国民政府为替换原《暂行反革命治罪法》而制定出台的。

蒋介石的一封电报终于平息了"援救派"和"严惩派"之间的"法院审判"和"军法处置"之争，陈独秀被捕事件从此将由司法介入调查和审判，性命的安全暂时有了保障。在这里，我们不妨引用当时《大公报》发表的短评《营救陈独秀》作一个总结：

陈独秀是一个领袖，自有他的信仰和风格，所以只须给予他机会，叫他堂堂正正地把主张意见，向公众公开申述，这正是尊重他爱护他的道理。如果用哀恳式的乞怜，感情式的缓颊，在法律以外去营救他，倒反转辱没了这位有骨气有意识的老革命家。

---

[1] 傅斯年：《陈独秀案》，原载《独立评论》1932 年 10 月 30 日第 24 号。
[2] 原载《申报》1932 年 10 月 25 日第 4 版。

这篇评论认为蔡元培、杨杏佛等人在营救电报声称"矜怜耆旧，爱惜人才"的话，是"多此一举"；他主张"大家应当成全陈独秀"，即作为"领袖"，就应该"有真诚信念，不变节，不改话，言行始终一致"。[1]笔记至此，呜呼，如果陈独秀在南京军政部军法司的狱中看到《大公报》的这篇评论，我想，他一定会鼓掌赞成的。因为"他永远是他自己"。但法律是属于统治者的工具。

链接：

危害民国紧急治罪法
（一九三一年二月国民政府公布）

第一条 以危害民国为目的而有左列行为之一者处死刑。
（一）扰乱治安者。
（二）私通外国，图谋扰乱治安者。
（三）勾结叛徒，图谋扰乱治安者。
（四）煽惑军人不守纪律，放弃职务，或与叛徒勾结者。
第二条 以危害民国为目的，而有左列行为之一者，处死刑或无期徒刑：
（一）煽惑他人扰乱治安，或与叛徒勾结者。
（二）以文字、图画或演说为叛国之宣传者。
第三条 有左列行为之一者，处无期徒刑或十年以上有期徒刑。
（一）为第一条第四款之罪犯所煽惑而不守纪律，放弃职务或与叛徒勾结者。
（二）为第二条第一款之罪犯所煽惑而扰乱治安，或与叛徒勾结者。
（三）为第二条第二款之罪犯所煽惑，而为之辗转宣传者。犯前项之罪而自首者，减轻或免除其刑。
第四条 明知其为叛徒而窝藏不报者，处五年以上有期徒刑。犯前项之罪而自首者，减轻或免除其刑。
第五条 以危害民国为目的，而有左列行为之一者，处死刑、无期徒刑或十年以上有期徒刑。
（一）为叛徒购办或运输军用品者。
（二）以政治上或军事上之秘密泄漏或传递于叛徒者。
（三）破坏交通者。
第六条 以危害民国为目的而组织团体或集会，或宣传与三民主义不相容之主义者，处五年以上、十五年以下有期徒刑。
第七条 犯本法所定各罪者，在戒严区域内，由该区域最高军事机关审判之；在剿匪区域内，由县长及司法官二人组织临时法庭审判之。临时法庭设于县政府，以县长为庭长。
第八条 依本法判处各罪、由军事机关审判者，应附具案由报，经该管上级军事机关核准后，方得执行。由临时法庭审判者，应附具案由报，经高等法院核准后，方得执行，并报省政府备案。该管上级军事机关、高等法院对于所属审判案件认为有疑误者，应令再审或派员会审。
第九条 军警机关逮捕本法所指犯罪行为之嫌疑犯时，应立即通知有关之主管机关。
第十条 本法未规定者，适用《刑法》之规定。
第十一条 本法有效期间及其施行日期以命令定之。《暂行反革命治罪法》于本法施行之日废止。[2]

[1] 原载《大公报》1932年10月28日。
[2] 选自《中华民国史档案资料汇编》第5辑第1编，江苏人民出版社1994年版第291-292页。

笔记 E　军政部挥毫：可夺帅，不可夺志

　　1932 年 10 月 25 日下午 3 时，第一次国共合作的大革命时期与陈独秀对话的资格都没有的何应钦，现在却以国民党军政部部长的身份，在军政部的会客室以"半谈话，半审问"的方式，传讯陈独秀。其实说是传讯，这也不过是履行公务而已。因为蒋介石在 24 日从武汉发来电报，对如何处置陈独秀一事已经定了调——移送法院公开审判。再说，何应钦选择在军政部的会客室里与陈独秀见面，而不是在军法司的监狱中，可见其对陈独秀的尊重——会客室会的都是"客"嘛。

　　陈独秀是在军法司司长王振南的陪同下，会见何应钦的。此前，王振南已经对陈独秀进行了两次审问。一见面，何应钦不但没敢摆出审讯的架势，反而非常恭敬地向"客人"陈独秀说明了 24 日蒋介石来电的意见。对移交法院公开审判的决定，陈独秀表示认可。接着，何应钦将北伐前国共合作时签订的《两党领袖联合宣言》递给陈独秀，希望陈合作。

　　没想到陈独秀突然脾气大发，看都不看一眼，就"啪"的一声狠狠地把宣言往桌上一拍，说："是你们不合作！"

　　"先生不要发火。"何应钦温和地说，随即转移话题问道，"不知先生与赣鄂等省的暴动有无关系？"

　　"毫无关系。"陈独秀斩钉截铁地答道。

　　"这就好。"何应钦接着问陈独秀，"现在国家还没有统一，日本人又打到了上海，内忧外患，先生有何高见？"

　　"军阀混战，争权夺利，没有民主没有自由，想挽救国家就必须召开国民会议来决定一切国是，而不是独裁。"

　　"关于抗日问题，是联俄还是联英美？"

　　"现在仍须联俄方为有利，英美及国联均不能有助于我国。"

　　"审讯"大约一个小时就结束了。谁都知道，陈独秀不仅文章写得好，

而且还写得一手好字。于是，像那位上海市公安局侦缉队队长一样，何应钦拿出一沓宣纸，说："先生，请作数字以为纪念。"

陈独秀没有推辞，当即欣然挥毫，写下条幅，曰："三军可夺帅，匹夫不可夺志也。"

什么叫以书言志直抒胸臆？什么叫威武不屈英雄本色？桀骜不驯的陈独秀不会也从来没有向强权低下高贵的头颅！

谈话间，只见军政部的"许多职员皆欲一睹陈氏之颜色"，都簇拥着来到会客室，因为陈独秀马上就要离开军政部了，谁都想亲眼目睹一下这位"五四运动总司令"的风采，看一看"中国革命史上光焰万丈的大彗星"的尊容，"但见其双鬓苍白，意态亦殊颓唐"。[1] 何应钦离开后，早就等在门外的人们一拥而上，将陈独秀团团围住，索要墨宝。此情此景，陈独秀哪里像是一个"犯人"呢？哪里像是在接受审讯呢？简直就是一个受人崇拜的大明星，享受着追星的粉丝们狂热的追捧。对青年人的请求，陈独秀来者不拒，兴致挥毫，为他们写下了"先天下之忧而忧，后天下之乐而乐"、"莫等闲白了少年头"等名言佳句相赠，祝愿他们努力学习勤奋工作，投身抗日战场，成为国家栋梁。

不久，《陈独秀军政部挥毫》的新闻很快在社会上传开，又创造了一段历史佳话，不禁令人油然而生敬意和同情。陈独秀在1933年1月7日写给友人的信中专门谈及此事，兴奋快慰之情溢于言表。他说："弟在军政部受何应钦半谈话、半审问后，许多青年军人纷纷持笔墨和数寸长的小纸条，索书纪念，情意殷殷（充满同情心，毫无敌视表示），令人欣慰，四面包围（长官不能禁止），弟真应接不暇，幸而墨尽，才能解围。"[2] 尽管胃溃疡的老毛病还不见好转，狱中每餐只能饮粥，生活非常艰苦，但10月25日这一天却是陈独秀被捕十天来最为开心的一天。人嘛，有点虚荣心和自我欣赏，才会找到人生的快乐和幸福，陈独秀莫不如此。与何应钦会面结束后，陈独秀还向王振南索要了《水浒传》一部阅读。要知道，在狱中的这几天，

[1] 原载《晶报》1932年11月。
[2] 汪原放：《亚东六十年》，未刊稿。

陈独秀唯一能够阅读的只有孙中山《三民主义》等国民党的党义书籍，其他任何书籍和报刊都被禁止阅读。

作为军方最高机关履行公务，何应钦传讯陈独秀，查明其确实与在湘鄂赣的中国共产党没有关系之后，完成了将陈独秀移交法院审判的工作程序。随后，军法司司长王振南向新闻记者宣布陈案"始终未得军事上之线索"，决定按"牛兰案"[1]处理。国民政府司法部部长罗干文在回答记者采访时，也认为"将来在司法上，亦可稍予宽容。盖陈原非真共产党可比云云，故将来可保全其生命"。[2]

10月25日晚间10时，《晨报》在南京发出电报新闻稿称："共党托洛茨基派首领陈独秀、彭述之等，昨经中央决定交法院公开审判，记者于今日向各方探询，因此案与牛兰一案逮捕手续及情形均相同，且同为危害民国，故仍决由江苏高等法院审理。审判地点仍在南京，由该法院组织临时庭，以免解往苏州，徒增手续之麻烦。将来开审时，仍由中央党部派员旁听，至开审日期，现尚未定。惟闻陈独秀近来押在军法司，病势仍未减，当局拟先将其移往中央医院诊治，俟病愈后，再定开审之说。再陈氏被捕时，所搜出文件十三箱，均系共产党左派书籍及杂志，俟开审时，当送往高等法院。"[3]

也就是在这一天，国民政府司法部依照法定手续，按蒋介石电报提议的以"危害民国罪"起诉，第一审即属江苏高等法院审理。因为江苏高等法院不在南京而远在苏州，遂决定将陈独秀等暂时羁押于苏州高等法院所属的江宁地方法院，听候高等法院决定审讯的具体时间和地点。

---

[1] "牛兰案"：牛兰（Naulen），原籍波兰，泛太平洋产业同盟驻上海办事处主任，他和夫人分别于1930年3月和6月来到上海，任第三国际远东局驻上海代表。1931年6月17日被公共租界工部局逮捕后移交江苏高等法院审理，1932年8月19日以危害民国罪判处无期徒刑，在日本侵占南京前夕释放政治犯时释放出狱。
[2] 原载《申报》1932年10月26日第3张第10版。
[3] 原载《晨报》1932年10月26日第4版。

笔记 F　羁押或优待

1932 年 10 月 26 日，军政部部长何应钦指示军法司司长王振南起解陈独秀前往江宁法院。这天上午 10 时，军法司奉令后，即派定监狱科看守所长周、游二人及军警八人，"将陈、彭二人提出，连同铺盖二付，行军床二只，一并押登该司大卡车一辆，直驶地方法院羁押"。离开时，陈独秀"态度安静，手携党义书数本，彭因咳嗽，颇呈疲惫之状"。[1]

随后，王振南召开新闻发布会，向记者说明情况，曰："陈独秀自拘押本司以来，余曾两度审讯，始终未得关于军事上之线索。昨日下午三时，何部长亦电知本司，将该犯转解军部，在军部会客厅亲自审讯，达一小时之久，但其所供各点，均非关于军事。而该犯系非现役军人，犯罪地点，又核与危害民国治罪法第七条前段规定不合，本司无权管辖，故于今日上午电询中央组织委员会调查科处置办法，并电请司法行政部刑事司司长李幼泉，转告江宁地方法院准备监房，查验收押，当即于上午十时派游看守所长率同看守员将该二犯押送至江宁地方法院拘押，以免外界误会。"[2]

军政部军法司在移交陈独秀、彭述之的同时，同时致函江宁地方法院作出说明：

危害民国案犯陈独秀、彭述之，请收押审办等由一案，业经派员侦明在卷。查被告陈独秀、彭述之二名，既非现役军人，而犯罪地点又核与危害民国紧急治罪法第七条前段规定不合，本司自属无权管辖，依法应由江苏高等法院管理。除获案文件，未准附送，应请经向中央组织委员会调处外，相应将陈独秀、彭述之二名，连同本司侦查卷，派员解送贵院，即希查照验收给据，并转解江苏高等法院收办，公毕仍将本司原卷归还

---

[1]　原载《晨报》1932 年 10 月 27 日第 3 版。
[2]　原载《晨报》1932 年 10 月 30 日第 8 版。

送档为荷。[1]

10月26日上午10时50分，军法司押送"车抵法院，即将陈彭两人送至检察署候讯室，押解人员即行遣返。移时检察官吴绍昌，即将陈彭二人讯问姓名年龄籍贯完毕，签送看守所暂押"。江宁地方法院在与军法司完成陈独秀、彭述之的交接后，并付以收据。收押后，法院看守所所长龚宽将陈独秀安置在前"牛兰案"牛兰所居之优待室，并告知禁止接见一切宾客。他们原本拟将陈独秀羁于普通狱所，因考虑到牛兰夫妇所住的优待室现在无人羁住，而因所犯案件的性质又与"牛兰案"相同，故决定暂住该室。该室是看守所牢房最为清洁宽敞的，共有一、二、三号三个房间，其中一号为该所法医办公室。陈独秀和彭述之同住二号，室内颇为清洁，光线亦好，摆放有两张行军床，一张方桌，两张方凳，一个洗面架。入住后，法院法医就专门为陈、彭二人进行了身体检查，因彭有一只眼睛发炎，医生当即用药水对其清洗并包以硼酸纱布，以期速愈。

26日下午，看守所允许《晨报》等若干媒体记者进入探视，并采访了陈独秀。当记者随狱警进入监狱二号牢房时，记者发现陈独秀身穿灰布棉袍、棕色裤子正在门外的走廊上徘徊散步，似病已痊愈；彭述之穿灰布棉袍、蓝色裤，仰卧在床上，左眼包有纱布。随后，陈独秀在看守所候讯室接受了记者的采访。回答记者提问时，陈独秀"自称安徽怀宁人，一九二二年曾游俄一次，民国十六年武汉政府分裂时，即赴沪。四、五年来对于著述及工作均属微少，现在发行一种刊物名《火花》，往年曾发行一种刊物名《向导》"。记者感觉陈独秀"语时犹带怀宁乡音"。[2]

记者问：先生贵恙，近状如何？

陈独秀答：余在沪被捕之时，方患病稍痊，至捕房后，未得诊治，致又转剧，自引渡后，曾入医院医治，解至南京后，又蒙军法司派医诊察，现已稍痊，惟精神尚觉疲乏。

问：先生对于此次被捕，感想如何？

---

[1] 原载《晨报》1932年10月30日第8版。
[2] 同上。

答：余无何种感想，惟对于我二十年来未到之南京，今道路房屋已大改变，见各处之建设及商业之繁盛，真胜昔百倍，在此国难日亟之时，政府仍能努力发展建设，此点实为国家前途庆幸。

问：法院对先生一案，即将开审，外传先生已聘定辩护人，确否？

答：余等案件非法，乃政治问题，又可说是学理问题，似无须请人辩护。如欲请人辩护，亦须有钱才行，但我系一穷措大，而信件来往每月只能一次，何来有此充分之时间，作请人之准备，故如开审期促，则更不延人辩护矣。

问：先生近在监中，做何消遣？

答：惟每日看看中央军校出版之各种军事丛书。

问：先生在狱中可有什么要求？

答：在狱之人，他无所望，唯一要求，即望当局予以公开审判。[1]

面对记者的采访，陈独秀无拘无束，侃侃而谈，丝毫没有悲观失望，他已经做好了在法庭上作坚决斗争的思想准备。

笔记 G　"绝交"诤友与"义务"律师

为了体现国民政府当局尊重法律尊重司法独立，蒋介石提议并经国民党中央委员会常务会议通过，将"陈独秀案"移归法院审理，体现所谓"法治国家持平的态度"，法院将进行公开审理。既然由法院审理，那么法律程序上一些手续和形式，当然要煞有介事地进行。按照法定程序，被告当事人就有权请律师按照法律为其辩护，以示司法尊严。当然，对于陈独秀个人来说，需不需要或者能不能请得起律师，确实是一个问题。

在江宁地方法院看守所，陈独秀在接受媒体采访时就曾说："余等案件系政治问题，又可说是学理问题，似无须请人辩护，如欲请人辩护，亦须有钱才行，但我系一穷措大，而信件来往每月只能一次，何来有此充分之

---

[1] 原载《晨报》1932 年 10 月 27 日第 3 版、30 日第 8 版。

时间，作请人之准备，故如开审期促，则更不延人辩护矣。"从陈独秀的上述回答中，就其本人个性来说，没有钱请不起律师，这只是一个次要的问题，最主要的还是他认为自己遭逮捕属于国民党的非法行为，这起案件是"政治问题"或"学理问题"，他本人无罪也不愿请律师。

陈独秀实在太有名了，在上海被捕时，就有众多著名律师不仅参与声援营救活动。当媒体披露陈独秀没有钱延请律师的消息后，一时间全国众多著名律师趋之若鹜，如章士钊、张耀曾、董康、郑毓秀、彭望邺、吴之屏、汪有龄、郭蔚然等都自告奋勇地愿做他的义务辩护人，一分钱也不要。

10 月 31 日，律师郭蔚然在上海致信蔡元培，说："昨闻独秀老夫子谈话谓无钱不能请律师的伤心语。门人愿为不要钱的辩护人。如荷夫子赞同，敬乞赐示关照以便晋京晤独秀夫子作准备。"他在信中赞独秀夫子"桃李盈门"，而"为桃李者此时不努力，等到何时！"

郭蔚然的积极还不算什么，比他更积极的还是陈独秀的老友章士钊。

陈、章之间工作交往和私人情义已经有整整三十年了。1902 年春，陈独秀从日本回国，从上海经南京回故乡安庆，与在南京江南陆师学堂学习军事的章士钊相识。1903 年，在拒俄运动中，章士钊主笔的《苏报》在第一时间给予报道响应。陈独秀遭安徽当局通缉避难上海，章士钊主笔的《苏报》因"苏报案"停办，两人联手主办《国民日日报》，对章辞著，抵足而眠。在"二次革命"中，两人齐声武力讨袁，革命失败后均遭通缉，流亡日本，共办《甲寅》杂志，可谓志同道合，相交莫逆。陈独秀曾以"章子当年有令名"的诗句赞扬这位诤友。1915 年，陈独秀创办《青年杂志》，提倡民主和科学，开展文学革命，反对封建伦理道德和专制礼教，发起新文化运动。这时，章士钊则主张"新旧调和"，走向保守。1924 年以后，章士钊先后担任段祺瑞临时政府的司法总长、教育总长，尤其在 1926 年震惊全国的"三一八"惨案中充当了镇压学生运动的帮凶，令陈独秀义愤填膺，特致快信一封，痛骂一顿，宣布断交。一个与时俱进日新月异，一个开了历史倒车，从此两人分道扬镳，反目为仇。1927 年，章士钊复刊《甲寅》，陈独秀闻讯后公开发表文章痛骂章士钊："章士钊拿了黄兴的钱办《甲寅》，也只能算是放狗屁。后来拿了段祺瑞的钱，便是狗放屁。现在拿了张宗昌的钱办《甲寅》，更是放屁狗了。放狗屁的毕竟还是一个人；狗放屁固然讨厌，或者还有别人用处；放屁狗只会放屁，真是无用的废物。"陈独秀嬉笑怒骂，毫不留情。

陈独秀被捕后，章士钊不计前嫌，挺身而出，亲自赶赴南京，主动要担任陈独秀的辩护律师。章士钊是"九一八"事变后到上海开设律师事务所的，现在的事业如日中天，在全国律师界最有名望，手底下的帮办业务就多达20余人。没想到的是，到了南京后，陈独秀将他拒之门外，不想见他。章士钊怒发冲冠，不顾一切冲进法院看守所，见到陈独秀，劈头盖脸地责问道：

"为何不见？为兄辩护，只尽义务，不收铜板！"

"倘若弃暗投明，我欢迎你这样来为我辩护！"陈独秀不依不饶。

见陈独秀死到临头还纠结他的过往，还要他投降，章士钊大发感慨，赋诗一首，对陈独秀的为人表示无限钦佩。诗曰：

龙潭血战高天下，一日功名奕代存。王气只今收六代，世家无碍贯三孙。廿载浪迹伤重到，此辈青泥哪足论？独有故人陈仲子，聊将糟李款牢门。

11月3日，陈独秀读了章士钊的这首诗作之后，深深被老朋友希望重建友谊的赤诚所打动，也就不计前嫌，决定聘任章士钊作为自己的辩护律师。因涉案同志太多，彭述之等人聘请的律师还有平京法律事务所律师彭望邺、吴之屏、蒋豪士和刘祖旺等。陈独秀觉得如"烦请律师过多，转易引外间无谓之注意"。[1]

章士钊曾任段祺瑞临时政府的司法总长，又是闻名全国的报人和老同盟会革命党人，现在是有钱都难以请到的全国著名大律师，毛遂自荐且不收分文地给已经与自己"绝交"的陈独秀担任辩护律师，一时间在全国传为美谈。有人赞说："顾章与陈之政见，绝不相容，一旦急难，居然援手于不测之渊，斯以奇矣！"

---

[1] 段锡朋致胡适信，见《胡适往来书信选》（中），中华书局1979年版第141页。

章士钊为陈独秀辩护，可谓是新闻之上的新闻。但两位有着30年情义的老朋友在法庭上能够冰释"绝不相容"的政见吗？人们拭目以待，好戏确实还在后头。

笔记 H 劝降与拒降

作为一个政治人物，作为中国思想界和文化界的巨星，完全具有明星范儿的陈独秀，他的价值是可想而知的。这样的人物，就是旗帜，就是导向。如今，陈独秀被蒋介石以"危害民国罪"抓进了大牢，这位"民主"和"科学"的播种者、这位为自由而革命的斗士，从此精神上和肉体上都被牢牢地绑缚起来，失去了自由。

蒋介石知道，像陈独秀这样的人物，想当年他也是望其项背。如今，陈独秀已经关进大牢，究竟该如何处置？对他来说还真是一个十分棘手的问题，甚至有些无奈。此前，在社会各界强大的营救声援中，他及时果断地做出了由"军法处置"改为"法院公开审判"的决策，应该说是对时势的一个正确判断，不仅对他个人的政治形象和亲民作风加分不少，而且赢得了新闻舆论的赞扬，可谓是维护国家司法尊严、尊重法治精神的具体行动。对陈独秀如何依法公开审判？蒋介石或许一时还难以拿出一个最佳的方案。但有一点他是清楚的，现在对江西苏区的艰难"围剿"面临诸多困境，要强力贯彻"攘外必先安内"政策，完全可以利用陈独秀在中共的地位和影响力以及当下中共"干部派"和"反对派"之间的矛盾，来达到以"共"制"共"的目的。于是，蒋介石命令国民党中央党部，组织各种人员和社会力量对陈独秀进行劝降活动。

其实，失去人身自由的陈独秀，哪里能够适应这种禁闭的牢狱生活，他甚至觉得与其让他坐监，不如立即处死。在看守所里，他就曾致信胡适，说："以弟老病之躯，即久徒亦等于大辟，因正式监狱乃终日禁闭斗室中，不像此时在看守所中尚有随时在室外散步及与看守者谈话之自由，狱中购买药品和食物当然更不方便，所以我以为也许还是大辟爽快一点。"[1]

现在，在陈独秀面前有两条路可以选择：第一，面对即将生不如死的牢狱之灾，遥遥无期，如果参照"牛兰案"审理，判处的或许将是无期徒刑；第二，面对蒋介石派来的说客，不仅免除牢狱之苦，指日可待，还可以享受高官厚禄。两条不同的道路，两种不同的选择，陈独秀会选择哪一条哪一种呢？

其实，对陈独秀来说，一切选择都是多余的。因为他就是他自己。这不仅是蒋介石没有想到的，也是所有参与说客工作的人们所没有想到的。

时任国民党中央组织部党务调查科科长的徐恩曾，就是亲自部署这次抓捕陈独秀的中统负责人，现在他亲自来到江宁地方法院看守所，充当起了蒋介石的说客。他晚年在《我和共产党斗争的回忆》一文中，对陈独秀有这样的一段回忆：

他精通很多的中国书，他有中国读书人的传统风度，他有坚强的民族自尊心，他完全不像排挤他的那些共产党徒那样甘心出卖自己的祖国而以苏俄为祖国。他在一九一九年中国新文化的启蒙运动中所作的贡献，至今仍受着青年们的景仰。所有这些，使他有别于一般的共产党人。同时，也使我多生自信，以为可以使他放弃过去的政治主张，而踏上纯正的民族主义道路。

可是接谈之后，我的信心动摇了。我发现他的态度相当倔强，他虽然坚决反对效忠苏俄的中共党徒的卖国罪行，但仍不肯放弃他对马克思主义的信仰；他虽已被中共开除党籍，但仍以真正的马克思主义者自命……我自己劝说无效，又邀请1919年前后在北大和他同事的许多老友向他进言，但他仍是这个态度。我们为了尊重他的信仰，以后便不再勉强他，只留他在南京过着宁静的读书生活。这一段生活，对他以后的思想的发展影响甚大。在他的最后的著作中，他指出他的思想变迁，是经过这五六年沉思苦想的结果……

陈独秀被捕之后，托洛茨基派在中国的活动，从此解体。此事我做得是否算好，现在想来实很怀疑，因为我在无意中替毛泽东立了一个大功，

---

[1] 陈独秀致胡适信，见《胡适往来书信选》（中），中华书局1979年版第143页。

替他剪除了一个不共戴天的仇敌，从此他就减少了一个"内部之忧"了！[1]

我们无法知道徐恩曾当年到底是如何劝说陈独秀的，也无法知道陈独秀是如何拒绝劝降的，但徐在陈面前"碰壁"而返，确实是真实的发生了。尽管徐恩曾在上述回忆中对中共、对毛泽东深怀敌意并多有诬蔑之词，甚至无厘头地诬蔑陈独秀与毛泽东是"不共戴天的仇敌"（陈与蒋介石才是"不共戴天"的仇敌），但在几十年后对陈独秀的景仰之情却依然不曾改变，可见陈人格之魅力。

事实上，充当蒋介石劝降说客，在陈独秀面前吃闭门羹的何止徐恩曾一人。就像他在回忆中所提到的，在"我自己劝说无效，又邀请1919年前后在北大和他同事的许多老友向他进言，但他仍是这个态度"。那么到底还有哪些说客呢？我们不妨再来看一看。

最早到江宁地方法院看守所来探望陈独秀的是北京大学校长蒋梦麟。10月31日，他就亲自带着书籍和水果，前来探视。1919年五四运动时期，他们之间是同事，也是朋友，当然也是晚辈。尽管他们之间没有像《新青年》同人胡适、李大钊、钱玄同、刘半农、陶履恭、高一涵、沈尹默及周氏二兄弟之间那么亲密，但蒋对陈的敬意和交往都是十分真诚的。1927年李大钊牺牲后，他的夫人和四个孩子仅靠北大的抚恤金度日，生活极其困难。抚恤金期满时，时任北大总务长的蒋梦麟在校务会上提出延长期限的议案，当场就有人提出反对。蒋十分严肃地说："同人中谁要像守常似的为了主义被他们绞死，我们也可以多给一年恤金。"[2]会场上顿时哑口无言。尽管信仰不同，但蒋氏内心对"南陈北李"都深怀同情和敬意，古道热肠。蒋梦麟会不会充当蒋介石的说客呢？有学者认为，蒋氏如此崇敬"北李"，绝不会充当国民党的说客，使"南陈"陷于不义之地。[3]但时过境迁，我们不要忘了"北李"是国共合作时期被张作霖绞死的，如今国民党一党独

[1] 徐恩曾：《我和共产党斗争的回忆》，引自沈云龙著《有关陈独秀生平的补充资料》，台湾《传记文学》1977年8月第31卷第2期。
[2] 《回忆李大钊》，人民出版社1980年版第113页。
[3] 任建树：《陈独秀传》，上海人民出版社1989年9月第1版第541页。

大，蒋介石独裁一统，国内形势已大不比从前，作为国民政府的高级幕僚，蒋梦麟第一时间在看守所出现，自然不仅仅是出于私谊和情分，其充当说客的身份和角色以及亲和力要比徐恩曾强得多，且最合适不过，只不过他劝说的方式更委婉些，少了些政治化罢了。

最多到江宁地方法院看守所探视陈独秀的人是北大学生段锡朋，而且给狱中陈独秀帮助最多的也是他。这位五四爱国运动的学生领袖，当年是北大学生会主席、1919 年 5 月 4 日天安门学生集会游行示威大会的主席，后来担任了北京学联的主席，继而成为全国学联第一任会长。但也正是他，在 1927 年初大革命高潮中在江西为适应蒋介石反共需要，并由蒋圈定、创立"AB 团"，成为极端的反共分子，如今已官至国民党中央执行委员会委员。曾经的学生与导师的关系变成了敌我关系，如今学生充当了导师之敌的马前卒，导师成了学生之政党领袖的阶下囚。政治归政治，情谊归情谊。陈、段之间在南京的关系走动之密切超过了陈与任何国民党高官，直至法院审判正式入狱之后，段个人几乎成为陈的狱外私人秘书，而段家也几乎成了陈与狱外联络的中转站，代转信件和书籍，并赠送了大量的衣物食品，陈也慨然接受。但即使如此，段锡朋的私人情感"外交"，依然没有也不可能撼动陈独秀的坚定信仰。

在此期间，借名探视来向陈独秀劝降的大人物还有不少。有传说蒋介石甚至派自己的夫人宋美龄来监狱看望陈独秀，不过这只是野史传说而已，正史似乎没有根据。但时任国民政府铁道部部长、陈独秀的老朋友顾孟余亲自来看守所劝降陈独秀，确实也碰了一鼻子灰。他回去后大发牢骚，甚至开口骂娘，气愤地说："这老头子，给脸不要脸，他以为他是谁呀？都当了囚犯了，还充好汉。"

陈独秀到底是不是"好汉"，还是真的"不可救药"，不用多说。但蒋介石的劝降，对从小就"不怕打、不怕杀"的陈独秀来说，真是枉费心机，无可奈何，所以"以后便不再勉强他，只留他在南京过着宁静的读书生活"了。在大是大非面前，陈独秀言行一致，身体力行。"富贵不能淫，威武不能屈，贫贱不能移"，他做到了。

笔记 I　公诉

"陈独秀案"是在 1932 年 10 月 29 日开始正式进入司法程序的。此前一天，江苏省高等法院派检察官朱儁偕主任书记官孙增厚等人从苏州赶到南京，侦办"陈独秀案"。

10 月 29 日上午 9 时半，朱儁在江宁地方法院刑事第二法庭开庭，提讯陈独秀、彭述之。在法庭上，陈独秀与彭述之对检察官的讯问一一作了回答，有理有利有节地反驳了检方的指控。第一次审讯至中午 11 时才结束，朱儁检察官决定"将于下星期一再开庭侦查一次，即返苏提起公诉"。同时，朱儁"以本案案情重大，条谕看守所，在侦查期中，拒绝一切接见，及书信往还"。[1]

"陈独秀案"轰动全国，现在江苏高院检察官开始进行起诉，陈独秀将如何应对？他将为自己的所谓"罪行"进行怎样的辩护？身无分文的他能不能或者说请不请得起律师呢？法院又该如何审判陈独秀？判决最终又将是一个什么样的结果？这一个个问号，都是许许多多关心陈独秀的人们翘首期待的。

朱儁检察官经过两次侦讯后，主任书记官孙增厚调集到庭证据达八箱之多，因此决定"检察官的侦察期限为二至四月完成"。侦讯结束后，检察官带着调集的证据回到苏州办理，直至第二年（1933 年）的 4 月初才作出侦查终结，认为对"被告陈独秀、彭述之（即张次南）、王武（即宋逢春）、濮一凡、王子平、何阿芳、王兆群、郭竞豪（即彭道之）、梁有光、王鉴堂"十名在押人员"民国念一年[2]刑事第三八号危害民国一案"，应行提起公诉。在朱儁执笔的"起诉书"中，有关陈独秀部分的文字，照录如下：

被告陈独秀，系安徽怀宁人。初在日本东京大学读书，于前清宣统元二年（一九〇九年——一九一〇年）间，曾一度回国从事著作。光复后，又

---

[1] 原载《申报》1932 年 10 月 20 日第 3 版。
[2] 念，即廿，二十的大写。

往日本继续求学。至民国四年（一九一五）回国到上海，在青年报[1]当主笔。一以反宗教军阀及孔子主义为目的。民国五年（一九一六）至北京大学当文科教务长，直至民国九年（一九二〇年），复回上海办青年报，是年即加入共产党。旋往广东任教育厅长，约一年，因病回沪。民国十一年（一九二二）赴莫斯科住约二月，回国后，被派为共党总秘书[2]，直接受莫斯科命令，指挥各地共党活动。至民国十六年（一九二七年），因国民党清共，共党失败，第三国际以被告执行职务不力，将其总秘书职务开除。彼时共党内部分裂为二：①为斯丹林[3]派，又名干部派。②为托洛茨基派。被告侧重于托洛茨基一派，自与干部派意见不合。至民国十八年（一九二九年）下半年，复经开除党籍。于是被告纠集一般开除党籍者，若彭述之、王子平、宋逢春等，在上海组织中国共产党左派反对派团体，举被告与彭述之、张九为中央执行常务委员，宋逢春、濮一凡二人为候补常务委员。复在北京、天津、广州、香港等处，组织支部，分头活动。因限于经费，仅参加工会及学生运动。而农会方面，党员较少，无法扩张。党内刊物有《校内生活》及《火花》两种，均由被告负责编辑。以上事实，均经被告在捕房高二分院及本处自白，核与共犯彭述之等供词，尚称符合。

查被告为中国共产党左派反对派中央执行常务委员首席（以下简称中央反对派），是为一党之主脑。其个人行动，及发表之反动文件，应负责任，固无论矣，即以中央反对派名义刊行之反动传单宣言书，及其指挥之行动，亦应由其完全负责。详阅中共反对派名义发表之《政治决议案目前的局势与我们的任务》（证据第二四号），《五卅七周纪念告民众书》（证据第五号），《对时局宣言》（证据第六号），《组委通告》（证据第七号），《为日本主义进攻上海告民众书》（证据第十一号），《为日本占领淞沪告全国民众》（证据第十五号），《沪东区委员为日本在上海进行大屠杀告民众》（证据第十六号），《为日本占领…（原文如此。引者注）沪告全国民众》（证据第二六号），《北京特委最近工作计划》（证据第三三号），

---

[1] 即陈独秀 1915 年 9 月 15 日创办的《青年杂志》，1916 年改名《新青年》。
[2] 陈独秀是在 1921 年 7 月召开的中共一大上当选中共中央总书记的，又称中央局委员会委员长、秘书长。
[3] 即斯大林。

一面借口外交，竭力宣传共产主义；一面则对于国民党政府，冷嘲热讽，肆意攻击。综其要旨，则谓国民党政府威信堕地，不能领导群众，应由其领导农工及其无产阶级等，以武装暴动，组织农工军，设立苏维埃政权，推翻国民政府，由无产阶级专政。并欲打倒资本家，没收土地，分配贫农。其言词背谬，显欲破坏中国经济组织，政治组织，而其个人名义所发表之《中国将往何处去》（证据第二六号），《此是抗日救国运动的康壮大路》（证据第二六号），《国联第二次决议后之局势》（证据第二六号），《为纪念五一告工友》（证据第二六号），竟目三民主义为反动主义，并主张第三次革命，坚决扫荡国民党政府，以革命民众政权，代替国民党政权。其意在危害民国，已昭然若揭。惟查共产党进行之程序，原有组织团体，宣传主义；武装暴动，设立苏维埃政权等各阶段。察核被告所为，仅只共产主义之宣传，尚未达于暴动程序。然以危害民国为目的，集会组织团体，并以文字为叛国宣传，则证凭确实，自应令其负责。

无论是作为当时的法律文书，还是作为一份历史档案，应该说，这份起诉书比较客观真实地解释了陈独秀所谓"危害民国"的"罪行"。在这一点上，甚至连陈独秀本人也不会否认。当然，以现在的眼光看来，陈独秀的功罪是非，已经完全不是法律上的问题了，其所谓"应由其领导农工及其无产阶级等，以武装暴动，组织农工军，设立苏维埃政府，由无产阶级专政。并欲打倒资本家，没收土地，分配贫农"等等，这不正是他创建中国共产党、投身中国革命最初和最终的目的吗？

笔记 J 第一次开庭

"黑云压城城欲摧"。1933年4月14日，一场瓢泼的大雨突然倾盆而下，六朝古都南京的大街小巷顿时白茫茫一片。这天上午，江苏省高等法院将在江宁地方法院刑事第二法庭第一次公开审理陈独秀等"危害民国案"。南京，再次成为中国新闻媒体的焦点。

大雨没能阻挡京津沪各地大大小小媒体记者的脚步，他们云集南京，早早地来到江宁地方法院守候，以便在第一时间报道"陈独秀案"的开审情况。南京警察厅应江宁地方法院要增援警力的请求，专门增派了一个排的武装保安队负责法庭内外的安全保障。

如果从1932年10月15日陈独秀在上海被捕起算，至今已经整整过去了180天；如果从1932年10月29日检察官朱儁第一次在江宁地方法院侦讯陈独秀正式进入司法程序算起，至今已经整整过去了165天。国民党将陈独秀逮捕入狱并决定交法院审判，为什么一拖再拖迟迟不开庭审理呢？难道真的是因为"调阅案卷，颇费时日"吗？其实不然。

谁都知道，"陈独秀案"已经轰动全国，作为这样一位声望卓著、特立独行的人物，如何审理和判决，显然是一件十分棘手的事情。也就是说，"陈独秀案"对法官来说，是谁也不想沾边的。审得好，好；审得不好，里外都不是人。一句话，这案子，没人敢接。

已经拘押了半年之久，彭述之在狱中对迟迟不开庭审理也感到奇怪，生怕又有什么变故，就忧心忡忡地问陈独秀这到底是怎么回事。陈独秀看得清楚，告诉彭述之："高等法院派人，颇费周折，谁也不愿审理这种倒楣的案件，一点油水没有，还要上下受气，挨人咒骂。他们实行'推事'（国民党政府的法院审判官称为推事。引者注），不是推敲法律，而是把事情推开了事，推来推去。"真可谓一语中的。

就是这样地"推来推去"，过了半年之久，江苏省高等法院终于选派了一位名叫胡善偁的法官担任"陈独秀案"的审判长，同时参加庭审的两名推事名叫张秉慈、林哲民，书记官名叫沈育仁。他们和检察官朱儁一起，来到南京，在江宁地方法院全盘负责审理"陈独秀案"。

笔记历史，忠于事实。在以下叙述中，本书坚决坚持辩证地历史地使用原始档案和资料，不篡改，不臆测，不妄评，不想象，力求回到历史现场，还原历史本真。[1]

1933年4月14日上午9时30分，第一次庭审开始。

审判长胡善偁，推事张秉慈、林哲民，检察官朱儁，书记官沈育仁等

---

[1] 以下庭审资料原载1933年5月1日出版的《国闻周报》第10卷第17期，引自强重华等编《陈独秀被捕资料汇编》，河南人民出版社1982年6月第1版。

莅庭升座。同时，被告辩护律师章士钊、吴之屏、彭望邺、蒋豪士、刘祖望等五人入座律师辩护席。参加旁听的各界人士百余人。

9 时 35 分，书记官沈育仁宣告开庭。随即，在法警的监押之下，陈独秀、彭述之、濮一凡、王武（原名宋逢春）、何阿芳（原名何智琛，亦叫何子贞）、王兆群（原名罗世藩）、王子平（原名曾猛）、郭竞豪（原名彭道之）、梁有光、王鉴堂（原名王平一）十人，走上被告席。为方便读者诸君一目了然"陈独秀案"所涉被告的基本情况，笔者简要列表介绍如下：

"陈独秀案"涉案十名被告基本情况一览表

姓　名	化名笔名	性别	年龄	籍贯	被捕地点或住址	职业	辩护人
陈独秀		男	55	安徽怀宁	上海岳州路永兴里 11 号	无业	章士钊 彭望邺 吴之屏
彭述之	张次南	男	35	湖南宝庆	上海东有恒路春阳里 210 号	无业	同上
宋逢春	王　武	男	26	河北沧县	上海四马路梁溪旅馆	无业	彭望邺
濮一凡	濮德治 濮清泉	男	28	安徽怀宁	上海圣母院路高福里 322 号，在招商局月刊工作	编辑	刘祖望 彭望邺
曾　猛	王子平	男	33	浙江永嘉	上海唐山路业广里 335 号	印刷	彭望邺 蒋豪士
何智琛	何阿芳 何子贞	男	27	浙江	上海唐山路业广里 335 号	铜匠	吴之屏 彭望邺
罗世藩	王兆群	男	28	安徽宿县	上海春阳里	教员	彭望邺 蒋豪士
彭道之	郭竞豪	男	21	湖南宝庆	上海白克路修德里	学生	吴之屏 彭望邺 蒋豪士
梁有光		男	33	广西贵县	上海大同路斯文里 1044 号	首饰匠	蒋豪士 吴之屏
王鉴堂	王平一	男	28	山东临淄	上海福履路建业里 21 号	纸烟店主	彭望邺 吴之屏 蒋豪士

待诸被告人坐后，审判长胡善偁逐一详细讯问了陈独秀、彭述之等人的年龄、籍贯、住处、职业。他们都一一做了回答。

回答完毕，按照法庭程序，检察官朱儁向法庭报告了陈、彭等十人的拘捕经过。大概情况如下："以上各人，初经上海高二分院审讯，旋于10月20日先将陈彭二人押送来京，拘押军政部军法司，因陈彭等既非现役军人，而犯罪地点，亦核与危害民国紧急治罪法第七条上段不合，即转送江宁地方法院看守所拘押。经侦查审讯，二人对加入共党，供认不讳。且在陈寓搜获之反动刊物，有二刊物，内有陈彭署名之著作，陈彭为中国共产党中央执行委员会常务委员，亦供认不讳，惟尚无暴动事实。又王武（即宋逢春）对加入共党，供认不讳，濮一凡虽不承认为共党，惟彭述之曾供濮为中执会常委，郭竞豪（即彭道之，彭述之兄弟）在其寓所搜获共党名册，并为共党广西视察员。王鉴堂为根据搜获之通讯小纸条捕获者。以上各人依据《危害民国紧急治罪法》第二条和第六条起诉。其余各人依据第二条起诉。"而《危害民国紧急治罪法》的第二条第二款内容是"以危害民国为目的"，"以文字、图画或演说为叛国之宣传者"；第六条内容是："以危害民国为目的而组织团体或集会，或宣传与三民主义不相容之主义者，处五年以上、十五年以下有期徒刑。"[1]

检察官朱儁宣告完毕后，法庭书记员宣布首先审讯陈独秀。彭述之等九人退至待审室候审。在法庭上，按照当时《国闻周报》记者的描述，陈独秀"两鬓已斑，须长寸许，面色红润，已无病容，四周瞻顾，态度自若"，依然是一副狂狷者的本色。紧接着，审判长胡善偁按程序先是询问了陈独秀的姓名、年龄、籍贯之后，开始了法庭审讯，并记录口供。

胡善偁问（以下简作"问"）：以前作何事？

陈独秀答（以下简作"答"）：在教育界做事。

问：在何处？

答：在北京。

问：在北京何校？

---

[1] 引自《中华民国史档案资料汇编》第五辑第一编，江苏人民出版社1994年版第291-292页。

答：在北京大学当教授。

问：在民国几年？

答：记不清，大约在民国五六年。

问：当教授以前作何事？

答：无何事，读书。

问：做教授几年？

答：大约三四年。

问：退职后往何处？

答：到上海。

问：做何事？

答：未做事，闲住。

问：在民国几年？

答：大约在民国九年十年。

问：在上海住几年？

答：在上海住两年。

问：以后往何处？

答：到广东。

问：何时到广东？

答：大约民国十年以后。

问：在广东做何事？

答：做教育厅长一年。

问：做厅长后又往何处？

答：回上海。

问：在上海做何事？

答：无事。

问：民国几年回上海？

答：大约民国十一二年。

问：共党活动，是否受莫斯科指挥？

答：是。

问：一九二七年清共后，住何处？

答：迁住上海。

问：先在何处？

答：在武汉。

问：当时共党之活动，第三国际态度如何？是否满意？

答：无所谓满意不满意。

问：共党书记是否即总秘书长？

答：是。

问：何时被开除？

答：记不清，大约在民国十七年十八年。

问：为何被开除？

答：因意见不同。

问：被开除后做何事？

答：未做事。

问：共党分几派？

答：分托洛茨基与史大林两派。

问：托洛茨基现在何处？

答：现在情形不知。

问：共党内常委几人？

答：五人，然五人中，并无宋逢春，因宋于被捕时方出狱一周余，宋在狱中何能当选常委。

又濮一凡为一三十余岁面黑之人，倾见者乃一漂亮小孩子。

问：彭述之曾供濮一凡为常委？

答：不对。濮非常委，恐因语音不同而有舛误。

这时，章士钊站起来说：检察官记录，并未见过，恐有错误，请发下一看。

检察官朱儁回答说：待将来整理后当宣读。

问：对于红军主张如何？

答：红军为特别组，要先组织苏维埃政府，照现在状况尚用不着红军。

共党理论，先要有农工为基础，待有政权，才需要有军队。

问：在《火花》第一卷第十一期中有《如何救中国》一文，主张平民革命，建设苏维埃政府，是否为与彭述之合著之作品？

答：记不清，意思是如此。

问：《告党内同志书》一文，内有当共党欲实行暴动，曾有信去指说现在尚未至革命高潮，国民政府尚不能崩溃，徒使党离开民众，应请改变政策等语。是否是你作的？

答：是有的。

问：中国共产党反对派即"托派"最终目的如何？

答：世界革命，在中国需要解放民众，提高劳动者生活，关于夺取政权，乃当然的目的。

问：《斧》在何处发行？

答：在华北发行。

问：书中有召集不具名会议，是何意思？

答：国民党不召集时，由共党召集，共党不能召集时，即在国民党势力参加之。

问：与皖、湘、闽、赣等省共党不能合作，是否因政策不同？

答：是。

问：党内教育界学生方面有人参加否？

答：当然有，工人比较多，其余各界均有。

问：是否常开会？

答：不一定。

问：几时生病的？

答：去年八月间。

问：未生病前开会是否常到？

答：开常（委）会常到。

问：被捕十人中，有几人认得？

答：以政治犯资格，不能详细报告，不做政府侦探，只能将个人情形报告。

陈独秀的回答引得旁听者哈哈大笑，他沉着冷静、不卑不亢的精神状态令人佩服。在法庭上，该说的，他毫无顾忌，不推不诿；不该说的，他义正词严，巧妙周旋。为了保护同志，他主动承担责任，提出宋逢春、濮一凡都不是"托派"的"常委"，以期缓解同志的"罪责"。敢作敢为敢于担当的陈独秀，面对审判，斩钉截铁地回答革命的目的就是"解放民众，提高劳动者生活，夺取政权"。而当审判长七拐八拐地问到"被捕十人中，有几人认得"时，陈独秀坚决拒绝，"不做政府侦探"，不出卖自己的同志，可谓忠诚不阿，坚贞不屈。

在全场的哄笑声中，审判长胡善偁一时语塞。最后，他直截了当地问陈独秀："何以要打倒国民政府？"

陈独秀理直气壮地回答说："这是事实，不否认。至于理由，可以分三点，简单说明之，（一）现在国民党政治是刺刀政治，人民即无发言权，即党员恐亦无发言权，不合民主政治原则。（二）中国人已穷至极点，军阀官僚只知集中金钱，存放于帝国主义银行，人民则困苦到无饭吃，此为高丽亡国时的现象。（三）全国人民主张抗日，政府则步步退让。十九路军在上海抵抗，政府不接济。至所谓长期抵抗，只是长期抵抗四个字，始终还是不抵抗。根据以上三点，人民即有反抗此违背民主主义与无民权实质政府之义务。"

陈独秀如此尖锐露骨、一针见血地批评国民党政府，令在座的法官和听众都大吃一惊。他的浩然正气和决死的勇气，感染了法庭上每一个人的心。一问一答之间，时间不知不觉已经到了中午 11 时 35 分。第一次庭审就这样在陈独秀大义凛然地批判国民党政府的回答声中结束了。

胡审判长宣布审讯结束，陈独秀随之退庭。

紧接着，法庭审讯了彭述之。当法官问他"你什么时候被共党开除，为什么原因？"彭述之回答说："与陈独秀同时被开除，因为政见不同。"当问到"你是不是托洛茨基派"时，彭述之说："其实不能称为托洛茨基派，他不过是一个领袖而已。"随后，法官还就"共产党的基础是什么"、"红军是不是需要"、"托洛茨基派在上海有多少人"等问题进行了询问，彭述之的回答基本上与陈独秀差不多。法官问："你们的经费是哪里来的？"彭述之回答："自己掏腰包。"法官又问："你反对国民政府吗？"彭回答："当然反对，不然我也不会到这来。"接着彭叙述了自己为什么反对的理由。法官问："你们有没有暴动？"彭答："没有暴动，文字宣传，当然是有的。"对彭述之的审讯持续近一个小时，至 12 时 30 分结束。

彭述之退庭后，法庭在上午又接着传讯了濮一凡和宋逢春。对在招商局任月刊编辑的濮一凡，法官审讯时间比较短，只用了 15 分钟时间，至 12 时 45 分就结束了。审讯中，濮一凡说："谢少珊在高二分院，说我是委员，其是滑稽，我不是共产党，怎能做委员。被捕后招商局总经理要保我，但是他自己另案发生问题，月刊编辑处，共有四个人，他们因为共产嫌疑案，恐怕连累，当然不敢出来说话，我是冤枉的。在高二分院，陈独秀曾供过不认识我，有案可查。"审讯中，律师刘祖望亦起立陈述，"谓在濮之住所内搜出之箱子，上面另有图记，应注意，并且箱内有许多信件，被西捕丢掉，应将搜查之西捕传来证明"。

宋逢春在审讯中回答说："去年 10 月 15 日，在东有恒路春阳里被捕，我是去找谢少珊借钱的，因为我在 10 月 15 日，因病由狱中保释，身边一个钱都没有，谢少珊是我以前的朋友，他答应借钱给我，我同他回去，就被逮捕。我以前是共产党托洛茨基派，但 10 月 15 日保释后，未有行动，说我是共产党候补中委，我不便鱼目混珠，请庭上亦不要指鹿为马。"

至此，已经是下午 1 时 30 分了。无论是被告、律师，还是法官和检察官，大家都已经感到有些疲惫了。于是，审判长胡善僄传各被告，"谕本日时间已迟，改明日上午九时，继续开庭审讯"。

笔记 K　第二次开庭

1933 年 4 月 15 日上午，"陈独秀案"第二次庭审依然在江宁地方法院刑二庭审理。

这次庭审，听众有百余人，社会各界人士均有，尤其以学生为多。法庭旁听席的座位早已挤满，晚来的听众只能站在后面。

9 时 55 分，审判长胡善僻，推事张秉慈、林哲民和检察官朱儁、书记官沈育仁等走进法庭入座，被告律师章士钊、吴之屏、彭望邺、刘祖望、蒋豪士五人也同时莅庭。

庭审开始，陈独秀、彭述之、濮一凡、王武四人由警员签押到庭。

审判长胡善僻先传讯陈独秀，问道："昨日审讯之笔录，今由书记官宣读，内有错误不对处，你可以现在声明更正。"随后，书记官沈育仁朗读了昨天的庭审笔录，陈独秀听后，略有修正补充。接着，书记官依次宣读了彭述之、濮一凡、王武（宋逢春）等人昨天的庭审笔录，各人也都略有补充修正。宣读完毕后，陈独秀等四人退出法庭。

第二次开庭主要是审讯第一次庭审还没有审讯的王子平、何阿芳、王兆群（罗世藩）、郭竞豪（彭道之）、梁有光和王鉴堂等六人。

审讯过程中，王子平和何阿芳均承认自己曾加入中国共产党，在莫斯科大学、东方大学和中山大学读过书，后来均因政见不同被开除。被捕时主要的工作是印刷"托派"的机关刊物《火花》与《校内生活》。他们不承认检察官的控罪，被捕前都不认识陈独秀。化名王兆群的罗世藩，依然以化名的身份说明自己始终未加入中国共产党，因经朋友介绍到上海找工作暂住谢少珊家而被捕，其他任何事情都不知道。被捕时，他正在翻阅电影杂志。郭竞豪承认自己原名彭道之，是彭述之的弟弟，在去业广里周姓友人家去借钱时被捕。梁有光供认自己是去年 10 月 1 日由广西到上海的，初住旅馆，10 月 14 日移寓大通路斯文里一位姓沈的朋友家中，15 日"夜闻敲门声甚急，旋见沈姓友人自窗越出，本人当时意想恐有事变发生，故亦自窗越出，拟至邻屋暂避，因堕地被捕"。他不承认自己是"共党"，对"托派"活动也全不知情。王鉴堂在法庭上给人的印象就是一个"乡愚"，且言语口吃不清，状极可悯。他供认自己在上海福厦路开设小纸烟店，"楼上前后楼则出赁他人居住，前楼前曾有薛某居住过，去年 7 月薛离沪往普陀山，当时因尚欠房租洋 21 元，即留木箱四只为抵，存本人楼下卧床底下，箱内为日用家具及书籍等，故当时搜获之书籍即薛姓物也。后楼刚赁王某居住，王在上海市政府做事。巡捕来本人处搜查时，王已外出，因本人亦姓王，故亦被捕"。

对上述六个人审讯完毕后，审判长胡善偁再次传讯陈独秀、彭述之、濮一凡和宋逢春四人到庭。

审判长胡善偁首先问陈独秀："托洛茨基派之最终目的如何，是否为推翻国民党，无产阶级专政？"

陈独秀回答说："是。"

胡接着问彭述之："托洛茨基派最终目的如何？"

彭述之回答说："世界无产阶级革命。"

胡又问："是否为推翻国民党，无产阶级专政？"

彭回答说："是。"

胡再问宋逢春："有一文件，为第二次总干部常会会议，上有你的名字。"说完，将此文件递给宋逢春阅看。宋看后，说："这是 1930 年的事，此文内容，完全是骂我，此项证据，在 1930 年，时间既不够，依文字内容，实可为本人反证。"接着，胡善偁又将一刊物递给宋逢春阅看。阅毕，宋说："此亦为无关系之文件。"

最后，胡善偁讯问传濮一凡："你供是安徽人，不是四川人。"濮回答："是。"又问："你供至春阳里是去找人的。"濮答："是。"再问："你在招商月刊内之作品已见过，你与共党是否完全无关系？"濮答："本人研究的是文学，其他所谓主义完全不知。"

最后，审判长胡善偁宣称："本案因公安局尚有一部文件未到，明日（16日）为星期日，定 18 日上午开审。"

章士钊等五位律师共同要求法庭第三次开庭时间再推迟两天。审判长同意了律师们的请求，遂决定第三次开庭时间为 4 月 20 日上午 10 时。

至此，第二次庭审结束。退庭时，已是下午 1 点钟了。

笔记 L　第三次开庭

"陈独秀案"的审判就像一台大戏正在南京上演。主角陈独秀不仅是媒体追逐的对象，而且受到广大普通民众的追捧和敬仰。这颗五四运动以来明星级的人物的影响力依然强劲。

4月20日，第三次庭审如期举行。原定上午10时开庭，但9时左右，旁听者就已经陆续赶来，甚至有许多人是特此自从镇江、无锡、上海等地专程赶来的。他们聚集在法院门口，请求签发旁听证。但是法庭的座位实在太少了，不敷容纳，旁听者依然络绎不绝地赶来，到10点钟的时候，旁听席上已无地可容，拥挤不堪，许多人就站在座位两旁，有的站在记者席之后，有的只好站在庭外，总计有二百余人。

因旁听者太多，法庭一时有些招架不住，致使开庭时间一推再推，迟至10时42分，审判长胡善偁，推事林哲民、张秉慈，书记官沈育仁，及检察官朱偁等才升堂就位，被告辩护律师章士钊、彭望邺、吴之屏、刘祖望、蒋士豪等亦联袂莅庭。首先，由书记官沈育仁宣告本日继续审理陈独秀等"危害民国"一案，法官即命提王子平、何阿芳、王兆群、郭竞豪、梁有光、王鉴堂等，到庭核对笔录，均无什么重要更正。接着，法官又传讯陈独秀、彭述之、王武、濮一凡四人，核对第二次庭讯笔录。陈独秀对党之最终目的与党候补常委的记录上进行了一些更正。

因为第三次开庭，也是最后一次庭审，法庭将进行公开辩论。在辩论之前，审判长对陈独秀等十人作最后的庭讯。

胡善偁首先讯问陈独秀，问："本案业经再度审讯，今犹有数语相询，王兆群是否即为罗世藩？"

陈答："不是。"

问："你前供称常委是你和彭述之，还有一个叫张九的是不是？"

答："是的。"

问："罗世藩是否常委？"

答："他是候补常委。"

问："王兆群是不是候补常委？"

答："不是的。"

其实，王兆群就是罗世藩。但为了保护自己的同志，陈独秀在法官面前说了谎。

接着胡善偁讯问彭述之，问："常委究竟是几个人？"

彭答："陈独秀刚才说过。"

问："候补呢？"

答："蒲亦芳和罗世藩。"

问："谢少珊说，常委均已被捕，何故？"

答："他背后说的话，我们不知道。"

问："罗世藩呢？"

答："没有抓到。"

问："那么罗世藩是另外一个人？"

答："是的。"

胡善偶再次讯问王武（宋逢春）："谢少珊供称，他住的地方，就是中央机关，是开常会的地方，对不对？"

宋答："我不知道。"

问："谢在高二分院供称，王武是常委，但只参加常会一次。"

答："据陈独秀彭述之所供，均证明我并非常委，被捕的那天，我并不是去开会，而是去借钱的。且按谢少珊之供词，亦谓我尚系第一次到他那里。至于我是否常委，到辩论的时候再说。"

接着，胡善偶又讯问了濮一凡、王子平等七人，濮坚称自己不是共产党员，王子平、何阿芳则坚称他们是为"托派"担任印刷工作，只是一种经济关系。何阿芳说："我觉得我相帮'托派'共党印刷刊物，并不是犯法的，而是和做铜匠一样的机械的工作。"王兆群（罗世藩）、郭竞豪（彭道之）等四人，依然坚决否认自己是共产党党员。至此，庭讯终结，时间已经是12时05分了。

12时20分，在法官讯问完毕后，检察官朱儁起立向法庭提起公诉，对本案被告陈独秀等十人的被捕经过、犯罪证据和犯罪事实加以说明。有关陈独秀的公诉部分，上述笔记已经说明，此处不再重复。对其他九人的公诉，均与前述情况大概相同，在此从略。

朱儁检察官公诉认为：综纳陈独秀之主张共有四个阶段：一是组织团体，二是宣传，三是武装暴动，四是无产阶级专政。"但是被告之行为，在第二阶段中至第三阶段，现在还办不到。综合所述被告实犯危害民国紧急治罪法第六条及第二条第二款"。彭述之的"犯罪情节与陈独秀相同，亦与陈独秀负同一责任，故所引犯罪条文亦与陈独秀同"。王武（宋逢春）"是候补常委，并且是重犯"，"实犯危害民国紧急治罪法第六条之罪"。"濮一凡也是在谢少珊家被捕，他否认是共产党。但是谢少珊供过，他是候补常委。又陈独秀也说过，候补常委第一个是濮一凡，第二个记不清楚。彭述之也供过，濮是候补常委。现在陈彭都否认此说。测其原因，陈是首领，自己愿负责，对他手下的，则想法开脱而已。被告所引条文亦是危害民国紧急治罪法第六条。"王子平负责印刷《火花》《校内生活》刊物，"所以他亦加入且帮助叛国宣传，毫无疑义，犯罪所引条文，与陈独秀彭述之同"。何阿芳"犯罪情形与王子平相同，所引条文亦同"。朱儁检察官认为王兆群"就是罗世藩，就是常委，亦无疑义"，"实犯危害民国紧急治罪法第六条之罪"。郭竞豪（彭道之）加入"托派"后，"从事沪东区区委及学生运动，亦犯危害民国紧急治罪法第六条之罪"。梁有光"是共党广西视察员，方由广西视察回来，他住的地方，就是罗世藩的家，则被告是共产党员，已有相当证据，犯罪所引条文与上同"。王鉴堂为共产党员，犯罪所引条文与上同。[1]

　　值得一提的是，朱儁在公诉结束时，特别向法庭作了如下说明："以上对各被告犯罪证据已说明，又本院前曾承审'牛兰案'，牛兰是'斯大林派'，与现在赣鄂皖豫闽粤湘各省'共匪'暴动，有直接关系。本案各被告，则并无关系，情节似属较轻，判决时请庭上酌量。"

　　朱儁的这个"情节似属较轻"的说明和提请法官"判决时请庭上酌量"的要求，应该说是一个比较正确的判断。但他的这个貌似客观的说明是否对陈独秀有利呢？我们接着往下看。

　　检察官公诉完毕已是下午1时45分。法官立即讯问陈独秀："是否尚有抗辩？"

---

[1] 原载《国闻周报》1933年5月1日第10卷第17期。

陈独秀回答说:"当然要抗辩。"随后,他义正词严地对检察官的公诉表达了自己的抗议,并进行了针锋相对的自我辩护。他说:"检察官论告,谓我危害民国,因为我要推翻国民党和国民政府。但是,我只承认反对国民党和国民政府,却不承认危害民国。因为政府并非国家,反对政府,并非危害国家。例如满清政府,曾自认朝廷即是国家,北洋政府亦自认代表国家,但是孙中山、黄兴等,曾推倒满清,推倒北洋政府,如谓推倒政府,就是危害国家,那么国民党岂非已叛国两次。但是这句话谁都不能承认,因为满清政府和北洋政府,根本不能算是国家。因此在理论上,我们反对国民党,反对国民政府,并不能即认为危害民国。"多么巧妙智慧的反驳啊!

　　在法庭上,陈独秀与法官、检察官唇枪舌剑,斗智斗勇,针尖对麦芒,互不相让,泰然自若,从容不迫,一时间被告仿佛成了原告,原告反而成了被告。江宁地方法院的刑事第二法庭现在就像是一个大戏台,正在上演一台好戏,相当热闹。就连国民党《中央日报》也以《隽语风生——法院审理陈独秀》为标题,在第一时间对审判情况进行了报道。

　　在自我辩护中,陈独秀慷慨陈词,义正词严地批驳和嘲讽蒋介石所谓的"民族主义"和"民生主义"。他说:"今天,国民党政府因予始终尽瘁革命之故,而加以逮捕,并令其检察官向法院控予以'危害民国'及'叛国'之罪,予不但绝对不能承认,而且政府之所控者,恰恰与予所思所行相反。国者何? 土地、主权、人民之总和也,此近代国法学者之通论,决非'共产邪说'也。以言土地,东三省之失于日本,岂独秀之责耶? 以言主权,一切丧权辱国条约,岂独秀签字者乎? 以言人民,余主张建立'人民政府',岂残民以逞之徒耶? 若谓反对政府即为'危害民国',此种逻辑难免为世人耻笑。孙中山、黄兴曾反对满清和袁世凯,而后者曾斥孙、黄为国贼,岂笃论乎? 故认为反对政府即为叛国,则孙、黄已二次叛国矣,此荒谬绝伦之见也。"

　　这时,旁听席上发出一阵笑声,听众交头接耳,纷纷赞许陈的辩诉精彩,言之有理。

　　审判长胡善偁生怕惹起麻烦,赶紧站起来大声说:"旁听者不得喧哗,被告陈独秀不得有鼓动言辞。"同时，为了表白自己，他又画蛇添足地讲了几句，说什么"要万众一心，上下一致，精诚团结"。

陈独秀说："你不要我讲话，我就不讲了，何必还要什么辩诉程序呢？"

胡善偁说："不是不要你讲话，要你言辞检点一点，你讲吧。"

陈独秀说："刚才你说团结，这是个好听的名词，不过我觉得骑马者要和马讲团结，马是不会赞成的，它会说你压在我身上，你相当舒适，我要被你鞭打还要跑，跑得满身大汗，你还嫌慢，这种团结，我敬谢不敏。"

陈独秀的话还没有落音，旁听席上又爆发了哄堂大笑。

胡善偁说："讲你的辩诉，不要讲骑马不骑马了，它与本案无关。"

陈独秀说："好，闲话休提，书归正传，我遵命讲我的辩诉了。"

又引起旁听席上一片笑声。

接着，陈独秀再次陈述了自己反对国民党与国民政府的三点理由：一是人民不自由，二是贪官污吏横行，三是政府不能彻底抗日，故不得不反对。他说："我主张无产阶级专政，组织苏维埃政府，并不危害民国。因以苏俄为事实之证明，苏俄政府殊为强国，即美国德国，亦不如之。国人对苏维埃三字，现视为洪水猛兽，此与同治光绪年间，视铁路为洪水猛兽者，情形相同，我们现在宣传组织苏维埃政府，或者许多人反对，且亦不为法律所赞同，但不能不赞同，即说是叛国。故法庭如对人民之政治思想，加以判断，即非人民之法庭，而成为宗教式之法庭，所以检察官之控告，根本不能成立，应请庭上宣判无罪"。（陈独秀的辩诉状全文内容见"笔记M"）

好戏继续上演。在陈独秀意气风发、酣畅泼辣地进行自我辩护之后，辩护律师章士钊起立辩护，从"言论"和"行为"两个方面，说明陈独秀"并未叛国，并谓陈对于三民主义，亦非极不相容，请求庭上宣告陈无罪"。章士钊口若悬河，引经据典，滔滔不绝，从下午1时一直讲到1时53分才结束。当时媒体记者记录在案，兹全文引用如下，读来确实酣畅淋漓。

本案当首严言论与行为之别。言论者何？近世文明国家，莫不争言论自由。而所谓自由，大都指公的方面而言。以云私也，甲之自由，当以不侵乙之自由为限，一涉毁谤，即负罪责。独至于公而不然，一党在朝执政，凡所施设，一任天下之公开评荐，而国会，而新闻纸，而集会，而著书，而私居聚议，无论批评之酷达于何度，只需动因为公，界域得以"政治"二字标之，俱享有充分发表之权。其在私法，个人所有，几同神圣，一有侵夺，典章随之。以言政权，适反乎是，甲党柄政，不得视所柄为私有，乙党倡言攻之，并有方法，取得国人共同信用，一转移间，政权即为乙党所承。"夺取政权"云云，"夺取"二字，丝毫不含法律意味。设有甲党首领以夺权之罪控乙，于理天下当无此类法院足辩斯狱。

法院之权，尽可推鞠违法之帝王，而独未由扶助怙势不让之政府者，凡政争之通义则然也。律师曩游英伦，闻教于法家戴雪，彼谓国会改选，两党之多数互易，而在朝党不肯去位，而在野党殊无法律救济之途。诉之法官，法官必无法置对。而英伦自有宪政以来，在朝党从不以不肯去位闻者，全由名誉律为之纲维。故本斯而谈，政权转移之事，移之者绝不以为咎，被移者亦从不以为诟。我往彼来，行乎自然，斯均衡之朋谊，亦作宪之宏轨。十八世纪后，欧美国家之逐步繁昌，胥受此义之赐，稍有通识，颇能言之。至若时在二十世纪，号称民国，人民反对政府，被不越言论范围，而法庭遽尔科刑论罪，同类无从援乎，正士为之侧目。新国家之气象，黯淡如此，诚非律师之所忍形容。中国历代暴主兴文字狱者无论也，欧洲在中古黑暗时期，士或议政，辄遭窜杀；惟英伦自大宪章确立后，"王之反对党"一名词，屹然为政治上之公开用语，人权得所保障，治道于焉大通。各国效法，纷立宪典，遂蔚成今日民权之盛备。倘适伦敦或之纽约，执途人而语之，反对政府应为罪否？将不以为病狂之语，必且谓是侮蔑之词。如本案检察官起诉书："一面对于国民党政府冷讥热骂，肆意攻击，综其要旨，则谓国民党政府威信堕地，不能领导群众"云云，皆成为紧急治罪之重要条款。此即中外人而互衡之，何度量之相越及公私之明如是其甚耶！退一步言，如起诉书所称，信有罪矣。危害民国紧急治罪法共十一条，究视何条，足资比附耶？讥而言冷，骂而曰热，检察官究以何种标准，定其反对高下之度数耶？要之，以言论反对，或攻击政府，无论何国，均不为罪。即其国应付紧急形势之特别法规，亦未见此项正条。本起诉书之论列，无中无西，无通无别，一切无据。此首需声明者一。

何谓行为？反对或攻击政府矣，进一步而推翻或颠覆之，斯曰行为。而行为者，有激随法暴之不同，因而法律上之意义各别。法者何？如合法之选举是。暴者何？如暴动成革命是。凡所施于政府，效虽如一，而由前曰推翻，由后则曰颠覆。所立之名，于法大不相同，何也？颠覆有罪，推翻势不能有罪。设有罪也，立宪国之政府将永无更迭之日，如之何其能之？查刑法第百零三条内乱罪："意图以非法之方法颠覆政府……"，言外之意，凡以合法之方法，更易政府，即无触犯刑章之虞，殊不难因文以见义。起诉书罪陈独秀有云：推翻国民政府，由无产阶级专政。如问此之推翻所取为何道耶？上次庭讯，审判长询及国民会议事，陈独秀答云："共产党有权召集，则自行召集之，如由南京国民政府召集，共产党亦往参加。"由陈独秀之言，绝未自异其党于普通政党，普通政党以何道取得政权，共产党亦遵行之。此观各国议会，无不有共产党之席次，共产党之下，选区争选票，一是与他党同。可见共产党所取政权之第一大道，仍不外法定之选民投票，即陈独秀之意亦然。国民党政府虽以训政相标榜，而训政有期，与美国总统之任期相若。孙中山先生恒言，天下为公，选贤与能。无论党中何人，俱无国民党永久执掌政权之表示，公文书中，亦无此类规定。最近开放政权之声，尤甚嚣尘上，训政之期，无形缩短；每年一开之本党代表大会，今为还政于民之故，亦正议提前。在若此情形之下，有人谋代国民党而起，易用他种政体以行使准备交迁之政权，何得为罪？审判长郑重问陈独秀云："共产党最终之目的是推翻国民党建设苏维埃否？"答云："当然，惟非最终目的耳。"夫"推翻"二字，虽于耳未顺，然若英伦法官问保守党员云："保守党之目的，是推翻自由党建设巴尔温内阁否？"此除"当然"以外，当无异答。遽科为罪，宁非滑稽之尤？或曰不然，陈独秀所云，乃暴动耳。此在供词中，侃侃言之，何止一次？故起诉书曾切指曰："应由其领导农工及无产阶级等，以武装暴动，组织农工军，设立苏维埃政权。"争选无罪，暴动岂得无罪乎？曰：是宜分别言之，陈独秀之暴动，谓与国民党打倒北洋军阀时所用之策略正同，核之恒人心理中之杀人放火，相去绝远。且亦只谓"应"如何而已。谓之曰"应"，是理想，不是事实。又属应为，其在将来，而不在今日甚明。危害民国紧急治罪法第二条，以"左列行为"为必要条件。左列行为者，指现在之事实。反之，同为暴动，而不过未来之理想者，其将不在本条论域之内，初不得课识之士而知之。独秀虽不否认暴动，而当庭一再供称力量不足，并无何项暴动，江西一带之共党，与彼等意见不一致，绝未参加，亦从未派人前往视察，至于正式红军，须在取得政权后，始行组织，此时尚谈不到。党中组织，完全独立，经费由党员节衣缩食充之，不受第三国际之一毫接济等情。是"暴动"云云，亦揣想将来必经之阶段而已，与目前之治安，了无连谊。所谓扰乱危害民国紧急治罪法第一条，国宪如何，毫不生影响。所谓紊乱（刑法第一百零三条内乱罪）如何牵连误会，始得羼入紧急内乱之范围。律师不敏，窃所未渝。

夫法律之事，课现在不课将来。春秋诛心，有君亲无将之义，秦皇暴虐，有腹诽必禁之条。此一为相祈经说，一为专制淫威，律以近世发见其实之刑法要旨，相去何啻万世。本庭遗像昭垂之孙中山先生，即倡言共产主义者也。特叮咛以示于众曰："我们所主张的共产，是共将来，不是共现在。"（民生主义第二讲）以故先生所持共产理论最透彻而流弊毫无。如谓将来之举动，当受刑事制裁，则以共产嫌疑先陈独秀而应被处分之人，恐非法庭之力所能追溯。若州官可以放火，百姓不能点灯，绳之法律平等之谊，又焉可通？综上所言，陈独秀之主暴动，既未越言论或理想一步，与紧急治罪法上之"行为"两字，含义迥不相侔。是以行为论，独秀亦断无科罪理。此应声明者二。

复次，起诉书所引罪名，一则曰叛国，再则曰危害民国。窃思国家作何解释，应为法院之所熟知。国家与主持国家之机关（即政府）或人物，既截然不同范畴，因而攻击机关或人物之言论，遽断为危及国家，于逻辑无取，即于法理不当。夫国者，民国也，主权在民，时曰国体，必也于民本大有抵触，如运动复辟之类，始号为叛，始得溢为危害。自若以下，不问对于政府及政府中何人何党，有何抨击，举为政治经程中必出之途。临之以刑，惟内崇阴谋，外肆虐政，一夫半开化之国为然，以云法制，断无此象。且独秀之所以开罪于政府者，非以其鼓吹共产主义乎？若而主义，由司直之眼光视之，非以其与三民主义不相容乎？（检察官以紧急治罪法第六条起讼），如实论之，尤谬不然。孙先生之讲民生主义也，开宗明义之言曰："民生主义就是社会主义，又名共产主义，即是大同主义。"（第一讲首段），其解释同党之误会云："许多同志，因为反对共产党，便居然说共产主义与三民主义不同"，（第二讲）下又云："民生主义就是共产主义，就是社会主义，所以我们对于共产主义，不但不能说是和民生主义相冲突，并且是一个好朋友"。又云："国民党既是赞成三民主义，便不应该反对共产主义，因为三民主义中之民生主义大目的，就是要众人能够共产。"（同上）综合前后所论，其说明民生共产相同及相质相剂之处，何等明切。今孙先生之讲义，全国弦诵，奉为宝典，而陈独秀之杂志，此物此志，乃竟大干刑辟，身幽图圄。天下不平之事，孰过于斯？又起诉书指独秀"打倒资本家，没收土地，分配贫农，其言词背谬，显欲破坏中国经济组织政治组织"，此即中山丛书求之，复如桴鼓之应，不差累黍。民生主义第一讲云："资本家和工人的利益，总是相冲突，不能调合，所以便起战争。最好是分配之社会化，消灭商人的垄断。"斯与起诉书中上述各语，论质论量，俱不知有何分殊。尤为彰明较著者，同盟会之四大政纲，第四即曰平均地权。既曰平均，当曰分配，后有分配，其先必有没收。没收者何？取之地主之谓。分配者何？给与贫农之谓。商人的垄断于焉销灭，劳工之冲突，于焉化除。中国传统至今之经济政治两种组织，如之何其不破坏乎？援陈证孙，本如一鼻孔出气，谓是言词背谬，尤头大有其人。尤有足资记注者，孙先生平均地权之策，至今迄未实行，其所以然，则曩述"共将来不共现在"一语，足为铁板注脚。惟其如是，故孙先生时时以"革命尚为成功"一语强聒于众。盖平均地权之业，须以革命之力成之，理势则然也。夫孙先生之革命，与陈独秀之暴动，一贯之论尔。孙先生之书，既为国人所诵习，既其革命方略，亦谆嘱同志努力为之。独陈独秀以含义悉同之"暴动"字样，求民生主义内之同一中坚政策实现。乍一启口，陷阱生焉，凡服膺中山主义之忠实信徒，其谓之何？且也，就陈独秀彭述之连日口供观之，此二人者，并不得视为表里如一、首尾一贯之共产党。何以明其然也？独秀不认危害民国，而认反对国民党政府。综其理由，约分三事：一，刺刀政治。政府以强暴之力强抑天下人之口，使不得有所论列。微论非党人之无言论自由权也，即高级国民党员之无枪杆者，亦禁阻使不得声。二，搜括手段。凡国民党之政策，悉以构成，苛捐杂税，横征无已，聚敛所得，悉数寄存外国银行，以便帝国主义者之操纵把持，侵压本邦，反之，商市萧条，农村破产，国民经济之如何衰败，举不值国民党政府之一顾。三，抗日无诚意。当人民一致抗日声浪最高之顷，政府竟听孤军转战，不予接济，民既剥夺殆尽，民族主义，且无以自恃，甚至民间宣言攘外，骎骎有得罪政府之势。彭述之所供略同。此之论调，盖已离却共产党本位，与一般讥切时政之声口，仿佛一气。如西南五省，如冯玉祥先生，与共产党风马牛不相及者，近时箴规政府之文电，遍载于南北新闻纸类，亦殊去上阵三事不远。

假令吾国国体未改，帝制依然，以此置于汉人论时事疏，或宋人上皇帝书中，匪惟责罚无闻，抑且优旨嘉奖，事例颇多，无可抵谰。至各国国会议，即前席陈词；所为推排当局，惟一时舌锋是视者，其类此之论，尤难枚举。独是中华，黍为民国，陈彭言虽稍激，议实从同。以此列为罪状，写入爰书，其何以示天下后世？明代于谦之狱、熊廷弼之狱，当时推问，并不限于中涓，狱成之日，何尝不以为罪人斯得，然朝局一变，是非大白，至今公论如何，宁待考知。以今例昔，事同一例。何况陈独秀之于国民党也，今虽化离，始则合作。

审判长屡讯陈独秀曾否在国民党担任职务？独秀坚称无有。如实论之，却不尽然。所供民国十年在广东任教育厅长，是为孙大元帅在粤确定政权之始，且不具论。而十一年之赴莫斯科，为国民党容共政策所由发轫，同行者且为今日全国之最高军事长官，谈士类能言之。尤要者，十六年四月五日，独秀与今行政院长汪精卫先生发布国共两党领袖宣言，首称："中国共产党坚决承认中国国民党及国民党之三民主义在中国革命中毫无疑义的需要。"并云："只有不愿意中国革命向前进展的人，才想打倒国民党，才想打倒三民主义。中国共产党无论如何错误，也不至主张打倒我们的敌人（帝国主义与军阀）素所反对之三民主义的国民党。"由是推测，可见共产党中眼光错误，主张打倒国民党者，大有人在，而独秀苦口劝之，情见乎词，至哀告同志，使勿"为亲者所怨，仇者所快"。即此一点，殊足酿成共产党分裂之势面有余。审判长又问独秀："究以何故成为苏俄干部派（即斯大林派）之反对派？"独秀答云："以意见不同耳。"再问是何意见？即惨然不答，并求审判长勿复进叩党事，致陷彼于自作侦探之嫌。此其哀情苦志，实已洋溢言表。而独秀党籍之被开除，与联合汪精卫发表宣言一事之不见悦于莫斯科干部人物，不无草蛇灰线，因果相寻之迹，明眼者不难一目得之。己虽不言，而要不失为法院应采之证。当是时也，容共为国民党公开政策，凡共产党同时为国民党，反之，凡国民党亦多日时为共产党。陈独秀适为大团结中之一人，其地位与当今国民党诸要人，雅无二致。清共而后，独秀虽无自更与国民党提携奋斗，而以己为干部派摈除之故，地位适与国民党最前线之敌人为敌，不期而化为缓冲之集团。即以共产党论，托洛茨基派多一人，即斯大林派少一人，斯大林派少一人，即江西红军少一人，如斯辗转，相辅为用，谓托洛茨基派与国民党取掎角之势以清共也，要无不可。即此以论功罪，其谓托洛茨基派有功于国民党也，且不暇给，罪胡为乎来哉？此义独秀必不自承，而法院裁决是案，倘不注意及此，证据方法既有所未备，裁判意旨复不得谓之公平。要而言之，陈独秀之不能与国民党取同一之态度，势为之也；其忠于主义，仍继续研究共产学说者，理为之也。彼将实行计划，付之后来，与江西红军无关，与第三国际复无关，以托洛茨基自号厥派，实与生物学家之奉达尔文、心理学家之奉佛洛伊德无异，而亦中山之遗教如是。国民党人且当奉行唯谨，矧在他人，至其见到国民党之失政，引绳批把，有所抨击，此国民之义务如是，即不为共产党，亦得激于忠义而为之。政府现时约束舆论，刻意从严，如陈独秀所陈三事，未便公开如量发布，则有政府所颁之出版法，当然与其他新闻杂志等一律取缔。必欲侦骑四出，如临大敌，一有索引，辄论大刑，国家立法之本旨，岂其如是？

　　基上论述，本案陈独秀、彭述之部分，检察官征引危害民国紧急治罪法第二条及第六条，所谓叛国、危害民国及宣传与三民主义不相同之主义，湛然无据，应请审判长依据法文，谕知无罪，以保全读书种子，尊重言论自由，恪守法条之精神，省释无辜之系累。实为公德两便，谨状。

好戏真的还在后头。

章士钊的辩护不可谓不精彩，确实是一个大律师。他的辩护词写得洋洋洒洒，引经据典，古今中外，文采飞扬，其文辞一贯主张重视逻辑性，讲法理的多，讲法条的少，真是花了一番大工夫。但谁也没有想到的是，没等章士钊坐稳，陈独秀竟然拍案而起，当庭大声发表声明："章律师辩护词，只代表他个人的意见，没有征求本人的同意，我的政治主张，要以我的辩诉状为准。"

一言既出，满座哗然。只听见旁听席上有些人交头接耳议论纷纷，有些人伸出大拇指赞叹说："革命家！革命家！"但陈独秀为什么要这么做呢？这明明是让大律师章士钊下不了台嘛！于情于理于法，许多人都一时难以理解，有人称赞陈独秀"风骨嶙峋"、"英雄豪杰"，也有人说他"不识时务"、"不识好歹"。陈独秀他难道真的是不买账、不领情的人吗？还是另有苦衷？我们继续往下看。

此时此刻，法庭在一瞬间陷入了某种尴尬。好在还有两位律师没有发表辩护意见，辩护还没有结束。接着，彭望邺、吴之屏两位律师相继起立为陈独秀辩护。

彭望邺律师说：检察官援用危害民国紧急治罪法第二条第六条条文，断定陈独秀为犯罪，然各该条条文之第一句，均有"以危害民国为目的"一句，此语应特别注意。查国家与政府，不能混为一谈，国家之要素有之，即土地、人民、主权。如陈果为危害国家，则应损害国家之土地或人民或主权，方为有据。但陈之行为，第一即无损于国家之土地，今日我国土地之丧失，丝毫不能归咎于陈。此其一。再则陈鼓吹工农阶级专政，系以大多数之民众为对象，而以改善此大多数民众生活为目的，是其无害于人民，亦昭昭明甚。此其二。更就主权言，查训政时期约法第二条第一款，即谓中华民国之主权，属于中华民国国民全体，陈等即属中国国民，而仅鼓吹其理论学说，是亦无悖于主权。请以例明之，国家有如公司，政府为董事会，人民即股东，股东不满意于董事会，或董事会所产生之经理，而谋改组董事会，决非违害公司。以此例陈之行为，其非危害民国，已甚昭著。再查刑法第一零三条内犯罪条文，谓期图以非法之方法，颠覆政府，始得构成犯罪。陈独秀系以合法的手续，谋推翻现政府，即于该条条文不合。至于其主义上学说上之研究，发行《火花》及《校内生活》等小册子，不能认为叛国的宣传。其次对于组织及集会，其目的亦非违害民国。

接着，吴之屏律师又补充说：略谓凡构成犯罪行为，须应以行为要素，即使有行为，其行为是否危害民国，亦待研究。观于陈对于本案事实尚不能引用"危害民国紧急治罪法"第二条第二款，至该法第六条，谓以组织及集会，作叛国之宣传等语。陈等所发行之刊物，均系于谢少珊家中搜出，尚未在社会上发行，是不负宣传责任，故其罪案，亦不能构成。

辩护完毕，时间不知不觉已经是下午2时15分。这时，审判长胡善偁宣告退庭，改下午开庭辩论。

下午4时整，法庭继续审理。只见旁听席上比上午"益形拥挤"。

随着书记官宣布开庭后，彭述之、宋逢春等9人依次作了自我辩护，并由五位律师分别作了无罪辩护。其中王鉴堂在抗辩时，因为口吃不能辩，最后要求"法官放我回家去"，引起哄堂大笑。

法庭辩护持续了两个半小时左右，至下午6时35分结束。审判长胡善偁再传陈独秀、彭述之等所有被告，询问他们是否尚有其他话说，除口吃的王鉴堂说"放我回家去"之外，其他人均表示无话可说。随即，胡善偁宣告："辩论终结，定于本月26日下午宣判。"

笔记 M　自撰《辩诉状》，入选教科书

作为政论家，陈独秀的文笔辛辣老练，笔锋刚健纵横，可谓思辨文章老手。自从羁押于江宁法院看守所之后，陈独秀从2月份就开始动笔亲自动手撰写《辩诉状》。在获悉4月14日即将开庭审理之时，新闻出版家陈独秀深知舆论宣传的重要，他想赶在第一次开庭之前将自己的《辩诉状》发表出来，给政府当局和法官制造一些舆论压力。应该说，陈独秀的这个策略是很好的。

1933年4月5日，陈独秀致信王灵均、高语罕，并附寄《辩诉状》的修改稿，说："望老友饬人抄录数份，分送知己传阅。本月14日准开审，弟虽然要求公开发表该'辩诉状'，而将否为政治力所阻，不可知也。倘开审后，上海各报未见发表该文件，请君等设法油印数十份，分送上海大小报及北平《世界日报》、天津《益世报》《庸报》《大公报》，是为至托。"[1]

诚如陈独秀自己所料，"为政治力所阻"，经过老朋友们的再三努力，他的这份《辩诉状》在上海和北京还是没有哪一家报刊敢在这个当口提前发表，只有天津的《益世报》在案件审理之际登载了全文，再次轰动全国。奇文共赏，全文照录如下：

予行年五十有五矣。弱冠以来，反抗清帝，反抗北洋军阀，反抗封建思想，反抗帝国主义，奔走呼号，以谋改造中国者，于今三十余年。前半期，即"五四"以前的运动，专在知识分子方面；后半期，乃转向工农劳苦人民方面。盖以大战后，世界革命大势及国内状况所昭示，使予不得不有此转变也。

半殖民地的中国，经济落后的中国，外困于国际资本帝国主义，内困于军阀官僚。欲求民族解放、民主政治之成功，决非懦弱的、妥协的上层剥削阶级全躯保妻子之徒，能实行以血购自由的大业。并且彼等畏憎其素所践踏的下层民众之奋起，甚于畏憎帝国主义与军阀官僚。因此，彼等亦不欲成此大业。惟有最受压迫、最革命的工农劳苦人民与全世界反帝国主义、反军阀官僚的无产阶级势力，联合一气，以革命怒潮，对外排除帝国主义之宰制，对内扫荡军阀官僚之压迫。然后，中国的民族解放、国家独立与统一、发展经济、提高一般人民的生活，始可得而期。工农劳苦人民解放斗争与中国民族解放斗争，势已合流并进，而不可分离。此即予于"五四"运动以后开始组织中国共产党之原因也。

共产党之终极目的，自然是实现无剥削、无阶级，人人"各尽所能，各取所需"的自由社会。此即是说：一切生产工具收归社会公有，由社会

---

[1] 汪原放：《亚东六十年》，手稿。

公共机关，依民众之需要计生产与消费之均衡，实行有计划的生产与分配，使社会生产力较今日财产私有自由竞争的资本主义的社会有高度发展，使社会的物质力量日渐达到足以各取所需的程度。所以，共产主义，在经济学上是一种比资本主义更高度发展的生产制，犹之资本主义较高于封建生产制也。此决非世俗所视为简单的各个穷人夺取各个富人财产之义。此一种生产制，决非予等之空想。经济落后之俄国，已有初步试验，而获得初步成功。全世界所有资本主义生产制的国家无不陷于经济恐慌的深渊，独苏俄日即繁荣。此一新的生产制之明效大验，众人之所周知也。

中国推翻帝制的革命，先于苏俄者七年。今日二者之荣枯，几不可比拟，其故可深长思矣！或谓共产主义不适宜于中国，是妄言也。此一终极目的，固非旦夕所能完成，亦非"和平"所能实现。为实现此目的而清除道路，中国共产党目前的任务：

一曰：抗帝国主义以完成中国独立。盖以中国的海关、矿山、工厂、金融、交通等经济命脉，都直接、间接宰制在帝国主义之手，非采取革命行动，击碎此等宰制吾人之镣锁，中国民族的大业将无自由发展之可能。列强的海、陆军威吓着全国大都市，日本更以武力强占了中国领土五分之一，此而不加抵抗，或空言抵抗，欺骗人民，均与卖国同科，尚何"民族主义"之足云。

一曰：反抗军阀官僚以实现国家统一。盖以军阀官僚自由发动他们的内部战争以破坏经济，自由增加苛捐杂税及发行公债以饱私囊，自由制定法律以剥夺人民的自由权利，自由任用私人以黜抑人材，毁坏行政效率，甚至自由勒种鸦片、贩卖鸦片以毒害人民。军阀官僚政治不彻底肃清，所谓国家统一，所谓民力伸张，一切都无从谈起。国家不统一、民力不伸张，而能抵御外患者，未之有也。未能内抗苛政之顺民，而能外抗强邻者，亦未之有也。国外帝国主义之宰制不推翻，国内的军阀官僚之毒害不扫除，即所谓发展资本主义的经济，亦属梦呓。中国将终于是半殖民地，终于落后而已。

一曰：改善工农生活。盖以近代产业工人及其所领导之农民乃反抗帝国主义之主要力量。资本家、地主及其政府，在物质上、精神上压抑工农，即不啻为帝国主义挫折中国民族解放斗争之锋刃。在农业的中国，农民之衰落，几等于民族之危亡。倘不没收地主的土地归诸贫民，农民终岁勤劳只以供地主之剥削，则不独无以挽回农业之就衰及农村之破产，而且农民购买力日弱，直接影响到城市工商业。即令能由城市输资设立农村借贷机关，亦不过向农民增加一种剥削机关而已。

一曰：实现彻底民主的国民立宪会议。盖以贤人政治及保育政策者只应是人民的权力。若仍尚贤人与保育，则谁是贤人？堪任师保？伊何标准？北洋军阀亦得而尸之。况当外患空前之今日，人民无组织，即无力量；无政治的自由，即无责任心，亦不应课以责任。若不立即实现全国人民的集会、结社，言论、出版等完全自由，实现普选的、全权的国民立宪会议，以制裁卖国残民的军阀官僚，一切政权归诸人民，集合全国人民的力量以解决全国危急问题，其何以立国于今日！

凡此为中国民族利益，为占全国人口大多数的劳苦人民利益而奋斗之大纲。予以前和现在都愿意公告全中国，只以政府之禁阻，未能达到全国人民之前耳。共产党是代表无产阶级及一切被剥削、被压迫人民的政党，其成功也，必期诸多数人民之拥护，而不尚少数人的英雄主义，更非阴谋分子的集团。予前之所思所行，即此物此志，现在及将来之所思所行，亦此物此志。"鞠躬尽瘁，死而后已！"一息尚存，予不忍眼见全国人民辗转悲号于外国帝国主义及本国专制者两重枪尖之下，而不为之挺身奋斗也。

今者国民党政府因予始终尽瘁革命之故，而加以逮捕，并令其检察官向法院控予以"危害民国"及"叛国"之罪，予不但绝对不能承认，而且政府之所控者，恰恰与予所思所行相反。国者何？土地、人民、主权之总和也。此近代资产阶级的国法学者之通论，非所谓"共产邪说"也。故所谓亡国者，恒指外族入据其土地、人民、主权而言，本国某一党派推翻某一党派的政权而代之，不得谓之"亡国"。"叛国"者何？平时外患罪、战时外患罪、泄漏机密罪，此等叛国罪状，刑法上俱有具体说明，断不容以抽象名辞漫然影射者也。若认为政府与国家无分，掌握政权者即国家，则法王路易十四"朕即国家"之说，即不必为近代国法学者所摈弃矣。若认为在野党反抗不忠于国家或侵害民权之政府党，而主张推翻其政权，即属

"叛国"，则古今中外的革命政党，无不曾经"叛国"，即国民党亦曾"叛国"矣。袁世凯曾称孙、黄为"国贼"，岂笃论乎？！民国者何？民主共和国之谓也，亦即别于专制君主之称。欧洲各国推翻专制者，流血以争民主，其内容无他，即力争宪法上集会、结社、言论、出版、信仰之自由权利，及实行不参政者不纳税之信条已耳。此不但民主共和国如此，即在民主政治的君主国亦如是也。"危害民国"者何？共和政府剥夺人民自由，剥夺人民之参政权，乃由共和到帝制之先声。罗马历史、十九世纪之法兰西及中华民国初年的历史均已遗同样之教训于吾人。即或不然，而人民无权利、无自由，大小无冕之王，擅作威福，法律只以制裁小民，文武高官，则在议亲议贵之列，是已共和其名而专制其实矣。倘遗实而存其名，彼军阀之魁，民主之敌，亦得以"三造共和"自诩，妄人亦或以"共和勋臣"称之。其实毁坏民权，罪即邻于复辟，以其危害民主共和国之实质也。若认为力争人民的集会、结社、言论、出版、信仰等自由权利，力争实现彻底民主的国民立宪会议以裁判军阀官僚是"危害民国"，则不知所谓民国者，应作何解释？

国民党竭全国人民膏脂以养兵，拥全国军队以搜刮人民，杀戮异己。对日本侵占国土，始终节节退让，抵抗徒托空言，且制止人民抵抗，摧毁人民之组织，钳制人民之口舌，使之"镇静"，使之"沉着应付"。即使驯羊般在国民党统一指挥之下，向帝国主义屈服，宁至全国沦亡，亦不容人有异词、家有异说。而予则主张由人民自己扩大其组织与武装，对帝国主义进行民族解放战争，以解决东北问题，以完成国家独立，试问谁为"叛国"！

国民党政府，以党部代替议会，以训政代理民权，以特别法（如"危害民国紧急治罪法"及"出版法"等）代替刑法，以军法逮捕、审判、枪杀普通人民，以刺刀削去了人民的自由权利，高居人民之上，视自己为诸葛亮与伊尹，斥人民为阿斗与太甲。日本帝国主义方挟"武力征服"政策对待吾国，同时国民党政府亦挟同样态度以临吾民。最近竟公然以"背叛党国"之罪枪决新闻记者闻矣，而予则力争表现民主共和国实质的人民自由权利，力争实现普选全权的国民立宪会议，力争民主制扩大至其历史的最高阶段。予现在及将来都无篡夺民国为"党国"之企图。试问谁为"危害民国"？故予曰政府之所控者，恰恰与予所思所行相反也。

若认为一为共产党人即属犯罪行为，则欧、美民主国家若法、若英、若瑞士等均无此事。各国中之共产党人莫不有集会、出版、参加选举之自由权利，与一般人民无异。若认为人民发言反对政府或政府中某一个人，即为有罪，则只远在二千年前周厉王有监谤之巫，秦始皇有巷议之禁、偶语之刑，汉武帝更有腹诽之罚。彼时固无所谓言论自由也，而二十世纪之民主共和国，似乎不应有此怪现象。若认为宣传共产主义，即"宣传与三民主义不相容之主义"，即为"危害民国"（如"危害民国紧急治罪法"第六条），此乃欧洲中世纪专横黑暗的宗教法庭迫害异教徒、迫害科学家，以阻塞思想信仰自由之故事，岂容复见于今日之民国！民国而若容有此，则不啻为日本帝国主义证明其"中国非近代国家"之说之非诬矣。

总之，予生平言论，无不光明磊落，无不可以公告国人。予固无罪，罪在以拥护中国民族利益，拥护大多数劳苦人民之故，开罪于国民党已耳。昔之"法利赛"不仇视罗马，而仇视为犹太人自由奋斗的"热狂党"。今之国民党所仇视者，非帝国主义，乃彻底反对帝国主义、反对军阀官僚、始终戮力于民族主义革命之共产党。日本帝国主义方夺取山海关，急攻热河，而国民党军队却向江西集中，其对待共产党人也，杀之、囚之，犹以为未足，更师袁世凯之故智，威迫利诱，使之自首告密。此并不能消灭真正共产主义者，只以破灭廉耻导国人耳。彼等此时有权在手，迫害异己之事，固优为之。予唯有为民族、为民众忍受一切牺牲，以待天下后世之评判。若于强权之外，复假所谓法律以入人罪，诬予以"叛国"及"危害民国"，则予一分钟呼吸未停，亦必高声抗议。法院若不完全听命于特殊势力，若尚思对内对外维持若干司法独立之颜面，即应毫不犹疑的宣告予之无罪，并判令政府赔偿予在押期间之经济上的、健康上的损失！

陈独秀

民国二十二年四月二十二日[1]

---

[1] 原载《文史资料选辑》1980年第1辑，安徽人民出版社1980年版。

真是妙手著文章啊！当我们穿越时空，阅读这慷慨激昂的文字，挥斥方遒，气贯长虹，真有荡胸生层云的感觉。陈独秀义正词严地猛烈抨击国民党对人民实行"刺刀政治"、"围剿"红军；对外敌入侵却采取不抵抗政策，节节退让，这是多么坚决的抗日立场！这是多么强烈的爱国热忱！这简直就是不要命的牺牲！这哪里像是一个被告在法庭上为自己的"罪行"辩护？这简直就像一部资政纲领，又像一篇战斗檄文。这哪里像是一个身陷牢狱的"罪犯"在为自己的"犯罪"开脱？这简直就是一篇激情四射的政治演说，是一个革命家的政治宣言！这在蒋介石白色恐怖、噤若寒蝉的年代，需要多么大的勇气啊！"'鞠躬尽瘁，死而后已！'一息尚存，予不忍眼见全国人民辗转悲号于外国帝国主义及本国专制者两重枪尖之下，而不为之挺身奋斗也。"当我们读到这发自肺腑的真情真心之文字怎能不被感动？

20世纪70年代，时隔四十余年后，濮一凡（即濮清泉）依然能够清楚地记得当年他在狱中能够全文背诵陈独秀《辩诉状》中的某些词句段落。他回忆："陈独秀自撰辩诉状洋洋数千言，极尽推敲之能事。大体采文言白话并用，他说非如此不足以表达心情。当时我对他有偶像崇拜，能背诵全文。"他说："陈独秀、章士钊两篇辩诉状，在当时是轰动全国的，各大报纸都希望登载，但国民党以'不许为共党张目'而禁止之。只有天津《益世报》登载了全文，国民党《中央日报》不仅不予登载，反由该报总编辑程沧波写了一篇《约法至上——答陈独秀与章士钊》。这篇文章确如王婆裹脚，又臭又长，除了约法至上，拥护拥护，邪说该死，打倒打倒之外，没有讲出一点道理来。连约法怎样产生，是否通过民意，都一字不提，只是强词夺理，党腔党调，咿哩哇啦地讲上一大堆。因此，国人对他没有重视，而陈、章二人的辩诉状，被上海沪江大学、苏州东吴大学选为法学系的教材。这是两个教会学校，才有这点胆量，至于国内其他大学，都在国民党控制之下，纵有此意，也不敢冒昧，明哲保身，谁愿冒坐牢的危险呢？"[1]

陈独秀自撰的《辩诉状》竟然入选两所大学法学系的教材，可见他的

---

[1] 濮清泉：《我所知道的陈独秀》，原载《文史资料选辑》第71辑，中华书局1980年10月版。

笔力、思想及思辨力的超群卓越，实乃历史佳话。

笔记 N　章士钊再辩：国民党与国家

确实像濮清泉所回忆的那样，章士钊的《辩护词》与陈独秀的《辩诉状》一经发表，立即在全国引起轰动，还被收入大学法学系的教材，都可谓脍炙人口的佳作，文风犀利，气势雄健。

但我们知道，在法庭上，陈独秀对章士钊的辩护并不买账，当庭发表声明："章律师辩护词，只代表他个人的意见，没有征求本人的同意，我的政治主张，要以我的辩诉状为准。"

这到底是为什么呢？要知道，"章氏在当时是名闻全国的大律师，普通讼案，即以高酬奉请，也难得其应允"。濮清泉回忆说："章与陈是青年时代留学日本时的知交，因此，他愿为陈辩护，完全义务，不取酬劳，时人称之为'有古义士之风'。尽管在五四运动前后，章与陈在政治主张、文学体裁各方面是对立的，也打过笔仗，章为陈辩护，人们说他'古道可风'。"[1]

章士钊的"古道可风"，究竟是什么原因没有得到陈独秀的认同呢？陈独秀难道真的是不识好歹吗？

陈独秀在法庭上的这个异常举动，对于旁观者来说，确实有些匪夷所思。但问题到底出在什么地方呢？其实，作为当事人的章士钊，对陈独秀的这种看似"无情无义"的举动不仅丝毫没有怪罪和生气，而且愿意继续为陈辩护到底。

问题确实出现在章士钊的辩护词上，这段耐人寻味的辩护词是这么说的：

清共而后，独秀虽无自更与国民党提携奋斗，而以己为干部派摈除之

---

[1] 濮清泉：《我所知道的陈独秀》，原载《文史资料选辑》第 71 辑，中华书局 1980 年 10 月版。

故，地位适与国民党最前线之敌人为敌，不期而化为缓冲之集团。即以共产党论，托洛茨基派多一人，即斯大林派少一人，斯大林派少一人，即江西红军少一人，如斯辗转，相辅为用，谓托洛茨基派与国民党取掎角之势以清共也，要无不可。即此以论功罪，其谓托洛茨基派有功于国民党也，且不暇给，罪胡为乎来哉?

　　细细研读，章士钊的这段辩护词，一下子就将陈独秀变身为国民党的"反共"同盟军，给人的印象就是陈独秀与国民党"取掎角之势以清共也"，不仅无罪，而且有功了。显然，在陈独秀看来，章士钊如此辩护等于是帮了倒忙，他当然无法接受，坚决反对。他责备章士钊"不识本末"，"且言现已无家，为团体人类奋斗了十余年，从此有一个交代，可以撒手不管了，个人乐得借此作一安身立命的归宿"，"言毕微笑，态度安详，而精神怡适，似一切都已放下"。其实，不仅陈独秀对这样的"辩护"接受不了，就是章士钊本人也心知肚明，在法庭上陈辩了上述令陈独秀无法接受的辩护同时，紧接着就说出了"此义独秀必不自承"的话。但为了援救落难的老朋友，挺身而出的章士钊认为"救命要紧，政治在其次"，就一厢情愿不惜违背老友的政治立场，结果曲意辩护导致以情害义，反而让这位把信仰和人格看得比生命更重要的老朋友不领情了。对这样一位一生中"最难交的朋友"，章士钊既无可奈何，又心存敬意，说"当时他好像对着一位禅宗大师，终于感觉其优美之灵魂脱颖而出，以形其完整之人格。一般朋友托代为慰问的话以及营救他出狱的，亦使章氏无法出口。因为当时他的境界，已经超越了生死关头，谈不上营救不营救，说出来反无意思了"。[1] 这也难怪后来蔡元培形容陈独秀说："近代学者人格之美，莫如陈独秀。"

　　章士钊对陈的不领情没有任何责怨，陈独秀对此却一直耿耿于怀。尤其是章的辩护词全文发表后，并经亚东图书馆汪原放收入《陈案书状汇录》一书，早已遍及社会各界，这让陈独秀更加恼火，非要章士钊删除这段文

[1] 刘太希：《苏曼殊与陈独秀》，原载《太希诗文丛稿》第 53-55 页，引自陈万雄著《新文化运动前的陈独秀》，香港中文大学出版社 1979 年版第 124-125 页。

字不可。

不久，汪原放前往监狱探视陈独秀，一见面，陈独秀"便气忿忿的，光着眼"对汪原放说道："唉！行严真糟！你回去，马上告诉他，我再也不要他替我答辩了，你看罢！"陈独秀一边说，一边回头从书架上拿出一本《陈案书状汇录》，翻到一页，指给汪原放看，"你看！这成什么话！"汪原放一看，陈独秀已经将这段文字修改得体无完肤，将所谓的"取掎角之势以清共也"完全删除。汪原放赶忙说："这一本，我可以拿回去给章老伯一看罢？"陈独秀说："好的。"[1]显然，陈独秀极其不赞成说他和江西的"红军"是对立的。尽管陈独秀不赞成在获取政权之前建立红军，但他却坚决反对国民党"围剿"红军。在外敌入侵、民族危机深重的时刻，陈独秀坚定地与共产党和中央红军站在一起，共同反对国民党蒋介石的对日不抵抗政策。

1933 年 8 月 1 日，在案件已经审判结束三个月之后，陈独秀在狱中致信汪原放，还要求他"与行严先生（即章士钊）一商，是否可将其（辩护词）中'清共而后……罪胡为乎来哉'这一段删去？"对此，陈的老友柏文蔚一辈子都清楚地记得这件事，晚年对陈独秀的儿子陈松年说："你父亲老了还是这个脾气，想当英雄豪杰，好多朋友想在法庭上帮他的忙，给他改供词，他还要改正过来。"但这位昔日的安徽都督或许忘了"当时与先生致力于新文化运动诸人，今日或居党国显要，或受社会崇拜；以先生之学力，若求高名厚利，与世人争一日长短，将何往而不自得耶？"[2]

尽管陈独秀对章士钊的辩护词不满意，但国民党《中央日报》不仅不予登载，反而在 1933 年 4 月 26 日"陈独秀案"宣判日之前发表了该报总编辑程沧波撰写的《约法至上——答陈独秀与章士钊》，批驳陈、章二人在法庭上的辩护之词。看到这篇文章后，章士钊再次挺身而出，重新写了一篇"为陈独秀的辩护词"，题为《国民党与国家》给予还击。

1933 年 5 月 4 日，上海《申报》全文发表了章士钊为陈独秀重新写的辩护词——《国民党与国家》。摘录如下：

---

[1] 汪原放：《亚东六十年》，手稿。
[2] 王森然：《近代二十家评传》，书目文献出版社 1987 年 1 月版第 232 页。

近日，陈彭叛国嫌疑一案，愚曾赴京庭辩。钊对起诉书及审讯事实，逐款抗论不讳。语势所趋，辄逾万言。就中国家与政府之别，尤三致意。良以检察官所执罪名，为叛国、为危害民国，而陈彭自认反对或推翻者，止于政府，必于二者离析至明，然后刑责可得容头过身以去。而亦真理在是，不得不争。初不料党国诸公有不乐闻斯言者也。南京《中央日报》，昨载专论一首，驳击鄙词，引绳切事，一洗党人凌厉之气，殊深佩切，最警策处，尤在讽愚躬任律师，竟不知现行法典中，有中华民国训政时期约法，于是引用约法第二十条云：

训政时期，由中国国民党全国代表大会，代表行使中央统治权。

中国国民党全国代表大会闭会时，其职权由中国国民党中央执行委员行使之。

继为之说曰："夫国家组成之要件，为土地、人民、主权，而统治权者，主权之动的状态也。今日中国之国民党，在法律上既为行使中央统治权之团体，则按之'国家为行使统治权之团体'之原则，则国民党至少在现行法律上，在现存制度下，即为国家。"嘻！说虽甚辩，而谓是义为不佞浅识，所不及知，殆未尽然，且即而察之，亦属君子一言不智之伦，料非全党不易之科律也。愚尝读所谓约法者矣，其开宗明义之词曰："由国民会议制定中华民国训政时期约法。"夫国民者何？本约法第六条大书而特书曰："中华民国国民，无男女、种族、宗教、阶级之区别，在法律上一律平等。"党派云者，性质介乎宗教、阶级之间，国民之不当以党派不同，朘削其在法平等之权利。殊不难因文以见义，而依史料考之，国民会议，中山先生倡言于曹吴用事之顷，布告天下，文电恢张，而遗嘱更翘此为重要款目之一。虽召集之期，在总理已殁南都奠定之后，而既曰奉遗嘱为之，国民云云。当然不能有悖于发言人之手定范畴，读者试遍迹中山丛书，先生曾谓非国民党员，不得号称国民否乎！为实征之，民国二十年制定本约法之国民会议，议员并无何种党籍之限制，虽政力所之。国民党员之列席者，不期居大多数，而谓此次国民会议，论质论形，俱无异于国民党会议。譬之几何，两圆相覆，整然广狭同幅，恐非党国贤豪之所肯承。约法之第三十条，原文因为"训政时期，由中国国民党全国代表大会代表国民会议，行使中央统治权。"代表国民会议一义，最为本条眉目，记者引之，贸然将文中国民会议四字，割截以去，不知是何用意？夫以权原言之，被代表者之资地，应高于代表者一阶，乃为选举政治之涵义。所谓数同分母，名从主人，籍如记者所论。

国民党在现行法律上即国家也。国民会议，在同一法律上，应以何物牒牒，请下一转语来，国家之外，更得容太上国家否，抑或蛇有蜕、鱼有筌，凡此类物所自出，是否应即弃之为遗，亦俱请明白示复。且循览约法全文，称主权者一（第二条），称统治权者一（第三十条），称治权者一（第六十五条），之三权者，果同隶一义乎？将各具分别义乎？就固陋所知，主权当英文萨棱帖字"Sovereignty"，统治权或治权，当英文"POlitical Power"字。前者国家所有事，后者政府所有事。观夫主权属于国民全体，订在总纲；治权得由政府总揽，订在政府组织下之中央制度，是二者各有部居，不可混淆，湛然明已。愚又闻之，主权者绝对无限，而又不得分割者也。中央记者所举国家学者，自伯伦知理下逮柏哲士（柏系美人记者误为英人），其说靡不皆然。至于治权，义取相对，而且限制惟意，割裂惟意。约法第六十六至七十六各条，列举政府作何事，行何权，皆治权之一部也。故于第六十五条统举之曰：政府总揽中华民国之治权，此种随意分合聚散之实，罗罗请疏，一览可得。而悉于第一章所标主权无与，主权既属于国民全体，惟国民在某种形态下，若照相镜然，所摄全民迹象，毫无渗漏者，始得擅居行使之名，无惭德焉，是何也？即孙先生所大声疾呼之国民会议也。

尝论国家，本一玄名，以见人类最高之政治理想，必以国界内之察物表之。则舍国民会议外，则无质量俱称之物事，足以尸诸。会议中之一党一派，岂其伦也，公孙龙子以悖言乱辞，比之棺椁异处。今中央记者齐视国民会议，与议席间之党若派，卒之主权与治权之界域，樊然不清，又可谓棺椁同变，持此历物，借使服人之口，焉足服人之心。姑退一步，主权即统治权，行使统治权之国民党即国家。一切如记者言，而记者明明为国家核定其组成要件曰：土地、人民、主权，三者缺一，义即未备。主权一项，教闻教矣！土地、人民，说果如何？约法第一条曰："中华民国领土，为各省及蒙古、西藏，是土地之谓也。"第二条第二项曰："凡依法律享有中华民国国籍者，为中华民国国民，是人民之谓也。"二者皆炬然载在现行根本大法者也。倘若此之领土，不视作国民党之私田之采地之汤沐邑，此之国民，不视作国民党之农奴（如希腊）之喀斯（印度）之非人秽多（日本），非微根本大法之显文露书，价值等于傀儡登场之道白。而中央记者爱护己党，张皇布辞，以国家之宝三始，以党即国家终，抑亦自陷于逻辑矛盾之域而不可通。记者或振振有词曰：吾之所言，本非通论，特中国在训政时期，有此见象，乃"由事实所造成"，无可如何，"训政时期约法未经合法废止以前，反对并图颠覆国民党者，即为反对并图颠覆国家"。此则愚又惑已。某时期约法，亦指约法之订于某时期云尔，与言千八百七十一年法兰西共和宪法，以示别白于前时所立诸宪。词旨相类，除训政之一特殊一项外，余文大率赋有永久法性，保持百年，要自未妨。如上述法兰西宪法，赘载麦马韩将军总统任期一节，与吾约法标明训政又同。今巴黎白官首领，无虑五六选，而宪法如故。表马韩将军之名，化为宪法上之礓石如故。倘吾之约法，运行有效，叶叶相安，欣欣向荣，则训政时期之成文典章，殊无合法或非法废止之必要。是在国民党人斟酌的经权，好自为之而已。何以言之？寻约法全部，国民党于政治范围以内，虽位置显为优越，然试律于国家本体，无论大小纤径，要绝无僭窃侵害之嫌。一旦此党求还初服，解除训政，不但国家表里山河，生聚教训，依然无恙，即约法参照法兰西前例，殭者听之，活者行之，或正或负，一体只遵如昔，并无意想中权枒难就之境，乃者党中新进少年，辄鳃鳃焉。以希腊市府之贵族为归，视齐民如徒隶，皇皇焉。以鲁易十四之淫威为逞，问国家于朕身，竟合党与国而一之，谓反对其一，即为反对其二。初不意法理既非如是，事实亦大相剌谬。党中之法家拂士，谅不为之推波而助澜。庸人自扰，召闹取怒，驯至国中领导国民之惟一大党，无形中丧失信用不少，是亦不可以己乎！

尤奇者，中央记者一面主张党即国家，一面说明民国国体，与苏维埃国家不同。其言曰："在民主国家，主权寄于全民，而在苏维埃国家，主权仅寄于工农兵阶级。今日苏俄宪法第六十五条第一款至第五款所列之人，在苏俄皆剥夺其公权，不齿于公民。……共产党人名之曰无产阶级专政。……今日中国国体，根本与苏维埃有别。"嘻，怪已！记者既知民主国家主权，寄于全民，则以主权论，全民者国家也，国民党不过全民中一小小分子，乌得谬尸其名，此其一。既谓党即国家，此谥为国民党专政，其谁曰不宜，中国国民党专政，苏俄无产阶级专政，此正两国相同之处，焉得曰否，此其二。或曰，国民政府之与苏维埃，名不同而实同。国民政府，在法予党外人以公权，而实则靳之。苏俄不论法实，非无产阶级之公权，一律剥去。苏俄一本，而国民政府二本。一本者何？国体与政体合，二本者何？国体与政体歧。中央记者不居国民党不敢居之名，而却为本党尽攫其所欲攫之实，是之谓党报！愚曰不然，党即国家，亦国民党不敢居之名也。而记者居之不疑，又表面力图避免之苏维埃制度，实际竟或是一是二。有人偶扬苏俄，谓中国治道宜进于是，又动以叛国之罪加之，并缧囚其人，使不得声。如此高下在心，膝渊惟口，国有禁脔，触之者死，诚哉力之所在。人孰得而抗之，政之所擅，亦孰从而反之。惟由力而理，由政而学，事关人类之思想自由，及百年之是统计，概欲由一时权党，垄断以尽，恐非徒托梦想之举，即属枉耗心计之为。至若推倒现政，直接行动（即暴动）诸标识，乃共产党理论之所必然。

各立宪国之许彼党同下选区，即同时听其提出理论，从容鼓吹。盖国家号为立宪，选民大抵享受依法变更宪政之权。英伦之易称共和，及法兰西之恢复帝制，只须国人公同意志如法表显以上，在谊无不可能，何况主张之远下于此者乎，何况环境之属诸未来者乎？愚主陈独秀倡言推翻国民党，并非危害民国，及布达未来之政治理想，无背于近世立宪国之通则，自信确有法据，深叶人情，犹非身任函人之不得不尔也。而中央记者，于该案尚未宣判之日，利用全党第一宣传机关之班资，显示被告应受何等刑责，以致判决主文，适如所期，似其影响所中，实谥出于古人词寡之外，其曰"陈某判罪之结果，此法院之职，非记者所愿妄参未议。"毋亦世人凡于愿为之事阳为不愿之一例而已，取瑟之意朝明，城旦之刑夕应，中间有无相感相召之迹，及其迹为若何？自非外人推测力之所能至，然若在寻常非党报纸，将万无此等任意指陈刑事大案之权，稍逾范围，行遭纠问，此其事有必至，殆同十日并照之明，独中央日报负党以趋，意之所指，辄生杀予夺人，大书深刻，俨成论告，举世不敢非，敢非亦不顾，此党国名记者之"文采智辩"，自非可以八面论师及扰觚恒律衡之者已。[1]

章士钊的"古道可风"再次赢得读者的赞赏。在这篇公开发表的辩护词中，他不畏国民党的舆论管制和白色恐怖，以少有的理论勇气和战斗精神，就中国与外国、专制与民主、党治与法治、党派与国家诸问题引经据典，侃侃而谈，有理有据地逐条驳斥国民党《中央日报》总编辑程沧波写的《约法至上——答陈独秀与章士钊》一文，铿锵有力，文采闪耀，气势逼人，同时借机再次批驳了国民政府的专制，令国民党中央"党报"在媒体和读者面前大跌眼镜。

作为朋友，章士钊为陈独秀赤胆忠肝的辩护，扬"义士之风"，可敬可佩。

笔记 O　宣判

1933年4月26日下午2时，江苏省高等法院在南京江宁地方法院对"陈独秀案"进行公开宣判。审判长胡善偁和推事张秉慈、林哲民及书记官丁毅升座，检察官朱儁到庭。

审判长胡善偁当庭宣读了"江苏高等法院刑事判决二十一年度高字第三五号"判决书。显然，陈独秀和章士钊的辩诉状写得再精妙绝伦，纵有万分理由，也改变不了国民党的既定政策，法院秉承当局意旨，认为："陈独秀、彭述之共同以文字为叛国之宣传，各处有期徒刑十三年，褫夺公权十五年。王子平、何阿芳帮助以文字为叛国之宣传，各处有期徒刑五年，褫夺公权七年。王武、濮一凡、王兆群以危害民国为目的而组织团体，各处有期徒刑五年，褫夺公权七年。郭竞豪以危害民国为目的而组织团体，处有期徒刑二年六月，褫夺公权三年。裁判确定前羁押日数均准以

---

[1] 原载 1933 年 5 月 4 日《申报》第 3 张第 12 版。

二日折抵徒刑一日。案内关于犯害之文件及违禁书籍均没收。梁有光、王鉴堂无罪。"

判决书在陈述各被告基本"犯罪"事实后，"依各种证据，分别认定被告等有罪或无罪之理由"。有关陈独秀部分的判决"理由"是："该被告等所组织之中共反对派，既以打倒三民主义，实行共产主义为第一要旨，以颠覆国民党国民政府而组织苏维埃，由无产阶级专政为最终目标，是不独图谋变更全民主治之中华民国国体，并将中华民国之建设从根本上推翻，其危害民国及叛国毫无疑义。"陈独秀宣传之文字，"复无一非危害民国及叛国"，"纵未达于实施扰乱之程度，然亦不仅以危害民国为目的而组织团体，并以文字为叛国之宣传，按诸危害民国紧急治罪法第二条第二款之立法精神，除构成同法第二条之罪外，更应构成该条款之罪。至于被告等之抗辩意旨，谓实行共产主义于民国有利而无害，图谋推翻国民党国民政府，不得谓之叛国云云。按此种主张，完全与中华民国现行法律相违背。况被告等图谋颠覆国民政府，以后复组织苏维埃，由无产阶级专政，尤为吾国数千年来国体所不容，自无采纳余地，更何足为解免罪责之理由。惟念该被告等均为刻苦深思之学者，其犯罪原因，盖由于研究社会主义误入歧途，而对于己身并无权利思想。且反对史丹林派利用土匪溃兵领导乡村农民为武装暴动，时时加以抨击，即从证据上观察，该反对派亦尚无实施暴动之准备。审按情节，尚可矜原，自应量予减科，以昭平允。"

最后，胡善偁告知十名被告："本案上诉法院为最高法院，当事人对于本判决如有不服，应于送达判决书之翌日起，十日内以书状叙述不服理由，向本院提起上诉。"

除梁有光、王鉴堂两人宣判无罪释放，王子平、何阿芳放弃上诉之外，陈独秀、彭述之等都当庭表示裁判不公，不服判决，大为咆哮，声明上诉。

陈独秀在法庭上大声抗议："我是叛国民党，不是叛国！"

章士钊等律师也随之议论纷纷，向法庭表示判刑太重。审判长胡善偁见状，赶紧宣布退庭，草草收场离去。诚如美国记者埃德加·斯诺所言，"陈独秀案"的审判从头至尾就像是一场"滑稽戏"。但这场滑稽戏并没有因为今天的宣判而结束，后面还有好戏，等我们继续观看。

笔记 P　上诉

5月27日，江苏省高等法院将《判决书》的最后文本送达陈独秀、彭述之等各被告。陈独秀表示不服，立即决定上诉。

6月15日，陈独秀再次亲自操刀，撰写《上诉状》，洋洋五千言，恣肆纵横，酣畅淋漓。针对《判决书》中的不实判决，陈独秀针锋相对，围绕所谓"危害民国罪"，对国民党政府的政治、经济、军事各方面的阴谋、丑恶、黑暗给予严词抨击，读来令人拍案叫绝。

该《上诉状》曾发表于1933年出版的《法治周刊》第1卷第33期。现全文摘录如下：

五月二十七日，奉读贵院判决书，所据理由，颇露布予等政治主张，使之有目共睹。其是非当否，正如日月经天，江河行地，无待废辞，众应了然矣。惟是贵院亦自宣称"该反对派尚无实行暴动之准备"，仅据予等政治主张而判谓"危害民国及叛国毫无疑义"，而判以徒刑十三年，剥夺公权十五年。似此显有疑意之判决，关系予等罪状之事小，侵害思想言论自由、阻抑民主政治实现之事大。故不得不将不服判决之理由，为贵院缕析陈之。

政府即国家，与夫行使中央统治权者即统治权、即国家之说，贵院亦知其乖谬过于显明，不便公然采用，乃苦心文饰，易以"国民党国民政府为建设中华民国之领导机关"之义，其词虽与前说异形，而含意所趋，仍在与前说同质。其不能据此构成予等叛国之罪，亦复无殊法王路易十四自称"朕即国家"，其意下以身致法国富强之巨任丰功自许，反之者即目为叛国。清朝以为中国开辟疆土自夸，中国士大夫亦以"我国家深仁厚泽"颂之，反之者即罪以叛逆，"保中国不保大清"即爱新觉罗氏，穷治康梁之唯一罪状。自古帝王无论创业、继统，悉如梨洲所讥："视天下为莫大之产业"，"以我之大私为天下之大公"。此辈专制独夫，其家天下之谬见，固已无足深论；独是国民党革命正为颠覆帝制、标榜建立民国而起，帝政仆而仍继前轨，弃"天下为公"之说，以民国为一党一人之私产，目反之者为"叛国",岂其以万世一系之天赋特权自居乎？此于建设民国之约言，岂不显然背叛乎？视建设中华民国者之自身即为国家，犹之视建筑房屋之匠人即为建筑物；谓反对建设民国者之自身即为"根本推翻民国"，亦犹之主张更易匠人即等于毁坏建筑，世间滑稽之论，宁有过于此乎？再衡以建设中华民国之现状，无冠之王，遍于宇内；田赋附加，增逾正额十倍以至数十倍；新税名目，多至难以悉数；贪夫盈廷，饿殍载道，农夫辍耕于田亩，工贾咨嗟于市廛，鸦片官营已为公开之秘密；士流动色相戒莫谈国事，青年出言偶激辄遭骈戮。民国景象固应如是乎？此即判词所谓"中华民国建设之基础"乎？六年以来，内战大小十余次，破坏铁路车辆七千有余，增加内债十余万万。最近更由政府借入美国农产品，价值二万万元，既以加速农村之破产，又阴增人民对于未来内战军费之负担。此即判词所谓"于训政时期以内，指导人民为革命建设之进行"乎？前年不战而断送东三省，今年不战放弃热河及平津以东，南渡之局已重见于今日，崖山之迫亦难免于方来。政府复纵百万虎狼于民间，所谓抗日捐，所谓救国公债，所谓防空捐、飞机捐，成为强征暴敛之最新名词。人民之爱国心，渐为迫于暴政苛征之惨痛心情所排而去。瞻念前途，令人不寒而栗！此即判词所谓"从事于建设中华民国之领导机关"之所应从事者乎？以予等反对如此建设中华民国之领导机关，而谓为"乘日本之侵略，妄诋政府不抵抗"而诬为"将中华民国之建设从根本上推翻"而判以"危害民国及叛国"之罪，"莫须有"三字其何以服天下后世？

"图谋变更国体"，亦为贵院判词指责予等危害民国及"叛国"之一要点。夫所谓国体，其大要有三：曰君主，曰贵族，曰民主共和。由民主共和而改为帝制，或前王复辟，如袁世凯与张勋之所为，固为变更国体；由帝制而民主共和，如国民党之所为，虽视前者顺逆不同，而变更国体则一也。民主共和已达改制之极，则过此便无国家改制之可言。世界政论已无于民主共和之外别标新制，即根本已无变更国体之要求者，只在采用若何方法：或和平进化，或革命斗争，以达到巩固共和、发展民主为岐点耳。是以十月革命后之新俄，国体仍属社会主义苏俄联邦共和国也，苏维埃并非新奇怪物，只"工农兵会议"之翻名词而已，其不独与民主共和无忤，且因而巩固之，发展之。先于苏维埃俄国而共和之中国，恢复帝制者二次，至今仍徒有共和民主之名。后于苏维埃俄国而共和之德国，年来帝制复活运动已公然行之，国中魏马宪法不绝如缕。独苏俄共和国日缕巩固，此非世界共见共闻之事乎？以言民主，其一即由大多数人民管理政治，亦即由大多数人民代表政制行使国家统治权，此乃君主一人统治及贵族少数人统治之对称也。是以自英人边沁著作以迄最近美国大总统罗斯福和平申请书，悉以所谓"为大多数人民谋最大幸福"一语相标榜，但以何阶级人民占全国大多数，资产阶级政论家自来避而不言。以自君主贵族衰亡以来，财产权以至统治权悉操诸极少数人资产阶级之手。彼辈所标榜之民主政治，虽与君主或贵族专制有别，而仍不越统治者资产阶级之狭小范围；所谓大多数人民幸福等诸空头支票，惟自占人民大多数之工人贫农苏维埃政权成立以来，始获睹真正大多数人民统治之实。现在此政权统治之下，大多数人民幸福始庶几可得可期，亦惟有经过此政权，始有达到全民福利之途径。盖以任何优良之社会制度，只能使人人为生产者（工人或农民），不能使人人为剥削者（资本家或地主）。苏维埃政权正为消灭剥削制度之工具。人剥削人之制度消灭，始有全民福利之可言。即以欧美资产阶级所标榜之民主国家而论，所谓民主，虽实际只限于狭小范围，而其统治者亦不敢公然躬自撕毁其民主之假面，不得不以普选议会之名掩饰其专政。是以自组织共产党、宣传社会主义、共产主义、苏维埃政制为"违背民主共和"，为"危害国家"，为"叛国"者，在欧美标榜民主之国家实属罕闻之事。即在君主立宪之英国，不独二百余年来无人目所谓"王之反对党"为叛逆，即今之共产党，亦不被认为犯罪集团。其公布政纲，竞争选举，列席国会，与法、德诸国无异。两月前，独立工党集会时，党魁其高呼"打倒现政府"，高呼"推翻资本主义制度"，亦不曾以"图谋变更国体"、"危害民主政治"及"叛国"，被控于法庭。统治英国之资产阶级何以如此宽容？以不便自毁其民主之假面故。"特克诺克拉西"运动方轰行于美国，近复延及法兰西，其公然抨击资本主义及私产制度，主张根本取消之，主张组织技术家苏维埃，以实现技术家之统治，主张以"能力证券"代替金银货币，其论旨其方策，虽为左方之共产主义者及右方之资本主义者所夹击，然不闻美法政府曾以

"推翻现行制度"、"图谋变更国体"、"危害共和民国"及"叛国"罪之。美法之统治者何以如此宽容？亦以不便自毁其民主之假面故。独至东方民国之统治者，仅此民主假面，亦不惜躬自毁也！即此一点，已充分说明"危害民国"者乃所谓建设民国之领导机关之自身，而非他人也。欧人有言曰："民主政治不适用于野蛮民族。"吾人深吟此语，宁不痛心！此予等所以主张继续革命，实现苏维埃政权，以完成第一次、第二次革命所未完成之民主任务所由来也。贵院判词谓予等主张苏维埃政制为"变更国体"，为"危害民国"实属无稽。盖以苏维埃政制并与民主共和无忤。在民国而图谋变更国体，仅只恢复帝制之一途。由北京政府而国民政府，由国民政府而苏维埃政府，均民主政治发展之必然趋势，根本与国体问题不相牵涉也。北京政府由北洋各派相继行使中华民国中央统治权者十余年，吾人能谓十六年北伐战争为变更国体，为危害民国也？

复次，贵院判词又以"中华民国为民主国家，其主权寄于全民，故凡属中华民国国民，无男女种族宗教阶级之区别，在法律上一律平等"，"而在苏维埃国家则主权仅寄于工农阶级，除此特殊阶级以外之人，皆无参政权，两种制度显然为两种国体"为言，予等于此，则益有说焉。吾人第一须知，民主之定义即为由大多数人民管理即统治国家，无所谓全民主治之说。所谓"全民主治"或"全民统治"及"全民政治"者，皆不合逻辑之言，近代统治国家之资产阶级用以欺骗人民者也。最新之工农苏维埃政制，乃民主制之最后最高阶级，亦仅只达到以大多数人民统治国家已耳。过此以往，必待剥削制度消灭，因之阶级消灭，统治者与被统治者之界限消灭，夫然后乃有真正全民平等之一境。谓阶级存在而全民得以平等者，非有意欺世，亦自为剥削阶级因有被剥削而存在，统治者乃对于被统治而言。既无被统治者，则全民政治所统治者何人？所以剥削制度及统治被统治阶级现已消灭，全民平等之社会既已出现，则所谓国家统治权及一切政制悉成为历史上过去名词矣！故曰"全民主治"（全民统治）（全民政治），皆不合逻辑之诳言也。吾人第二须知，主张苏维埃民制之共产党人，固不屑以全民统治之妄语欺世欺人；而并世英、美、法、德等号为民主之国家，其实际无一非资产阶级专政；所谓民主，更无不限于其阶级之狭小范围，占人民大多数之工农劳苦贫民，胥隶属被统治者之地位。至于在数十万国民党员统治下之中华民国，四万万人民益复被谥为阿斗，更明明无参政之权，兹忽为之曰"全民"，未免过于揶揄！判词谓为"全民主治"，不知置国民政府现行之"党治"及"训政"制度于何地？谓予等图谋变更"全民主治之中华民因国体"更属无的而放矢矣。夫"主权"及"统治权"，乃英、法、德文"权威伦特"一语之异议。后一译名，视前者较有实际意义。所谓"主权在民"，所谓"主权属于人民全体"，所谓"主权寄于全民"，其空洞无实权、以视清代加头品顶戴赏穿黄马褂尤过之。以故虽袁世凯以至曹锟，亦并不惜承认"主权在民"之说。盖以主权而不行使，仅只在之属之寄之之虚名，实际统治者固不惜慷慨奉送也。倘实以应由大多数人民行使统治权，则必闻而大骇矣！"由中国国民党代表大会行使中央统治权，大会闭会时，由国民党中央执行委员会行使之"，此非赫然载在国民政府所须颁布之约法者乎？即宋财长（**即宋子文。引者注**）最近在美国人面前之饰词，亦仅云"中国政府之后盾，筑在强固之中产阶级"。奈何贵院判词竟以所谓"主权寄于全民"与"全民政治"为之遮饰耶！吾辈无欺之共产党人，固尝提出由无产阶级贫农专政之苏维埃政制之主张，以诉诸人民公意。此一政制，特为对待剥削阶级少数人以专政，以实现被剥削者大多数人民行使统治权之真正民主国家者也。持试此以与现行政制两相较，孰为合于民主制度，孰为危害民国，尚希贵院平心静气一思之！

贵院判词当有最后之一盾，即现行法律是也。兹姑退一步而在法言法。按之现行刑法，关于平时外患罪、战时外患罪、泄露秘密罪，均有具体说明。关于内乱罪，乃以"意图非法之方法，颠覆政府，僭窃土地，或紊乱国宪，而着手实行者"为条件。予等固未有此判词，亦未援侵此条文。再退一步而言，危害民国紧急治罪法。此法第六条第二款所谓"叛国之宣传"，何谓叛国，并无定义。稽之此法全文，亦无反对国民党国民政府即为危害民国及叛国之明文规定。贵院判词所援引者，何为"按诸危害民国紧急治罪法第二条第二款之立法精神"？贵院仅知揣摸该法之"立法精神"，而忘却民主国家所应尊重之思想言论自由精神；而且于法律明文之外揣摸"精神"，此种神秘方法，在法言法者固应如是乎？

依上所述，予等认为，贵院判词于理于法两具无当。此即所以不服判决要求上诉之理由也。

陈独秀

六月十五日

6月16日，陈独秀将誊写好的这篇《上诉状》交与律师蒋豪士。蒋携状赴沪，与章士钊律师研究，即递最高法院。

7月2日，针对陈独秀的上诉，江苏高等法院检察官朱儁也以公诉人的身份向最高法院提呈《上诉答辩书》，请求驳回陈独秀等被告的上诉。

朱儁在《上诉答辩书》中说："本案被告陈独秀、彭述之，组织中国共产党左派反对派团体，以及鼓吹工人贫农为阶级斗争，组织苏维埃推翻国民党政府，由无产阶级专政等文字作叛国之宣传，业经被告等自认不讳，并抄获一切证据，其危害民国，事实极为明白，原判按照危害民国紧急治罪法第二条第二款、第六条、第七条，拟处罪刑，并无不合，核阅上诉理由书，谓英美法诸国，对于共产党行动，未认为危害国家，何以中国独异云云，殊不知一国有一国之政制，未可强为比拟。中华民国既有危害民国治罪法之制定，被告触犯该法，应依法治罪。上诉意旨，牵引他国之政制，图卸罪责，其理由自不成立。又上诉理由，谓国民政府并非国家，推翻政府不能为危害民国云云。查三民主义为中华民国之建设基础，国民党国民政府，又均为从事于中华民国建设之领导机关，关于此点之释明，原判已言之甚详，被告等所组织之中央反对派，既以打倒三民主义，颠覆国民党国民政府为目的，即为危害中华民国，事理至为明显。被告又以其叛国宣传，尤为明晰。上诉意旨，强为曲解，殊难认为有理由，希请维持原判，驳回上诉。"

7月3日，最高法院驳回陈独秀、彭述之等上诉请求，维持原判，并将"通知书"及朱儁的《上诉答辩书》六份，送至看守所。

7月7日，陈独秀操刀再次上阵，撰写《再抗辩书》，提出两点辩驳：第一，以辛亥革命推翻数千年之君主专制，改建民主共和，其为效法欧美政制，和袁世凯以"中国特别国情"而复辟，毁坏民主共和之正反两例，阐明近世各国政制皆"择善而从"，驳斥所谓"一国有一国之政制，未可强为比拟"之谬说。第二，再次以政党、国家、政府"三者界义各别"为理，驳斥所谓反对国民党就是"危害民国与叛国"。

陈独秀写好《再抗辩书》之后，他没有交与律师，而是托人转交给老朋友、现任中央研究院院长蔡元培，请其转交最高法院。

不知是什么原因，这一次最高法院迟迟没有给予答复。直到一年后的1934年6月30日，最高法院才作出终审判决。可见，给陈独秀如何量刑确实对国民党当局来说还是一个非常棘手的问题。《判决书》的主文如下："原判决关于陈独秀、彭述之及王武、濮一凡、王兆群、郭竞豪之褫夺公权部分，均撤销。陈独秀、彭述之以文字为叛国之宣传，各处有期徒刑八年。裁判确定前羁押日数，均以二日抵徒刑一日。关于陈独秀彭述之之供犯罪所用之文件书籍均没收，其他上诉驳回。"

经过上诉，陈独秀、彭述之由江苏高等法院判处徒刑13年改为8年，比原判减刑7年，并且取消了剥夺公民政治权利13年的刑罚。而陈独秀之所以能够获得减刑，除了法理上的胜利之外，一方面得益于老朋友蔡元培等民国元老发挥的积极影响作用，另一方面也不能排除国民党将继续妄图利用陈独秀作为"反共"的一个筹码。诚如被告之一的濮清泉所言："所有被告都知道，司法独立是一句空话，本打算安心过铁窗生活，但律师们都说量刑过重，应该向最高法院上诉，于是上诉了。陈、彭的上诉状是自撰的，其中也有许多可读之句，我记不得了。其他人的上诉状，是由律师代写的。官司悠悠，三冬九秋，时隔年余，最高法院才裁决下来：陈、彭二人改判八年徒刑，其余的人仍维持原判，即五年徒刑。最高法院的判决是终审判决，只有执行而无上诉的可能。于是将一干人犯押解至南京老虎桥模范监狱执行。"

至此，轰动全国的"陈独秀案"在历时近两年之后，终于暂时画上了一个小小的句号。但故事并没有结束。这台大戏只是暂时换场，还没到落幕的时候。

笔记 Q　　探监故事

国民党南京第一模范监狱因地处南京"老虎桥"，因而得名"老虎桥监狱"。从名字来看，都令人望而生畏。

1934 年 6 月 30 日，国民政府最高法院终审判决陈独秀获刑 8 年。随后，陈独秀等从江宁地方法院的看守所转移到"老虎桥监狱"正式服刑，开始了他漫长的铁窗生活。与之一起服刑的濮一凡回忆说："陈独秀得到一点优待，他一个人住一间牢房，派专门看守，监视他的一切。其余人住普通牢房。"陈独秀的监房是一间独立的青砖瓦房，由看守宿舍改建而成，大约 12 平方米，室内有一张书桌、一面书架、一张单人床，室外有一小天井，围墙不高，且与其他犯人隔开。

监狱当然不同于看守所，监视的纪律更加严格，对陈独秀也不例外。尤其对陈独秀这样的"危害民国罪"的人犯来说，监狱专门制定了"三不准"，即：不准亲属探监，不准通信，不准读书看报。这"三不准"政策，对"爱国、读书、革命的种子"陈独秀来说无疑是最大的精神折磨，他感到生不如死，遂在狱中进行了绝食斗争。

陈独秀愤怒地对监狱长说："你们执行恶法，我拼老命也要抗议。"

监狱长说："恶法胜于无法。"

陈独秀说："恶法就要打倒。"

监狱长说："我无权打倒它。"话虽这样说，但当陈独秀真的拼老命以绝食来反抗之后，监狱长不得不对监视政策作出让步，以上"三不准"，终于悄悄地变成了"三允许"了。更重要的是，陈独秀的声望和影响力以及广泛的社会关系，再加上社会各界名流不断来访探视，使得监狱管理者也不得不对陈的狱中生活给予优待处理。

没有了"三不准"，陈独秀的囹圄生活就相对宽松自由一些了。书有了，报有了，书信也通了，朋友也来了，除了自身不能外出之外，精神生活总不至于僵死。对陈独秀的学识和人格魅力，不论是他的政治对手，还是他的同道或学生，无不敬仰有加，前来探望，甚至"每日接见亲友，从不间断"。[1] 真可谓"谈笑有鸿儒，往来无白丁"。

陈独秀的魅力确实太大了。江宁地方法院看守所主任季杰，一直负责看守陈独秀，因与他有近距离接触，时间一长，对陈独秀也油然而生崇拜之心，并受"鼓动煽惑"，对陈的遭遇深表同情，给予各种关照。为此，江苏高等法院院长朱树声致函国民政府军事委员会统计局，对第一监狱监押"共犯"的狱中活动情况作了报告。随后，国民政府司法行政部为此专门勒令制止和严厉查办，在1934年9月开除了季杰的公职。国民党军统机关在一份名为《第一监狱共犯之现状与活动》的报告中说：陈独秀"在京建立一通讯机关，地居长乐路408号季推事公馆季杰转（前第一监狱职员），凡陈氏各方来往信件，均由该处转递"。

像季杰一样，川流不息来监狱探望陈独秀的人们，或同情他的遭际，或仰慕他的成就，或敬佩他的人格。尽管探视者其目的和动机各不相同，与陈独秀的社会地位和政治观点也不尽相同，但有一点是相同的，那就是他们没有忘记陈独秀，他们对这位昔日国共合作的朋友、今日国民党的犯人，没有投井下石；对这位昔日中共的创始人、今日中共的反对派，没有幸灾乐祸。在长长的探监者的名单中，我们既可以看到陈独秀辛亥革命时期的老朋友，如：蔡元培、章士钊、柏文蔚、卢中农、李光炯、光明甫、江彤侯、潘赞化、邓以蛰、胡远浚等，还可以看到五四时期在北大结识并一齐投身新文化运动的同人与学子，如：蒋梦麟、胡适、王星拱、高语罕、傅斯年、罗家伦、段锡朋、陈公博、陈钟凡、王森然等，以及数十年交情的亚东书局汪孟邹、汪原放、汪乃刚叔侄，还有刘海粟、柳亚子等社会名流，多达五六十人。

因为陈独秀久患十二指肠及胃溃疡病，血压也高，而国民党当局又绝对不允许他保外就医，监狱长为了上下两全，就准许同案服刑的濮一凡、

---

[1] 国民政府军事委员会调查统计局报告：《第一监狱共犯之现状与活动》，中国第二历史档案馆馆藏，引自唐宝林著《陈独秀全传》第609页。

罗世藩二人轮流看护他，平时每周一次，生病时可以长时间在一起居住。同时，通过汪原放请托章士钊的关系从上海请来著名的中医黄钟，到狱中给他看病诊治。在狱中，陈独秀的饮食标准比一般的犯人也要高一些，每日午餐和晚餐均两菜一汤，早餐以面包为主。因为探监的亲朋好友比较多，送来的食品水果也多，有时他自己都吃不完。有朋友送给他一些钱，他就交给狱方保管，需要什么就请狱方代劳购买。天气炎热时，看守还叫其他犯人挑水给他洗澡。只要有人来看望，看守都要先把来客的名片递给他，他说见就见，说不见就不见。

1933 年 10 月 25 日，胡适从美国回到上海，月底经南京回北平。11 月 2 日，他致信在江宁地方法院看守所羁押等待国民政府最高法院宣判的陈独秀，说："此次过京匆匆，不能来省视吾兄，十分失望。两个月后南下，当来奉看。"陈独秀看信之后，十分生气，在 15 日给上海的汪原放写了一封信，大骂胡适不够朋友。他说："我知道他在此间即和一班达官贵人拜会吃酒，已经够忙了……君子绝交不出恶声也。我和他仅仅友谊关系，其他一切不必谈，他现在既不已友谊态度待我，不过旧朋友中又失了一个，如此而已。"陈独秀在狱中的牢骚和委屈在这样的私谊中全部释放和发泄出来，这是一种渴求友谊渴求爱的呼喊，是发自内心的孤独的呼喊。个性古怪的陈独秀狱中的落寞感叹，可以理解，但确实冤枉了胡适。次年 2 月，胡适信守诺言来到南京，并在段锡朋的陪同下到"老虎桥监狱"探视陈独秀。陈独秀喜不自禁，畅谈过往，好像什么也没有发生过一样。陈独秀就是这样的火热直爽的性格，极重情义，性情刚强却脆弱，他"火性过了，又没事了，仍旧当好朋友了"。

"海底飞尘终有日，山头化石岂无时。"这是陈独秀在狱中自撰的一副对联。他把这副对联就挂在牢房的墙上，是自勉，也是自励，更是自信总有一天会等来光明之日。但寂寞的牢狱生活，毕竟捆住了自由的心。自打参加革命以来就追求民主和科学，追求自由平等，如今自己却首先失去了自由。夜深人静的时候，落寞的心就像野草一样疯长。他多么需要朋友，他多么需要亲人，他多么需要爱，甚至需要斗争。

1934 年初冬，陈独秀致信汪原放，约请章士钊给他写一张条屏，以解寂寞，消愁解闷。章士钊获悉后，立即答应给陈写了一张条屏，深情回顾了两人革命战斗的深厚情谊，诗曰：

夜郎流客意如何？犹记枫林入梦初。
凤鹛诸生争蜀洛，哪禁文网落潘吴。
议从刻木威奚在，煎到同根泣亦徒。
留取心魂依苦县，眼中台鹿会相呼。
三十年前楚两生，君时扪虱我谈兵。
伯先京口长轰酒，子谷香山苦嗜饧。
昌寿里过梅福里，力山声杂博泉声。
红蕖聚散原如此，野马枫根目尽迎。

（弗洛伊德画一囚室，其人目送窗棂间，日光一线，生平梦想事件浮动于中）独秀兄近自江宁函索拙书，因便为长句写寄。世乱日亟，衣冠涂炭，如独秀幽居著书，似犹得所。奉怀君子，不尽于言。

士钊　甲戌初冬

1935 年秋，著名画家刘海粟从欧洲回国后通过段锡朋的关系，来到"老虎桥监狱"探望陈独秀。因为当年陈曾大力支持刘画人体模特，刘对此十分感激。他们一见面，两人紧紧握手，刘海粟对陈独秀说："你伟大！"陈独秀说："你伟大！敢画模特儿，和封建势力斗。"又说："蒋介石要我反省，我反省什么，我看他倒要反省。"鸿儒谈笑，风生水起，真是别有风采。临别时，刘海粟从随身携带的包裹里拿出笔墨纸砚，向陈独秀索字留念。陈欣然命笔，一挥而就，写下一幅千古妙联赠予刘海粟——

行无愧怍心常坦　身处艰难气若虹

刘海粟看后，十分感动。他没有想到陈独秀身陷囹圄，却如此达观向上，气魄宏大，光明磊落之间凸显浩然正气，遂把这副对联当作珍宝收藏起来。几个月后，从黄山写生归来的刘海粟意犹未尽，再次来到"老虎桥"

探望陈独秀。这次，他给陈独秀带来了自己新创作的《古松图》，请陈独秀欣赏。陈独秀看后，触景生情，不禁感慨万千，当即应邀为此画题诗，曰：

黄山孤松，不孤而孤，孤而不孤。

孤与不孤，各有其境，各有其图。

此非调和折衷于孤与不孤之间也。

题奉海粟先生　　独秀

除了像刘海粟这样的大师都向陈独秀索字纪念之外，向陈求字的还有不少。南京高等法院的见习书记官朱灿枢久慕陈独秀的大名，更亲身领略了他在法庭上的风采，作为安徽同乡，曾多次前往"老虎桥"探访。陈独秀感其诚心诚意，为其撰写并手书对联一副，曰：

气概居贫颇招逸　文章垂老益纵横

陈独秀在狱中创作的这些诗歌、对联，真实再现了他狂狷不羁的性格，以及他难解的苦闷、彷徨，但他依然有一颗勇敢而又强大的心脏，永不向强权和苦难低下高贵的头颅。他的坚定和从容，他的气节和操守，还可以在他给汪原放的题字中找到佐证。在狱中，陈独秀先后给汪原放题过两张条屏，一张是《古诗十九首》中歌颂气节的《冉冉孤生竹》，一张是他自己撰写的一句人生随感，曰：

天才贡献于社会者甚大，而社会每每迫害天才。成功愈缓愈少者，天才愈大；此人类进步所以为蚁行而非龙飞。

在监狱中，陈独秀纵观古今中外之人类历史，对"天才"与"社会进步"之关系发出"蚁行"与"龙飞"之慨叹，自抒胸臆，既非自命，亦非自矜，振聋发聩，震古烁今，发人深省。陈独秀对中国社会，一向责任心重而畅所欲言，贡献不可谓不大；但社会对他的回报，则声誉虽隆而"成功"实少。

在狱中，他书此给好友汪原放，显然是其对所谓"社会迫害"深有隐痛。

铁窗生活，锁住了陈独秀的身体，却无法锁住这颗追求科学追求民主的灵魂，他的心从来没有退缩，他的精神状态始终斗志昂扬。1933年11月，他的同乡好友、新中国"两弹元勋"邓稼先的父亲邓以蛰到狱中探望，归来后写了一篇《癸酉行笥杂记》，记叙了他对狱中陈独秀的印象，说：

> 他谈话的神情一如往昔。背，被他的看东西往里钉的极锐利的目光带着向前稍勾一点，谈话时眼睛爱向上看，忽尔闭，忽尔睁的。他的一副眼睛，最能代表他的为人：钉则表示他看重事实，仰则是不断地向他的理想，一睁一闭显示着他遇事有决心。他的口才流利，幼年与人谈话往往终日不倦，戏谑杂出，一言不相投便嚷骂随之，朋友们爱他憎他都在这一点。因为他谈话痛快流利，不假做作，所以他虽从十几岁离家乡，到今天五十余岁还是一口土音……独秀是个质胜文的人，尽管他是一个当代文章魁首（他的死友，我的姊丈葛温仲的话）！他如今穿着一件灰色的哔叽的夹袍，旧得只剩沿边一带还保持本来的较深的颜色，其余的部分都褪得成皮蛋壳的颜色了；又瘦得满面菜色，八字须儿；当他伴我们闲步到廊檐下时，还有点摇摇摆摆。这些都越发显示怀宁人的驾步，于他是生来的。[1]

在络绎不绝的探监者中，除了政界、学界、文化界等名流之外，还有许多名不见经传的"追星族"。在王森然1934年4月完成的《近代二十家评传》一书中，记载了陈独秀入狱数月后就有一位美女"粉丝"前来探监的故事："某日突来一女性访问，视之，乃一少妇，固不识，甚觉诧异。后妇告其名，始大悟，相对凄然。谈片刻，妇即辞去，后逾数日，仍赴狱探视。据云女士高姓，十年前为先生之高足，安徽人，貌甚美，擅交际，有名于平津，结纳权贵甚多。当先生蹉跎平津，终日从事著述，醉心其言论者殊众，高即其一。尝追随先生，以求深造；卒以思想不投，各走极端，不相问闻者垂数载。今被系狱中，尚能念旧访问，堪称难得云。"对陈独秀的牢狱之

---

[1] 邓以蛰：《癸酉行笥杂记》，原载天津《大公报》1933年11月15日。

灾，王森然给予极大同情，他在评传中说："先生个人生活艰苦惨淡，两妻前后离异，二子均已伏法，剩此皤然老叟，贫病交加，卒被系狱，生死不测，若绳以常人情理，其忧患凄凉，诚有不堪言状者也"，"吾不仅为先生惜，吾将为吾民族哭矣"。[1]

笔记 R "监狱与研究室"之一：音韵学和文字学

因为特殊的影响力和特殊的身份，陈独秀在狱中享受到了非同一般的优待。"老虎桥监狱"为了迎接陈独秀的到来，特此申请了一笔专款给牢房修葺一新。在这间十多平方米的小屋中，最令人瞩目的还是两个大书架，摆满了书籍，经、史、子、集，每样都有。不夸张地说，如果将这间小屋整体迁出"老虎桥监狱"之外的任何地方，谁都会觉得这是一个老学究的书房。陈独秀就这样践行他 1919 年为爱国青年学子们提出的宣言："世界文明发源地有二：一是科学研究室，一是监狱。我们青年立志出了研究室就入监狱，出了监狱就入研究室，这才是人生最高尚优美的生活。从这两处发生的文明，才是真文明，才是有生命的有价值的文明。"

环境总能改变一个人，这就是生活。现实总不可能是诗人理想中的浪漫。狱中生活的寂寞、孤独和无聊是逼人的，还有那遥遥的 8 年的刑期，3000 多个日日夜夜，该如何打发？如何度过？真是"路漫漫其修远兮，吾将上下而求索"。囚禁的生活，即使给予再多的物质优待，也无济于精神的空虚。说白了，即使在狱中你天天吃的是别人的山珍海味，也不如在狱外自由自在地吃自己的萝卜白菜。对陈独秀来说，监狱改变了生活情趣，但却无法改变他的性格、信仰。

我们记得，在军政部羁押期间，陈独秀还向军法司司长王振南借阅《水浒传》，但现在他再也没有心思看小说了。他在写给汪原放的信中说："我以前最喜欢看小说，现在见了小说便头痛，只有自然科学、外国文、中国

---

[1] 王森然：《近代二十家评传》，书目文献出版社 1987 年 1 月版第 245、233 页。

文字音韵学等干燥无味的东西，反而可以消遣。"说是"消遣"，其实陈独秀却真的把监狱当成了"研究室"了，从此埋头研究著述，在中国文字学、音韵学等诸多方面大有建树，堪称监狱史上的奇人奇闻。

1932 年 12 月 1 日，陈独秀在入狱之初就致信胡适，说：

如果是徒刑，只有终日闲坐读书，以待最后。如能得着纸笔，或许会做点东西，现在也需要看书以消磨光阴。梦麟先生前曾送来几部小说，惟弟近来对于小说实无丝毫兴趣，先生能找几本书给我一读否？

英文《原富》，亚当·斯密的

英文李嘉图的《政治经济学及赋税原理》

英文马可波罗的《东方游记》

崔适先生的《〈史记〉探原》

此外甲骨文的著作，也希望能找几种寄给我，先生真要责我要求太多了罢！

自 1903 年在家乡安庆发表爱国演说以来，陈独秀就是一颗"爱国、读书、革命"的种子。在失去人身自由的情况下，革命不成，奢谈爱国，如今只剩下读书了。

那么，陈独秀在狱中到底都读的是什么书呢？现列举部分主要书目如下：

一. 政治经济哲学类

1.《欧洲经济发展史》，亚东书局中文版

2.《欧洲经济发展史》，德文原版

3.《德文入门》，亚东书局版

4.《モルガン古代社会》（上下卷），日本改造社版，上海内山书店购买

5.《レーニン组织论》（《列宁的组织论》），日本改造社版，上海内山书店购买

6.《卢森堡致考茨基的信》，日本改造社版，上海内山书店购买

7.《伦理卜唯物史观》(《伦理与唯物史观》),日本改造社版,上海内山书店购买

8.《マルキッズム方法论》(《马克思主义方法论》),日本改造社版,上海内山书店购买

9.《经济学批判》英文版,马克思著

10.《反杜林论》英文版,马克思著

11.《工资价格与利润》英文版,马克思著

12.《不断革命论》,托洛茨基著

13.《中国革命问题》,托洛茨基著

14.《原富》英文版,亚当·斯密著

15.《政治经济学及赋税原理》英文版,李嘉图著

二、历史传记类

16.《古代社会》中文版,摩根著

17.《古代社会》英文版,摩根著

18.《殷墟书契》,罗振玉著

19.《汉晋西陲木简汇编》

20.《法国革命史》

21.《中国革命史》

22.《廿四史》

23.《廿五史》

24.《第一国际史》

25.《马克思传》

26.《达尔文传》

27.托洛茨基自传《我的生平》

三、地理学类

28.《山海经》

29.《中国地图》

30.《新列国世界地图》(英文版)

31.《世界地理新字典》

32.《中亚细亚游记》

33.《马可波罗东方游记》

除了上述图书之外,陈独秀还委托汪原放代购《英德字典》《德英字典》和《德语文法教程》,并设法从东京购得日文小语种"独羽小丛书",其中包括蒙古语、西藏语、暹罗语、缅甸语、朝鲜语、安南语、马来语、土耳其语等 8 种。但由于经济拮据,陈独秀无法购买上述所有图书,有的只能委托汪原放等人帮他在其他朋友处借阅。如:当他听说罗振玉的《殷墟书契》每部需要 232 元时,说"如此之贵,当然不能买";《汉晋西陲木简汇编》的价格也高达 200 多元,他也只能作罢。但为了买《二十五史》,他还是咬牙花了 40 元,这个价钱相当于他一个半月的药费。在狱中,他常常感叹:"药价真太贵,穷人真吃不起。"可见他是一个爱书甚于爱命的人。

对陈独秀来说,买书,当然是为了读书,读书的目的是为了写书。现在,他已经做好了把牢底坐穿的准备,安心地把监狱当作研究室,潜心学问,著书立说,过"人生最高尚优美的生活",为人类创造"有生命有价值的文明"。为此,他拟定了一个庞大的长远规划,扬言拟谋中国学术长足之进展,"制造中国五十年新政治、学术之结晶,以谢国人"。[1] 在这个庞大的计划中,陈独秀首先要完成的还是他最为钟情的文字学著作,同时争取在二三年内完成《古代的中国》《现代的中国》《道家概论》《孔子与儒家》《耶稣与基督教》等史学和国学方面的研究,以及《自传》的写作。这不仅仅是一项计划,而是一个巨大的工程。他的怀宁同乡好友程演生则以明人的话鼓励他:"读书闭门第一,闭门狱中第一。"[2] 陈独秀立即回答说:"此时不但闭户,并且闭口,惟未能闭心耳。"[3]

文字学和音韵学研究是一项古老而又艰深冷僻的学问。博学多才的陈独秀不仅通晓中国古文,还精通英、日、法文,在狱中又开始学习德语,并熟悉拉丁语。陈独秀对语言文字学的研究和热爱,可以追溯到 1913 年"二

---

[1] 王森然:《近代二十家评传》,书目文献出版社 1987 年版第 223 页。

[2] 程演生:《仲甫挽词》,手稿,藏安徽省博物馆。

[3] 1934 年陈独秀致程演生信,手稿,藏安徽省博物馆。

次革命"失败后"亡命上海，闭户过冬"的岁月，那时他蛰伏地下，写就文字学著作《字义类例》(1925 年 12 月由亚东书局出版)，分析字义的渊源，探寻汉字的发展规律。大革命失败后的 1928 年，陈独秀再次潜伏上海，写就文字学新著《中国拼音文字草案》，书稿售商务印书馆出版未果，"旋由菊生、云五、适之、孟真、元任先生等共赠稿费千元"，使他"维持了好久的生活"。现在，身陷囹圄，陈独秀再次回归自己的学术研究道路，开始文字学的研究著述。可见，作为革命家的陈独秀，不做象牙塔中为学术而学术的专家和教授，当革命高潮来到时，他全身心投身革命投入政治，而当革命陷入低谷时，他又潜心学问研究，以期自己能够继续进行由《新青年》所开创的民主与科学的新文化事业。他曾经在写给台静农的信中提出："中国文化在文史，而文史中所含乌烟瘴气之思想，也最足毒害青年。弟久欲于此二者各写一部有系统之著作，以竟《新青年》之未竟之功。"[1]

文化革命，是陈独秀一生都全心全意追求的事业。他曾经为鲁迅议政而中断小说创作而惋惜，也曾为胡适从政而中断文学革命而可惜。殊不知，他对鲁迅的惋惜和对胡适的可惜，其自身在政治革命和文学革命之间命运的交错，也是一场宿命。胡适、傅斯年、王森然，甚至包括蒋介石等等，对陈独秀弃文从政也深感惋惜，认为他若是专心学术，"当代名家，实无其匹"。1932 年 12 月 1 日，身在江宁地方法院看守所的陈独秀致信胡适，说胡"著述之才远优于从政"，并赠以"王杨卢骆当时体，不废江河万古流"诗句互勉，希望胡适放弃从政，重新焕发"五四"时期文学革命的青春，并建议以推广拼音文字入手，天真地要求胡适帮他出版《中国拼音文字草案》，以起到"引龙出水"的作用，"引起国人批评和注意，坑人的中国文字，实是教育普及的大障碍"，期待胡适"能够拿出当年提倡白话文的勇气，登高一呼"，掀起中国拼音文字的运动。时过境迁，陈独秀这种堂·吉诃德式的学术追求，没有得到胡适的回应。随后，陈独秀退而求其次，深入进行自己的老本行——文字学和音韵学的研究著述，以帮助人们了解中国汉字的历史，更方便地运用汉字。

---

[1] 胡适：《胡适往来书信选》(中)，中华书局 1979 年版第 144 页。

在狱中，陈独秀研究音韵学和文字学可谓呕心沥血，颇有建树，主要成果可分为如下两个种类：

一、音韵学类

1.《中国古代语音有复声母说》，发表于《东方杂志》第 34 卷第 20 和 21 号。

2.《古音阴阳入互用例表》，手稿。出狱后，陈独秀在 1944 年初进行了重新修订并作自序，油印 25 份，征求文字学家魏建功、陈钟凡、顾颉刚（均为陈独秀在北大担任文科学长时的学生）的意见，评价甚高，认为"此作开古音学界一新纪元"。魏建功在读后感叹说："余惟先生实为检讨向来古音分部结果而有此作，其要旨具详自序，锐思精断，非依违章、高所可梦想。"这里的章是指章太炎、高是指高本汉，二位皆当时中国音韵学家中最权威人士。

3.《连语类编》，手稿。出狱后，此稿随陈独秀辗转南京、武汉、重庆直到江津。1941 年春天，为感谢北京大学同学会多年来对其生活提供的经济资助，陈独秀将其捐献给北大以为回报，但因学问深奥冷僻和战乱原因，直到他去世前一直未能出版。

4.《荀子韵表及考释》，发表于《东方杂志》第 34 卷第 2 号。

5.《屈宋韵表及考释》，手稿，未完成。

6.《晋吕静韵集目》，手稿。

7.《广韵东冬钟江中之古韵考》，发表于《东方杂志》第 36 卷第 4 号。

8.《表》，手稿。

陈独秀在狱中写作的以上有关音韵学的著述，生前大多未能发表和出版，而是在他逝世后，由其北大的学生何之瑜将以上遗著汇编成为《古音阴阳入互用例表及其他》，1949 年 3 月由商务印书馆排印，却因政治原因未能出版。直到 1993 年经学者唐宝林先生推荐给中华书局，于 2001 年终于以《陈独秀音韵学论文集》名义正式出版发行。

二、文字学类

1.《甲戌随笔》，手稿。

2.《干支为字母说》，手稿。

3.《实庵字说》，这部学术著作陆续发表于《东方杂志》第34卷第5、6、7、10、13号，引起中国学术界的高度重视。为此，陈独秀与郭沫若之间还发生过一些学术范围内的争论。"他对郭有些地方很钦佩，如郭说古代人不知人从何来，对生殖器崇拜，古文中'也'字很多，他说'也'字是女阴的象形，人从女阴中出来，人们觉得神奇。陈说这是郭的卓见，但有的地方，陈又说郭浅薄。郭曾为文答覆，说陈在这方面是行家，是前辈，但他困在狱中，看不到许多书，所以孤陋寡闻。"[1] 但也有评价认为"《实庵字说》于金石甲骨文字，多所发明"，"其书最大成就，即在将有关联谊之字，分别释例，而所举间附以英语学名，于九经文字，鼎彝刻词，及音韵诸书，均有捃拾……此较孙诒让所著《名原》，仅录古文者有别。"

4.《识字阶段》，手稿。这部书稿陈独秀在狱中没有完成。出狱以后，特别是在生命的最后几年，他一直把主要精力投入在这部书稿的写作和修订上，并将其定名为《小学识字教本》。

后来因为减刑释放等原因，陈独秀在狱中虽然没有全部完成上述庞大的创作计划，但困居狱中有如此丰厚的收获，也堪称奇迹。五四新文化运动中"四川省只手打倒孔家店的老英雄"吴虞，曾是陈独秀旗帜鲜明"打倒'孔家店'"斗争的一名战将，他闻讯陈独秀在狱中的著述后，作诗《寄陈独秀狱中》，曰：

早年谈易记儒生，意气翻惊四海横。
党锢固应关国计，罪言犹足见神明。
尽知大胆如王雅，何必高文似马卿。
万古江河真不废，新书还望狱中成。

"小学"，古称"文字学"，广义为"语言文字学"。他在该书的自序中说："本书解字颇采黄生、顾炎武以来诸人之说。"但实际上，他并没有亦步亦趋，随声附和，而是大胆创新，科学求证。他提出的"字根说"，虽然古已

---

[1] 濮清泉：《我所知道的陈独秀》，原载《文史资料选辑》第71辑，中华书局1980年10月版。

有之，但在前人的基础上建立了一套更加完整的科学体系，被后人称之为"第一人，这也是他最大胆创见"。陈钟凡评价说："其以形声义一贯解释文字的方法可谓缜密，是为文字学上有价值之著作。"1939 年，国民政府教育部直属国立编译馆约请陈独秀编一部教师用的《中国文字说明》，并预付他 5000 元稿费。陈独秀就将这部《小学识字教本》的上编交给编译馆，嘱先行出版。但是，因为书名问题，陈独秀和国民政府教育部长陈立夫较上了劲。陈立夫认为书名"究属程度太高"引起读者误会，要求改名为《中国文字基本形义》。哪知道，陈独秀知识分子的倔脾气又来了，就是坚持不改，并表示："若教育部有意不令吾书出版，只有设法退还稿费，别谋印行。"结果，直到他离开这个世界，这部书也没有出版，而先后两次预支的共计 10000 元稿酬，陈独秀至死也一文未动。陈独秀的固执和倔强世间少有！但他这种缺乏灵活机动的做法造成两败俱伤，略显迂腐，似不宜提倡。不过，后来编译馆还是将此稿油印了 50 册，分赠学术界人士，得以留存。梁实秋珍藏一册，带往台湾。1971 年，由赵友培题签、梁实秋作序，台北文学研究中心将此油印本影印出版。但遗憾的是依然违背了陈独秀的心愿，改名为《文字新诠》，既没有署陈独秀的名，又删除了他的《自叙》，也算是政治捉弄人的一个佐证吧。直到 1995 年，四川巴蜀书社才以《小学识字教本》原名正式出版，终于了却了陈独秀一生的宿愿。而此时，距陈独秀 1932 年前后开始写作此书已经 63 年，距其去世已经 53 年。

陈独秀在狱中确实对文字学最有兴趣，成天埋头钻研《说文》。他为什么要这么做呢？在狱中经常照顾他生活的濮一凡感到十分不理解，就问道："你研究这些东西，既不能当饭吃，也不能当衣穿，于国于民于革命有什么用处呢？"

陈独秀却不以为然地说："你不知道，用处可大了。从文字的形成和发展，可以看到社会和国家的形成和发展。中国过去的小学家（研究《说文》的人），都拘泥于许慎、段玉裁的《说文解字》和注，不能形成一个文字科学，我现在用历史唯物论的观点，想探索一条文字学的道路，难道没有用处？我当然不劝你们青年人去研究这种学问，可是我已搞了多年，发现前人在这方面有许多谬误，我有责任把它们纠正过来给文字学以科学的面貌。我不是老学究，只知背前人的书，我要言前人之未言，也不标新立异，要作科学的探讨。"

于是，陈独秀就耐心地给濮一凡、罗世藩等年轻人讲"六书"（即指事、象形、形声、会意、转注、假借）。但似乎都是对牛弹琴，根本引不起他们的兴趣。某日，濮一凡问道："据你所说，古之文人也会创造别字、错字？"

陈独秀一时没有回过神来，问道："此话怎讲？"

"我说转注、假借不就是当时没有的字，就转借来用吗？"濮一凡回答说。

"你的这个意见很新鲜，我还没有听过，不过你是不是为青年写别字辩护呢？"

"谈不上辩护，我认为青年人写几个别字是难免的，中国方块字太难，同音同义字又多，形式又有什么正、草、隶、篆，我想社会前进，文字语言也随之而变动，写别字没有什么了不起的罪过，但老学究们就从这点看不起青年，我认为这是顽固，不知你以为如何？"

陈独秀说："你有这点见解，很不错，我研究文字学，就是从发展的观点出发，我主张语言文字都大众化，由繁入简，最后目的是拉丁化即拼音文字。不过在这方面只能促渐变，不能来突变，如果来突变，那就要大家读天书，任何人也不懂。"

濮一凡答道："写别字也是渐变呀！"

陈独秀说："是的。大家一致写的别字，就应该承认它。"

濮一凡说："大家约好来写别字，是不可能的。"

陈独秀说："这不要紧，如医院里打针，大家都说打臀部（读"殿部"），其实这个字应读'豚'部，管他'殿'部'豚'部，打在屁股上就是了，又如青年都说鼓吹革命，这个'吹'字应读'Trai'，而不读吹。现在大家都读吹，管它哩，吹喇叭也是吹，吹牛也是吹，宣传革命也是吹，大家都读吹，你一定要读'Trai'，那就是顽固。再如'骇然'的'骇'字，不应读'骇'，而应读'海'，现在大家都读骇怕的骇音，反正是骇怕惊奇的意思，怎么读都行。总之创造新字也好，写读别字也好，都要渐进，不能由你自做仓颉，随心所欲地创造出一种文字来。须知中国文字并不是仓颉造出来的，而是古代人民的社会创造。"

陈独秀在狱中研究文字学还有一段笑话。江苏南通一位姓程的老先生也是小学家，因慕陈独秀之名，某日来到监狱里拜望他，两人一见如故，初期互道钦佩，中期交换著作，也互称对方有卓见。但到了后期却争论起来，闹到面红耳赤，互斥浅薄，两人都高声大叫，拍桌对骂，幸而没有动武。原因是为了一个"父"字，陈独秀说："父"字明明是画着一个人，以手执杖，指挥家人行事。程先生说："父"字明明是捧着一盆火，教人炊饭。陈说你不通，程说你不通；陈说你浅薄，程也说你浅薄。

看到陈程二人争得不可开交，站在一旁的濮一凡觉得过意不去，急中生智作了一首打油诗嘲讽他们俩："一曰执杖一曰火，二翁不该动肝火，你不通来我不通，究竟谁人是浅薄。若非有我小濮在，遭殃不只是板桌，异日争论平心气，幸勿动怒敲脑壳。"

听完濮一凡作的打油诗，陈独秀和那位程先生都笑了。

陈独秀一边笑一边骂道："你这小鬼是浅薄，我要敲打你脑壳。"

濮一凡说："我说我岂止浅薄，对于你们这一行，我简直是无知。但学术讨论应心平气和，不应发火。"

隔了一会儿，陈独秀又和程老先生和好了。结束时，他还专门给时任中央大学校长的罗家伦写了一封信，推荐程老先生去该大学教文史。但罗家伦却以这位程老先生迷信鬼神而拒绝了。为此，陈独秀后来对濮一凡生气地说："罗家伦自诩不信鬼神，其实他信的鬼神是万鬼之中最恶的鬼。"[1]

陈独秀愤恨的这个"万鬼之中最恶的鬼"，到底指的是谁呢？

——我告诉你，就是蒋介石。

---

[1] 濮清泉：《我所知道的陈独秀》，原载《文史资料选辑》第71期，中华书局1980年10月版。

笔记 S "监狱与研究室"之二：铁窗对话

在中国近现代历史上，陈独秀是一位百科全书式的思想家、革命家、政治家、政论家和杰出的编辑出版家、语言文字学家、诗人、书法家，他的一生在政治、历史、新闻、出版、文艺、教育、科学和语言文字等诸多方面，留下了宝贵的思想遗产。

在"老虎桥监狱"，陈独秀除了在音韵学和文字学上著述颇丰取得成果之外，在中国哲学、文学、艺术学研究上也作出了许多有益的探索，尤其在孔子、老子等研究上也发表了诸多独到、精辟的见解。像胡适一样，濮一凡和罗世藩曾多次劝陈独秀停止文字学的研究，最好趁有生之年写写自传和中国大革命史，但他都不以为然。他说："大革命史因手头无材料，不能凭记忆来写；关于自传，我很想写，但难于下笔。"因此，陈独秀就是凭着自己的爱好，自己认定的事情无论谁劝他都是劝不醒的。

除了著书立说之外，闲暇时间，陈独秀经常与濮一凡、罗世藩这两位年轻人就历史、文化、哲学和文艺等等问题进行谈话，提出了许多与众不同的真知灼见，发他人所未发，言别人所未言。濮一凡晚年以亲历亲闻的视角对陈的狱中生活作了真实的记录，而他与陈之间就历史、文艺、哲学诸方面的对话，堪称是一次智慧的探访。现稍作整理，取名"铁窗对话"，照录如下：

对话一：陈独秀论老子

陈独秀在《老子考证》中指出，人们都说老子姓李名耳，陈说此系俗见。他考证出老子就姓老，故称老子。正如诸子百家各有其姓一样，孔子姓孔，孟子姓孟，墨子姓墨，杨子姓杨，庄子姓庄，荀子姓荀。唯独老子给他姓李，焉有此理？此与当时姓氏规律不符。老聃即老子的姓名，何来李耳之名。他这种说法，是否有确切的论据，不得而知。

对话二：陈独秀论孔子

陈独秀在《孔子与中国》中提出，人们不能"绝对的或相当的崇拜孔子"，"科学与民主，是人类社会进步之两大动力，孔子不言神怪，是近于科学的。孔子的礼教，是反民主的，人们把不言神怪的孔子打入冷宫，把建立礼教的孔子尊为万世师表，中国人活该倒楣！""请看近数十年的历史，每逢民主运动失败一次，反动潮流便高涨一次；同时孔子便被人高抬一次，这是何等自然的逻辑！"陈独秀认为，孔子影响至深且大，每一封建王朝，都把孔子当作神圣供奉，信奉孔子是假，维护统治是真。农民起义之时，孔子就一时倒楣，新的王朝得胜，即刻又把孔子抬得天高。五四运动之时，我们提出"打倒孔家店"，就是这个道理。但在学术上，孔孟言论，有值得研究之处，如民贵君轻之说，有教无类之说，都值得探讨。

对话三：陈独秀论书法

自遭被捕之后，无论是在上海的巡捕房，还是在南京的军政部，以至现在因于狱中，陈独秀到哪儿，哪儿就有许多人请他写字，有的他拒绝了，有的他欣然命笔。他在狱中给画家刘海粟题写了自撰的对联"行无愧怍心常坦，身处艰难气若虹"。刘也送了一幅画给他。陈独秀的字不仅写得挺拔俊秀、飘逸多变，而且能写楷书、草书、行书和篆书等多种字体，尤其是其狂草和郑板桥体均受人喜爱。陈独秀说：写字如作画一样，既要有点天分，也要有些功夫，功夫锻炼内劲，天分表现外秀，字要能达"内劲外秀"，那就有点样子了，即所谓"中看了"。庸人写字，只讲究临摹碑帖，写来写去，超不出碑帖规范，难免流于笨拙。有点才气的人，又往往不屑临摹，写出字来有肉而无骨，两者都难达妙境。濮一凡问他："你写得怎样呢？"他说："差得很，差得远，许多年来没有写字了。"那意思就是说天分有一点，功夫是不够的。谦虚之中仍有自负。

对话四：陈独秀论翻译

陈独秀不仅懂日、英、法等多种文字，在狱中还开始学习德文。陈独秀坚持阅读原著，但因为年龄老了怕翻字典的缘故，在读外文著作时，就总是要濮一凡、罗世藩代他把书中的生字查出来。他们二人只得一面照办，一面又劝他多读读翻译的书。于是，陈独秀就对翻译问题大发议论。他说，现在许多翻译的书，实在不敢领教，读它如读天书，浪费我的时间，简直不知道它讲些什么，如胡秋原这小子，从日文中译出这样一句话："马克思主义在三层楼上展开。"这是什么话，我当然不懂，我想也没有人懂。我要问马克思主义为什么一定要在三层楼上展开呢？难道二层楼上不能展开吗？我找到原本，查对一下，原来是说"马克思主义发展分三个阶段"。日文中的三阶段，就写三阶段，而三层楼则写三阶。若说胡秋原眼误，未看到这个段字，那是不能原谅的。译出书来，起码要自己看看懂不懂通不通，连自己也不懂的东西，居然印出书来，真是狂妄无知，害死人呀！他说，这是一种不负责任的态度。胡译乱译，还美其名曰"直译"。我认为翻译这种工作，不是闹着玩的，首先要精通外文，本国文字也要通达。现在有些懂点 A、B、C、D 的人，就大胆地搞起翻译来，真叫作荒谬绝伦。我认为严复对译书的要求"信、达、雅"三字，还应该遵守。信，就是忠实于原著；达，就是译文要通顺；雅，就是文字要力求优美。严复译的八部书，在这三个字上下过功夫。现在有人说这三个字不足为训，我说，非也。严译丛书，用古文体写的，青年人读不懂。但他是先读通原著，然后才从事重新创作，使之成为中文书，态度是严肃的，功夫是下得深的。当时在知识分子中，起了启蒙作用。现在哩，人们侈谈什么"直译"而反对"意译"，以掩饰他们的死译瞎译，叫读者如看天书，不知所云，这是一大"虐政"，一大灾难。殊不知直译决非一字一扣，一句一掌，而是保住原著风格。意译亦非随心所欲，胡乱行文。外文与中文差别很大，风俗习惯亦不相同，能直译的，当以直译为准则，不能直译的，就应辅以意译。我意直译、意译应相辅而成，决不应偏向一方，而违信、达、雅三字原则。我反对林琴南式的"意译"，更反对胡秋原式的"直译"，若要从二者之中选择一种，那我宁愿读前者而斥后者狗屁不通。陈独秀在 80 多年前说的这些话，现在读来仍然具有强烈的现实意义和指导性，21 世纪的今天我们的翻译工作是否做到了先生所提的要求了呢？以笔者之见，真是"差得很，差得远"。

对话五：陈独秀论文艺

创造社诗人王独清出版了一部歌颂 1927 年"广州起义"的诗集，书上的诗句印得很新奇，字体大小不一，有正有歪，再加上一些惊叹符号，"很像炮弹打出后的破片飞散一样"。他慕名来到"老虎桥监狱"送给陈独秀看，希望陈给他以好评。哪知道陈独秀看了之后，哈哈大笑起来，连说："我不懂诗，不敢提出评论，但是我佩服你的大胆，独出心裁，自创一格。"结果弄得王独清十分狼狈，讪讪而退。后来，陈独秀在狱中与濮一凡等人谈起此事，就中国文艺发表了自己的见解。他说：文艺这种东西，决不能用模型来套制，八股文为何一文不值，就是因为它是僵尸文章，臭不可闻。王独清那本诗，形式上看来颇为新颖，但他中了形式主义的毒，以为把一些口号写入诗句，这就是无产阶级革命文学了。其实这是笑话。结果把诗弄成屎，自己还不知道，甚至还洋洋自得，这是很可悲的。

濮一凡问陈独秀："无产阶级的政治思想是否可以写入诗文中呢？"

陈独秀说：当然可以，不过这要高明的手法。现在许多作家，不肯在这方面下苦功，写出一套公式文学，人不像人，狗不像狗，味同嚼蜡，毫无生气。他们以为把政治思想塞进文艺中，就是革命文艺，谬矣。如果这样，要文艺家干什么？有党的宣传部和新闻记者就够了嘛。

濮一凡又问："你对现实主义和浪漫主义有什么看法，两者是否应结合起来？文艺家是否应有阶级的立场，写出无产阶级和劳动人民的文艺来？"

陈独秀说：这两个问题太大，很难说得清楚。文艺家当然要代表人民的利益创造革命文艺，但是这不是一蹴而就的事。我不赞成对文艺家画地为牢，告诉他们要写无产阶级现实主义文学，不要写资产阶级浪漫主义的文学，这是办不到的，也是束缚创作自由的。中国古典文学之所以能开出绚丽的花朵，如《红楼梦》《水浒》《西游记》《儒林外史》《西厢记》《桃花扇》等，有哪一个是由别人出题或指出范围写成的呢？世界文学中第一流作家如莎士比亚、莫里哀、雨果、巴尔扎克、歌德、海涅、托尔斯泰、屠格涅夫等等，又有哪个是奉命写成出色的作品来的？他们都不知道什么现实主义和浪漫主义，可是作品中都包含着这两种。世界上优秀的文艺作品，不可能把哪些作品划成现实主义的，哪些作品划成浪漫主义的。我认为一个卓越的作品，它反映社会的情况，反映得相当高明，使人读了为之神往，作家写到哪里，读者如身入其境；喜怒哀乐，悲欢离合，都与作家有同一情感。这种作品就是好作品，不管他出身贵贱或政治倾向如何。列宁说托尔斯泰的作品是俄国革命的一面镜子，但他的思想是有害的甚至是反动的。但这并不妨碍人们称他是一位伟大的作家。托尔斯泰把当时沙皇统治的俄国社会各个方面各个阶层都写到了，写贵族入骨三分，写农民恰如其人，但他并没有叫一声打倒沙皇，也没喊一声农民万岁。作品中极其巧妙地反映出统治阶级的万恶和农民的悲惨，这就是用艺术的力量，唤起人民革命。上述这些作家，都不是下层人民，多数出身贵族，可是他们的作品却代表了人民的呼声，这就使得人们叫一声好，称赞他们是伟大的作家，伟大的作品。中国古典文学方面有名人，曹雪芹、施耐庵、吴承恩、吴敬梓、孔尚任、王实甫等，也是世界难寻的伟大作家。尤其是曹雪芹，他在《红楼梦》中所描写的末期封建社会，可以说淋漓尽致，入骨传神，使人们不必读史，就一眼看到清初中国社会一幅全图。人物之多，入画入神，结构之紧，合理合情，真是旷世珍品，千古奇文。可惜难以翻译，外人不能欣赏，日本汉学家称《红楼梦》为天下第一奇书，诚不诬也。曹雪芹十年寒窗，才写了这部著作的前八十回，态度是何等严肃。托尔斯泰的《战争与和平》也写了七年。诗文词句的推敲，也沥尽心血，故能达到美的结晶，决非今之作家粗制滥造所能比拟。

濮一凡再问："照你这样说，一个时代只能出一个作家，其余作家只好停笔，等待伟大作品问世了；而文学是社会生活的反映，难道只允许一个大作家反映，不允许多数作家努力去做吗？"

陈独秀停顿了一下说：不然，我不是这样意思，我是着重说不应草率从事，想写就写，写出来的东西，轻飘飘的，没有味道，一读即完，不像《红楼梦》那样百读不厌。至于说反映社会生活，这说起来容易，做起来殊难。如有的人写工农，除了苦呀悲呀没吃没穿啦，一下子就走向革命，接着就是拥护和打倒，最后或坐监或杀头，至死不屈。实际生活决不会这样简单，前进有过程，后退也有过程，作家的任务，要通过体验社会生活，再加上艺术构思，巧妙地描画出活的工农来，而不要借工农之口，说出知识分子的话来，叫人看了"四不像"。中国谚语说"画虎难画骨，画人难画情，画虎不成反类犬，画人不成反类猪"。听说赵子昂画《百马图》，未着笔前，在书房里打滚，拟马的各种姿态，再出而观马，然后下笔。《百马图》中的马各有不同姿态，正如曹雪芹写众多丫鬟小姐，各有各的性格一样，这种精神和技巧都是应该效法的。要说现实主义，我想这才是真的现实主义。说到浪漫主义，我认为没有浪漫主义就没有文学。文学要有幻想，要用浪漫的构思和手笔，巧妙地反映出社会生活来。否则读读历史看看报纸就够了，何必还要什么文学呢？《西游记》是用浪漫的手笔写出来的，若用现实主义去衡量它，那是荒唐的。但它在文学上有特殊的价值。无论写孙悟空、猪八戒等以及各种妖精都栩栩如生，十分美妙，这种浪漫主义，是值得赞赏的。

对话六：陈独秀论诗歌

自五四新文化运动以来，陈独秀主张用白话文代替文言文，这是众所周知的，但对诗歌应采用白话还是文言文，他没有肯定。在狱中，陈独秀与濮一凡就这个问题也作了深入的谈论。陈独秀说：以前之所以不谈，是要看看白话是不是可以写出好诗来。现在看起来，白话诗还不能证明它已建立起来，可以取古体诗而代之。我看了许多新诗，还没有看到优秀的作品，能使人诵吟不厌的。我认为诗歌是一种美的语言和文字，恐不能用普通语言来表达。诗有诗的意境、诗的情怀、诗的幻想、诗的腔调等等需要去琢磨。决不是把要说的话，一字不留地写出来就是诗。现在有些人，把一篇散文，用短句列成一行一行的就说这是诗，这把诗看得太简单了，可笑之至。

说到这里，濮一凡就问陈独秀："照你这样说，我们又只有等李、杜出来了？"

陈独秀说：李、杜不会复生，今日决不会有李、杜，时代不同了，意境也不一样了，今人吟诗应有今日风格。不过诗歌究竟不同于散文，它要有情趣，要读之铿锵作声，要使读者有同情之心，生悠然之感。我反对诗不像诗，文不像文，不费推敲，小儿学语式地乱写。须知唐宋各家诗词，是费尽心血，才能达到美的境地的。

濮一凡又问："青年人学作古诗如何？"

陈独秀说：我不提倡也不赞成。因为古诗讲究音韵格律，青年搞这一套太浪费时日，音韵格律是写诗一大障碍，有人穷毕生之力，也不能运用自如。要么严守格律，写出东西来毫无生气，要么破律放韵，仅求一句之得，据此而求千古绝唱，难矣。

濮一凡再问："你既不赞成当今的新体诗，又反对青年人学学古诗，那么诗歌一道岂不要绝子绝孙了吗？"

陈独秀考虑了一下说：这确是一个难答的问题，我想可以美的语言美的文字结合起来写诗，但主要还是美的意境。青年人想写诗，最好先读读《诗经》《楚辞》、唐诗宋词，了解一些诗味，然后动笔，想来会有进益的。

说到此处，陈独秀给濮一凡讲了一个笑话。他说：在芜湖中学教国文的时候，有一个学生学作诗，文中有这么两句："屙屎撒尿解小手，关门掩户阖柴扉。"陈独秀看后大笑，在诗上打了一个横×，批上"屎臭尿腥"四个字，并写了两句："劝君莫做诗人梦，打开寒窗让屎飞。"陈独秀认为诗是一种美文，白话难以写出美诗。他最反对把散文写成短句，加上些啊、呀、吗、呢，再加上些惊叹号就自称是诗。

对话七：陈独秀论民主与科学

陈独秀说，五四运动前后，在《新青年》上提出民主与科学，不是信手拈来的，而是经过深思熟虑，针对中国的情况才提出来的。一般青年只懂其皮毛，而不懂其实质。中国经过几千年封建统治，民主与科学荡然无存。正因为没有民主与科学，弄到国将不国、民难为民的地步。帝国主义侵略，更加深了这种灾难。今天讲民主科学，并未过时，反而更加需要。我可以武断地说，没有民主，就没有进步，也没有革命；没有科学，就不能生存，就要亡国。有民主才能有科学，有科学才能保民主，二者缺一不可，少一点也是不行的。我生平研究历史，发现原始社会在生产、生活方面实行共产主义，在社会组织方面实行民主主义，虽然那时还不知道这两个名词，但确是当时社会的两大支柱。后来阶级社会产生了，这两大支柱被统治者推倒了，埋葬了，而且埋得很深很久，叫人们忘记。卢梭把它发掘出来，说："人生而自由者也。"我们不能因卢氏是资产阶级启蒙运动的大师，就说他的话说得不对。我认为法国大革时期，百科全书派一些著述是有很大贡献的。当时他们提出自由、平等、博爱的口号，也是不能非议的。后来欧洲各国民主革命相继完成，建立民主制度，发展了科学，使他们走上资本主义道路，富强起来了，民主制度也受到限制了，自由、平等、博爱只限于资产阶级范围以内了。广大无产者和劳动人民，都摒弃于民主之外，这不是民主之罪，而是资本主义制度之罪。我认为民主制度是人类政治的极则，无论资产阶级革命或无产阶级革命，都不能鄙视它、厌弃它，把它当作可有可无，或说它是过时的东西。在东方落后国家，长期受封建制度束缚，没有民主的气息和习惯，更应把它当作战斗的目标而奋斗。

濮一凡问陈独秀："你这种见解是否混同资产阶级革命和无产阶级革命的战略目标呢？是否违背马克思主义呢？无产阶级革命目的，难道是为了民主主义而不是为实现社会主义——共产主义而奋斗吗？"

陈独秀回答说：所以我说你们对马克思主义的了解相当片面，相当机械而且幼稚。从马克思到列宁都没有把民主主义和社会主义分裂开来，如你们一样把民主主义当作资产阶级的私有财产，而把社会主义当作无产阶级唯一的要求。他们多次教导，从资产阶级形式民主，到无产阶级实质民主，是社会发展的必然趋势。列宁说过，资产阶级民主是少数人压迫多数人的民主，而苏维埃民主是多数人压迫少数人的民主，后者是比前者广泛得多扩大得多。德国社会民主党成立之时，恩格斯还健在，他并没有指责这个党名称要不得，列宁也没有摒弃俄国社会民主工党这个名称，可见他们并不轻视民主而是重视民主的。

濮一凡又问："马克思、列宁明明说过要用无产阶级专政代替资产阶级民主，对此你如何解释呢？"

陈独秀说：是的，他们说过，但他们也说过，无产阶级专政是无产阶级和广大劳动人民最广泛的民主，只对极少数反抗新政权的人实行专政。难道这还不明白吗？你们总是把专政这个名词奉为神灵，而把民主视为妖魔，岂不怪哉。现在苏联实行无产阶级专政，专政到反动派，我举双手赞成，但专政到人民，甚至专政到党内，难道是马克思、列宁始料所及？此无它，贱视民主之过也。总之，我认为，民主与科学是人类历史长期的要求，决非权宜之计、临渴凿井的对策。如果用公式表达，就是原始社会里，共产主义和民主主义是两大支柱。奴隶社会和封建社会推倒和埋葬了这两大支柱。资本主义社会，发掘了民主，发展了科学，人类大跨步前进。社会主义、共产主义社会，民主与科学无限发展，走向人类大同。

对于陈独秀这种言之谆谆的"高论"，濮一凡却听之藐藐。于是他又提出两个问题，请陈独秀做出解释："一个问题是把民主与科学提到贯穿历史的高度，是否违反阶级分析的原则；一个问题是如果中国革命成功，你主张采用什么制度。"

陈独秀回答说：关于第一个问题，我并未违反阶级分析的原则，我认为代表大多数人民利益，就是最好的阶级立场。成天大叫无产阶级万岁的人，未见得有利益于大多数人民，也未见得有利于无产阶级。民主与科学是大有利于中国人民的，当然也有利于无产阶级。关于第二个问题，现在还没有实现的东西，难以预言，不过如果革命胜利，我设想要建立一个民有、民治、民享的人民政府，实行名副其实的自由、平等、博爱。

说到这里，濮一凡问陈独秀："林肯的政府是人民政府吗？法兰西共和国实行了自由、平等、博爱吗？"

陈独秀答道：正因为他们没有名副其实地实行他们的口号，所以我们要认真地实行起来。须知上述口号，鲜明响亮，通俗易懂，人民心向往之。若不拘泥于名词偏见，我认为无产阶级专政，就应该做到民有、民治、民享和自由、平等、博爱。

没等陈独秀说完，濮一凡就说："那是假的，他们是说着骗人的。"

陈独秀说：我们要做真的，我们不需要骗人。

濮一凡说："巴黎公社的教训和十月革命的经验，你忘记了？"

陈独秀说：巴黎公社教训不在于过于民主，十月革命的经验也不在于实行专政。资产阶级政权是少数统治多数，他们能允许集会、结社、言论、出版自由，不怕垮台，而无产阶级政权是多数统治少数，竟怕这怕那，强调一党专政，不允许言论自由，焉有是理。

最后，濮一凡问他："你是马克思主义者还是百科全书派？"

陈独秀说：马克思主义是吸收前人的精华发展起来的，没有德国的哲学、英国的政治经济学、法国的社会主义，他不能凭空创造出一个学说来。

我信仰马克思主义，因为它是无产者和人民甚至全人类解放的思想武器。彭述之说过"马克思主义以外无学问"，这话对吗？简直是愚昧无知。现在苏联就是把人造成一个模型，不容有别的样式，还自诩为马列主义，马列地下有知，想会慨叹鸣呼的。

对话八：陈独秀论哲学

对中国古代哲学的研究，陈独秀自谦是"门外汉"，稍有涉猎，而对西方哲学著述读得较少。他不赞成一些青年读了几本哲学书就大谈什么唯物主义与唯心主义，什么辩证法和形而上学。他说，有些人开口是辩证法，闭口是辩证法，骂人家是机械论，是形而上学，实际上，他们自己在那里搞诡辩，变戏法。叛徒叶青就是一个最坏的典型。当他投降国民党以前，讲话写文章都侈谈哲学，叛变以后，他仍然口口声声不离开什么哲学，而且恬不知耻地说是"马克思主义哲学"。天下无耻之事，岂有甚于此者。唯物主义和辩证法，只有革命者和进步者才能认识和运用，反动派谈唯物主义只能是拜金主义，而他们讲辩证法只能是"变戏法"。我认为辩证逻辑和形式逻辑是并行不悖的。现在有些人，只迷醉于辩证法这个时髦的名词，而弃形式逻辑于垃圾堆，妄矣。哲学上无论中外，代有名家，很难把他们截然划分谁是唯物主义谁是唯心主义，谁是辩证论者谁是机械论者。大别为唯物唯心两派是可以的，截然划分是难办到的。因为他们当中，有的是唯心论者兼有唯物论的因素，如康德；有的是唯物论者又带有机械论瑕疵，如费尔巴哈；有的是唯心论的辩证论大师，如黑格尔。直到马克思才树立起辩证的唯物主义和历史的唯物主义这个光辉的体系。中国诸子百家多数属于唯心主义的范畴，老、庄、孔、孟是也，但他们著作中有唯物主义的因子，也有朴素的辩证法。杨、墨、荀、韩非等，基本上是唯物论者，但也夹着许多唯心论。中国最早的唯物论者是王充，应该读读。列宁劝告青年，不可不读考茨基和普列汉诺夫的哲学著作，这是对的。现在苏联哲学在德波林的把持下，搞得乌烟瘴气，完全是一派经院气息，生拉活扯，叫人不敢卒读，哀哉！

陈独秀很赞赏易卜生和尼采。易卜生认为，思想家先世人道出真理，言人之不敢言。世人不能接受，于是群起而攻之，等到时代进展，人们认识到他是真理，又为他树起丰碑。丰碑树立之时，新的思想家又出来道出新的真理，同样又遭到攻击，后来又为他树立丰碑等等。易卜生说少数人永远是对的，多数人永远是错的。陈独秀说，这是至理名言。

濮一凡说："列宁批评过易卜生，说他是小资产阶级的偏见。"

陈独秀说：不管列宁批评过没有，我认为易卜生是对的。从广大人民利益来说，当然是多数人对，少数人错，但从思想启蒙这个出发点来说，易卜生是对的。有史以来的思想家、哲学家，都有过同样的遭遇。哥白尼的后学伽利略、刻卜勒受到宗教法庭的迫害，是举世周知的史实，但是真理并不在宗教法庭方面，而在科学家方面。即以马克思、恩格斯、列宁来说，他们代表真理，但一生多半都处在少数的地位。

陈劝濮一凡要读一读易卜生的《国民公敌》《社会栋梁》和《娜拉》。

濮一凡说："我读过了。"

陈独秀说：再深读一下，才知其味。

讲到尼采，陈独秀说：我以前道听途说，以为他是帝国主义的代言人，但现在我看了他的代表作《札拉图斯特拉如是说》，才知道他是批判万恶社会的哲人。

濮一凡问陈独秀："尼采不是主张超人哲学吗？世界上哪来超人呢？"

陈独秀说：正因为世界上没有超人，所以他要把人类提高到超人的地步。他认为德国社会上层人物是一群动物，蠢猪，笨驴。他骂大学教授学驴叫，新闻记者是骗子，当局是强盗，官吏是盗贼……这是对资本主义社会的有力的声讨，哪里有帝国主义代言人的气味呢？德国政府把他关进疯人院，岂不是自己打自己。所以读书要自己钻研，决不能以耳代目，道听途说。尼采理想的东方社会要淳朴得多，像人得多，他想不到东方社会的落后贫穷，还有很多不像人的人。

说着，陈独秀把《札拉图斯特拉如是说》这部书拿给濮一凡看，劝他也读读它。

濮一凡翻了几页，只见陈在书上写着："此声何声也，汹涌澎湃，荡尽人间污浊……"随后，濮老老实实地告诉陈，说："我看不懂，也不想看。"

陈独秀说：看不懂可以慢慢来，不想看，那就是满足于偏见，安于愚昧。须知学术思想，是应该绝对自由的，请三思之。

对话九　陈独秀论胡适

陈独秀说：胡适这个人，实在难测，在《新青年》上有大胆狂言的勇气，也写过一些号角式的文章。新文化运动，也是有贡献的。但他前进一步，就要停步观望一下；后来他走了一步，就倒退两步，这就难以挽救了。当初，我曾寄希望于他，同他谈马克思主义，有时他兴奋起来，也说马克思是一大思想家，有独到的见解。但考虑良久，又退回到杜威那里去了，如是者几次，都不能把他拉到革命人民这方面来。

胡对陈说，你相信你的马克思，我相信我的杜威，各不相强，各不相扰，大家何必走一条路呢？结果他从杜威走向蒋介石，走到华盛顿当了中国大使。陈很为他惋惜。陈说，你若只作学术研究，也许不会被人鄙视的。胡适说，我也为你惋惜，你若不当政党领袖，专心研究学术，想来也会有些成就而不致身陷囹圄的。

胡适告诉陈独秀，白话文学已建立起来，老舍、巴金、曹禺等是杰出的作家；陈问：鲁迅、茅盾呢？胡答，不见他们的作品，这两位恐怕致力于文学为革命服务去了。胡的话带有讽刺意味。陈以似同意非同意的语调说，可惜不可惜？

陈、胡的私交比较深厚，胡适说，没有你的《文学革命论》，白话文学难达今日之成就。陈说，没有你的《文学改良刍议》，文学还会停在八股的牢笼中。

对话十　陈独秀论鲁迅

谈到鲁迅，陈独秀说，首先必须承认，他在中国现代作家中，是首屈一指的人物。他的中短篇小说，无论在内容、形式、结构、表达各方面，都超上乘，比其他作家要深刻得多，因而也沉重得多。不过，就我浅薄的看法，比起世界第一流作家和中国古典作家来，似觉还有一段距离。《新青年》上，他是一名战将，但不是主将，我们欢迎他写稿，也欢迎他的二弟周作人写稿，历史事实，就是如此。现在有人说他是《新青年》的主将，其余的人，似乎是喽罗，渺不足道。言论自由，我极端赞成，不过对一个人的过誉或过毁，都不是忠于历史的态度。

濮一凡问陈独秀，是不是因为鲁迅骂你是焦大，因此你就贬低他呢？在陈独秀入狱后，鲁迅曾以何干之的笔名在《申报》"自由谈"上，骂陈是《红楼梦》中的焦大。焦大因骂了主子王熙凤，落得吃马屎。

陈独秀说，我决不是这样小气的人，他若骂得对，那是应该的，若骂得不对，只好任他去骂，我一生挨人骂者多矣，我从没有计较过。我决不会反骂他是妙玉。鲁迅自己也说，谩骂决不是战斗，我很钦佩他这句话。毁誉一个人，不是当代就能作出定论的，要看天下后世评论如何，还要看大众的看法如何。总之，我对鲁迅是相当钦佩的，我认他为畏友。他的文字之锋利、深刻，我是自愧不及的。人们说他的短文似匕首，我说他的文章胜大刀。他晚年放弃文学，从事政论，不能说不是一个损失，我是期待他有伟大作品问世的，我希望我这个期待不会落空。[1]

上述陈独秀"铁窗对话"，由濮一凡在晚年以濮清泉之名写成回忆录《我所知道的陈独秀》，在 1979 年 8 月写成后交由中国人民政治协商会议全国委员会文史资料研究委员会编辑的《文史资料选辑》，于 1980 年 10 月公开发表，但多少年来依然没有引起研究者的足够重视。现在，当我们静下心来，重温这些至今读来依然散发着智慧之光的对话，一种难以抑制的思想脉动如同电闪雷鸣，穿越历史的时空照亮了我们的心灵。在那一瞬间，真理在时间面前失去了距离。哲人那安详又富有尊严的脸庞已经浮雕在时代的纪念碑上，先驱那锐气又炯炯有神的目光却时刻在注视着我们，期待我们来瞻仰他、阅读他，并聆听他的教诲。

在南京"老虎桥监狱"，陈独秀以实际行动践行了他"出了研究室就入监狱，出了监狱就入研究室"的宣言，把监狱真正地变成了研究室，呕心沥血，著书立说，在中国乃至世界监狱史上写下了一个伟大的传奇。1934

---

[1] 濮清泉：《我所知道的陈独秀》，原载《文史资料选辑》第 71 辑，中华书局 1980 年 10 月版。

年，陈独秀的学生王森然到狱中探视，看到他刻苦读书、潜心著述的实情之后，为他写了一篇评传，大发感叹："先生书无不读，又精通日文、法文。故其学，求无不精；其文，理无不透；雄辩滔滔，长于言才。无论任何问题，研究之，均能深入；解决之，计划周详；苟能专门致力于理论及学术，当代名家，实无其匹……其个性过强，凡事均以大无畏不顾一切之精神处理之。无论任何学说，必参己意以研究之，无迷信崇拜之意。故每当大会讨论之际，其意见迭出，精详过人；常使满座震惊奇绝，或拍掌称快，或呆目无言，诚为一代之骄子，当世之怪杰也。惜仍以指挥行动之时多，精心研究学术之时少，虽有专一、有恒、自信之美德，致不能完成其哲学理论之中心，使先生终为政治家不能成为革命理论家，可省惜哉。"[1]同年 10 月，蒋介石在完成对红军的第五次"围剿"后，曾问及陈独秀在狱中的情况，闻其勤奋著述后，感叹地说："鄙人历来赞识独秀先生之才华，要不是他误入共产歧途，在中国文化史上可是一大怪杰。"

笔记 T　花絮之一：情事·房事

在冠盖云集的探监者中，到"老虎桥监狱"看望和照顾陈独秀最多的人，是一个女人。

她就是潘兰珍。陈独秀被捕前，这对年龄相差 29 岁的老夫少妻因为琐事发生争执，妻子赌气回娘家去了。可等到她回到家中，才知道她的"李老头子"已遭逮捕，竟然就是报纸上正大肆宣传的大名鼎鼎的陈独秀。现在，她坐在家中细细回想相识两年多来的一切，把记忆的碎片打捞起来再黏合在一起，终于明白这位当初化名"李先生"的"老头子"身份确实有一些神秘，虽然他每天伏案写作很少外出，但总有一个神秘的人（即中共中央派任的秘书、后来成了叛徒的谢少珊）而且只是这个人时不时来看望他，即使后来又认识了"小胖子"郑超麟，但他的交际范围依然十分保守；

---

[1] 王森然：《近代二十家评传》，书目文献出版社 1987 年版第 223-224 页。

还有，和他同居两年来先后三次搬家，而且每次换了新居，他都要住在楼上……潘兰珍越想越觉得自己好像是做了一场梦。如今，大梦方醒，她一边为自己当天不在家没有遭到逮捕而庆幸，一边又为已经押解到南京的"老头子"[1]的性命感到焦急和担忧。怎么办呢？

就在这个时候，她终于收到了陈独秀请人捎来的话，婉言劝她不要担心，不必去看他，希望她自己好好生活下去。陈独秀是性情中人，也是一个非常重感情的人。被捕之后，他对潘兰珍一直非常惦念，生怕这位没有遭受过如此劫难又胆小怕事的忠厚女人，在身体和精神上受到无情打击而生出意外。陈独秀处处为潘兰珍着想，恳切委托高语罕、王灵均夫妇替他做好善后工作。

1932年11月27日，陈独秀在监狱发出的第一封信就是为潘兰珍而写的。这封信的收信人是高语罕的夫人王灵均，陈独秀在信中最为关心的事情就是问她上海岳州路11号的家"你已去过否？所恳之事，不知可行否？至以为念，并盼示知"。三天后，陈独秀再次致信王灵均，说："岳州路一切衣物尽失，都不必问了。惟书桌抽屉（靠窗右手抽屉，非将桌子挪开，不能抽出）内，藏有一小袋，系潘君之物，她多年积蓄，尽在其中，若失去，我真对她不起。务请先生再去探看一次，需否偕律师去，请你自己酌定。务求见信即去，迟则退租后，恐木器为房东移去。如幸而尚在，望携存先生处。"

此后不久，有朋友辗转告诉陈独秀，"潘女士所藏物包已自取去"，他这颗悬着的心才终于石头落地。但是，他对自己出于无奈向潘兰珍隐瞒真实身份达两年之久仍深表内疚。他在信中还托高语罕夫妇问潘兰珍："对于我，以前未曾告以真姓名，及她此次失去衣服，可有怨言？"自然，除了表达歉意之外，陈独秀最为牵挂也最为期盼的是不要因为自己而牵连潘兰珍的一生，她还年轻啊！才24岁。因此，他提议从此与潘兰珍断绝关系，希望她能自谋出路，并请高语罕夫妇告之"案情无大危险，免她忧虑"，"婉言劝她不必来看我"。

---

[1] 在陈独秀故乡安徽怀宁，"老头子"是妻子对丈夫的一种昵称，亦是儿子对老子（父亲）的一种尊称。

但令陈独秀没有想到的是，就像当初她不顾一切地愿意嫁给他、跟他在一起生活一样，潘兰珍不仅没有乘机离他而去，而是不避嫌、不退缩，毫不犹豫地跳进白色恐怖的漩涡，逆流而上，不离不弃，与自己心爱的"老头子"共赴苦难，化名"王素芬"只身来到南京。刚到南京的时候，潘兰珍借住在国民政府教育部次长段锡朋的公馆，后来在"老虎桥监狱"附近租住了一间小屋，每天坚持到监狱照顾陈独秀的生活起居，帮他打扫卫生，洗衣浆衫，缝缝补补。

潘兰珍的到来，给陈独秀寂寞无聊的狱中生活增添了些许亮色。尽管无法找到家的感觉，但有了女人，再苦再难的生活就有了柔情有了温存有了爱。潘兰珍的这份执着和真情，确实感动了陈独秀。他们的这段爱情也确实令人羡慕。同在狱中服刑的濮一凡、罗世藩甚至为此都感到疑惑不解。在他们眼中，潘兰珍"这个女工，年仅20余岁，七分人材，三分打扮，看来十分摩登。他俩走在一道，人们必以为是父女。我们非常诧异，为何此女愿嫁老倌，更惊叹陈猎艳技术之高明"。[1]

陈独秀猎艳的技术高不高明，不能妄加猜测和评论，但陈的修养和水平绝对令几乎是文盲的潘兰珍所崇拜。曾经是萍水相逢比邻而居，难道真的就是嫁鸡随鸡嫁狗随狗？潘兰珍死心塌地地从上海赶赴南京，为无人闻之不为之色变的"危害民国罪"下狱的"老头子"坚守妇道，不可谓不是一个奇女子。这不仅仅是勇气，还需要胆识。潘兰珍的这种刚烈和忠贞，给了刚烈不羁的陈独秀以无限的慰藉。

男人最需要关怀。男人有了女人的关怀，就有了浪漫。陷于囹圄的陈独秀有了潘兰珍的关怀，监狱在他的脑海中已经不是监狱了，于是又做出了中国监狱史上罕见的怪事来。

有一天，濮一凡被典狱长叫到办公室听讯。只见典狱长一脸怒容，非常严肃。濮一凡心想事情不妙，以为大祸将临。这时，典狱长叫看守退出，把门关紧，对他说："我今天把你提来，有件事要你转告。陈先生在我们这里，我们没有把他当作犯人看待，上面叫我们优待，我们也尽量给他以优

---

[1] 濮清泉：《我所知道的陈独秀》，原载《文史资料选辑》第71辑，中华书局1980年10月版。

待。但是优待也有个界限，这里是监狱，不是旅馆。陈先生近来忘记了他在坐监狱，把我们这里当成旅馆，这是使我们很为难的。"

听典狱长说起这些日常生活的事，濮一凡的心终于平静下来，问道："究竟出了什么事，请你直说吧。"

典狱长说："你可知道有个姓潘的女士经常来看望陈先生，她是他的什么人？"

濮一凡说："大概是他的学生。"

典狱长说："不像学生，学生岂能天天来看老师。"

濮一凡说："是不是他的小女儿？"

典狱长说："更不是了，他的小女儿我见过。"

濮一凡说："那么是谁呢？我也推想不出。"

典狱长说："你恐怕知道的，碍于陈先生的面子，你不肯说罢了。"

濮一凡说："请你直截了当地说吧。"

碍于面子，典狱长在七拐八拐之后终于道出了实情。他说："根据看守人的报告说，陈先生和那个姓潘的女士，在他的监房里发生过肉体关系，这怎么行呢？这事传出去，岂不要叫我同他一样坐牢吗？请你婉言转告他，要为我的处境想一想。面子要双方来顾，如再有这样行动，那就莫怪我无情了。"

濮一凡说："怕不会吧？请你再调查一下。"

典狱长说："调查过了，千真万确。不瞒你说，当年我也是崇拜陈先生的一人，以为他的道德文章可以做青年模范，现在看来，他的文章虽好，道德有限。你告诉他，往后请他自爱一点，也为我们着想一下。"

濮一凡听典狱长说完，点头称是，唯唯而退。

第二天，濮一凡将典狱长的忠告一五一十地转告给陈独秀。陈独秀神色自若，毫无赧颜。濮一凡见状，就愤然说道："你这个人在政治、思想一切方面都非常偏激，在行为方面也很乖张。一个政党的首脑，这样对待生活，对吗？外面小报上说你不以嫖妓为耻反以为荣，确有此事吗？"

听了濮一凡的训斥，陈独秀一开始默无一言，似有愧色。但当他听到小报的八卦新闻，一下子就火起来了，说："大报造大谣，小报造小谣，你怎么信它？这是私人生活，不用别人管。"

濮一凡就说："你是一个政党领袖，对妇女问题，没有正确而严肃的态度行吗？"

陈独秀沉默良久，说："在建党以前，在这方面我是放荡不羁的，可是建党以后，我就深自检点没有胡来了。"

濮一凡问道："这位潘女士从哪来的呢？"

陈独秀说："难道我不能有个伴侣吗？孔子云：食色，性也。我是个人嘛，动物的本能，我也具备嘛！"

其实，在对待男女关系问题上，陈独秀是有原则的。1919 年就是因为有人造谣说他"在八大胡同嫖妓，与诸生争风吃醋挖伤某妓下体泄愤"，从而丢了北大文科学长的职位。但实话实说，那个年代的陈独秀在北京八大胡同嫖妓也不算是一件不正常的事儿，不能因此上升到品质和道德的高度，采取一棍子打死的方法全盘否定他的品德操守。在男女关系问题上，陈独秀确实非常开放，倡导自由恋爱，但他始终坚持"朋友之妻不可欺"的古训，在处理党内这类问题时曾经怒气冲冲地拍过桌子，大骂那些因同志被捕而与其妻发生关系的人，是坏蛋是畜生，这种人连青洪帮都不如！

患难识知己，日久见人心。潘兰珍这份纯粹的感情，对陈独秀的晚年来说确实是一份弥足珍贵刻骨铭心的真爱。而在此后颠沛流离、坎坷磨难的岁月中，直至陈独秀离开这个世界，她都没有辜负传奇的老夫少妻之爱情与婚姻，相濡以沫，善始善终，不禁让人把尊敬的眼光投给她。

笔记 U　花絮之二：越狱·祭儿

陈独秀的一生有三次婚姻生活，先后与四个女人有过情感经历。第一次婚姻就是与媒妁之言的原配夫人高大众，生育三男一女，即延年、乔年、松年和女儿玉莹；第二次婚姻是自由恋爱，与妻同父异母的妹妹高君曼结合，生育一男一女，即鹤年（又名哲民）、子美；1925 年间，隐蔽地下的陈独秀因患伤寒住院，邂逅医生施芝英，同居约一年时间；第三次婚姻就是与潘兰珍的结合，没有生育子女。

陈独秀的婚姻看似浪漫,实为凄苦,其间遭受的非议和打击也难以用文字来评论。高大众和高君曼姐妹先后于1930年和1931年接踵驾鹤西去,施芝英的偶然邂逅也不过是上海滩上的一段风花雪月,如今身陷牢狱,与潘兰珍老夫少妻的家庭生活实际上也名存实亡。但这一切没有打倒陈独秀。这块天生的"硬骨头",对生活对未来从来就没有放弃,也从来没有抛弃。

除了潘兰珍的悉心照顾让陈独秀感受到亲情之外,早年就与母亲高君曼一起迁居南京的子美、鹤年姐弟俩也经常来"老虎桥监狱"看望父亲。看着一双儿女已经渐渐长大成人,而做父亲的却无法给予他们以父爱,陈独秀百感交集,愧疚不已。但儿女的问候,是贴心的温暖,是血脉的延续和生命的支撑。如今,延年、乔年已经被蒋介石残杀牺牲,大女儿玉莹不幸早逝,三子松年在老家安庆的乡下与祖母相依为命,家破人亡的惨剧历历在目,不堪回首,沧海桑田。

有一次,小儿子陈鹤年来到狱中探望父亲,见到同在狱中的彭述之。因为陈独秀享受一些优待,监狱管理表面上看来就比较宽松。于是,彭述之一时异想天开,竟然想当然地要求陈鹤年设法帮他们越狱逃跑。鹤年纳闷地问道:"父亲同意吗?"彭述之信口开河地说:"管不了那么多了,他不走,我们也要走。"鹤年年轻,没见过什么世面,也觉得自己每次探监就像去某某单位办事一样,进出很自由,大有"菜园门随你进随你出"的感觉。于是,他就没有报告父亲,偷偷地将越狱用的绳梯等器物带进了牢房。陈独秀知道后,觉得此事非同小可,必须三思而后行,没有答应。不久,汪原放来探监,陈独秀就顺便将这件事提起来跟他商量。汪原放听后大吃一惊,说:"狱外高墙下就是壕沟,水混且深,墙上有电网,瞭望塔上还有哨兵,万一出了岔子,放出警犬,鸣枪,那就成为笑柄了。"经汪原放这么一分析,陈独秀连说:"对!对!鹤年他们真是胡来!述之也真是糊涂啊!我也老糊涂了!"后来,陈鹤年十分委屈地挨了老子陈独秀的一顿臭骂,越狱的事情就再也没人提起了。[1]

三儿子陈松年是1910年出生的,从小对父亲就没有什么印象。自

---

[1] 任建树:《陈独秀大传》,上海人民出版社 2004 年 11 月版第 567 页。

1913 年"二次革命"失败后，陈独秀离开家乡安庆，就再也没有脚踩过故乡的土地。那一年，儿子松年才三岁。为了革命，虽然他也曾经乘船穿梭于上海和武汉之间，每每船至安庆码头，他也只能静静地站在江轮上远远眺望那屹然矗立的振风塔，默默地回望自己的家乡，默默祝福自己的家人。如今时隔整整 20 年，儿子完全记不清父亲的容貌，父亲也根本不知儿子的模样。这天，松年第一次探监，终于见到了父亲。时空阻隔，亲情无边。松年看到父亲身陷监牢，人身失去自由，情不自禁地伤心落泪，失声痛哭。可没想到的是，陈独秀面对几十年不见的儿子，不仅连一句安慰的话都不说，而是瞪着两只明亮的眼睛，劈头盖脸地骂了一句："没出息！"

男儿当自强。这就是陈独秀对儿子的态度，这就是陈独秀教育儿子的方式。一句"没出息"让儿子陈松年记了一辈子，还记住了父亲那"明亮有穿透力的目光"。用 21 世纪今天的流行语来形容，陈独秀是绝对的"虎爸"。他对儿子的教育自己美其名曰"兽性教育"。但他的这种家庭教育却给自己与妻子高君曼和谐婚姻的最终破裂埋下了伏笔。

也正是在 20 年前，因"二次革命"失败，遭受安徽政府当局通缉的陈独秀逃亡上海，累及全家遭查抄追捕。于是儿子延年、乔年也千辛万苦地逃亡上海，投奔父亲。一对亲兄弟，两个俊少年，聪明伶俐，朝气蓬勃。作为继母和姨妈，高君曼内心对姐姐就有一丝"夺夫之爱"的内疚，对这两个无辜的孩子就相当疼爱，视如己出。但陈独秀与高君曼在子女教育上的观点存在明显分歧。一直批判旧文化反对封建制度的陈独秀，对中国青年的体能之差深怀忧虑，他说："未受教育的身体还壮实一点，惟有那班书酸子，一天只知道咿咿唔唔摇头摆脑的读书，走到人前，痴痴呆呆地歪着头，弓着背，勾着腰，斜着肩膀，面孔又黄又瘦，耳目手脚，无一件灵活中用。这种人虽有手脚耳目，却和那跛聋盲哑残废无用的人，好得多少呢？"[1] 所以，当延年、乔年来到自己身边，陈独秀发现两个儿子天资聪慧，是可造之才，就决定对两兄弟实行"兽性"教育，"饿其体肤，劳其筋骨，空乏其身"，把他们塑造成自己理想中的中国"新青年"。

---

[1] 陈独秀：《近代西洋教育》，原载《新青年》第三卷第 5 号，1917 年 7 月 1 日出版。

自古磨难出少年。陈独秀用自己的新理念教育儿子，给他们故意制造挫折制造困难，培养他们吃大苦耐大劳的品格和精神。在上海，他不准兄弟俩住在家里，而是住在《新青年》发行所亚东图书馆店堂的地板上，白天外出工作，晚上学习法语，勤工俭学，自我谋生，"食啍饼，饮自来水，冬仍衣袷，夏不张盖，与工人同做工，故颜色憔枯，人多惜之，而怪独秀之忍"。看到延年、乔年如此受苦，丈夫如此"虐待"，高君曼实在于心不忍，多次与陈独秀争吵，但不见任何效果。她就流着泪乞求陈独秀辛亥革命时期的战友潘赞化说情，说："姐姐不在，小子无辜，我是姨妈，又是继母，他们也很训实。我以名义上及感情上看待他兄弟，尤甚于我所生。他兄弟失母无依，视我亦如母也。今不令其在家住食，知之者不言，不知者谁能谅我？"对此，陈独秀却坚持己见，说："妇人之仁，徒贼子弟，虽是善意，反生恶果。少年人生，叫他自创前途可也。"[1] 不久，延年、乔年都通过勤工俭学考上了震旦大学，后来又留学法国，并最终成长为中共优秀党员和杰出的革命领导人，为中国革命作出了贡献，没有辜负父亲陈独秀的期望。

　　陈独秀对延年、乔年的刻薄无情，目的就是通过所谓的"兽性教育"，造就国家和民族的有用之才，真是"道是无情却有情"。

　　1936 年 12 月 12 日，"西安事变"爆发，震惊全国。在"老虎桥监狱"服刑的政治犯们听到蒋介石被张学良、杨虎城扣在西安，莫不喜形于色，欢声雷动，议论纷纷。有的说这一下蒋介石完了，有的说我们有出狱的希望了，有的说蒋介石有钱有办法也可能不会完蛋。监狱当局立即奉命戒严，中央岗亭架上两挺机枪，枪口对着各监房的出口，看守长大声疾呼："有再叫嚷者，拖出去枪毙。"显然，气氛相当紧张。陈独秀在狱中听说这件事后，简直像儿童过年那样的高兴。他专门托人打了一点酒，买了一点菜，请濮一凡和罗世藩一起过来小聚。

　　陈独秀说："我生平滴酒不喝，今天为了国仇家恨，我要痛饮一杯。"

　　说着，他先斟满一杯酒，高举齐眉，宗教般神圣地向天祷告说："大革

---

[1] 潘赞化：《我所知道的安庆两个小英雄故事略述》，原载《安徽革命史研究资料》第 1 辑 1980 年版第 15 页。

命以来，为共产主义而牺牲的烈士，请受奠一杯，你们的深仇大恨有人给报了。"说完，他把酒奠酹地上。

接着，他斟满第二杯酒，突然罕见地呜咽起来，说："延年啦，乔年，为父的为你俩酹此一杯！"说着说着，只见陈独秀老泪纵横，痛哭失声。

无情未必真豪杰。铮铮铁骨，柔情如酒如水如歌。这个场面一下子令濮一凡和罗世藩惊呆了。的确，大家都见过陈独秀大笑，也见过他大怒，但从未见过他流泪痛哭。

触景生情，濮一凡和罗世藩就赶紧劝慰他说："何必动感情呢？何况此事还在开演阶段，如何发展，尚难预料，我们不要空欢喜一场又白伤心一阵呀！"

陈独秀动情地说："人非木石，孰能无情。我看蒋介石这个独夫，此次难逃活命。东方国家的军事政变，很少不杀人的。"

说着，陈独秀又转悲为喜劝两个年轻人喝酒。于是，三人开怀痛饮了几杯。

几十年后，濮一凡回忆当时的情景，说："想起来好笑，这样儿童式的天真，事情一来，沉不住气，竟发生在陈独秀身上，不能说不有点稀奇。"其实，这有什么稀奇的呢？男儿有泪不轻弹，只是未到伤心处。当年两个精明能干才华非凡的儿子相继惨遭蒋介石残杀，陈独秀都没有掉一滴眼泪。为什么？为了革命！他不徇私情，把家仇国恨的痛苦深深地埋葬在心灵深处，忍一切不能忍，受一切不能受，从不在同志和战友面前表露悲观失望。沧海横流，才显英雄本色。冤有头债有主，今天，当他一听到蒋介石被扣留的消息，所有的委屈、悲伤、苦痛如汹涌的洪水一泻千里，情感的闸门倏尔打开，化作一杯祭儿的苦酒，化作一滴思儿的苦泪，物我两忘，天地同悲，其情其感，其伤其痛，非一般人所能体味也。

西安事变最终以和平的方式得到解决，这是出乎陈独秀意料之外的事情。濮一凡回忆说："过了十多天，我们在梦中被爆竹之声惊醒，南京全城一夜放个不停。我们很诧异，还不到春节嘛，往年就是春节，也没有放过这样多的爆竹。第二天起来，才知道蒋介石被放回南京了。陈独秀和我们，都感到惘然。他又一次像儿童一样发出奇谈。他说，看起来蒋介石的统治，是相当稳固的，不像我们分析的那样脆弱。我们问，根据何在？他说，从爆竹声中可以听出，他有群众的基础。我们说，天呀！爆竹是警察下命令放的嘛。他说下命令放的，最多只能放个把小时，昨天放了一夜，能说是命令的作用吗？我看南京的人民，是相当拥护他的。我们说，不要凭感想分析了。他说只要不是瞎子聋子，也会认识到这一点。我们说，只要不是儿童，也不会作这样幼稚的分析。他说，你们才幼稚呢。我们说，你是老而幼稚。他说，你们以为蒋介石一吹就倒吗？你们会走到无知盲动的地步。我们说，你以为蒋介石能一辈子称帝称王吗？你会走上机会主义的老路。他听到机会主义这个名词，就条件反射地发起火来，拍桌大骂我们无知、幼稚、没有进步，不堪造就。我们怕典狱长知道了，又要找麻烦，就忍着气说，以后再看吧；是你的分析对，还是我们的分析对，历史会作出判断的。" [1]

陈独秀的这段狱中对话，值得琢磨。历史是否做出了判断，做出了什么样的判断，谜底早已经揭晓。陈独秀创建的中国共产党在毛泽东为代表的正确领导下取得了中国革命的胜利，蒋介石被逼无奈在台湾岛上老去。如今所有的历史人物都已作古成了历史，海峡两岸的中国人依然背负着祖国统一和复兴中华的伟大历史使命——"革命尚未成功，同志尚须努力"。

对于西安事变，陈独秀晚年避难江津时有了更进一步的看法。1938年底或1939年初，陈独秀曾受重庆江津名门望族邓氏邓蟾秋（邓鹤年）、邓缛仙（邓鹤丹）和邓燮康叔侄的邀请，赴白沙邓氏旧居小住两个多月。在一次有高语罕、周光午等人参加的晚餐闲聊中，大家谈及西安事变。时任江津农工银行经理的邓燮康提出：当时张学良、杨虎城为什么不杀掉蒋介石？陈独秀说：不杀蒋介石是延安方面，主要是周恩来的决策，这一决策是从国家安危、民族前途着想的，如果照当时西北、东北两军一些将领的意见把蒋介石杀掉，那么，何应钦会向日本投降，黄埔系的军官会发动内战，阎锡山、李宗仁、白崇禧会割据一方，坐观成败。这样，国内形成一片大混乱，日本帝国主义者便可坐收渔人之利，从而导致中国的加速灭亡。

---

[1] 濮清泉：《我所知道的陈独秀》，原载《文史资料选辑》第71辑，中华书局1980年10月版。

稳定局势，促使蒋介石和全国军民一致共同抗日，是当时唯一的可行之路，周恩来算是一个极有远见的政治家。陈独秀寓居江津期间，邓燮康与其交往频繁，但见陈在公开场合多沉默寡言，对时局对中共人物发表议论，这还是第一次。[1] 时隔三年，观点迥异。陈独秀一番宏论，隔岸观火，洞明历史，可谓识时务者的真知灼见。

笔记 V "托派"：遥控与失控

陈独秀在狱中确实没有闲着。除了著书立说之外，他依然拿出相当一部分时间和精力，秘密地对"托派"组织实施遥控指挥。只可惜，狱外的那帮"托派"分子仍在那里争权夺利争风吃醋，是一摊子糊不上墙的烂泥巴，扶不起来的阿斗，令陈独秀大失所望。

1932 年 10 月 15 日，以陈独秀、彭述之遭到逮捕为标志，中国"托派"的首脑机关遭受灭顶之灾。陈独秀关进"老虎桥监狱"后，狱外的"托派"分子一下子群龙无首，开始了"窝里斗"。上海的"托派"组织召开了紧急会议，宣布重组成立上海"临委"，主要成员有刘仁静、陈岱青、陈其昌、严灵峰、任曙、刘伯庄等人，刘仁静任书记。这是中国"托派"史上第二个"临委"。但成立不久，内部即因为权力斗争而发生分裂，刘仁静和陈岱青退出，任曙接任书记。任曙上任后，将"托派"上海"临委"改名为"全国临委"。这一做法又遭到陈其昌等人的反对，任曙只好退出。1933 年 10 月，"托派"再次改组成立了以陈其昌为书记的"临委"。不久，尹宽出狱加入"临委"，形成了中国"托派"历史上的第三个"临委"。如此三番五次的内部斗争，使得"托派"组织的战斗力和向心力大大下降，几乎溃不成军。

陈独秀在狱中对"托派"内斗的情形非常忧虑，于是他就通过他指定的交通员——郑超麟的妻子刘静贞，遥控"托派"，指挥并支持陈其昌的

---

[1] 龚灿滨：《陈独秀在津印象》，载《陈独秀在江津》，中国文联出版社 2002 年 7 月第 1 版第 7 页。

工作。郑超麟回忆说："刘静贞在上海教书，每年暑假和寒假都要来南京军人监狱看我，在学期中也有一次或二次来看我，同时当然也要去看陈独秀……上海组织的书信和文件由她带进狱中，狱中的文章和文件，由她带出狱外。每次，她是把文件放在洋铁饼干箱底下，上面再放好饼干的……为了她经常担任这个工作的原故，陈独秀指示不把她编入支部。"[1]

1933 年 9 月 29 日，陈独秀就是通过刘静贞将自己为"临委"起草的《目前形势与反对派的任务》带到上海的。然而，也正是这篇文章致使"托派"内部发生了一场旷日持久、毫无意义的激烈争论，一直持续到 1934 年春天。

对此，与陈独秀同在一狱的濮一凡回忆说："陈独秀被捕后，中国'托派'已面临崩溃的边缘。虽然刘仁静、赵济、罗汉、陈其昌等曾先后出来，企图收拾残局，但始终挽回不了形存实亡的局面。陈独秀也想把他们扶植起来，重整旗鼓，但身居囹圄，困难重重，无已只好想尽方法建立一点联系。外面文件、书刊，当然不能邮寄到狱中，而陈的文章或建议，又不能公开地送出，结果由郑超麟的妻子刘静贞，自告奋勇，愿意冒险担任交通。她奔走于上海南京之间，每月一次，从未间断。于是把联系挂上了。据刘静贞说，有时搜查甚严，有时也马虎一点，她总是把文件扎在月经带上，使他们无法搜查。联系虽挂上了，'托派'工作并没有什么起色，对'国民会议'问题还是无休止的争论。陈独秀还是坚持原来的主张，青年托派也毫不让步。"[2]

陈独秀与刘仁静、彭述之、濮一凡等人的争论，主要集中在形势问题、民主问题、国民会议问题、经济复兴问题和共同行动问题等几个方面。大家各说各话，互不相让。在狱中，陈独秀为此还和彭述之、濮一凡等继续争论，几次拍桌子打板凳，怒斥他们无知。

有一次，典狱长又把濮一凡提去询问，说："我们为了陈先生年老多病，让你们去照应他一下，怎么你们和他吵起来了？"

---

[1] 郑超麟：《郑超麟回忆录（1919—1931）》，现代史料编译社 1989 年 7 月版第 316 页。
[2] 濮清泉：《我所知道的陈独秀》，原载《文史资料选辑》第 71 辑，中华书局 1980 年 10 月版。

濮一凡撒了一个谎，说："我们劝他吃药，他坚决不吃，所以吵起来了。"

典狱长说："噢！原来如此，往后你们好好劝他，不许大吵大闹了。"

狱中的这场风波才掩盖下来。但狱外的争论依然喋喋不休，矛盾因开除不同政见者而逐渐激化。就在这个时候，正在筹备建立"托派"国际——第四国际的托洛茨基，委派美国"托派"组织社会主义工党成员格拉斯（中文名为李福仁，C.Frank Glass）来到中国，以期帮助重振中国"托派"。格拉斯的公开身份是上海《密勒氏评论报》的副主编，实际上是托洛茨基在中国的通讯员，他和另一位美国人《中国论坛》的创办人劳勃茨（又叫伊罗生，Harold Roberts Isass）互为知己。

格拉斯1934年第二次到上海后，终于与刘仁静和陈其昌建立联系，并很快被刘仁静拉拢，擅自将"托派"北方区委干部史朝生、刘家良等调入"临委"任职，怂恿他们这些青年"托派"分子，反对陈独秀的主张，攻击赞同陈独秀的陈其昌、尹宽。

1935年1月，史朝生和刘家良在格拉斯、刘仁静的支持下，背着陈其昌发出《临委紧急通知》，要求各支部在十天内派出一名代表参加"上海代表会议"，并向陈独秀、陈其昌、尹宽等人发出最后通牒，要求他们放弃与资产阶级或小资产阶级上层集团成立"反战"、"倒蒋"等联合战线主张。陈独秀立即回信阻止史朝生，说："整纪和清党，应该'行之以渐'和'去之太甚'，并且必须于代表大会后举行之，目前万不可操切！！！"他还针对格拉斯在背后鼓动分裂的行径严厉指出："外国同志倘在中国鼓动分裂运动（望你们将我这句话明白告诉他！！！），如果他算是国际代表，最后国际必须负责，分裂运动不是任何人可以任意儿戏的，特此提出警告！"陈独秀还愤怒地斥责格拉斯"盗用组织名义"，并骂他"不懂中国国情，乳臭未干"。

1月13日，史朝生根本听不进陈独秀苦口婆心的劝告，在格拉斯、劳勃茨和刘仁静的支持下，在上海匆匆忙忙地召开了约60人参加的"上海代表会议"，决议必须向"资产阶级在无产阶级队伍中的说客"陈独秀、陈其昌、尹宽等人作"无情斗争"。会议宣布将中国"托派"组织正式改名为"中国共产主义联盟"，选举刘仁静、史朝生、刘家良、胡文章和格拉斯等十人组成中央委员会。这就是中国"托派"的第四个"临委"。陈其昌拒绝参加这次会议，专程到南京"老虎桥监狱"向陈独秀作了报告。于是，陈独秀怒气冲冲地给上海的史朝生等人写信，斥责大会的召开，并提出了自己拟定的人事名单。但遭到上海方面的拒绝。

2月4日，"中国共产主义联盟"中央委员会宣布开除陈其昌、尹宽的党籍，并要求陈独秀表态。陈立即表示反对。于是，史朝生又致信陈独秀，"说明他目前与组织之间存在着鸿沟"，"除非彻底改变立场，我们组织与他之间不可能再保持任何关系"，威胁要开除陈独秀的党籍。

然而，"中国共产主义联盟"中央委员会成立不到两个月，刘仁静在北京被捕，旋即叛变自首，进了国民党苏州的反省院，成为惩处"共党"分子的马前卒。又过了四个星期，刘家良、史朝生等也相继被捕。于是，格拉斯又转而拉拢陈其昌，愿意合作重组"托派"中央。为表达诚意，格拉斯甚至提出自己愿意去南京狱中探望陈独秀，遭到陈独秀的拒绝。陈独秀还致信陈其昌，告诫他不要和格拉斯这类外国人合作，主张他和王文元(王凡西)、赵济组成新的领导机构。但陈其昌有意重组"第四国际支部"，且需要格拉斯作为与托洛茨基的联络人，就多次向陈进行解释。

就在这个时候，托洛茨基针对史朝生等"临委"准备开除陈独秀党籍的事情，专门致信格拉斯，说："陈独秀是有声望的国际人物，他现在被监禁在牢内，但他不仅仍然忠于革命，而且仍旧忠于我们的倾向。""不管他与中国支部有什么重大分歧"，他"可以而且必须有其位置在第四国际领导机关之中"。他强调说："我们如果抛弃了陈独秀的合作，那对于第四国际的权威将是一个严重的打击。"托洛茨基在陈独秀最困难的时刻，给了陈独秀最有力的支持，因此他也就原谅了托洛茨基的通讯员格拉斯。

1935年12月，"托派"在上海召开代表大会，选举陈其昌、尹宽、蒋振东、王文元和格拉斯五人组成临时中央常务委员会。这是中国"托派"的第五个"临委"。但新的"临委"成立后，依然没有摆脱"窝里斗"的怪圈。陈其昌、尹宽等人当上"托派"领袖以后，开始忘乎所以，又开始搞派性斗争，把矛头指向陈独秀，甚至扬言"不承认陈独秀的政治领导"。这不禁令陈独秀黯然神伤，大失所望。身在狱中，作为"托派"名义上的领袖，陈独秀对"托派"的遥控可谓是鞭长莫及，力不从心，完全失控。而此时，中国工农红军已经胜利地完成了长征，抵达陕北，中国共产党纠正了王明的"左倾"机会主义路线，空前地团结起来，迎接更大的胜利。想及此，陈独秀彻底对"托派"失去了信心，从此不再过问，由他们自己折腾去吧。

1937 年 8 月出狱后，陈独秀决定与上海的"托派"分子分手，在不同场合多次表达过自己的意见。道不合，不与谋。这也是陈独秀出狱后坚决拒绝陈其昌派人请他回上海重振"托派"旗鼓的原因吧？他在与中共驻南京办事处负责人叶剑英会面时，就说：今后"我的意见，除陈独秀外，不代表任何人。我要为中国大多数人说话，不愿为任何党派所拘束"。在武汉，他与"托派"分子王文元谈话时说，"再不属于任何党派，陈独秀只代表陈独秀个人，至于谁是朋友，谁是敌人，得在新斗争的分分合合中决定了"。同年 11 月 21 日，陈独秀在《给陈其昌等的信》中更明确地写道："我只注重我自己独立的思想，不迁就任何人的意见，我在此所发表的言论，已向人广泛声明过，只是我一个人的意见，不代表任何人，我已不隶属任何党派，不受任何人的命令指使，自作主张自负责任。"[1] 由此可见，陈独秀主动将自己与新的"托派"组织区分开来。因为在他看来，中国新的"托派"组织是"一个关门主义的极左派的小集团，当然没有发展的希望；假使能够发展，反而是中国革命运动的障碍"。[2]

笔记 W　民国官场现形记:《金粉泪》五十六首

"狂者进取，狷者有所不为。"陈独秀是一位百分百的诗人，有着百分百的诗人性格，说人所不敢说，为人所不敢为，光明磊落，坦荡无私。20 世纪 30 年代，王森然在《近代二十家评传》中就盛赞陈独秀的诗歌"雅洁

---

[1] 陈独秀：《给陈其昌等的信》,《陈独秀著作选》第三卷，上海人民出版社 1993 年版第 432-433 页。
[2] 陈独秀 1938 年 11 月 3 日致托洛茨基的信，见《陈独秀著作选》第三卷，上海人民出版社 1993 年版第 531 页。

豪放，均正宗也"，称其"二十年前，亦中国最有名之诗人也"。

尽管不以诗人成名，但陈独秀确实是一位杰出的诗人。在20世纪初的1905至1911年间，陈独秀写作了大量的古体诗歌，他与另一位超绝的文人苏曼殊成为挚友。他在写给苏曼殊的信中说："胸中感愤极多，作诗亦不少。"他常以"香草美人"自况，有时径自以屈子自喻，如"湘娥鼓瑟灵均泫，才子佳人共一魂"；"坎坷复踽踽，慷慨怀汨罗"。1909年，他与苏曼殊唱和作《本事诗》十首，抒发自己献身革命、壮志未酬的胸怀，如"黄鹤孤飞千里志，不须悲愤托秦筝"；"饥来啮坚冰，荒岩坐晨夕。不笑复不悲，雪上数人迹。炎威灭千春，忍令肤寸磔"。1910年，陈独秀作《感怀二十首》，以"佳人"、"处子"自喻，"闭户弄朱弦，江湖万余里"，"瘦马仰天鸣，壮心殊未已"；他心怀天下，抱怨"旷世无伯乐，骐骝为驽骀"。他怀才不遇，忧国忧民，在革命陷入低潮时怀念故人，砥砺雄心，写下了《存殁六绝句》。他讴歌赵伯先"仗剑远游五岭外"、吴樾"碎身直蹈虎狼秦"，他颂扬郑赞丞"一腔都是血"、熊子政"垂死爱谭兵"，他悲哭吴茂良"而今世界须男子，又杀支那二少年"，他惜挽汪希颜"英雄第一伤心事，不赴沙场为国亡"。以诗言志，立志革命的陈独秀，胸怀俊迈，写下了"驰驱甘入荆棘地，顾盼莫非羊豚群。男子立身唯一剑，不知事败与功成"的豪迈诗篇。

诗如其人。陈独秀的诗歌作品多为感世之作，高傲愤世，"思想绝高，胎息亦厚"，"气体之称，均有非时人士流所能窥者"，大有陈子昂、阮籍之风，在当时流传很广。[1] 章士钊在20世纪50年代见到周恩来时，"偶及旧事"，周对陈《存殁六绝句》"犹能朗诵不误"。[2] 但从主编《新青年》到领导五四新文化运动以至1921年建立中国共产党，陈独秀此后就极少写作古诗了，许多人都为此感到惋惜和奇怪，便问李大钊。李说："仲甫生平为诗，意境本高，今乃'大匠旁观，缩手袖间'，窥其用意，盖欲专心致志于革命实践，遂不免蚁视雕虫小技耳。"后仲甫闻此言，亦不置辩。[3]

---

[1] 见《民立报》1911年1月20日评论。
[2] 章士钊：《疏黄帝魂》，见《辛亥革命回忆录》（一）第296页。
[3] 罗章龙：《亢慕斋漫游诗话》，原载《新湘评论》1979年第11、12期。

时过境迁，十年过去，"五四运动的总司令"如今却身陷囹圄，成为曾与孙中山携手革命并帮助其发展壮大的国民党的阶下囚。对于革命，现在只能尽心尽力，而不能亲力亲为去实践了，陈独秀再次拿起了他的笔，开始写古体诗了。对于南京，陈独秀是熟悉不过了。想当年，那是1897年的夏天，他第一次离开家乡来到南京参加乡试，夫子庙"矮屋"中的科举怪状，令他看呆了一两个钟头，因此联想到所谓抢才大典就像是一次"动物展览会"，从此"由选学妖孽转变为康梁派"。南京，虽然让陈独秀没有收获金榜题名的喜悦，留下名落孙山愧对母亲的感伤，但却是他转变思想追逐革命的思想起点。"老虎桥监狱"距离夫子庙不算太远，科举考场的怪状或许还历历在目清晰如昨，但陈独秀根本没有心思想那些了，眼前的南京、眼前的国民政府官场之怪现状，更是令他感世伤时，悲愤填膺。

在狱中，无丝竹之乱耳，无案牍之劳形，陈独秀却"风声雨声读书声声声入耳，家事国事天下事事事关心"。入狱前，1931年"九一八"事变，日本帝国主义强占东三省制造傀儡政权"满洲国"；入狱后，1933年日本侵占热河，向绥东、察北、冀东进犯，华北危急！但此时蒋介石却依然挟"攘外必先安内"的反动政策，对日本侵略者采取怀柔政策，百般屈从，相继签订了卖国的《塘沽协定》《何梅协定》，对爱国人民残暴镇压，无所不用其极。他们一方面调动百万大军和两百架飞机疯狂"围剿"中国工农红军和革命根据地，一方面又借抗日战争名义滥用人民情感搜刮苛捐杂税榨取民脂民膏；1934年2月开始在全国玩弄所谓"新生活运动"的花招，宣称"国民军事化"，要以"礼义廉耻"为生活准则；并大搞复古尊孔读经运动，借以掩盖其穷凶极恶的法西斯面目。

愤怒出诗人！通过看报读书、友人探访，陈独秀看到在民族和国家危亡的时刻，国民党的达官贵人们却依然过着纸醉金迷的生活，不管不顾人民的痛苦呻吟和生死，看透了国民党政府的腐败和黑暗，不禁悲从心中来，怒从胆边生，就在著书立说的同时重新拾起20年前的爱好，开始古体诗歌的写作，以诗言志，以诗抒情，鞭挞假丑恶，表达爱国心，赤子情怀跃然纸上。

南京，六朝古都，旧称"六朝金粉"之地。但南京是一座哪个王朝选择它作首都哪个王朝就短命的城市。想想南京的历史，孙权的建业，陈后主的金陵，洪秀全的天京，名字无论怎样变来变去，却依然还是这座石头城，依然还是那条秦淮河。现在，国民党蒋介石定都南京，看似一派歌舞升平，实则奢华腐朽，丧权辱国，民不聊生。暴虐统治下的人民生活在水深火热之中，血泪合流。南京，是否还会重蹈历史的覆辙？陈独秀探幽阐微，问切历史命门，触摸生民命脉，把在狱中创作的56首诗歌取名曰《金粉泪》，我为歌哭，一针见血。

《金粉泪》五十六首，陈独秀断断续续地写于1934年，内容涉及当时的中国政治、经济、军事、文化、外交等各个领域，既有高官显贵，也有平民百姓，既有党国秘史，也有要人隐私，既有软骨头将军，也有硬骨头英雄，尽冷嘲热讽之能事，唱慷慨激越之悲歌，嬉笑怒骂皆成诗，有人说这是一组"反诗"，有人说这是一组"讽刺诗"，有人说这是一组"史诗"，我倒觉得这是一组诗化的"官场现形记"。五十六首诗作均采取七言绝句形式，言之有物，语之有据，字里行间流露出诗人陈独秀在失去自由的境况下，依然不减斗志昂扬的爱国豪情。细细读来，回味无穷。现以华东师范大学陈旭麓先生1982年3月所作《简释陈独秀〈金粉泪〉五十六首》为蓝本，抄录读诗笔记，祭先人情怀。

《金粉泪》[之一]

放弃燕云战马豪，胡儿醉梦倚天骄。

此身犹未成衰骨，梦里寒霜夜渡辽。

【释读】这首开篇之作为《金粉泪》五十六首奠定了爱国的基调，一腔"还我河山"的热血豪情与"放弃燕云"的冷酷现实形成了强烈而尖锐的冲突。作品以五代时石敬瑭割"燕"（河北）"云"（山西大同）十六州给契丹，借指国民党政府推行"攘外必先安内"的反动政策，对内屠杀革命者，对外实行不抵抗，断送东北、华北等给日本，致使大片土地沦亡；而日本帝国主义则更加嚣张狂妄，侵略野心勃勃不可一世。诗人自己虽然失去人身自由，卧病狱中，捉襟见肘，但从未沉湎于一己之否泰荣辱，抗战的决心、信心和雄心依然不减当年，即使是在梦中也还想拖着这把老骨头，渡过冰冷霜冻的辽河，到前线去打鬼子，收复失地，不做亡国奴。陈旭麓先生认为，陈独秀的这首开篇诗作的品格和气概，可与南宋著名诗人陆游的名作《十一月四日风雨大作二首》（其二）相媲美。陆诗曰："僵卧孤村不自哀，尚思为国戍轮台。夜阑卧听风吹雨，铁马冰河入梦来。"

《金粉泪》［之二］

要人玩耍新生活，贪吏难招死国魂。

家国兴亡都不管，满城争看放风筝。

【释读】这首诗作语浅意深，直抒胸臆，爱憎分明。作品讽刺蒋介石政府的高官要人可以冠冕堂皇地在全国玩弄所谓"新生活运动"的花招，却无法招回已逝的国魂！腐败的官僚们根本不闻不问家国兴亡的大事，却有闲情雅致去搞风筝大赛，大放风筝。这首诗不点名地批评了国民党中央委员褚民谊曾经在南京组织放风筝大会。

《金粉泪》［之三］

清党倒党一手来，万般复古太平哉。

当年北伐诚多事，笑倒蓝衫吴秀才。

杨永泰以拥蒋倒党取悦于蒋。

【释读】"清党"是指"四一二"反革命政变后国民党进行的反共"清党"活动；"倒党"是指蒋介石南昌行营秘书长杨永泰以拥蒋倒党取悦于蒋，陈独秀在这里点了杨永泰的名字。"复古"是指国民党政府规定每年 8 月 27日为孔子诞辰国定纪念日，发起尊孔读经运动。"蓝衫"，是古时秀才的穿着；"吴秀才"是指秀才出身的北洋军阀吴佩孚。也就是说，你蒋介石政府搞什么"清党"、"倒党"、"复古"的勾当，难道天下就能太平了吗？你们这么做与当年北洋军阀没有任何区别，北伐也是多此一举，连吴佩孚都笑话你们，为天下所不耻。

《金粉泪》［之四］

经正民兴礼教尊，救亡端赖旧文明。

投壶雅集孙联帅，不愧先知先觉人。

【释读】"经正"、"礼教尊"和"旧文明"，均指"尊孔读经"等复古运动。"投壶"是中国古代宴会中的礼制，也是一种游戏，即以盛酒的壶口为目标，用矢投射，以投中多少决胜负。"孙联帅"是指孙传芳，1925年称五省联军司令，正当北伐军挺进韶关的时候，他在南京邀集社会名流搞投壶古礼。全诗讽喻当下国民政府不积极抗日救亡，却大搞复古运动愚昧人民，就像当年孙传芳在南京搞投壶古礼一样，不愧是国民党搞复古运动的先知先觉。

《金粉泪》[之五]

世事由来似弈棋，黄龙青白耍斯梯（Swastika）。

红袍不及蓝袍好，行酒青衣古有之。

【释读】"黄龙"指清朝的黄龙旗，"青白"指国民党的青天白日旗，"耍斯梯"是Swastika的音译，指德国纳粹的徽标，"红袍"系古时高官礼服，借指高官；"蓝袍"指国民党特务组织"蓝衣社"；"青衣"乃古时贱民所穿服装，晋愍帝被匈奴掳去，令其着青衣行酒侮辱他。世事苍茫，时局犹如下棋一样变幻莫测，城头变幻大王旗，清朝的"黄龙旗"换成了"青天白日旗"，国民党腐败无能，对内厉行特务统治，滥杀无辜，简直像德国的纳粹，古代"青衣行酒"的厄运也将是你们的下场，亡党亡国为期不远分。

《金粉泪》[之六]

抽水马桶少不了，洋房汽车𣇹不行。

此外摩登齐破坏，长袍骑射庆升平。

【释读】这是一首接近白话诗的古体诗，非常奇怪的是第二句变成了八个字。尽管陈独秀手书时，将"没有"二字重叠写在一起，意为一字。的确，在安徽怀宁，"没有"二字在发音时是一个非常短促的"miu"（扬声）。笔者倒是觉得此处如果用"冇"字，效果更佳。这首诗写得平白易懂，但值得交代的有两件事：一是"摩登齐破坏"，讲的是1934年4月南京等地出现了"摩登破坏团"；另一个是"长袍骑射"，讲的是当年9月11日报载张学良、何成濬、张群等发起"武汉骑射会"。整个诗歌采用反讽的手法，讽刺达官贵人的奢靡生活。抽水马桶、汽车、洋房这些现代化的东西，你们少不了的，其他现代化的东西都要破坏掉，只有像古人那样穿上长袍马褂、骑上骏马进行射箭娱乐，那才是歌舞升平的好气象。

《金粉泪》[之七]

五四五卅亡国祸，造反武昌更不该。

微笑撚须张大辫，石头城畔日徘徊。

蒋介石谓五四运动为亡国祸。

【释读】"张大辫"是指"辫帅"张勋，石头城即南京。从陈独秀诗歌附记中可以看出，"蒋介石谓五四运动为亡国祸"，武昌起义就更不应该发生了。如果按照蒋介石的这种思想逻辑，那么当年在长江边上顽抗辛亥革命军的"辫帅"张勋，倒应该是他在南京城悠闲自得地散步了。

《金粉泪》[之八]

一国三公赣港宁，可怜诸葛竟分身。

党中无派缘清党，阿斗先生双眼明。

【释读】"一国三公赣港宁"，是指蒋介石在南昌行营、胡汉民在香港、汪精卫在南京主持行政院。"诸葛"借喻指蒋介石。"阿斗"是代词。全诗的意思是，国民党政府三足鼎立，蒋介石、胡汉民、汪精卫分别在江西、香港和南京把持着自己的实力，暗中角逐较量，令蒋介石这个小诸葛也分身应付，焦头烂额。尽管经过惨无人道的"清党"，国民党内部看似没有什么派别之争了，但是，连阿斗这样的傻子都把这"一国三公"的局面看得清清楚楚。

《金粉泪》[之九]

庶人议政干邢典，民气销沉受品弹。

莫道官家难说话，本来百姓做人难。

【释读】国民党统治下的社会，老百姓们谈论政治就会触犯刑法，民气在这样的高压恐怖之中已经消沉了。千万不要说当官的不好说话，作为弱势群体的底层老百姓你也只能是做牛做马的份儿。

《金粉泪》[之十]

兵车方过忍朝饥，租吏追呼乌夜啼。

壮者逃亡老者泣，将军救国要飞机。

广东湖南皆以飞机捐款榨取民间巨款。

【释读】"乌夜啼"系乐府曲名，借喻百姓生活的悲苦如寒夜乌鸣。从陈独秀诗歌的附记"广东湖南皆以飞机捐款榨取民间巨款"，可以看出这是一首揭露、控诉、痛斥国民党蒋介石千方百计榨取民脂民膏的诗作。早上我们忍饥挨饿地躲过国军士兵的抢掠，晚上有又官府的小吏前来催缴苛捐杂税。青壮劳力为了躲避抓壮丁都背井离乡，家中只剩下老人在孤独地哭泣，而蒋介石将军却仍在那里以救国的名义高喊要我们捐款购买抗日的飞机，榨取我们人民的钱财。

《金粉泪》[之十一]

飞机轰炸名城堕，将士欢呼百姓愁。

虏马临江却沉寂，天朝不战示怀柔。

【释读】日本侵略者的战机轰炸历史名城锦州，米春霖成立的辽宁政府也随之垮台，东北战略要地从此失守。日本鬼子已经进逼长城、饮马黄河了，国土沦丧，蒋介石却按兵不动实行"怀柔"政策，以保他的蒋家王朝。

《金粉泪》[之十二]

批颊何颜见妇人，妇人忍辱重黄金。

高官我做他何恤，廉耻声声教国民。

蒋曾因事批邵元冲之颊。

【释读】"批颊"即打耳光。陈独秀在诗歌附记中注明，蒋介石曾经当众打邵元冲的耳光。"妇人"是指邵元冲的妻子张默君，系国民党中央委员。邵元冲当众被蒋介石打了耳光，妻子为了前途只好忍辱负重，这种精神难得好比黄金啊！打了一个耳光又算什么呢？我邵元冲不照样还是当高官享厚禄吗？国民们啊，你们都应该懂得什么叫作"廉耻"。这首诗讽刺蒋家王朝高唱"礼义廉耻"，其实都是一群寡廉鲜耻之徒。

《金粉泪》［之十三］

士气嚣张应付难，读书救国最平安。

埋头学得胡儿语，好待荣膺甲必丹。

【释读】"胡儿语"，即外语。"甲必丹"，英文为 Captain，船长、海陆军尉校级军官军衔，这里指做官。"九一八"事变后，爱国学生运动高涨，国民党反动派一时难以应付，就通过胡适等社会名流提出所谓的"读书救国"的口号，目的要把学生禁锢在书斋之中，要他们埋头学习外语，毕业以后就可以做官，享受荣华富贵。

《金粉泪》［之十四］

民智民权是祸胎，防微只有倒车开。

赢家万世为皇帝，全仗愚民二字来。

【释读】蒋介石为了维护蒋家王朝的反动统治，压抑民权，摧残民智，抛弃了孙中山的"三民主义"，开历史的倒车，就像秦始皇嬴政想做万世的皇帝一样，采取"愚民"政策来统治人民。

《金粉泪》［之十五］

木鞋踏破黄河北，救国三民有万能。

革命维新皆反动，祭陵保墓建中兴。

【释读】"木鞋"即指日本侵略者，因为日本人习惯穿木屐。"保墓"是据当年 4 月 13 日报纸报道戴传贤指责考古学家发掘古墓是"自伤其祖先之德，败其同胞之行"，应严禁，犯者当判刑。全诗的意思是：日本侵略者已经占领华北兵临黄河，国民党反动派却空喊"三民主义"当作万能的救国手段。接着以反讽的语气讽刺蒋介石说，革命、维新都是反动的，只有祭陵、保墓才能振兴中华。

《金粉泪》[之十六]

四方烽火入边城，修庙扶乩更念经。

国削民奴皆细事，首宜复古正人心。

【释读】据当时报纸报道，国民政府有关部门和官员要筹措100万元用以修复孔庙和作祀孔基金，还有一些军政要员大搞封建迷信活动，请神弄鬼，预卜吉凶，并借此扶乩决策；戴传贤在北京雍和宫举行"时轮金刚法会"，邀请班禅主坛念经。陈独秀看到这些报道后，遂作此反讽诗，意思是说：国家的边境战火不断，国民党的高官们却无心抗御外敌，却在家里一味地大修孔庙和搞封建迷信活动，当了亡国奴也只是小事而已，头等大事是靠复古来正人心。

《金粉泪》[之十七]

人以一正般般古，四裔夷酋自罢兵。

中国圣人长训政，紫金山色万年青。

【释读】"一正"，陈旭麓先生认为是双关语，一指"正人心"，二指蒋介石，字中正。"中国圣人"讽喻蒋介石。"训政"，为孙中山确立的建国民国的三阶段之一，即军政、训政、宪政。这首诗歌是讽刺蒋介石搞独裁统治，意思是说：只要服从蒋介石一人统治，尊孔、崇道、读经，那么四方的小国家都会臣服，自动罢兵与我修好。蒋介石借"训政"这个名义长期实行独裁统治，就像紫金山山麓的中山陵一样"万古长青"了。

《金粉泪》[之十八]

德赛自来同命运，圣功王道怎分开。

忏除犯上无君罪，齐到金刚法会来。

【释读】"德"为德莫克拉西，"赛"为赛因斯，即民主和科学，这是陈独秀领导五四新文化运动所扛的两面旗帜。金刚法会，即指当年4月国民党要人和社会人士在报刊上刊登大幅《启建时轮金刚法会启事》，将定期在杭州灵隐寺举行法会，"切望十方善信如期到会恭候大法"。全诗依然以反讽的语气嘲笑蒋介石国民政府的愚民政策，大意如下：民主和科学是相互依存的，事功与道德是怎么能分开的呢？如果你们要忏悔犯上作乱、目无领袖的罪过，那么就请你们都到金刚法会上来听法念经，修行正果。

《金粉泪》[之十九]

宝华山上暗生春，春满书斋不二门。

妒病难医今有药，老僧同榻尔何能。

戴传贤有惧内癖，营金屋于宝华山僧舍，颜曰不二书斋，以与僧同宿诳其妻。

【释读】"宝华山"在江苏句容县北，离南京不过百里。"不二门"，佛教语。陈独秀在这首诗歌的注解中，已经详细作了说明，揭露了戴传贤怕老婆却金屋藏娇包养情妇的秘史，讽刺了国民党高官道貌岸然的假道学嘴脸和丑行。

《金粉泪》[之二十]

艮兑成名老运亨，不虞落水仗天星。

只怜虎子风流甚，斩祀汪汪长叹声。

吴敬恒以子有恶疾绕室长叹，曰：吴氏之祀斩矣。

【释读】艮、兑，乃八卦中的两个卦名，此处指宦侍妇妾之行。"落水"指吴稚晖（即吴敬恒）早年在日本投水获救的往事。陈独秀在这首诗歌的注解中作了说明，讲的是吴稚晖的儿子因为患了性病，自己在家中非常苦恼，总是绕室长叹说："吴家从此断子绝孙了啊！"全诗是说：吴稚晖早年仗着老天爷的帮助没有在日本落水淹死，后来靠钻营成名，到老官运亨通，只可惜不肖之子患了花柳病，自己整天像狗一样在家中"汪汪"大叫吴家的烟火断种了啊，唉声叹气。其实，陈独秀和吴稚晖曾经也是朋友，在主编《新青年》期间，吴不仅是陈的重要作者，而且还请其题词。陈独秀为何咒骂吴稚晖像一条狗呢？主要原因还是吴稚晖在蒋介石的清党中亲自谋划了"四一二"反革命政变，并杀害了其子陈延年，令其耿耿于怀。

《金粉泪》[之二十一]

保墓贤人别有思,痛心考古播邪辞。

三皇五帝推翻后,稻桶(道统)灰飞大圣悲。

【释读】这是一首讽刺诗,专门讽骂戴传贤不准考古学家发掘古墓的"保墓"行为。戴传贤这位"保墓贤人"有与众不同的心思,痛恨考古学家发掘古墓,诬称考古科学为"斜辞",三皇五帝的墓地如果都被发掘了,那么所谓的道统不就没有了吗?戴传贤的饭碗不也就砸了吗?所以不论是死去的大圣还是活着的大圣都非常悲痛。

《金粉泪》[之二十二]

两载匆匆忘四省,三民赫赫壮千秋。

中华终有新生命,海底弘开纪念周。

【释读】陈旭麓先生认为:"忘"疑为"亡"之误;"四省"指东三省和热河。"海底"是指1933年国民党代理行政院长宋子文在"告热河将士书"中说:"诸君打到哪里,子文跟到哪里;诸君打到天上,子文跟到天上;诸君打到海里,子文跟到海里。""纪念周"是指,国民党规定各机关学校每周一早上集合诵读孙中山的遗嘱等仪式。这首诗歌是嘲讽国民党大搞形式主义,消极抗日,口头救国。意思是说:匆匆两年就丢失了四个省的领土,可"三民主义"的口号却叫得比任何时候都要响亮。看样子,中国如果要找到什么新的道路的话,那就只好去大海上举行纪念周的仪式了。

《金粉泪》[之二十三]

长城以外非吾土,万里黄河惨澹流。

还有长江天堑在,贵人高枕永无忧。

【释读】这首诗是讽刺国民党蒋介石的"逃跑主义"。意思是说:长城以外的土地都已经丢失殆尽,万里黄河也悲痛得流不动了。但是国民党的官老爷们仰仗着还有一道长江天堑作屏障,依然在过着花天酒地高枕无忧的奢靡生活。

《金粉泪》[之二十四]

苏马幽居蒋蔡逃，胡儿拍手汉号啕。

儿皇忠悃应无失，毋事皇军汗马劳。

【释读】"苏马"指东北义勇军将领苏炳文和马占山；"蒋蔡"指主张积极抗日的"福建人民政府"将领蒋光鼐和蔡廷锴。"胡儿"指日本帝国主义侵略者。"汉"即中华民族。"儿皇"指石敬瑭。全诗的意思是说：积极抗日的将领苏炳文和马占山被搁置在那里，英雄无用武之地，蒋光鼐和蔡廷锴也被赶跑了。亲者痛仇者快。而有了蒋介石像石敬瑭一样做儿皇帝的忠诚，哪里还需要日本皇军辛辛苦苦地去打仗呢。

《金粉泪》[之二十五]

人心不古民德薄，中夏亡君世道忧。

幸有安排谢邻国，首宜统一庆车邮。

【释读】"中夏"即中国。"亡"通无。"邻国"即日本。"庆车邮"是指北平政治分会派殷同和"伪满洲国"签订与关内通车、通邮协定，这无异于是对"伪满洲国"的承认。陈独秀用诗歌讽刺当时中国的官僚腐败卖国之丑恶行径。

《金粉泪》[之二十六]

关东少帅如兄弟，淮上勋臣师道尊。

钦慕抒诚承雅教，何郎软语最温存。

何应钦在天津宴客语。

【释读】"关东少帅"指张学良，蒋介石与张学良曾义结金兰，拜为兄弟。"淮上勋臣"指段祺瑞，蒋介石曾在段担任校长的保定军官学校就读肄业；段由天津南下，蒋介石亲自到浦口迎接，执弟子礼。这首诗的后两句写的是何应钦，陈独秀注明是"何应钦在天津宴客语"。全诗乃讽刺蒋介石大搞哥们义气，道貌岸然讲礼仪，一派江湖作风。

《金粉泪》[之二十七]

虎狼百万昼横行，兴复农村气象新。

吸尽苛捐三百种，贫民血肉有黄金。

【释读】"虎狼"喻指国民党贪官污吏。"兴复农村"，指国民党设置的"农村复兴委员会"。陈独秀在这首诗中讽刺国民党政府搞所谓的"兴复农村"活动，其实不过是贪官污吏们在农民身上"吸尽苛捐三百种"的一种手段，目的是把农民的血汗化作他们囊中的黄金罢了。

《金粉泪》[之二十八]

低头分取一杯羹，实业宣传花样新。

机器农场偷卖尽，增加生产厚民生。

谓陈公博长实业部长事。

【释读】陈独秀在这首诗歌中，讽刺担任实业部长的陈公博贪污腐败，假公济私，贪功枉法。实际上，陈公博作为陈独秀的学生，对陈敬仰有加，对狱中的陈还给予很大关照，多次探望。但陈独秀的笔毫不留情，没有因此就放过一马。

《金粉泪》[之二十九]

分肥不及暗生填，蹩脚先生老气横。

唯一辉煌新建设，前朝灯火万家明。

张人杰长建设委员会，所建设者李纯遗留之电灯公司而已。

【释读】"蹩脚先生"指的是张人杰，即张静江，因早年跛足，人称"张跷子"。1926 年在广州曾一度担任国民党主席，在南京政府分赃中争监察院院长而不得，愤而发怒。这首诗讲的是张人杰担任建设委员会，其实并没有搞什么建设，只是接手李纯遗留的一个电灯公司而已。

《金粉泪》[之三十]

严刑重典事唐皇，炮烙凌迟亦大方。

暴虐秦皇绝千古，未闻博浪狙张良。

【释读】"唐皇"即唐哉皇哉之意。这首诗讽刺蒋介石搞所谓的"法治"。"博浪狙张良"是一个典故，讲的是张良曾派人用铁锤在一个叫博浪的地方阻击秦始皇。这首诗的意思是说：用严刑重典治理国家做得冠冕堂皇，炮烙、凌迟这样的酷刑也大大方方地用上了。蒋介石这样的暴虐政治跟秦始皇一样千古少有，却没有听到有像张良刺杀秦始皇一样的人去刺杀他。

《金粉泪》［之三十一］

贪夫济济盈朝右，英俊雕残国脉衰。

孕妇婴儿甘并命，血腥吹满雨花台。

【释读】"朝右"，古代习惯尚右坐，这里指权贵。这首诗是陈独秀为雨花台牺牲的烈士而写的。全诗意为：国民党的满朝文武都是贪夫，有作为的人却横遭摧残，国家的命脉越来越衰微了。为了反抗蒋介石的独裁统治，就连孕妇和婴儿也愿意一起献出自己的生命，雨花台的血雨腥风是多么的残酷啊！

《金粉泪》［之三十二］

开门闭户两争持，佝偻主人佯不知。

幸有雄兵过百万，威加百姓不迟疑。

开门闭户谓英美与日本之争持也。

【释读】为了争夺中国的利益，美国要求中国门户开放，日本要求中国闭关独占，而蒋介石国民党政府就像害了佝偻病的人一样装聋卖傻。拥有百万雄兵不去抵抗敌人入侵，却毫不犹豫地去"围剿"革命的人民。

《金粉泪》［之三十三］

感恩党国诚宽大，并未焚书只禁书。

民国也兴文字狱，共和一命早呜呼。

【释读】这是一首反讽诗。讽刺说：我们真的要感恩国民党的"宽大"，它们只是禁书而没有焚书啊！国民党政府大兴文字狱，民主共和早就一命呜呼了！

《金粉泪》［之三十四］

麻雀乌鸦总祸胎，投机彩票禁难开。

检查毒品官家利，奖券航空大发财。

【释读】"麻雀"本意指赌具，此处指赌博业。"乌鸦"指鸦片。"奖券航空"是当时报纸刊登有"航空救国，储蓄致富"的广告。全诗的意思是说：赌博和毒品都是祸根一定要严禁，投机彩票业也不能随便开放。要知道，国民党的官僚想要钱花了，就借禁毒禁烟为名恣意勒索钱财，打着爱国的旗号开办所谓的航空奖券来大发横财。

《金粉泪》［之三十五］

故宫春色悄然去，无饰王冠只一端。

南下明珠三百箧，满朝元老面团团。

故宫盗宝案乃李石曾吴敬恒张人杰合伙为之。

【释读】"春色"借指宝物。陈独秀在这首诗的附记中公开点名故宫盗宝案是李石曾、吴稚晖和张人杰合伙所为。全诗的意思是说：北京故宫的文物宝贝都被悄悄地运走了，本来有珠饰的王冠现在成了一件没有饰件的王冠了。转运到南方的三百箱珠宝，已经被国民党的元老们乘机扒窃了，他们因此都成了面团团的富翁。

《金粉泪》［之三十六］

珊珊媚骨吴兴体，书法由来见性真。

不识恩仇识权位，古今如此读书人。

谓汪兆铭也。

【释读】"珊珊"即古代妇女裙裾上玉佩的声音。"吴兴体"是一个典故，著名书法家赵孟頫是浙江吴兴人，本来系宋朝赵氏宗室，却被招安投降在元朝做官，官至翰林学士，封为魏国公，赵的书法妩媚柔美，人称"吴兴体"。陈独秀在此诗的附记中点名"谓汪兆铭也"，可见他写作此诗就是借赵孟頫骂汪精卫投敌卖国求荣当汉奸。

《金粉泪》［之三十七］

拳乱偿金万民血，故宫宝器尽连城。

要人垄断伶人喜，一掷缠头十万金。

李石曾垄断庚款及故宫财物，以十万赠程砚秋出洋。

【释读】"拳乱偿金"是指义和团运动中的庚子赔款，其中有部分被帝国主义者归还，并成立了庚款委员会，专门负责其使用用途。李石曾是法国庚款委员。"伶人"即戏曲演员，这里指程砚秋。陈独秀在附记中点名指出"李石曾垄断庚款及故宫财物，以十万赠程砚秋出洋"，此诗之意不言自明。

《金粉泪》［之三十八］

十三万万债台高，破产惊呼路政糟。

太子叨光三百万，宗臣外府大荷包。

孙科长铁道部时侵吞三百万元，汪兆铭任行政院长以铁道部为外府。

【释读】"太子"喻指孙中山之子孙科；"宗臣"即位极群臣的大官，这里指汪精卫。从陈独秀在这首诗的附记中可以看出，尽管国民政府债台高筑，欠债达13亿，但政府的高官们依然贪污腐败，孙科在担任铁道部部长时就侵吞了300万；铁道部不仅是孙科的金库，也是行政院院长汪精卫的外库——大荷包。

《金粉泪》［之三十九］

萧何立法身难免，嗾杀陈郎道路哀。

司马家儿同眷属，祝君终老妙高台。

胡汉民嗾陈济棠杀陈树人之子。

【释读】陈独秀在这首诗中用典颇多。萧何是西汉制定法律的大臣，曾被刘邦猜忌遭囚禁。这里借指国民党立法院院长胡汉民因与蒋介石争权，曾被囚禁于南京汤山。"嗾杀陈郎"，陈独秀在附记中说得很明白，就是胡汉民嗾使陈济棠杀陈树人之子。"司马家儿同眷属"一句也是一个典故。"司马家儿"讲的是晋永嘉五年，匈奴军刘曜进攻洛阳，掳走晋惠帝羊皇后。不久，刘曜僭位，仍立羊氏为皇后，因问曰："吾何如司马家儿？"羊氏答曰:"胡可并言,陛下开基之圣主,彼亡国之暗夫。"该句是说刘曜与晋惠帝司马衷娶了同一个女人作皇后,暗指陈树人之子与胡汉民眷属有暧昧关系,所以胡汉民要嗾而杀之。最后,陈独秀以嘲笑地口吻对胡汉民说,你还是到妙高台去修行养老吧!"妙高台"在金山上,僧了元建。

《金粉泪》[之四十]

凛凛威风御史台,三光荫下集群才。

狐狸暗笑苍蝇拍,心眼歪时嘴亦歪。

世谓监察院委员为苍蝇拍。

【释读】"御史台",古代谏官,这里喻指国民党监察委员。"三光"指日、月、星。这首诗歌反讽国民党的监察委员是在三光照耀下汇集的人才,就连那些狡猾腐败的官僚们都讥笑他们只是苍蝇拍而已,这些监察院的老爷们不仅心眼歪了,连说的话也都是歪的。

《金粉泪》[之四十一]

一门亲贵人称羡,宋玉高唐结主欢。

几见司农轻授受,乃知裙带胜衣冠。

谓宋孔相继为财长。

【释读】"一门亲贵"即指蒋、宋、孔家族。宋玉,战国时楚国人,善词赋,著有《高唐赋》《神女赋》等名篇,这里代指宋子文以女宠为蒋介石所宠信。"司农"即财政部。"衣冠"旧指士人,即知识分子。陈独秀在这里指名道姓地指责蒋介石搞裙带关系,将财政部长的职务以个人名义相继授予宋子文和孔祥熙,讥讽发愤读书成才报国也抵不过裙带关系。

《金粉泪》[之四十二]

党权为重国权轻,破碎山河万众惊。

弃地丧权非细事,庙谟密定两三人。

【释读】"庙谟"旧指朝廷决策,即国家大计之意。国民党以"党权"高于"国权",不顾国家和民族的利益,祖国的大好河山已经被日本帝国主义蹂躏破碎，全国人民愤慨不已。丢弃国土，丧权辱国，这不是一般的小事情，都是蒋家王朝那两三个人为一己之私而在背后密谋策划的啊！

《金粉泪》〔之四十三〕

严惩鸦片不容情，高坐唐皇国法尊。

为免欠呻濒掩袖，好将烟泡暗中吞。

【释读】国民党政府冠冕堂皇地发号施令，高喊要严禁鸦片，绝不留情，但说一套做一套，阳奉阴违，有的高官自己却继续吸食鸦片，因害怕被别人看到自己烟瘾发作的丑态，就偷偷地用衣袖遮住自己的脸，悄悄地吞下烟泡解决毒瘾。陈独秀在这里没有点名，但国民党中央政治会议秘书陈布雷是一个大烟鬼，也是众所周知的事情。

《金粉泪》〔之四十四〕

鸦片专营陆海军，明严烟禁暗销行。

州官放火寻常事，巢县新焚八大村。

【释读】据1934年4月19日报载，安徽强行铲毁烟苗，巢县农民不服，奋起反抗，国民党官兵就纵火焚烧，"十里方圆，惟见烽烟蔽天"。陈独秀的这首诗揭露了国民党当局禁烟的丑剧和暴行，以及"只准官家放火，不准民家点灯"的黑暗统治。

《金粉泪》〔之四十五〕

嫌疑反动日惊心，拱默公卿致太平。

干事委员资笑谑，女权不重重花瓶。

男干事女干事干事干干事，大委员小委员委员委委员。彼中自嘲之词也。

【释读】国民党蒋介石政府诬陷革命为反动，略涉嫌疑即遭迫害，以致国民政府官僚内部之间人人自危，大家明哲保身，不敢多语。陈独秀在附记中用一副国民党官员自嘲的对联"男干事女干事干事干干事，大委员小委员委员委委员"，嘲讽国民政府当局人浮于事，不重女权重女色。

《金粉泪》［之四十六］

法外有法党中党，继美沙俄黑百人。

囚捕无须烦警吏，杀人如草不闻声。

【释读】"法外有法"，指国民党南京政府除了正常的法律之外还制定了所谓的"危害民国紧急治罪法"。"党中有党"，指国民党中还存在 CC 和蓝衣社。"黑百人"，是指沙皇俄国的反动帮派组织"黑白党"。陈独秀的这首诗揭露国民党假依法治国，却大搞白色恐怖活动，实行黑暗的特务统治，杀人如草。

《金粉泪》［之四十七］

皇皇大典枉抡才，官运高低靠后台。

封锁未成民已苦，七分政治费疑猜。

【释读】国民党煞有介事地举行高等文官考试，选拔人才，其实只不过是虚张声势地做表面文章，实际上依然是"官运高低靠后台"。国民党当局高喊"三分军事七分政治"的口号，却动员几十万上百万的军队"围剿"红军也没见到什么效果，害苦了老百姓，它们"七分政治"的叫嚣怎么不令人怀疑呢？

《金粉泪》［之四十八］

苛捐榨尽民间血，百业雕残袖手看。

商贾不知遗教美，但愁歇业忍饥寒。

【释读】苛捐杂税榨尽了老百姓的血汗钱，民族工商业已经纷纷倒闭，而国民党当局却袖手旁观；工商企业的老板们不懂得孙中山三民主义"遗教"的真谛，只怕有一天也会遭遇破产倒闭的命运，变得饥寒交迫。

《金粉泪》［之四十九］

观瞻对外苦周旋，索命难延建设捐。

白发媪翁双跪泣，乞留敝絮过冬天。

【释读】对外为了粉饰太平，国民党政府真是费劲了心机，像索命鬼一样强行向老百姓征收所谓的"建设"捐税，那些白发老爷爷老奶奶被逼得双双跪地哭泣，乞求不要抢走家中破旧的被褥，好让他们能熬过苦寒的严冬。读陈独秀的这首诗，不禁令人想起杜甫的《石壕吏》，可谓"史诗"。

《金粉泪》[之五十]

委员提款联翩至，心软州官挂印逃。

入室无人拘妇去，婴儿索乳苦哀号。

【释读】与上一首诗一样，这首诗也是叙事诗，揭露了国民党残酷剥削压迫人民的悲惨社会现实。国民党的委员们接二连三地到地方政府催要各种提款，一些有正气的好心的官员实在无法应付，只好弃官而去。但是还是有许多地方恶吏闯入老百姓的家中，见找不到男主人就将妇女抓走，可怜正在哺乳的婴儿没有了妈妈，嚎啕大哭，好不凄惨。

《金粉泪》[之五十一]

垣墙属耳党先生，士气销沉官运亨。

闭户闭心兼闭口，莫伤亡国且偷生。

【释读】这是一首反讽诗。陈独秀讥讽国民党大搞特务政治，人们相互之间"莫谈国事"，因为隔墙有耳，特务窃听、监听令人胆战心惊，真是"万马齐暗究可哀"。而那些"党先生"借此升官发财官运亨通，却摧残了人民的士气，形成了"闭户闭心兼闭口，莫伤亡国且偷生"的现状，可悲可恨。

《金粉泪》[之五十二]

虏民夺地数千里，使节依然笑语迎。

无力复仇应抱恨，如何握手进香槟。

【释读】陈独秀的这首诗怒斥了国民党政府的屈辱外交，软弱无能。东北、华北数千里的土地和人民被日本强盗占领了，外交使节竟然还有脸向敌人卑躬屈膝地微笑作揖。即使你们没有能力报仇雪恨，也不应该低三下四地向侵略者敬香槟酒啊！真是可耻！

《金粉泪》[之五十三]

健儿委弃在疆场，万姓流离半死伤。

未战先逃恬不耻，回銮盛典大铺张。

【释读】军队将士在战场上不英勇杀敌御敌于国门之外，等于是一群废物，有多少老百姓因此逃离家园，或死或伤。战争还没有打响就临阵脱逃，真是恬不知耻，但更加不要脸的是回来后竟然还大摆盛典搞庆功。陈独秀这首诗主要是讽刺蒋介石在"一·二八"战起的第三天宣布迁都洛阳，不战而逃，等签订了《淞沪协定》后才回到南京。

《金粉泪》[之五十四]

嫩江血战惊强敌，爱国男儿自主张。

雪地冰天谁管得，东风吹暖半闲堂。

【释读】"半闲堂"是南宋宰相贾似道在西湖葛岭建立的豪华庭园。这首诗，陈独秀歌颂了嫩江血战中的勇士们独立作战、奋起抗击日本侵略者。爱国男儿在冰天雪地的前线奋勇抗战的时候，国民党蒋介石政府却不管他们的生死，自己在豪华别墅中享受着春天一样温暖的奢侈生活。

《金粉泪》[之五十五]

专制难期政令宽，每因功业震人寰。

未闻辱国儿皇帝，亦欲伊周一例看。

陈立夫谓国民党为伊尹周公。

【释读】在这首诗中，陈独秀再次用典讥讽蒋介石的专制独裁统治。"伊"即商朝政治家伊尹，"周"即西周政治家周公。全诗的意思是：对一个专制的王朝来说，我们很难期望他政令宽大，但历史上也曾出现过许多功业彪炳震动人寰的英雄人物。陈立夫谓"国民党为伊尹周公"，陈独秀就嘲笑说，历史上从来没有听说过一个向敌屈辱投降的卖国政府，也可与伊尹、周公相比拟。

《金粉泪》［之五十六］

自来亡国多妖孽，一世兴衰过眼明。

幸有艰难能炼骨，依然白发老书生。

所谓民国二十三年书

【释读】古人曰："国之将亡，必有妖孽。"国民党反动派这群妖孽，把中国陷入了亡国的绝境，近代中国的兴衰就在眼前，我们都看得明明白白。幸运的是，革命斗争的艰难曲折磨炼了我的意志品质，把自己炼成为不怕死不怕杀的"硬骨头"。现在，我已经是一个白发苍苍的老书生了，但历经苦难，痴心不改，生命不息，战斗不止。

在《金粉泪》五十六首的最后一首中，陈独秀一改嬉笑怒骂冷嘲热讽，励志自勉斗志昂扬，与第一首诗一样落笔自身，在创作上可谓匠心安排，起到了首尾遥相呼应、浑然天成和画龙点睛的作用。如果说第一首诗是陈独秀抒发雄心壮志，那么最后一首诗则是坚定信心意志。细心品读，我们还会发现陈独秀在这五十六首诗中，前后两次使用了"骨"字——而且仅在首尾，第一次在第一首诗的"此身犹未成衰骨"一句中，第二次在最后一首诗"幸有艰难能炼骨"一句中。骨，品质，气概也。一个"骨"字写尽风流，可谓诗之魂，诗人之魄。相比之下，其他五十四首中所描绘的贪腐无能和"软骨头"形象都为这首尾之"骨"，作了鲜明的铺垫和强烈的观照。"硬骨头"名副其实，谁能匹敌？

满纸悲愤言，一把英雄泪。纵观《金粉泪》五十六首，陈独秀天马行空，奔放自如，高傲不羁，毫不留情地给蒋家王朝的权贵们画了一幅惟妙惟肖的集体素描，以幽默和讽刺的手法，辛辣逼真地勾勒出了蒋介石、汪精卫、宋子文、孔祥熙、陈立夫、何应钦、胡汉民、戴传贤、吴稚晖、孙科、陈公博、张人杰、陈济棠、李石曾、杨永泰等人各不相同的丑态，可谓诗话版的民国"官场现形记"。而在诗歌末尾落款时，陈独秀独具匠心地署为"所谓民国二十三年"，以"所谓"二字严正表达了自己至死也不承认如此贪腐无能的国民政府的坚定态度。

胡适说陈独秀"有充分的文学训练，对于旧文学很有根底"，认为陈独秀的诗歌是"学宋诗的"。濮一凡对陈独秀写的这组诗歌也记忆犹新,他在1979年回忆陈独秀的狱中生活时,说:"一首嘲讽一个党国要人,如邵元冲挨过蒋介石的一记耳光,陈立夫挨过蒋介石的一顿脚踢,蒋作宾闻蒋介石放屁而曰不臭,宋霭龄巧遇大学生等等;虽然是一些无聊的小事,但诗写得相当辛辣,可以看出那时当局的一些丑态。不知这组《金陵怀古》(即《金粉泪》。引者注)可曾留下稿件没有。"[1]

濮一凡的担心不是多余的。陈独秀1934年前后在狱中偷偷写下的这些诗歌,完全彻底地反国民党、反国民政府、反蒋介石,绝对属于"反诗",不可能公开发表。现在身陷囹圄,未来叵测,命运无法主宰,这些作品如果放在身边实不太安全。于是,陈独秀就将这组诗歌悄悄地交给了前来探监的挚友汪孟邹,从而得以保存下来。1953年,汪孟邹在珍藏了16年之后将陈独秀《金粉泪》五十六首的手稿作为革命文物上交给上海革命历史纪念馆(中共"一大"纪念馆前身),并附信说:

一九三六,或是一九三七年,我因事到南京,便到监狱里去看托匪独秀,[2]他拿这金粉泪五十六首给我看。后来,我和他说:"你给我拿去,让我的侄辈和同事都去看看吧。"他便给了我。这个册页,有一个时期,很不容易收藏,只有东收西收的,有时连自己也记不得是藏在哪里了。今天检出十分难得,故把来历写下。独秀不曾署名,也无印章,我也应该为之证明。请给我一收条。

汪孟邹

一九五三年二月十一日

一组《金粉泪》,十足赤子心。在狱中,陈独秀一气呵成五十六首诗作,一为反对国民党,二为明志自励。《金粉泪》堪称陈独秀的泣血之作悲愤之

---

[1] 濮清泉:《我所知道的陈独秀》,原载《文史资料选辑》第71辑,中华书局1980年10月版。
[2] "托匪独秀",原文如此。汪孟邹如此称谓陈独秀,皆因当时政治形势使然,无奈中依然亲切有加。但到了晚年,汪孟邹每每想起自己以"托匪"之词称呼陈独秀,内心非常后悔和愧疚,始终觉得对不起这位老朋友,耿耿不能释怀,终衔恨而逝。

作，也可谓是人民对反动政府黑暗统治的血泪控诉，他和他的诗歌再次在人类监狱史上写下了令人尊敬的传奇。

笔记 X　没有完成的《实庵自传》

陈独秀一辈子写了多少文字，或许他自己也不清楚。但在 1932 年 10 月被捕之前，他从未写过自己。尽管胡适早就嚷嚷着要他写自传，陈独秀似乎对此毫无兴趣。我们可以在胡适 1933 年 6 月 27 日写的《四十自述》序言中看到，当年他大声疾呼蔡元培、陈独秀等人都来写自传。他说："我这几十年中，因为深深地感觉中国最缺乏传记文学，所以到处劝我的老辈朋友写他们的自传"，"给史家做资料，给文学开生路"，"我盼望他们都不要叫我失望"。

除了胡适之外，那些陈独秀打心底就不太喜欢的追名逐利的"托派"小青年们也都吵吵着要他写自传，希望他能够效仿托洛茨基写《我的生平》和《俄国革命史》那样，写写自己，写写中国大革命的历史。但他并没有把这些劝说放在心上。无论是在法院的看守所，还是判刑入狱之后，他开始埋头著书立说，也只是一门心思放在他最为钟爱的"小学"（即文字学和音韵学）研究上。

在狱中，陈独秀失去了自由，经济上更是捉襟见肘，这时他才发现自己这么多年来欠的债太多了。作为父亲，他欠孩子，没有尽到父亲的责任，鹤年和子美一双儿女在南京，都是靠母亲高君曼抚养长大，每月都是从亚东图书馆支取稿费 30 元；君曼去世后，两个孩子的学杂费和零用钱依然靠亚东供给。而作为朋友，他欠亚东图书馆老板汪孟邹的钱实在不少了，为此他感到心中很难过，于是建议：一是重印他的《独秀文存》，二是打算着手写《自传》。但是现在，他不是一个自由人，他的政治身份和当下处境都不允许他顺利地这么做。要知道，现在连《独秀文存》出版发行的广告各大报纸也禁止刊登了，如何才能重印销售？由此可想而知其《自传》的命运。

1932 年 12 月 22 日，陈独秀在候审关押的看守所，致信高语罕，说："自传一时尚未能动手，写时拟分三四册陆续出版，有稿当然交老友（即汪孟邹）处印行。如老友不能即时印行，则只好给别家。自传和《文存》是一样的东西，倘《文存》不能登报门售，自传当然也没有印行的可能。若写好不出版，置之以待将来，则我一个字也写不出来。"

写出来却不能发表和出版，对陈独秀来说，是一个致命的打击。就在这个时候，当年与他合作发行《新青年》的群益图书公司主动找上门来，愿意出版他的《自传》，并专门派编辑曹聚仁来南京探望交涉。

1933 年 2 月 7 日，他再次致信高语罕，说："自传稍迟即可动手"，"曹聚仁代表群益公司来索此稿（大约稿费每千字 20 元，每月可付 200 元）。曹为人尚诚实，惟不知该公司可靠否？望托人打听一下。"陈独秀于是真的积极起来，并在这封信中索购托洛茨基的《我的生平》《不断革命论》和《西方革命史》《法国革命史》等书，开始为写作《自传》作准备。

从市场角度来说，陈独秀的《自传》只要出版就肯定是一部畅销书。平心而论，群益图书公司派曹聚仁开出的稿酬价码也是相当高的了。但陈独秀并没有立即作出肯定的答复。3 月 14 日夜，陈独秀再次致信高语罕，说："《自传》尚未动手，此时不急于向人交涉出版。倘与长沙老友(即汪孟邹，因为亚东图书馆编辑部所在地位于上海长沙路。引者注）一谈，只要他肯即时付印，别的条件都不重要。"陈独秀为什么不急于与群益图书公司签订出版合同却非要交给亚东图书馆的汪孟邹出版呢？而且没有任何条件，只要即时付印即可，也就是说稿费如何支付或支付多少都不重要。这到底是什么原因呢？

陈独秀是一个非常重感情、讲义气的人。他从汪原放探监时的闲谈中了解到，亚东图书馆出版的多种书刊被国民党禁止发行，以致图书积压在库中成了废纸，有的卖不掉就倒入了江中，导致经济上出现了困难，仅 1933 年就亏损 13000 多元。从 1904 年 3 月他背着一个包袱、打着一把雨伞到芜湖与汪孟邹创办科学图书社以来，已经整整 30 年了。这么多年来，他与汪孟邹风雨同舟，为亚东的发展和经营献计献策，不遗余力，而亚东对他和他的家庭在经济上的支援也是无可挑剔。面对经济危机，他内心感到有些对不起这位"长沙老友"了，觉得不仅欠了钱债，还欠了情债。钱债易还，人情债不好还啊！虽然身在狱中，他当然不忍心眼睁睁地看着亚东就这么衰败没落下去。于是，他情愿放弃群益的高额稿酬，将《自传》交给亚东出版，一为助老友一臂之力，二为还人情债。但是，汪孟邹是一个胆小怕事的人。对陈独秀始终没有做出明确的答复。想想上海滩的白色恐怖，汪孟邹的谨小慎微也是值得理解的，再说正是因为许多图书被国民党查禁，损失非常之大，更何况《独秀文存》也被禁售，如果出版他的《自传》，结果可想而知。此时，陈独秀又正在撰写辩诉状及与律师沟通等事宜，忙得不可开交。一个月后的 4 月 14 日，陈独秀走进了法庭，接受审判，其间又是上诉、驳回上诉，再上诉，直至宣布入狱，他根本就没有心思也没有精力写《自传》了。

但陈独秀并没有忘记这件事情，他也记得胡适约他写自传时，专门强调传记的"文学性"问题。但现在的他，哪里还有什么文学的情趣呢？1933 年 10 月 13 日，最高法院最终宣判获刑八年。不久，他致信汪原放说："自传尚未动手写……我很懒于写东西，因为现在的生活，令我只能读书，不能写文章，特别不能写带文学性的文章，生活中太没有文学趣味了！……你可以告诉适之，他在他的《自述》中希望我写自传，一时恐怕不能如他的希望。"就这样，陈独秀就暂时放弃了写自传的打算。

这一拖就是三年，直到 1937 年夏天，《宇宙风》杂志主编陶亢德托汪孟邹写信约陈独秀写自传时，陈独秀才真正积极起来。7 月 8 日，也就是在卢沟桥事变爆发的第二天，他复信陶亢德说：

> 许多朋友督促我写自传也久矣！只以未能全部出版，至今延未动手。前次尊函命写自传之一章，拟择其一节以应命，今尊函希望多写一点，到五四运动为止，则范围扩大矣！今拟正正经经写一本自传，从起首至五四前后，内容能够出版为止，先生以为然否？以材料是否缺乏或内容有无窒碍，究竟写至何时，能有若干字，此时尚难确定。

随后，陈独秀正式动笔撰写。从 7 月 16 日至 20 日，他埋头写作，五日内一气呵成，写就两章，取名《实庵自传》。第一章名曰《没有父亲的孩子》，第二章名曰《江南乡试》。三年后的1940年5月5日，陈独秀在江津把《实庵自传》的手稿赠送给台静农，并附记："此稿写于一九三七年七月，十六日至廿，五日中，时居南京第一监狱，敌机日夜轰炸，写此遣闷。"[1] 可见，陈独秀写作《自传》时从容轻松的心情。因为，"老虎桥监狱"确实遭受了日本飞机投下的8枚炸弹的轰炸，陈独秀所居的监牢屋顶也被震塌，他躬身桌下才逃脱这"灭顶"之灾。

在《自传》中，陈独秀开门见山地说："一个人写自己的生平时，如果说的太多了，总是免不了虚荣的，所以我的自传要力求简短，人们或者认为我自己之擅写自己的生平，那正是一种虚荣；不过这篇叙述文字所含的东西，除了关于我自己著作的记载之外，很少有别的。我的一生也差不多是消耗在文字生涯中，至于我大部分著作之初次成功，也并不足为虚荣的对象。"接着，他说：

> 几年以来，许多朋友极力劝我写自传，我迟疑不写者，并不是因为避免什么虚荣，现在开始写一点，也不是因为什么虚荣；休谟的一生差不多是消耗在文字生涯中，我的一生差不多是消耗在政治生涯中，至于我大部分政治生涯之失败，也并不足为虚荣的对象。我现在写这本自传，关于我个人的事，打算照休谟的话"力求简短"，主要的是把我一生所见所闻的政治及社会思想之变动，尽我所记忆的描写出来……也不滥抄不大有生气的政治经济材料，以夸张篇幅。

1937年8月上旬，陈独秀的《实庵自传》在炮火连天中寄给了上海的陶亢德。《宇宙风》接到陈独秀的稿件后，力拔头筹，大喜过望，立即在报刊上刊登广告，称之为"传记文学之瑰宝"。

而此时抗日的战火已经是燃眉之急。"八一三"淞沪抗战爆发后，日本侵略者已剑指南京，囚禁陈独秀的"老虎桥监狱"连遭轰炸。民族危

---

[1] 见《实庵自传》手稿。亦有说此稿写于7月16日至25日，共10天。

亡的关头，在中共中央倡导的抗日民族统一战线的战略方针下国共开始了第二次合作。国难当头，国民政府决定释放南京在押政治犯。8月23日，陈独秀获释出狱，9月中旬抵达汉口。陶亢德追着陈独秀反复催促索要《实庵自传》的续篇。可是，一生消耗在政治生涯的陈独秀再次陷入政治的漩涡，他一方面全力以赴积极写抗战救国的文章，一方面却蒙受不白之冤，被王明、康生之流戴上了汉奸的帽子，本想回到中共中央工作的他，却又倔强地坚持不写"检讨书"，从此与中共决裂。显然，在这样的历史境遇中，陈独秀哪里还有什么心思写自传呢？但陶亢德依然没有放弃，既不能强人所难，但"每次去信，总还带上一句劝他有暇甚至拨冗续写的话"，"总觉得《实庵自传》有趁早完成之必要"。[1]

11月3日，陈独秀在武昌致信陶亢德说："日来忙于演讲及各新出杂志之征文，各处演词又不能不自行写定，自传万不能即时续写，乞谅之。"其实，除了繁忙之外，陈独秀还考虑到自身的处境以及国共两党、苏联和共产国际等之间的复杂关系，其个人的经历将涉及诸多敏感问题，写出来或许将诱发许多意想不到的矛盾和麻烦，而在大敌当前共赴国难的时刻发表这些显然是不合时宜的。就像他在信中所言："杂志登载长文，例多隔期一次，非必须每期连载，自传偶有间断，不但现在势必如此，即将来亦不能免。佛兰克林自传，即分三个时期隔多年完成者，况弟之自传，即完成，最近的将来，亦未能全部发表，至多只能写至北伐以前也。"还有，陈独秀对自己的写作要求非常严谨，不愿意粗制滥造。他在写给陶亢德的信中专门提到了这个问题。他说：

弟对于自传，在取材、结构及行文，都十分慎重为之，不愿草率从事，万望先生勿以速成期之。使弟得从容为之，能在史学上文学上成为稍稍有价值之著作。世人粗制滥造，往往日得数千言，弟不能亦不愿也。普通卖文糊口者，无论兴之所至与否，必须按期得若干字，其文自然不足观。望先生万万勿以此办法责弟写自传，倘必如此，弟只有搁笔不写，只前二章

---

[1] 陶亢德：《关于〈实庵自传〉》，原载《古今月刊》1942年10月1日第8期。

了事而已。出版家往往不顾著作者之兴趣，此市上坏书之所以充斥，可为长叹者也。[1]

在这种情况下，《宇宙风》杂志决定不再等待陈独秀的《实庵自传》续篇了，遂决定从 11 月 11 日开始连载《实庵自传》，刊登在该刊"散文十日刊"第 51 至 53 期上，至 12 月 1 日结束，署名陈独秀。编辑部在《编后记》中说："陈先生除为本刊写自传外，还俯允经常撰文，渴望每期都有。陈先生是文化导师，文坛名宿，搁笔久矣，现蒙为刊撰文，实不特本刊之幸也。"

《实庵自传》两章在《宇宙风》发表后，轰动文坛。亚东图书馆遂于 1938 年 3 月印行了单行本。在《刊者词》中说："一个时代权威的自传，会道出他自己的生活变迁，他的活动背景，他的经验，以及他那个时代的许多历史事实。尤其有意义的是，他还会告诉后人，他并不是什么天纵的超人，而是从平时生活中奋斗出来，可以模仿而跂及的。因此，这种自传，实包含有无限的历史的与教育的重要性。陈独秀先生在中国文化史与政治史上的功业，不仅照耀着近代的中国，且早已照耀到世界，这久已成为历史评定，无须在此多说。"

然而，遗憾的是，陈独秀的《实庵自传》在写了开头两章之后，真的就永远搁笔了。而最让人们翘首以盼的如何发动五四新文化运动、大革命的传奇历程和政治生涯的跌宕起伏，陈独秀都没有留下任何文字，不禁令人扼腕叹息。当时就有许多社会名流"为陈独秀不能完成他的自传哀"，觉得"中国近代史上少了这一篇传奇式的文献，实在太可惜了"，"这不仅是中国近代史上的一个损失，也是中国近代文学史上一大损失"。[2]

---

[1] 陶亢德：《关于〈实庵自传〉》，原载《古今月刊》1942 年 10 月 1 日第 8 期。
[2] 静尘：《我所知道的陈独秀》，原载《古今月刊》1942 年 7 月第 5 期。

笔记 Y　　减刑出狱

1937 年 7 月 7 日，卢沟桥事变爆发，日本发动了全面侵华战争，中国军民也从此进入全面抗战。8 月 13 日，淞沪战争爆发，日本侵略者的战机飞临南京上空，对国民政府的首都进行狂轰滥炸。关押陈独秀的"老虎桥监狱"也被炸弹击中，数间狱舍被毁。

也就是在这一天，南京金陵女子大学中文系主任陈钟凡来监狱探望陈独秀。他们在室内闲聊，谈兴正浓时，炸弹呼啸而来，掀掉了房子的屋顶。陈独秀和陈钟凡两人赶紧钻进桌子底下，幸运躲过倒塌的砖瓦。陈独秀见状，谈笑自若，还跟陈钟凡开起了玩笑。此情此景，令陈钟凡十分不安，回去后，他赶紧找到胡适、张伯苓等人商量"联名保释"陈独秀。但是，国民政府当局司法部门表示，除了有人保释之外，还需要本人出具一份"悔过书"，即可办妥。陈独秀闻之大怒，说："我宁愿炸死狱中，实无过可悔。"他还声明，拒绝人保，宣称"附有任何条件，皆非所愿"。显然，在陈独秀看来，生命事小，失节事大，他坚持要"无条件出狱"。[1]

情势危急，陈独秀的倔脾气又犯了，胡适这些老朋友也真拿他没办法。学界领袖和社会名流尤其是北大毕业的国民党中央官员对陈独秀都怀有一份恻隐之心，纷纷主动为释放陈独秀奔走出力。为此，胡适找到了行政院长汪精卫。

8 月 19 日，汪精卫回信胡适说："手书奉悉，已商蒋先生转司法院设法开释陈独秀先生矣。"

蒋介石点头了，事情就好办多了。其实，形势所迫，蒋介石不同意也不大可能了。因为淞沪战争打得非常惨烈，战火很快就要烧至南京。如今，京沪一带的监狱，大都将犯人尤其是政治犯释放了。国难当头，战事紧急，

---

[1] 陈钟凡：《陈独秀先生印象记》，原载《大学月刊》1942 年 9 月第 9 期。原件手稿藏中央档案馆。

首都马上就要迁往武汉，国民党政府当局根本没有精力疏散和安置这些政治犯。

8月21日，国民政府司法院院长居正向国民政府主席林森递交了"呈请将陈独秀减刑"（文呈训字第二六〇五九四号）的请示报告：

呈为呈诸减刑事，查陈独秀前因危害民国案件，经最高法院于民国二十三年六月三十日终审判决，处有期徒刑八年，在江苏第一监狱执行。该犯入监以来，已逾三载，爱国情殷，深自悔悟，似宜宥其既往，藉策将来。据请钧府依法宣告，将该犯陈独秀原处刑期，减为执行有期徒刑三年，以示宽大。是否有当，理合呈祈鉴核施行。

当天，国民党政府立即照准呈文，并向司法院发出了"指令"，同意减刑，"明令宣告"。随即司法院下达训令："国民政府将该陈独秀原处刑期减为执行有期徒刑三年，以示宽大。现值时局紧迫，仰即转饬先行开释可也。"

对陈独秀宣布减刑释放的决定，从司法院的"呈文"到国民政府的"明令"，一系列的文件起草、签字、盖章，以至正式下达，整个流程在一天内就完成了，不可谓不快。

第二天，即8月22日，有关陈独秀减刑释放的新闻就出现在南京、上海等地的新闻媒体上。国民党《中央日报》以《陈独秀爱国情殷深自悔悟》为标题，发表了陈独秀即将出狱的消息。看到这份报纸后，陈独秀十分生气。在他看来，我本无罪，以"危害民国"罪判处入狱是冤案冤狱，应予平反、赔偿。而国民政府的"明令"在公开评说他"爱国情殷"的同时称其"深自悔悟"，真是岂有此理！在他看来，我居心无愧，何悔之有？何悟来哉！看到报纸后，濮一凡和罗世藩也向陈独秀提出："'爱国情殷'四字，可以默认，'深自忏悔'四字必须声明更正。"但是生气归生气，"陈独秀这个人是非常乖僻的，新闻记者来见他，本可乘此机会讲讲自己的主张，但他避而不见。"[1] 为什么呢？陈独秀有自己的想法。

---

[1] 濮清泉:《我所知道的陈独秀》，原载《文史资料选辑》第71辑，中华书局1980年10月版。

8 月 23 日，陈独秀在妻子潘兰珍和三子陈松年的陪伴下，走出了"老虎桥监狱"，结束了他自 1932 年 10 月 15 日被捕以来长达 1748 天的囚徒生活，从而也结束了数十年的地下生活，终于获得了人身自由，在阳光下自由行走。

这一天，《大公报》发表《短评》说："我们欢迎这位老战士出狱，为他的祖国努力！"

笔记 Z　遗憾：未能发表的两个文件

文件一：致《申报》的公开信

就像当年被捕一样，陈独秀出狱自然成了一件轰动全国的大新闻。除了新朋旧友热情欢迎他之外，还有一些别有用心的政治人物也前来迎接，目的就是想拉拢利用他。在 8 月 23 日出狱的这一天，国民党中统局处长丁默邨也站在欢迎的队伍中，还主动安排陈独秀在国民党中央党部招待所居住，虚位以待，遭到陈独秀的拒绝。最后，经协商，陈独秀决定先暂住傅斯年家中。因傅斯年家附近房屋遭到日寇飞机轰炸，为安全起见，他又搬到陈钟凡家居住。

8 月 25 日，陈独秀在傅斯年家做了出狱后的第一件事，就是给上海《申报》馆编辑部写了一封信。内容如下：

鄙人辛苦狱中，于今五载。兹读政府明令，谓我"爱国情殷，深自悔悟"。爱国诚未敢自夸，悔悟则不知所指。前此法院科我之罪，诬以叛国。夫叛国之罪，律有明文，外患罪与内乱罪是也。通敌之嫌，至今未闻有人加诸鄙人身者，是外患罪之当然不能构成。迩年以来，国内称兵据地或企图称兵据地之行为，每役均于鄙人无与，是内乱罪亦无由周内。[1] 无罪而科以刑，是谓冤狱。我本无罪，悔悟失其对象；罗织冤狱，悔悟应属他人。

---

[1] 周内：出自《汉书·路温舒传》，"内"通"纳"，罗织罪状，故意陷害。

鄙人今日固不暇要求冤狱之赔偿，亦希望社会人士，尤其是新闻界勿加以难堪之诬蔑也。以诬蔑手段摧毁他人人格，与自身不顾人格，在客观上均足以培养汉奸，此非吾人今日正所痛心之事乎！远近人士或有以鄙人出狱感想见询者，益以日来都中有数报所载鄙人言行，皆毫无风影。特发表此书面谈话，以免与新闻界诸君面谈时口耳之间有所讹误。

陈独秀　八月廿五日[1]

陈独秀写给《申报》的这封信，铿锵有力，霹雳神惊，针锋相对，毫不妥协，其逻辑严密，凌云健笔，一字不多一字不少，真是妙手文章。他的目的非常明确，就是严厉批驳国民党政府当局所谓的"深自悔悟"。此前，陈独秀在监狱里之所以没有接受濮一凡和罗世藩以向记者发表谈话的方式，要求政府当局更正"深自悔悟"的说法，就是因为他感到经过自己的抗争，国民党当局已经同意不让他写"悔过书"，这次再提要求发声明拒绝，说不定会另生枝节，耽误出狱大计，而且也对不住胡适等老朋友们的鼎力相助。现在，已经是一个自由人了，他就有权发表声明澄清根本没有"深自悔悟"这档子事儿。

9月8日，陈独秀将这篇文章直接寄给了上海三马路的《申报》馆编辑部。《申报》是当时上海乃至全国影响最大的报纸之一。"陈独秀案"发生以来，该报始终高度关注，尤其是对审讯陈独秀的经过报道非常详细，并在字里行间透露出一丝同情。陈独秀自撰的《辩诉状》，上海各报慑于国民党当局的高压，只字不敢刊登，独有《申报》别出心裁，在《地方通讯》栏内用"苏州通讯"的形式，发表了《辩诉状》的要点，其胆识深得陈独秀的赞赏。而且该报老总史量才也是陈独秀的朋友，曾向陈独秀约过稿。这或许正是陈独秀选择把这封《声明》寄给《申报》的原因，以期发表后，声明天下，了却这桩公案。但是令陈独秀怎么也没有想到的是，他的这封信竟然如泥牛入海，杳无音讯了。而后因为战事流离，辗转旅途，他从南京到武汉，再到重庆，最后落脚江津，身心疲惫，再也没有精力关心这封

---

[1] 原载《党史资料》丛刊，上海人民出版社1980年8月第2辑第180-181页。

公开信的下落了。

原来，《申报》在接到陈独秀的这封《声明》后，主持言论编辑的胡仲持立即与总经理马荫良商量采取何种形式发表，生怕处理不当，或是"新闻检查官"通不过，或是为读者所忽略，都达不到陈独秀的目的，所以迟疑不决。再加上他们对"托派"情况毫不知情，为了慎重起见，就托胡仲持的哥哥胡愈之听听中共方面的意见，了解到彼方态度比较冷漠，认为是否发表由《申报》自己决定。而此时，淞沪抗战正酣，受战事影响，《申报》的版面开始压缩，由五、六大张改出一张半，且多为军事新闻所占，陈独秀的"声明"发表的问题就这样一拖再拖，直到 1937 年 12 月 15 日《申报》不愿意接受日寇新闻检查而自动停刊为止，一直都没有发表。[1] 1980 年 8 月，经上海市档案馆整理后，陈独秀的这封信在尘封了 43 年之后，终于公之于世，人们才知道陈独秀在所谓因"深自悔悟"才获得减刑释放的问题上坚决反对国民党的说辞，宁折不弯，宁死不屈，毫不妥协，确实是"硬骨头"。

文件二　写给《中央日报》的"条子"

走出监狱，陈独秀又面临着一个人生的十字路口。在这个路口上，敢问路在何方？走向何方？陈独秀在思考，在追寻，也在徘徊……

陈独秀出狱后，第一次接受记者采访时，记者问道："陈先生今后要专做文化运动，不做政治运动了，是不是呢？"

陈独秀回答："不对！不对！……现在的抗日运动，就是政治运动，我能够不参加抗日运动么？"

记者又问："是不是打算参加实际政治工作呢？"

陈独秀说："这于我不大相宜，民国十五六年时，我也没有担任政府里的实际工作，我最怕被政府里的实际工作所捆住，没有清醒的头脑观察政治局势。"

由此可见，陈独秀始终没有放弃或者说他永远坚持独立自由的思想和

---

[1] 马荫良、储玉坤：《关于陈独秀出狱前写给〈申报〉的一封信》，原载《党史资料》丛刊，上海人民出版社 1981 年 4 月第 1 辑第 186-189 页。

独立自由的人格。陈钟凡回忆说，陈独秀在他家住了半个月，各方面来慰问的人很多，也有送赙仪的，一概不受，唯有北大同学和旧友的酌受少许。还有许多人和他交换政治意见，借此探他的意向，尤其是周佛海、陶希圣等，常请他吃饭，参加他们所谓的"低调谈话会"，散布抗战悲观论调，陈独秀始终毫无表示，一言不发，他们无可如何。而在他自己发表的文章中却狠批这种论调，甚至强调"言和即为汉奸"。包惠僧回忆说，有一家美国图书公司，想请陈独秀去美国写《自传》。陈独秀也拒绝前往，他说："过去一些大军阀大官僚垮台以后，都跑到外国当寓公，这是一件十分可耻的事情。我的生活很简单，不用去美国，也厌烦见生人。"还有人邀请他去香港，陈独秀也"不愿考虑"，他认为既然"拥护与参加抗战，就无论如何得留在抗战区"。后来，"托派"也有人要请陈独秀回上海重整组织。陈独秀说，"托派"的宗派做法没有出路，上海的"临委"那些人"只会背老托的文章，于实际的政治斗争一无所知"。

蒋介石的亲信朱家骅，时任国民党中央秘书长、国民政府教育部长和国立中央研究院总干事，他找到陈独秀，提出愿意提供10万元经费和"国防参政会"的五个名额，请他"组织一个新共党"，遭到陈独秀的严词拒绝。陈独秀说："蒋介石杀了我许多同志，还杀了我两个儿子，我和他不共戴天。现在大敌当前，国共二次合作，既然国家需要他合作抗日，我不反对他就是了。"

时任国民政府内政部参事的包惠僧，在陈独秀出狱后也经常去拜访他。住在傅斯年家时，包惠僧去看望时，陈独秀和妻子潘兰珍正在做饭。他发现陈"还没见老，五十多岁，胡子没有剃"。寒暄两句之后，包惠僧问道："好不好住，要不到我家去住。"包的家住在莫愁路的一座独门独户的小院。陈独秀说："可以，还可以。哪儿都一样，常见面就行了。"陈拒绝了包的好意，他不愿意给别人找麻烦。不久，陈独秀搬到陈钟凡家居住，主人将自己二楼的正房让给他们夫妇居住。包也多去看望。有一次，包惠僧来访，请陈独秀给他题个字留念。陈独秀答应了，买来宣纸，题写了岳飞《满江红》中的一段——"三十功名尘与土，八千里路云和月，莫等闲白了少年头，空悲切"。款称"惠僧老兄"，落款"独秀"。写好后，陈独秀亲自送到包惠僧家中。

包惠僧和陈独秀的关系不一般，始终对陈敬仰有加，尊为师长。当年，他在广东主持教育工作，就是委派包惠僧出席了中共"一大"。出狱后，陈独秀对自己与"托派"若即若离的关系，有了更加清晰的认知，明确提出自己已经完全脱离"托派"，想发表一个声明，但又碍于知识分子的书生气，心想"既然不是'托派'何必发表声明"。这件事，他与包惠僧多次谈及，犹豫不决。后来，他就问包惠僧"有没有谈得来的新闻记者，打算以同记者谈话的方式发表声明"。包惠僧说："我和《中央日报》的总编辑程沧波常在周佛海家见面。"陈独秀就说他想见见程沧波。程沧波这个人，前面我们已经提到过，就是陈独秀和章士钊发表《辩诉状》后，《中央日报》专门发表了他的《约法至上——答陈独秀与章士钊》，批驳陈、章二人在法庭上的辩护。经包惠僧相约，程沧波与陈独秀在包家见面了。陈独秀没有说什么客套话，而是写了一张条子，曰：

> 陈独秀，字仲甫，亦号实庵，安徽怀宁人。中国有无托派我不知道，我不是托派。

陈独秀将这张"条子"交给包惠僧，再由包惠僧转交给程沧波。

包惠僧回忆说："他把条子交给我，我交给程沧波，程好像没有拿走。我送程沧波出门时说，这个老先生想声明不是'托派'，打算借记者的口说出来。程沧波说试试看，后来没有发表。陈独秀不愿意自己登广告，他说无求于世。"[1]

"我不是托派"的"条子"最终没有发表，对陈独秀来说，确实非常遗憾。包惠僧没有详细回忆当时的具体细节，尤其是陈独秀与程沧波见面时，他们之间到底还谈了什么，还是什么也没谈，都没有做出交代，也是非常遗憾。但这件事却透露了一个非常重要的信息——陈独秀内心的纠结和郁

---

[1] **包惠僧**：《我所知道的陈独秀》，原载《党史研究资料》1979 年第 3、5、8 期，引自《陈独秀评论选编》（下），河南人民出版社 1982 年 8 月第 1 版第 304 页。

闷——"中国有无托派我不知道，我不是托派"——这是一个多么自相矛盾的悖论。出狱后，因为与彭述之分道扬镳，陈独秀确确实实产生了与以彭述之为首的上海"托派"极左派——"中国共产主义同盟"决裂的打算，也就是说他与"托派"之间的关系不仅仅是分手的问题，而是一个根本性的问题——"我不是托派"。但事实上，向来孤傲清高的他哪里甘心就此退出中国的政治舞台呢？他离不开"托派"，也需要"托派"分子在他的身边作为"跟班"。但令他这个"光杆司令"最为痛苦的是——第一，现在的"托派"分子已经不再像当年那样俯首听命了，且各有各的算盘；第二，这些年轻人志大才疏，互相内讧，争权夺利，在他眼里就像烂泥巴扶不上墙的阿斗，他瞧不上眼儿。一句话，就是陈独秀要建立自己为领袖的真正的中国"托派"。因此他在声明字条中先说"中国有无托派我不知道"，看似睁着眼睛说瞎话，而言下之意就是说我陈独秀根本不承认在地下活跃的"托派"极左派是真"托派"；而下一句"我不是托派"的意思就是说，我不是中共眼里所看到的或者大家所认为的诸如像彭述之、陈其昌之流的"托派"极左派，我就是我。说白了，陈独秀这种犹抱琵琶半遮面的做法，只不过是一种外交辞令罢了，目的是要将自己与彭述之等领导的"托派"极左派进行完全分割，希望在政治上得以区别。

濮一凡在 1979 年回忆说："陈出狱后，暂住在他的友人家中。他说，董老衔中共中央之命，曾去访问他一次，多年未晤，谈得很长。董老劝他，应以国家民族为重，抛弃固执和偏见，写一个书面检讨，回党工作。他说回党工作，固我所愿，惟书面检讨，碍难遵命。他就是这样固执，自弃于党的挽救，实堪慨叹！在这期间，蒋介石曾派人劝诱陈独秀当什么'劳动部长'，陈断然拒绝，他说他想叫我装点门面当他的走卒，真是异想天开。他骂高语罕去见蒋是无耻之尤。"[1]

有一次，胡适与傅斯年到陈钟凡家拜访陈独秀，纵论世界大势，傅很沮丧地说："我对于人类前途很悲观，十月革命本是人类命运一大转机，可是现在法西斯的黑暗势力将要布满全世界……我们人类恐怕到了最后

---

[1] 濮清泉：《我所知道的陈独秀》，原载《文史资料选辑》第 71 辑，中华书局 1980 年 10 月版。

的运命！"

陈独秀说："不然，从历史上看来，人类究竟是有理性的高等动物，到了绝望时，每每自己会找到自救的道路，'山重水复疑无路，柳暗花明又一村'；此时各色黑暗的现象，只是人类进化大流中一个短时间的逆流，光明就在我们的前面，丝毫用不着悲观。"他甚至以半个多世纪的深刻的历史经验和观察，充满鼓舞地说："即使全世界都陷入了黑暗，只要我们几个人不向黑暗附和、屈服、投降，便能够自信有拨云雾而见青天的力量。"重要的是"不把光明当作黑暗，不以黑暗对付黑暗"；在那"黑暗营垒中，迟早都会放出一线曙光，终于照耀大地"。

傅斯年被陈独秀的话深深打动了，说："我真佩服仲甫先生，我们比他年轻，还没有他精神旺，他现在还是乐观。"

威武不屈，富贵不淫，贫贱不移，一身浩然正气，这些中国传统士大夫的美德在陈独秀身上得到了淋漓尽致的再现。从陈独秀出狱到现在，五颜六色的人和事都在自己的眼前真实地发生着，就像一部人生大戏在自己的家里上演。陈钟凡深深地被老师陈独秀的人格精神所折服所打动，敬佩不已。他不禁生发感慨，作诗一首敬献陈独秀，曰：

荒芜人海里，眊目几天民？侠骨霜筠健，豪情风雨频。
人方厌狂士，世岂识清尘？且任鸾凤逝，高翔不可训。

陈独秀提笔和诗曰：

暮气薄大地，憔悴苦斯民。豺狼骋郊邑，兼之蒸尘频。
悠悠道途上，白发污红尘。沧溟何辽阔，龙性岂能训。

好一个"高翔不可训"，好一个"龙性岂能训"，这一唱一和之间，力透纸背的是铮铮铁骨的冲天豪气，是朗朗乾坤的英雄气。受屈不改心，然后知君子。宁为玉碎，不为瓦全。一个"硬骨头"的雕像就这样在我们的心中矗立起来。

1937 年 9 月 9 日，陈独秀偕妻子潘兰珍一起乘船离开南京，逆流而上，奔赴武汉。"无边落木萧萧下，不尽长江滚滚来。"这是一条多么熟悉的河流啊！这又是一条多么陌生的河流啊！长江啊长江！现在，我站在你的肩上，你流在我的心里。站在船头，陈独秀不禁黯然神伤，回首往事，胸中有万壑叠嶂又似翻江倒海。从 1897 年 19 岁时第一次乘船离开家乡顺江而下到南京参加乡试，他已记不得自己在这条河流上漂泊了多少回多少个日日夜夜。往事并不如烟，革命血流成河。"大江东去，浪淘尽，千古风流人物。"人这一辈子呀，就像一条船，下了水以后就再也不可能回到岸上了，但总有一个港口让你怀念终生，总有一个码头等你到地老天荒。

沧溟何辽阔，陈独秀的人生航船，又将漂泊何方？

苏联二十年的经验，尤其是后十年的苦经验，应该使我们反省。我们若不从制度上寻出缺点，得到教训，只是闭起眼睛反对史大林，将永远没有觉悟，一个史大林倒了，会有无数史大林在俄国及别国产生出来。

——陈独秀（1940 年）

在今天，落后民族无论要发展资本主义或社会主义，都非依赖先进国家不行，只要不是民族夸大狂的人，便能够认识这种命运。

——陈独秀（1942 年）

第七章

最后的硬汉
硬汉的最后

1．"合作抗日"：花开了，没有结果

武汉，也是陈独秀的伤心地。十年前的"八七会议"或许还记忆犹新，从那时起他就在共产国际代表的操纵下，不明不白地离开了中共中央最高领导岗位。这十年，陈独秀过得真不容易，可谓是从"地下"到"地狱"。

1937 年 9 月 14 日，陈独秀偕妻子潘兰珍抵达汉口。先是租定寓所住在武昌城内双柏庙后街 26 号，之后住在一个桂系军人姓兰的人家，最后又搬到汉口德润里。再次来到武汉，中国革命的形势已经今非昔比，国难当头，民族危机，国共再次携手合作，陈独秀完全支持。摆脱了任何党派的束缚，他似乎又找到了当年的书生意气，重振雄风，把全部精神都放在宣传抗日战争上，成了一个大忙人，每天都埋头读书写作，应邀到各大、中学校演讲。

陈独秀确实太忙了，他停止了还未完成的《实庵自传》的写作，一心一意地宣传全民抗日。他认为抗日战争"是被压迫的民族反抗帝国主义压迫束缚的革命战争"，战争的对象"仅仅是日本帝国主义而不是日本人民"。他痛斥投降派，指出"言和即为汉奸"，"投降派唯一的理论及事实之根据，是中国在军事的经济的力量上都非日本之敌"，但必须看到"中国政府手中的军力和财力的弱点，是可以由全国民众之奋起及全世界革命的国家革命的民众（日本民众也在内）之援助来补充的"。他最早提出全民抗战和持久战的思想。"日本对中国作战，利在用飞机大炮，速战速决，尽可能不使战争范围扩大；中国对日作战，利在发动全国民众蜂起参加，持久抗战，尽

可能的使战争范围扩大，以消耗敌人的军力和财力。"他说："此次抗战只有两个前途："中途妥协，对日投降；或者发动民众，抗战到底。每一个自命为维护民族利益的人，都必须采取后一前途。"

从9月至11月，陈独秀先后应邀在武昌华中大学、武昌艺专、汉口市立女中、汉口青年会和武汉大学进行抗战讲演。演讲场面十分壮观，"台上台下到处都是密密的人群，连风也难透过"。在华中大学的演讲完毕，"六百个座位的礼堂里，三千只手作了一度雷声似的鼓掌"。[1]当时在武汉大学执教的苏雪林清楚地记得，陈独秀应邀来武汉大学演讲时的情景。那是一个闷热的夏夜，会场上挤得人山人海，几无立足之地。有十几个青年"揎拳掳臂，环抱着那座讲台席地而坐"，监视着陈，如"听他的话一不对，便要揍他个半死"。但自始至终，陈独秀的讲演都是在动员民众积极抗战，自头至尾掌声不断。"我那天才算认识了陈独秀的形貌。他那时大概有五十几岁，身上穿了一件起皱的蓝布大褂，脚曳一双积满灰尘的布鞋，服装非常平民化，人颇清瘦，头发灰秃，一脸风尘之色。但他那双眼睛却的确与众不同，开阖间，精光四射，透露着刚强、孤傲、坚决、自信。这正是一个典型的思想革命家的仪表，却也像金圣叹批评林冲：是说到做到，做得彻，令人可佩，也令人可怕的善能斫伤天地元气的人物。"

上海"托派"极左派的临委书记刘家良看到陈独秀在武汉发表的抗战言论后，认为支持国民政府抗战是"对中国资产阶级存在的强烈的幻想"，陈独秀"这个机会主义者（一个标准的机会主义者）是没有希望了，与他决裂只是一个时间问题"。他们还通过《目前抗战中我们的任务与策略的决议》，攻击中共抗日民族统一战线是"彻底投降"，"完全堕落为小资产阶级改良派"，"成为资产阶级欺骗和压迫民众之天然工具"，"必须无情打击"。对于这些言论，陈独秀指责他们"不懂得此次战争的意义"，把列宁关于"上次帝国主义间大战的理论，完全应用到今天，真是牛头不对马嘴"。

陈独秀早就想与以彭述之为首的"托派"极左派决裂了。在南京出狱后不久，他就与八路军驻南京办事处的叶剑英、博古见面，拥护抗日民族

---

[1] 原载上海《大公报》1937年10月1日。

统一战线，并郑重声明："我的意见，除陈独秀外，不代表任何人。我要为中国大多数人说话，不愿为任何党派说话。"他甚至还托包惠僧请来《中央日报》总编程沧波，想发表一个"我不是托派"的声明。后来在武昌，他也曾对王凡西说过："我不再属于任何党派，陈独秀只代表陈独秀个人，至于谁是朋友，谁是敌人，得在新斗争的分分合合中决定了。"

陈独秀为什么看不上彭述之为首的"托派"呢？他们同时被捕入狱，为何在出狱后却从此分道扬镳了呢？这里面还另有原因。1980年4月28日，为了论证王明、康生诬陷陈独秀为"汉奸"的问题（下节将详细叙述），曾经与陈独秀同在南京"老虎桥监狱"服刑并同屋照料陈独秀生活的濮清泉（即本书前面已经写到的濮一凡，又名濮德治）致信陈独秀研究学者唐宝林，道出了其中的原委，也说明了陈独秀与彭述之为首的"托派"极左派决裂的原因。兹录如下：

关于唐有壬[1]与陈独秀关系的问题，是彭述之编造出来的。此事我完全清楚。唐有壬和陈公博都是陈的学生，他俩都非常钦佩和尊重陈独秀。陈被捕后，他们都到看守所看过陈独秀。还有北大学生罗家伦、段锡朋也看过陈独秀。因私人关系——师生关系，他们对陈有过帮助，少则五十元，多则二百元。我就亲眼看见罗家伦送给陈五十元，说："仲甫先生，这点给您零用。"陈答说："何必如此，我并不困难，我没有什么开销。"罗说："您喜欢买书，就给您买书吧！"陈公博给陈独秀、彭述之二人买了两件皮衣，说："南京的冬天是很冷的，给两位两件皮衣御寒。"也送过少数的钱。彭述之认为陈的学生送来的衣物和钱，他是应该分享一半的。陈对他本来不分彼此，让他享受的。但是一定要分一半，这就不像话了。陈得到亲朋的帮助，大体上是作这样开销：大部分是给托派作出刊物的费用，一部分给最困难的托派一点生活费，一部分给他晚年的伴侣潘女士的生活费。对彭

---

[1] 唐有壬（1893-1935），湖南浏阳人，毕业于日本庆应大学。1927年10月出任南京国民政府交通部次长，1930年12月任第二届立法委员，1931年12月当选国民党中央执行委员会候补委员、国民党常委会秘书长，1933年8月出任国民政府外交部常务次长协助汪精卫直接经手对日外交，1935年12月25日因蒋介石和汪精卫之间的冲突而遇刺身亡。

述之要分一半的要求当然认为不合理而予拒绝。因之陈彭意见分歧日甚一日，后来弄得不讲一句话。陈斥彭无人格，通天教主，孔子的卵子，文绉绉的臭不可闻，东方大学的八股先生，又臭又长的文章，教人读之欲呕。而彭则骂陈是机会主义、封建家长、不配当政党领袖等等。一九三七年出狱后，彭就大肆宣传，陈与改组派有联系，把私人关系扯到政治上来，想借此把陈独秀搞臭，好让他当托派的第一把手。我是这个问题唯一活着的人证，外面报刊捕风捉影所谈的一切都是根据彭述之的编造写出来的。我觉得歪曲历史、编造历史是非常可耻的行为。[1]

可就在这个时候，一个名叫罗汉的湖南人出现了，让陈独秀没有党派束缚的斗争生活又生出了意想不到的波澜，并无法预知地改变了他的人生轨迹。这是陈独秀人生的又一个重要拐点。在偶然和必然之间，偶然的因素如同天上落下的陨石突然击中地球上某个行人的脑袋，这就是我们无法想象的历史。

罗汉原本中共党员，在北伐战争中曾担任国民革命军第四军政治部主任，与担任该军参谋长的叶剑英是老朋友。北伐结束后，他参加了"托派"，并参加了1931年的"托派"统一大会，1932年陈独秀、彭述之等被捕后，他脱离"托派"回家在苏州陶瓷学校工作。淞沪抗战爆发后，他来到南京，找到叶剑英、博古等人，希望帮助开释在狱中的难友。叶剑英毫不推辞，仅为了找到王凡西（即王文元），曾亲自陪同罗汉到南京各监狱中找寻了一圈，留下一段历史佳话。对叶的帮忙，罗大为感动，二人谈及"抗日民族统一战线"时，旧事重提，谈到1932年"一·二八"上海抗战时提出"托派"与中共"合作抗日"的提议。博古和叶剑英对此表示欢迎，但事关重大，必须请示中共中央。随后，罗汉将个人意见以个人名义写了一封简信，请叶剑英转呈中共中央。叶一边将罗的信电告中央，一边劝罗亲自去西北一趟，并给他开了介绍信。

---

[1] 唐宝林:《旧案新考:关于王明康生诬陷陈独秀为"汉奸"的问题》，原载《党史研究资料》1980 年第 16 期。

1937 年 9 月 3 日，罗汉抵达西安八路军办事处，林伯渠亲自接待并电询中央。交谈中，林伯渠说："独秀在文化史上有不可磨灭的功绩，在党的历史上有比别人不同的地位，倘能放弃某些成见，回到一条战线上来工作，于民族于社会都是极需要的。"林伯渠与罗汉详谈之后，林当即电询延安。延安复电相召，同意罗汉前往延安。可是非常不巧，由于此时山洪暴发，道路被毁，汽车不通，一时无法前往，于是改由"经过电台解决"。[1]对林伯渠与罗汉的晤谈，王若飞则真诚表达了自己的看法和判断："伯渠自信与独秀共事较久，深悉其倔强个性，但中央看重组织问题，亦系党内自束之原则，第三国际的支部，决不容第四国际或与第四国际有关系分子掺入，这乃是自然的事实，所以他极端希望独秀几位朋友，完全以革命家的气魄，站在时代的前面，过去一切的是是非非都无须再费笔墨唇舌去争辩。"

9 月 10 日，洛甫（张闻天）、毛泽东致电林伯渠《关于对付托陈派分子的原则的指示》：

伯渠：

请告罗汉我们对托派分子的下列原则：

（甲）我们不拒绝同过去犯过错误而现在真心悔悟，愿意抗日的人联系，而且竭诚欢迎你们的转变。

（乙）在陈独秀等托派分子能够实现下列三条件时，我们愿与之联合抗日。（一）公开放弃并坚决反对托派全部理论与行动，并公开声明同托派组织脱离关系，承认自己过去加入托派的错误。（二）公开表示拥护抗日民族统一战线政策。（三）在实际行动中，表示这种拥护的诚意。

（丙）至于其他关系，则在上述三条件实现之后，可以再行考虑。

洛 毛

尽管毛泽东认为中国"托派"与苏联的"托派"不能相提并论，也将陈独秀与上海"托派"的极左派进行了区别对待，表示"可以与陈独秀先

---

[1] 罗汉：《致周恩来的一封信》，原载《汉口正报》1938 年 4 月 24 日、25 日。

生等形成某种合作关系，以期一致抗战"，但条件是"陈独秀托派必须表示悔改"。[1]与毛泽东一样，周恩来在与罗汉接触时，也表达了这种观点，说："所谓中国托派，事实上亦很复杂……我可以大约将其分为四派：一派是赞成抗日的，你和独秀属之"，并表示"以后对陈独秀这一派的人，可以将'匪徒'二字停止不用"。但看了这个电报指示后，罗汉不知所措。显然，毛泽东提出的三项条件"乃涉及组织问题，好像首先不接受组织问题的解决即不能谈团结抗战问题似的"，而他这次西安之行既"未代表任何组织或个人"，也"自无资格替人接受'招降'条件"，因此他表示对中共中央的《指示》"除勉效传递微劳之外，个人不愿更赞一词"。[2]

上述一切，陈独秀一概不知。

9月15日，罗汉回到南京。此时，陈独秀已经去了武汉，而且对罗汉与中共方面的接触一无所知。罗汉将西安之行详细向博古和叶剑英进行了报告。博古和叶剑英告诉罗汉，他们"已和独秀见过面，关于合作抗日问题谈得很融洽"，对中央"与国民党抗日合作的路线是大体赞成的"。因陈独秀已去武汉，无法告知中央《指示》，就决定由罗汉前往武汉转达。唯恐"三条件"引起陈独秀的反感，博古还再三嘱咐罗汉："据我自己的观察，独秀的意见，很少有和托洛茨基相同之点，故近来中央刊物上已不把托陈并为一派，至于中央的电文还恐词句上会引起独秀的反感。你不妨口头传达，原电暂时不必交给独秀看。"

10月15日，罗汉在汉口与陈独秀见面了。因陈当晚要在青年会进行演讲，没有时间，改约次日见面细谈。16日，罗汉至陈独秀寓所，将自己在南京和西安的情况报告了陈独秀。陈独秀知道后，既不"予以鼓励"，也不表示反对。但果然不出博古所料，陈独秀在获悉"三条件"后，十分不满，说："我不知过从何来，奚有悔！"随后，他写了"一封亲笔信和亲手写定的七条抗战纲领"作为答复，请罗汉带回南京交给博古、叶剑英。博古看了陈提议的抗战纲领与中共中央的纲领"并无不合"，提议待周恩来、董必

---

[1] 张国焘：《我的回忆》，东方出版社1991年版第1331页。
[2] 罗汉：《致周恩来的一封信》，原载《汉口正报》1938年4月24日、25日。

武到武汉后再与陈独秀“交换意见”。董必武到武汉后，亲自登门拜访陈独秀，说明中央希望并同意他回党工作，但要求写个悔过书。陈独秀说：“现在乱哄哄的时代，谁有过谁无过还在未定之天，不写，有什么过可悔？”会谈无果而终。

这就是陈独秀的个性。在北洋军阀、国民党蒋介石当局和共产国际面前，向来就不怕死不怕杀不怕把牢底坐穿，他从来就不知道“悔过”为何物。在南京出狱后，为了国民政府在减刑释放的“明令”中称其“深自悔悟”，他竟然坚决地致信《申报》编辑部要打一场“笔墨”官司，强调“我本无罪，何悔之有？”在他看来，人格比生命更重要。其实，陈独秀出狱后对自己将来的路如何走，内心也是矛盾的。这确实是他人生的又一个十字路口。在南京时，他托包惠僧找来《中央日报》的程沧波，希望借记者之口声明“我不是托派”，即是其典型的乖戾性格之表现，要他主动承认错误确实比登天还难。用他自己的话说：“我半生所做的事业，似乎大半都失败了，然而我不承认失败，只有自己承认失败而屈服，这才是真正的最后的失败。”陈独秀致命的人性弱点就是缺乏刚柔相济，“刚”的一面太强，“柔”的一面太优，因此易折而寡。诚如章士钊所言：“独秀则不羁之马，奋力驰去，回头之草弗啮，不峻之坂弗上，气尽途绝，行同凡马踣。”要知道，“好马不吃回头草”也要看什么时机，有时候好马吃点回头草，也未尝不可。作为政治家的陈独秀，一辈子在政治舞台上都没有掌握“灵活机动的战略战术”，这是他的性格，也是他的宿命。

对于陈独秀的出狱以及他出狱后在武汉的表现，中共中央也给予了欢迎和期待。11 月 20 日，延安《解放》周刊发表署名“冰”的题为《陈独秀先生到何处去？》的文章，说：“当陈独秀先生恢复了自由以后，大家都在为陈先生庆幸，希望他在数年的牢狱生活里虚心地检讨自己的政治错误，重振起老战士的精神，再参加到革命队伍中来。”这篇“时评”还特别将陈独秀与“托派”进行了区别对待，说：“陈先生出狱后，在武汉的第一次演讲中说道，‘……这次抗战是一个革命的战争，全体民众应当帮助政府，世界也应当帮助中国……’这与中国的托洛茨基派主张已大有差别。托派在目前抗战中主张打倒南京政府，狂吠‘左的’民族失败主义，这完全是汉奸理论，完全做着日贼别动队的作用。"[1]

但是，事情并没有这么简单。

罗汉的"西安之行"立即遭到了上海"托派"（时改名为"中国共产主义同盟"）的强烈谴责。曾经与陈独秀在"老虎桥监狱"受难的彭述之出狱后即与陈独秀分道扬镳，纠集陈其昌等极'左'的上海"托派"中央，对罗汉的行动极为愤怒，并迁怒于陈独秀。10月2日，他们在机关刊物《斗争》上发表了"紧要声明"，宣称："近有罗汉其人，以含糊的'托派'名义，在南京在西安，向史大林党的上层分子接洽所谓抗日合作。按罗汉从前虽与左派反对派（本同盟的前身）有组织关系，但五年以前早已脱离；既非本同盟的一员，自无代表之向史大林党接洽合作的资格，其行动亦与本同盟毫无关系。至于接洽内容之违背上述一贯主张，当然无加驳斥之必要。恐外界误会，特此声明。以后或今后，如有与此类似的任何个人行动，皆与本同盟全体无关。"[2]

针对上海"托派"极左派组织的"紧要声明"，罗汉在与彭述之见面后的第二天即给他们一个绝妙的回答。10月1日，罗汉致信彭述之说："弟自仲甫同志与兄等被叛徒背卖，遭受缧绁之厄后，对于一些言论似左行为可疑的同伴就存戒心，一直警戒到他们陆续叛变出去，还未完全弛懈，因此五年以来自己事实上与组织脱离关系，且亦不悉组织之如何组织也。此次赴京，纯本朋友之谊而图援助几位贞坚卓绝的革命老战士出狱，而西安之行亦为此而抗辩一串无稽之谣诬，并申述吾侪老友，最早主张发动全国武装抗日之事实，尚有'一·二八'一役时三人签名所提出之合作纲领可为考证。昨日在兄寓所，晤赵济、独清二位，说彭兄代表现在组织，因洛甫、泽东为商讨联合抗日问题致弟私电开列三条事件，决定弟写一申明文献刊布，以免世人误会上述弟一己经历之事件，与现在中国共产主义同盟者有缠夹不清之观测。弟亦因与此一崭新组织陌生到不曾知悉其何时成立。

---

[1] 冰：《陈先生到何处去》，原载《解放》周刊1937年11月20日第24期。

[2] 原载《斗争》1937年10月2日第3卷第9期。

以故如此一节申明，亦惟有烦兄设法转达也。"[1] 显然，罗汉对上海"托派"极左派的指责非常气愤，郑重声明自己的行动与他们毫无关系，更不知他们的新"同盟"是"何物"。

11 月 21 日，针对彭述之等为首的"托派"极左派的指责，陈独秀致信陈其昌，明确提出："我只注重我自己独立的思想，不迁就任何人的意见，我在此所发表的言论，已向人广泛声明过，只是我一个人的意见，不代表任何人，我已不隶属任何党派，不受任何人的命令指使，自作主张自负责任。"同时，在信中，陈独秀对上海的"同盟"给予了痛斥：

> 罗汉为人固然有点糊涂，你们乱骂史国（史即史大林，借指中共；国即国民党。引者注），尤其是骂史，虽然不是原则上的错误，政策上则是非常的错误。如此错误下去，不知将来会走向何处去！……我对与史合作，在原则上是可以的，可是现在谈不上，合作必须双方都有点东西，而且同一工作的对象不得不互相接触，此时并没有这样的条件。"合作"自然是胡说，罗兄向我也未言及此，你们又何必神经过敏呢？至于互相造谣臭骂，自然都是混蛋。都为教派所限，不曾看见共同的敌人。

显然，在陈独秀眼里，目前共同的敌人就是日本帝国主义。他不希望看到，在民族救亡的危急时刻，没有团结一致抵抗外敌入侵，"托派"内部倒先打起来了。在这里，可以看出陈独秀现在还没有想与中共"合作"的意思，至于与谁合作？如何合作？陈独秀提出"合作必须双方都有点东西"才行。那么，陈独秀需要等到有点什么"东西"的时候，才符合他"合作"的条件呢？显然，对中共中央，陈独秀没有放下自己的架子，也没有放下托派的基本观点，甚至有些不识时务地试图在政治上东山再起。这自然为陈独秀的悲剧人生定下了最后的基调。

不久，应陈独秀的催促，王文元和濮一凡相继来到武汉，给他的政治生活增添了些许希望。就在这个时候，陈独秀结识了在武汉养伤的第

---

[1] 1937 年 10 月 1 日，罗汉致彭述之的信，藏中央档案馆。

一七九师师长何基沣。因何参加了卢沟桥事变而挂彩，陈对他的勇敢非常钦佩。两人相识相交后，十分投机。何决定要从汉口邀请一些革命青年到他的部队去，对士兵进行政治教育工作，而这正好是陈独秀梦寐以求的好机会。于是，两人商议一个救国方案：以有限的土地改革来发动群众，借以增强军队的力量，谋取抗战胜利。但王文元和濮一凡对陈独秀的这种做法心有余悸，生怕重演大革命时期共产党政治人员替军阀做"姨太太工作"（北伐时人们对军中政治工作的普遍称呼）的悲剧。最终，陈独秀还是说服了他们，同意前往何基沣的部队担任秘书长和参谋职务。可是，等王文元和濮一凡买好了前往何基沣在河南内黄师部的车票时，蒋介石却免除了何的职务。陈独秀的幻想化作了泡影。"与此次军事图谋同时并进的，独秀正和第三党、救国会以及另一部分民主人士相接触，企图组成一个联合战线，想在抗日阵营中独树一帜，不拥国，不阿共，以争取民主和自由为共同目标。"[1] 但陈独秀的这个想法，遭到了身边在政治上还可以交心的王文元和濮一凡的坚决抵制。不久，因为"汉奸事件"的发生，陈独秀在武汉的种种政治和军事上的努力全部胎死腹中而流产，他期待或者幻想"有点东西"的东西也都随之付诸东流了，枉然做了一场"白日梦"。

2. "汉奸"事件：不白之冤，莫须有

1937 年 11 月 14 日，在苏联生活了整整六年的王明回国了。这对陈独秀来说，的确不是一个好消息。这位坐镇莫斯科通过共产国际遥控中共中央的"太上皇"，被毛泽东称之为"昆仑山上下来的神仙"，来到了延安。

12 月 9 日至 14 日，中共中央政治局会议——"十二月会议"召开，王明在报告中声色俱厉地指责中央"过去忽视托派危险"，"对托派实质认识不够"，"托派是军事侦探组织"。他竭力反对张闻天、毛泽东签发的《关于对付托陈派分子的原则》，指出："我们和什么人都可以合作抗日，只有

---

[1] 王凡西：《双山回忆录》，现代史料编刊社 1980 年 11 月版第 237-242 页。

托派例外。在国际上我们可以和资产阶级的政客军阀甚至反共刽子手合作，但不能与托洛茨基的信徒们合作，但不能与陈独秀合作。"他用词典里最恶劣的名词，如"汉奸"、"托匪"、"杀人犯"等来攻击托派，并诬指陈独秀是"每月拿日本三百元津贴的日本间谍"。会上有人当场指出："陈独秀与托洛茨基究竟有所不同，说陈独秀是日本间谍，究非事实。"王明坚持说："斯大林正雷厉风行地反托派，而我们却要联络托派；如果斯大林知道了，后果是不堪设想的。"他还说："反对托派，不能有仁慈观念，陈独秀即使不是日本间谍也应说成是日本间谍。"[1]王明生搬硬套斯大林自1936年8月开始审判所谓"托洛茨基-季诺维耶夫联合暗杀总部案"的政治恐怖手段，一回国就高举斯大林的"反托"旗帜，犹如抽出一把尚方宝剑，企图驾驭中共中央获得最高领导权力。

1937年12月18日，王明来到武汉。在武汉，他高举"民族统一战线"的大旗，企图一边觊觎打压"正在升起的红太阳"毛泽东，一手打击已经夕阳西下的中共元老级人物陈独秀，与康生沆瀣一气将莫须有的"汉奸"帽子戴到了陈独秀的头上。毛泽东后来说："十二月会议后，中央已经名存实亡。"而早在"中东路事件"爆发时，王明就在中共中央机关报上发表长文攻击陈独秀，成为批陈的马前卒。陈未予理睬。1931年，王明上台后，就曾通过一个决议，说陈独秀是"最危险的敌人"，陈也未予还击。这次来武汉前，陈独秀就对包惠僧说："老干们（指王明等人）不会欢迎我，我也犯不着找他们。"

作为王明在苏联时的马前卒，康生对王明的意图心领神会，迫不及待地炮制了长达1.6万字的《铲除日寇侦探民族公敌的托洛茨基匪徒》，刀光剑影，杀气腾腾地指向陈独秀。其中涉及诬蔑陈独秀"汉奸"的主要文字如下：

1931年，九一八事变，日本帝国主义占领了我们的东三省，同时，上海的日本侦探机关，经过亲日派唐有壬的介绍，与陈独秀、彭述之、罗汉

---

[1] 张国焘：《我的回忆》第三册，现代史料编刊社1981年版第422-423页。

等所组织的托匪"中央"进行了共同合作的谈判。当时唐有壬代表日本侦探机关，陈独秀、罗汉代表托匪组织。谈判的结果是：托洛茨基匪徒"不阻碍日本侵略中国"，而日本给陈独秀的"托匪中央"每月300元的津贴，待有成效后再增加之。这一卖国的谈判确定，日本津贴由陈独秀托匪中央的组织部长罗汉领取了，于是中国的托匪和托洛茨基匪首，在日寇的指示下在各方面扮演着不同的角色，就大唱其帮助日本侵略中国的双簧戏。[1]

捣鬼有术，历史无情。康生在诬陷中安排唐有壬这个亲日派的角色出场，用心可谓奸诈。唐有壬是陈独秀的学生，对陈崇敬有加，曾多次去狱中探望（上节已作简述）。1933年8月，他出任国民政府外交部常务次长协助兼任外交部长的汪精卫工作，忠实执行蒋介石和汪精卫对日妥协卖国政策，1935年因身陷蒋介石和汪精卫的矛盾之中而遭刺杀。现在康生特意请出这个亲日派的"幽灵"来扮演"日本侦探机关代表"的角色，意在"死无对证"，达到"铁证如山"的目的。康生的诬蔑当然也不尽是空穴来风，那么谣言的荒诞"证据"是从哪里来的呢？上节所引濮清泉在1980年写给唐宝林的信已作出说明，陈独秀和唐有壬之间的关系就像傅斯年、段锡朋、陈公博敬仰陈独秀一样，只是单纯的师生情谊，其他是非关系都是彭述之等为了一己之私而编造历史栽赃陷害的结果。

1938年1月28日，康生的《铲除日寇侦探民族公敌的托洛茨基匪徒》在延安的《解放》周刊发表后，如同引爆了一颗定时炸弹，舆论一片哗然。要知道，在中华民族生死存亡的决战年代，"汉奸"这个名词，不仅仅是一种罪名，那简直就是同仇敌忾万恶不赦的死敌。可就在康生抛出"汉奸"谣言的同时，远在巴黎的《救国时报》在2月5日也发表了一篇《托陈汉奸匪徒卖国通敌到大后方，陕甘宁特区政府公审托陈匪徒》的新闻，骇人听闻地以陕甘宁特区政府公审大会的名义表示："我们要求政府当局效法广西枪决王公度及延安公审三匪徒的办法，用枪决韩复榘的毅然手段，以铁

---

[1] 康生：《铲除日寇侦探民族公敌的托洛茨基匪徒》，原载《解放》周刊1938年1月28日、2月8日第29、30期。

一般的国法和军律，来搜捕、公审和枪决陈独秀、叶青、徐维烈、张慕陶、梁干乔等汉奸匪徒。"[1]

这真是生死攸关的大事啊！既事关民族大义，又涉及个人名誉。可面对王明康生之流的诬蔑，陈独秀一开始竟然书生意气，自认为"谣言止于智者"，必不攻自破，"数月以来，逆来顺受，连起码的声辩也没有。有人去问他，他也不怎么表示，一般人也觉得奇怪，他的许多朋友们都忍耐不住"，看不下去了。

"路见不平一声吼"。1938年3月16日，《大公报》发表了傅汝霖（傅斯年）等九人署名的《为陈独秀辩诬》的公开信，为陈独秀声辩。原函如下：

大公报台鉴：

中国共产党内部理论之争辩，彼此各一是非，党外人士自无过问之必要；惟近来迭见共产党出版之《群众》《解放》等刊物及《新华日报》竟以全国一致抗日立场诬及陈独秀先生为汉奸匪徒、曾经接受日本津贴而执行间谍工作。此事殊出乎情理之外，独秀先生平生事业早为国人所共见，在此次抗战中之言论行动，亦全国所周知，汉奸匪徒之头衔可加于独秀先生，则人人亦可任意如诸异己，此风不可长。鄙人等现居武汉，与独秀先生时有往还，见闻亲切，对于彼蒙此莫须有之诬蔑，为正义，为友谊，均难缄默，特此表白，凡独秀先生海内外之知友及全国公正人士，谅有同感也，特此函请贵报发表为荷，并颂撰安。

傅汝霖　段锡朋　高一涵

陶希圣　王星拱　周佛海

梁寒操　张西曼　林庚白

上述九人，除王星拱为武汉大学校长之外，其余均为政界高官，傅汝霖、段锡朋、梁寒操是国民党中央政治委员会委员，高一涵是国民党中央监察委员会委员，周佛海、陶希圣是国防参议会参议员，张西曼、林庚白

---

[1] 原载《救国时报》1938年2月5日第151期。

是国民政府立法委员，他们有的是陈独秀的故交，有的也只是一般朋友。这封信在《大公报》发表之后，《武汉日报》《扫荡报》等纷纷转载，一时间陈独秀又成了焦点新闻。

面对社会各界的指责，王明、康生之流在拿不出证据的情况下，又不能装聋作哑。怎么办？时任中共中央政治局书记、长江局书记、《新华日报》董事会董事长的王明，在3月17日的《新华日报》发表了一篇题为《陈独秀是否托派汉奸问题》的短评，一方面继续强调"托派"是汉奸组织，一方面却说"陈独秀是否汉奸问题，首先应该看陈独秀是否公开宣言脱离托派汉奸组织和反对托派汉奸行动以为断"。短评一再要求陈独秀作出"公开声明"、"公开宣言"、"公开正式声明"、"公开坦白地宣言"。

面对王明、康生咄咄逼人的纠缠，陈独秀终于按捺不住了。3月17日夜，陈独秀不得不亲自写了一封《致新华日报公开信》。他说：

我在去年九月出狱之后，曾和剑英、博古谈过一次话，又单独和剑英谈过一次。到武昌后，必武也来看我一次。从未议及我是否汉奸的问题。并且据罗汉说，他们还有希望我回党的意思。近阅贵报及汉口出版之《群众》周刊及延安出版之《解放》周刊，忽然说我接受日本津贴，充当间谍的事。我百思不得其故。顷见本月贵报短评，乃恍然大悟。由此短评可以看出，你们所关心的，并非陈独秀是否汉奸问题，而是陈独秀能否参加反对托派运动的问题。你们造谣诬蔑的苦心，我及别人都可以明白了。你们对我的要求是："他如果不甘与汉奸匪徒为伍，他应该公开坦白地宣言他脱离托派汉奸组织，并在实际上反对托派汉奸行动。"我坦白地告诉你们：我如果发现了托派有做汉奸的真凭实据，我头一个要出来反对，否则含沙射影血口喷人地跟着你们做啦啦队，我一生不会干这样昧良心的勾当。受敌人的金钱充当间谍，如果是事实，乃是一件刑事上的严重问题，决不能够因为声明脱离汉奸组织和反对汉奸行动，而事实便会消灭。是否汉奸应该以有无证据为断，决不应该如你们所说："陈独秀是否汉奸，要由陈独秀是否公开声明脱离托派汉奸组织，和反对托派汉奸行动以为断。"除开真实的证据而外，声明不声明，并不能消灭或成立事实呵！况且现在并非无政府时代，任何人发现汉奸，只应该向政府提出证据，由政府依法办理。在政府机关未判定是否汉奸以前，任何私人无权决定他们为汉奸，更不容许人人相互妄指他人为汉奸，以为政治斗争的宣传手段。我在南京和剑英谈话时，曾声明：我的意见，除陈独秀外，不代表任何人。我要为中国大多数人说话，不愿意为任何党派所拘束。来武汉后，一直到今天，还是这样的态度。为避免增加抗战中的纠纷计，一直未参加任何党派，未自办刊物。我所有的言论，各党各派的刊物，我都送去发表。我的政治态度，武汉人士大都知道，事实胜于雄辩，我以为任何声明都是画蛇添足。你们企图捏造汉奸的罪名，来压迫我做这样画蛇添足的事，好跟着你们做啦啦队，真是想入非非。你们向来不择手段，不顾一切事实是非，只要跟着你们牵着鼻子走的便是战士，反对你们的便是汉奸，做人的道德应该这样吗？

1938年3月18日，在王明的干预下，《新华日报》拒绝发表陈独秀《致新华日报的公开信》，倒是刊登了张西曼的一封《致新华日报的信》。这是王明高举和利用"民族爱国统一战线"的大旗，打压支持陈独秀的爱国民主人士的结果。作为中国最早研究马克思主义的学者，张西曼在王明的压力之下写了这封信，补充说明自己"为什么敢负责为独秀先生辩护"的理由，也说明了在签署过程中曾有过"将内容酌加修改"的要求。他说："就是因为在他出狱后，作过数度的访问。由他那抵抗倭寇侵略的坚决态度和对我所创中苏文化协会伟大使命以及中苏两友邦联合会肃清东方强盗的热烈期望中，可以证明他至少是个爱国的学者……大难日殷，我们一般许身国事的志士，应该痛定思痛，互相谅解……万不能稍存意气，重蹈以往覆辙，骨肉相残，殃民祸国。这是我频年最诚恳的希望和努力之点。"《新华日报》在发表张西曼这封信的同时，还按照王明的要求，配发了短评《不容含糊和小心上当》，对张极其嘲讽和指责，气得张西曼大病一场。

应该说，陈独秀的《致新华日报公开信》矛头看似笼统指向中共，其实是针对"克里姆林宫的蠢材"——王明。这封信写得有情有理，十分克制，口气十分委婉，却绵里藏针，与以往动不动就怒发冲冠剑拔弩张的陈独秀相比，确实平和多了。既然《新华日报》拒绝发表这封信，陈独秀就另投他报。这当然是抢手的大新闻，武汉的报刊争先恐后要求发表。随后，3 月 19 日的《武汉日报》、3 月 20 日的《扫荡报》及《血路》杂志纷纷发表，再次引起强烈反响。

3 月 19 日，《民意周刊》发表长沙著名人士吴国璋的文章《陈独秀：汉奸？托派？》，指责王明康生之流的污蔑之词。文章说："从前有些人因为暴日侵略日亟，曾向国民政府提出停止剿匪的请求。现在日寇业已深入我国，我敢大声呼号，希望中国共产党不要再制造'托匪'新名词，来增加国内纠纷！在中国共产党的各种书报杂志中，时常看到'托派匪徒'一词，说他们是汉奸，首领是陈独秀先生。我以为很怀疑，以为陈氏是中国共产党的第一任首领，现在中共骨干许多重要分子，都是他介绍入党并提拔训练而成的，如果他也做了汉奸，那么中国共产党还有人靠得住吗？如果事出诬陷，则中共干部分子在道德上言，既属负义不仁；在政略上言，又徒造人人自危的恐怖；在抗敌上言，则又未免陷于自相残杀的绝境。大敌当前，为什么他们要开这样大的玩笑？"[1] 随后，《大汉晚报》也发表署名评论对王明康生之流给予严厉的抨击。文章说："凡人做事，应当光明磊落，不可鬼鬼祟祟，玩弄手段，然后才能得到人家的同情；否则绝对不会不失败的"；"我们是具有几千年文明的中国国民，我们做人，尤应有泱泱大国的风度"，"切不可学习落后民族那种狭隘、残忍、刻薄、凶狠、尖刻、毒辣等非文明人类所应有的胸襟——以恨为出发点的胸襟；否则，人类社会只有一天天地开倒车，而仍然回到野蛮的原始社会去。"[2] "夫尊重他人，即所以尊重自己。如政见之争牵涉人我之争，或竟不择手段，肆意诬蔑，此则不足以言政治，徒损一己之政治道德而已"，"以自诩革命党人出此下策，言之痛心，良深浩叹！"[3] 此外，事件的另一位当事人罗汉也发表了一封致周恩来、叶剑英等人的公开信，以自己的亲身经历，驳斥了王明、康生的污蔑之词。

---

[1] 原载《民意周刊》1937 年 3 月 19 日第 15 期。
[2] 原载《大汉晚报》1937 年 3 月 21 日，题为《"拉"与"打"》。
[3] 原载《大汉晚报》1937 年 3 月 23 日，题为《提高政治道德》。

这下，王明和康生终于惹下了一场大祸。面对各种社会舆论对"汉奸事件"的指责和攻击，叶剑英、博古、董必武等有关当事人不得不站出来公开表态。3月20日，《新华日报》发表了他们三人的联名公开信，"借明真相，而杜招谣"，真实地讲述了在南京接见罗汉，并为托派与中共中央合作抗日问题"嘱罗汉赴陕"，随后有张闻天、毛泽东合署《关于对付托派分子的原则的指示》的出台等等经过。同时，也在信的结尾指责陈独秀始终不愿公开声明脱离"托派"汉奸组织及反对"托派"汉奸行为。

同日，王明指示《新华日报》以短评《关于陈独秀的来信》对"陈独秀事件"作出回应，理屈词穷地继续为自己诡辩，说："陈独秀虽然声明了他与托派汉奸没有组织关系，可是直到今天还是托派思想的俘虏，正是因为这个原因……中国人民把陈独秀和托派汉奸联结在一起，不是没有理由的。"这种无理的说法，更加引起公愤。

但陈独秀为什么始终不愿公开声明脱离"托派"呢？具体分析起来，应该有如下原因：第一，当陈独秀发现"托派"中有人不是真正的革命者，而是别有用心，成不了大事后，他曾想幡然改图，回到中共中央工作，但中央非要他写检讨悔过不可，他无法接受，又怕自己出尔反尔授人以柄。第二，"托派"派中有派，陈独秀始终认为自己与上海彭述之等"托派"极左派是截然不同的，并坚决反对他们对于抗战的错误言论和主张，对此周恩来也是认同的，所以他说"我不知道中国有托派"，即他不承认与他无关的任何"托派"组织，这也是他多次委婉地说"我不是托派"的基本原因。第三，陈独秀对托洛茨基有关中国革命问题的某些基本观点表示赞赏和认同，尽管现在自己与彭述之为代表的"托派"脱离了组织关系，但他意欲东山再起重夺"托派"的领导权，在思想上藕断丝连，下不了一刀两断的决心。第四，陈独秀需要团结受国民党和共产党影响之外的民主人士，不愿意首先把自己与"托派"纠结在一起，更何况现在的"托派"组织已被彭述之占据领导地位，他也不愿意言论和行动受此组织的拘束。[1] 第五，陈独秀参加"托派"是不言自明的既成事实，但他始终认为"托派"不是

---

[1] 郑超麟：《郑超麟回忆录（1919—1931）》，现代史料编译社 1989 年 7 月版第 343 页。

汉奸组织。王明、康生炮制莫须有的"汉奸"罪名，大肆诋毁他的人格，使他精神受到极大创伤，意志变得十分消沉和颓废，事情也就无形终止。

陈独秀"汉奸事件"确实给中共在道德、法律、民主、人权以及抗日民族统一战线的策略上都带来了极大的被动，一些别有用心的国民党反动派借题发挥，指桑骂槐，攻击中共中央，给中共的形象、威信和声望带来负面影响，也不利于党去团结更多的民主人士进行抗日战争。为了挽救不利局面，在十分困难的情况下，周恩来亲自出面对各方人士做了许多工作，并多次托人去看望陈独秀，劝说他"不要活动，不要发表文章"。为了做好陈独秀的思想工作，时任长沙八路军办事处主任、与陈独秀私交甚好的共产党老人徐特立，专门约请陈独秀的学生何之瑜陪同，特此从长沙赶到武汉进行调解、劝慰。陈独秀是个重感情的人，大敌当前，"武汉保卫战"迫在眉睫，为顾全大局，此事也就慢慢平息下来。陈独秀晚年在与友人通信时，对周恩来这位大革命时期的老部下赞赏有加，说"此人比其他妄人稍通情理，然亦被群小劫持，不能自拔也"。[1]

时任《新华日报》采访部主任的石西民回忆说："当时，我党的抗日民族统一战线政策深得人心，《新华日报》突然宣布陈独秀是'汉奸'，引起了社会上有识之士的怀疑和不安。就连张西曼教授这样靠近我党的著名学者和社会活动家，都对这种武断的做法表示了不满。一些学者联名写信，要求澄清事实，王明不但不允许报纸发表这些信件，并且以评论的形式对此提出责难，伤害了这些朋友的感情。后来，还是周恩来同志在十分困难的局面下，做了大量的工作，才减轻了这起事件给党造成的损失。"[2]

但这一切对陈独秀来说，并没有平息。因为周恩来和徐特立的劝解，都是私下进行的，对王明、康生的污蔑之词中共中央亦没有做出任何公开的澄清或批驳。对蒙受的不白之冤，陈独秀始终耿耿于怀。4月8日，他致信陪同徐特立来劝慰他的何之瑜说："徐老先生所说：'事情是解决了的'，真使我莫名其妙！关于罗汉的事，有他自己与你们的信，我不愿多说。关

---

[1] 陈独秀致杨朋升的信，1940 年 6 月 12 日。
[2] 石西民：《报人生活杂忆》，引自任建树著《陈独秀传》，上海人民出版社 1989 年 9 月第 1
　　版第 620-621 页。

于我，恐怕永无解决之日。他们自己虽然没有继续说到我，而他们正在指使他们汉口及香港的周边，在刊物上、在口头上仍然大肆其造谣污蔑。我在社会上不是一个初出茅庐的人，社会自有公评。他们无情理的造谣中伤，与我无损，只他们自曝其丑陋而已。我拿定主意，暂时置之不理，惟随时收集材料，将来到法庭上算总账。"[1]

一山不容二虎。王明在武汉颐指气使，借共产国际狐假虎威，本想借康生之手炮制陈独秀"汉奸事件"，以与"托派汉奸"陈独秀合作为把柄，再堂而皇之地冠以违背斯大林"肃托精神"，从而达到一箭双雕既打倒陈独秀又打压毛泽东的目的。醉翁之意不在酒啊！后来，王明在他的《中共五十年》一书中承认，就是想利用此事作为打击毛泽东的一张牌。他得意扬扬地说："1937 年底，在我回到延安之后，便得知毛泽东已和陈独秀的代表罗汉达成协议，因此毛泽东允许托陈集团的成员全部恢复党籍（由于我已回到延安，'恢复党籍'的计划才未实现）。这一事实证明，毛泽东当时已准备同帝国主义反对派的积极帮凶——托派分子勾结起来。"[2]但最终，王明在长江局处处违背毛泽东在国共合作中独立自主、保存实力和以游击战争为主的正确方针，一味推行自己提出的"一切经过统一战线"的错误路线，结果还是像毛泽东所形容的那样——"梳妆打扮，送上门去"，被蒋介石"一个耳光，赶出大门"。在 1938 年 9 月召开的被毛泽东誉为"决定中国命运之未来"的六届六中全会上，王明的错误受到批判，长江局被撤销，设立了以周恩来为书记的南方局和刘少奇为书记的中原局。

王明倒台了，王明、康生炮制的"汉奸"事件似乎也不了了之了。斗换星移，随着武汉失陷，贫病交加之中的陈独秀流亡入川，再也没有时间和精力去法庭上打官司了，而现实也没有再给他"算总账"的机会。这桩莫须有的冤案，如同一把锋利的剪刀，一下子切断了陈独秀与中国政治和中国革命的脐带，一个轰轰烈烈的政治家从此告别了政坛。而事实上也确实如他所言，"恐怕永无解决之日"了，直至他离开这个世界也没有人站出

---

[1] 1938 年 4 月 8 日陈独秀致贺松生的信。贺松生即何之瑜，又名何资深。
[2] 王明：《中共五十年》，现代史料编刊社 1981 年 2 月版第 191 页。

来为他平反昭雪，可谓抱憾终身。直到 1984 年 3 月，中共中央宣传部在一份涉及宣传陈独秀的文件中公开说明："陈独秀在建党时期有不可否认的功绩，三十年代王明、康生诬其为日寇汉奸亦非事实。"[1] 一场莫须有的冤案在悬案 47 年、陈独秀死去 42 年之后尘埃落定，在中共中央的文件中终于有了一个明确的说法。

3．从重庆到江津：汪洋里的一条船

呜呼！ 1938 年的中国，国将不国兮！

——5 月，徐州会战失败；6 月，安庆沦陷；10 月，武汉和广州相继沦陷。12 月，汪精卫率领陈公博、周佛海在越南河内发表臭名昭著的"艳电"，提出了"善邻友好"、"共同防共"、"经济提携"，卖国求荣当了汉奸。

——让我们再俯身看看 1938 年中国的政治版图：东北是伪满洲国，张家口是"蒙疆联合自治政府"，华北北平是日伪政府，华东是南京维新政府和没有收回租界的"孤岛"上海，西南重庆是国民政府的"陪都"，陕北延安是陕甘宁边区政府——新中国的雏形。

呜呼！中国！哀哉！中国！

现在是 1938 年 6 月 26 日，炎炎夏日，热风如火。陈独秀带着妻子和大姐一家老小九口，乘民权号轮船自汉口溯江而上。与以往顺江而下或到芜湖或到南京或到上海去赶考去留学去办报去革命不同，这一次，他踏上了颠沛流离的流亡生活。此前，陈钟凡曾建议时任武汉大学校长的王星拱聘请陈独秀到武大任教。王是陈独秀怀宁同乡，也是北大同事和《新青年》的重要作者，二人至好。但终因政治的原因，如陈独秀所言"武大不便聘我教书，我所学亦无以教人"。

登船之前，朋友们告诉陈独秀，国民党中央监察委员会决定恢复 11 年前开除的 26 名进入国民党中央高层的中共党员的国民党党籍，其中就有

---

[1]《关于严肃注意防止不适当地宣传陈独秀的通知》，中宣部发文第 13 号,1984 年 3 月 19 日。

他，还有毛泽东、周恩来和与目前与他闹得很僵的"托派"实际掌控者彭述之。听到这个消息，陈独秀笑了，他对国民党一时的心血来潮嗤之以鼻，这种眉毛胡子一把抓的闹剧难道就是所谓的"国共合作"吗？倒是毛泽东在延安刚刚出版的新作《论持久战》，与其在武汉抗日演讲中所宣传的全民抗战、持久战的思想不谋而合，油然而生一种英雄所见略同的慰藉。

本来，他是准备在2月份就动身离开武汉的，却因为"汉奸"事件的干扰，他没有成行，打了一场没有输赢留下遗憾的笔墨官司。后来徐特立来武汉调解劝慰，本想应何之瑜之邀去长沙岳麓山下著书立说，但考虑到"湖南非乐土，城市将难免为战区，乡间亦不无土匪侵害，故决计入川"。为此，陈独秀曾在一次宴会上征询章伯钧的意见，章当即寻求重庆《新蜀报》主编周钦岳："仲甫入川怎么样？"周十分爽快地表示欢迎并愿提供方便，"居住和其他生活方面的问题，都可以负责"。但作为民主人士，周也根据中共方面的意见告诉陈独秀，希望他入川后"千万不要活动，更不要发表什么东西"。[1]

6月16日，陈独秀正准备与包惠僧一起同行，偕双目失明的嗣母谢氏及儿子松年全家乘船赴重庆，阔别近30年的大姐全家突然从安庆流亡武汉，投奔他这个舅公而来。姐弟相逢于流离患难之际，悲感交集。陈独秀对包惠僧说："老姐姐来了，我怎能撇开他们，自己先行？"于是，他就安排儿子松年夫妇带着孩子偕祖母谢氏先走一步，自己留下来再想办法与大家一家前往重庆。

"卅年未见姐，见姐在颠危。相将就蜀道，且喜常相随。"大姐是一个十分能干的女人，嫁给了安庆商人吴尚荣，家里家外是一把好手。一直追随陈独秀的吴季严就是他姐姐四个儿子中的一个。这次大姐落难找他，同行的还有夫家的祖母、儿女和姑父母及叔伯兄弟共七人。

烽火连天，武汉危在旦夕，人们纷纷逃离家园，许多人一两个月都无法购到船票。过了十天，陈独秀终于通过朋友关系登上了中国银行、中央

---

[1] 周祖义：《周钦岳谈陈独秀》，1982年12月采访整理，引自唐宝林著《陈独秀全传》，香港中文大学出版社2011年版第755页。

银行、交通银行和农民银行的包轮"民权"号，由汉口起程经宜昌再换船前往重庆。

6月28日，船抵宜昌。一路上十分辛苦，因为乘坐的是别人的包轮，没有买到铺位，陈独秀夫妇一行九人都"在大菜舱外面打地铺（当时称之为三等活动舱）"。任卓宣[1]之妻尉素秋早慕陈独秀大名，这次幸运同船，乃第一次晤陈，十分激动，但看到其如此落魄凄惨，也顿生怜悯之情。她回忆说："陈先生穿着一套中装短衫裤，顶上灰白的长发，剃去周围，只留中间像茶壶盖样一片……镶着一只金牙……展露笑容时可以看到……郑学稼兄说：陈先生眼睛中特有的光芒，为他所仅见。他很少佩服谁，惟独对陈先生敬佩有加。我则觉得，陈先生眉宇之间，表现出一种爽朗刚健的气象，令人体会到古人所说'乾坤清气得来难'的含意。吐词琅琅如山泉松风，表现读书人的气概。"[2]

在武汉大学任教的郑学稼与陈独秀也刚刚认识不久。在武汉，郑就曾去拜访过陈，留下了终生难忘的印象。那是一个月前的5月5日中午，郑学稼受《时事新报》总主笔薛农山（"托派"成员）之托，前往汉口吉庆街165号一家成衣店的楼上访问陈独秀。临去前，薛农山将一封信和30元钞票交给他，说："愈快愈好，因为他太穷。"他不敢怠慢赶紧前往，找到这家成衣店，问店里的伙计："楼上有姓陈的吗？"伙计答道："是安徽的老头儿吗？他住在楼上。你小心哟，当心跌下来！"郑摸黑扶梯上楼，看到楼上的房间十分狭窄，一张木床，一顶蚊帐，一床单被，一张桌子，三四条木凳，二三只红皮箱，就是全部的家当。当时，室内有三人。郑问："这儿有陈仲甫先生吗？"这时，一位穿短衣、身材较矮、花白头发、留有胡须的老人说："你是谁？"郑遂将名片递上。陈独秀看后微笑道："哟！我们是'汉奸'同志！"因和陈独秀一样，郑学稼当时也被王明、康生之流诬蔑为"汉奸"。陈独秀客气地问他吃饭了没有？这时，他才注意到方桌上有盛好

[1] 任卓宣，即叶青，中国共产党的叛徒，国民党所谓的"理论家"。
[2] 尉素秋：《我对于陈独秀先生的印象》，原载《传记文学》，第30卷5期，台北传记文学出版社1977年5月版。

的饭菜，一碗青菜，一碗汤。郑学稼后来回忆说："那饭是我从未吃过的粗米，饭菜我实在不能下咽，所以撒个谎，说'已吃过了'。而他却泰然地吃粗饭菜，这使我心中顿起很多感想。从这天起，我常到他的住处去。"[1]

因为和陈独秀熟悉了，两人成了忘年交。在船上，陈独秀与郑学稼"无话不谈，但未涉及政治"。郑回忆说："他真是谈笑风生，不感旅途单调。30日船抵万县，我们一同登岸游公园。他嘱我电薛农山到码头招呼，和代订旅馆。7月2日下午4时，民权船抵重庆，出于陈先生的意料之外，来接的人很多。"[2]陈独秀到重庆后，虽然得不到中共和国民党两方面的照顾，但仰慕他的朋友确实不少。老朋友高语罕和《新民报》《新蜀报》的张恨水、张剑慧、周钦岳等等都纷纷为他设宴洗尘。陈独秀将大姐一家安顿在十多天前抵达的儿子松年暂住的绣壁街居所，自己则由周钦岳、高语罕安排，先是借住在国民政府禁烟委员会李仲公驻重庆办事处，后来又借住在上板街15号川源公司老板黄炯明家的楼上。

江山易改，本性难移。陈独秀虽然在朋友、媒体面前一再表明"决心不再介入国共两党之争"，"对政治已无兴趣"，但一到重庆，他依然不改"斗公"本色，又忍不住书生意气的心痒、嘴痒、手痒的毛病，对时局高谈阔论。7月14日，他在国民党中央广播电台发表讲演《抗战中川军的责任》；16日，应民生公司邀请发表讲演《资本主义在中国》。这些日子，他笔耕不辍，还撰写发表了《民族野心》《论游击队》《抗战一年》等政论文章，对当前抗战政策指指点点，左右开弓，既猛然抨击"重庆"，也没有轻易放过"延安"，斗志不减当年。他说："抗战一年了，农民仍旧隔岸观火，商人大做其经济汉奸，买办和银行家、官僚们则利用国家机关来投机外汇，或垄断国产，阻碍出口贸易，以此大饱私囊。士大夫豪劣绅纷纷充当汉奸。为抗战而尽力牺牲的，只是一部分有民族意识的工业家、工人、军人或受过资本主义或社会主义洗礼的青年。所谓'全民抗战'，不过是一句宣传口号。"依然还是人们熟悉的那种犀利尖刻的文风，依然还是那种挥斥方遒的

---

[1] 郑学稼：《陈独秀先生的晚年》，原载香港《掌故》月刊1972年4月号。

[2] 同上。

气概。然而，此时的重庆已不比武汉，更不比南京，如今的"陪都"特务横行，国共角力，已经完全没有陈独秀当年振臂一呼的土壤和气候了。

雾都重庆也素有火炉之称，成为国民政府的"陪都"后，人口倍增，物价飞涨，尽管一家老小终于有了四世同堂的天伦之乐，但无论是捉襟见肘的经济还是患病日衰的身体，陈独秀都有些招架不住。尤其是闷热潮湿的天气对他的心脏病和高血压，都极其不利。再者，从南京出狱以后，这位思想界、文化界和政治界明星般的角色，已经渐渐在政坛上失去了光芒，尤其是意外飞来的"汉奸"横祸让他的光辉蒙上了一层挥之不去的阴影，身处国民党和共产党之夹缝中的尴尬，更使得他内心有许多难于启齿的窘迫和孤独。虽然，诸多故友新朋对他的爱惜和关照，依然让人感受人间的温暖，但一个政治人物最大的悲戚还是莫过于被政治无情地抛弃。

在重庆，尽管陈独秀在政治上已经是一个"破落户"，但他在民间的声望犹如北斗，依然是一位举足轻重的风云人物。因此也是诸多社会名流和新闻记者追逐求访的对象。但除至亲挚友之外，陈独秀一概拒绝采访。一天，北大《新青年》时代的老友沈尹默来访，见其身心憔悴，就劝他离开政界，找一个清静的地方潜心著述，不要再为声名所累。沈尹默说：现在共产党骂你，你不认错，和共产党对着骂；国民党拉你做官，你又不俯就，还写文章把内幕捅出来，这下把两党都得罪了。你性格太倔强，办事从不知妥协退让，不适宜做一个真正的政治家。

听了沈尹默的劝慰，陈独秀笑着说："还是沈二(沈尹默的小名)了解我，也只有你这样的老朋友才能对我出此真言。你的意见我是听得进去的。我眼下也是这个打算，过了几年牢狱生活，现在弄得一身是病，高血压、胃肠炎，最近又添了一个心脏病。眼下的陈独秀孤家寡人一个，哪里还有什么心思、精力、本钱去搞政治。"[1]

8月3日，在重庆住了整整一个月后，陈独秀决定接受老朋友邓仲纯的邀请，偕妻子潘兰珍在重庆储奇门码头乘小轮溯江而上，前往江津。江

---

[1] 罗学蓬：《陈独秀客居江津之初》，引自《陈独秀在江津》，中国文联出版社 2002 年 7 月第 1 版第 35 页。

津在重庆上游，水程约90公里，乘小火轮四五个小时即到。作为川东大县，境内有白沙重镇，是抗战时期的文化区，有聚奎中学和重庆女二师，战时新办的大学先修班、国立女子师范学院以及国立图书馆、国立编译馆等国家级文化机关等也搬迁至此，朱蕴山、章士钊、顾颉刚、沈尹默、许德珩、魏建功等文化名人也都住在这里。而对陈独秀来说，更感亲切的是，战时被疏散到江津的安徽人达千余人，安徽旅渝中学也改名国立九中设在江津，诸如安徽名流光明甫等诸多知识分子和知识青年均多会如此，有"小安徽"之称。在安徽籍的新朋旧友中还有挚友潘赞化夫妇、高语罕王灵均夫妇、邓仲纯邓季宣兄弟、老战友葛温仲之子葛康俞、安徽名绅胡子穆，以及九中校长陈访先、秘书方孝远，白沙女子师范教师台静农等等。江津的人文环境，无疑让陈独秀能够找到一种回家的感觉。

邓仲纯，又名邓初，著名书法家邓石如的重孙。他和三弟邓以蛰（邓叔存，邓稼先的父亲）都曾留学日本，与陈独秀交往密切，成为终身挚友。在五四运动中，任北大内务部佥事的邓仲纯曾和陈独秀一起散发《北京市民宣言》，陈遭逮捕，他幸运逃过。陈独秀到重庆后，邓在第一时间就去登门拜访，告之自己重操医学旧业，在江津开设了延年医院养家糊口，他力邀患病的陈独秀离开重庆到江津避难，还可以为其就近治病。陈独秀不想打搅他，有些犹豫不决。为表诚意，邓仲纯回江津之后又专门致信陈独秀："如果你及嫂夫人潘兰珍愿来江津避难，我及弟家热情欢迎，其住所和生活费用，均由我们兄弟二人承担，待抗战胜利，我们同返故乡。我们盼等你及嫂夫人的到来。"高语罕说，陈本不愿意离开重庆，他关心时局，江津太闭塞，但是"政治的和物质的条件不容许，他只好退居人事比较闲适、生活比较便宜的江津区做寓公"。[1]

经过深思熟虑，陈独秀决定接受邓仲纯的邀请，前往江津。起程前，他也没有来得及写信通知邓仲纯，一来不想给老朋友添加接船的麻烦，二来既是老朋友也就不必客套，于是就匆匆忙忙地偕潘兰珍于8月3日中午抵达了江津通泰门码头。登岸后，找了一个码头挑夫就径直奔向位于黄荆

---

[1] 高语罕：《陈独秀入川后》，原载南京《新民报》晚刊，1947年8月3日，署名"淮南病叟"。

街83号的邓仲纯住处——延年医院。

一路江风吹拂，风尘仆仆，陈独秀想到自己从此可以在江津过上舒适恬淡的家居生活，安安静静地做"寓公"，故友新交于湖山之间诗酒豪情，开始新的生活，心情不免格外舒畅愉悦，没有了重庆的压抑和沉闷。但令他万万没有想到的是，正是自己小小的疏忽，让自己吃了一个"闭门羹"。因事先没有通知邓仲纯，而凑巧邓正好出诊在外，邓仲纯的妻子闭门谢客，把陈独秀夫妇晾在了延年医院的大门口。我们无法想象心高气傲的陈独秀遭遇这样的尴尬之时该是如何的心情。穷于闹市无人问，富在深山有远亲。累累如丧家之犬，世态炎凉，人情冷暖，不过如此。热脸凑了个冷屁股。这"闭门羹"如同一瓢冷水，将陈独秀一路的兴奋、期待和愉悦浇了个透心凉。站在烈日炎炎的大街上，陈独秀脑筋惨痛，不禁感慨万端，天下之大，难道竟然无我栖身之地？宁可露宿街头，也不寄身篱下。

幸运的是，目睹如此狼狈难堪情景的码头挑夫听出了陈独秀的"下江人"[1]口音，告诉他自家隔壁住宿的就是一位"下江人"，名叫方孝远，何不请他帮帮忙。陈独秀一听，满面愁容终于舒展了些。原来，方孝远也是他的老相识，系安徽桐城人，在武汉时还曾去德润里拜访过陈独秀。而方孝远一家入川，正是通过陈独秀找包惠僧才搞到船票的。这下，终于有了救星。在方孝远的帮助下，陈独秀终于找了一家"郭家公馆"的小客栈安顿下来，并为他接风洗尘。8月7日，喜欢交友的房东曹茂池慕陈独秀大名决定腾出家中一间屋子连同家居全部供陈独秀夫妇居住，不收房钱，终于得以安身。对此，陈独秀在9日专门致信尚羁留在重庆的儿子松年，说："三日抵此，不但用具全无，屋也没有了，方太太（即方孝远之妻。引者注）到渝，谅已告诉了你们，倘非携带行李多件，次日即再回重庆矣。倘非孝远先生招待（仲纯之妻简直闭门谢客），即使有行李之累，亦不得不回重庆也。幸房东见余进退两难，前日始挪出楼房一间（中午甚热），聊以安身，总比住小客栈好些，出门之难如此，

---

[1] 当时四川当地人把避难入川的南方人通称作"下江人"。

幸祖母未同来也。"

当天晚间，邓仲纯出诊归来，听说此事后，向来"怕老婆"的他怒不可解，与妻子大吵一顿，罕见地动了干戈。随后又马不停蹄地找到方孝远，赶到"郭家公馆"负荆请罪，向独秀夫妇赔礼道歉，并坚请他们当夜搬到自家居住。陈独秀见老朋友如此仗义，感动万分，只怪自己行前没有函告才酿成此剧。但考虑邓仲纯夫妻刚刚吵嘴，难免心中隔阂再起波澜，遂决定在"郭家公馆"暂住一些日子，待其夫人气消了之后再说。

陈独秀一到江津，慕名来访者也是络绎不绝。时任江津县县长黄鹏基就到"郭家公馆"去拜访过陈独秀。而国民党方面对这位失意者其实并不放心，重庆方面随时有人过来侦查陈独秀的行动。因此，尽管江津地方上的上层人士都尊重陈独秀，遇有重大宴会都请他参加，但他总是沉默寡言，很少和别人交谈。这个时候的陈独秀，从表面看不像一位年近六旬的老人。"紫黑的不大开阔的脸颊，一对炯炯有神的眼睛，仿佛还蕴藏着《新青年》时代的活力。态度显得沉郁，也有点矜持"。但在一般人的眼中，他只是一位学者，不像一个政治活动家，更不像一个敢于斗争、敢于胜利的革命者。[1]

但住在"郭家公馆"的陈独秀依然没有闲着，依然没有听从沈尹默"不问政治"的意见，依然对政治情有独钟。我们不妨把陈独秀初到江津的政治动作列举如下：

——8月5日，撰写《告反对资本主义的人们》，发表于《政论》第一卷第十九期。

——8月8日，撰写《我们为什么而战？》，强调中国"应该是为民族工业而战"，申言"此次战争，不但是中日两国都因为发展工业而战争，而且两方面都因为工业有了发展才至于推动战争"。

——8月13日，撰写《八一三》，抨击国民党的"不抵抗"政策。主张对日"只有死里求生与之一拼"，"中国要吸取教训，进行根本改造，经

---

[1] 龚灿滨：《陈独秀在津印象》，引自《陈独秀在江津》，中国文联出版社2002年7月第1版第7页。

过两三个五年计划，我们便可以由破落世家变成复兴世家"。发表于《政论》第一卷第二十期。

——8月21日，撰写《告日本社会主义者》，寄给《时事新报》主笔薛农山。指出：被压迫民族的爱国运动是进步的，压迫民族的民族主义和爱国运动是反动的。认为"中国的解放，必须脱离一切帝国主义的宰制"，目前的首要任务就是"抗日"。

——8月24日，撰写《我们不要害怕资本主义》，疾呼"资本主义是中国经济发展必须的过程，要来的东西，让它快点来"，认为苏俄虽经过了社会革命，但还未走出剥削人的资本主义制度。发表于《政论》第一卷第二十三期。

——9月12日，陈独秀致信郑学稼，说"日来因血压高，头昏眩，不能伏案写字"；"我辈立论，应在寻求真理，非求有利无利于何方也"。同时对薛农山的《时事新报》没有发表他的文章感到气愤，说："农山兄即今还催我为《时事》做文章，作出文章又不能登（弟之头昏即由于天热勉于文而起），既不登载，又不以实情早日函告我，此殊非待朋友之道。待朋友不宜耍手段！"

——10月初，独立出版社出版陈独秀《所谓国际二大阵线》。

——10月12日，撰写《我们为什么反对法西斯特》，发表于《政论》第一卷第二十三期。

短短两个月时间内，寄人篱下的陈独秀不甘寂寞，频频出手问政，非"寓公"之所期。而流亡生活的艰难，亦无法用语言来形容。听说陈独秀寄居江津的生活贫困潦倒，在上海的老朋友汪孟邹实在看不过去，就于10月21日给时任驻美大使胡适写信求援，说独秀"日撰文二三篇，归《时事新报》发表，每篇送三四十元，以维生活之需"，但"胃病复发，血压高之老病亦复发，甚至不能低头写字"，无以为生，希望胡适就"在美之便，或向政府设法，为他筹得川资"，使他夫妇"得以赴美游历旅行，病体当可易愈"，而"此事国内友人均无力量办到，不得不十二分仰望吾兄为此高龄老友竭力为之"。言辞之切，跃然纸上。但胡适对此漠然，没有回音。其实，在陈独秀1937年8月出狱前后，胡就曾主动邀请陈去美国撰写自传，遭拒绝。因此，汪孟邹给胡适写求助信，绝非陈独秀的本意，完全是出于老朋友的恻隐之心，弥足珍贵。

就在汪孟邹建议胡适设法安排陈独秀去美国休养的同时，陈独秀真的接到了一份来自美国的邀请。于是，就像1937年秋天罗汉这个几乎被陈独秀遗忘的人物意外出现在历史的现场并改变了陈独秀的政治命运一样，又一个在中国现代史上几乎不会留下痕迹的小人物，也从天而降般出乎意外地来到了历史的现场，来到了江津，来到了"郭家公馆"，来到了陈独秀的身边。这个人是谁呢？他来江津找陈独秀干什么呢？他又会给陈独秀的思想带来什么样的变化呢？

历史有时候就是这样的不可思议，充满玄机又妙不可言。

小人物有时候办的却是大事情。陈独秀的人生又会出现拐点吗？

来者名叫陈其昌，现任中国"托派"的常委之一，是位被"托派"呼之为"大哥"的老实人。陈独秀入狱后，在"你方唱罢我登场"的"托派"内部斗争中，1934年陈其昌曾经一度成为主要负责人。尽管因为他曾经给鲁迅写信令狱中的陈独秀大光其火，予以痛斥，但他们之间总的来说关系比较融洽，相互支持。出狱后，陈独秀与上海"托派"的联系，基本都是通过陈其昌这一管道，表达自己的意见或愤怒。如今，上海的"托派"尽管被格拉斯这个洋人实际控制，并斥责陈独秀是"老机会主义者"，但他对"托派"开山鼻祖托洛茨基的意见还是不敢违抗，服从托洛茨基"设法请陈独秀赴美"的意见，把托氏6月25日写给陈独秀的亲笔信交给在香港的陈其昌，并嘱托他找到陈独秀协商此事。于是，陈其昌从香港辗转广东、湖南，通过沦陷区的危险，历尽千辛万苦辗转来到了江津。

和陈其昌上次见面还是1935年1月在南京的狱中，那时格拉斯受刘仁静拉拢导致"托派"发生严重分裂，随后他们根据托洛茨基的指示正式决定将"中国共产党左派反对派"改为"中国共产主义同盟"。陈其昌拒绝参加他们的会议，并为此专门到狱中向陈独秀作了报告。如今转眼就是三年多了，看到昔日的小兄弟不远万里来拜访他，并带来了远在美国的殷殷问候——"托派"最高领导人没有忘记他，可见他的地位没有人可以动摇——这自然令年过花甲的陈独秀一瞬间拥有了难以名状的巨大慰藉，精神为之一振，似乎又找到了政治领袖的感觉。"良言一句三冬暖，恶语半句百日寒。"政治人物之间的惺惺相惜莫不如此。当国内的国民党和共产党都不容他的时候，反而是国外的托洛茨基还惦记着这位早已被政治边缘化的人物，他的内心感受人们完全可以想象得到。陈独秀看了托洛茨基写给他的信，并通过与陈其昌的交谈，知道了许多无法知道的"托派"情况，并表示拒绝赴美，一因身体状况不允许，二来国民党政府也不会批准他的申请。

11月3日，陈独秀给托洛茨基写了一封回信。在这封信中，陈独秀开篇就指出："以农业国的中国对工业国的日本之战争，开战前国民党政府没有作战的意志，仓促应战，最不可少的准备太不够，甚至某些部分简直没有，开战后复以反革命的方法来执行民族革命的任务，所以军事失败并非意外的事。"他认为，"中国目前局势有三个前途：（一）经过英法等国的调停，蒋介石承认日本之要求而屈服；（二）蒋介石政府退守四川、贵州、云南，事实上停止战争；（三）日军攻入云南，蒋介石逃往国外。"关于斯大林，陈独秀指出："史大林不了解上次革命失败后中国新的局势，因此做出许多错误。"而这封信最最重要的部分就是陈独秀毫不留情地批评了上海"托派"极左派，其言辞之恳切、深刻、精彩，且富有理性，完全不是激愤之词。

我们的集团自始即有极左派的倾向。例如，有些人认为民主革命在中国已经完结；有些人认为下一次革命性质是单纯社会主义的没有民主成分；有些人认为中国下次革命一开始便是社会主义的；有些人怀疑国民会议的口号，认为它没有阶级的意义；有些人认为国民会议是反动时代和平运动的口号，不能用为夺取政权的口号，无产阶级只有在苏维埃口号之下夺取政权；有些人认为民族民主斗争是资产阶级的任务，无产阶级虽然可以参加运动，而不是自己的任务，攻击同志中主张中国无产阶级应该把解决民族民主任务放在自己双肩上的人是左派资产阶级的意识；有些人认为任何时期任何事件任何条件下，和其他阶级的党派协议对外国帝国主义或对国内独裁者的共同的行动，都是机会主义。这些极左派的倾向在组织内部的宣传教育起了很大的作用。遂决定了对中日战争的整个态度，没有人能够纠正，谁出来纠正，谁就是机会主义者。在战争中，这般极左派的人们口里也说参加抗战，同时却反对把抗日战争的意义解释得过高。他们的意思或者认为只有反抗国民党统治的战争才是革命的，反抗日本帝国主义的战争不能算是革命的。又有人讥笑"爱国"这一名词。甚至有人认为此次战争是蒋介石对日本天皇的战争。有人认为工人参加战争是替资产阶级当炮灰。他们认为谁要企图同共产党、国民党谈判共同抗日的工作，谁便是堕落投降。群众眼中所看见的"托派"，不是抗日行动，而是在每期机关报上满纸攻击痛骂中国共产党和国民党的文章，因此使史大林派的"托派汉奸"的宣传在各阶层中都得了回声，即同情于我们的人也不明白"托派"目前所反对的究竟是谁。从开战一直到今天，这样状况仍旧继续着，不但无法获得群众，简直无法和群众见面，因此使他们的意识更加窄狭，竟至有人造出一种理论说：一个革命党员，社会关系越简单越好。

这样一个关门主义的极左派的小集团（其中不同意的分子很少例外）当然没有发展的希望；假使能够发展，反而是中国革命运动的障碍。[1]

显然，在这个时间节点上，陈独秀无论从什么角度来看，不能算是中国"托派"组织的领袖，但是他在这封信中口口声声以"我们的集团"称谓"托派"，可见他依然没有放弃"托派"，之前声明自己不是"托派"的确是一种"外交辞令"。但他在信中如此严肃中肯地批评"托派"极左派的"关门主义"，称他们为"中国革命运动的障碍"，可见他对"托派"如此发展下去是非常痛心的。在信的最后，陈独秀对"托派"提出的"忠告"宛若一份特殊的"训辞"或"遗嘱"，"其中的语气也是明显把托派组织当作他自己的组织，尖锐的批评表明他的爱护之意"。他说：

现时远离群众，远离现实斗争的极左派，如果不能深刻觉悟过去轻视民族民主斗争的错误，大大的改变态度；如果不是每个人都低下头来在上

---

[1] 陈独秀：《致托洛茨基》，《陈独秀著作选》第三卷，上海人民出版社1993年版第531页。

述工作方针之下刻苦工作，如果仍旧说大话，摆领导者的大架子，组织空洞的领导机关，妄想依靠第四国际支部的名义闭起门来自立为王，那么除了使第四国际的威望在中国丧失外，别的将无所成就。[1]

虽然身居江津的陈独秀无法领导中国"托派"，但在当时国共两党夹击的历史境遇之下，流亡中的他在收到托洛茨基的问候之后，精神上仍以中国"托派"的"精神领袖"自居。正如郑超麟所言："这是一个置身中国托派组织以外的人所能说出的话么？"[2]正因此，千万不要小看陈其昌的这次江津之行，这对晚年陈独秀的思想转变是一次巨大的催化剂。他最后两年写出的几篇"我的根本意见"，都与此有着不可分割的关联。对此，后面还有故事可以作证。

托洛茨基在收到陈独秀的信后，并没有急于表态，而是非常老练地致信上海的格拉斯，说："我非常欢喜，我们的老朋友在政治上仍旧是我们的朋友，虽然含有若干分歧"，但"在本质上是正确的，我希望在这个基础上能够同他经常合作"。但彭述之和格拉斯根本不会也不可能同意陈独秀这个"老朋友"的意见。就在这个月，上海"托派"通过了《我们对于陈独秀同志的意见》，指责陈独秀"完全采取了'超党'的、即超阶级的立场，他自'八一三'以来所发表的一切文字，一贯地充满了机会主义精神。他放弃了自己多年坚决拥护并为之奋斗的旗帜，这等于背叛了组织，背叛了自己"。最后，他们还带有警告式地提醒陈独秀："要想重新回到革命的队伍来，首先必得考虑他所幻想的'公开地位'，进而考虑他近年来思想错误的根源，否则他的错误将跟着时间前进至于不可收拾"。

看样子，陈独秀的苦心当了驴肝肺，好心并没有得到好报。格拉斯和彭述之把持的"托派"坚决地把他拒之门外。如今，无论是国民党，还是共产党，以及"托派"，都已经容不下陈独秀了。现在，陈独秀对政治真的是心灰意冷了，从1938年11月起，在此后的三年时间里，他再也没有公

---

[1] 陈独秀：《致托洛茨基》，《陈独秀著作选》，上海人民出版社1993年版第531页。
[2] 郑超麟：《郑超麟回忆录（1919—1931）》，现代史料编译社1989年7月版第343-344页。

开发表过任何议论政治的文章，潜下心来继续埋头研究他一生钟爱的文字学，完成在南京监狱中没有完成的著书立说。

也就是在这个时候，陈独秀结识了安徽小同乡台静农。1902 年出生的台静农曾在北京大学中文系旁听，后转入北大国学所半工半读。1938 年 10 月，在白沙女子师范学校教书的台静农，应老舍之邀参加重庆抗战文艺协会举行的鲁迅逝世二周年纪念会，并作鲁迅生平报告。他从在青岛山东大学结识的好友邓仲纯那里得知陈独秀在江津的消息后，就很想早点见到这位仰慕已久的大师，"弥补我晚去北京，不能做他的学生"的遗憾。而当邓仲纯把台静农介绍给陈独秀的时候，陈非常高兴，早早地就在邓家等候这位年轻人的到来。这令台静农受宠若惊，"现在他竟在等着我，使我既感动又惊异"。两人一见面，他发现"仲甫先生却从容笑谈，对我如同老朋友一样"。[1] 从此，他们订下忘年之交。因台静农在大学当教授，工作没有什么约束，比较自由，因此经常帮助陈独秀在白沙的国立编译馆借阅图书，查找资料，做了许多助手的工作。自 1939 年 5 月 12 日至 1942 年 4 月 20 日，陈独秀至少给台静农写了 102 封信，无所不言，推心置腹。1940 年 5 月 5 日，陈独秀还将自己在南京狱中撰写的《实庵自传》手稿赠送给台静农留念，可见两人交往之深。

第一次见面，陈独秀给台静农留下了深刻印象，"谈笑自然，举止从容，像老儒或有道之士，但有时目光射人，则令人想象到《新青年》时代文章的叱咤锋利"。都知道，陈独秀不仅诗写得好，而且字也写得好，经常给相识的朋友、村民题写中堂、条幅，每求必应。台静农还知道他早年不仅能背诵杜甫诗歌全集，且在书法上用功于篆书。两人在畅谈中似乎觅得了知音。台静农父子还请陈独秀到他们白沙的家中作客，请其题字留念。陈独秀当场挥毫，题写一幅四尺立轴和自撰对联"坐起忽惊诗在眼，醉归每见月沉楼"一副相赠，令其大开眼界。他惊异地发现陈独秀书法体势雄健浑成，不特见其功力，更见此老襟怀，真不可测。

通过台静农，陈独秀与老朋友沈尹默又频频吟诗唱和。人老了，自然

[1] 台静农：《酒旗风暖少年狂》，原载 1991 年 1 月 10 日《文学报》第 511 期第 4 版。

喜欢怀旧。对这位青年时代在杭州结识，后来又在北大作同事的朋友，陈独秀没有计较1919年因为所谓"嫖妓"谣言而引起由沈提议罢免他北大文科学长之职的过隙，还是怀念西子湖畔那段诗酒豪情的生活。那时，他曾作诗曰：

> 垂柳飞花村路看，酒旗风暖少年狂。
> 桥头日系青骢马，惆怅当年萧九娘。

往事回首不堪，那年那月那些人，那酒那歌那些事，如今，酒旗不见，风暖犹存，少年狂也是老夫聊发了。思念无尽，诗兴大发，遂作《七绝》四首书赠沈尹默，并托请台静农转呈。

> 湖上诗人旧酒徒，十年匹马走燕吴。
> 于今老病干戈日，恨不逢君尽一壶。

> 村居为爱溪山尽，卧枕残书闻杜鹃。
> 绝学未随明社屋，不辞选儒事丹铅。

> 哀乐渐平诗兴浅，西来病骨日支离。
> 小诗聊写胸中意，垂老文章气益卑。

> 论诗气韵推天宝，无那心情属晚唐。
> 百艺穷通偕世变，非因才力薄苏黄。

思想文章虽有激变，艺术趣味未曾磨灭。从此，陈独秀和沈尹默有唱有和，在一首陈独秀和沈尹默的五言古诗中，陈独秀这么写道："但使意无违，王乔勿久待，俯仰无愧怍，何用远吝悔。"还有那份不服输的劲儿，还是那副硬骨头的范儿。

转眼就过了一年。

1939年1月，经邓仲纯的再三恳请，陈独秀终于同意由"郭家公馆"搬迁到黄荆街83号的延年医院。不久，双目失明的嗣母谢氏和三子松年及大姐一家都陆续搬到江津居住。在潘赞化的帮助下，松年在九中总务处谋了一份工作兼代课教师维持生计。大姐一家及其子女也都在朋友的帮助下，工作有了着落。

陈独秀夫妇恪尽孝道，与母亲同吃同住，"事其承桃之母至孝"，"朝夕承欢颇勤"，弥补革命离家后没有尽到的义务。一大家人好不容易安居乐业，但不幸的是嗣母谢氏在3月22日突然病逝，令陈独秀悲伤至极。松年回忆说："在逝世前的一段较长时间，祖母双目失明，吃饭都由父亲亲手送给他。祖母逝世，大姑母一定要为死者披麻戴孝、守灵等尽孝道的仪式，父亲是顺从了。"为此，提倡新文化的陈独秀与大姐吵了一架，但最终还是入乡随俗，服从了大姐的训斥，"完全遵守旧时礼节，服丧成礼如仪。人颇奇之，然独秀则'我行我素'，尽哀而已"。[1] 他的老朋友房轶五对此也有着清楚的记忆："世人多谓君非孝，其实，君事母极孝。母目瞀，每食，君必亲奉菜至母碗中。母逝江津时，君着麻衣，匍匐痛哭。"

母亲去世后，陈独秀内心十分悲痛。一月后，成都一位名叫刘启明的人托他的晚年好友杨朋升向其索文求字。5月5日，他复信说："先母抚我之恩尊于生母，心丧何止三年，形式丧制，弟固主短丧，免废人事，然酒食酬应为人作文作书，必待百日以后，刘君所嘱，迟至此期，方能报命，晤时请代达鄙意！弟遭丧以后，心绪不佳，血压高涨，两耳日夜轰鸣，几于半聋，已五十日，未见减轻，倘长久如此，则百事废矣。"陈独秀丁忧尽孝之诚心，感天动地。而由此引起的心绪不佳，身体衰微，心境苍凉，"诚堪浩叹"。在这封信中，陈独秀还透露自己担心正在撰写的书稿无法完成，准备"夏间拟至嘉定左近觅一清凉地居住，但未悉能否如愿耳"。

因为天气炎热，再加上潘兰珍与邓仲纯之妻不睦，在邓仲纯的好友江津富绅邓蟾秋和邓燮康的帮助下，陈独秀在延年医院住了五个月后，真的

---

[1] 高语罕：《陈独秀入川以后》，原载南京《新民报》1947年11月20日晚刊。

搬家了。但通讯联络的地址依然是邓仲纯家的地址——江津黄荆街83号。陈独秀为什么在延年医院的邓家住不下去了呢？邓仲纯的弟弟邓季宣（时任国立九中校部总教导主任兼高一分校校长）回忆说：

> 我的一家和二哥（邓仲纯）的一家由重庆搬到江津后，二哥在西门内赁了几间房子开业行医；我家和二哥家都住在一起。陈独秀一到江津后，就把小儿子松年送到江津德感坝九中总务处潘赞化那里，由潘赞化给他在总务处安排最低级的职员工作。我和二哥觉得，陈家和我们邓家既是世交，又都流亡在外，再加之陈此时也算是穷途末路，所以我们同意接受陈独秀一家三口和我们同住，也依靠我们兄弟二人生活，同在一个锅里吃饭。那时，陈独秀已经五十多岁了，可是他的新夫人小潘最多也只有三十来岁，我们都不愿叫小潘为陈太太，就叫她"小潘"。我平时都在德感坝，只有星期六才回到江津城内。我的一家对陈家倒还过得去，只是我那位二嫂对陈独秀的老夫少妻万般厌恶，经常恶言恶语地给他们夫妇难堪。而二哥又有些惧内，不敢出来制止。这时，天气还热，陈独秀经常上身打个赤膊，下身只穿条裤头。三家人挤住在一起，男男女女，老老少少，就像住在汉口难民所里一样，确实不大方便。我的六七岁的最小儿子平时就很顽皮，有一天，他看陈独秀光着头顶，打着赤膊，觉得好玩，就跑到背后摸陈独秀的屁股。这样一来，陈独秀光起火来，责怪我们邓家小孩没教养。我也不在家，二哥在前面给人看病，二嫂一听到"没教养"三字，就火冒三丈，指着陈独秀的鼻子厉声斥责道："你说别人没教养，你还是先看看自己吧！你都五十多岁的老头子了，还骗娶人家年轻轻的大姑娘作老婆，你这是什么教养！三家人挤住在一起，男男女女一大屋子人，你一个老头子赤身露体的在中间转来转去，你这是什么教养！"陈独秀受到二嫂的这一顿抢白后，一句话也没说，很快托人找到房子，带着养母和小潘搬出了我家。[1]

人生旅途，雪泥鸿爪。流亡无家，何必天涯。短短不到一年，陈独秀

---

[1] 刘敬坤：《鼎山青松映孤魂》，引自《陈独秀在江津》，中国文联出版社2002年7月第1版第96页。

前后四易栖息之地。众生芸芸，人海茫茫，这汪洋中的一条船，又将漂泊到哪里？

4. 鹤山坪石墙院：醉乡老子是元戎

1939 年 5 月 27 日，陈独秀再次搬家，这次他搬到了鹤山坪的石墙院。这里成了他人生航船最后的码头。

码头，也只是码头，永远不是港湾。

选择到石墙院居住，主要原因还是因为生活所迫。尽管延年医院邓仲纯家居住环境和条件相对来说比较合适，且邓仲纯极力挽留，但因邓夫人不容，心情不畅，不可强求。陈独秀向来是不愿拖累朋友之人，更不想因自己导致朋友夫妻家庭感情不睦。再加上 5 月 3 日和 4 日，日本鬼子在重庆实施大轰炸，搞得人心惶惶。于是从 5 月初开始，陈独秀就四处托朋友寻找居处。他在 5 月 12 日、17 日、18 日和 21 日接连写给台静农的信中均谈及在白沙、马项桠、聚奎和鹤山坪等地租房以及购买家具、炊具之事，可见其操心与焦急。

确实如陈独秀所言，因"血压高五十余日迄未轻减，城中烦嚣，且日渐炎热，均于此病不宜"，他要找一处"静、凉、安全"之地，并雇一名佣人，以帮助购买柴米油盐和送信诸事。最后，陈独秀还是在 5 月 20 日前后自己乘坐滑竿费了两个小时的路程前往鹤山坪进行考察之后，才选择了杨家老宅石墙院。

陈独秀是为何又是如何选择石墙院作为寄居之所的，我们还是听听石墙院主人杨鲁丞的后人是怎么说的。杨氏后裔杨明新说："陈独秀两口子住进石墙院，是我父亲杨庆馀主动上门取请来的。因我曾祖父杨鲁丞生前受过章太炎的轻侮，我父亲就想，要是能把陈独秀这样的大人物请到家中来，为我曾祖父整理遗稿，出版时再由陈独秀亲笔写序，曾祖父蒙受的羞辱，就能得到洗刷，他在九泉之下，也可以瞑目了。本来，像陈独秀这样的大人物是不好请的。但因一则江津城里经常闹空袭跑警报，城里的有钱人家纷纷往乡下搬；二则陈独秀那时生活已经非常困难，所以我父亲上门一请，他就答应先上山看看。到了石墙院，他们觉得环境很不错，那时可不像现在这副样子，才答应住下来帮忙。开始，陈独秀两口子和我们一起吃饭，父亲待他们犹如上宾，陈独秀整理遗稿也很卖力，《群经大义》和《杨氏卮林》就是经他整理后，我父亲拿到江津供销社去自费出版的。各出了一千册。可陈独秀原来答应下来的序文他并没有写，我父亲很着急，特地跑到城里请来与陈独秀有师生名分的龚灿滨做说客。陈独秀反而对龚说了我曾祖父写的东西没啥价值，食人之禄，忠人之事。我父亲知道后，当然不高兴，但又不好黑下脸来赶他走，脸上有时也就不那么好看，以为陈独秀知趣自己离开算了。陈独秀感觉到了，又实在无处可去，就提出分伙立灶。我父亲想，反正家里房子住不完，就同意了，还把全副锅盆碗盏供给他两口子用，也没有收他们的房租。虽是这样，有时父亲也请他们过屋来吃顿饭，或者叫我们给他两口子端点菜过去。我记得端得最多的是豆花，陈独秀特别喜欢吃豆花，可潘兰珍又做不来。"[1]

事实正是如此，当年号称"经史大家"的章太炎到四川时，杨鲁丞曾经将自己的著作手稿拿去请教章太炎。章太炎翻阅后，批了四个字"杂乱无章"。如此批语令江津名绅杨鲁丞无颜见江东父老，回到江津后气急而死。所以当杨庆馀听说陈独秀到了江津后，就通过好朋友江津农工银行行长邓燮康介绍，希望陈独秀这位比章太炎还有名气的人物出面帮忙整理父亲遗著并作序言，替杨鲁丞报雠雪怨。邓燮康将这些情况简单与陈独秀进行协商，陈独秀说："杂乱无章没有关系，只要花点功夫整理，就会有理有章了。"就这样，陈独秀答应下来，并在邓燮康陪同下去考察了石墙院，双方达成了协议。

其实，整理杨鲁丞遗稿，对陈独秀来说，只是为了求得一个栖身之所的无奈之举，他实际上并没有多少兴趣。稍微明白的人都知道，章太炎和陈独秀也是老相识，章看不上眼的，陈能说好？实在是穷途末路了。因此，

---

[1] **罗学蓬**：《陈独秀客死之地访谈录》，引自《陈独秀在江津》，中国文联出版社 2002 年 7 月第 1 版第 189-190 页。

陈独秀一边埋头写自己的文字学著作，一边用一年左右的业余时间认真将杨氏遗稿整理誊清成两部书，一部叫《杨鲁丞先生谈〈皇清经典〉手稿》，一部叫《杨鲁丞先生遗作六种》，但他还是违约了，迟迟不肯为杨氏遗稿作序。为此，杨庆馀十分着急，又不便催促，便找朋友刘颖滨托龚灿滨作为说客。这是1942年春天的事情。龚灿滨答应了，便择日来到石墙院拜访陈独秀。因抵达时，陈独秀正在睡觉，而两年前龚就曾在"郭家公馆"拜访过，所以和潘兰珍说起话来就比较亲切些。龚灿滨回忆说："陈独秀醒后，潘兰珍带我进去。他躺在床上，显得十分消瘦，先前那双炯炯有神的目光已经黯淡了。我简单地探问了一下病情，便把话转到整理杨鲁丞遗著的问题上。他从床榻的小柜上顺便递给我两本书，一本是木板印的《群经大义》，一本是《杨氏卮林》誊稿。他问：'看过吗？这就是杨先生六种遗著中的两种。《群经大义》很多是转述前人注疏的，创见不及你们四川的廖季平，《杨氏卮林》评价诸子，则远逊适之先生。但在小学（指文字学）方面倒是有点成就的'。"[1]

没有为杨氏遗稿撰写序言，陈独秀确实违约了，但是他没有违心。学问来不得半点虚伪。陈独秀终究没有做那种"拿了别人的手短，吃了别人的嘴软"的无原则吹捧和逢迎，以一个学者的良心和科学严谨的态度，坚持了学人的气节和操守。就这一点，更值得21世纪的中国学人好好学习。

石墙院在一个半山坡上，因系长条石头砌成的高墙而得名。石砌的八字大门面南而开，内嵌石屏风，门外有石刻的"节孝牌坊"，还有几棵大黄桷树。院内林木蓊郁，环境清幽，确实是一个适宜休养的好地方。但在陈独秀看来"此间毫无风景可言，然比城中空气总较好也"。6月6日，他致信台静农说："弟移来鹤山坪已十日，一切均不甚如意，惟只有既来之则安之而已。"

话虽这么说，其实陈独秀并没有安下心来。7月间，陈独秀致信上海亚东图书馆的老朋友汪孟邹，"有东下的意思，他想去重开芜湖科学图书

---

[1] 龚灿滨：《陈独秀在津印象》，引自《陈独秀在江津》，中国文联出版社2002年7月第1版第5页。

社"，他"大概想起'文章瘾来'了"，"也许想起卖卖铅笔、墨水、信封、信纸来，很有味，又可以解决生计问题，糊口了吧？"但最终，陈独秀还是没有东下。[1] 不是不想，而是现实不允许他想啊！在此后的日子里，还曾有朋友邀请他去北京大学（即已西迁的西南联大）作讲座，他自己也曾想移居赤水或江安县城居住，甚至还有过迁徙贵阳的想法，但均因身体和经济条件所限，一切化为泡影。

石墙院的生活非常凄苦，陈独秀的住房上无天花板，下面是潮湿的泥土地，若遇大雨，满屋漏水。与杨家分伙立灶后，生活就更加艰难了。周围的邻居一开始不清楚陈独秀是干啥子的，只晓得他是杨二爷（杨庆馀）请上门的客，是个大文化人。而且经常有人从重庆、江津来看望他，全是滑竿来滑竿去的，穿得也很体面，都以为他是个有钱的"下江人"。其实，时间一长，村民们都知道陈独秀是"马屎外面光"，穷得造孽。潘兰珍有时候跟杨家几个婆娘打麻将，瘾大胆子小，输多一点，打出一张牌手都在抖。杨家的奶妈吴元珍说："陈先生虽才六十出头，但看上去要老相得多，身体很瘦，病萎萎的，一年四季都穿长衫，冬天戴一顶潘兰珍给他织的黑棉线帽子。他说话不好懂，待人很和气。他屋头的全部家当就是两口藤竿箱子。陈先生平时都关在上房里写书，写累了，有时也出去转转，到院子外面那棵黄桷树下和大路口的幺店子里和赶双石场回来的农民摆摆龙门阵。"为了帮助购买家庭日常用品、笔墨纸砚、书籍以及跑腿送信等大小差事，他专门雇用了一个家住白沙的焦姓伙夫，他与外界诸多信件的及时收发都是靠这位伙夫做到的。[2]

1939 年冬天，辛亥革命时的老朋友时任国民政府委员的柏文蔚将军自湖南到重庆开会，曾专程绕道到江津来看望陈独秀。当他看到老朋友的生活如此凄凉穷苦，心中很不是滋味。寒风中，柏文蔚见陈独秀穿的棉衣非常单薄，当即把身上穿的灰鼠皮袍脱下赠送以御寒冬，聊表老朋友的一点

---

[1] 汪原放：《亚东图书馆与陈独秀》，学林出版社 2006 年 2 月第 1 版第 207-209 页。
[2] 罗学蓬：《陈独秀客死之地访谈录》，引自《陈独秀在江津》，中国文联出版社 2002 年 7 月第 1 版第 190 页。

心意。杨家的佃户胡庆的大儿子胡品中和陈独秀有过近距离的接触，觉得"这样一个大人物，落魄到了石墙院篱下，吃碗受气饭，总归是让人同情的"，就经常帮助陈独秀夫妇种的菜地淋淋粪、松松土。为此，陈独秀非常感谢，当场悬肘给他写了一张条幅——"坐起忽惊诗在眼，醉归每见月沉楼"。为了维持生计，他曾亲眼看到潘兰珍将柏文蔚送给陈独秀的灰鼠皮袍拿到当铺当了几个钱回来买米抓药。

流寓江津，隐居石墙，陈独秀深居简出，清苦自持，不问政治，潜心著述。此时此刻，陈独秀在鹤山坪在石墙院的乡亲们面前，依然表现出大文化人的形象。这位个子不高的硬汉强颜欢笑，压抑苦闷，努力把自己塑造成一个豁达坚强不畏艰苦的伟丈夫，不让外人笑话他的落魄。

问余何意栖碧山，笑而不答心自闲。
桃花流水杳然去，别有天地非人间。

在外人眼里，李白的这首《山中问答》，或许正是陈独秀复杂、矛盾、痛苦却又无处诉说的心情，在那个历史现场最美好的表达。在石墙院，他曾多次将李白的这首诗手书条幅赠送鹤山坪的乡亲，其中杨氏后人杨眉和至成中学学生阙森荣均幸运得到赠予。如果说手书李白的诗歌是为了向外人掩饰自己内心的落寞，但痛定思痛又苦不由衷的陈独秀，毕竟清楚自己的境遇，狂飙不再，西风残照，枉然如梦，不得不回归书生本色。这个时候，怀宁亲友胡子穆来访，颠沛流离中老乡见老乡两眼泪汪汪，陈独秀当然明白"梦里不知身是客"只是一种古人诗意的惆怅罢了，他内心油然而生一种悲凉，这种只能意会而不可言传的落寞与苍凉，或许只有诗歌才能作出最好的表达。

嫩秧被地如茵绿，落日衔山似火红。
闲倚柴门贪晚眺，不知辛苦乱离中。

在石墙院，陈独秀写下这首《赠胡子穆先生》，与李白的《山中问答》

形成最佳的心灵对照和强烈的精神反差。毫无疑问，自己的诗才是最真实的自己。这才是那个历史现场最真实的陈独秀。

因为陈独秀病情十分不稳，虽然移居石墙院，邓仲纯依然全程负责治疗，经常到鹤山坪出诊。有时候，他也请程里鸣大夫代他前往问诊。时间久了，陈独秀和程里鸣就有了感情，两人无话不谈。有一次，程大夫就笑着问道："陈先生，我有一言不知当讲不当讲？"陈独秀说："有话就直说。"程说："人们都说你老先生是半截子革命。"陈独秀摇摇头笑着长叹一声，说："你行医，不懂政治。你为我治好了病，无以答谢，给你写副对联吧。"于是，陈独秀起身提笔为程里鸣写了下面这副对联：

美酒饮到微醉处，好花看在半开时。

这真是一副妙联！但文字背后的倔强、无奈、清高和辛酸，又有谁能读得懂呢？是自嘲，还是自慰？是解脱，还是超脱？这是一个多情诗人的偶尔浪漫，又是一个政治家的百年孤独！

鹤山坪的乡亲们对陈独秀潘兰珍这对老夫少妻的到来，一开始都感到非常神秘，谁都不会想到这位平易近人和蔼可亲的老头子不仅是北京大学的大教授大文豪，而且竟然是中国共产党的创始人，曾连任了五届中共中央总书记。乡亲们对陈独秀非常尊重，尊称他"陈老先生"，他不让，大家只好叫他"陈先生"；称呼潘兰珍为"陈太太"，他也不让，让叫"陈姨太"。于是大家当着他的面就喊"陈姨太"，背了他就喊"陈太太"，简称"陈太"。从这件小事可以看出，陈独秀内心依然没有忘记结发妻子高大众和亡妻高君曼，尊重那个时代的家庭伦理。

七月流火，陈独秀的高血压和心脏病更加严重了。新朋旧友都没有忘记他，这次到江津刚刚结识的名绅邓氏邓蟾秋和邓缡仙兄弟及其侄子邓燮康，都是陈独秀的座上宾。盛夏来临，邓氏兄弟为了尽地主之谊，邀请陈独秀夫妇到白沙松林坡邓氏旧居和聚奎中学所在地黑石山小住疗养。这两个月的时光，应该是陈独秀在江津流亡岁月过得比较开心的日子。邓蟾秋是江津有名的富绅，在重庆经营盐业，拥有 60 万的资产。停业后，他将

15万元赠送给聚奎中学作基金，以5万元创立了重庆蟾秋图书馆，其余部分则分赠亲友子侄作留学外国的费用，自己只留5万元颐养天年。陈独秀对邓蟾秋的义举非常感动，深有感慨地说："一个人聚财不难，疏财实难。真不易矣！"这年10月，邓氏七十大寿，陈独秀用篆文题写"大德必寿"和"寿考作仁"两横幅相赠，分别镌刻于黑石山鹰嘴石和团石包上，其中后者在"文革"中被毁。

流亡江津，陈独秀先后三次受邓蟾秋兄弟之邀到白沙小住。此间，他还受聚奎中学校长周光午的邀请，在学校"鹤年堂"给全体师生作了一次演讲，庆祝该校成立70周年。陈独秀体态清癯，一身蓝布长衫，外套马褂，脚蹬布鞋，十分朴素，一口安庆怀宁口音，慢条斯理，抑扬顿挫，没有慷慨激昂，但引经据典谈笑风生，如同话家常摆龙门阵一般。从匡衡凿壁偷光入题，陈独秀劝勉青年学子珍惜寸阳，为民族崛起而努力读书，痛陈东洋小日本欲霸占中国之现状，疾呼一致对外争取抗日胜利。道理深入浅出，孩子们听得津津有味。石墙院主人杨氏后人杨眉清楚地记得，本来考上公立江津中学的他，就是经陈独秀推荐才免试上了有更多名人执教的私立聚奎中学。独秀先生还将朱熹的《绝句》——"少年易老学难成，一寸光阴不可轻。未觉池塘春草梦，阶前梧叶已秋声"，专门手书条幅赠送，勉励他好好读书。

也就是在1939年夏天，国民党蒋介石依然没有忘记继续拉拢陈独秀"反共"。一天，国民党第八战区副司令长官胡宗南和大特务头子戴笠带着水果和茅台酒来到白沙，微服私访陈独秀。他们原本不想以真名求见，但又怕被拒之门外，即令见了也许会敷衍了事，只得用了真名。这次，陈独秀给了他们面子，同意接见，一见面就问："是不是蒋先生关照要来的？"胡、戴就无可隐讳地答复："是的。"

原来，这次胡宗南和戴笠来访，确实是蒋介石接受张国焘的建议而批准的。张国焘1938年4月叛逃投靠蒋介石后，蒋原本以为对延安是致命打击，谁知一年多来挤不出牙膏，又臭又硬，令其大失所望，逼得太狠又怕他上吊。为了脱身，张国焘就向蒋介石建议，由国民党知名人士公开访问陈独秀，将陈有利于国民党主张的抗战言论有选择性的编辑成册，作为对付延安的有力宣传武器，其分量自然比叶青之流所写的反共理论文章还重得多。蒋介石觉得张国焘的建议是可以考虑的一个办法，要求胡宗南和戴笠抓好落实。随后胡、戴二人与他们的智囊周天蓼、梁干乔等进行研究，都觉得这是张国焘在蒋介石面前交不了账而玩出的新花样，黔驴技穷，把共产党的开山祖搬出来搪塞。但他们最终还是决定将计就计，并带上1938年3月16日发表傅斯年、段锡朋等九人署名公开信《为陈独秀辩诬》的《大公报》，作为提供给陈独秀大骂延安的最好材料，企图用这种小小的伎俩挑拨陈独秀和中共的关系。胡、戴二人密谋好方案之后，将《大公报》的剪报专门送呈蒋介石审阅。蒋介石批示：要特别慎重保密，只许胡宗南与戴笠知道此事，以私人身份前往。如陈问道是不是奉命来的，则可说报告过就是了。胡、戴二人领命后，原打算要张国焘一同去。张国焘知道陈独秀肯定不会待见他，就坚决拒绝，还冠冕堂皇地找出理由——怕引起陈的怀疑，见了面反而不好说话。而且陈的身边有高语罕夫妇在，容易泄露，一旦被延安抓到了把柄，以后在宣传战线上有顾虑。因此，胡、戴见到陈独秀后，对张国焘的建议一字未提，按照他们事先商量好的，"由胡出面，戴则连边鼓都少打为好"。

陈独秀对胡宗南和戴笠的突然来访确实有些出乎意料，他慢吞吞地说："我是逃难入川，虽以国事萦怀，却并不与闻政治，更不曾有任何政治活动。但天下兴亡，匹夫有责。你们来意如何？"

胡宗南赶紧将《大公报》的剪报拿出来，递给陈独秀，别有用心地说："先生受到人身攻击一事，大家不平则鸣。傅汝霖、段锡朋诸先生，是陈老的学生，忘年之交的朋友，诸先生为陈老恢复名誉的辩护启事，乃国人之公论，民心之所向。今天特来求教，请陈老谈谈对国事的看法。值兹二次世界大战爆发，德军闪电一击，不一周而尽失，眼看苏俄处于极不利之局。国内国共问题，由分而合，由合而斗，大战当前，如国策不能贯彻，前途实堪隐忧。为今之计，陈老意下如何？"

陈独秀默思良久，慢吞吞地说：坚持抗战是符合全国人民愿望的。弱国强敌，速胜困难，只有举国上下，团结一致，则任何难关都可以度过。他停顿了一会，看了看手中的剪报，又看了看坐在一旁的高语罕，接着说：

"王明康生之流坐井观天，谬论横生，我本人多遭诬蔑，幸公道在人心，先生等所示剪报启事一则，足可证明。列名为我辩者，乃国内知名人士，有国民党的，也有非国民党的，有以教育家而闻名的。我原打算向法院起诉，因见代鸣不平的公启，乃作罢。先生等对我关注，深致谢意。本人孤陋寡闻，雅不愿公开发表言论，致引起喋喋不休之争。务请两君对今日晤谈，切勿见之报刊，此乃惟一之要求。"显然，陈独秀的头脑非常清楚，他怎会掉进蒋介石的圈套呢？

在客套一番之后，陈独秀说："言及世界局势，大不利于苏，殊出意料。斯大林之强权政治，初败于希（希特勒）墨（墨索里尼）的极权政治，苏联好比烂冬瓜，前途将不可收拾。苏败，则延安决无前途，此大势所趋，非人力所能改变。请转告蒋先生好自为之。"

乘兴而来，败兴而归。回去后，胡宗南让戴笠将陈独秀所言整理呈交蒋介石。蒋看后，说："陈的见解深湛，眼光远大。"[1]

历史潮流总是对它的弄潮儿进行浪淘沙般的淘洗。陈独秀对于世界局势的预测和蒋介石对于陈独秀观点的评价，如今都已是历史的陈迹，但当年他们都没有正确地分析世界或看清战争的大势，从而作出了错误判断。一年后的1941年6月22日，纳粹德国突然进攻苏联，苏德战争爆发，毛泽东马上就作出正确判断——"苏必胜，德必败"，并命秘书胡乔木在一个小时内写出同题社论于6月28日在《解放日报》发表。由此两相对照，可见毛、蒋的政治韬略和战略眼光还是有着相当的距离。由此也可见陈独秀之所以不能成为一个革命理论家和成功的政治家，还是由于他自身的历史局限，在战略上把握政治和战争的命脉还欠火候。

尽管这次秘密的政治访问，蒋介石没有得到预想的任何成果，但陈独秀死不投降的人格魅力却令蒋对陈更刮目相看。相比起来，向忠发、顾顺章叛变投敌均惨死于蒋介石无情的枪口之下，张国焘叛逃投蒋也照样没有得到任何好处，他们的名字都被钉在历史的耻辱柱上。而拒不投降的陈独

---

[1] 文强：《一次秘密的政治访问》，引自沈醉、文强等著《戴笠其人》，文史资料出版社1980年8月第1版第207-210页。

秀，在被蒋介石投入监狱之后又被迫释放，且在陈艰难时刻通过朱家骅秘密资助巨资，恐怕就不仅仅是出于政治上的拉拢了，对陈的独立自由人格之美的敬重或许也在情理之中。

自搬家到石墙院，陈独秀的身体状况并没有好转，即使在白沙闲居两个月，他也未能静心写作，颇为烦闷。这个时候，他的生活窘迫可想而知，仅靠卖文得到的一点稿费，北大同学会的一点资助，以及微薄收入的亲朋好友们的支援，实在无法支付他每月 200 元的生活和医药开支，况且战时通货膨胀物价飞涨。而他又不愿意"以此累及友好（友好贫如我），素无知交者，更不愿无缘受赐"。[1] 就在这个时候，他在武汉结识的时任武汉警备司令部少将参谋杨朋升向他伸出了援助之手。杨曾就读北大，仰慕陈的学问和人格，因此结成忘年交。陈流落江津后，杨也回到原籍四川在成都出任川康绥靖公署少将参谋，两人书信来往密切。从 1935 年 5 月 5 日至 1942 年 4 月 5 日，通信达 40 余封。得知陈的生活困难后，杨慷慨相助，7 年间共接济陈 2300 多元，转交北大等友人赠款 2200 元，并无偿赠送"独秀用笺"信纸 200 张和"仲甫手缄"信封 100 个。对杨的帮助，陈独秀"不胜惶恐之至"，"寄回恐拂盛意，受之实惭感无既，辱在知己，并谢字亦不敢出口也"，"既感且惭，无以答雅意，如何可安"，[2] 且感且愧。

一个为了革命，不要万贯家财的人；一个为了革命，向来视金钱如粪土的人；一个为了革命，为民族谋科学、民主、独立、自由、平等的人，如今竟然凄惶交迫依靠朋友的接济才得以生存，沧海桑田，情何以堪？人何以堪？

1941 年 3 月，蒋介石委托朱家骅（时任国民党中央组织部部长、代理中央研究院院长）代赠陈独秀 5000 元的支票，遭陈拒绝。随后，朱又将支票托张国焘转交于陈。陈独秀坚决拒绝。他在 3 月 15 日致函郑学稼委托他将支票退回，并在信中说："却之不能，受之有愧，以后万为我辞"，"请国焘以后不要多事"。张国焘接到信和支票后说："仲甫先生总是如此。"

---

[1] 陈独秀致杨朋升信，1940 年 1 月 30 日。
[2] 陈独秀致杨朋升信，1941 年 8 月 6 日。

时在四川省银行总行省库部收支课工作的许伯建回忆说：

一天，我收到中央银行国库局一件支付书，命在江津县代办国库业务的四川省银行办事处付给陈仲甫一笔数目可观的钱。这笔钱是由蒋介石汇给陈仲甫的。我想，陈仲甫是陈独秀的名号，一般人都不甚知道，所以我特别注意这笔库款的下落。

江津靠近重庆，虽战时，水陆交通仍方便。可是过了六七天，仍不见江津省银行办事处寄回陈仲甫的收据。国库局派了一位襄理大员来查问，并催促尽快将这笔钱送交陈收。

又过了两天，江津省银行办事处回电说："办事处主任张锦柏亲自去见陈，他还是不收，只好将原支付书退回。"我们当即通知国库局：已将这笔钱原封退回。[1]

台北中央研究院近代史研究所档案中现存有 11 件国民党当局资助陈独秀款项的相关信函和文件，其中有四件是朱家骅写给陈独秀的（实为三封，其中 1942 年 1 月 23 日的书信手稿应为 27 日信的草稿），告诉陈资助情况，并派张国焘送去；还有两封是朱与蒋介石大秘陈布雷的通信。陈布雷在 1942 年 1 月 17 日致函朱："日前所谈仲甫近况艰困，经呈奉谕示一次补助八千元，以吾兄名义转致。"朱则在 1 月 20 日回复说："关于一次补助仲甫兄八千元由弟名义转致一节，俟收到后，当即派张国焘同志送去也。"从上述五封信中可以看出，朱家骅都是以"个人名义"先后于 1940 年 7 月 17 日、1941 年 3 月 6 日、1942 年 1 月 27 日三次向陈分别资助 1000 元、5000 元和 8000 元。毫无疑问，从朱家骅书信手稿笔迹上来看，并非是一人所书；而从署名"朱○○（亲签）"或"朱家○（亲）"以及每封书信开头都写明"致陈独秀"、"复陈主任"、"函陈仲甫先生"或"致陈仲甫"等信件标题上来看，这些信件均不是正式信件原稿，而是未誊清手稿或秘书代笔草稿。同时，还有一个值得注意的细节，就是 1942 年 1 月 27 日这封信的信件标题

---

[1] 许伯建：《陈独秀拒收蒋介石汇款》，原载《世纪》1994 年 6 月号。

中致"陈仲甫"的"陈"与众不同地写的是简化字，而不是繁体字。

接到朱家骅1942年1月27日的来信后，陈独秀在1月29日回信说：

骝先先生台鉴：

　　国焘兄来津，奉读手教，并承赐国币八千元，远道转来，不敢辞却，无劳而领厚赐，受之实深惭愧也。弟寓人口既少，生活又简单，去年赐款尚未用罄，今又增益之，盛意诚属过分，以后如再下赐，弟决不敢受，特此预陈，敬希原谅，并谢高谊，余不尽焉。

弟　独秀　启
一月二十九日　卅一年

　　对朱家骅以"个人名义"给予的三次高额赠予，陈独秀没有拒绝。台北中央研究院收藏的朱家骅1941年和1942年致陈独秀和陈布雷的四封信，上均有加"密"字样，陈独秀回信的封皮上也有加"密"字样，这就说明经蒋介石批准的赠予活动是不准对外公开的。正是因为前有陈独秀拒绝蒋介石赠款的事情发生，所以无论是出于同情还是怜悯，国民党蒋介石当局对陈独秀还是表示了极大的善意，不仅对其隐瞒了真相，而且压根儿就不想让陈独秀知道其背后的秘密。显然，蒋介石、朱家骅、陈布雷，包括张国焘，他们之所以采取"个人名义"且秘密地去做，一方面完全是对陈独秀人格的一种尊重和敬意，免遭陈独秀拒绝；另一方面也不想因此授人以柄，恐遭泄露后在政治上被中共攻击陷于被动。但朱是陈在北大的同事，两人私交相当不错，以"个人名义"或"北大同学会"的名义请张国焘转交，名正言顺。政治归政治，信仰归信仰，友谊归友谊，比如陈独秀与胡适、与章士钊、与蔡元培等等，他们之间的情义与交往从未因为学术或政见的不同而排斥异己者，这或许也是民国那一代人留给我们这个时代一份珍贵的文化甚至精神的遗产。当下的中国人应好好学之思之。

　　拒收官方和蒋介石的赠予，但对于个人情谊尤其是北大同学会的赠予，陈独秀大多勉强收下，"却之不恭而受之有愧"。尽管这些赠款，表面上看来数额相当可观，但需要注意的是，因为战争年代通货膨胀的原因，这些赠款在不同年际的实际消费价值是不一样的。比如，四川国立六中 1939 年 2 月至 11 月学生伙食费为每人每月 6 元，可是到了 1941 年 8 月竟涨了 22 倍达 133 元，也就是说钱不值钱了。在陈独秀致成都杨朋升的信中也多次谈及生活成本上涨的问题。1940 年 12 月 23 日，搬到延年医院过冬的他在信中提到："数月以来，物价飞涨，逾于常规，弟居乡时，每月用二百元，主仆三人每月食米一斗，即价需一百元。今移居城中月用三百元，尚不及一年半前每月用三十元之宽裕（其时一斗米价只三元，现在要七十元）。长此下去，实属不了！"到了 1941 年 9 月，陈独秀回到鹤山坪乡下的石墙院，"月用三百元（生平所未有，居城中当多一二倍），已觉骇然，兄在成都用度竟多至十倍，倚薪俸为生者，将何以堪！物贵由于币贱米昂，币贱乃自然之理，无法可设；米贵则大半由于人为，挽救之法甚多，政府何不急图之以自救耶！"这年 11 月 22 日，陈独秀在石墙院每月的费用达 600 元，比上半年又加了一倍。物价如此高涨，陈独秀的经济"每月亏空如此之多"，他不禁哀叹："奈何？奈何？"[1]

早在 1940 年 9 月，刚刚调任江津县县长的罗宗文，例行礼节性地拜访了陈独秀。面对通货膨胀物价上涨，人民群众生活受到极大威胁，尤其是粮食价格上涨问题，陈独秀就问罗："现在粮价飞涨，怎么办？"罗说："省府的指示是叫压一下。"也就是让各县把粮价压低在某一天的价格上，不准自由涨价。陈说："压也不是办法。"罗说："当然，硬压是无效的。"不久，陈独秀为此专门步行几个小时跑到县府找罗宗文，一坐下，陈独秀就说："孙哲生又在放大炮了，他主张粮食公卖是行不通的。"孙哲生即孙中山的儿子孙科，时任国民政府立法院院长，当时在中央纪念周作了题为《抗战时期的经济政策》的报告，其中说到重庆的米价涨到 150 元一担。建议粮食由国家来经营，操纵囤积等弊端就会一扫而空。[2] 可见陈独秀对粮价上涨促使物价上涨的极度关注。

[1] 引自《陈独秀在江津》，中国文联出版社 2002 年 7 月第 1 版第 112-120 页。
[2] 罗宗文：《住所访陈独秀补记》，引自《陈独秀在江津》，中国文联出版社 2002 年 7 月第 1 版第 10 页。

"贫士无财有傲骨，愈穷傲骨愈突兀。"除了拒收国民党蒋介石的赠款之外，此前，陈独秀还拒收过中共叛徒任卓宣赠送的200元。任卓宣又叫叶青，是陈执掌中共中央时的著名活动家，后被捕，在刑场上陪绑时吓掉了魂而叛变。陈对任说："你比我穷。"任大惑不解。其实，陈是嘲笑他的人格。傅斯年、罗家伦等人也亲自上门拜望并送钱，他一概拒绝，说："你们做你们的大官，发你们的大财，我不要你们的救济。"共产党的刘伯坚也曾去拜访陈独秀，并从互济会的经费中拿出100元钱给他，接济他的生活。陈独秀握着刘伯坚的手，热泪盈眶，坚辞不收，沉重地说："你来看我，我就很满足了。互济会的钱应该是用来营救狱中的同志的，照顾烈士遗孤，我岂可苟且。"

廉者不受嗟来之食。再穷，再苦，陈独秀志不穷，气不短。因负责照顾陈独秀生活的罗汉在1939年5月4日重庆大轰炸中丧身，北大同学会就特派追随陈多年的湖南籍北大学生何之瑜前来照顾陈独秀，并经陈介绍到江津德感坝国立九中任教。因此，有关北大同学会等涉外的各种捐赠大都由何之瑜负责收支。而对"北大自昆明致金助膏火"，陈独秀晚年感激不尽，遂将在南京狱中撰写的《连语类编》和《古音阴阳互用例表》赠送北大作为酬答。

"贫贱不移，富贵不淫，威武不屈"——这样的古语，在本书中已经一次又一次地引用，因为我实在难以再找到合适的词汇来形容陈独秀的人格之美。无论是从旧道德还是新道德，陈独秀的这种人格和精神，已经超越阶级超越政治超越时空，百分百地赢得了来自他的朋友、对手甚至敌人永远尊敬的目光。

古人云：文不爱财，武不惜死，则无往而不胜。

独秀陈先生，是也。

1940年2月，陈独秀因为牙病住进了重庆下石板街戴家巷宽仁医院治疗。某日，老朋友章士钊前去探望这位多年不见的诤友。从生活上说，窘迫拮据的陈独秀靠微薄的稿费和亲朋的接济，简直像一个"瘪三"；而身为国民党参政会议员的章士钊可谓衣食无忧的"阔佬"。但一见面，章士钊反而这么对陈独秀说："你倒很好，我像小瘪三！"尊敬之情溢于言表。郑学稼在回忆陈独秀时对此事深发感叹，说："仲甫为追求他的理想，垂老入狱"，"章士钊则一失足，便掉进泥坑而不能自拔，'小瘪三'是自嘲，也是对老朋友谈真心话。"

从重庆回来后，陈独秀应邓仲纯之邀在延年医院小住了两个月，观察病情，至5月初天气炎热后又搬到石墙院居住，继续《小学识字教本》的写作，并撰写该书《自叙》，先后致函陈钟凡征求意见。6月15日，他致信台静农，告"敌机每日光顾，江津城天天有警报，人心慌乱"，自己"左边耳聋之外，又加以右边脑子时作痛，写信较长，都不能耐"；《小学识字教本》"下卷略成，虽非完璧，好在字根半字根已写竟，总算告一段落。"

然而让陈独秀没有想到的是，一个月后的8月2日，他在石墙院的寓所突然失窃。他正在撰写的《小学识字教本》下卷《合体字》部分的手稿也随之被盗。对此，他非常气愤，立即报案。江津县府非常重视，立即让宪兵团派人到了鹤山坪。这下子，鹤山坪的百姓可遭了殃，宪兵们借口清查，四处抄家。结果盗走的两口箱子中的衣物均被找回，而一枚"独秀山民"阳文印章及正在撰写的书稿手稿再也没有找到。后来，人们发现手稿被盗贼在一棵大柏树下烧得干干净净，只剩下书脊。日日夜夜辛辛苦苦爬格子写成厚厚的泣血之作，竟然被窃贼付之一炬，这给陈独秀打击巨大，心脏病和高血压等老毛病再一次袭击了他，精神状态陷于颓废，大不如以前，不久即终止此书写作。他在第二天写给杨朋升的信中非常悲观地说："弟为老病之异乡人，举目无亲，惟坐以待毙耳！"而在《小学识字教本》上卷的出版问题上，因与国民党教育部长陈立夫在书名的意见上相左，陈独秀坚持宁可不出书也不改书名，导致最终没有出版，而国立编译馆1939年和1940年5月先后两次预支他的稿酬共计10000元，他也坚持没有动用，真可谓是"僵死到头终不变，盖棺论定老书生"。（具体内容前文已述）

因鹤山坪"山中天寒，盗风又大炽"，陈独秀在1940年11月再次移居邓仲纯延年医院暂住，至1941年5月返回石墙院居住，直至病逝。在这一段时间里，因身体原因，陈独秀已无力潜心著述了，而为了反击上海彭述之"托派"一伙人对他的不断攻击和指责，他费尽了精力和脑力。但他依然坚守不公开言政、参政的承诺，完全都是以私人信件的形式表达自己的意见，言辞非常平和，重在说理，淡定从容之外还多了一份豁达。

在这一段时间里，不再著书立说的陈独秀，将所有的忧愁苦闷都埋在心中，以诗歌这种最古老又最高雅的文字手段，排解自己的落寞和寂寥。我们不妨将他的这些诗作摘录如下，细细品味，一定能在字里行间发现他心灵的密码。

何处乡关感乱离，蜀江如几好栖迟。

相逢须发垂垂老，且喜疏狂性未移。——《赠友人》

日白云黄欲暮天，已无多胜此残年。

病如垣雪消难尽，愁似池冰结愈坚。

斩爱力穷翻入梦，炼诗心豁猛通禅。

家邻藏有中山酿，乞取深卮疗不眠。——《病中口占》

孤桑好勇独撑风，乱叶癫狂舞太空。

寒来万家蚕缩茧，暖偷一室雀趋从。

纵横谈以忘形健，衰飒心因得句雄。

自得酒兵鏖百战，醉乡老子是元戎。——《寒夜醉成》

这就是陈独秀的诗歌，这就是诗歌中的陈独秀。一切都是那么的现实而逼真，苦难是英雄最好的注释。过着这种几乎全靠别人施舍而赖以生存的日子，他的自尊受到了巨大的打击。什么叫尊严？所有的荣华富贵所有的功名利禄，都曾是他过眼的浮云。早年提倡"独立自由之人格"的他，大声疾呼"我有手足，自谋温饱；我有口舌，自陈好恶；我有心思，自崇所信"。现在呢？他难道真的失去了最后的一点自尊了吗？他难道真的失却了最初的那个自我了吗？不！石墙院里"须发垂垂老"的陈独秀"疏狂性未移"。不知乡关何处，梦里花落多少，孤单？孤独？孤寂？还有孤立。他害怕过吗？没有！"家邻藏有中山酿，乞取深卮疗不眠。"只要有酒，就可以借酒消愁，不怕愁更愁，"自得酒兵鏖百战，醉乡老子是元戎"！我还是我！变了，但骨子里没有变，还是那把硬骨头。

这就是陈独秀。老了。不服老不行。陈独秀也是如此。时光如水，日白云黄；人生如梦，炼诗通禅。坐在石墙院中，看天上云卷云舒，看乡间人来人往。

在春天，他想起了广州的日子，遂作诗《春日忆广州》赠陈钟凡，曰：

> 江南目尽飞鸿远，隐约罗浮海外山。
> 曾记盈盈春水阔，好花开满荔枝湾。

在夏天，他听说周光午、何之瑜、台静农及魏建功夫妇在屈原祭日聚会时，畅饮大醉，也想起了自己年轻时与沈尹默、刘季平在杭州诗酒豪情的生活。如今，他独坐石墙院，快乐着朋友们的快乐，陶醉着朋友们的陶醉，也品味着朋友们品味不到的凄凉。遂作诗《寄魏建功》，曰：

> 除却文章无嗜好，世无朋友更凄凉。
> 诗人枉向汨罗去，不及刘伶老醉乡。

在秋天，在八月十五的月光下，望灿烂星空，他也想起了南京的岁月，想起了那些年那些人那些事儿，遂作诗《对月忆金陵旧游》，曰：

> 匆匆二十年前事，燕子矶边忆旧游。
> 何处渔歌惊梦醒，一江凉月载孤舟。

在冬天，1941年年根的时候，陈独秀向老朋友佛教大师欧阳竟无借《武荣碑》字帖，以诗代柬，托请同乡老友朱蕴山转交。诗曰：

> 贯休入蜀唯瓶钵，卧病山居生事微。
> 岁暮家家足豚鸭，老馋独羡武荣碑。

"贯休"是唐代高僧,号禅月大师,善诗兼工书法,曾到四川游历,并有诗云:"一瓶一钵垂垂老,万水千山得得来。"陈独秀在诗中自比"贯休",生活再苦,也不忘学习书法求得精神满足。朱蕴山读了陈独秀的诗作之后,一阵心酸,赶紧买了两只鸭子前往石墙院看望独秀。谁知,一进屋门,朱蕴山惊呆了,只见独秀胃病正好发作,疼痛难忍得在床上打滚。朱曾劝他不要搞"托派",也曾受周恩来之托劝他去延安,他都未听从。陈逝世后,朱作诗《挽陈独秀》,[1] 曰:

掀起红楼百丈高,当年意气怒冲霄。

暮年萧瑟殊难解,夜雨江津憾未消。

一瓶一钵蜀西行,久病山中眼塞明。

僵死到头终不变,盖棺论定老书生。

其实,生活所困并不是这位"老书生"最痛苦的事情。在石墙院的岁月,给陈独秀精神带来痛苦的还有两个人先后先他而去,一个是蔡元培,一个是大姐。大姐是在1941年7月15日"患中风不语症"而去世的。家人及亲友担心陈独秀病体受不住精神打击,隐瞒了十余日才告诉他。获此噩耗,陈独秀即作五言长诗《挽大姐》,想起与大姐最后一面,"送我西廊外,木立无言辞;骨肉生死别,即此俄顷时;依依不忍去,怅怅若有思",声泪俱下,哀叹自己"微身且苟延"。

讲感情、重情义,是陈独秀显著的优秀品质。他的怀宁同乡、北大同事程演生说:"仲甫和朋友要好的,欢喜随便谈谈,或是说笑话。有些不知他的人,以为他是暴徒式或不近人情的人,其实他是极和蔼亲切的人,又

---

[1] 朱蕴山此诗前有序云:"1940年我到江津和邓仲纯大夫访问仲甫,力劝他回延安。据邓仲纯说,周恩来同志曾和仲甫谈一次话,但他的思想未能解决。"但对于周恩来是否在陈独秀避难江津的日子里探访过陈独秀,目前没有足够的史料作证。但朱蕴山听邓仲纯之说,也不能说不可能。笔者认为,还有一种情况是,周恩来探访陈独秀的时间有可能在1940年2月6日至20日,即陈在重庆市宽仁医院住院期间,或周恩来委托他人前来探望并转达意见。

有热情，不过负气，好闹脾气，但事过也，就若无其事的。我见过他和朋友因说笑话或顽皮而致变脸而致想打，然过了一天又和好了。不过这是些极好的朋友。"而蔡元培当然是他最好的朋友之一。

1940 年 3 月，蔡元培逝世。陈独秀闻讯，极为哀痛，在给友人的信中说："弟前在金陵狱中，多承蔡先生照拂，今乃先我而死，弟之心情上无数伤痕上又增一伤痕矣。"而早在 1937 年，当他听说被称为"中国托派中最杰出的女革命者黎彩莲"去世的消息时，他在写给赵济的信中说："彩莲的死使我很悲伤。一生中我遭遇到这样的事已不算少；可是我从来不曾如此难受过，也许是我老了……"是的，现在他真的老了，感情也脆弱多了。应北大同学会的邀请，陈独秀撰写了《蔡孑民先生逝世感言》，道出了自己对"四十年来社会政治之感触"。他说："蔡先生乃是一个无可无不可的老好人；然有时有关大节的事或是他已下决心的事，都很倔强地坚持着，不肯通融，虽然态度还很温和；这是他老先生可令人佩服的第一点"；他"容纳异己的雅量，尊重学术思想自由的卓见，在习于专制好同恶异的东方人中实所罕有，这是他老先生更可令人佩服的第二点"。在文章中，他还就"自五四起，时人间有废弃国粹与道德之议"，应北大同学会"先生能否于此文辟正之"的要求，发表了自己的看法。他说：

凡是一国像样的民族，都有他的文化，或者说他的国粹。在全世界文化的烘炉中，各民族有价值的文化，即是可称为国"粹"而不是国"渣"的，都不容易被熔毁，甚至那一民族灭亡了，他的文化生命比民族生命还要长。问题是在一民族的文化，是否保存在自己民族手中。若一民族灭亡了，甚至还未灭亡，他的文化即国粹乃由别的民族来保存，那便糟透了。"保存国粹"之说，在这点是有意义的。如果有人把民族文化离开全世界文化孤独的来看待，把国粹离开全世界学术孤独的来看待，在抱残守缺的旗帜之下，闭着眼睛自大排外，拒绝域外学术输入，甚至拒绝用外国科学方法来做整理本国学问的工具，一切学术失了比较研究的机会，便不会择精语详。只有抱着国"渣"当作国"粹"，甚至于高喊读经的人，自己于经书的训诂义理毫无所知，这样的国粹家实在太糟了！

人与人相处的社会，法律之外，道德是一种不可少的维系物。根本否认道德的人，无论他属于哪一阶级，哪一党派，都必然是一个邪僻无耻的小人。但道德与真理不同，他是为了适应社会的需要而产生的，他有空间性和时间性。此方所视为道德，别方则未必然；古时所视为不道德的，现代则未必然……总之，道德是应该随时代及社会制度变迁，而不是一成不变的；道德是用以自律，而不是拿来责人的；道德是要躬行实践，而不是放在口里乱喊的。道德喊声愈高的社会，那社会必然落后，愈堕落；反之，西洋诸大科学家的行为，不比道貌尊严的神父牧师坏；清代的朴学大师们，比同时汤斌、李光地等一班道学家的心术要善良得多。就以蔡先生而论，他是主张以美育代替宗教的，他是反对祀孔的，他从来不拿道德向人说教，可是他的品行要好过许多高唱道德的人。[1]

最后，陈独秀说："五四运动，是中国现代社会发展之必然的产物，无论是功是罪，都不应该专归到哪几个人。可是，蔡先生、适之和我，乃是当时在思想言论上负主要责任的人。"

向之所欣，俯仰之间，一切都如过眼烟云。说来说去，尽管陈独秀流落江津犹如虎落平阳，但国民党不放心，共产党不见谅，"托派"不包容，真是里外不讨好。陈独秀深知，蒋介石拉拢不到他，但始终还在监视着他。1941 年 3 月 5 日，陈独秀在写给何之瑜的信中谈及国民党密探到国立九中的事时，嘱咐他"不必谨慎过度"，"他们愿探的三件事：（一）我们与干部派（指中共。引者注）有无关系，（二）我们自己有无小组织，（三）有无反对政府的秘密行动。我们一件也没有。言行再加慎重些，他能探听什么呢？"

一辈子对国民党都没有好感并采取"不合作主义"的陈独秀，内心对共产党依然抱有希望和信心，这也是他始终没有声明退党，即使在中共中央开除他党籍之后他也只是承认自己是"中国共产党左派反对派"的原因。尽管后来他加入了"托派"组织，但他绝不放弃自己的信仰，决不出卖自

---

[1] 陈独秀：《蔡孑民先生逝世感言》，原载重庆《中央日报》1940 年 3 月 24 日。

己的灵魂，既未投降当叛徒，从未求荣当汉奸，对中国共产党有着与众不同的剪不断理还乱的血浓于水的情结和情义。下面两件小事，就非常值得一提。

其一：谈到当前抗战的危局，退守大西南的人们包括鹤山坪乡下的农民，都认为国民党部队节节败退，只剩下川、康、滇、黔和西北地区，我们很可能作亡国奴。陈独秀总是微笑着振奋精神地跟他们说："不会！我们还有两支逐渐壮大起来的军队，迟早会把敌人赶出去，中华民族是有复兴的希望的。"还说，"中国不会亡，有人能把日本鬼子赶出去。"大家心中明白，独秀先生说的两支军队就是共产党领导的八路军和新四军。[1]

其二：在江津的生活非常贫困，用陈独秀自己的话说，国难时期，我们流亡在外，能吃上萝卜白菜米饭已很不容易了。但作为一个思想家、革命家和政治家，除了读书之外，阅读报纸看新闻也是他每天的必修课。尽管穷得揭不开锅，连订阅报纸的钱都难以省下，但是陈独秀却坚决拒绝国民党赠阅的《中央日报》，而托人设法订了一份共产党的《新华日报》。按当时国民党的规定，《新华日报》只能在重庆市区、郊区和迁建区发行，但不知何故，陈独秀却能远在距离重庆百余里之外的江津看到《新华日报》。[2]

家住鹤山坪的杨实舜，当年还是在中学读书的"黄毛小子"，可谓是陈独秀的"追星族"，对陈在石墙院的生活有过亲身观察，对陈的言行，既敬仰，又觉复杂、矛盾，不够理解。他在石墙院也曾向陈独秀索字留念，陈手书条幅一纸，曰："双鬓已白难再青。"这话既有哀叹青春年华不再来之意，也有勉励年轻人"莫等闲，白了少年头"之心。对陈独秀的印象，杨实舜用如下12个词语来形容——"热肠，冷面；骨傲，心绵；学富，身俭；好友，诤言；新雅，故恋；白发，红颜"，可谓从一个侧面总结了陈独秀在江津的凄苦岁月。

---

[1] 龚灿滨：《陈独秀在津印象》，载《陈独秀在江津》，中国文联出版社2002年7月第1版第7页。
[2] 刘敬坤：《鼎山青松映孤魂》，载《陈独秀在江津》，中国文联出版社2002年7月第1版第97页。

5．最后的见解："战争与革命"和"民主与专政"

自 1938 年 10 月开始到 1942 年 2 月，在这三年多的时间里，陈独秀信守不言政治的承诺，真的没有在任何报刊上公开发表任何有关国政问题的文章和议论，告别政坛，潜心研究学术，完成他在南京狱中没有完成的著作，在《东方》杂志等报刊发表了大量的有关文字学、史学和国学的学术论文。由此可见，陈独秀是听进了周恩来希望他"不要活动，不要发表文章"的规劝的。即便胡宗南和戴笠受蒋介石之命于 1939 年夏天带着茅台酒来访，邀请他对政治发表高见的时候，他"惟一之要求"就是"务请两君对今日晤谈，切勿见之报刊"。

不谈政治，对政治家来说，是一种大苦闷。陈独秀也不例外。在江津，回首往事时，他不免感慨地对友人说："我的一生差不多是消耗在政治生涯中，至于我大部分生涯之失败，也并不足为虚荣的对象。还说，我奔走社会运动，奔走革命运动，三十余年，竟未能给贪官污吏的政治以致命的打击，说起来实在惭愧而又忿怒。"

没有公开发表政治意见，远离政坛的纷扰，并不能说明陈独秀就真的不问政治了。在江津在鹤山坪在石墙院，寄人篱下的陈独秀精神创伤越来越大，不怕死不怕杀不怕孤立的他，逆来不能顺受，骨子里与生俱来的叛逆性格，被上海的"托派"们一而再再而三的刺激而激怒。自 1938 年 11 月 3 日，陈独秀致信托洛茨基将上海"托派"狠狠地批评了一顿之后，彭述之、格拉斯一伙"极左派"根本没有听进托洛茨基的劝解，反而不依不饶地对陈独秀进行穷追猛打。

——1939 年 1 月 9 日，上海"托派"作出《给国际的政治工作报告》，驳斥陈独秀致托洛茨基的信中给他们冠名的"极左派"。报告称：抗战以来的基本路线是完全正确的，而且与托同志最近关于中日战争所发表的许多文件的意见是相符的。

——1939 年 3 月 11 日，托洛茨基复函格拉斯，表示"能够同他（陈独秀）经常合作"，且再次提出希望陈独秀赴美。"托派"临委遂出台《临委给国际的报告——关于 D.S（即陈独秀。引者注）同志的问题》，猛烈抨击陈独秀出狱后便一贯在政治上采取机会主义立场，在组织上采取取消主义的观点。

——1939年12月，当陈独秀听说斯大林和希特勒在8月23日签订了"互不侵犯条约"而媾和的时候，他强忍着不公开发表一言，也只是在"一个无月的黑夜"借诗歌发泄自己对斯大林的满腔激愤，以浇自己心中的块垒。诗歌名曰《告少年》：

太空暗无际，昼见非其形。众星点缀出，相远难为明。
光行无所丽，虚白不自生。半日见光彩，我居近日星。
西海生智者，厚生多发明。摄彼阴阳气，建此不夜城。
局此小宇内，人力终难轻。吾身诚渺小，傲然长百灵。
食以保躯命，色以延种姓。逐此以自足，何以异群生。
相役复相斫，事惯无人惊。伯强今昼出，拍手市上行。
旁行越郡国，势若吞舟鲸。食人及其类，勋旧一朝烹。
黄金握在掌，利剑腰间鸣。二者唯君择，逆死顺则生。
高踞万民上，万民齐屏营。有口不得言，伏地传其声。
是非旦暮变，黑白任其行。云雨翻覆手，信义鸿毛轻。
为恶恐不足，惑众美其名。举世附和者，人头而畜鸣。
忍此以终古，人世昼且冥。古人言性恶，今人言竞争。
强弱判荣辱，自古相吞并。天道顺其然，人治求均衡。
旷观伊古来，善恶常相倾。人中有鸾凤，众愚顽不灵。
哲人间世出，吐辞律以诚。忤众非所忌，坎坷终其生。
千金市骏骨，遗言觉斯民。善非恶之敌，事倍功半成。
毋轻涓涓水，积之江河盈。亦有星星火，燎原势竟成。
作歌告少年，努力与天争。

民国廿有九年独秀书于江津，时年六十有二

[后批注] 伯强，古传说中之大疠疫鬼也，以此喻斯大林。近日悲愤作此歌，知己者，可予一观。

对斯大林的批判，陈独秀在晚年一刻也没有停止。在江津，当知道上海"托派"对他进行毫无善意的攻击后，他开始坐地还击。为此，他先后两次致信在云南某师范学校教书的表弟西流（即濮一凡，又名濮德治、濮清泉）、一次致信连根（即王文元，又名王凡西），一方面不断阐述自己对民主和独裁的新思考新见解，一方面对"极左派"的言行给予严厉批评，形成了晚年陈独秀的最后的根本的意见。

——1940 年 3 月 2 日，陈独秀致信濮清泉，说："我们也不应该抄袭列宁对 1914 年大战之现存结论，也应该用自己的脑子分析此次战争的环境与特质，一切理论与口号都有其时间性与空间性，是不能随便抄袭的。对于像欧洲大战这样大的事变，不能观察其活的环境与特质，而视为历史重演，以背诵一大篇过去大战的经验与理论了事，这样的马克思主义理论家乃是抄袭陈文的八股家啊！历史不会重演，错误是会重演的，有人曾把列宁1914 年大战的理论与口号应用于中日战争，而忘记了被压迫民族的反帝特质，无论他唱如何左的高调，只能有助于日本；现在又有人把列宁当年的理论与口号应用于此次战争，而忽略了反法西斯的特质，无论他唱如何左的高调，只能有助于希特勒，英法虽不是被压迫的普鲁士，但希特勒却是横行欧洲的拿破仑第三，而不是威廉第二。"他提出："反对希特勒，便不应同时打倒希特勒的敌人，否则所谓反对希特勒和阻止反法西斯胜利，都是一句空话。"[1]

——1940 年 4 月 24 日，陈独秀再次致信濮清泉并转王文元，说："形式的局限的民主，于大众的民主斗争是有利的，法西斯主义和格柏乌[2] 政治，是大众民主运动的制动机。即以中国问题而论，英法若是败了，中国不外日俄两国统治，若英法胜了，全世界反法西斯运动破产，当然恢复东西旧秩序，其影响于中国国内政治，也可想而知，我们能做比此更好更美丽的梦吗？"他强调："兄和我在数年前都已认为死狗是全世界罪恶之魁首"，"我现在说，老实说，谁打倒死狗和希特勒，我都向他叩头，我情愿做他奴

---

[1] 水如编：《陈独秀书信集》，新华出版社 1987 年 11 月第 1 版第 489-491 页。
[2] 格柏乌，即苏联国家政治保安局，承继全俄肃反委员会工作的苏维埃政权惩罪和侦查机关。

隶……"[1]

——1940 年 6 月，上海"托派"临委作出《对陈独秀来信的决议》，批判陈独秀在写给西流三封信中的提出的思想，批评陈是"公开站在民主的英法帝国主义方面，反对革命的'失败主义'，反对'以国内战争去转变帝国主义战争'……明显地完全承袭了过去史大林'以民主阵线反对法西斯阵线'之荒谬立场，这在本质上是英法帝国主义的狭隘爱国主义思想，是普列汉诺夫、格德和亨德曼在第一次世界大战中所表现的极端可耻的机会主义之再版"。

——1940 年 7 月 31 日，陈独秀致信王文元，并转郑超麟，批评他们"对实际的历史事变发展闭起眼睛，一味玩弄抽象公式"；斥责他们第一是不懂得资产阶级民主政治上之真正价值，第二是不懂得法西斯和英法美帝国主义者阶级作用不同，第三是不懂得"中间斗争"的重要性，第四是幻想英法美失败后革命起来推翻整个资产阶级统治之假定，这完全是幻想奇迹。[2]

——1940 年 9 月，陈独秀病中耗时 20 余日，在石墙院断断续续地给濮清泉写了一封五千言的长信，精神不佳可想而知。在这封信中，陈独秀主要就郑超麟与他争论的"大战失败国有无革命"和"应当保护民主"这两个问题给予了回答和阐述。就第一个问题"大战失败国有无革命"，陈独秀说"我只能答复一个否字，尤其在英、法"。就第二个"应当保护民主"的问题，陈独秀说："我根据苏俄二十年来的经验，沉思熟虑了六七年，始决定了今天的意见。"由此可见，陈独秀早在南京"老虎桥"监狱中就开始了他对"民主与独裁"这个问题的思考。他认为：

（一）非大众政权固然不能实现大众民主；如果不实现大众民主，则所谓大众政权或无（产阶）级独裁，必然流为史大林式的极少数人的格柏乌政制，这是事势所必然，并非史大林个人的心术特别坏些。

（二）以大众民主代替资产阶级的民主是进步的；以德、俄的独裁代替

---

[1] 水如编：《陈独秀书信集》，新华出版社 1987 年 11 月第 1 版第 491 页。
[2] 同上，第 497-499 页。

英、法、美的民主，是退步的，直接或间接有意或无意的助成这一退步的人们，都是反动的，不管他口中说得如何左。

（三）民主不仅仅是一个抽象名词，有它的具体内容，资产阶级的民主和无产阶级的民主，其内容大致相同，只是实施的范围有广狭而已。

（四）民主之内容固然包含议会制度，而议会制度并不等于民主之全内容，许多年来，许多人，把民主和议会制度当作一件东西，排斥议会制度，同时便排斥民主，这正是苏俄堕落之最大原因，议会制度会成为过去，会成为历史残影，民主则不然也，苏维埃制若没有民主内容，仍旧是一种形式民主的代议制，甚至像俄国的苏维埃，比资产阶级的形式民主议会还不如。

（五）民主是自古代希腊、罗马以至今天、明天、后天，每个时代都被压迫的大众反抗少数特权阶层的旗帜，并非仅仅是某一特殊时代历史现象，并非仅仅是过了时的一定时代中资产阶级统治形式，如果说民主主义已经过了时，一去不复回了，同时便可以说政治及国家也已过了时即已经死亡了。如果说民主只是资产阶级的统治形式，无产阶级的政权形式只有独裁，不应该民主，则史大林所做的一切罪恶都是应该的了，列宁所谓"民主是对于官僚制的抗毒素"，乃成了一句废话，LT 主张为恢复苏维埃、工会及党的民主而斗争，也是等于叫昨天回来，等于叫老百姓为历史的残影流血。如果说无级民主与资级民主不同，那便是完全不了解民主之基本内容（法院外无捕人杀人权，政府反对党派公开存在，思想、出版、罢工、选举之自由权利等），无级和资级是一样的。[1]

在这里，陈独秀再次以自己对"民主"的理解，详细剖析了斯大林"独裁"产生的原因。他已经从现象看到了本质，把民主作为衡量一个国家或者政党进步与反动的唯一标杆。基于民主的立场，陈独秀对苏联斯大林的非民主经验有了比托洛茨基更为深刻更为根本更为透彻的认识。他说：

如果说史大林的罪恶与无产阶级独裁制无关，即是说史大林的罪恶非

---

[1] 陈独秀:《给西流的信》,《陈独秀著作选》第三卷,上海人民出版社 1993 年版第 553-554 页。

由于十月以来苏联制度之违反了民主制之基本内容（这些违反民主的制度，都非创自史大林），而是由于史大林的个人心术特别坏，这完全是维心派的见解。史大林的一切罪恶，乃是无（产阶）级独裁制之逻辑的表达，试问史大林一切罪恶，哪一样不是凭藉着苏联自十月以来秘密的政治警察大权，党外无党，党内无派，不容许思想、出版、罢工、选举之自由，这一大串反民主的独裁制而发生的呢？若不恢复这些民主制，继史大林而起的，谁也不免是一个"专制魔王"，所以把苏联的一切坏事，都归罪于史大林，而不推源于苏联独裁制之不良，仿佛只要去掉史大林，苏联样样都是好的，这种迷信个人轻视制度的偏见，公平的政治家是不应该的。苏联二十年的经验，尤其是后十年的苦经验，应该使我们反省。我们若不从制度上寻出缺点，得到教训，只是闭起眼睛反对史大林，将永远没有觉悟，一个史大林倒了，会有无数史大林在俄国及别国产生出来。在十月后的苏俄，明明是独裁制产生了史大林，而不是史大林才产生独裁制，如果认为资产阶级民主制已至其社会动力已经耗竭之时，不必为民主斗争，即等于说无产阶级政权不需要民主，这一观点将误尽天下后世！[1]

显然，陈独秀对斯大林的认识已经从政策层面触及到了政治制度的层面。一直受到斯大林打压并成为承担中国大革命错误的"替罪羊"的陈独秀，他以罕见的胸怀指出"不能一切归罪于史大林"，这表明他的政治思想已经达到了前所未有的高度。留俄的国民党党员白瑜感慨地说："陈先生宽恕斯大林，胡适之先生谓其心存厚道，正如章太炎先生吊袁世凯'败不出走，于今犹杰'，均书生本色。"[2]

在这封信中，陈独秀认为："科学、近代民主制、社会主义，乃是近代人类社会三大天才的发明，至可宝贵；不幸十月以来，轻率地把民主制和资产阶级统治一同推翻，所谓'无产阶级民主''大众民主'只是一些无实际内容的空洞名词，一种抵制资产阶级民主的门面语而已。无产阶级取得政权后，有国有大工业、军队、警察、法院、苏维埃选举法，这些利器在

---

[1] 陈独秀：《给西流的信》，《陈独秀著作选》第三卷，上海人民出版社 1993 年版第 554 页。
[2] 李杨：《陈独秀的"最后见解"》，原载《南方周末》2007 年 12 月 6 日第 24 版。

手，足够镇压资产阶级的反革命，用不着拿独裁来代替民主，独裁制如一把利刃，今天用之杀别人，明天便会用之杀自己。"他说："一班无知的布尔什维克党人，更加把独裁抬到天上，把民主骂得狗屎不如，这种荒谬的观点，随着十月革命的权威，征服了全世界，第一个采用这个观点的便是墨索里尼，第二个便是希特勒，首倡独裁制本土——苏联，更是变本加厉，无恶不为，从此拜独裁的徒子徒孙普遍了世界，特别是欧洲，五大强国就有三个是独裁。"他号召全人类要推翻莫斯科、柏林和罗马这三个"把现代变成了新的中世纪，他们企图把有思想的人类变成无思想的机器牛马"的"反动堡垒"。

自 1936 年莫斯科大审判后，陈独秀即对苏联的国家性质产生了疑问："这样的不民主，还算什么工人国家？" 1939 年德苏签订协定后，陈独秀公开反对托洛茨基派的立场，认为没有高于资产阶级制度的民主，根本不能算是工人国家。如果工人阶级国家不比资产阶级国家更加民主，工人阶级以牺牲生命而发起的革命又是为了什么呢？为了让人们进一步看清楚"现在的民主国和法西斯之显然限界"是否已经真的消失，陈独秀列了这样一张表格[1]，对英美与俄德意的政治民主制度进行了对照：

（甲）英、美及战败前法国的民主制	（乙）俄、德、意的法西斯制（苏俄的政制是德意的老师，故可为一类）
（一）议会选举由各党（政府反对党在内）垄断其选举区，而各党仍须发布竞选的政纲及演说，以迎合选民要求，因选民毕竟最后还有投票权。开会时有相当的讨论争辩。	（一）苏维埃或国会选举均有政府党指定。开会时只有举手，没有争辩。
（二）无法院命令不能逮捕人杀人。	（二）秘密政治警察可以任意捕人杀人。
（三）政府的反对党派甚至共产党公开存在。	（三）一国一党不容许别党存在。
（四）思想、言论、出版相当自由。	（四）思想、言论、出版绝对不自由。
（五）罢工本身非犯罪行为。	（五）绝对不许罢工，罢工即是犯罪。

---

[1] 陈独秀：《给西流的信》，《陈独秀著作选》，上海人民出版社 1993 年 4 月版第 555-557 页。

陈独秀说："二者的界限，在英、美是几时消失的呢？在法国是因何消失的呢？每个康米尼斯特（即共产党员。引者注）看了这张表，还有脸咒骂资产阶级的民主吗？宗教式的迷信时代应当早点过去，大家醒醒罢！"

——1940 年 11 月 28 日，没有偃旗息鼓的陈独秀在黄荆街 83 号延年医院完成了《我的根本意见》。

（一）不会在任何时间，任何空间，都有革命局势。最荒谬的是把反动派的局势，说成革命局势：即把统治阶级战胜后，开始走向稳定，说成是走向崩溃，把中间阶级离开革命阶级而徘徊动摇，说成开始离开统治阶级而徘徊动摇，把革命阶级打败后的愤闷情绪，说成革命情绪之高涨。我们必须驳斥"人民愈穷愈革命"的胡说。"压力愈大反动力也愈大"这一物理现象，虽然也可以应用于社会，而必以被压迫者有足够奋起的动力为条件。

（二）无产阶级的群众，不会在任何时间都倾向革命，尤其是大斗争遭到严重失败之后，或社会经济大恐慌之时。

（三）无产阶级没有适合于其社会条件是充分数量，没有经济的政治的组织，和别的居民没有甚么大的不同。特别是十余年来苏俄官僚的经验，中日战争及此次帝国主义大战的经验，使我们不能轻率宣布"资本主义已到末日"，没有震动全世界的力量之干涉，此次大战自然不是资本帝国主义之终结，而是它发展到第二阶段之开始，即是由多数帝国主义的国家，兼并成简单的两个对垒的帝国主义的集团之开始。

（四）应该严格区别小资产阶级"集中"、"统一"的武断性，和无产阶级"集中"、"统一"的自然性之间的不同。

（五）应该严格区别急进而虚矫的小资产阶级分子和坚决而坦率的无产阶级分子之间的不同。

（六）现在并不是最后斗争时代，不但在落后国家，即在欧美先进国家，如果有人武断说：资产阶级、小资产阶级已经没有一点进步作用，已经完全走到反动的营垒，这只是种下了将来资产阶级表现进步作用时向之仓惶投降的后果。

（七）应该毫无成见的领悟苏俄廿余年来的教训，科学的而非宗教的重新估计布尔什维克的理论及其领袖之价值，不能一切归罪于史大林，例如无产阶级政权之下民主制的问题。

（八）民主主义是自从人类发生政治组织，以至政治消灭之间，各时代（希腊、罗马，近代以至将来）多数阶级的人民，反抗少数特权之旗帜。"无产阶级民主"不是一个空洞名词，其具体内容也和资产阶级民主同样要求一切公民都有集会、结社、言论、出版、罢工之自由。特别重要的是反对派之自由，没有这些，议会或苏维埃同样一文不值。

（九）政治上民主主义和经济上的社会主义，是相成而非相反的东西。民主主义并非和资本主义及资产阶级是不可分离的。无产政党若因反对资产阶级及资本主义，遂并民主主义而亦反对之，即令各国所谓"无产阶级革命"出现了，而没有民主制做官僚制之消毒素，也只是世界上出现了一些史大林式的官僚政权，残暴、贪污、虚伪、欺骗、腐化、堕落，决不能创造甚么社会主义，所谓"无产阶级独裁"，根本没有这样东西，即党的独裁，结果也只能是领袖独裁。任何独裁都和残暴、蒙蔽、欺骗、贪污、腐化的官僚政治是不能分离的。

（十）此次国际大战，自然是两帝国主义的集团互争全世界霸权的战争。所谓"为民主自由而战"自然是一种外衣；然不能因此便否认英、美民主国尚有若干民主自由之存在。在那里，在野党，工会，罢工之存在，是现货而非支票。除了纳粹第五纵队的爪牙，是不能用任何诡辩来否认的。我们更未曾听到美国用纳粹对待犹太人的办法来对待孤立派。希特勒的纳粹党徒，则企图以其统治德国的野蛮黑暗的办法统治全世界，即是以比中世纪宗教法庭更野蛮黑暗的办法来统治全世界，使全世界只许有它的一个主义，一个党，一个领袖，不容任何异己之存在，并不容被它征服的国家中土著纳粹及各种各色的土著法西斯之存在。希特勒党徒之胜利，将使全人类窒息，将使全人类由有思想脑神经有自由意志的人，变为无思想脑神经无自由意志的牛马器械；所以全世界各国中（德国也当然在内）有良心的进步分子，在此次大战一开始以及现在与将来，都应该以"消灭希特勒的纳粹党徒"为各民族共同进攻之总目标，其他一切斗争，只有对于这一总目标有正的作用而非负的作用，才有进步意义。因为希特勒的纳粹一胜利，甚么社会主义，甚么民主主义，甚么民族解放，一切都无从谈起。

（十一）在此次帝国主义大战中，对民主国方面采取失败主义，采取以国内的革命战争代替国际的帝国主义战争的方略，无论口里说得如何左，事实上只有帮助纳粹胜利，例如英国人自己的帝国主义政府，若被革命推翻，其时的英国海陆空军势必分裂削弱，革命的新政权，又决不能在短时期内生长成强大力量，来抵抗纳粹军队侵入英伦（若说"自己的帝国主义政府之失败，无疑是较少祸害的"，那么现在被纳粹征服的捷克人、法国人真是幸运！），忽略了时间问题，真理会变成荒谬。人们有理由认为中日战争已因帝国主义大战而变质，然不能因此便主张在中国采取失败主义。重庆政府之毁灭，在今天，除了帮助德、意、日加速胜利外，不能有别的幻想。我们也以同样理由，不主张在苏联采取失败主义，虽然没有事实使我们相信在人类自由之命运上史大林党徒好过希特勒党徒。

（十二）没有任何理由可以说：革命之基础准备，及群众结合，在有若干民主成份的政权之下，比在纳粹极权统治之下，更为艰难，也没有任何理由可以说：纳粹胜利比其失败于德国革命运动更为有利。纳粹霸权在欧洲能支持好久，无人能够为它算命，如果拿纳粹胜利后必然崩溃，来做帮它胜利的口实，这样大的牺牲，这样滑稽的战略，和以前在德国国内政变时，史大林宣布"让希特勒上台"，"他上台不久，就要失败"等说法，没有两样。并且现在的欧洲，也和中国的战国时代及欧洲近代初期一样，在经济发展上要求统一，因为没有革命的统一，纳粹党反动的统一，也有客观条件使其能够实现之可能。不过这种反动的统一，在经济上不能够动摇资本制度对于生产力之束缚（私有财产制），像欧洲王权时期动摇封建制度对于生产力之束缚（农奴与行会），那样的进步作用。在政治上毁灭民主制，回复到中世纪的黑暗，即使不很长久，也是人类可怕的灾难和不可计算的损失。

（十三）战争与革命，只有在趋向进步的国家，是生产力发达的结果，又转而造成生产力发展的原因；若在衰退的国家，这反而使生产力更为削弱，使国民品格更加堕落——夸诞、贪污、奢侈、苟且，使政治更加黑暗——军事独裁化。

（十四）国际战争，只有在两方武器和军事技术相等的国家，才能把人数、民气和作战精神，看做决定胜负的因素；即在国内战争，十九世纪新武器之发明，使恩格斯不得不重新估计巷战之价值；二十世纪新武器新战术之发明，将不得不更加减少民众暴动与巷战之可能性，如果统治营垒内部不崩裂。

（十五）帝国主义以殖民地半殖民地为存在条件，犹之资本主义制度以私有财产为存在条件。我们不能幻想资本统治不崩溃可以取消私有财产，同时也不能幻想殖民地半殖民地的民族独立战争，不和帝国主义国家（宗主国及宗主国的敌对国家）中的社会革命结合起来，会得到胜利。在今天——英美和德国两大帝国主义互争全世界奴隶统治权的今天，孤立的民族战争，无论由何阶级领导，不是完全失败，便是更换主人，或者还是更换一个更凶恶的主人，即使更换一个较开明的奴役主人，较有利于自己的政治经济之发展，而根本不能改变原来的殖民地或半殖民地奴役地位。[1]

——1941年1月10日，上海"托派"中央通过《关于D.S对民主和独裁等问题的意见的决议》，抨击陈独秀攻击无产阶级专政，否认苏联社会主义制度，歌颂资产阶级民主和否认在这次大战中有发生任何革命运动的可能的观点。指出："独秀对于战争与革命的意见，对于民主与专政及苏联等问题的意见，现已发展到了顶点，发展到了完全离开第四国际的立场，完全离开了马克思主义，离开了无产阶级立场而站到最庸俗的最反动的小资产阶级的机会主义者的立场上去了。"他们警告陈独秀："现在的问题，不是独秀完全放弃他的荒谬的意见，就是他离开第四国际，离开革命，中间的道路是没有的。"

---

[1] 陈独秀：《我的根本意见》，《陈独秀著作选编》第五卷，上海人民出版社2010年9月第1版第358-361页。

——1941 年 1 月 19 日，陈独秀在病中致信 Y（何之瑜），请何代为转寄他同日写给 S（孙几伊）和 H（胡秋原）的信。陈独秀告诉何之瑜，孙几伊和胡秋原希望他"跳出马克思主义圈子"，"乃彼辈一向之偏见，不足为异，我辈最好与之讨论实际问题（历史的及现状的）使之无可逃遁，不必牵涉抽象的理论及主义的圈子，免得纠缠不清也，陶孟和不是不懂，仲纯弄错了"。孙几伊和胡秋原都是陈独秀在北京大学时的学生，孙与陈有三年没有见面，胡陈之间已经有二十多年不见。在写给孙和胡的信中，陈独秀说："弟自来之论，喜根据历史现在之事变发展，而不喜空谈主义，更不喜引用前人之言以为立论之前提，此种'圣言量'的办法，乃宗教之武器，非科学之武器也。近作根本意见，亦未涉及何种主义，第七条主张重新估计布尔什维克的理论及其领袖（列宁、托洛茨基都包括在内）之价值，乃根据苏俄廿余年的教训，非拟以马克思主义为尺度也。倘苏俄立国的道路不差（成败不必计），即不合乎马克思主义，又谁得而非之。'圈子'即是'教派'。'正统'等于中国宋儒所谓'道统'，此等素与弟胃口不合，故而见得孔教道理有不对处，便反对孔教；见得第三国际道理有不对处，便反对它；对第四国际，第五国际，第……国际亦然。适之兄说弟是一个'终身的反对派'，实是如此，然非弟故意如此，乃事实迫我不得不如此也。譬如吃肉，只要味道好，不问其售自何家。倘若味道不好，因其为陆稿荐出品而嗜之，是迷信也；倘若味道好，因其为陆稿荐出品弃之，而此亦成见也。迷信与成见，均经不起事变之试验及时间之淘汰，弟两不取之。纸短话长，不尽万一，惟弟探讨真理之总态度，当以此得为二先生所了解也。"[1]

——1941 年 7 月，上海"托派"中央作出《对最近党内争论之决议》，系统总结批判陈独秀等人在抗战问题上的"机会主义"观点。错误地断言战争"必然以革命而终止"，"中共必然分裂"，一切革命分子都将加入第四国际。

——1941 年 12 月 1 日，陈独秀致函郑学稼，并赠《我的根本意见》

[1] 水如编：《陈独秀书信集》，新华出版社 1987 年 11 月第 1 版第 512 页。

油印本。说："近接到一些托派文件，见解颇荒谬，故写一文驳斥之，特油印给几位好朋友看看，兄阅毕望给李麦元一阅。"

——1941 年 12 月 7 日，陈独秀在一封信中嘲笑上海"托派"代表大会分什么"少数派"和"多数派"，指出"他们自以为是多数派即布尔什维克，其实布尔什维克并非马克思主义"。

——1941 年 12 月 23 日，陈独秀在收到郑学稼 14 日的来信后，对郑在信中"所论与鄙见微有不同，或者因为兄对于《我的根本意见》尚未详阅也"。他说："此提纲式短文，乃为托派国内以至国外先生们的荒谬见解而发，因为弟精神仍不佳，无力为长文，未能详细发挥，或不免为人所误解也。列托之见解，在中国不合，在俄国及西欧又何尝正确。弟主张重新估定布尔什维克的论理及其人物（老托也在内）之价值，乃为一班'俄迷'尤其是吃过莫斯科面包的朋友而发，在我自己则已估定他们的价值，我认为纳粹是普鲁士与布尔什维克之混合物，弟评论他们仍用科学的态度，并非依任何教派的观点，更不屑以布尔什维克正统自居也，鄙见很难得人赞同，读来书'布尔什维克与法西斯为孪生儿'之说，不禁拍掌大悦！弟久拟写一册《俄国革命的教训》，将我辈以前的见解彻底推翻，惜精神不佳，一时尚不能动笔耳！"[1] 陈独秀把反法西斯斗争看作全人类的头等重要的大事，这并没有错。但他以自己的民主去识别战争的正义与不义，区别进步与反动，而且没有综合辩证地考虑苏联的社会主义经济制度从而极端地将斯大林与希特勒相提并论，攻其一点不及其余，对苏联斯大林政权采取全盘否定的态度，不能不说其中有过激的不理性的思考，从而陷入了政治上的悲观主义。

信守不公开发表政治言论的陈独秀，以私人信件的方式在与"托派"进行了上述一系列内部大争论之后，终于发现"托派"不仅已经无可救药，而"托派"对他也采取了更加强硬的反对立场，令他十分失望。这位"终身的反对派"终于有些憋不住气了，1942 年 2 月 10 日，在石墙院开始对第二次世界大战进行评头论足，撰写了《战后世界大势之轮廓》。他认为：

---

[1] 水如编：《陈独秀书信集》，新华出版社 1987 年 11 月第 1 版第 521-522 页。

"资本制度存在一天，由它所自然产生的帝国主义，当然不能自动的根本放弃，但统治的形式必然有所改变，即是：由民族化到国际集团化这一形式的改变；这一改变并非帝国主义制度之终结，而它反走向扩大与加强。"在他看来，"在资本帝国主义世界里，落后国家及弱小民族之'民族自决'、'民族解放'，本是一种幻想"。对于中国，"美国胜利了，我们如果能努力自新，不再包庇贪污，有可能恢复以前半殖民地的地位，倘若胜利属于德意日，我们必然沦为殖民地。"

1942年3月21日，重庆的《大公报》在发表了陈独秀《战后世界大势之轮廓》后，立即遭到"围攻"。国民党政府指示《大公报》禁止发表陈独秀该文下篇《再论世界大势》，理由是"顾虑对苏外交"。29日，在江津县为纪念黄花岗七十二烈士殉难日大会上，双目失明的安徽名士凌铁庵在大会上公开批评陈独秀之说是"反革命"言论。4月2日，国民党中央图书杂志审查委员会也就陈独秀《战后世界大势之轮廓》一文发出通令，要求"各省市图书杂志审查处一体注意检扣"，认为该文"内容乖谬，违反抗战国策"。5月8日，延安《解放日报》发表署名李心清《斥陈独秀的投降主义理论》的文章，重复陈伯达四年前在《解放》上发表的《评陈独秀的亡国论》的逻辑，上纲上线将陈独秀的观点批判为"汉奸理论"，反映了陈独秀的"汉奸本质"——又回到了王明、康生的诬蔑陈独秀的伎俩上来。同时还问责国民政府：这样"违背"抗战到底的国策和"三民主义"的文章，"为什么堂堂的《大公报》能为之刊登呢？为什么堂堂检察官为之通过呢？"因此胡秋原说，"陈独秀也许是当时唯一没有言论自由的人"。[1]

陈独秀《战后世界大势之轮廓》中对国际形势的估计被人们讥为悲观主义论调。为此，陈独秀十分不服，于4月19日写下《再论世界大势》，指出："我以为评量客观上的估计只应问其现实性如何，不必论其是否悲观。"他说："我们可以追求理想，而不可追求远离事实的幻想；只可认清非绝对不可能的理想，艰苦的前进，哪怕较为辽远，却不可拿乐观的幻想以自慰。"这就是陈独秀的性格。尽管已经不隶属于任何党派的他，发表的也

---

[1] 胡秋原：《悼陈仲甫先生》，原载《中华》杂志1965年5月16日第3卷第5期。

只是他一个人的意见，无论对与错，我们都不必为陈独秀开释，这就是他的历史。他不可能是一个不犯错误的人。诚如他 1937 年 11 月 21 日给"托派"领导之一的陈其昌的信中所说："我不懂得什么理论，我决计不顾忌偏左偏右，绝对力求偏颇，绝对厌弃中庸之道，绝对不说人云亦云豆腐白菜不痛不痒的话，我愿意说极真确的话，也愿意说极错误的话，绝不愿说不错又不对的话。"

——1942 年 5 月 13 日，陈独秀抱病撰写了《被压迫世界民族之前途》。在这篇文章中，他说："我认为在资本帝国主义的现世界，任何较弱小的民族，若企图关起门来，靠自己一个民族的力量，排除一切帝国主义之侵入，以实现这种孤立的民族政策，是没有前途的，它的唯一前途，只是和全世界被压迫的劳动者，被压迫的落后民族结合在一起，推翻一切帝国主义，以分工互助的国际社会主义世界，代替商品买卖的国际资本主义旧世界，民族问题便自然解决了。"他强调："在今天，落后民族无论要发展资本主义或社会主义，都非依赖先进国家不行，只要不是民族夸大狂的人，便能够认识这种命运。"[1] 陈独秀将《被压迫世界民族之前途》寄给何之瑜，并告诉何这篇文章是前面写的《我的根本意见》《战后世界大势之轮廓》《再论世界大势》三篇文章的"结论，更是画龙点睛了"。

值得一提的是，1949 年初，何之瑜、郑超麟等人将陈独秀在 1940 年至 1942 年间写的上述书信和文章，以《陈独秀最后的论文和书信》为名结集出版。后由亚东图书馆的汪原放送给胡适一册。4 月 6 日，胡适在上海乘克利夫兰总统号轮船离开中国大陆，4 月 14 日夜，在太平洋航行途中，他阅读完陈独秀的这些文章后，撰写了长达万言的序言，认为这是陈晚年思想发展的一个高峰，具有"独立思想"，"实在是他大觉大悟的见解"。他认为陈的"最后思想"是"中国现代政治思想史上稀有的重要文献"。随后，他将此书改名为《陈独秀的最后见解（论文和书信集）》寄往台湾出版，立即遭国民党当局查禁。1949 年 6 月，自由中国社出版部曾发行该书，扉页

---

[1] 陈独秀：《被压迫世界民族之前途》，《陈独秀著作选编》，上海人民出版社 2010 年 9 月第 1 版第 396 页。

则改名为《陈独秀最后对于民主政治的见解》，由东南印务出版社（香港高士打道六十四号）印刷。

——这就是陈独秀，就是那个自称"我绝对不怕孤立"的陈独秀，不讨好，不讨巧，不投机，更不取巧，始终是一个不入时合流的四面楚歌的"反对派"，总是充当着一个前卫的先锋位置，担当着一个与世不合、与众不同、与俗不媚的艰难又别扭的角色。江津的乡亲为庆丰收做秋报大会请他看戏并发表演说时，当他在席间说到"吾既不容于共产党，又不容于国民党"两句话时，竟当众情不自禁地老泪纵横，悲戚之情感动四座，[1] 人生艰难，英雄磨难，倍于常人者几何，又岂是"长使英雄泪满襟"的诗句所能表达的么？可即使身处四面楚歌，他仍始终以一个真正的马克思主义者自命，大有"耿耿孤忠"之概。坚强的民族自尊心加上明确的民主思想，终于使他在远离政坛的监狱和避居江津的乡村经过六七年独立的深思熟虑之后，冲破了民族思想和民主主义的藩篱，结成了自己"最后的见解"。

不怕孤立，但谁都害怕孤独。"独秀晚年患高血压，经常不食盐，犹能深思著作，完全由精神支持。尤其是血压过高时，不能伏案执笔，则不吃东西，硬将血压饿下去。乡间无医无诊，只此一法，如是者不止一次。"[2] 读到此，天下耍笔杆子的人们不能不为陈独秀的勤奋和刻苦所感动。生命不息，战斗不止。正如毛泽东所言：与天奋斗，与地奋斗，与人奋斗，其乐无穷。对陈独秀来说，这"乐"，是苦中作乐？还是苦中求乐？抑或是以苦为乐？但无论是苦也好，还是乐也罢，陈独秀从来没有改变自己的信仰，没有停止过思考。是的，思考是一件多么困难又多么重要的事情啊！

有人说，人一思考，上帝就发笑。

面对陈独秀的思考，上帝会笑吗？

---

[1] 文迟：《石墙院，仍在诉说那段岁月》，引自《陈独秀在江津》，中国文联出版社 2002 年 7 月第 1 版第 229 页。

[2] 台静农：《酒旗风暖少年狂》，原载《文学报》1991 年 1 月 10 日第 511 期第 4 版。

6．独秀之死：还师自西旅，祖道出东门

风流总被雨打风吹去。

风烛残年的陈独秀苍苍凉凉——政治上软禁，经济上贫穷，生活上靠朋友。在石墙院，这位孤独的安徽硬汉没有屈服，也没有盲从。1940年，北大同学会曾请了一个名医给他诊治，在检查后说，陈独秀的心脏不能再扩大半指，否则可能活不到三年。

1942年5月13日，陈独秀早早地就起床了，他一气呵成写完了《被压迫世界民族之前途》，与写给何之瑜的信函一起让伙房赶紧送给何之瑜。上午，包惠僧来了，久别重逢，相见甚欢。两人共进午餐，陈独秀心情真是好极了，倾诉沦落情，把酒话桑麻。是日夜，陈独秀继续伏案完成他的文字学著作《小学识字教本》。因中午吃四季豆烧肉过量，肠胃感觉不适，陈独秀不得不停下笔来休息，夜不能寐，午夜呕吐不止。真是巧也不巧，不巧也巧，在生命的最后一刻，一辈子与文字打交道的他握着他一辈子握着的中国毛笔，写下了他一辈子写的最后一个汉字——"抛"。到底是他抛了世界，还是世界抛了他？在这样的问号面前，历史也变得茫然失措。而陈独秀这个传奇又复杂的历史角色，他命运多舛的人生，又岂是一个"抛"字了得。当我站在石墙院的大门前，站在他最后的蜗居门口，回首仰望大门上后人镌刻的他的篆书对联："行无愧怍心常坦，身处艰难气若虹"，忽然让我想起了裴多菲的著名诗句："生命诚可贵，爱情价更高，若为自由故，两者皆可抛。"是啊！皆可抛，皆可抛，为了追求科学和民主，他抛弃了家庭，抛弃了妻儿，甚至抛弃了生命，也在所不惜。

1942年5月27日21时40分，陈独秀撒手人寰。从此，真的作了"撒翁"。

"死去元知万事空，但悲不见九州同。"客死江津，身后寂寞。6月6日，何之瑜写下《独秀先生病逝始末记》，完整记录了陈独秀生命弥留之际的历史瞬间，读来令人扼腕唏嘘。兹录如下：

先生素患胃肠症，四年前又患高血压，迄无起色，年来息影深山，生活不安，营养尤为不良。本年五月十二日上午蚕豆花泡水饮半小杯（约

十二日），腹胀不适，初闻诸医言，用蚕豆花泡水，服之可治高血压，今春不时泡服，虽未奏效，亦无损害。此次所服之豆花，采摘时遇雨，经数日始干，中有发酵者，泡服时水呈黑色，味亦不正，或系酸酵后含有毒汁，一时失机，因以中毒也。次日（十三日）上午，友人过访，午餐食四季豆烧肉过量，晚餐时又食，言食物作梗，夜不成寐，午夜呕吐大作，吐后稍适，仍难入梦，自后精神疲乏，夜眠不安，间服"骨炭末"，似觉稍适。至十七日晨起盥漱，顿觉头目晕眩，随即静卧，少眩欲奏厕，以头晕未果。午后七时半，强起上圊，即起晕倒，四肢僵厥，冷汗如注，约一小时许，始苏。少顷（九时）又复昏厥，约三刻钟，始苏，周身发寒，冷汗如浴，旋又发烧，约一刻钟，始复旧状。十八日清晨，先生遣人来告，乃约先生之公子松年及先生之至友邓仲纯医生上山探视（先生出函请邓先生上山医诊）；同时上函重庆周纶、曾定天两医师莅津诊治。因周、曾两名医年前曾为先生详细诊察病状，最为先生所信赖，时以先生病状甚危，又草以详细病历送重庆周、曾两医师过目，两医师虽医务繁忙，然莫不细心研讨处方，且各赠药品，而尤以周纶医师将其太太预防血压变化之针剂分赠，其情况尤为可感。但因先生所病实无挽救之方，故两医生均未能来津，于是数日之间，辗转床笫，苦闷不安。至二十二日上午，又复昏厥，前后接连三次，虽经注强心剂苏醒，然病难治矣。二十三日又请江津西医邹邦柱、张熙尧两医师上山诊视，施行灌肠，大便得通，然病情仍未少减。先生于二十五日上午命夫人约之瑜至榻前略有所嘱。二十七日午刻，先生乃陷于昏睡状况，强心针与平血压针交互注射，均无效验。延至晚九时四十分逝世。时除先生夫人潘兰珍女士，公子松年夫妇，孙女长玮、长玛，侄孙长文及邓仲纯医师与之瑜外，适包惠僧君由重庆来山探病，均亦在侧。先生之衣衾棺木与墓地安葬等身后大事，均承江津邓蟾秋老人及其侄公子燮康先生之全力赞助，始得备办齐全。而邓氏叔侄之古道热肠，诚令人铭感！先生灵柩乃于六月一日下午一时半安葬于四川江津大西门外鼎山山麓之康庄。[1]

[1] 何之瑜：《独秀先生病逝始末记》，引自《陈独秀评论选编》（下），河南人民出版社 1982 年 8 月第 1 版第 411-412 页。

这就是这位最后的硬汉的最后时刻，这就是这块最硬的硬骨头的生命结局。

青山有幸埋忠骨。陈独秀葬于江津大西门外鼎山桃花林，这里是邓燮康的别墅——康庄。陈独秀曾经与邓蟾秋、邓燮康叔侄多次来这里踏青赏花，"俯瞰大江风骚上下，流连不忍去。谁知昔日先生驻足游目之所，即其今日放足长眠之地？！地下有知，可以无憾！"

6月1日，天灰蒙蒙的，早晨还下了一点小雨。天地同悲。陈独秀出殡的时刻到了，"乐队和送葬的群众约有200多人，黑漆大花板的棺材是16个人抬的。鹤山坪杠子头李海延号子喊得很凶，过观音岩寨子门时，是用木棒绑架越墙而过的"。[1] 石墙院杨家的佣人吴元珍说：

> 埋葬陈独秀那天，来了好几百人，有当官的，也有大户绅士。双石乡公所还组织了上百个乡丁来沿途护卫，一路放火炮，点冲天铳。从石墙院到埋葬陈独秀的"康庄"要走30来里路，队伍来了好长好长。陈松年端着遗像走在最前头，后面是八人[2]抬的黑漆棺木，衣衾棺木都是白沙镇的大绅士邓蟾秋送的。陈太太一路上哭得死去活来，由杨二太太和吴白林的堂客扶着，我们这些当下人的就打起花圈，跟在后头走。陈先生活着时我们没觉得他有啥，死了，才晓得他了不起，连县长那么大的官，鞠躬时，还只能站在最后头。[3]

陈独秀的葬礼简朴又隆重，除了妻子潘兰珍、三子松年夫妇率女长玮、长珺、长玙，侄孙长文，外甥吴孟明等亲人扶榇之外，参加葬礼的还有何之瑜、邓仲纯、邓蟾秋、邓燮康、周光午、邓茂池、潘赞化、光明甫、光宣甫、方孝远、李运启、程筱苏、胡子穆、翟光炽、何海若、高语罕、刘竞生，以及特此从重庆赶来的段锡朋、张国焘、俞飞也，还有邓燮康的夫

---

[1] 文迟：《石墙院，仍在诉说那段岁月》，引自《陈独秀在江津》，中国文联出版社 2002 年 7 月第 1 版第 229 页。
[2] 据鹤山坪凉风岗新村的龚植金回忆，应该是 16 人。
[3] 唐宝林：《陈独秀全传》，香港中文大学出版社 2011 年版第 796 页。

人及女儿邓敬苏、邓敬兰等。在葬礼上，段锡朋还以北大同学会的名义转来了蒋介石和陈立夫分别赠予的殡仪费 5000 元和 2000 元。

葬仪上，高语罕发表了深情感言："独秀先生躺在这里，至少是不会污辱贤主人的这干净土，也不会辜负此地的山川景物。独秀先生是一个东西南北到处为家的人，自然也是抱着'到处青山能埋骨'的见解。他今天安息在这里，真可谓'得其所哉'！就他的怀抱，他的遭际以及他对于时局之展望说来，此时撒手而去，也是恰到好处。他临去的那一刹那，我想一定是俯仰无愧的。说到这里，朋友们自然要联想到独秀先生一生的评价问题。他的学问、事业以及他的整个的人格，自有他的全部遗著和他留在中国近四十年来的政治史、文化史、思想史和社会运动史上不可磨灭的爪痕在。"高语罕说，独秀先生在五四时代旗帜鲜明、堂堂正正地提出了拥护"德先生"和"赛先生"的口号，"在那时，梁启超和张君劢等正在闹玄学，而北洋军阀的执政府正在做最后的挣扎，独秀先生的两只小而锐利的眼睛却已经看到全国民众和文化界思想界迫切需要的是什么"，"一直到今，我们所努力奋斗以及政府现在所号召全国起来抗战的，还是这两个口号做我们的指导原则"，可见陈独秀在中国文化史和思想史上的地位。

文学的改革乃是文化运动、政治运动、社会运动的前驱。高语罕说："独秀先生等在五四运动毅然以革新文学为己任，实为适应中国当前之新需要。当时振笔直书，对旧文学宣战，虽然有人认为有点过火，然这种改革在思想上是一种革命运动。当革命军队攻入帝制的宝座时，不大刀阔斧，掀动一番，不足以摧陷廓清"，"而且胡适之在北大任教，亦系独秀先生极力援引所致，则独秀先生在中国新文学运动史上的地位，也就可想而知了"。一个思想家或一个文学家，若果要在他的生活奋斗的过程中，使他的学术上的创作和他的辉煌灿烂的人格保持着绝对的和谐，就必须具有一种为真理而牺牲的坚定意志和勇敢精神，而这种精神与意志之表现，第一是耐得穷，吃得苦。"必须认识独秀先生这种为人的精神，才可以了解他的整个的人格和他在中国文化史上所留给我们的遗产怎样一种价值"。

"足下奔雷地底传，江山风月此长眠。"陈独秀逝世后，有关遗稿之整理、家属安置、经费收支、墓道修筑等问题，均由何之瑜负总责和协调。

1942 年 12 月 6 日，何之瑜与陈松年、邓仲纯三人在江津将陈独秀逝世前后用费收支进行了核算总结，具体账目如下表所示：

陈独秀逝世前后用费收支

收入部分			支出部分	
款项来源		数额（元）	支出项目	数额（元）
医药费	蒋先生（蒋介石）	5000	医药	2496.50
	朱骝仙先生（朱家骅）	5000	衣棺	11295.30
	段书贻先生（段锡朋）	2000	葬费	2254
	王抚五先生（王星拱）	2000	修墓	9255
	许静人先生	10000	招待	3631.50
	余骐先生	500	酬谢	2299.20
赙（殡）仪费	蒋先生（蒋介石）	5000	工资	680
	陈立夫先生	2000	杂用	3392.51
	许静人先生	2000	整稿	2949
	胡小石先生	100		
	金鸣宇先生	100		
	欧阳竟无先生	50		
总计		33750		38753.01
超支		5003.01		
附注	一、医药费由北大同学会经手转来，系先生卧病床第时所收受者。 二、赙（殡）仪费由北大同学会转来，系先生家属及同人等所领受者。 三、自先生病逝以来，由北大同学会经手转来医药费赙（殡）仪等费总共三万三千六百五十元，至本年十月间止，除金鸣宇先生寄赠赙（殡）仪百元外，并未收受任何方面赠予款项及礼品。兹收支两比，尚超支五千元，此超支之数拟由北大同学会拨付外，以后并无其他用途，凡各方赐赠，概行谢绝。 四、所有收入详细账目，经先生公子松年与邓仲纯、何之瑜等共同审核如右。			

对于潘兰珍，陈独秀临终遗言，嘱咐她"今后一切自主，生活务求自立"。后经陈独秀友人介绍，她在重庆附近一家自办农场找了一份工作，差能自给。陈独秀的遗物如五只古碗、友人来信及赠送的对联、立轴等归潘兰珍。这五只古碗系陈独秀在南京监狱时由国民政府立法委员何遂赠送，有人说这是假古董，但陈独秀却信以为真，从南京到武汉再到重庆一直带在身边。潘兰珍与陈独秀自 1930 年相识在一起共生活了 12 年，可谓是"上无片瓦我不怪你，下无寸土是我情愿的"，情真意切，不离不弃。陈独秀逝世后，迫于生活所迫，她改嫁他人，不久男友病故。抗战胜利后，她回到

上海，后因患癌症于 1949 年 10 月 30 日病逝，终年 42 岁。[1] 这也是一位善良而又命苦的女人。

"哲人其萎，怆悼何极！"大敌当前，抗战正酣，陈独秀逝世的消息不再像他生前被捕一样成为新闻媒体追逐的热点了，只有数家报纸作了报道，冷冷清清。国民党中央社的新闻也只有寥寥三句话，对他一生的事业只提了一句曾担任北京大学文科学长而已，其他媒体的报道也都敷衍了事。上海《申报》在 1942 年 5 月 31 日的报道中提到了"陈氏为中国共产党之创办人及著名学者"，"为文学革命先驱之一"。延安的《解放日报》和重庆的《新华日报》对陈独秀之死均未给予报道。正如《大公报》发表的悼念短文所言："这一代人杰之死，此时此地，无论在国家或其个人，均不胜寂寞之感。"也诚如静尘在《我所知道的陈独秀》一文所说："假使陈独秀在十年或二十年前，噩耗传来，无疑将引起全中国或甚至全世界的大冲动；可是这个时候，他的死不过像一片小小的瓦片投到大水里，只在水面上略略掀起几圈微波。死非其时，这情景对于一位怪杰的陨落真是凄惨不过的。"[2]

现实无情，历史有意。没有忘记陈独秀的还是他的朋友们。在这些人中，有的是他的朋友后来变成了对手，有的是他的对手后来变成了朋友。

5 月 27 日，在陈独秀逝世的当天，胡秋原在重庆《扫荡报》上撰文《悼陈独秀先生》，说："他是近三十年来中国文化政治史上一个彗星，当年叱咤风云，此日销声匿迹，不能不说是一个悲剧。"当然，"一个悲剧的主人，必有其弱点。独秀先生之弱点在于何处呢？我以为，恕我直率，在其理论之不足。谁也不能否认其眼光之锐利，文笔之劲健，他对于学问的造诣。但作为一个思想的领袖，似乎还有不足之处。独秀先生有眼光，有气魄，但不是一个深刻丰富的理论家。老实说，他对社会科学的素养，或还不及对中国文字研究之深。于是，他在每一个时期，每不能不借重二三流理论家。五四运动之贫，这是一个原因。而在他做马克思主义者首领的时候，他及他的追随者的决策，与其说是根于严密的理论分析，不如说由于世局

---

[1] 张君：《关于潘兰珍的情况》，原载《党史资料丛刊》1983 年第 3 辑。
[2] 静尘：《我所知道的陈独秀》，原载《古今月刊》1942 年 7 月第 5 期。

和潮流的推动。他对于马克思主义没有批评能力，而后来，多少受托洛茨基的影响。……倔强是悲剧的要素，但也是成功要素。如独秀先生有和他锐利眼光相副的理论力，则其倔强的意志，只是增其生命之光辉。"

不怕孤立的独立自由品格，造就了陈独秀成为一名启蒙思想家。早年，他曾写过《感遇诗》，赞颂"夸父追日"和"精卫填海"的精神。而他一生对革命的执着，正是这种精神的注释。他为了自己认定的真理，即使他没有认识到错误，只要一息尚存，仍奋勇前进，即使孤军奋战，也绝不退缩。[1] 晚年，因为陈独秀与"托派"保持着千丝万缕的联系，在思想或理论的层面他们相互有团结有斗争，甚至互相吵架。但"托派"们对陈独秀绝笔之作《被压迫民族之前途》也给予了高度评价。郑超麟站在"托派"的立场上，认为陈独秀至死也坚持托洛茨基的"世界革命"的原则，说他是一个"世界革命的老战将"。尽管他们之间"有意见分歧"，但仍"视他为领袖"，"最有经验的、最忠诚于革命的、最富刚强性格的领袖"。他认为"陈独秀同志能够从卢骚主义，进于雅各宾主义，进于列宁主义、托洛茨基主义。这个复杂而急剧的过程，完成于一个人的一生中，而且每个阶段的转变时候，这个人又居于主动的领导地位"。他颂扬陈独秀"不愧为法兰西十八世纪末叶的伟大思想家和伟大人物的同志"，"不愧为俄罗斯二十世纪初叶的伟大思想家和伟大人物的同志，不愧为列宁、托洛茨基的同志，不愧为中国布尔什维克——列宁托洛茨基党的领袖"。[2]

另一位"托派"代表人物王文元1975年12月在英国某大学历史系发表演讲时，对陈独秀作出了这样的评价："先进国从启蒙运动的年代到社会主义革命的年代，一般要经过几百年（如英法）。不够先进的国家（如俄国）也经过八九十年。但是在落后的中国却仅是二十年，而且是反映在甚至实现在你一个人身上"，"现代中国思想的跃进清晰地反映在陈独秀的身上"。"给陈独秀做一个总评价。照我看，陈独秀这个人，虽然政治上是失败的，理论上有局限，但是他不仅是中国最勇敢的思想家，而且是历史上伟大的

---

[1] 唐宝林:《陈独秀全传》，香港中文大学出版社 2011 年版第 791 页。
[2] 意因:《悼陈独秀同志》，原载《国际主义者》第 3 期。

革命家之一。"[1] "假使'天假以年',陈独秀获见中国第三次革命的来临,那么,不管他今天怀着的思想是多么错误,在事变的刺激之下,他仍能显出一股正确而光辉革命家来的。"[2]

李泽厚说:"不容讳言,陈作为政治领袖,在中国不可能成功。他远远缺乏与中国社会极甚复杂的各个阶级、阶层打交道的丰富经验,也缺乏中国政治极其需要的灵活性极强的各式策略和权术,更缺乏具有人身依附特征的实力基础(如军队、干部)。正因为中国不是资本主义的近代社会,中国没有近代民主制度和民主观念,在实践上成功的中国政治领袖不是靠演说、靠文章、靠选票,而是靠实力、权术、政治上的'得人心',组织上'三教九流'和五湖四海。这位书生气颇重的教授是注定要失败的。"

但,是非成败,绝对不是评价一个历史人物的标准。

"还师自西旅,祖道出东门。"这是江津县长罗宗文离任之际向陈独秀索字时,陈集《散氏铭》中的十个字撰写的一副对联。罗说:"《散氏铭》共仅 350 字,要从中选出 10 个,集成一联,既反映群众渴望抗战胜利、结伴还乡的心情,又突出群众为我饯行惜别的深情厚谊,信手拈来,联成妙对,足见陈老国学功底的深厚。"其实,这副对联倒是总结了陈独秀自己的一生,想当初他以《新青年》为阵地请来西方的"德先生"和"赛先生",不可谓不是"还师自西旅";他大刀阔斧地进行文学革命,从而掀起了中华民族五千年历史上第一场现代精神的思想革命,进而通过五四运动让中国人(从知识分子到工农兵学商的群众)第一次把自己个人的命运与国家和民族的前途命运紧紧地维系在一起,在古老的中国大地上播下了"读书、爱国、革命"的种子,不可谓不是"祖道出东门"。

避难江津,陈独秀过着流亡的凄苦生活,但他依然达观豁然。他跟他自少年时代就结识的好朋友邓仲纯开玩笑说:"冯玉祥倒过袁世凯,倒过吴佩孚,拘囚过曹锟,驱逐过溥仪,反对过蒋介石,人称'倒戈将军'。我和这位将军有点类似,因为他一生就誓作反对派,从反清一直反到蒋介

---

[1] 双山:《陈独秀的生平和思想》(方丈译),原载香港《新观察》第 6 期。
[2] 连根:《托洛茨基与陈独秀》,原载《国际主义者》第 3 期。

石……"其实，与其说陈独秀是终身的"反对派"，不如说他是终身的"坚持者"。他一辈子坚持自己的信仰和追求，不为名利所动，不愧是一个有气节、有操守的堂堂正正的中国人。在邓仲纯眼里，"仲甫是一个爱国者，也是不断前进的人。他二十岁左右曾一度赴过南京乡试，看穿了满清朝廷的所谓抢才大典，只不过网罗一些利欲熏心的禽兽，把国家搞得越来越坏。他非常痛恨满清皇室的愚昧独裁，丧权辱国，四次赴日本，主要不是为求学，而是为了寻求革命的道路，振兴祖国。他早年曾赞同康梁的改良派，后来变法维新失败，看出了不推翻满清，祖国是难于富强的，转而拥护同盟会的革命主张。其后，中华民国尽管成立了，但接着是袁世凯窃国，军阀割据，祖国仍没有复兴的希望。从苏联推翻帝制，建立第一个社会主义国家的经验，他认为只有马克思主义才能救中国，才能彻底推翻帝国主义和封建主义，于是起而宣传革命的真理，1921 年与一些先驱者发起建立了中国共产党。"[1]

困境显本色，绝境得风流。

陈独秀死了。一位名叫董退思的钦慕者致信高语罕，说："鄙人与陈先生素不相识，兼因政治与文学均为门外汉，亦少读陈先生之文章。但鄙人对于陈先生，则极其钦佩。窃尝谓一般所谓革命者，不成功，即成仁。成功者则富贵功名，生死哀荣；不成功者，死后亦往往有政府褒扬，社会追悼。陈先生无一于此，一生清苦，寂寞以死，然而惟其如此，乃属难能可贵，'独'之一字，陈先生足以当之！滔滔天下，能有几人？"他随信还寄来 500 元安葬费，但高语罕尊重陈独秀亲属和先生生前遗志，没有收受，全额璧还。作为老朋友，对陈独秀的死，高语罕悲痛抱屈，作诗《哭独秀》，曰：

独秀！你死了！独秀，你死了！
有些人在暗中狞笑，
有些人在暗中泪落！

---

[1] 龚灿滨:《陈独秀在津印象》，引自《陈独秀在江津》，中国文联出版社 2002 年 7 月第 1 版第 8-9 页。

有些人虽然是你的朋友，

却不得不装着不知道！

但是，我想你临去的一刹那，

该都一一地料到，

没有话说，

只有报之以微笑。

陈铭枢将军为陈独秀撰写挽联，曰：

言皆断制，行绝诡随，横览九州，公真健者！

谤积丘山，志吞江海，下开百劫，世负斯人！

既是陈独秀的好学生又是好朋友的陈钟凡，撰写挽联曰：

生不遭当世骂，不能开一代风气之先声

死不为天下惜，不足见确尔不拔之坚贞

同时，陈钟凡还创作了一首《哭陈仲甫先生哀词》，曰：

生死矙然传斯何人？怀宁仲甫陈先生。

先生之学关世运，先生之志济群生。

斯世斯民方梦梦，先生肆志其孤行。

孤行长往何所图？口可杜，身可诛，穷坚老壮情不渝！

老朋友房轶五听到陈独秀逝世的消息后，悲情写下《挽陈仲甫》，曰：

纵浪人间四十年，我知我罪两茫然。

是非已付千秋论，毁誉宁凭众口传。

野史亭中虚左席，故书堆里绝书编。

古人菲薄今人笑，敢信斯文未丧天。

盛唐山下昔婆娑，斫地悲哀发浩歌。

舌战雄能逃竖子，笔诛严更慑群魔。

留人别馆三秋雨，送我晴江万里波。

往事苍茫谁与语，侧身西望泪滂沱。

故人驾鹤西去，回顾往昔岁月，房轶五想起与陈独秀以"三爱"笔名在故乡安庆搞革命在芜湖办报纸的艰难岁月，再作诗《追悼三爱》，怀念这位终身的朋友。诗曰：

君是降龙伏虎手，拈花微笑散诸天。

苍茫五十年前事，贝叶重繙益惘然。

季子音容犹仿佛，诸孙头角各嶙峋。

藏书楼址依稀辨，忍过山阳听笛声。

同是安徽怀宁同乡又是北大同事，两人有着近 30 年昆弟之交的程演生在得知陈独秀逝世后，写下了这样深沉的文字："他是一个爽直坦白有热情的人，他丝毫没有功名利禄的思想，是一个爱国者，是一个为中国找出路的人。他痛心中国政治的不良、社会的污浊、学术的不长进、士风的鄙陋，想要一一洗涤之。他现在死了。他一生努力的成绩，是存在的。"[1] 诚如高语罕撰写的挽联所言：

喋喋毁誉难凭！大道莫容，论定尚须十世后！

哀哀洛蜀谁悟！彗星既陨，再生已是百年迟！

有了朋友们的牵挂和思念，有了朋友们的敬重和怀念，有了朋友们的挽歌和纪念，有了朋友们的悲伤和悼念，"先生入葬后，芟芜剔秽，竖碑砌

---

[1] 程演生：《仲甫家世及其他》，未刊稿，藏中央档案馆。

道，莳花草，艺果树，敷布景物，差强人意，鼎山虎踞，几江龙蟠，岚光映耀，帆影出没，先生之灵，可以安矣"。[1]

而就在 1942 年 5 月 27 日陈独秀逝世前的 3 月 30 日，远在延安的毛泽东在中央学习组作《如何研究中共党史》的报告时说："陈独秀是五四运动的总司令。现在还不是我们宣传陈独秀历史的时候，将来我们修中国历史，要讲一讲他的功劳。"与 5 月 8 日《解放日报》还在大骂陈独秀"投降主义"相比，毛泽东的评价殊难可贵。贫病交加的陈独秀当时在江津鹤山坪的石墙院没有也无法听到他曾经的学生和助手毛泽东发出的这种声音。而在他凄然绝世后的第三年，即 1945 年 4 月 21 日，毛泽东在中共党史上有着重要意义的第七次全国代表大会的预备会议上发表了《"七大"工作方针》的讲话，再次郑重地提到了陈独秀，说："他是五四运动时期的总司令，整个运动实际上是他领导的。他与周围的一群人，如李大钊同志等，是起了大作用的。……我们是那一代人的学生，五四运动，替中国共产党准备了干部。那个时候的《新青年》杂志，是陈独秀主编的。被这个杂志和五四运动警醒起来的人，后头有一部分进了共产党。这些人受陈独秀和他周围的人影响很大，可以说是由他集合起来，这才成立了党。"

独秀先生，如果在天有灵，你一定会听到的吧?

陈独秀死了。但有的人活着，他已经死了；有的人死了，他还活着。

2012 年 7 月 13 日至 10 月 21 日一稿
2013 年 1 月 1 日至 1 月 31 日二稿
2013 年 3 月至 4 月三稿
2014 年 6 月 6 日定稿

---

[1] 何之瑜:《独秀先生病逝始末记》，引自《陈独秀评论选编》(下)，河南人民出版社 1982 年 8 月第 1 版第 414 页。

只有一个陈独秀

（后记）

写陈独秀，是我作为一个历史作家的梦想。

写陈独秀，我常常暗自落泪。

我知道，面对历史，我的泪水是多么的浅薄；面对现实，我的泪水又是多么的珍贵。因为当今时代是一个容易忘却历史而又特别需要历史的时代，是一个物质极大丰富而理想时常被淹没其中的时代，是一个人才辈出而又真人难觅的时代。马克思曾慨叹，法兰西不缺少有智慧的人，但缺少有骨气的人。今天的中国，同样不缺少有智慧的人，而缺少有骨气的人。

时代不同了，但精神没有改变；时间不同了，但真理未曾改变；时空不同了，但科学不曾改变；时势不同了，但自由平等不能改变。2012年是陈独秀逝世70周年，不惑之年的我开始默默地用心写他，用我的母语我的汉字一行一行地攀登他精神的高峰，瞻仰他的灵魂。陈独秀到底给了我们什么样的启示和思考，他的成功和失败、经验和教训又给了我们怎样的营养？

现在，关于陈独秀的研究已非常开放，著述颇多。但以作家和同乡的双重身份创作陈独秀的传记，我是第一个。有人说，史学家写史，重实不重文；文学家写史，重文不重实。我既有文学的野心，也有史学的野心，实文并重，文史兼修，追求文学和史学的统一。我坚信：优秀的文学书写，可以更好地还原历史的真实。我坚持走我的文学、历史、学术的跨界跨文体写作道路。2013年，就在我的这部《硬骨头》刚刚完成的时候，从我的家乡安庆传来了一个好消息——国务院批准陈独秀陵墓为国家级重点文物保护单位。长眠地下已70年的先生，灵魂可以安息了。

我说我和陈独秀是老乡关系，都是安庆怀宁人，这当然没有人怀疑。但我说我和陈独秀是同宗同祖，都是江州义门陈氏，这就几乎没有人相信了。但在我的故乡怀宁至今依然流传着"丁陈是一家"的古话。我出生的那个小村庄名叫"丁家一屋"，就是"丁家第一屋"的意思，在明朝初年就建立了。自打小的时候我就听说"先有一屋，后有祠堂"。安庆丁氏家族最早居住在宿松县境内，后来才搬到我出生的这个村庄并发展壮大起来。丁氏宗祠就建在我家西南一公里的地方。但打开家谱，首卷首页却赫然印着"江州义门"陈氏历代祖宗的画像，与陈独秀同宗同祖无疑。原来，我们安庆丁氏的始祖姓陈，名良卿，时任安庆太守（亦说是一位商人），在朱元璋和陈友谅鄱阳湖战役之后，隐居宿松，招赘丁家，自成一脉，薪火相传。后人丁曰健曾先后担任台湾府淡水抚民同知（1854年上任）和按察使衔分巡台湾兵备道（1863年上任），为此时期台湾最高统治者。而被誉为"皖国诗书第，江州礼仪家"的怀宁丁氏家族，还曾被慈禧敕封"世进士"。因此，我说"怀宁丁陈是一家，独秀与我本同宗"可谓有根有据，借此机会把这段历史第一次公布于世，也算是中华文明家谱寻根文化的一段趣闻。

只有一座独秀山，世无两个陈独秀。从童年记事时起，每当我站在故乡皖西南那个名叫丁家一屋的偏僻乡村，远眺十里之外的独秀山时，那平如釜底和尖如笔锋的连体双峰，就让我想起这位中国历史上令人奇怪且令我们怀宁老乡遗憾可惜并浮想联翩的人物。

"三岁看小，七岁看老。"陈独秀和毛泽东都是叛逆的性格，但表现却截然不同。少年时代，陈独秀面对"白胡子爹爹"的棍棒，他天不怕地不怕，不怕打不怕杀，但是他却怕母亲的眼泪怕女人的眼泪。同样是面对父亲的打骂，少年毛泽东则是屈一膝下跪，在妥协中寻求抗争。到了中年，"八七"会议后陈独秀靠边站了，当了"撒翁"，成了"反对派"，他不知妥协退让曲线迂回前进的策略，只知猛打猛冲，到头来碰得头破血流，头撞南墙也不回头。这就是宿命。

道路由来曲折，征途自古艰难。一个革命家就这样踏上了从革文化（文学）的命到革国家的命，甚至革自己的命的漫漫征程。这个名叫独秀的男人——好汉——硬汉——英雄——伟人——明星一样照耀着中国的大地和天空，他到底是一颗光芒万丈的彗星，还是一颗永远燃烧的太阳？或许我们很难找到一个让世界满意的答案，或许世界本来就不需要答案。

当然，时代不同时空不同，经济基础、政治形势都大不相同，对任何事物、任何事件或者任何人物的比较是没有实际意义的，实际上确实也没有可比性，但从人物的性格角度，我们或许还能看出其中的一些端倪和不同。客观因素的不可比，与主观因素的相对论，我们可以从历史人物身上琢磨出一些值得思考的东西，并从正确的层面来吸收，改造并重塑我们的历史观和文化观。只有这样，我们的历史写作才变得高尚而美好。

2009 年，我有幸前往重庆采访。我的双脚刚刚从万米高空落下，踏上雾都的土地，就马不停蹄地赶往江津，赶往鹤山坪，赶往石墙院，去看望一个人——我的老乡陈独秀，领略那一段我心中挥之不去的历史风云。

狗脸变，狗脸变，这老天爷的脸还真像狗的脸，说变就变。路上，晴朗的天忽然淅淅沥沥地下起了雨，蒙蒙的，暗暗的，有些忧伤的样子。但对我来说，这雨下得真好，天人合一般营造了一个十分恰当的氛围，正好非常吻合我去瞻仰这位伟人的某种心境。世变之迁流，可以知时代之混乱。而先生的历史和先生的政治亦如这老天爷的脸啊！

或许，空间没有改变，但时间肯定是变了。其实，时空永远都在变化。只有"变"，才是永恒不变的。伫立石墙院，大门两侧的对联是先生的篆书手迹——"行无愧怍心常坦，身处艰难气若虹"。而在正屋的大门两侧也悬挂着这样一副对联——"我书意造本无法，此老胸中常有诗"。这也是独秀先生从古诗中集句撰写的。

站在先生人生最后的驿站，看着他曾使用过的简陋家具和书桌，让我想起他生命最后时刻写下的那个"抛"字；看着他亲手种植的栀子花，让我想起那是我们家乡安庆乡亲们最爱的花朵；看着这里的一草一木，让我无法想象独秀先生在江津生活的 1374 天……世事繁杂，人心浮躁，重温旧人往事，感悟品德精神，这或许正是我决心写陈独秀的原因。细雨淅淅沥沥，很快就润湿了衣裳。先生的雕塑巍然于院内的花园，也很快被细雨打湿……此时此刻，我的耳边仿佛听见先生的教诲，他说："我不敢自吹我是敢于说老实话，我只自誓：宁可让人们此时不相信我的说话，而不愿利用社会的弱点和迎合青年的心理，使他们到了醒觉之时，怨我说谎话欺骗了他们！说老实话的人一天多似一天，说老实话的风气一天盛似一天，科学才会发达，政治才好清明，社会才有生气，如此国家，自然不会灭亡，即一时因战败而亡，其复兴也可坐而待；否则只会有相反的结果！"

过去的已经成为过去，未来的无法预知未来，我们当然期望活在当下，但我们扪心自问，人文思想安在？学术精神安在？师道尊严安在？文人品格安在？诚信操守安在？为什么总有人在原则上崇尚愚蠢？为什么总有人在底线上装疯卖傻？潜规则为什么大行其道？"厚黑学"为什么奉为做人的技巧？人世间难道真的是"时间使一些英雄美人成尘成土，把一些傻瓜变得又富又阔"？蒙蒙细雨中，我依依不舍地向石墙院告别，向独秀先生告别。那一刻，我能做的，我能表达的，就是立正站好，向他致敬。

汽车载着我快速离去，离开石墙院，离开鹤山坪，离开江津。在江津大桥边上，我请求司机暂停下来，走下车，静静地伫立在长江边上，我远远地瞻望鼎山山坡上的康庄，远远地仰望山上的那座坟茔，独秀先生爱赏桃花林的桃花还在盛开吗？同行的朋友告诉我一个故事：好多年前，江津地方要修建一位开国元帅的纪念馆，当初曾把馆址就选在鼎山安葬独秀先生的这块风水宝地，但令人奇怪的是，在建设过程中竟然先后两次发生塌方事故，最后不得不易地重建。后来，独秀先生的墓冢得到重修，但从未发生塌方。

长江不息，涛声依旧。此时此刻，我还能对独秀先生说什么呢？独秀先生还能给我什么启示呢？从我的故乡安庆怀宁，到重庆江津，千里之遥，一水相连，真是"君住长江头，我住长江尾，日日思君君不至，共饮长江水"。当我回到故乡安庆，站在生他养他的这片土地上，站在他的墓前，总让我想起鲁迅先生1933年在《我怎么做起小说来》一文中念念不忘《新青年》主编陈独秀的话语。他说："一回一回地来催，催几回，我就做一篇，这里我必得纪念陈独秀先生，他是催我做小说最着力的一个"。鲁迅说他那时做的小说是"遵命文学"，"不过我所尊奉的，是那时革命的前驱者的命令，也是我自己愿意尊奉的命令，决不是皇上的圣旨，也不是金元和真的指挥刀"。鲁迅把"革命的前驱"送给了陈独秀，这是真话！

"寂寞身后事，千秋万岁名。"与此同时，我又想起毛泽东1941年1月在《新民主主义论》中罕见赞誉鲁迅的话："鲁迅是中国文化革命的主将，他不但是伟大的文学家，而且是伟大的思想家和伟大的革命家。鲁迅的骨头是最硬的，他没有丝毫的奴颜和媚骨，这是殖民地半殖民地人民最可宝贵的性格。鲁迅是在文化战线上，代表全民族的大多数，向着敌人冲锋陷阵的最正确、最勇敢、最坚决、最忠实、最热忱的空前的民族英雄。鲁迅的方向，就是中华民族新文化的方向。"而在完成本书的写作之后，我有一个感受，我相信读者也会有这样一种感觉，那就是——毛泽东追授鲁迅先生的每一顶桂冠，似乎戴在独秀先生这颗印堂宽阔、额头跑马的思想家、革命家、政治家的头颅上都极为恰当，且不偏不倚，再合适不过了。

　　国家的现代化首先是人的现代化，人的现代化首先是思想的现代化，而思想现代化的试金石就是科学。何谓科学？早在1915年9月，独秀先生在《青年杂志》发刊词《敬告青年》中则说："科学者何？吾人对于事物之概念，综合客观之现象，诉之主观之理性，而不矛盾之谓也。"在他看来，科学精神其实就是一种思维方法，源于人类在追求真理过程中形成的理性思维与实证传统。对此，五四新文化运动中他的黄金搭档胡适对科学精神的概括则更加成熟。胡适说："民主的意义只是一种生活方式，科学的真意只是一个态度，一个方法。""科学不是坚甲利兵，飞机大炮，也不是声、光、电、化。那些东西都是科学的出产品，并不是科学本身。科学本身只是一种方法，一个态度，一种精神。"后来，独秀先生在《〈新青年〉罪案之答辩书》中将民主与科学称之为"德先生"和"赛先生"，说："只有这两位先生，可以救治中国政治上道德上学术上思想上一切的黑暗。"这短短的一句话，今日读来，依然掷地有声，振聋发聩，令人扼腕深思。

　　何谓科学精神？梁启超曾言："有系统之真知识，叫做科学，可以教人求得有系统之真知的方法，叫做科学精神。"科学家竺可桢1941年在《科学之方法与精神》一文中，提出了三种科学态度："一是不盲从，不附和，依理智为归，如遇横逆之境遇，则不屈不挠，不畏强御，只问是非，不计利害；二是虚怀若谷，不武断，不蛮横；三是专心一致，实事求是，不作无病之呻吟，严谨毫不苟且。"陈独秀硬骨头的一生可谓贯穿了这三种科学态度，实践着他自己首倡的科学精神。正因此，在中国人思想依然没有充分实现现代化的今天，独秀先生倡导的科学和民主依然任重道远。

只有一个陈独秀！陈独秀不是传说！陈独秀和他的硬骨头精神，无愧于他的时代，无愧于他的祖国，无愧于他的人民，无愧于他创造的政党，也无愧于历史！像他第一个把"德先生"和"赛先生"恭迎进中国一样，独秀先生始终不渝追求的民主、科学思想不死，独秀先生与生俱来的硬骨头精神不朽！诚如蔡元培所说："近代学者人格之美，莫如陈独秀。"作为一个人，他的人格永远是人的榜样！

风流总被雨打风吹去，盖棺定论未有期。在本书的结尾，我还想说，当谈及信仰和担当的时候，当下的我们确实应该好好想一想这样一个问题——我是谁？我从哪里来，我到哪里去？——这更是一个常识。我希望尘世的人们能够在清楚明白常识的基础上建立共识，从而真正成为一个有知识的人，不负作为知识分子的名分。我相信，作为"人"，我们能够从陈独秀身上找到现代社会的普遍价值和人类共同的精神财富。

写陈独秀，其实是在写心中的那个自己。最后，我愿意与读者诸君一起，再次静下心来思考苏格拉底临终时的嘱托——

我设法劝你们每一个人少想一些实际利益，而多想一些精神和道德的福祉……可是你们忿忿于争名逐利，而不思考如何理解真理，如何改善自己的灵魂，不觉得惭愧吗？

2014年6月6日改定于北京平安里看云楼弃疾斋，丁晓平谨记。

（京）新登字 083 号

图书在版编目（CIP）数据

陈独秀五次被捕纪事／丁晓平著.

－北京：中国青年出版社，2014.8

ISBN 978-7-5153-2577-4

I．①陈… II．①丁… III．①报告文学－中国－当代

IV．① I25

中国版本图书馆 CIP 数据核字（2014）第 160192 号

责任编辑：杜惠玲

装帧设计：□壁设计·邱特聪·陈慧 [010-87896477]

出版发行：中国青年出版社

社　　　址：北京东四十二条 21 号

邮政编码：100708

网　　　址：www.cyp.com.cn

编辑部电话：010-57350504

门市部电话：010-57350370

印　　　刷：三河市世纪兴源印刷有限公司

经　　　销：新华书店

规　　　格：710×1000　　1/16

印　　　张：30.5

插　　　页：8

字　　　数：400 千字

版　　　次：2014 年 8 月北京第 1 版

印　　　次：2014 年 8 月河北第 1 次印刷

定　　　价：55.00 元

本图书如有印装质量问题，请凭购书发票与质检部联系调换

联系电话：010-57350337